녹색을 위한 문학

녹색을 위한 문학

이남호 평론집

민음사

머리말

8년 만에 다시 평론집을 묶는다. 이번 책은 네번째 평론집이 되는 셈이다. 글을 쓴다는 것, 평론을 한다는 것은 어떤 가치를 지향하는 행위이다. 어떤 이념이나 주의를 적극 표방하는 문학은 문학의 문학다움을 놓치기 쉽다. 지금까지 나의 글들은 나름대로 일관된 가치를 지향하였으되, 그 가치를 어떤 이념이나 주의로 고착시키지 않았다. 이러한 나의 태도는 지금도 변한 것이 없다. 그러나 나는 이제 〈녹색문학〉의 이름으로 내 글을 세상에 내놓는다.

내가 생각하는 문학의 가치는 본질적으로 녹색이다. 〈녹색문학〉이란 이름이 아니어도 문학은 원래 녹색이다. 그렇지만 녹색가치를 크게 훼손하고 문학의 녹색을 업수이 여기는 세상은 문학에 〈녹색문학〉이란 명찰을 달도록 강요한다. 이름이 없어도 늘 소중한 것으로 우리 곁에 함께 했던 녹색의 가치를 망각하고 생실해 가는 오늘날, 녹색은 누군가가 애타게 그 이름을 불러주어야만 환기되는 그 무엇이 되었기 때문이다.

오늘날 우리 사회는 걷잡을 수 없는 혼란과 변화 속에 있다. 그 혼란과 변화는 자체의 동력을 가지며 사람들로 하여금 스스로 삶의 근거를 파괴하도록 만드는 것처럼 보인다. 그 파괴는 우선 자연환경의 파괴이다. 이미 초읽기에 들어간 환경대란(環境大亂)의 시간으로부터 자유로울 수 있는 것은 아무것도 없다. 그런데 환경파괴는, 지진이나 해일처럼 인간의 행위와 무관하게 발생하는 재앙이 아니다. 그것은 인간 스스로가 초래하는 것이며, 또 인간들의 정신적 감성적 황폐라는 또 하나의 재앙과 연계해서 발생하는 재앙이다. 즉, 녹색가치의 훼손과 상실은 한편으로 인간의 삶을 황폐하게 만들며, 또 한편으로 자연환경을 파괴시킨다. 자연이 파괴되어 가는 것과 우리의 삶이 비인간적으로 거칠고 비속해져 가는 것과 사람들이 자연의 아름다움과 가치와 생명의 소중함에 둔감해지는 것, 이 세 가지는 녹색가치의 상실이라는 동일한 현상의 세 측면이며 서로 상승작용 중에 있다고 생각된다.

녹색가치의 훼손과 상실도 결국은 인간의 선택이었듯이, 녹색가치의 회복에 있어서도 가장 중요한 것은 인간의 선택이다. 자연을 보전하고 인간의 삶에 인간적 가치와 존엄을 되살리는 길은, 궁극적으로 인간 스스로 녹색가치를 사랑하고 존중하도록 하는 것이다. 도덕적 강요나 생존논리에 의해서가 아니라 스스로의 느낌으로 즐거이 녹색을 지향하는 인간들의 자발적인 선택이야말로 자연의 황폐와 삶의 황폐에 맞설 수 있는 근본 동력이다. 인간들의 감성적 변화를 무시하는 어떠한 녹색적 노력도 진정한 해결책이 못 된다.

스스로 녹색의 가치와 아름다움에 예민하게 반응하지 못하고 또 뭇생명의 귀함을 모르는 사람들을 일러 〈녹색맹(綠色盲)〉이라고 말하고 싶다. 컴퓨터를 사용 못하는 컴맹은 삶의 근본 가치와 관련하여 문제될 게 없다. 문맹(文盲) 역시 크게 다르지 않다. 그러나 녹색가치에 대해 몽매한 녹색맹은, 사회적 삶에서 문제될 게 없을지 모르지만, 인간적 삶에서는 크게 불행한 사람이며 또한 세상의 황폐화를 자신도 모르게 조장하는 사람일 것이다.

물질문명은 한편으로 인간의 물질적 풍요에 기여했지만, 또 한편으로는 인간을 점점 녹색맹으로 만들어간다. 고도의 정보사회, 소비사회 속에서 녹색가치와 녹색 아름다움의 공간은 급격하게 줄어가고 있다. 특히 매체의 변화가 인간의 감성을 변화시킨다고 할 때, 오늘날의 매체혁명이라 불리는 변화는 곧 녹색에 대한 감성의 쇠퇴를 뜻한다. 나는 이것이야말로 우리 문명적 삶이 처한 위기의 본질이라고 생각한다.

그러면 어떻게 점점 확산되어 가는 녹색맹을 치유하여 위기로부터 벗어날 것인가? 물론 어릴 때부터 자연 속에서 살아온 사람이라면 녹색맹을 걱정할 필요가 별로 없을 것이다. 그러나 오늘날의 문명생활은 자연과 더불어 사는 삶을 좀처럼 허락하지 아니한다. 여기서 문학은 새로운 시대적 의의를 얻는다. 문학의 본질은 녹색이다. 환경문제를 적극적으로 다루는 소위 〈환경문학〉만이 녹색인 것은 아니다. 환경문학은 녹색문학의 일부분일 뿐이다. 모든 훌륭한 문학 속에는 녹색가치가 잘 구현되어 있으며, 또 훌륭한 문학은 녹색의 감수능력을 키워준다. 녹색에 대한 진정한 이해는 메마른 지식이나 도덕적 당위나 가파른 생존논리로 얻어지지 않는다. 그것은 녹색에 대한 감수성의 계발과 증진을 통해서 얻어질 수 있는 것이다. 문학만큼 녹색적 세계관을 배우고 또 녹색감수능력을 키우는 데 효과적인 것은 잘 없을 것이다. 이런 점에서 녹색문학의 시대적 의의는 크다.

이 책에서, 녹색문학이란 이름을 명시적으로 강조하며 씌어진 글은 1부에 실린 두 편에 불과하다. 그 두 편의 글에서 녹색문학을 내세우는 내 비평의 입장은 일단 정리되었다고 생각한다. 이러한 입장은 앞으로 많은 현장비평을 통해서 반복되고 심화되어 갈 것으로 기대한다. 그리고 이 책에 실린 나머지 글들도 모두 녹색가치를 존중하고 녹색 아름다움을 찬양하는 입장으로 씌어졌다는 점에서 녹색문학 비평이라고 말할 수 있다. 2부에 실린 글들은 최근 우리 문학의 빈곤화와 비녹색화를 반성적으로 따져본 것이고, 3부와 4부에 실린 글들은 비교적 녹색가치를 잘 실현하고 있는 문학작품들에 대한 현장비평들이다. 녹색비평은 자칫하면 상투적인 주제비평에 그치기 쉽다. 그러므로 현장비평에서는 녹색을 너무 명시적으로 내세우지 않고 작품에 충실하는 것이 좋다. 그렇게만 해도, 좋은 문학은 본질적으로 녹색이므로, 이미 그것은 녹색비평이 된다. 이런 관점에서 3부와 4부에 실린 글들을 봐주기 바란다. 녹색의 빈곤, 녹색가치와 녹색 아름다움의 빈곤 속에서 쓸쓸함을 느끼는 모든 사람들에게 이 책이 조그만 위안이 될 수 있었으면 좋겠다.

1998년 5월
이남호

차례

3 현실의 언어들

4 그리움의 언어들

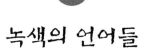

녹색의 언어들

녹색문학을 위하여

1 녹색문학의 문 앞에서

나는 자연이 심미적 감성과 아름다움의 원천이라고 믿는다. 인간이 만든 어떤 것보다 신이 만든 풀 한 포기, 나무 한 그루가 나에게는 더 아름답다. 장흥 조각 공원에 가본 적이 있다. 저 멀리 산자락과 하늘이 빚어내는 아름다움에 비해서 그 조각품들은 너무나 초라했다. 집 앞에 키 큰 플라타너스가 한 그루 있다. 거실에 앉아서 그 나무가 바람결에 부드럽게 흔들리는 것을 바라보고 있노라면 아름다움의 어떤 끝을 느낀다. 시시각각으로 변하는 그 아름다움은 젊은 여인의 나체 이상으로 눈부시다.

나는 자연의 질서가 무엇인지 잘 모르지만, 인간의 삶 역시 자연의 질서 속에 있다고 믿는다. 자연의 질서에서 벗어난 인간의 삶은 기형의 추함과 고통을 면할 수 없다고 생각한다. 인간과 인간 사회에 대한 설명 가운데서 내 귀에 가장 솔깃한 것은 동물사회학자나 생태학자들의 설명이다. 인간의 도덕이나 질서도 자연의 질서 속에 있어야 한다고 생각한다. 자연성을 상실한 것은 대체로 인간에게 이롭지 못한 것이라 말하고 싶다.

나는 문학을 비롯한 모든 예술이 자연의 아름다움과 질서를 동경한다고 믿는다. 모차르트가 찾아간 곳도 자연이고, 칸딘스키가 찾아간 곳도 자연이라고 믿는다. 그래서 나에게 자연적인 것은 다 예술적인 것이 된다. 나는 잠자리의 일생을 관찰하는 것이 문학 작품을 읽는 것과 다르지 않다고 생각하며, 뒤뜰에 완두콩을 키우는 마음이 쇼팽의 피아노곡에 표현된 마음과 다르지 않다고 생각한다. 이런 믿음 때문에, 나는 자연의 아름다움과 연결되지 않는 현대의 많은 예술들에 대해서 실망감과 당혹스러움을 느낀다.

나의 자연 사랑은 생태적인 것이라기보다는 미학적인 것이다. 나에게 있어 자연은 우선 아름답기 때문에 소중하다. 그런 만큼 더 낭만적인 것일 수도 있지만 또한 더 근원적인 것일 수도 있다. 나는 자연의 아름다움을 잃어버린 우리의 일상적 생활 문화가 매우 상스럽고 천박하고 거칠다고 생각한다. 또 우리 사회가 겪고 있는 여러 가지 혼돈과 위기는 결국 일상적 문화의 미학적 천박성과 깊은 관련이 있다고 본다.

나날의 삶 속에서 나의 자연 사랑은 심한 상실감과 소외감을 느낀다. 어디를 둘러보아도 자연은 빠르게 훼손되고 있으며, 더불어 살던 우리의 이웃 생명들은 어디론가 사라지고 있다. 하늘과 물이 탁해지는 만큼 우리의 내면도 어두워지고 있으며, 문명의 폭주기관차는 무한 욕망을 싣고 파멸로 치닫고 있다. 사람들은 더 이상 자연의 가치를 추구하지 않으려 하며, 황홀한 대중소비문화의 불꽃으로 폭주기관차의 속도만 올리려 하고 있다. 나는 폭주기관차에서 내려 아름다운 들판을 걸어가고 싶다. 부드러운 공기를 깊이 들이마시며 나비나 들꽃처럼 자연의 일부가 되는 것은 단순히 취향의 문제가 아니라 심각한 생존의 문제라고 생각한다.

나에게 있어 자연 사랑은 문학 사랑과 다르지 않다. 나는 자연의 황폐화와 문학의 위기를 같은 문제로 인식한다. 사람들은 자연을 훼손하여 자신들의 삶의 터전을 허물면서 문학이 설 자리도 함께 허물어간다. 이런 상황에서 녹색이념이 우리 시대의 피할 수 없는 당위라면, 그 본질이 녹색인 문학 또한 당위일 수밖에 없다. 다시 말해 자연을 파괴한 문명이 문학까지 위기로 내몰았지만, 그럴수록 자연성의 회복이 절대 명제가 되고 더불어 문학에 대한 새로운 시대적 요청이 절실해지는 것이다. 여기서 문학을 필요로 하지 않는 시대에서의 문학의 필요성이라는 역설이 생긴다. 이 역설적 상황이 나로 하여금 녹색문학을 주장하게 만든다. 그리고 문학의 본질이 이미 녹색인데, 왜 굳이 녹색문학이라는 새이름으로 세상을 복잡하게 만드는가에 대한 변명도 마련해 준다. 즉, 문학의 녹색적 본질과 가치가 새로운 시대적 의미를 띠게 되므로 문학은 녹색문학으로 거듭나는 셈인 것이다. 또 달리 말하면, 〈이제 문학은 더 이상 필요 없다〉라고 말하는 사람에게 문학 스스로 〈나는 너희들의 삶에 필수적인 녹색이다〉라고 대답함으로써 문학의 존재 의의를 강조하는 것과 같다. 물론 녹색문학을 내세우는 데는 문학의 다양한 성격들 중에서 특히 녹색적 본질을 중시하고자 하는 뜻이 있음은 두말할 필요도 없다. 이런 점에서 나에게 있어 녹색문학론은, 문학이 죽어가는 시대의 문학 옹호론이 된다.

내가 녹색문학을 주장한다고 해서 나의 비평적 관점도 달라져야 한다고 생각하지는 않는다. 나는 이전과 마찬가지의 비평적 관점과 방식을 가지고 비평 활동을 할 것이다. 다만 문학을 녹색문학이라고 굳이 다르게 부르는 정도만큼 녹색을 좀더 뚜렷하게 의식하면서 글을 쓰는 것으로 충분하다고 생각한다.

그러나 이러한 당위성과 손쉬움에도 불구하고 나는 녹색문학의 문으로 쉽게 들어가지 못하고 주저한다. 어떤 입법적 문학론을 내세우는 것은 나에게 맞지 않는 일이다. 나는 문학이 어떤 법으로 수렴될 수 없다고 믿는다. 그리고 나의 지적 역량과 열정은 녹색문학론과 같은 포괄적인 이론을 감당하기에는 턱없이 초라하다. 그러나 녹색문학론을 꼭 입법적 문학론으로 보지 않아도 된다는 점, 그리고 나 혼자 녹색문학론을 다 짊어져야 하는 것은 아닐 것이라는 점을 고려하면 이런 점들은 큰 문제가 아니다. 그보다 심각하고 어려운 점은 내가 철저한 녹색주의자가 아니라는 사실이다. 스스로 녹색주의자가 못 되면서 녹색문학을 주장해도 되는 것일까라는 문제는 변명이 쉽지 않다. 내가 생각할 때 나는 아주 느슨한 녹색주의자인 것 같다. 나는 녹색가치를 존중하면서도 나의 일상적 소비 생활은 반녹색적인 면이 많다. 녹색주의자라는 말보다 녹색애호가라는 말이 좀 더 적합할지 모르겠다. 만약 녹색운동가라면 나의 이러한 생활 태도는 심각하게 문제가 될 것이다. 그러나 철저한 실천에 이르지 못하더라도 녹색가치를 존중하는 사람이면 녹색문학을 주장해도 용납될 수 있을 것 같다. 내가 내세우는 녹색문학이란 녹색이념의 명시적 주장이 아니다. 녹색문학은 문학이 원래 지니고 있는 녹색본질을 좀 더 강조하는 것일 뿐이다. 녹색문학은 녹색가치의 재발견 및 확산을 통하여 녹색이념의 저변 확대에 기여한다. 내가 내세우는 녹색문학은 철저한 녹색주의적 삶을 요구하지 않는다.

또한, 녹색이념이란 그 완전한 실현이 거의 불가능한 이념이라는 사실도 나의 변명에 도움이 된다. 사실 녹색이념은 매우 구체적이고 과학적인 현실 비판으로부터 추론된 현실적 이념이긴 하지만, 그 이념의 완전한 실현태인 녹색세상이 가능하리라고는 생각되지 않는다. 녹색이념이 현실적으로 할 수 있는 일은, 근대 물질문명적 삶의 비정상성과 황폐함 그리고 그 파국적 결과를 경고하고 약화시키는 것이라고 생각한다. 자본주의 사회에 대한 마르크시즘의 기능 또는 유교 사회에 대한 도교의 기능에 비유될 수 있을 것이다. 조선시대의 선비들은 유교를 현실적 삶의 원리로 삼았지만 또 한편으로는 늘 도교의 지혜와 삶의 방식을 존중했다. 그렇게 함으로써 그들은 유교 자체의 한계와 그 경직화를 늘 경계했던 것이라고 할 수 있다. 물론 많은 점에서 차이는 있지만, 녹색이념 또한 도교처럼 현실의 대체 기능보다는 현실의 비판과 조정 기능이 강한 것이다. 이것이 녹색이념이 지닌 이념으로서의 겸손함이다. 이 겸손함 때문에 나는 우리가 완벽한 녹색세상을 만들기는 이미 불가능하다고 생각하는 비관주의자가 된다. 그러나 이 겸손함 때문에 나는 녹색주의자가 못 되면서도 녹색문학을 주장할 용기를 얻는다.

2 환경 문제와 녹색이념

녹색문학의 정당성은 녹색이념의 정당성으로부터 나오고, 녹색이념의 정당성은 환경 문제의 심각성으로부터 나온다. 자연과 조화를 이루며 공생하는 세상이라면 녹색이념이나 녹색문학을 내세울 필요가 없다. 오늘날 인간이 처한 환경 문제의 심각성을 제대로 인식하는 일은 녹색으로 향하는 출발점이 된다.

현재 지구의 자연 환경이 얼마나 심각한 병에 걸려 있는지에 대한 진단은 간단하지 않다. 그러나 분명한 것은 자연환경이 빠르게 악화되고 있다는 사실이며, 또한 현재의 문명적 생활 양식이 자연 파괴를 필연적으로 수반한다는 사실이다. 인간이 현재와 같은 성장 위주의 물질문명을 계속 추구한다면 지구 생태계의 파괴는 거의 확실하며, 머지 않아 인간이 지구와 함께 공멸하게 될 것이라는 주장은 근거와 설득력이 있는 경고이다.[1] 물론 이러한 경고를 무시하고 과학기술의 힘으로 환경의 재난을 극복할 수 있을 것이라는 주장도 있다. 공상과학 영화에서 보듯이 과학기술의 발전은 인간이 파괴된 지구를 버리고 우주의 인공 도시에서 살 수 있도록 만들지도 모른다.

---

1) 환경의 위기와 성장의 한계에 대한 경고와 우려는 카슨 Rachel Carson의, *Silent Spring* (Boston: Houghton Mifflin, 1962)과 매도즈 D. H. Meadows의, *The Limits to Growth* (London, 1972)와 로마클럽의 1차 보고서(1970)가 나온 이후로 지금까지 계속 증가하고 있다. 물론 초기의 경고 내용은 상당 부분 잘못된 예측이었음이 판명되었지만, 그 경고의 원칙적 정당성과 절박성은 오히려 높아졌다고 말할 수 있다. 오늘날 환경의 위기와 성장의 한계에 대한 인식은 매우 보편적인 것이 되어 있다.

그러나 인공 도시에서의 삶은 나로 하여금 리들리 스콧 감독의 영화 「블래이드 런너」의 장면들을 떠올리게 만든다. 아무리 과학이 발달 해도 자연을 상실한 삶의 공간은 그 영화 장면처럼 음산하고 삭막하고 불길한 것이 아닐까? 인간은 지구를 버리고서는 살 수 없을 것 같다. 자연이 극심하게 파괴되어 마치 화성이나 금성처럼 삭막하게 되어버린 지구에서 인간다운 삶이 가능할 것이라는 상상은 불가능하다.[2] 오히려 새와 나무와 푸른 하늘이 있는 지구 생태계의 완전한 포기란 곧 인간적 삶의 종말이라는 묵시론적 상상이 더 온당하다. 자연 파괴는 현대의 묵시론이다.

인간이 환경이라는 유례 없이 심각한 문제에 봉착하게 된 실질적 이유는 의외로 단순하다. 그것은 근본적으로 근대 과학기술의 발달 때문이다. 볼펜이나 샴푸 같은 사소한 생활용품에서부터 비행기나 폭탄에 이르기까지 공업 생산품들이 결국 환경 문제를 야기한다는 사실이 이를 뒷받침한다. 근대 과학기술의 엄청난 위력은 20세기의 인간들에게 풍요와 혜택을 가져다주었지만 동시에 자연 환경의 오염과 파괴라는 새로운 악마를 대동했다. 과학기술이 발달하기 이전, 불과 1세기 전만 하더라도 인간의 자연 파괴에는 한계가 있었다. 인간이 자연에게 어떤 짓을 해도 그것은 자연의 자기 회복 능력을 넘어서지 못하였다. 그러나 근대의 과학기술은 인간에게 엄청난

---

2) 신이 만든 자연 공간을 버리고 인간이 만든 인공 공간에 사는 것이 나쁘다는 생각은 잘못된 견해라는 주장도 있다. 그런 생각은 과학기술이 진보 progress해도 인간은 더 이상 진화 evolution하지 않고 그대로 있을 것이라는 잘못된 가정에서 나온 것이라는 것이다. 가령 더글러스 러시코프 Duglas Rushkoff는 인간이 이미 자연인데 인간이 만든 것이라고 해서 자연이 아니라는 생각은 편협된 이분법적 사고라고 비판한다. 그리고 전체적 관점에서 인간과 기술의 공진화 co-evolution를 주장한다. 즉, 과학기술이 삶의 양식과 공간을 변화시킴에 따라 인간은 거기에 맞도록 생물학적으로 진화한다는 것이다. 예를 들면, 현재 사람들은 사이버섹스에 대해 거부감을 갖는 것이 당연하지만, 미래 세계의 사람들은 거기에 맞추어 진화할 것이기 때문에 오히려 사이버 섹스가 자연스럽고 인간적인 것이 된다는 것이다(Duglas Rushkoff, *Playing the Future* (Harper Collins Publishers, 1996) 2장 참조. 우리말 번역으론 김성기, 김수정 역, 『카오스의 아이들』(민음사, 1997)이 있다).

힘을 주었고, 또 새로운 물질문명적 삶을 주었다. 이제 자연은 인간의 힘과 욕망을 감당하기 어렵게 되었다. 자연이 지치고 병들어 가고 있다는 징후들은 이미 자연 경관의 상실, 물과 공기의 오염, 일부 지역의 황폐화 그리고 비정상적 자연 현상 등등으로 일상 생활 속에서도 쉽게 체험된다.

환경 문제가 발생한 이유는 비교적 단순하지만 그것을 극복할 수 있는 방법은 단순하지 않다. 환경 문제는 비교적 독립적인 하나의 사회 문제가 아니라 근대 문명의 토대와 관련된 문제이다. 현재의 근대 문명적 삶에 대한 근본적인 반성 없이 환경 문제를 생각할 수는 없다. 환경의 위기는 곧 근대의 위기라고 할 수 있다. 인간은 질병과 기아와 억압으로부터의 해방을 꿈꾸며 근대를 기획하고 추진하였지만, 바로 그 근대가 자연 파괴를 비롯한 여러 가지 새로운 악마를 낳아 인간의 삶을 위협하고 있는 것이다. 오늘날 세계는, 자연 파괴뿐만 아니라, 인간성 상실과 소외, 분쟁과 경쟁의 증대, 민주주의의 위기, 새로운 혼돈과 재앙의 확산 등등의 많은 문제들로 새로운 위기를 맞고 있다.[3] 『전환——21세기 인류 미래에 대한 보고서』는 두 명의 기자가 2년에 걸쳐 전세계를 누비며 세기말의 변화와 혼돈을 취재한 책으로서, 20세기 말 인류가 직면한 여러 가지 문제점들을 저널리스틱한 관점에서 포괄적으로 보여준다. 저자들은 〈근대라는 최후의 거대한 제국이 붕괴하고 있으며 이제 존속하기에는 너무나 어려운 상황에 놓여 있다〉라고 진단한다. 그러나 가장 근본적이고 가장 심각한 문제는 환경 문제다. 전지구적인 문제인 환경 문제는 다른 모든 근대 문명의 문제들을 포괄하면서 근대 문명 자체를 근본적으로 문제삼는다. 근대에 대한 어떠한 반성도 결국은 환경 문제와 연결되어 있으며, 또한 환경 문제라는 좁은 문을 통과하지 않고서는 근대의 위기를 극복할 수 없다고 생각되기 때문이다.

---

3) 로빈 라이트, 도일 맥마누스, 『전환——21세기 인류 미래에 대한 보고서』, 구갑우 옮김, 푸른산, 1992.

날로 심해지는 환경 파괴는 인류의 파멸을 예고한다. 그리고 환경 문제는 근대 물질문명적 삶 자체에 대한 근본적인 반성을 촉구한다. 여기서 녹색이념은 거부할 수 없는 시대적 당위가 되고 절박한 시대적 요청이 된다. 녹색이념은 자연을 외면한 인간의 삶이 불가능하다는 분명한 근거를 가지고 근대 문명의 모순을 비판하고 그것이 지향하는 무한 성장과 무한 속도의 자멸성을 경고한다. 또한 녹색이념은 자연이 지닌 가치와 아름다움을 강조하고 그것에 입각한 삶에서 인간은 가장 큰 보람과 기쁨을 얻을 수 있다고 강조한다. 녹색이념은 환경 위기와 근대의 위기 속에서 파국으로 치닫고 있는 혼돈 속의 인류가 의존할 유일하고도 현실적인 이념이다.

3 녹색이념과 녹색문학

오늘날 인간의 정신이 의지하고 지향해야 할 유일한 이념이 녹색이념이라면, 현실에 입각한 구체적이고 실존적인 가치의 탐구인 문학이 녹색이념과 무관할 수는 없다. 우리 삶과 사회가 녹색을 지향해야 한다면, 우리의 문학도 당연히 녹색을 띠어야 한다.

녹색문학은 자체의 방식으로 녹색이념의 가치와 미학을 추구하고 실현하고 확산하는 문학이라고 말할 수 있다. 그러나 문학은 어떤 이념의 수단이나 선전 도구가 아니다. 그렇게 되는 순간 문학은 문학으로서의 진정한 가치를 상실한다. 그럼에도 불구하고 녹색문학은 가능하다고 본다. 그 이유는 다음과 같다.

첫째, 녹색이념은 기존의 이념들과 그 성격을 달리한다. 녹색이념은 인간의 모든 자연 파괴와 물질문명을 극복하고 그 대신 인간이 자연과 더불어 조화롭게 살 수 있도록 정치적 경제적 사회적 문화적 변혁을 기도한다는 점에서 하나의 이념이라고 할 수 있다. 그것은 근대적 삶에 대한 근본적인 변혁이라는 점에서 〈사회주의 이래로 가

장 급진적이고 가장 중요한 정치적 문화적 동력〉⁴⁾이라고 주장되기
도 한다. 그러나 사회 변혁 운동으로서의 녹색이념은 녹색이념의 일
부분이다. 녹색이념은 인간에 의해 설계된 세상을 도모한다기보다
는 자연 속에 이미 내재하는 가치와 질서와 미학을 존중하고 추구하
는 인간의 삶을 지향한다는 점에서 그 이념적 성격이 희미하다. 다
시 말해 그것은 새로운 세상을 만들려는 것이 아니고 인간이 자연의
일부로 되돌아 가려는 것이다. 또한 녹색이념이 지향하는 가치는 보
편적이고 포괄적이다. 생태계의 위기는 모든 인간의 위기이지 어떤
특정 계급이나 집단의 위기가 아니며, 녹색가치의 진정한 실현 또
한 모든 인간의 혜택이지 어떤 특정 계급이나 집단의 혜택은 아니
다. 녹색의 가치는 다른 이념에서도 인정될 수 있는 것이며, 동시에
녹색이념은 다른 이념의 가치를 공유하기도 한다. 녹색이념은 생태
학이라는 생물학의 한 범주에서부터 과학적 근거를 얻어 출발하지
만, 그것은 다양한 사상과 사회 조류를 포괄하고 아울러 좁게는 하
나의 사회 운동에서부터 넓게는 하나의 세계관이 된다.⁵⁾ 뿐만 아니
라 녹색이념의 실천 단위는 언제나 개인일 수밖에 없다. 녹색이념은
궁극적으로 개인적 윤리이기 때문에 개인의 각성과 개인의 변화를
기도한다. 그래서 녹색이념에서는 대중, 시민, 민중과 같은 집단
개념은 무의미하고 다만 유일성을 지닌 개인만이 중요시된다.⁶⁾

  이렇게 볼 때, 녹색이념은 이념으로서의 기능성과 정체성이 상당
히 느슨한 편이다. 그러나 이러한 특성 때문에 녹색이념은 〈이데올
로기의 종언〉 시대 또는 〈역사의 종언〉 시대에도 존재할 수 있는 이
념이 된다. 그리고 녹색문학은 녹색이념에 동조하고 기여하면서도
이념복무형 문학이 아닐 수 있게 된다. 녹색문학은 인간이 만든 고
정된 가치에 복무하는 것이 아니라 원래 존재하는 자연 속의 가치를

---

4) J. Porrit & D. Winner, *The Coming of Greens* (Fontana, 1988), p. 9.
5) 녹색이념의 이러한 성격에 대해서는 위의 책 서문 및 결론 참조.
6) 도미니크 시모네, 『생태학』, 정문화 옮김, 한마당, 1984, 86쪽.

찾아내서 인식시켜 주는 문학이다. 녹색이념은 녹색문학으로 하여 금 사회적 가치에 얽매이기보다는 자유롭게 존재론적 가치를 추구 하도록 허용하고 또 권장한다.

둘째, 문학은 본질적으로 녹색이다.[7] 세상에 존재하는 모든 문학 이 다 녹색가치를 추구하는 것은 아니다. 그러나 대부분의 훌륭한 문학은 존재의 본성을 이해하고 또 생명의 온전한 발현을 존중하는 정신을 바탕으로 한다. 달리 말해 문학은 존재하는 모든 것들에 대 한 사랑과 연민의 정신이다. 눌리고, 비뚤어지고, 착취당하고, 소 외당하고, 고통과 죽임을 당하는 그 모든 것들에 대한 측은(惻隱)의 마음이 곧 문학의 마음이다. 또한 온전한 생명과 온전한 아름다움에 대한 기쁨과 외경의 마음이 곧 문학의 마음이다. 녹색문학은 이러한 문학의 본질을 좀더 의식하고 좀더 강조하는 문학일 뿐이다. 그러므 로 녹색문학은 문학 자체가 본질적으로 지니고 있는 속성의 발현이 지 특별한 이념으로 무장한 전략적 수단이 될 필요는 없다.

셋째, 문학의 주요한 특성은 그것이 지식과 깨달음을 주는 이외 에 감성을 계발하고 훈련시킨다는 점이다. 녹색이념이 자연의 가치 와 질서와 미학을 되찾아 확산시키려는 의식적 노력이라고 한다 면, 문학의 이러한 특성은 녹색이념에 잘 어울리는 것이다. 물질문 명적 삶 속에서 인간은 녹색가치와 녹색미학에 대한 건강한 감각으 로부터 점점 멀어져 가고 있다. 특히 대중 소비 문화는 끊임없이 비 녹색적 가치를 새로이 유포시키고 비녹색적 미학을 만들어 사람들 의 허위 욕구를 부추긴다. 평범한 사람들의 일상은 대중 소비 문화 의 식민지가 되고 있다. 녹색문학은 녹색가치와 녹색미학의 아름다 움에 대한 민감한 감성을 일깨워줌으로써 물질문명적 삶의 황폐화 에 대한 효과적인 항체가 된다. 이러한 감각과 미학의 건강성 회복 이 녹색이념에 기여하는 녹색문학의 방식이다.

---

7) 이남호, 「문학은 녹색이다」, 『환경소설집』, 문예산책, 1995 해설 참조.

4 녹색문학과 심층생태학

녹색이념 속에는 다양한 입장이 공존한다. 크게 환경보호주의와 생태주의로 일단 구분할 수 있다. 환경보호주의는 자연 친화적인 태도를 보여줄 뿐 엄격하게 말해서 녹색주의라고 말하기는 어렵다. 환경보호주의자들은 대기 오염과 수질 오염을 문제삼고, 고래나 들소, 반딧불이나 야생화 같은 멸종 위기에 처한 동식물의 보호를 주장한다. 그들은 대체로 기술의 위력과 인간의 자연 관리 능력을 신뢰한다. 그리고 자연을 보호하기 위해서 문명을 문제삼을 필요까지는 없다고 생각한다. 즉 과학기술이 환경 오염 문제를 해결할 수 있을 것이고, 현재의 문명과 자연이 공존할 수 있으며, 오히려 과학적이고 문명적인 관리 아래에서 자연 보호는 더 효과적일 수 있다고 생각한다.

생태주의자들은 환경 문제를 보다 근본적으로 생각한다. 생태계는 매우 복잡미묘한 유기체와 같아서 그 자체로 온전하게 보전되지 않으면 생태계 전체에 어떤 파국이 갑작스레 닥칠지 모른다고 경고한다. 인간에 의한 자연 파괴뿐만 아니라 인간에 의한 어설픈 자연 보호 및 관리도 생태계에 나쁜 영향을 미칠 수 있다고 본다. 그래서 생태주의자들은 지구 생태계에 더 이상 나쁜 영향을 주지 않기 위해서 물질 의존적 성장 위주의 근대 문명이 근본적으로 바뀌어야 된다고 주장한다.

이러한 생태주의 가운데서도 더욱 극단적인 입장이 심층생태학 deep ecology이다. 심층생태학은 인간의 이기적 입장에서 환경 문제를 보고 또 해결을 모색하는 태도를 피상생태학 shallow ecology이라고 비판한다. 심층생태학은 인간과 자연 사이의 새로운 균형과 조화를 모색한다. 그것은 인간의 근본적 심성과 직관이 자연과 닿아 있으며, 인간은 자연과 동등한 입장에서 일체가 될 때 가장 충만한 생명과 행복을 누릴 수 있다고 주장한다. 따라서 심층생태학에서는 인간이 자신을 되돌아보고 자신을 재발견하는 것이 무엇보다 중요하다.

이것(자기 자신을 돌아보는 것——옮긴이)은 생태 의식의 계발이라고 말할 수 있다. 그 과정은 바위, 늑대, 나무, 강 등의 실체를 더 잘 알게 되는 것, 즉 모든 것이 연관되어 있다는 통찰을 포함한다. 생태 의식을 계발한다는 것은 침묵과 고독을 알게 된다는 것을 뜻하며, 또한 (자연의 소리를——옮긴이) 듣는 방식을 배운다는 것을 뜻한다. 그것은 보다 관대하고 보다 믿음직하고 보다 전체적인 지각 능력을 배우는 것이며, 그리고 과학과 기술을 비착취적으로 사용하는 방식을 생각하는 것이다.
그 과정은 자신에게 정직해지는 것이며, 자기 직관을 바로 아는 것이고, 그리고 분명한 원칙에 따라 행동하는 것이다. 그렇게 되면 우리는 자기 행동의 주체가 되고, 책임감을 갖게 되고, 공동체 안에서 정직하게 일하게 된다. 이것은 단순하지만 쉬운 일이 아니다.[8]

〈생태 의식의 계발 cultivating ecological consciousness〉이란 말에서 짐작할 수 있듯이 심층생태학은 개개인의 세계관과 감각이 자연과의 조화를 회복하는 것이 무엇보다 중요하다고 생각한다. 생태 의식이란 단순히 자연에 대한 감수성을 뜻하는 것에 그치지 않는다. 생태 의식의 계발은 진정한 자아 실현 self-realization과 통한다. 이때 자아란 개인적 구원이나 개인적 욕망의 주체로서의 고립된 자아가 아니다. 심층생태학에서 말하는 자아 실현이란 자신을 다른 인간뿐만 아니라 비인간세계 전체와 일체화시키는 일이다. 즉 큰 자아 속의 작은 자아 self-in Self를 실현하는 일인데, 여기서 큰 자아란 세계의 유기적 전체성을 의미한다. 또 달리 말하면, 자아 실현은 인간을 비롯

---

8) Bill Devall & George Sessions, *Deep Ecology* (Gibbs Smith Publisher, 1985), p. 8.

한 생물들, 숲, 강과 산, 토양 속의 미생물까지 세상의 그 모든 것이 살지 못하면 자신도 살지 못한다는 사실을 깨닫고 그 모든 것과 하나가 됨을 뜻한다.[9] 모든 인간이 이러한 자아 실현에 가까이 가지 않고서는 환경 위기가 근본적으로 치유될 수 없다는 것, 그리고 그 자아 실현만이 인간의 참된 행복에 이르는 길이라는 것이 생태주의자들의 생각이다. 결국 심층생태학은 인간이 자연과의 일체 의식을 가지고 그에 따르는 감수성과 감각을 지닐 것을 기대한다. 그것은 인식의 변화를 넘어서서 감성과 감각의 변화에까지 이르지 않으면 안 되는 것이다. 다시 말해 풀 한 포기도 소중하게 여기는 삶의 태도는 단순히 그런 생각의 강조만으로 되는 것이 아니다. 감성과 감각까지 그렇게 변해야만 한다. 바로 이 점에서 왜 심층생태학이 철학이나 다른 학문적 표현보다도 문학적 표현에 더 많이 의존하게 되는가를 알 수 있다. 문학은 다른 어떤 언어적 표현보다 더 많이 감성과 감각에 호소한다. 심층생태학은 이미 많은 부분을 문학과 공유하고 있는 것이다.

그러므로, 여러 가지 녹색적 입장 가운데서, 녹색문학은 특히 심층생태학과 친화성이 높다고 할 수 있다. 물론 녹색문학은 모든 녹색적 입장을 다 포용한다. 녹색 가치의 존중 또는 재발견이 간접적으로라도 드러난다면 그것은 녹색문학의 범주에 포함시킬 수 있다. 그러나 녹색문학의 근본 속성은 심층생태학적이다. 존재하는 모든 것들에 대한 사랑과 연민 그리고 경외감은 문학의 근본 정신이면서 동시에 녹색 상상력의 동력이다. 한 포기 들꽃을 사랑하고, 버려진 돌멩이 하나에서도 고유한 가치를 발견하고 존중하는 녹색 상상력은 생태 의식과 공유하는 부분이 많다. 가령 김소월의 「산유화」 같은 시는, 녹색과 관련하여 새로운 중요성을 갖는다.

---

9) 위의 책, p. 67.

산에는 꽃 피네
꽃이 피네
갈 봄 여름 없이
꽃이 피네

산에
산에
피는 꽃은
저만치 혼자서 피어 있네

산에서 우는 작은 새여
꽃이 좋아
산에서
사노라네

산에는 꽃이 지네
꽃이 지네
갈 봄 여름 없이
꽃이 지네

이 시는 산과 꽃과 새와 같은 대표적인 자연물을 노래했다는 점에서 우선 녹색이다. 산과 꽃과 새는 서로 어울려 하나의 풍경을 이룬다. 보통 이 시의 의미 해석은 〈저만치 혼자서 피어〉 있는 꽃에 집중된다. 그러나 녹색적 관점에서는 꽃이 특별히 중요한 의미를 지니는 것은 아니다. 다만 그 고독감은 중요하다. 조용한 고독 속에 잠기지 않으면 자연과 교감할 수 없다는 점에서 그러하다. 이 시는 읽는 이에게 산과 꽃과 새가 어울려 있는 풍경을 보여주고, 그 속의 고독감과 그리고 순환하는 질서감을 전달해 준다. 이런 것들은 읽는 이의 내면에 존재하는 본연의 심성에 공감의 울림을 준다. 이 울림은 아마도 심층생태학에서 말하는 〈생태 의식의 계발〉을 직접적으로 고무하는 것이 아닌가 한다. 직접 산에 가서 한 송이 들꽃을 들여다볼 때보다도 이러한 김소월의 시가 더 생태 의식의 계발에 효과적일 수도 있을 것이다. 이런 점에서 「산유화」는 아주 훌륭한, 어쩌면 직접 환경 문제를 다루는 작품보다 더 훌륭한 녹색문학일 수 있다. 김소월이 「산유화」 같은 시를 쓸 수 있었던 것은 그가 심층생태학적 사유와 흡사한 시 정신을 지니고 있었기 때문일 것이다. 김소월은 그의 유일한 시론인 「시혼(詩魂)」에서 다음과 같이 말한다.

도회의 밝음과 지껄임이 그의 문명으로써 광휘와 노력을 다투며 자랑할 때도, 저 깊고 어두운 산과 숲의 그늘진 곳에서는 외로운 버러지 한 마리가, 그 무슨 시름에 겨웠는지, 쉼없이 울고 있습니다. 여러분, 그 버러지 한 마리가 오히려 더 많이 우리 사람의 정조답지 않으며, 빈 들에 말라 벌 바람에 여위는 갈대 하나가 오히려 아직도 더 가까운 우리 사람의 무상과 변전을 서러워하여 주는 살뜰한 노래의 동무가 아니며, 저 넓고 아득한 바다에 뛰노는 물결들이 오히려 더 좋은, 우리 사람의 자유를 사랑한다는 계시가 아닙니까. —— 우리는 적막한 가운데서 더욱 사무쳐오는 환희를 경험하는 것이며, 고독의 안에서 더욱 보드라운 동정을 알 수 있는 것이며, 다시 한번 슬픔 가운데서야 보다 더 거룩한 선행을 느낄 수도 있는 것이며, 어둠의 거울에 비쳐 와서야 비로소 우리에게 보이며, 삶을 좀더 멀리한, 죽음에 가까운 산마루에 서서야 비로소 삶의 아름다운 빨래한 옷이 생명의 봄두덩에 나부끼는 것을 볼 수도 있습니다.[10]

---

10) 『한국의 문학 비평』, 1권, 권영민 엮음, 민음사, 1995. 211쪽.

그늘진 곳에서 울고 있는 버러지 한 마리, 빈 들에 말라 벌 바람에 여위는 갈대 하나, 아득한 바다에 뛰노는 물결 속에 삶의 지순한 정조가 있다고 김소월은 말한다. 그리고 슬픔과 어둠과 죽음 가까이에서만이 삶의 기쁨과 생명을 느낄 수 있다고 말한다. 그래서 시의 혼은 늘 그러한 것들에 가까이 있다는 것이다. 문학의 근본 정신이라고 달리 말할 수 있는 이러한 시혼은, 생태 의식과 상통하는 것이라 생각된다. 그것은 곧 세상의 모든 외롭고 초라하고 쓸쓸한 것들에 대한 관심과 연민과 일체감이라 할 수 있다. 그것은 〈저만치 혼자서 피어 있네〉라는 구절 속에 들어 있는, 홀로 외롭게 피어 있는 들꽃에 대한 애틋한 마음, 즉 우주적 연민 cosmic pity이라고도 말할 수 있을 것이다.[11] 달리 말하면 문학의 근본 정신이라고 할 수 있다.

사실 심층생태학은 녹색이념으로서 그 현실적 실현 가능성이 상당히 제한적이다. 즉 너무 이상적인 면이 있다. 심층생태학은 그러므로 녹색이념의 행동 지침으로서보다는 윤리적 철학적 바탕으로서 보다 중시될 만하다. 심층생태학의 이러한 성격 역시 녹색문학과 잘 어울린다. 앞에서도 강조했지만, 녹색문학은 특정 녹색가치의 현실적 실천과 실현에 직접 기여한다기보다는 녹색적 감각의 계발과 녹색적 가치의 확산을 통해서 녹색이념의 토대를 강화하고 녹색이념의 저변을 확대한다. 녹색문학은 모든 녹색적 입장을 다 포용하지만, 심층생태학적 상상력은 녹색문학의 가장 중심적 상상력이라고 할 수 있다.

5 녹색문학과 비인간중심주의

심층생태학은 인간중심주의를 부정한다. 계몽주의 이래의 인간중

---

11) 〈저만치 혼자서 피어 있네〉에 대해서는 흥미로운 해석들이 있다. 그 가운데서 〈우주적 연민〉이란 김종길의 해석이 특히 돋보인다(김종길, 「시를 어떻게 읽을 것인가」, 《심상》, 1974년 2월호, 22쪽).

심주의가 그릇된 자연관을 낳았고 나아가 오늘날과 같은 자연 파괴와 인간 상실의 재앙을 가져왔다는 것이다. 현재 우리 인간의 세계관과 의식이 얼마나 인간중심주의적인가를 살펴보는 것은 환경 문제에 있어서 매우 중요한 일이다.

사실 인간중심주의적 사고는 계몽주의 훨씬 이전부터 있어 왔다. 「창세기」 1장에 보면, 하느님이 당신의 모습대로 인간을 지어내고, 인간으로 하여금 땅을 정복하고, 모든 짐승을 부리게 하고, 또 모든 풀과 과일나무를 양식으로 준다는 구절이 있다. 이런 인간중심적 사고는 계몽주의 시대에 더욱 강화되었고, 근대적 사유의 한 특성이 되었다. 예를 들어, 태양이 뜨고 별이 빛나는 것은 인간을 위해서이고, 수박이 둥근 것은 인간이 갈라서 먹기 쉽게 하기 위해서이고, 또 바다에 소금물이 가득한 것은 인간이 항해하기 위한 것이라는 생각들이다.

물론 모든 시대의 모든 인간이 다 인간중심적 사고 속에서 살았던 것은 아니다. 어떤 아메리카 인디언들은 네 발로 땅을 기는 짐승을 가장 저급하게 생각하였고, 그 다음으로 두 발로 걷는 인간을 저급하게 생각하였고, 날개로 하늘을 나는 새를 가장 고급하고 신성한 존재로 생각했다. 우리는 많은 문학적 종교적 사유 속에서 또 원시적 문화 속에서 비인간중심주의적 사고를 만날 수 있다. 그렇지만 현재의 문명을 만들었고 또 자연 파괴라는 재앙을 초래한 것은 근대 이후의 인간중심주의라고 말할 수 있다.

인간중심주의에는 두 가지 입장이 있을 수 있다. 하나는 인간을 위한 수단으로서 자연을 보는 입장이고 다른 하나는 단순히 인간의 관점에서 자연을 보는 입장이다.[12] 자연을 수단으로서만 보는 입장

---

12) 앤드루 돕슨은 전자를 〈강한 인간중심주의 strong humancentrism〉라고 하고 후자를 〈약한 인간중심주의 weak humancentrism〉라고 했다. 또 폭스는 전자를 〈인간을 위한 수단 human-instrumental으로서의 입장〉이라고 하고 후자를 〈인간중심적 human-centered인 입장〉이라고 했다(앤드루 돕슨, 『녹색정치사상』, 정용화 옮김, 민음사, 1993, 81쪽).

은 명백하게 반녹색적이다. 생태주의자들의 기본적인 주장은 비인간중심주의라고 할 수 있다. 모든 존재들이 각기 고유의 가치와 권리를 지니고 있으며, 그 가운데서 인간의 특별한 지위는 부정된다. 가령 어떤 미생물이 갑자기 전멸한다면 생태계의 균형이 깨어져서 결국은 인간을 포함한 거의 모든 생물이 파국을 맞게 되지만, 인간이 어느 날 갑자기 전멸한다고 해도 생태계는 크게 피해를 입지 않거나 오히려 생태계에 이로울 수 있다고 한다.[13] 또 가이아의 견지에서 보면, 인간이 일으키는 대기 오염이 이상 기후를 초래할 경우 그것이 한 종으로서의 인간에게는 유해할지 몰라도 생물권 전체로 본다면 유익할 수도 있다.[14] 이렇게 본다면 인간이 미생물보다 우월하거나 소중하다는 근거는 없다. 참새와 풀과 잠자리와 인간은 각기 평등한 지위와 권리를 갖는다. 일부 심층생태주의자들은 생물뿐만 아니라 돌멩이나 흙과 같은 무생물까지도 인간과 동등한 지위와 권리를 갖는다고 주장한다.

그러나 이러한 비인간중심주의는 고결한 생각이긴 하지만, 현실적이지 않다. 그것은 인간의 불가피한 조건을 무시한 생각이다. 인간은 생존을 위해서 어쩔 수 없이 자연을 어느 정도 착취할 수밖에 없다. 뿐만 아니라 자연의 고유한 권리를 주장한다고 해도 그것은 인간의 생각 안에서이다. 다시 말해 우리가 자연에 대해서 어떤 평등한 사고를 한다고 해도 그것은 근원적으로 인간중심적이다. 따라서 앤드루 돕슨의 지적처럼 〈약한 인간중심주의는 인간이라는 조건의 불가피한 특징〉[15]이다.

약한 인간중심주의를 인정하는 것은 비인간중심주의를 무조건 주장하는 것보다 더 사려깊은 태도이며, 오히려 더 생태주의적이라고

---

13) Christopher Manes, "Nature and Silence," *The Ecocriticism*, Cheryll Glotfelty & Harold Fromm ed. (The Univ. of Georgia Press, 1996), p. 24.

14) J. E. 러브록, 『가이아』, 홍욱희 옮김, 범양사, 1990, 31쪽.

15) 앤드루 돕슨, 앞의 책, 84쪽.

도 볼 수 있다. 생태계를 구성하는 존재들이 경쟁보다는 협동과 공생에 의해서 생태계를 유지한다는 생태주의자들의 주장[16]을 인정한다고 하더라도, 모든 존재들은 자기의 입장과 형편에 서서 생태계에 참여하는 것이지 다른 존재를 위해서 희생적으로 생태계에 참여하는 것은 아니다. 이런 점에서 완전한 비인간중심주의는 억지스럽다. 오히려 약한 인간중심주의가 비인간중심주의보다 공생이라는 자연의 질서에 더 순응하는 태도라고 할 수 있다.

녹색문학은 비인간중심주의나 약한 인간중심주의는 물론이고, 자연을 소중하게만 생각한다면 강한 인간중심주의까지도 포용할 수 있다. 가령 숲을 잘 보존하여 홍수를 막겠다는 생각이나 정원을 아름답게 가꾸어 즐거움을 얻겠다는 생각을 녹색문학은 배척하지 않는다. 그렇지만 녹색문학은 그것의 비현실성에도 불구하고 비인간중심주의에 가장 큰 매력을 느낀다. 그 이유는 비인간중심주의적 태도가 자연의 숨은 가치와 질서와 미학을 재발견하는 데 가장 효과적이라고 생각되기 때문이다. 약한 인간중심주의는 자칫하면 자연에 내재된 가치와 질서와 미학을 재발견하는 데 편견으로 작용할 여지가 있다. 녹색문학의 직관적 상상력이 보다 자유롭게 자연과 교감하기 위해서는 비인간중심주의가 존중되어야 할 것이다. 황순원의 소설 「청산가리」는 생명에 대한 외경을 보여주는 작품이다. 화자의 암탉이 알을 품어 병아리를 열다섯 마리 깠다. 화자와 그 가족들은 병아리의 귀여운 생명으로부터 큰 즐거움을 얻으며 그 병아리 키우기에 열성을 쏟는다. 그러나 밤마다 고양이가 병아리를 물어 죽인다. 병아리를 위해 고양이를 죽이기로 하고 청산가리를 얻어놓았지만 화자는 쉽사리 청산가리를 사용하지 못한다. 왜냐하면 청산가리를 먹고 그 자리에 고꾸라진 고양이를 생각하면 주저되기 때문이다. 그가 만약 자신의 이득만 생각한다면 아무 거리낌 없이 청산가리로 고

---

16) 위의 책, 41쪽.

양이를 죽였을 것이다. 그러나 그는 병아리가 주는 이득보다도 병아리 자체의 생명을 사랑했으며 그렇기 때문에 고양이도 함부로 죽일 수 없었던 것이다. 이러한 화자의 태도는 비인간중심적이라고 말할 수 있다. 우리가 좋은 문학 작품에서 흔히 발견하게 되는 물활론적 사고나 생명 존중의 정신은 대개 비인간중심주의와 연관된다고 할 수 있다.

그러나 또 다른 많은 문학 작품에서는 인간중심주의와 비인간중심주의 구분이 사실상 무의미하다. 대부분의 문학은 자연 그 자체보다 당연히 인간의 문제를 다룬다. 브레히트의 「연기」라는 시는 인간중심적 사고로 씌어진 작품이다.

> 호숫가 나무들 사이에 조그만 집 한 채
> 그 지붕에서 연기가 피어오른다.
> 이 연기가 없다면
> 집과 나무들과 호수가
> 얼마나 적막할 것인가

이 시는 인간의 삶이 없는 자연이 얼마나 적막한 것인가를 강조함으로써, 인간의 인간에 대한 따뜻한 정과 그리움을 노래하고 있다. 연기가 피어오른다는 사실은 그 집에 사람이 살고 있음을 뜻한다. 사람이 살지 않는 빈 집의 적막함은 아름다운 호수나 나무의 풍경까지도 적막하게 만들 것이다. 이런 생각은 분명히 인간중심적이다. 그러나 이 시 역시 녹색적 가치에 기여하는 작품이 된다. 여기서 노래하는 것은 집과 나무와 호수의 어울림이다. 그 어울림은 집에 인간의 삶이 있을 때 완성된다. 이것은 일차적으로 인간과 인간의 연대감이지만, 이 연대감은 나무들과 호수로 그대로 확산된다. 연기에 의해서 나무들과 호수까지도 적막을 벗어난다는 생각에서 사물이나 환경과의 내밀한 연관을 발견할 수 있다. 그러므로 연기를 보고 반가워하는 마음은 그 자체로 녹색적 가치를 지닌다고 할 수 있다.

인간중심적 생각을 보다 미묘한 태도로 보여주는 작품으로 오탁번의 「솔잎」을 언급할 수 있다.

> 추석 송편 솥에 넣을 솔잎을 따려고
> 땅거미가 질 때 발소리 죽이고
> 뒷산에 올라가는 할머니의 얼굴은
> 손자놈 콧물보다 더 진한 생애의 때
> 잿빛의 머리칼은 한줌도 안 되지만
> 소나무의 아픔은 옛 짐작만으로도 다 안다
> 해 넘어가고 첫잠 든 소나무가
> 은하수 멀리까지 단꿈을 꿀 때
> 살며시 솔잎을 따야 아프지 않고
> 솥에 들어가도 뜨거운 줄 모른다
> 말없이 솔잎이 숨 거둘 때마다 •
> 젊은 날의 사랑처럼 송편이 익는다

이 시에서 할머니는 추석 송편을 맛있게 먹으려고 솔잎을 딴다. 이것은 인간의 이기적 행동이다. 그런데 할머니는 자신의 이기적 행동에 대해 소나무에게 미안함을 느낀다. 그래서 소나무가 아픈 것을 알지 못하도록 또 솔잎이 솥에서 뜨거운 것도 모르도록 어두워진 후 소나무가 잠들 때를 기다려 딴다. 사실 소나무를 존중한다면 솔잎을 따지 않으면 된다. 솔잎이 없어도 송편을 만들어 먹을 수는 있다. 그런데 할머니는 솔잎을 따면서 소나무에 대한 염치를 차린다. 중요한 것은 자연에 대한 이 〈염치의 마음〉이다. 실질적인 공생의 자세이기도 한 이 〈염치의 마음〉은 녹색문학에서 매우 중요한 덕목이다. 나무꾼이 도끼로 나무를 베기 전에 〈도끼 들어가요〉라고 외침으로써 나무에게 놀라지 말고 알려주고 미안한 뜻을 전하는 것도 〈염치의 마음〉이다. 또 계란을 깨서 요리를 할 때, 한번 만에 깨뜨림으로써 계란이 두 번 아프지 않게 하려는 마음도 〈염치의 마음〉이다. 인간은 자신들의 생존과 이기적 욕망을 위해 어느 정도 자연을 착취할 수밖에 없다. 그러나 이 〈염치의 마음〉이 있는 한, 인간의 자연에 대한 착취는 자연 질서의 일부로 용납될 수 있을 것 같다. 이러한 약한 인간중심주의가 인간의 자연에 대한 가장 자연스런 태도가 아닌가 한다.

한편, 대개의 문학 작품에서는 인간중심적 생각이 아예 거론될 필요조차 없는 것 같다. 서정주가 「학」이란 시에서, 학의 의연한 모습을 보고 〈산덩어리 같아야 할 분노가/ 초목도 울려야 할 서름이/ 저리도 조용히 흐르는구나〉라고 했을 때 그것은 시인의 생각이지 학의 생각은 아니다. 그러나 이런 경우, 자연물은 시인의 심경을 표현하기 위한 비유이므로 그 인간중심 여부를 따질 필요가 없다. 서정시의 대부분은 자연물에 시인의 감정을 이입하여 노래한다. 그런 작품을 두고 인간중심적이라고 말할 필요는 없을 것이다. 오히려 자연과의 감정적 유대나 소통이라고 말하는 편이 더 나을 것이다.

문학 작품 속에서 인간중심주의와 비인간중심주의 구분은 이처럼 매우 미묘하다. 자연에 대한 사랑과 연민과 존경의 마음이 있다면 어느 쪽이라도 녹색문학으로서 문제가 되지 않는다. 다만 원칙적으로는 녹색문학이 비인간중심주의를 지향한다고 말할 수 있다.

6 녹색문학과 진보

녹색이념은 일단 진보적인 이념이라고 할 수 있다. 그것은 다른 진보적 이념이나 사상들처럼 현재의 정치, 경제, 사회 질서를 심각하게 문제삼고 그 변혁을 꾀한다는 점에서 그러하다. 그러나 진보를 선적인 발전을 전제로 하는 개념으로 볼 때, 녹색이념을 진보적이라고 말하는 것은 적절치 않다. 마치 나무의 키가 자라듯이 또는 나비가 알, 유충, 애벌레, 번데기, 성충의 과정을 밟으며 성장하듯이 어떤 정해진 경로로 사회가 발전하거나 성숙한다는 생각[17]은 녹색이념에서 수용되지 않는다. 녹색이념은 오늘날 우리가 외면하고 있거나 잃어버린 본질적 가치를 되찾자는 것이지 예전에 없던 새로운 가치를 추구하자는 것이 아니다. 녹색이념은 발전적 세계관이 아니라 순환적 세계관을 지닌다고 말할 수 있을 것이다. 세상은 끊임없이 변화하지만 그 변화란 마치 사계절의 변화처럼 어떤 변치 않는 질서 속의 운동이라고 생각하는 것이다.

이러한 생각은 하늘 아래 새로운 것은 없다는 생각과 통한다. 그리고 새것 콤플렉스를 거부하고 오래된 것들에 대한 가치를 존중한다. 성장 지향의 근대 산업 사회는 끊임없이 새로운 것들을 만듦으로써 유지된다. 성장과 발전은 언제나 새것에 의존하지 않을 수 없다. 새로운 사상, 새로운 물건, 새로운 형태, 새로운 지식, 새로운 유행, 새로운 욕망이 계속 생산되어야만 한다. 새로운 것을 헌것으로 만드는 또 다른 새로운 것이 등장하는 시간이 점점 줄어들어야 한다. 그 결과 현재의 문명적 삶은 모든 면에서 아주 짧은 라이프 사이클을 지닌다. 자연스런 필요에 의한 변화의 리듬을 상실하고 부자연스럽게 빠른 리듬에 주체할 길 없이 휩쓸려가는 것이다. 이것은 여러 가지 비인간적 문제를 야기시킨다. 우선 지나치게 빠른 생활 리듬 자체가 비인간적이다. 그리고 새로운 것을 만드는 것은 곧 쓰레기를 만드는 결과를 동반한다. 간단히 말해 칼라 텔레비전이 새로 나오면 그때까지 불편 없이 보던 흑백 텔레비전은 곧 쓰레기가 된

---

17) 〈다윈의 『종의 기원』이 출간된 이후에야 진보라는 개념은 과학적 종교적 차원에서 발생되었다. (이 낙관적 견해는 산업국가들 사이에서 너무도 폭넓게 확산되었기 때문에) 진보가 곧 종말을 맞이할지도 모른다는 주장은 오늘날 많은 사람들에게 과거의 천동설만큼이나 기이한 생각으로 간주되고 있다.〉(Gunter S. Stent, W. H. Freeman, *The Paradox of Progress* (San Francisco, 1978), p. 27.) John Hogan, 『과학의 종말 *The End of Science*』, 김동광 옮김, 까치, 35쪽에서 재인용.

다. 그리고 새것은 자연적 욕구와 무관한 불건전한 욕망과 불건전한 문화를 만들어 낸다. 새것 만들기 역시 수확체감의 법칙을 벗어날 수 없기 때문이기도 하다. 또 빠른 사이클 속에서 억지로 만들어진 새것은 부실한 것이 될 수밖에 없다. 그것의 수명은 오래갈 필요도 없지만 오래갈 수도 없다. 또 늘 새것에 매달리다 보면 대상과 주체 사이에 정상적인 소통이나 교감이 이루어지지 않는다. 그래서 인간의 마음은 어디에도 정착하지 못하고 늘 떠돌게 된다. 또 새것이 빠른 속도로 우리의 삶을 앞질러갈 때, 우리는 불필요한 소외감에 시달리게 된다. 뿐만 아니라 새것을 위한 새것의 창안은 결국 신기한 것, 비정상적인 것, 변태적인 것에까지 매달리지 않을 수 없게 된다. 그것은 새로운 성적 쾌감의 지속적 추구가 변태 성욕으로 발전하고 마침내는 성과 생명의 상실로까지 이어지는 것과 마찬가지다.

새것 콤플렉스라는 악마적 충동은 근대 문명 사회의 필요악이다. 녹색문학은 이러한 새것 콤플렉스의 악마성을 충분히 인식한다. 그러나 녹색문학이 그 악마성 때문에 새로움과 새것을 거부하는 것은 아니다. 녹색문학은 근본적 의미에서 새로움과 새것은 없다고 생각한다. 모든 것은 이미 자연이나 과거 속에 다 있다. 다만 숨어 있거나 드러나 있거나 할 뿐이다. 녹색문학 자체만 하더라도 그것은 자연의 질서 속에 절반쯤 숨어 있거나 아니면 과거 현자들의 사상 속에 다 있던 것이다. 이미 있던 것만으로도 충분한데 쓸데없이 낯설고 위험부담이 있는 새것을 만들어 삶과 세상을 번잡하고 혼란스럽게 만드는 것은 어리석은 일이다. 오래된 것과 오래된 가치를 추구하는 것은 녹색문학의 기본 태도라 할 수 있다.

그러나 녹색문학이 과거로의 회귀나 현상태에의 정체를 주장하는 것은 아니다. 설사 과거적 삶 속에 녹색이념이 이상적인 형태로 구현되어 있다고 해도 우리가 과거로 되돌아갈 수는 없다. 『오래된 미래』라는 책에서 저자는 티베트의 라다크 마을의 삶을 소개하고 있다. 그곳 사람들은 거의 자급자족하고 또 자연과 거의 완벽한 조화를 이루며 행복하고 건강하고 낙천적인 삶을 살고 있다. 라다크 마을의 삶은 근대 문명적 삶이 얼마나 어리석은 것인지 간접적으로 보여준다. 그래서 저자는 그 오래된 마을에서 우리가 지향해야 할 미래 사회의 모습을 추론할 수 있다고 주장한다.[18] 그러나 라다크 마을이 아무리 이상적이라도 문명 사회가 다시 모든 것을 버리고 또는 스스로 규모를 축소해서 그런 삶의 양식을 취할 수는 없다. 다만 우리는 라다크 마을에서 원칙적인 지혜를 얻을 수 있을 것이다. 『오래된 미래』가 시사하는 바와 같이, 과거를 존중하는 까닭은 과거로 되돌아가고자 해서가 아니라 과거 속에 이미 새로운 미래의 모습이 있기 때문이다. 한편 현상태에서의 정체 역시 녹색문학이 주장하는 바가 아니다. 봄이 되면 늘 꽃이 피지만 그것은 계절의 변화를 수반하는 것이다. 마찬가지로 우리의 삶과 사회도 늘 운동과 변화 속에 있지만, 큰 질서를 벗어나지 않는다는 점에서 오래된 가치가 존중되는 것이다.

녹색문학은 오래된 것과 오래된 가치를 존중하고 그 속에서 새로움을 얻는다. 작품의 문체나 형식이나 내용 등 모든 면에서 지나치게 새롭고 신기한 것을 추구하는 문학은 녹색문학이 되지 못한다. 녹색문학은 새롭지 않고서도 신선한 느낌과 진실한 의미를 주는 문학이 되고자 한다. 마치 매년 변치 않고 찾아오는 봄이지만 늘 새봄이듯이, 녹색문학은 근원적인 가치와 미학을 벗어나지 않으면서도 늘 새로운 문학일 수 있다. 새것을 싫어하고 옛것을 존중하면서도 상투적이지 않고 오히려 새로운 느낌을 주는 문학이 바람직한 녹색문학이다. 가령 최창조의 풍수사상은 간접적인 예가 될 수 있다. 최창조는 도선사상에 입각한 우리 고유의 옛 풍수사상을 오늘에 되살리려 한다. 현재의 풍수사상은 중국 풍수의 영향을 받은 것으로 명당을 찾아 화를 피하고 복을 찾는 풍수다. 그런데 우리 고유의 풍수

---

18) 헬레나 노르베리-호지, 『오래된 미래』, 김종철, 김태언 옮김, 녹색평론사, 1996.

는, 명당을 찾는다기보다 나쁜 땅을 잘 다스리고 도와서 좋은 땅으로 만드는 것을 목적으로 하는 소위 비보사탑설(裨補寺塔說)에 입각한 풍수다.[19] 그러니까 비보사탑설은 아주 옛날 것이면서도 오늘의 시대 정신에 잘 맞는 신선한 풍수사상이라고 말할 수 있다.

이러한 예를 시에서 찾아본다면, 서정주의 시 「새해의 기원——1976년을 맞이하여」를 생각해 볼 수 있을 듯하다.

　　　저 아이들 가슴은
　　　두루 무슨 가슴일까?
　　　사촌 명주바지에 뜨시한 가슴일까?
　　　아니면 너무나 일찍 일어나서
　　　누굴 위해 불 지피는 아궁이일까?
　　　—— 그런 것 생각하고 있다가

　　　어떤 옛 가사에 나오는
　　　〈藥 찬 가슴〉이란 말 한 마디를
　　　기억해 본다.
　　　어느 가슴보다도
　　　부디 藥 찬 가슴이나 되어서
　　　너이들도 성하고,

---

19) 최창조, 『한국의 자생풍수』, 민음사, 1997.
　　최창조가 재발견하여 오늘에 되살리려 노력하고 있는 도선의 풍수사상은 녹색이념과도 매우 친화성이 높다. 최창조는 〈그(도선)의 지리 사상이 과연 주객불이(主客不二), 물아일여(物我一如), 인천혼동(人天混同), 천인무간(天人無間), 심물일경(心物一境)의 무차별성을 강조하는 환경과 인간의 일원론인지, 과연 그러하다면 그의 사상이 오늘의 환경 문제에 긍정적 영향을 끼칠 수 있는지, 더 나아가 환경 운동의 사상적 기반으로 작용할 수 있는지 (……) 따져보아야 할 일이다〉라고 조심스럽게 말한 후, 결론적으로 〈도선 풍수의 본질은 땅과 사람에 대한 사랑이며 그 방법론은 사랑하는 대상에 대한 고침[治療]의 추구이다〉라고 말한다(35-185쪽). 그러하다면 도선의 풍수사상은 녹색이념의 주요한 사상적 기반이 될 수 있을 것이다.

너이들에 거는 우리 소원도

성하게만 해달라고 기원해 본다.

시의 마지막 두 연이다. 여기서 시인은 새해 아침에 아이들에게
희망을 걸고 있다. 그런데 그 희망은 아이들의 가슴이 〈약(藥) 찬
가슴〉이 되었으면 하는 것이다. 이 희망은 상투적일 수밖에 없는 새
해의 희망을 벗어나지 않으면서도, 또 옛 가사의 구절을 되살리면
서도 전혀 새롭고 신선한 의미와 느낌을 준다. 이 말은 원래 고려속
요 「만전춘(滿殿春)」에 나오는 것이다. 「만전춘」은 남녀의 성적 사
랑을 진솔하게 묘사한 작품인데, 마지막 연에 〈약(藥) 든 가슴을 맞
추었습니다〉라는 구절이 나온다. 사랑하는 사람의 가슴이란 그 품에
안겼을 때 자신의 상사병을 치료할 수 있다는 뜻에서 〈약(藥) 든 가
슴〉이 되는 것이다. 이처럼 원래 뜻은 〈사랑하는 사람의 가슴〉이지
만, 서정주는 그 의미를 보다 확대하여 되살린다. 즉 세상의 모든
아픔과 상처를 치유할 수 있는 사랑과 희망이라는 뜻으로 되살려 아
이들의 가슴이 그리하여 그 약의 힘으로 앞으로의 세상이 두루 건강
하길 바라는 마음을 표현하고 있는 것이다. 이러한 〈약(藥) 든 가슴〉
은 또한 생태 의식과도 잘 통하는 가슴이라고 할 수 있을 것이다.

이처럼 녹색문학은, 구태여 새것을 만들어내려고 안달할 필요 없
이 이미 우리가 가진 것들을 잘 되살려 쓰면 얼마든지 새롭고 신선
한 삶을 유지할 수 있음을 강조한다. 녹색문학은 근대적 진보 개념
을 환상이라고 생각한다. 새것이 필요하다면 그것은 진보를 위한 것
이 아니라 현재의 정체와 퇴화를 막기 위한 것이다. 예술의 본질이
그러하지만, 특히 녹색문학에서의 창조란 무에서 유를 만드는 것이
아니다. 창조란 자연 속에 내재해 있는 익숙한 것들을 새로운 방식
으로 외현(外顯)하는 것이다. 진보와 새것에 대한 거부가 과거 지향
이나 과거 의존과 다름은 물론이다. 현재는 언제나 새롭게 거듭나야
한다. 우리의 삶과 사회도 그러하고 녹색문학 또한 그러하다. 다만

그 거듭남의 변화가 근원적이고 변치 않는 큰 질서 속에서의 변화일 따름이다.

7 녹색문학과 자연

앞서 말한 바 있듯이, 녹색문학은 자연 속에 내재해 있는 가치와 질서와 미학을 재발견하고 확산하고자 한다. 인간과 자연의 거리를 좁히고 나아가서는 인간과 자연의 일체화를 지향한다. 근대 문명은 인간을 자연으로부터 단절시켰다. 도시에 사는 사람들은 하늘의 별을 보지 못하고, 붉게 물든 노을을 보기도 힘들다. 흙의 부드러움과 따뜻함을 느끼지도 못하고, 새의 지저귐도 좀처럼 듣지 못한다. 깊은 산속의 고적감도 모르고, 숲의 정기를 느낄 줄도 모른다.

1854년 미국 서부에 거주하던 인디언족의 추장이 한 연설문은 인간과 자연의 원래 관계를 아주 감동적으로 들려준다.

그대들은 어떻게 저 하늘이나 땅의 온기를 사고 팔 수 있는가? 우리로서는 이상한 생각이다. 공기의 신선함과 반짝이는 물을 우리가 소유하고 있지도 않은데 어떻게 그것들을 팔 수 있다는 말인가? 우리에게는 이 땅의 모든 부분이 거룩하다. 빛나는 솔잎, 모래 기슭, 어두운 숲속 안개, 맑게 노래하는 온갖 벌레들, 이 모두가 우리의 기억과 경험 속에서는 신성한 것들이다. 나무 속에 흐르는 수액은 우리 홍인(紅人)의 기억을 실어 나른다. 백인은 죽어서 별들 사이를 거닐 적에 그들이 태어난 곳을 망각해버리지만, 우리가 죽어서도 이 아름다운 땅을 결코 잊지 못하는 것은 이것이 바로 우리 홍인의 어머니이기 때문이다. 우리는 땅의 한 부분이고 땅은 우리의 한 부분이다. 향기로운 꽃은 우리의 자매이다. 사슴, 말, 큰 독수리, 이들은 우리의 형제들이다. 바위산 꼭 대기, 풀의 수액, 조랑말과 인간의 체온 모두가 한가족이다.
(……) 모를 일이다. 우리의 방식은 그대들과는 다르다. 그대들의
도시의 모습은 홍인의 눈에 고통을 준다. 백인의 도시에는 조용한
곳이 없다. 봄 잎새 날리는 소리나 벌레들의 날개 부딪치는 소리
를 들을 곳이 없다. 홍인이 미개하고 무지하기 때문인지는 모르지
만, 도시의 소음은 귀를 모욕하는 것 같다. 쏙독새의 외로운 울음
소리나 한밤중 못가에서 들리는 개구리 소리를 들을 수가 없다면
삶에는 무엇이 남겠는가? 나는 홍인이라서 이해할 수가 없다. 우
리는 연못 위를 쏜살같이 달려가는 부드러운 바람 소리와 한낮의
비에 씻긴 바람이 머금은 소나무 내음을 사랑한다. 만물이 숨결을
나누고 있으므로 공기는 홍인에게 소중한 것이다. 짐승들, 나무
들, 그리고 인간은 같은 숨결을 나누고 산다. 백인은 자기가 숨쉬
는 공기를 느끼지 못하는 듯하다. 여러 날 동안 죽어가고 있는 사
람처럼 그는 악취에 무감각하다.[20]

이 연설문은 자연과 일체가 되어 사는 삶과 영혼이 얼마나 충만하
고 깊은 것인가를 짐작케 해준다. 그리고 자연이 얼마나 아름답고
소중한 것인가를 설득한다. 뿐만 아니라 자연과의 교감을 상실한 근
대 문명의 삶이 얼마나 야만스러운가도 설득한다. 근대 문명 속에서
사는 인간들은 자연과의 교감 능력을 상실했다. 달리 말하면 인간은
자연과의 대화 능력을 상실했기 때문에, 그들에게 자연은 벙어리가
되었다.[21]

자연과 단절된 삶은 정상적인 감각 능력을 마비케 하고, 아름다
움에 대한 기억을 훼손한다. 그리고 기이하고 환상적인 이미지들에
삶을 의존한다. 이제 인간들은 아름다운 가을 단풍을 보고도 〈한 폭

---

20) 「우리는 결국 모두 형제들이다」, 『녹색평론선집1』, 김종철 편, 녹색평론사, 1993, 17-
19쪽.
21) Christopher Manes, 앞의 책, p. 15.

의 그림처럼 아름답다〉고 말한다. 도미니크 시모네의 표현을 빌리면, 〈공업 사회의 인간은 자신들의 자연으로부터 분리되며, 자신들의 손으로 만든 문화의 늪에 빠져들고 있다. 욕구 불만에 가득 찬 공업 사회의 인간은 자신의 감옥을 완고하게 지키려는 간수(看守)와 같은 것이다.〉 그는 자연을 잃어버린 인간에 대해서, 분열된 인간, 개성을 잃어버린 인간, 마비되고 있는 인간, 사육되는 인간, 뿌리 없는 풀과 같은 인간, 꿈을 잃어버린 인간이라고 그 불행한 모습을 설명한다.[22] 한마디로 말해서 인간은 자연과 단절된 생활을 함으로써 자연스럽고 건강한 삶을 상실했다는 것이다.

자연과의 단절은 인간의 삶을 비인간화시킬 뿐만 아니라 문학의 존재 근거도 위협한다. 도정일의 말처럼, 〈문학 예술은 궁극적으로 삶과 생명에 대한 긍정이고 이 긍정은 자연이 보장하는 생명의 큰 테두리 속에 있다. 그 테두리가 무너지고 생명의 큰 사슬이 깨어져 나가는 순간 문학 또한 존립 불가능의 위기에 직면한다. 지상에서의 삶 자체가 위협받는 시간에 문학이 제 혼자만의 안전을 보장받을 동굴은 없다. 자연에 발생한 궁핍과 박탈, 왜곡과 파괴는 문학 자체의 궁핍화이고 그 가능성의 박탈이며 죽음의 예고이다.〉[23] 자연을 잃어버린 현실 정서 속에서 자연과 교감하는 문학의 본질적 정서는 수용되지 못하기 때문이다. 심미적 감수성의 영원하고 궁극적인 원천인 자연을 잃어버렸을 때, 문학의 저자는 문학적 정서의 근거를 상실한 것이며, 문학의 독자 또한 문학을 이해하고 즐길 감성의 바탕을 상실한 것이 된다.

그렇다면 인간도 문학도 이미 자연을 잃어버렸는데, 어디에서 어떻게 자연을 되찾을 수가 있는 것일까? 오늘의 인간이 야생의 자연으로 되돌아갈 수는 없다. 그것은 지나가버린 과거로 되돌아가려는 것으로, 불가능하다. 자연을, 문명의 흔적이 전혀 없는 야생의 세

---

22) 도미니크 시모네, 앞의 책, 47-56쪽.
23) 도정일, 『시인은 숲으로 가지 못한다』, 민음사, 1994, 352쪽.

계로 좁게 생각한다면, 인간이 되돌아갈, 또는 존중하고 의지해야 할 자연은 더 이상 존재하지 않는다. 그런 의미의 자연 회복을 부르 짖는 일은 공상적 유토피아 사상과 마찬가지로 비현실적이다. 그러나 다행스럽게도 순수한 야생의 세계만을 자연이라고 생각할 필요는 없다. 우리는 자연의 의미를 좀더 넓게 생각함으로써 자연의 질서와 가치와 미학에 가까이 갈 수 있다. 야생으로부터 다소 멀어진 자연도 자연이다. 가령 귀여운 병아리는 야생성을 상실한 것이라고 볼 수 있지만, 병아리에서 느낄 수 있는 생명의 기쁨은 자연이다. 또 할아버지께서 심으신 뜨락의 오동나무의 큰 잎이 비바람에 흔들릴 때 우리가 느끼는 정조가 자연이 아니라고 말할 수 없다. 문명화된 도시 속에도, 겨우 견디고 있긴 하겠지만, 자연성을 찾아볼 수 없는 것은 아니다. 아직도 때때로 맑은 날 밤이면 볼 수 있는 신비한 달도 자연이고, 공원의 꽃나무들도 자연이고, 비록 산성비라 할지라도 비가 내리는 날의 감상적 정서도 자연이다. 11월의 돌개바람이 문득 우리의 목덜미를 파고들 때도 거기에 자연은 있다. 이런 자연들이 지니고 있는 자연성마저도 점점 약해져가고는 있지만 그래도 인간은 아직 그것들로부터 감각과 아름다움을 익히고 질서와 가치를 찾아볼 수는 있다. 녹색문학은 야생성도 존중하지만, 우리 주변에 겨우 존재하는 이러한 자연성도 크게 보고자 한다.

뿐만 아니라 인간이 만든 것들 가운데서도 자연성을 지닌 것이 있을 수 있다. 자연의 가치와 미학을 아주 잘 살린 것 또는 아주 오래된 것은 자연에 가까운 것으로 〈제2의 자연〉이라고 말할 수 있을 것 같다. 천년 전에 만든 아름다운 돌다리가 주는 친근한 느낌은 거의 자연적이며, 오랜 사랑을 받아온 옛이야기들과 옛노래 속에도 자연성은 있다. 모차르트 음악이나 석굴암이나 시스티나 성당의 벽화는 이미 자연이 되어버린 것들이 아닐까? 비록 오래된 것이 아니라 할지라도 자연의 가치를 그 깊은 정서까지 잘 살린 영화나 예술품들도 〈제2의 자연〉에 포함시킬 수 있을 것이다. 이리한 〈제2의 자연〉 속에 들어 있는 자연성도 원래의 야성적 자연성과 같은 색깔이라고 말할 수 있다. 녹색문학이 되살리고자 하는 것은 야생의 자연 그 자체가 아니다. 그것은 이미 불가능하다. 녹색문학은 우리의 삶이 점점 잃어가는 자연성을 되살리고자 한다. 여기서 자연성이 무엇인가에 대한 물음이 제기될 수 있다. 자연성이란 순수 자연 상태에서 최선의 형태로 구현되어 있는 가치와 질서와 미학이라고 말할 수 있을 것이다. 그 구체적 내포를 찾아내고 확산시키는 일이 바로 녹색문학이 의도하는 바다. 그래서 녹색문학은, 겨우 존재하는 자연 또는 〈제2의 자연〉까지도 자연에 포함시킨다. 다시 말해 자연성이 잘 보존되어 있거나 구현되어 있는 모든 것을 자연이라고 생각한다.

자연으로 되돌아가자는 것은 자연의 큰 질서에 순응하자는 것이지 모든 인간이 타잔이 되고자 하는 것은 아니다. 우리는 자연을 보다 넓은 의미로 생각함으로써만이 자연 회복의 현실적 가능성을 추구할 수 있고 또 자연 상실의 시대에서 녹색문학의 존재 근거도 마련할 수 있다.

8 녹색문학과 녹색미학

녹색문학은 녹색이념의 지적 논리적 주장이 아니라 녹색이념의 미학적 구현이다. 모든 문학과 이념의 관계가 다 그러하지만, 녹색문학은 녹색미학을 통해서 그 이념에 기여한다. 녹색미학은 자연성의 미학, 즉 자연 속에서 가장 잘 구현되어 있는 미학 또는 자연에 그 원천을 두고 있는 미학이다. 자연성이 그러하듯, 녹색미학 역시 녹색문학이 끝없이 재발견하고 확산해야 할 것이지만, 녹색미학에서 가장 중요한 것은 단순성이 아닌가 한다.

단순성은 자연의 질서가 지닌 본질적 성격이라고 말할 수 있다. 오래전부터 자연과학자들은 진리의 단순성을 주장했다. 14세기 영국

철학자 오캄이 주장한 〈오캄의 면도날〉이란 원리는, 어떤 현상에 대한 가장 뛰어난 설명은 대개 가장 단순하고 가장 적은 가정을 포함하는 설명이라는 것이다. 즉, 자연은 통일성을 지니고 있으며 그렇기 때문에 자연의 법칙은 단순할 수밖에 없다는 것이 그의 주장이다. 행성 운동에 관한 코페르니쿠스 이론은 프톨레마이오스 이론에 결여된 통일성을 지니고 있다. 이 통일성은 코페르니쿠스 이론에 단순성의 아름다움을 부여했다. 뒤집어 말하면 코페르니쿠스 이론은 단순하고 아름답기 때문에 진리이다.[24] 만유인력의 법칙을 발견한 뉴턴은, 자연은 단순에 만족하며 필요 이상의 과잉을 유발하지 않는다고 말했으며, 아인슈타인은 자신의 중력 이론과 양자 역학을 하나로 통일시키는 통일장 이론을 구상하면서, 그것은 다른 어떤 이론보다 단순할 것이라고 예상했다. 궁극적 진리는 단순하고 아름답게 표현될 수 있다는 생각은 현대의 과학자들에게도 여전히 큰 호소력을 지니고 있다.[25]

자연의 질서가 단순한 아름다움을 지닌 것이라고 한다면, 자연의 재현이요 진리의 표현인 예술이 단순성을 지향하는 것은 당연하다. 건축가 쿠르트 바트 Kurt Badt는 회화적 단순성에 대해서 〈통찰에 입각해서 모든 것을 본질로 예속시키는 가장 현명한 정돈 상태〉라고 정의했다. 단순화의 법칙은 사물의 법칙일 뿐 아니라 우리가 사물을 지각하고 인식하는 법칙이기도 하다. 루돌프 아른하임 Rudolf Arnheim은, 인간의 마음과 지각은 될 수 있는 한 사물을 단순하게 보려고 하고 사물 역시 외부 조건이 허락하는 한 단순해지고자 한다고 말한다. 따라서 단순함은 사물의 본질에 가장 충실한 미학이라고 생각될 수 있다.

그러나 여기서 말하는 단순성은 내용이 빈약한 단조로움과 분명

---

24) 브로노프스키, 매즐리시, 『서양의 지적 전통』, 차하순 역, 학연사, 1993, 139-142쪽.
25) John Hogan, 앞의 책, 여러 곳. 이 책에 등장하는 여러 현대 과학자들은 어떤 이론이 단순하고 아름다울수록 더 진리일 가능성이 높다는 생각을 드러내고 있다.

히 구분되어야 한다. 복잡성의 과정을 거친, 복잡성을 내포하는 단순성이다. 아른하임의 표현을 빌면, 〈복잡성과 상관 관계가 없거나 금욕적 빈곤에로 도피한 것이 아니라 실존적 풍요를 정복한〉 단순성이다. 자연의 궁극적 질서와 본질은 단순하다. 사계절의 변화도 단순하고, 나무의 일생도 단순하다. 그렇지만 그 속에는 매우 복잡한 현상과 관계가 있다. 과학자들은 단순한 진리에 도달하기 위해서 매우 복잡한 관찰과 사유의 과정을 필요로 한다. 직관과 통찰이라는 것도 우리가 의식하지 못하는 매우 복잡한 인지 과정을 거쳐서 나오는 것이라고 봐야 할 것이다. 녹색문학에 있어서도 이러한 단순성 속의 복잡성에 대한 이해는 매우 중요하다. 가령 앞서 인용한 적이 있는 김소월의 「산유화」라는 시에서 보듯이, 짧은 문장과 간단한 어휘들이 반드시 단순 서술을 뜻하지는 않는다. 복잡한 의미와 단순한 형태 사이의 차이는 상당한 복잡성을 초래할 수 있다. 반대로 단순한 형상과 일치하는 단순한 의미는 지극히 단조로운 단순성을 초래하며, 이것은 예술적으로 볼 때 긴장이 풀어진 권태로운 느낌을 준다.[26] 뿐만 아니라 섬세한 복잡성의 과정을 거치지 않은 단순함은 일종의 폭력이기도 하다. 예를 들면, 80년대의 많은 민중시가 보여준 과도한 단순성이 그러하다. 또 민요가 지닌 단순 소박성 가운데 많은 부분들 역시 그러하다. 그러한 단순성은 녹색미학이 추구하는 단순성이 되지 못한다. 단순성의 미학이 잘 구현된 보기로는 무엇보다 김소월의 「산유화」를 주목할 수 있다. 그리고 서정주의 「동천」이나 김수영의 「풀」 같은 작품도 쉽게 떠오르는 작품이다.

풀이 눕는다
비를 몰아오는 동풍에 나부껴
풀은 눕고

---

26) 단순성의 의미에 대한 논의는 루돌프 아른하임, 『미술과 시지각』, 김춘일 옮김, 홍성사, 1983. 2장에서 참조, 인용, 재인용했음.

드디어 울었다
날이 흐려서 더 울다가
다시 누웠다

풀이 눕는다
바람보다도 더 빨리 눕는다
바람보다도 더 빨리 울고
바람보다 먼저 일어난다

날이 흐리고 풀이 눕는다
발목까지 눕는다
바람보다 늦게 누워도
바람보다 먼저 일어나고
바람보다 늦게 울어도
바람보다 먼저 웃는다
날이 흐리고 풀뿌리가 눕는다

　김수영의 시는 대개가 사변적이고 난삽하며 산문적이다. 그러나
이 작품은 이례적으로 단순한 아름다움을 보여준다. 아주 평이한 어
휘와 진술로 풀의 모습을 그리고 있을 뿐이다. 풀의 의미를, 억압받
지만 끝내 생명력을 잃지 않는 민중들로 해석하려는 시도가 많았다.
틀렸다고는 할 수 없지만, 그것은 이 시를 너무 단조롭게 해석하는
것이다. 이 시의 단순성 속에는 미묘한 복잡성이 내재되어 있다. 이
시는 〈현상적 운동성의 관찰 체험을 통하여, 그 자체에 내재한 본질
적 운동성을 노래하고 있는 작품〉[27]으로 보는 것이 보다 타당하다.
여기서 운동성이란 좀더 자세히 말하면, 세상의 다른 힘들 가운데

---

27) 강연호, 『김수영 시 연구』, 고대 대학원 박사학위 논문, 1995, 205쪽.

서 풀이 살아가는 본질적인 방식을 뜻하는 것이라 할 수 있다. 그것은 단순히 바람과 같은 외적 힘보다 강하거나 약하지 않다. 약한 듯하면서도 강하고 강한 듯하면서도 약한 존재이다. 때로는 먼저 눕고 먼저 울기도 하지만 또 때로는 먼저 일어나고 먼저 웃기도 한다. 이 작품은 그러한 풀의 미묘하고 복잡한 존재 방식을 아주 단순한 미학으로 표현해 내고 있다. 즉 복잡한 본질을 꿰뚫고 있는 단순함을 보여주는 것이다.

녹색미학은 이러한 단순함을 바탕 미학으로 한다. 이 바탕으로부터 여러 가지 미학이 파생될 수 있다. 가령 녹색미학은 적당한 크기와 밀접한 상관성을 지닌다. 〈작은 것이 아름답다〉라는 말은 무엇이든 작아야 한다는 말이 아니다. 그것은 모든 것이 적당한 크기를 가져야 하는데, 너무 큰 것을 중시하고 작은 것은 무시하는 우리 문명에 대한 비판적 진술로 이해된다. 너무 크면서 단순한 것은 이미 단순한 것이 아니라 멍청한 단조로움이다. 균형미와 통일성도 녹색미학이 추구하는 것이고 소박함도 녹색미학이 추구하는 것이다. 주요한 녹색가치의 하나인 절제의 미덕도 그대로 녹색미학이 된다. 그리고 녹색문학에서 이러한 녹색미학이 가장 뚜렷하게 드러나는 곳은 문체라 할 수 있다. 난삽하고 뒤틀린 문체로 좋은 녹색문학이 되기는 어려울 것이다. 물론 예외가 있겠지만, 녹색문학이 원칙적으로 존중하는 것은 단정하고 간결하고 쉽고 친숙한 문체이다.

9 녹색문학과 녹색비평

녹색문학은 굳이 녹색문학이라는 이름이 아니어도 좋다. 녹색을 의식하지 않더라도 좋은 문학은 거의가 녹색문학이 된다. 다만 인류가 처한 절대적이고도 새로운 위기 상황에 입각하여 좀더 녹색적 관점을 강조하기 위해 녹색이란 이름이 필요할 따름이다. 꼭 생태주의적 주장이 전면에 나타나야 좋은 녹색문학이 되는 것도 아니다. 이는 앞서 여러 차례 강조한 바와 같다. 그러나 비평에서는 문제가 좀 달라진다. 녹색비평은 녹색이라는 이름이 중요하다. 왜냐하면 비평이란 어떤 척도에 의해서 작품의 높낮이를 판단하고 그 이유를 논리적으로 설득하는 지적 작업이기 때문이다.

녹색비평은 녹색적 관점을 전면에 내세워야 한다. 녹색비평은 오늘날 인간이 처한 사회적 정신적 질환이 근본적으로 자연을 파괴하고 자연을 상실한 문명적 삶에서 비롯된 것임을 분명히 인식하고, 근대 문명에 대한 근본적 반성을 통한 자연성의 회복이 무엇보다 시급하고 중요하다는 사실, 그리고 문학이 본질적으로 그러한 시대적 요청에 적합하다는 사실에 입각하여 새로운 비평의 논리를 확립해야 한다. 물론 기존의 문학 논리와 본질적으로 같은 것이라 하더라도, 자연 상실이라는 새로운 시대 상황 속에서 그 논리를 새로운 근거와 의미로 다시 강조해야 한다.

인간이 처한 자연적 문명적 위기의 핵심은 무엇인가? 그것은 현재 어떤 징후로 나타나고 있으며, 앞으로 어떻게 진행될 것인가? 그러한 위기 상황 속에서 문학은 무엇을 할 수 있으며, 무엇을 해야 하는가? 왜 문학의 본질이 곧 녹색이념과 상통하는가? 녹색이념의 실현에 문학이 왜 유용하고 필수적인 도구가 되는가? 녹색비평은 이러한 물음들에 대한 설득력 있는 해답을 제시해야 할 것이다. 그리고 그것에 입각해서 기존의 문학을 재해석하고 재평가하는 새로운 물음들을 던져야 할 것이다. 이 작품에서 자연은 어떤 식으로 묘사되고 있는가? 이 소설에서 자연 배경의 역할은 무엇인가? 이 작품에서 강조된 가치는 생태학적 지혜와 연관이 있는가? 이 작품에서 인간과 자연의 관계가 어떻게 나타나는가? 환경 위기와 자연 파괴가 작품 속에서 어떻게 나타나고 있는가? 자연과 어울려 사는 삶이 이 작품에서는 어떤 식으로 그려지고 있는가? 이 작품은 녹색미학을 잘 구현하고 있는가? 이러한 녹색비평의 질문과 작업들을 정리해 본다면, 대략 세 층위로 나누어질 수 있을 것이다.[28] 첫째는 문학 작품 속에 나타난 자연과 생태 의식을 밝혀내는 일이다. 김소월의 시에서, 황순원의 소설에서 자연은 어떤 의미를 지니며 어떻게 재현되고 있는가에 대한 비평적 작업 같은 것들이 여기에 포함될 것이다. 둘째는 문학사에서 비교적 소외되었던 작품들 가운데서 녹색가치와 미학을 구현하고 있는 작품들을 발견하고 재평가하는 일과 현재의 녹색문학에 문학사적 의의를 부여하는 일이다. 이렇게 되면 녹색적 관점에서 문학사의 흐름은 다소 수정될 수 있을 것이다.[29] 셋째는 녹색문학론을 이론적으로 확립하는 일이다. 다양한 학문 분야의 녹색사상과 폭넓게 교류하면서 녹색시학을 구성하는 이론적 작업이다.

녹색비평의 주목되는 보기로, 박희병의 「이규보의 생태주의 사상」이란 글을 생각해 볼 수 있다. 이 글에서 박희병은 우리의 대표적인 고전 작가인 이규보의 문학과 문학론 가운데서 매우 주목할 만한 생태주의 사상이 있음을 확인한다. 그리고 그것을 〈만물일류(萬物一類)의 사상〉과 〈여물의식(與物意識)〉이란 말로 정리한다.[30] 이러한 작업은, 고전 작품 가운데서 오늘날 우리가 배워야 할 좋은 사상을 재발견했다는 의의를 지닌다. 사실 녹색사상은 우리나라를 비롯한 동양의 고전에서 많은 것을 얻을 수 있으며, 서구적 사유보다는 동양적 사유와 더 잘 어울리는 것이다. 이 점은 우리의 녹색문학과 녹색비평을 위해서 다행스런 일이다. 박희병의 글은 이 점을 실제로 확인시켜준다. 이러한 작업들이 보다 넓고 깊게 이루어진다면 녹색문학과 녹색비평은 아울러 풍성해질 수 있을 것이다.

---

28) 이 정리는 글로트펠티 Cheryll Glotfelty의 앞의 책, 서문에서 글로트펠티가 제시한 것이다. 그녀는 페미니스트 일레인 쇼왈터 Elaine Showalter가 제시한 페미니스트 비평의 삼 단계 모델을 빌려와 생태비평의 삼 단계 모델을 제시했다.

29) 페미니스트 비평의 새로운 문학사는 기존의 문학사와 사뭇 다를 것이다. 그러나 녹색비평의 문학사는 기존의 문학사와 그리 큰 차이가 없을 것으로 짐작된다. 왜냐하면 문학은 본질적으로 녹색이기 때문이다.

30) 박희병, 「이규보의 생태주의 사상」, 《녹색평론》 32호, 1997, 60-72쪽.

녹색비평은 궁극적으로 녹색가치를 명시적으로 강조하고 소위 생태주의자들이 말하는 〈생태 의식의 계발〉을 논리적으로 설득한다. 이런 점에서 녹색비평은 다른 녹색사상과 공유하는 면이 많다. 다만 녹색비평은 문학에 대한 깊은 이해 위에서, 문학을 중심 매개로 하여 그러한 주장을 하는 것이다. 그렇게 함으로써 녹색비평은, 작가들의 녹색적 상상력에 자신감을 부여하고, 독자들에게는 녹색적 가치와 미학에 기쁘게 반응하는 심미적 감수성을 자극하고, 궁극적으로 녹색이념의 확산에 이바지하게 될 것이다. 세상이 양의 힘과 음의 힘이 상호 견제하면서 움직인다면, 현재 무한 성장의 파멸로 나아가는 힘이 양의 힘이고 그것을 억제하는 녹색이념이 음의 힘이 될 것이다. 물론 양의 힘이 과도하면 저절로 음의 힘도 커지게 된다. 그러나 양의 힘의 폭발적 위력 앞에 음의 힘이 자연 성장하도록 기다리기에는 너무 상황이 급박하다고 판단된다. 때문에 녹색비평의 의식적 노력으로 음의 힘을 확산시키는 것은 당위적 요청이 되는 것이다.

10 녹색문학과 대중소비문화

우리는 문화의 시대에 살고 있다. 문화가 사회를 움직이는 가장 강력하고 주도적인 힘이라는 뜻이다. 이때 문화의 실질적 내포는 거의 대중소비문화가 차지한다고 생각된다. 오늘날 대중소비문화의 위력은 실로 가공할 만하다. 그것은 일상적 삶의 표면과 내면을 아울러 지배하면서 인간의 욕망과 감각을 조종하는 것 같다. 자연에 가장 적대적인 것으로 보이는 대중소비문화는, 녹색이념의 가장 두려운 적이 아닌가 한다.

산업 사회의 발달에 따른 대중 사회의 확산은 대중문화를 낳았다. 대중문화의 확산은 그 초창기에서부터 많은 사람들을 불안하게 만들었다. 대중문화가 문화의 민주화에 기여한다는 주장도 있지만, 그보다는 대중문화의 역기능에 대한 비판이 더 많았다. 소비자와 생산자의 분리 및 자기 소외에 따른 비인간화, 취향의 하향 평준화에 따른 문화와 삶의 비속화, 상업주의에 의한 허위 욕망의 창출, 문화의 획일적 평준화에 의한 개성의 상실, 불건전한 현혹을 통한 정신적 마취와 무력화 등등이 대중문화에 대한 비판의 핵심이다.[31] 그러나 대중문화는 많은 사람들의 우려와 비판에도 불구하고 오히려 더 위력적인 괴물로 성장하여 포스트모던 시대의 주도권을 장악하고 있는 듯하다. 보드리야르는 포스트모던 시대를 〈소비의 사회〉라고 말하고 있지만, 이때 소비문화와 대중문화는 거의 구분되지 않는다. 대중들의 소비 생활이 곧 그들의 문화 생활이라고 할 수 있다. 그런 점에서 대중소비문화라는 말을 사용한다.

대중소비문화는 대중들의 문화 생활을 뜻하는 데 그치지 않고, 거의 모든 사람들의 일상적 생활 문화를 장악하고 있는 것으로 이해된다. 그것은 대중 매체 및 상업주의와 손을 잡고 사람들의 〈불필요한 필요〉를 창출해 내고, 사람들의 심미적 취향을 조종하고, 사람들이 환상 속에서 살게 만든다. 대중문화가 대중들에게 〈빵과 서커스〉의 기능을 하였다면, 이제 대중소비문화 시대에서는 그 서커스가 휴식 시간의 여흥거리에 머물지 않고, 정치적 사회적 미학적 판단의 근거가 되고 사회를 지배하는 〈빅 브라더〉가 된 것 같다. 사람들이 모든 심미적 감성과 상상력의 원천인 자연을 상실한 이후로 대중소비문화가 자연의 그러한 역할을 대신해주고 있다. 시인들은 영화나 광고를 보고 시를 쓰고, 소설가들은 24시간 편의점과 컴퓨터를 오가면서 소설을 쓴다. 그런가 하면 대중 매체를 통해서 독자들은 심미적 감성을 훈련받고 가짜 욕망과 환상에 몰입된다. 달리 말해 대중소비문화는 자연이 상실된 빈 공간을 악마적 매혹으로 가득 채

---

31) 유재천, 「민중문화와 대중문화」, 『대중문화의 이해』, 윤석달 편, 한국항공대학교 출판부, 35-51쪽 참조.

운다. 이 악마적 매혹은 사람들로 하여금 자연의 상실과 그에 따른 삶의 정신적 감각적 빈곤화 및 불안감을 망각하게 만든다. 뿐만 아니라 사람들의 영혼과 감각을 안락하게 마취시켜서 소비욕구의 태엽이 잔뜩 감긴 자동 인형으로 만든다. 오늘날 사람들의 일상 생활은 대중소비문화의 식민지가 되어 있다. 문학마저도 그 일부는 스스로 대중소비문화에 편입되고자 하는 경향을 보여주고 있다. 그러나 그러한 곳에 녹색미학과 녹색가치가 살아남을 공간은 없다. 문학이 서식할 공간도 없다. 문학의 위기는 대중소비문화의 범람과 불가분의 관계에 있다.

오늘날 우리가 겪고 있는 생태학적 위기와 문화적 위기와 도덕적 위기와 문학적 위기는 동일한 문제의 여러 얼굴이라고 할 수 있다. 김종철은 〈오늘날 우리의 생활 공간에 빚어지고 있는 공해, 오염, 자연 파괴의 문제는 우리의 일반적인 사회 관계가 견디기 어려울 만큼의 적의와 긴장에 차 있을 뿐더러 우리의 사회 상황이 극심한 부패와 윤리적 타락으로 고통당하고 우리 각자의 내면이 날로 피폐해져 가고 있는 현상에 적확히 대응한다〉[32]고 말한다. 대중소비문화는 그러한 위기를 증폭시키는 동시에 그러한 위기감으로부터 사람들을 마비시킨다. 이런 점에서 대중소비문화의 악마적 매혹성은 자연 파괴와 문학 위기를 심층적으로 부추기는 동력이다. 이러한 대중소비문화로부터 비판적 거리를 유지하면서 주체를 확보하기 위해서는 무엇보다 주체의 심미적, 감성과 취향이 자연성을 회복해야 한다. 그래서 대중소비문화의 악마적 매혹이 두렵고 불쾌한 것임을 스스로 느껴야 한다.

바로 이 지점에서 녹색이념과 녹색문학은 다시 한번 그 시대적 당위성을 확보한다. 대중소비문화가 문학을 형해화시키고 매장시키더라도 문학은 끝끝내 스스로의 힘으로 살아남아야 할 이유가 여기에

---

32) 김종철, 「생명의 문화를 위하여」, 《녹색평론》 창간호, 1991, 5-6쪽.

있다. 녹색문학이 구현하는 녹색가치와 녹색미학은 대중소비문화에 대한 효과적인 항체가 되기 때문이다. 녹색가치와 미학과 질서를 확산시키는 일은 곧 대중소비문화에 대한 사람들의 불안감과 불쾌감을 확산시키는 일이 되는 것이다.

11 녹색문학의 창가에서

녹색문학의 창가에 기대서서 밖을 내다본다. 자연의 질서에 순응하여 스스로 노랗게 말라가는 나뭇잎들은 아름답다. 그러나 도시의 잿빛 시멘트와 먼지와 소음과 번잡함은 그 아름다움을 초라하게 만든다. 도시를 떠나 아직도 그 순결함을 덜 훼손당한 산과 들로 나가서 가을을 느끼고 싶다. 그렇지만 나는 도시를 떠날 수가 없다. 「녹색문학을 위하여」라는 글이 나의 발목을 잡고 있기 때문이다. 글을 다 쓴 지금도 나의 발목은 풀리지 않는다. 녹색문학론은 나로 하여금 녹색이 심하게 훼손당한 이곳에 머물기를 강요한다.

녹색문학 특히 녹색비평은 녹색을 찾아 멀리 떠나는 것이 아니다. 그것은 녹색을 잃어버린 이곳에 녹색을 회복하고자 하는 것이다. 다시 말해 녹색이 없는 곳이 곧 녹색비평이 있어야 할 자리이다. 녹색비평의 작업은 아름다운 녹색의 가치를 찾아내서 예찬하는 데 그치지 않는다. 단조롭고 반복적인 녹색가치의 예찬은 녹색문학과 녹색비평을 퇴행과 정체에 빠뜨릴 우려가 있다. 녹색가치의 아름다움과 신선함은 반녹색적 삶과의 난처한 싸움 과정을 거침으로써 얻어질 수 있다. 그리고 녹색가치의 확산에 못지 않게 반녹색가치의 약화도 녹색을 위하여 중요하다. 따라서 녹색비평은 녹색가치를 훼손하는 수많은 반녹색적 요소들을 찾아내고 분석하고 그 위험성을 노출시켜야 한다. 그러기 위해서는 녹색의 건강 세포를 잠식해 들어가는 문명의 암세포들과 함께 생활해야 한다. 그래서 녹색문학의 창 밖

풍경은 우울한 반녹색적 풍경일 수밖에 없다.

　그러나 녹색문학의 방 안 풍경은 그리 우울하지 않다. 우선 방 안에는 이미 훌륭한 녹색문학의 유산이 많다. 그리고 우리의 전통적 사유 속에 녹색사상이라 불릴 만한 것들이 많다. 나는 녹색문학론을 내세움에 있어서 굳이 서구의 생태문학 작품이나 생태문학론에 의존할 필요를 느끼지 않는다. 서구 문학 사상의 모조품을 수입해서 진열하기에 급급했던 지난 관행으로부터 비교적 자유로울 수 있는 것이 녹색문학론이다. 그리고 또 하나, 반녹색적 가치의 기승에도 불구하고 녹색적 관심이 점차 확대되고 있으며, 또한 녹색적 관점에서 자기 작업을 하는 사람들이 모든 분야에 확대되고 있다는 사실도 반가운 일이다. 녹색문학론은 그들과 반가운 마음을 비롯한 많은 것들을 공유할 수 있을 것이다.

　나의 이 글이 녹색문학을 내세우고 있다는 표현은 그리 정확하지 않다. 이미 많은 분들이 문학에서의 녹색과 생명의 중요성을 주장하셨다. 나의 이 글은 그러니까 그런 분들이 말씀하신 녹색문학에 동참하는 것이라고 볼 수 있다. 나는 이 글을 단순하고 소박하고 명료한 문체로 짧게 쓰고 싶었다. 단순성의 미학을 실천하고 싶었다. 그러나 쓸데없이 길어졌고, 복잡해졌고, 산만해졌다. 스스로 불만을 느끼지만 어쩔 수 없다. 단순함이란 대상의 근원적 질서를 통찰해야 나올 수 있는 것인데, 나는 아직 녹색문학론의 발꿈치만 더듬고 있을 뿐이다. 그러니 어떤 곳은 넘치고 어떤 곳은 모자라거나 비어 있고 또 어떤 곳은 헝클어졌다. 스스로 녹색이 되기에 크게 미흡한 이 글이, 녹색문학으로 가는 길에 조그만 디딤돌이 되기를 바랄 뿐이다.

문학은 녹색이다

1

오늘날 도시의 공기는 눈에 안 보이는 천사에서 눈에 보이는 악마로 변하였다. 밤이 되면 그것은, 한때 보석처럼 빛나던 수많은 별들을 삼켜버린다. 음악처럼 맑고 흥겹게 흐르던 시냇물은 마치 지옥사자의 고름처럼 탁하고 나쁜 냄새를 풍긴다. 우리가 휴식과 명상을 얻고 또 목마름을 달래던 물가는 더 이상 없다. 인간이 지구상에 존재한 이후로 오랜 친구였던, 새와 나무와 짐승과 풀벌레 그리고 부드러운 흙과 투명한 하늘도 인간 곁을 떠나버렸다. 그대신 불결함과 시끄러움과 추함과 역겨움과 황폐함이 인간의 이웃이 되었다. 자연의 고귀한 선물인 한 줌의 쌀, 한 알의 사과, 한 잔의 물, 한 마리의 물고기까지 계모왕비가 마녀를 시켜 우리를 독살하러 보낸 것이 아닌가 의심하게 되었다. 이제 자연은 제 모습을 거의 잃어버렸으므로 아름다움과 경이로움 그리고 고결함이 어떤 것인가 인간들에게 가르쳐주지 못하고 생명의 풍요를 약속해 주지도 못한다. 지금까지 자연이 인간들에게 준 그 모든 혜택 없이도 인간의 삶이 지속 가능할까? 우리는 망가진 자연 속에서 혹은 자연이 아닌 곳에서 삶의 고귀한 가치들을 찾을 수 있을까?

자연은 지구상에 존재하는 모든 생물들의 삶의 터전이다. 인간은 그 생물들 중의 하나일 따름이다. 즉 인간의 생존 역시 자연을 떠나서는 생각할 수 없다. 지구가 파멸한 후, 인간의 힘으로 만든 거대한 우주 정거장 같은 곳에서 살아간다는 것은 불가능할 것 같고, 설사 가능하다고 하더라도 그 속에서의 삶이 매력적일 것이라고 짐작되지는 않는다. 콘크리트와 플라스틱과 기계와 컴퓨터에 둘러싸여 살고 있는 사람들은 인간의 삶과 행복이 근본적으로 얼마나 자연에 의존하고 있는지 잘 모를 수도 있다. 궁극적으로 모든 물질적 정신적 풍요의 원천은 자연이다.

자연이 인간에게 얼마나 많은 것을 주는가를 생각해 보는 것은 어렵지 않다. 우선 자연은 수없이 많은 종류의 생물을 지니고 있다. 인간은 그것들로부터 식량과 약품과 의복과 각종 원료들을 얻을 수 있다. 자연은 유전적 다양성이 풍부하게 비축되어 있는 창고이다. 두번째로 자연은 과학연구의 대상이나 재료가 되어준다. 인간은 자연의 숨은 모습과 질서를 탐구함으로써 많은 지혜를 갖게 된다. 예를 들면 수많은 생물표본들의 탐구로부터 다윈의 진화론이 나왔고, 박쥐의 탐구로부터 레이다를 발명해 낼 수 있었다. 어떤 사람은 인간의 문명이 숲으로부터 나왔다고 주장하기도 한다. 세번째로 자연은 인간들의 가장 매력적인 놀이터이기도 하다. 산과 바다 그리고 강과 들판 그리고 눈덮인 언덕과 울창한 숲속에서 인간들은 얼마나 많은 놀이를 만들어 삶의 환희를 즐겼는가. 네번째로 자연은 미적 쾌감과 정신적 영감의 보물창고이다. 인류의 위대한 예술과 사상은 거의가 자연의 모방 혹은 자연과의 교감에서 나왔다. 굳이 예술과 사상의 역사를 돌이켜보지 않더라도, 우리가 키 큰 나무 아래서 하늘을 올려다본다든지 또는 여름 하늘의 뭉게구름만 보아도 자연이 얼마나 아름다운 것인가를 쉽게 알 수 있다. 자연이 인간에게 주는 이러한 혜택을 도외시하고는 인간은 행복해지기는커녕 생존하기도 불가능할 것이다.

그러나 자연이 인간에게 이러한 혜택을 주기 때문에 자연환경을 보호해야 한다는 것은, 오염된 물을 먹으면 건강을 해치기 때문에 수질오염을 막아야 한다는 생각처럼, 너무 단순하고 너무 이기적인 인간중심주의이다. 건강을 해치지 않는 물을 마시는 것만이 이유라면, 정수기가 그 해결책이 될 수 있을 것이다. 그리고 시베리아 호랑이나 노랑부리 백로 같은 짐승들은 인간들에게 직접적인 효용이 없기 때문에 멸종하거나 말거나 상관할 바가 아니라고 생각될 수 있다. 그러나 좋은 정수기만 있다면 세상의 모든 물이 중금속에 오염되고 노랑부리 백로가 멸종해도 아무 상관없다고 믿는 사람은 거의 없을 것이다. 어느 날 격심한 오염 때문에 주변의 모든 꽃나무가 말라죽어서 봄이 되어도 싹이 나지 않고 꽃도 피지 않게 되었다고 생각해 보자. 그러한 〈침묵의 봄 silent spring〉을 맞이해서도 식료품 가게에 위생처리된 식품들이 있으니 걱정할 게 없다고 말할 사람이 있을까? 〈그들이 살지 못하는 곳은 우리도 살 수 없다 Where they can't live, we also can't live〉는 말이 있지만, 야생동물과 아름다운 식물이 죽어가는 환경 속에서 모든 인간들은 두려움을 느낄 것이다. 이것은 인간들이 막연한 수준에서나마 자연을 〈생태계 ecosystem〉로 파악하고 있음을 뜻한다. 생태학에서는, 미생물에서 거대한 포유동물에 이르는 광범위하게 다양한 생물들을 포함하는 모든 동식물의 관계를 순환적이고 상호연결된 연쇄로 이해한다. 이러한 자연의 유기적 질서 속에서 생각해 본다면, 우리가 수질을 오염시켜 물방개들이 더 이상 살 수 없게 만든다든지 혹은 대기를 오염시켜 이끼가 살 수 없게 만드는 것이 곧 우리 자신의 생명을 위협하는 일이 된다. 사람들은 먹고 살기 위해서 농약을 뿌리지만, 그 농약은 벌레들을 죽이고 나아가 사람들까지 죽이게 된다는 것이다. 그것은 농약성분이 식량에 함유되어 있기 때문에 그러하기도 하겠지만, 그보다는 더 근본적으로 벌레들이 멸종함으로 해서 자연의 유기적 질서, 즉 생태계가 파괴되기 때문에 그러한 것이다. 그러니까 자연환경의 정상적인 유지는 인간 생존의 조건이라고 말할 수 있다. 이것은 자연이 주는 혜택을 위해서 자연을 보호해야 한다는 주장보다 좀더 근본적이고 심각한 생각이다.

인간이 자연을 보호해야 하는 이유를 전혀 다른 차원에서 생각해 볼 수도 있다. 자연 속의 모든 존재들은 각기 고유한 가치를 지니고 있기 때문에 우리 인간들이 그들의 가치를 함부로 침해해서는 안 된다는 것이다. 이것은 매우 고상한 윤리적 태도이며 또한 비인간중심주의적 생각이다. 인간이 혜택받기 위해서, 또는 인간이 건강하게 생존하기 위해서 자연이 존재한다는 생각은 인간중심주의이다. 해와 달이 인간을 위해서 뜨고 지는 것이 아니듯이, 저기 이름모를 들꽃과 지저귀는 산새가 인간을 위해서 저러고 있는 것이 아니다. 그것들은 제각기 존엄한 가치와 권리를 지니고 있다. 우리는 우리의 이웃에게 함부로 해를 입혀서는 안 되듯이 그들에게도 함부로 해를 입혀서는 안 된다. 인간들은 그 동안 모든 인간의 평등이라는 고상한 윤리적 이념을 실현하기 위해서 노력하여 왔다. 이제는 거기서 한 걸음 더 나아가 생태권 전체의 평등을 위해 노력해야 한다는 주장이 제기되고 있다. 지구상에 존재하는 모든 식물과 동물 나아가 산과 바다에 이르기까지 모든 것들이 인간과 더불어 〈윤리적 공동체〉를 형성하고 있다는 생각은, 자연에 대한 지금까지의 인식에 근본적인 변화를 요구하는 숭고한 이념이 된다.

인간이 자연을 보호하거나 자연에게 해를 입히지 말아야 하는 이러한 명백한 이유들 가운데 자연이 고유한 가치를 지니고 있다는 마지막 이유는 주목할 만하다. 노르웨이의 환경론자 아르네 네스 Arne Naess는 1972년의 한 강연에서 〈피상생태학 shallow ecology〉과 〈심층생태학 deep ecology〉을 구분하고, 피상생태학이 아니라 심층생태학의 입장에서 자연과 인간의 삶을 돌이켜보아야 한다고 주장했다. 피상생태학은 공해와 자연고갈이 인간에게 미치는 유해한 영향에 대한 피상적인 관심을 지칭하고, 이에 반해 심층생태학은 자연의 생태학적 원리들에 대한 보다 심층적인 이해를 지칭한다. 심층생태학의 입장에 따르면, 인간과 비인간의 구분은 없다. 존재하는 모든 것들은 동등한 가치를 지니고 서로의 유대 속에서 참된 정체성을 갖는다. 만약, 인간이 자연물과의 대타의식 속에서 자아를 실현시키고자 한다면 그는 진정한 인간성에 도달할 수 없다. 그대신 자연 속에 겸허하게 포함되고 자연물들과 진정한 유대감과 일체감을 가질 때 참된 인간성을 지닌 자아를 실현시킬 수가 있다. 자연이라는 큰 자아의 실현을 통해서만이 자신의 작은 자아도 실현될 수 있다. 외부 자연세계가 구원되지 않고서는 어떤 개체도 구원받을 수 없기 때문이며, 모든 개체는 생명공동체적 질서 속에 있기 때문이다. 이때 개체란 나 혹은 인간만을 지칭하는 것은 아니다. 모든 인간뿐만 아니라 고래, 곰, 개미, 숲, 산, 풀벌레 등등 모든 자연적 존재를 다 지칭한다. 인간과 더불어 이 모든 것들은 평등하다. 인간은 자연의 주인이거나 상전이 아니다. 모든 자연의 존재물들은, 인간에게 이롭든 이롭지 않든 그것과는 상관없이 〈생명중심적 평등 biocentric equality〉의 권리를 갖는다. 생태권 내에 있는 모든 존재물들은 생존하고 성장하고 본연의 자아를 거침없이 실현시킬 수 있는 평등권을 지니고 있다. 인간을 포함한 어떤 개체도 다른 개체의 진정한 자기실현을 방해할 권리를 갖지 않는다. 그러므로 인간이 다른 자연적 존재물들에게 나쁜 영향을 미친다면, 그것은 결국 자연의 깊은 질서를 해침으로써 자기 자신의 참된 실현을 망치는 것이 되는 것이다. 이러한 심층생태학은, 현재 우리의 문명과 삶에 대한 근본적인 반성을 촉구한다.

심층생태학의 입장을 단순하게 이해하면, 그것은 자연과 함께 어울려 자연 속에서 평화롭게 살고자 하는 〈목가적 자세 arcadian stance〉와 유사하게 보인다. 그러나 심층생태학은 단순히 자연친화적 입장이 아니다. 그것은 자연과 인간의 관계를 새롭게 인식하는 것이며, 가치와 윤리에 대한 새로운 모색이며, 인류가 지금까지 쌓아올린 문명에 대한 근본적인 반성이라 할 수 있다. 그러니까 심층 생태학은 전혀 새로운 세계관에 대한 탐구라 할 수 있다. 자연을 지배 혹은 정복의 대상으로 생각하고, 경제 성장과 과학문명의 발전이 인간을 궁극적으로 해방시킬 수 있다는 막연한 믿음으로부터 벗어나서, 참된 인간행복의 실현을 다른 차원에서 구하고자 하는 것이다. 심층생태학은 새로운 가치관에 입각한 새로운 윤리적 태도라고 주장된다.

그러나 문학적 전통 속에는 이와 유사한 가치관과 윤리적 태도가 오래전부터 친숙했던 것으로 보인다. 크게 보아, 문학이라는 것은 아름다움에 대한 찬양이거나 존재하는 것들에 대한 사랑과 연민이라고 말할 수 있다. 수많은 시들은 자연의 아름다움을 찬양하였으며, 자연을 창조하신 신에게 경의를 표하였다. 그리고 또 많은 문학작품들은 소외당하고 고통받는 모든 것들을 지극한 사랑과 연민으로 감싸안았다. 미천하고 못난 사람뿐만이 아니라 사소한 나무 한 그루, 풀 한 포기 또는 개구리나 지렁이 같은 미물조차도 함부로 업수이 여기고 해를 끼쳐서는 안 된다는 이야기는 우리 주변에서 쉽게 찾아볼 수 있다. 그들의 존재를 나의 존재처럼 귀하게 여기지 않으면 결국 그 해가 자신에게로 돌아오며, 그들을 지성으로 대하고 은혜를 베풀면 결국 그 덕이 자신에게로 돌아온다는 소위 〈은혜갚는 이야기〉들은 이야기문학의 원형이라 해도 지나치지 않다. 거의 모든 동화나 민담에서 강조하고 있는 〈착하다〉라는 미덕은, 비단 사람에 대한 태도만 지칭하는 것이라기보다는 모든 존재하는 것들에 대한 존중과 겸허와 헌신의 태도라고 할 수 있다.

김성동의 단편소설 「산란(山蘭)」에 보면 다음과 같은 이야기가 나온다. 산 속의 절에서 노스님과 함께 생활하던 동자승이 어느 날 풀을 베다가 손가락을 다쳤다. 그 일이 있고 난 후, 동자승은 이제 풀을 베지 않겠다고 노스님께 말한다. 노스님은 일을 하지 않고 먹기만 하는 것은 도리가 아니라고 꾸짖는다. 동자승은, 일을 하지 않기 위해서 그러는 것이 아니라 풀이 불쌍해서 그런다고 대답한다. 자기 손가락을 조금만 다쳐도 그렇게 아픈데, 풀을 낫으로 베면 풀들이 얼마나 아프겠느냐는 것이 동자승의 이유였다. 이에 노스님은 동자승이 착하고 좋은 심성을 지닌 인간이라고 속으로 흐뭇해한다. 이 이야기에서 우리는 풀 한 포기조차 인간과 다름없이 존중받아야 마땅하다는 생각을 만난다. 어떤 아메리카 인디언에게 왜 당신은 땅에 쟁기질을 하지 않는가라고 물었더니, 그 인디언은 〈어머니의 가슴을 칼로 찌를 수는 없지요〉라고 대답했다고 한다. 동자승과 그 아메리카 인디언은 인간세계와 비인간세계를 구분하지 않고 모든 자연 존재들을 혈육처럼 생각한다는 점에서 유사한 세계관을 지녔다고 말할 수 있다. 이러한 인간과 자연과의 평등하고 일체적인 유대감은 문학의 전통에서 낯익은 것이다.

김소월의 「산유화(山有花)」라는 시에 〈산에서 피는 꽃은 저만치 혼자서 피어 있네〉라는 구절이 나온다. 이 시에서 〈저만치〉라는 구절을 두고 여러 평자가 여러 해석을 하였는데, 특히 김종길 선생께서는 〈우주적 연민 cosmic pity〉이라는 개념을 빌려 해석을 시도한 바 있다. 우주적 연민이란 우주의 삼라만상에 대한 연민의 마음을 뜻한다. 이 시에서 화자는 산에서 홀로 피어 있는 꽃을 두고 〈저만치 혼자서 피어 있네〉라고 말함으로써, 그 꽃의 외로움을 가슴아프게 여기는 마음을 드러낸다. 화자는, 아무도 찾지 않는 깊은 산 속에서 제 홀로 피었다가는 또 지곤 하는 꽃의 처지를 생각하고는 그 꽃에 대해 연민을 느끼는 것이다. 이런 연민 속에는 존재하는 모든 것들에 대한 지고한 유대감과 깊은 윤리적 의식이 작용하고 있다.

우리에게 감동을 주는 거의 모든 문학작품의 바탕에는 자연과의 깊은 유대감과 윤리의식이 깔려 있다. 이것은 나 개인의 입장, 인간의 질서보다는 자연 혹은 존재의 깊은 질서에 대한 경건한 존경심이기도 하다. 오규원의 「길」이란 시에는, 〈물 속에는/ 고기가/ 잘 다니는/ 길이/ 따로 있고// 고기가 다니는/ 길을 피해/ 물풀이/ 자라는/ 길이 있고// 물풀 사이로는/ 물새가/ 새끼를 데리고/ 잘 다니는/ 좁은/ 길이 있고——〉라는 구절이 있다. 모든 존재들은 자기 나름의 삶의 길이 있음을 말한다. 그리고 그 길은 서로 침범하는 것이 아니라 타자의 길을 존중하며 평화롭게 공존한다. 물고기가 다니는 길을 피해 물풀이 자라는 길이 있는 것이다. 이러한 길은 인간의 눈에는 보이지도 않고 또 인간의 입장에서는 아무런 상관도 없다. 그러나 물고기의 길, 물풀의 길, 물새의 길 등은 자연 혹은 존재의 깊은 질서의 일부이다. 그러므로 그것들은 그 자체로 존중되어야 한다. 서로 피해서 나 있는 물고기의 길과 물풀의 길을 소중하게 여기는 마음이 가장 근원적인 문학정신일 것이다.

풀 한 포기의 아픔을 걱정하는 마음, 대지를 어머니의 가슴이라고 여기는 생각, 산 속에 홀로 핀 꽃의 외로움을 두고 가슴아파하는 마음, 물고기의 길을 소중하게 여기는 마음 등등은 문학의 바탕이요, 인간정신의 가장 고귀하고 순수한 영역이 아닌가 한다. 그러한 마음의 바탕이 없이, 참된 아름다움과 정의로움과 가치를 추구하기는 힘들 것이다. 문학이 불쌍한 이웃에 대해 관심을 기울이고 인간과 세계의 본질을 탐구하며 우리의 삶이 겸허하게 봉사해야 하는 진정한 가치와 윤리를 드러내는 것이라고 한다면, 위와 같은 마음바탕은 기본적인 조건이 된다고 보인다. 아르네 네스가 처음으로 주장하고, 그후 여러 진지한 환경론자들이 강조하는 심층생태학이란 것도 이러한 마음바탕의 확산과 실천에 가까운 것으로 짐작된다. 그러니까 참된 문학이라면 이미 심층생태학이 지향하는 바를 은연중에 내포하고 있는 것이라고 해야 할지 모른다.

이렇게 생각하면, 심층생태학적 입장에서 자연을 소중하게 생각하는 태도는 단순히 환경을 보호하는 일 이상의 의미를 지닌다. 그것은 인간이 궁극적으로 추구해야 하는 행복과 이상과 가치가 무엇인가를 판별하기 위해서 우리가 필수적으로 확보해야 하는 지렛대와 같은 것이며, 따라서 그것은 문학의 근본정신에 상통하는 것이라고 할 수 있다. 달리 말하면, 문학은 처음부터 심층생태학적 입장을 내포하고 있었으며, 자연에 대한 그러한 태도는 문학의 본질에 관계되는 것이다. 환경이나 자연을 다루고 있지 않은 문학이라 하더라도 모든 참된 문학작품 속에는 심층생태학적 자연관이 숨은 기초가 되어 있다고 할 수 있다. 그러므로 굳이 녹색문학이라 이름 붙이지 않더라도, 모든 문학은 이미 녹색인 것이며, 문학을 사랑하는 모든 사람은 녹색주의자가 되지 않을 수 없다. 녹색이 아직 심각하게 훼손되지 않았던 과거에는, 문학은 스스로 녹색을 강조할 필요가 그리 크지 않았다. 그러나 녹색이 심각하게 훼손당하고 있는 오늘날, 문학은 그 녹색적 본질을 보다 명시적이고 집중적으로 강조할 필요가 있는 것으로 보인다. 그것이 삶의 근본 가치와 윤리를 지키고 또 문학 자체의 근본 사명에 충실하는 길이기 때문이다.

2

　현재 우리 사회에서 환경문제는 심각한 수준이지만, 이에 대한 진지하고 깊은 논의는 일천한 편이다. 사람들의 관심은 당장 일상을 위협하는 대기오염과 수질오염에 대해서만 감각적 반응을 보이거나 언론사나 관공서 등에서 전시용 캠페인을 벌이고 있을 따름이다. 가령 남산의 경관을 되살린다는 미명 아래 멀쩡한 아파트를, 그것도 많은 돈을 들여서 무너뜨리면서 다른 한쪽에서는 수십층의 아파트들을 지어 도심 속의 산자락을 뒤덮어버리고 있는 것이 우리 환경의식수준의 현실인 것이다. 문학은 본질적으로 녹색주의일 수밖에 없다고 앞서 말했지만, 우리 문학이 환경문제를 보다 심각하게 명시적으로 다루기 시작한 것도 오래지 않았고, 그 성과도 미미한 편이다.

한국현대소설에 있어서 환경문제를 처음으로 진지하게 다룬 작품으로 기억되는 것은 김원일의 「도요새에 관한 명상」이다. 이 작품은 1979년에 발표되었다. 1962년 제3공화국이 들어선 이후, 〈잘 살아보자〉라는 절대적 기치 아래 강행된 경제개발과 산업근대화는 우리의 삶을 여러 가지 면에서 크게 바꾸어 놓았다. 70년대에 들어와 무리한 산업화의 부작용에 대한 사회적 저항이 확산되었는데, 그것은 주로 성장에서 소외된 계층에 대한 억압과 착취 그리고 정치적 부정에 대한 저항이었다. 산업화가 환경을 어떻게 황폐화시키고 있는가에 대한 관심은 비교적 적었다고 할 수 있다. 그것은 당시의 여러 가지 정황이 환경을 문제삼을 여유가 없었기 때문이라고 말할 수도 있고, 또 환경의 훼손이 얼마나 심각한 문제인가에 대한 인식이 얕았기 때문이라고 말할 수도 있고, 또 70년대 중반까지만 해도 환경의 훼손은 일부 특정 지역의 문제였기 때문이라고 말할 수도 있다. 그러나 「도요새에 관한 명상」은 신흥공업단지가 우리의 삶과 환경을 어떻게 파괴하는가에 주목하면서 환경문제에 대한 선구적 문제의식을 보여준다.

소설의 무대가 되는 동진강 하구는 유명한 철새 도래지이다. 특히 중부리도요라는 귀한 새가 동진강 삼각주에 도래한다. 그러나 동남만 일대에 신흥공업단지가 들어서면서 얼마 지나지 않아 그곳에 도래하는 새의 종류와 수효는 크게 줄어들었다. 그리고 바다와 하구와 개펄은 죽음의 공간이 되어버렸다. 몇년 전만 하더라도 〈청둥오리 바다오리 황오리 왜가리 고니 기러기 꼬마물새 흰목물떼새 중부리도요 민물도요 원앙이 농병아리 등 수십 종의 철새와 나그네새들이 먹이를 쫓아 싸대는 그 수다스런 행동거지가 꽤 볼 만한〉 곳이었으며, 〈각양각색의 목청으로 새떼들이 우짖는 소리와 날개치는 소리가 강변 갈대밭을 자욱 덮었던〉 곳이 이제는 공장의 폐수로 생명이 서식하기 거의 불가능한 곳이 된 것이다. 공장들이 들어서자 아름다운 하구가 몇년 사이에 어떻게 변해버리는가에 대한 묘사는 이 작품에서 비교적 상세하다. 그리고 그 오염이 얼마나 무서운 것인가에 대한 사실적 보고도 치밀하다. 그러나 환경오염에 대한 사실적 묘사와 보고만이 이 소설의 전부가 아니다. 그것만이라면 굳이 소설일 필요가 없이, 르포르타주가 오히려 설득력이 높을 것이다.

「도요새에 관한 명상」은 환경오염을 사실적 묘사와 보고로 문제 삼으면서, 궁극적으로 우리 삶의 황폐를 이야기한다. 이 소설은 세 사람의 중심인물이 등장한다. 월남 피난민이요 6·25전쟁의 상이용사인 아버지와 두 아들이 그들이다. 그리고 이 작품은 복합시점을 사용하고 있는데, 1장은 둘째아들 병식의 시점이고 2장은 첫째아들 병국의 시점이고 3장은 아버지의 시점이며 4장은 관찰자 시점이다. 단, 모든 장에서 때때로 관찰자 시점이 관여한다. 둘째아들 병식은 현재 재수생이다. 그는 입시공부를 한다는 핑계로 독서실에서 생활하지만, 공부보다는 노는 일에 더 열중한다. 그리고 윤리감각이 거의 없는 인물이다. 길을 가다가 여공들이 억울한 일을 당한 이야기를 엿들어도 병식은 여공들의 젖가슴에만 관심을 보이며, 철새를 밀렵하는 것을 비난하는 형을 오히려 비난하고, 아버지의 고통을 전혀 이해하지 못한다. 그의 여러 가지 언행으로 미루어 그는 윤리적 백치에 가까우며, 성격이 비뚤어진 인물이다. 형인 병국은 그러한 아우와는 상반된 인물이다. 병국은 아주 우수한 학생으로 서울의 유명대학에 다녔으나 반정부 데모를 하다가 제적된 후, 고향에 내려와 할 일을 찾지 못하다가 고향의 철새들이 점점 없어지는 것을 보고 환경문제에 적극적으로 관여하는 인물이다. 그는 고향의 철새 떼들과 그 터전인 동남만 일대를 사랑하였으나, 공장의 폐수로 그것들이 죽고 오염되는 것에 대해서 깊은 아픔과 분노를 느낀다. 한편 이들의 아버지는 월남 피난민인데 실향의 아픔으로 삶의 의욕을 갖지 못하는 선한 인물이다. 그는 아내의 돈문제로 실직을 한 후 거의 폐인처럼 살아간다.

이러한 아버지와 두 아들 그리고 생존에만 악착스러운 어머니가 한 가족을 이루는데, 위의 언급에서 이미 짐작되는바, 이들은 정상적인 가정을 이루지 못하고 가족적 유대감도 전혀 없다. 이들 가족의 삶을 통하여 작가가 암시하는 것은, 우선 인간성의 황폐라고 할수 있다. 둘째아들 병식은 정신의 황폐를 보여주고, 아버지와 병국 또한 그 삶이 사회에 적응하지 못하고 황폐한 모습을 보여준다. 아버지의 황폐는 분단의 역사로부터 비롯된 것이고, 병국의 황폐는 독재정권의 억압으로부터 비롯된 것이다. 그리고 병식의 황폐는 그러한 역사와 정치상황 속에서 정상적으로 성장하지 못한 결과로 볼수 있다. 작가는 이처럼 우리 현대사의 모순이 한 가정을 어떻게 파괴시켜 놓았는가를 주목하면서, 여기에 대위적으로 공업단지가 동진강 하구를 어떻게 파괴시켜 놓았는가를 이야기한다. 즉 비극적 분단역사와 부정적 정치권력이 삶을 황폐화시키는 오염원이라는 이야기와 공업단지가 아름다운 철새 도래지를 황폐화시키는 오염원이라는 이야기를 중첩해 두고 있는 것이다. 이 두 가지 이야기는 알레고리적 관계에 있다고 이해될 수도 있다. 선한 심성을 지닌 아버지와 병국은 마치 아름답고 귀한 새처럼 오염으로 생명을 잃어가고, 그대신 병식이나 그의 친구들 또는 어머니와 같은 사람들은 마치 공해에 강한 징그러운 벌레들처럼 기승을 부리는 것이다. 즉 잘못된 역사와 부당한 정치가 우리의 삶을 마치 동진강 하구처럼 오염시켰다는 의미로 해석될 수 있다.

그러나 이 작품에서 보다 신중하게 생각해야 할 점은, 역사나 정치상황의 오염과 환경의 오염이 동전의 양면처럼 분리될 수 없다는 사실이다. 이것은 잘못된 역사나 정치상황을 이끌어가는 세력들과 환경을 오염시키는 세력들이 동일하다는 뜻이 아니다. 그보다는 바람직한 삶에 대한 감각과 올바른 가치에 대한 기준이 상실되었을 때, 우리의 삶과 그 터전은 전반적으로 황폐화되며 나아가 죽음의 어두운 그림자 속으로 들어가게 된다는 것을 의미한다. 다시 말해, 정치윤리와 환경윤리와 개인적 도덕이 별개의 것이 아니며, 그것들은 보다 심층적인 연관성 속에 있음을 말한다. 「도요새에 관한 명상」은 환경오염의 심각성을 환기시켜 주는 작품이다. 그러나 단순히 환경고발 차원에 머무르는 것이 아니라 우리 삶의 전반적인 황폐를 문제삼으면서, 역사나 정치의 황폐 그리고 환경의 황폐 또 인간성의 황폐가 결국 한 가지 황폐의 다른 모습임을 강조하고 있는 작품이다. 이런 점에서 「도요새에 관한 명상」은 선구적인 환경소설이면서도 환경과 삶의 황폐에 대한 복합적인 사유를 보여줌으로써 앞으로의 환경소설에 좋은 모범을 보여주는 작품이라고 말할 수 있을 것이다.

한정희의 「불타는 폐선」은 산업폐기물의 불법매립이라는 소재를 정치하게 다루고 있다는 점에서 또 한 편의 중요한 환경소설이라고 할 수 있다. 이 작품의 줄거리를 간단히 살펴보면, 한 재벌회사가 철강산업을 새로 시작하면서 값싼 고철 수입선을 찾던 중 일본으로부터 뜻밖에 싼 가격으로 고철을 수입하게 된다. 그러나 거기에는 은밀한 조건이 붙는다. 중금속 폐기물도 함께 보낸다는 것이다. 회사측은 속았다는 사실을 알게 되지만, 철강회사의 사활과 엄청난 이윤 때문에 중금속 폐기물의 밀반입을 묵인한다. 그리고 그 폐기물의 처리는 박인원 이사에게 맡겨진다. 박인원은 출세지상적인 인물이다. 철강산업의 성공은 그의 삶에 각별한 의미를 지닌다. 그것은 크게는 나라와 회사에 대한 중요한 공헌이며, 작게는 자신에게 최연소 사장이라는 출세를 보장하는 일이다. 그는 중금속 폐기물의 밀반입이 나쁜 일인 줄 알지만, 그 때문에 중요한 일을 그르쳐서는 안된다고 합리화하고 폐기물의 불법매립을 주도한다. 이 과정에서 박인원은 부두노조의 파업과 신문기자의 추적이라는 문제를 해결하는 수완을 발휘하지만, 결국에는 중금속의 불법반입이 세상에 알려지게 되고 박인원의 꿈은 좌절된다.

「불타는 폐선」에서, 중금속 폐기물의 밀반입과 그 불법매립의 과

정은 억지와 과장 없이 핍진성 높은 세부와 설득력 있는 사실성을
확보하고 있으며, 그 자체로서 환경문제에 대한 각성을 효과적으로
촉구한다. 그러나, 유종호의 정확한 해설에서 지적하고 있는바, 이
작품은 평면적 르포의 취약성을 극복하는 세련된 소설적 장치를 지
니고 있다. 가장 주목되는 소설적 장치는 박인원이라는 주인공의 성
격창조이다. 박인원은 천민가정에서 태어나 젊은 나이에 대기업의
이사가 된 인물로서, 야심과 긍지를 지닌 출세주의자이다. 그는 평
면적 성격의 악한이 아니다. 그는 입체적 성격을 지닌 인물이다. 신
분상승 욕구가 지나치게 강하기도 하고, 그 때문에 그것에 방해되
는 인간적 측면을 스스로 외면하는 비정함을 보여주고 또 윗사람에
대한 굴종과 아부를 당연하게 여기지만, 그는 개인적 성실성과 능
력을 가졌으며 양심의 고뇌로부터 자유롭지 못하다. 그의 강렬한 신
분상승 욕구만 하더라도 점쟁이 집안 아들이라는 천대와 자기 모멸
에 대한 보상의 성격이 짙다.

이와 같은 박인원이라는 인물은 근대화와 경제개발에 매진하던
70년대 한국사회의 성격을 대변하고 있는 것처럼 보인다. 당시 사회
적 분위기는, 누추하고 부끄럽던 과거를 청산하고 어떻게 해서라도
떳떳하게 잘 살아보자는 욕구가 지배적이었다. 그것을 위해서 밤낮
없이 노력해야 하며, 무리한 고도성장이 파생하는 문제들은 어쩔
수 없는 것으로 치부되었다. 그리고 그 〈어쩔 수 없음〉이라는 논리
는 수시로 비약하여 터무니없는 부정과 부패의 방패로 사용되기도
하였다. 남들보다 앞서기 위해서는 어느 정도의 모순과 부조리 그
리고 인간적 아픔은 성장에 따른 비용으로 간주되었을 뿐만 아니
라, 심각한 남용과 오용조차도 정당한 비용으로 간주되었던 것이
다. 그리고 성장과 발전을 위한 강한 집념과 추진력은 과거가 무력
한 궁핍 속에 있었던 만큼 그 반대급부로 과장된 미덕이 될 수 있었
다. 그리하여 박인원의 빠른 출세처럼, 우리 사회도 빠른 경제성장
을 보여주었고, 상당 정도의 물질적 풍요도 이룩하였으며, 그 사실

은 가볍게 폄하할 수 없는 현실적 성공이었다. 「불타는 폐선」은 박인원이라는 중심인물의 삶을 통해서, 이러한 현실적 성공의 당위와 그 어려움을 거부감 없이 이해한다. 그러면서 그 현실적 성공의 이면에 우리가 감수해야 했던 것이 무엇이며, 그것이 궁극적으로 어떤 결과를 초래할 것인가에 대해서 감정적 과장이나 맹목 없이 투명하게 보여준다. 그러니까 「불타는 폐선」이라는 작품은, 박인원이라는 인물을 통하여 70년대 한국사회의 초상을 그려본 소설이라고 말할 수도 있을 것이다.

이렇게 볼 때, 본의 아닌 중금속 폐기물의 밀반입과 박인원의 허무한 몰락은 우리 사회의 내면에 대한 사려깊은 반성과 경고라는 의미가 된다. 박인원은 그의 사회적 신분상승을 위해 가족을 외면하고 굴종과 아부를 용납하고 순진하고 인간적인 것들에 대해 비정한 태도를 취하였으며 나아가 양심의 거리낌도 때때로 묵살하였다. 마치 이러한 박인원의 삶처럼, 70년대의 우리 사회 역시 경제성장을 위해 많은 것을 외면했고 또 많은 것을 짓밟았다. 그리하여 박인원의 삶이 한 시대의 축도가 된다면, 박인원의 파멸 또한 한 시대의 축도라는 의미를 지닌다. 그것은 인간적 가치의 유보나 무시 위에서 이루어진 성공은 사상누각이며 결국은 모든 것의 상실임을 의미한다. 이런 점에서, 「불타는 폐선」은 결핍과 고난과 멸시와 설움으로부터 벗어나기 위해서는 경제발전을 기필코 이룩해야 한다는 주장의 절박성과 위세에 의해서 억지 합리화되었던 인간적 가치의 훼손이 결국 어떤 결과를 초래할 것인가에 대한 반성과 경고가 되는 것이다. 즉 가진 자와 못 가진 자의 불평등, 그리고 가진 자의 횡포를 말하는 것이 아니라 우리 모두가 잃어버린 것, 그래서 모두 불행해지는 사태에 대해서 말하고 있는 것이다.

「불타는 폐선」이 사회적 성공을 향한 무리한 집착과 그 좌절을 이야기하면서, 환경문제를 주요 소재로 다루었다는 점은 매우 적절하다. 박인원의 비정한 집념은 개인적인 좌절과 상실로 귀결되었을 뿐만 아니라, 세월이 흘러도 좀처럼 없어지지 않는 중금속 폐기물을 이 땅에 남겼다. 중금속 폐기물이 이 땅에 남아 두고두고 이 땅의 사람들에게 위협이 된다는 것은 사실적이며, 또한 암시적이다. 사실적이라 함은 산업화로 인한 환경오염이 그 동안 얻은 풍요를 무화시킬 만큼 심각한 현실의 반영이라는 점을 의미한다. 밀반입된 중금속 폐기물은 우선 하역노동자를 쓰러지게 만든다. 그러나 보다 심각한 것은, 그것이 없어지지 않고 우리의 삶을 계속 갉아먹는다는 사실이다. 이 사실은, 동생 인희의 병을 통해서 간접적으로 제시된다. 이 작품에서 큰 비중으로 기술되는 공해의 현실은 그 자체로서 환경문제에 대한 사실적 보고가 된다. 그리고 암시적이라 하면, 누구도 피해갈 수 없는 환경오염의 폐해처럼 인간적 가치의 훼손 역시 우리 모두의 고통과 파멸로 이어진다는 점을 의미한다. 성공을 향한 박인원의 무리한 집념은 인간적인 가치와 양심을 냉정하게 외면하였다. 그 결과는 삶의 황폐였다. 박인원은 병든 누이를 만난 후, 이미 내면의 황폐를 체험한다. 인희의 병든 모습은 선실 밑바닥의 악취 뿜는 검은 액체와 엉거서 그를 괴롭히고, 예정된 대표이사로의 승진사실도 그를 위로하지 못한다. 이후 박인원의 사회적 실패는 이러한 내면적 황폐의 재확인에 불과하다. 그러니까 중금속 폐기물은 인간적 가치의 외면과 훼손이 남긴 상징적 악마와 같은 것이어서, 모든 사람의 삶을 황폐로 몰고가는 것이다.

이처럼 「불타는 폐선」은 한 출세지향적 인간의 좌절과 70년대 고도경제성장의 내면을 중첩시키고 또 환경의 오염과 삶의 황폐를 중첩시키면서 우리 시대를 근원적으로 반성하고 있는 작품이다.

최성각의 「약사여래는 오지 않는다」 역시 오염과 황폐의 문제를 흥미로운 소재와 시각으로 다루고 있는 중편소설이다. 우선 작가는 소설의 첫머리에서 오염된 물을 문제삼는다.

이제는 누구나 영락없이 못 먹는 물을 먹어야 했다. 사람들에게 이제 남은 시간이란 못 먹는 물인지 알면서도 어쩔 수 없이 그 물을 마셔야 하는 시간에 다름아니었다. 그러므로 이때 육신이란 철, 카드뮴, 중성세제, 크롬, 납, 망간 등의 맹독성 중금속이 쌓이는 부드러운 그릇이거나, 막다른 골목이거나, 곧 현실로 드러날 예고된 죽음을 향해 달리는 완행열차이거나 —— 태어나지 않았으면 딱 좋았을 회한의 덩어리 같은 것이 되어버렸다.

이러한 진술은 너무 냉소적이고 너무 비관적이다. 더욱이 물이 오염되었다고 해서 인간을 두고 〈태어나지 않았으면 딱 좋았을 회한의 덩어리〉라고 말하는 것은 과장과 비약이 심한 것처럼 보인다. 그러나 「약사여래는 오지 않는다」라는 작품을 다 읽고 나면 작가가 왜 이런 말을 했는지 이해할 수 있다. 작가는 물의 오염이 우리 시대의 삶의 절망과 어떻게 내면적으로 연결되어 있는가를 잘 보여준다.

작품 속에서 〈그〉로 지칭되는 중심인물은 30대 중반의 소설가이다. 그는 건강이 좋지 않다. 오줌 빛깔이 나쁘고 목덜미에 식은땀이 난다. 의사는 아무 이상 없으니, 운동을 적당히 하고 물을 많이 마시라고 처방을 내린다. 그는 물병을 들고 유락산을 찾기 시작한다. 유락산의 샘터에서 물을 길어 먹기로 한 것이다. 유락산에 물을 길러 몇 번 가서 보고 느낀 점을 적은 것이 이 소설의 주 내용을 이룬다.

그가 유락산 초입의 약수터에 가서 처음 부닥친 문제는 물을 길러 온 사람이 매우 많다는 사실이었다. 물 받을 차례를 기다리고 있는 물통의 길이가 2, 30미터나 되었다. 거기서 〈그날 그가 발견한 것은 약수터에 모인 사람들이 드러내는 묘한 초조와 짜증, 그리고 그리 심각할 정도는 아니지만 타인에 대한 적의 비슷한 감정으로 스스로를 괴롭히고 있다는 점〉이었다. 그는 약수터가 살벌한 생존경쟁의 현장이 되어 있음을 발견하고는 이 다음부터는 약수터에 오지 않겠다고 마음먹는다. 그러나 그는 다시 약수터를 찾게 된다. 우리 사회의 수질오염이 얼마나 심각해졌는지를 알고 난 후, 맑은 물에 대한 갈증이 그를 다시금 약수터로 내몰았던 것이다. 거기서 그는 한 노인이 젊은이로부터 낭패를 당하는 꼴을 보았고 또 서로에 대한 공공연한 적의를 다시 한번 강하게 확인한다. 그는 도저히 그 야만적인 물 받기 전쟁에 끼어 있는 자신을 용납할 수 없어, 좀더 깊은 산속의 약수터를 찾아간다. 한참 숲속을 헤매서 호젓한 약수터를 발견했지만, 그곳은 몇몇 사람들이 자기들의 약수터라며 독점하고 있었다. 거기서도 그는 물 받기를 포기하고 더 깊은 산속으로 들어가 마침내 약사전 뒤에 있는 광덕약수터에서 물을 받을 수 있었다. 그리고 그는 약사전 벽화를 흥미롭게 보았다. 약사전에는 세 가지 불화가 그려져 있었는데, 그 중에서 그의 관심을 특히 끈 그림의 내용은 다음과 같다.

뜰에 과일이 주렁주렁 탐스럽게 달린 과일나무가 서 있고 그 뒤쪽의 벼랑 너머 산에는 눈이 덮여 있는 것 같기도 했고, 벼랑에 서 있는 단풍나무로 보아 만산홍엽을 그린 것 같기도 했다. 그림 오른쪽에는 잿빛 벽돌을 쌓아올린 누대에 곱게 머리를 빗어올린 여인이 이불을 쓰고 앓아누워 있었다. 그런데 특이한 일은 여인의 오른쪽 손목과 뜰의 과일나무가 가느다란 흰 실로 연결되어 있다는 점이었다.

이날 이후 그는 광덕약수터에서 물을 긷고 약사전 벽화도 둘러보곤 하였다. 그러던 어느 날, 그는 약수터에서 개를 잡아먹고 있는 사람들을 만났다. 그리고 광덕약수터에 〈식수부적합〉이라는 안내문이 적혀 있는 것을 보았다. 이렇게 해서 그의 맑은 물찾기는 끝이 났다.

소설 「약사여래는 오지 않는다」의 내용은 이처럼 단순하다. 그러나 그 의미는 단순하지 않다. 우선 이 작품은 우리 사회에서 물의 오염은 매우 심각한 수준이며, 맑은 물을 마시기가 얼마나 어려우며, 그것마저 점점 불가능해져가고 있음을 설득력 있게 말해준다. 둘째, 주인공을 비롯한 대다수의 사람들이 육체적으로 병들어 있고 그것은 물의 오염과 연관이 있다는 암시를 한다. 셋째, 사람들의 육체뿐만 아니라 정신도 심하게 병들어 있으며, 이 또한 물의 오염과 불가분의 관계에 있음을 암시한다. 약수터에서의 싸움, 커피 파는 여자들의 매음, 약수터의 독점, 물 한 모금도 주지 않는 야박함, 거칠고 공격적인 젊은이들의 행태, 약수터에서의 개 도살 등등이 유락산을 뒤덮고 있다. 이런 정신적 도덕적 황폐가 물의 오염과 깊은 관련이 있음을 작가는 암시한다. 넷째, 작가는 소설의 앞부분에서 우리 사회의 정신적 황폐와 도덕적 타락을 극명하게 보여주는 사건들을 길게 나열하고 있는데, 이러한 우리 사회의 근본문제가 물의 오염과 어떤 상관 속에 있음을 또한 암시한다. 다섯째, 병든 여인이 그려진 약사전 벽화이야기를 통하여 작가는 자연을 상실한 인간이 구원될 수 없다는 결론을 내린다.

「약사여래는 오지 않는다」속에는 우리 사회의 병리현상들이 다양하게 언급된다. 정치적 부패와 혼돈, 대형사고, 패륜적 범죄, 거칠고 공격적인 일상생활, 정신적 황폐와 육체적 병, 비상식적 탐욕과 이기심 그리고 환경의 오염 등이 지옥도처럼 그려져 있다. 작가는 이 모든 아수라장이 물의 오염과 밀접한 연관이 있음을 강하게 암시한다. 물은 생명의 원천이며 조건이다. 이것은 생물학적 의미에서도 그러하고 상징적인 의미에서도 그러하다. 맑은 물을 상실하였을 때, 개별적 존재뿐만 아니라 사회 전체가 병든다. 작가는 맑은 물을 상실한 우리 사회의 지옥도를 비관적으로 그려보여 준다. 작가는, 소설의 마지막에서 광덕약수터마저 오염되어 더 이상 맑은 물을 구할 수 없음을 말하고, 이제 병든 우리 사회를 치유해 줄 약사여래는 영영 오지 않음을 약사전 벽화를 통해 이야기한다.

여기서 약사전 벽화를 해석해 보자. 만산홍엽의 산과 과일나무가 탐스런 뜰은 자연을 의미한다고 생각하고, 병든 여인은 병든 인간

세상을 의미한다고 생각하자. 병든 인간세상은 자연과 가느다란 실로 연결되어 있다. 자연의 건강한 생명력은 가느다란 실을 통하여 인간세상에 전달됨으로써 병든 인간세상을 치유해 주고 있다. 또는 병든 인간세상이 그나마 생명을 유지하고 있다. 그러나 소설의 결말에서 주인공은 여인과 나무를 연결하고 있던 가느다란 선이 끊어졌고 여인의 손이 아래로 힘없이 처져 있음을 발견한다. 이것은 자연과 인간의 끈이 끊어졌음을 의미하며, 나아가 인간의 죽음 또는 인간의 구원불가능을 의미한다. 인간들은 스스로 물을 오염시키고 자연을 파괴하여 생명의 원천으로부터 스스로를 차단시켜 버렸다고 작가는 결론내리고 있는 것이다. 작가는 소설의 첫머리에서 물이 오염된 세상의 인간을 두고 〈태어나지 않았으면 딱 좋았을 회한의 덩어리〉라고 과장되게 말했다. 그러나 결말에 이르면 그것이 과장이 아니었음을 이해하게 된다. 인간의 생명을 지켜주던 자연과의 연결선이 끊어진 세상이라면, 그곳은 사람이 살 수 없는 곳이기 때문이다. 「약사여래는 오지 않는다」는 맑은 물의 보전이 우리의 삶에서 의미하는 바가 얼마나 소중하고 근원적인가를 진지하게 생각해 본 작품이라 하겠다.

70년대 우리 사회의 산업화 과정에서 파생된 모순과 부조리를 가장 성공적으로 다룬 작품 「난장이가 쏘아올린 작은 공」을 환경소설로 읽는다는 것은 적절치 않을지도 모른다. 이 소설에는 환경문제를 사치스런 어떤 것으로 여기게 만드는 처절한 상황과 고통이 그려져 있으며, 상황을 문제삼는 작가의 시선이 너무나 단호한 각도를 유지하고 있기 때문이다. 그러나 우리는 「난장이가 쏘아올린 작은 공」에서 환경문제를 생각해 볼 수도 있다. 두 가지 이유에서 그러하다. 첫번째 이유는, 앞서 말한 대로 모든 문학은 근본적으로 녹색이므로 대부분의 문학에서 환경문제를 거론할 수 있다. 두번째 이유는, 이 소설이 70년대 산업화 과정을 문제삼고 있다면 거기에는 필연적으로 산업화에 따른 환경파괴가 포함될 수밖에 없기 때문이다.

연작소설 「난장이가 쏘아올린 작은 공」에는 「기계도시」라는 단편이 포함되어 있다. 「기계도시」에는 난장이 가족이 사는 마을과 그들이 일하는 공장 그리고 그것들을 포함하는 은강시에 대한 비교적 자세한 묘사가 나온다. 은강시에 대한 작가의 개성적인 설명적 묘사가 「기계도시」의 핵심이라고 할 수 있다. 예를 들면 이런 것이다.

공장 지대는 북쪽이다. 수없이 솟은 굴뚝에서 시커먼 연기가 오르고, 공장 안에서는 기계들이 돌아간다. 노동자들이 그곳에서 일한다. 죽은 난장이의 아들딸도 그곳에서 일하고 있다. 그곳 공기 속에는 유독 개스와 매연, 그리고 분진이 섞여 있다. 모든 공장이 제품 생산량에 비례하는 흑갈색, 황갈색의 폐수 폐유를 하천으로 토해낸다. 상류에서 나온 공장 폐수는 다른 공장 용수로 다시 쓰이고, 다시 토해져 흘러 내려가다 바다로 들어간다. 은강 내항은 썩은 바다로 되어 있다.

이런 묘사는 은강시의 공해를 잘 설명해 주고 있긴 하지만, 너무 평면적이어서 실감이 적다. 이런 평면적 묘사에 정서를 불어넣어 은강시의 끔찍한 환경을 보다 실감나게 만들어주는 하나의 사건을 작가는 마련해 둔다. 오월 어느 날 은강시에 불던 바람이 방향을 바꾸어, 내륙 쪽도 아니고 바다 쪽도 아니고 〈공장지대의 상공에 머물렀다가 곧바로 거주지로 불었다〉. 아홉시에서 자정까지 세 시간 동안 은강시는 그야말로 공황에 빠졌다. 작가는 그 공황을 다음과 같이 묘사한다.

어른들은 아이들이 갑자기 호흡 장애를 일으키는 것을 보았다. 아이들을 안고 병원으로 달려가던 어른들도 악취 때문에 제대로 숨을 쉴 수 없었다. 눈이 아프고, 목이 따가왔다. 견딜 수 없는 사람들이 거리로 뛰어나왔다. 시가지와 주거지에 안개가 내리고, 가로등은 보이지 않았다.

대혼잡이 일어 질서는 순식간에 무너졌다. 도둑과 불량배가 꿈에도 생각 못했던 기회를 잡아 날뛰었다. 시민들은 주거지를 벗어나 중앙으로 이어지는 국도 쪽으로 대피했다. 아홉시에서 자정까지, 세 시간에 지나지 않았지만 은강 사람들은 큰 공포 앞에 맨손으로 노출된 자신들을 깨닫고 몸서리쳤다. 짧은 시간에 은강 사람들은 여러 가지 불안을 체험했다. 아무도 정확히 말하지 못했지만, 그들은 은강 역사에 전례가 없는 생물학적 악조건 속에서 자기들이 살아간다는 것을 깨달았다.

이것은 지옥의 묵시록을 연상시키는 풍경이다. 공장지대에서 내뿜는 개스와 매연이 얼마나 무서운 것인지 실감나게 말해준다. 이러한 사건이 실제로 발생했는가는 중요하지 않다. 그러나 이 작품은 그러한 사건이 우리 일상적 삶의 공간으로부터 그리 멀리 떨어진 것이 아니라는 점을 분명히 깨닫게 해준다. 기계도시의 이러한 치명적 매연은, 이미 우리에게 잠재적 공포로 자리잡고 있다. 작가는 우리의 일상공간에 잠복해 있는 치명적 매연, 그리고 그에 대한 우리 잠재의식 속의 불안과 공포를 효과적으로 가시화시켜 보여준다. 그리하여 그것은 오늘 우리가 처한 공해의 현실을 낯설게 확인케 해주는 강한 힘을 발휘한다. 이 힘은 또한 「기계도시」라는 허구의 힘이기도 하다.

한편, 「기계도시」에서도 환경의 파괴가 인간성의 파탄으로 이어진다는 사실이 지적된다. 난장이 큰아들은 윤호를 만나 은강그룹의 경영주를 죽일 것이라고 말한다. 난장이 큰아들의 작심은 절망에서 비롯된 자폭적 복수심으로 이해된다. 이러한 정신적 황폐는 그가 처한 상황에서 나온다. 그 상황이란 우선 가난, 착취, 억압, 멸시 등의 사회적 모순 상황일 것이다. 그런데 여기에 환경파괴도 간접적이지만 중요하게 관여하는 것이라 말할 수 있다. 환경파괴 역시 사회적 모순의 한 결과물이라고 할 수 있으며, 아울러 치명적 매연에 대한 잠재적 공포는 사람의 심성을 삐뚤어지게 만들 것이기 때문이다.

여기서 우리는 다시 한번, 사회의 부패와 환경의 파괴 그리고 인간 성의 황폐가 한 줄기에서 나온 세 개의 가지임을 생각해 볼 수 있다.

우한용의 단편 「불바람」은 원자력 발전소의 안전성 문제를 다루고 있는 작품이다. 화자인 연진의 남편 성득은 원자력 발전소 홍보과장으로 재직하고 있다. 원자력 발전소의 안전문제로 주민, 학생, 사회단체가 한창 데모를 벌이고 있는 와중에, 연진은 밤기차를 타고 서울로 진찰을 받으러 간다. 연진은 8년 만에 임신을 하였는데, 몸의 상태가 좋지 않았기 때문이다. 남편 성득은 발전소측의 대책회의 때문에 연진과 동행할 수 없었다. 원전이 안전한가 그렇지 못한가에 대한 양측의 입장에 대해서 비교적 공정한 거리를 유지하고자 하는 작가의 태도는, 연진을 통해서 드러난다. 연진은 회사의 입장을 앞장서서 대변하고 있는 남편의 주장에 대해서 다소 냉소적이다. 그러나 그녀는 반대데모를 하는 입장을 옹호하는 것도 아니다. 그녀는 관찰자의 위치에 있다.

관찰자의 위치에 있는 그녀에게 여러 가지 고통스럽고 불미스런 일이 일어난다. 그녀는 회사직원부인들로부터 아이를 못 갖는다고 놀림을 당한다. 그리고 남편의 건강이 눈에 띄게 나빠지고 있다. 데모하는 학생들이 집으로 몰려와 뜻밖의 곤욕을 치른다. 야간열차에서는 불량기 있는 남자의 추근거림으로 고통을 당한다. 서울에 와서는 친구로부터 홀대를 받는다. 정확한 이유는 알 수 없지만, 몸의 상태가 아주 좋지 않아 입원을 하게 된다. 원전사태가 점점 험악해지고 있다는 소문을 듣는다. 이러한 일들이 연진의 신변 주위에 발생하고, 그것들이 소설의 대부분의 공간을 차지한다. 그리하여 작가는 연진의 고통이 어디서 오는 것인가를 독자 스스로 자문하게 만든다. 여기에 원전문제에 대한 작가의 간접적인 해답이 있다.

작가는 원전 옹호자인 성득을 긍정적 인물로 그리고 오히려 원전 반대자들의 거칠고 감정적인 행태를 다소 냉소적으로 묘사함으로써 원전문제의 논란 자체를 다소 비판적으로 바라보고 균형을 유지하고자 한다. 그러나 결과적으로 성득을 반대자의 입장에 가담하게 함으로써 원전 반대의 입장을 지지하는 쪽으로 결론을 내린다. 성득이 왜 갑자기 입장을 바꾸게 되었는가에 대한 명시적 설명은 없다. 다시 말해 작가는 과학적 자료나 사실을 논거로 원전 반대를 지지하는 것이 아니다. 현재 원전이 어떤 폐해를 낳고 있으며, 그 잠재적인 위험성이 어느 정도인지에 대한 과학적이고도 사실적인 탐구는 별로 없다. 그래서 성득의 갑작스런 입장 변화는 설득력이 없어보이기도 한다.

그러나 「불바람」은 원전문제에 관한 논설문도 아니고 리포트도 아니다. 「불바람」은 한 편의 허구이며, 창작이다. 소설은 시사적인 주제를 다루더라도 그 주제의 결론을 내리는 것이 목적은 아니다. 소설의 인식은 언제나 열려 있음으로 해서 그 독자적 가치를 갖는다. 「불바람」에서도 성득의 입장 변화로 보여주는 결론 그 자체가 중요한 것은 아니다. 중요한 것은, 성득의 결단이 아니라 연진의 신변에 겹쳐서 일어나는 고통들이다. 독자들은 연진이 감수하는 고통들에 동참하면서, 왜 연진이 그러한 상황에 빠져야 하는가를 생각하게 된다. 연진의 고통을 단순화시켜 이해하면, 그것은 일상의 황폐요 생명의 위축이다. 남편의 무기력, 연진의 유산 가능성, 합석한 남자의 파렴치, 남편의 거짓해명, 데모대의 거칠음 등등은 연진을 절망적인 상태로 몰아간다. 이러한 일상의 황폐와 생명의 위축은 원전문제 즉 방사능의 유출문제와 직접 상관이 없다고 할 수도 있다. 그러나 원전문제가 현실적으로 파생시키는 거짓말, 의심, 맹목적 공격성 그리고 엄청난 공포는 정신적인 방사능 오염이라고 말할 수 있다. 작가는, 실제 방사능의 오염으로 인한 피해가 있을 것이라는 가능성을 부정하고 있지는 않지만, 그보다는 원전으로 인한 정신적인 방사능의 오염을 주목하고 있는 것으로 보인다. 원전이라는 경제적인 에너지원을 우리 곁에 둠으로써, 우리가 치러야 하는 황폐라는 비용이 얼마나 큰 것인지를 말하고 있는 것이다. 만약 방사능이 유출된다면 그 황폐는 말할 것도 없다. 그러나 유출 가능성이 극히 희박하다고 하더라도 우리는 엄청난 황폐를 그 비용으로 감내해야 하는 것이다. 이 작품에서도 환경문제는 정신적 황폐나 인간성의 파탄이라는 문제와 맞물려 있다.

3

앞서 언급한 다섯 편의 소설은 모두 우리의 오염된 환경에 대하여 각별한 관심과 우려를 보여주고 있다. 우리는 이러한 소설들을 〈환경소설〉이라고 부를 수도 있을 것이다. 환경소설들은 우리가 처한 환경의 위기를 낯설게 보여줌으로써 환경문제에 대한 우리의 의식을 일깨운다. 그러나 앞서 살펴보았듯이, 환경문제는 우리가 처한 여러 가지 문제들 중의 하나가 아니다. 그것은 우리가 처한 많은 문제들과 밀접하게 관련되는, 우리시대의 근본적인 문제이다. 그것은 정치사회적 모순의 문제와 연관되어 있고 또 현대문명의 문제와 밀접한 관련이 있으며, 아울러 인간정신의 황폐와 맞물려 있다. 이 모든 문제의 근원을 더욱 단순화시켜 생각해 보면, 모든 자연물이 지니고 있는 고유한 가치를 존중하는 마음을 상실이라고 말할 수 있다. 그 고유한 가치를 존중하고 자연과 인간이 윤리적 공동체라는 의식의 회복 없이는, 우리시대가 처한 다원적 황폐의 심각성을 제대로 인식할 수 없을 것이다. 여기서 문학은 본질적으로 녹색이라는 점이 새롭게 강조될 필요가 있다. 자연과 인간이 하나이며, 자연의 고유한 가치와 숨은 질서를 존중하는 마음이 문학하는 마음 바탕이기 때문에 문학은 본질적으로 녹색이다. 이 녹색본질의 진지한 구현 없이는 어떠한 환경소설이나 환경시도 진정한 환경문학이 되지 못한다. 뒤집어 말해서, 모든 환경문학은 이 녹색본질의 진지한 구현을 통해서만 환경르포보다 우월한 가치를 지닐 수가 있다. 진정한 환경문학은 환경문제를 피상적으로 고발하는 것이 아니라 문학의 녹색본질을 구현하는 것이다. 뜸북새나 코스모스를 노래한 한 편의 동시가 공해를 어설프게 다룬 소설보다 더욱 훌륭한 환경문학이 될 수가 있는 것이다.

그리고 녹색은 단순히 자연보호나 자연친화를 뜻하는 것이 아니다. 오늘날 녹색은 새로운 시대정신으로 강력히 요청된다. 19세기와 20세기 문명에 대한 가장 중요하고 강력했던 비판 이데올로기가 적색이념이었다면, 21세기를 목전에 둔 우리시대에서 절대적으로 중요한 것은 녹색이념이라고 생각된다. 인간들은 그 동안 자연이 무한한 생명과 크기와 능력을 지니고 있는 것이라고 생각하였다. 풍요로운 자원을 가득 담은 자연이라는 항아리는 너무나 커서 인간들이 아무리 소비해도 그 밑바닥이 드러나지 않으며, 또 그 생명과 자기치유능력은 너무나 신비로워서 인간들이 아무리 괴롭혀도 칼로 자른 물처럼 스스로 상처의 흔적을 없애버린다고 생각하였다. 인간이 신혹은 자연의 품안에 소박하게 있으면서 신과 자연에 한없는 경외감을 느끼고 있는 한, 이러한 생각은 별 문제가 되지 않았다. 자연은 인간이 경영하는 것이 아니라 신이 경영하는 것이었으며, 인간 또한 그 자연의 아주 작은 일부였을 때까지는 자연은 실제로 무한하고 훼손될 수 없는 것이었다.

그러나 자연의 넉넉함과 선심(善心) 속에서 성장해 온 인간들은 어느 때부터인가 자연을 얕잡아 보기 시작했다. 인간들은 신과 자연의 품안에서 벗어나 해방을 선언했고, 스스로의 이성과 과학적 능력으로 신과 자연에 대담한 도전장을 던졌다. 즉 인간의 이성이 신의 질서를 대신하여 인간을 해방시킬 수 있다고 생각하기 시작했고 또 인간의 과학적 능력이 자연을 정복하여 자연 그 자체보다 더욱 행복한 인공적 삶의 터전을 만들 수 있다고 믿기 시작했다. 인간들은 이러한 스스로의 각성과 오만함을 〈계몽〉이라고 불렀으며, 자신들이 세계의 주인이라고 자처했다.

실제로 인간의 능력은 지난 2세기 동안 스스로도 놀랄 정도로 발전하였다. 인간들은 발달된 과학기술의 힘으로 신의 세계인 자연을 맹공격하였으며 그 전리품으로 방탕한 생활을 즐겼고, 황폐해진 자연 대신에 휘황찬란한 인간의 세계를 건설하였다. 그러면서도 자연은 여전히 무한한 것으로 생각되거나 아니면 자연을 대신할 수 있는 모든 것을 과학의 힘으로 만들 수 있을 것이라고 생각하였다. 비록 초기의 낙관적 예상과는 달리 인간이 만들어가던 세계는 문제점투성이여서 많은 반성이 있었지만, 인간의 힘으로 인간의 세계를 건설하여 천년왕국을 누릴 수 있다는 희망은 불과 몇십 년 전까지만 해도 의심되지 않았다. 가령 근대 산업사회에 대한 가장 심각한 반성과 비판이었던 적색이념조차도 인간의 능력과 지혜에 대한 오만한 확신이요, 천년왕국의 멋진 설계도 중의 하나였다. 적색이념을 주장하는 사람들은 인간의 놀라운 과학기술 발전과 물질적 성장에도 불구하고 인간이 만든 세상이 불량품인 이유를 자본주의라는 제도에 있다고 생각하고, 전혀 새롭고 야심찬 제도를 기획했다. 그러나 1세기에 걸친 적색이념의 실험은 무참히 실패했고, 그 설계도는 폐기처분되었다.

적색이념의 설계도가 엉터리라는 징후가 여기저기서 나타나기 시작했을 무렵, 인간중심적 이성과 과학기술이 만든 인간의 세계를 근원적으로 의심하게 만드는 징후들이 인식되기 시작하였다. 우선 핵폭탄으로부터, 인간의 힘이 인간을 파멸시킬 수도 있음을 처음으로 깨달았다. 그리고 살충제, 농약 등의 화학물질이 또한 인간 세계를 위협하며, 팽창하는 인간의 수 또한 더 무서운 핵폭탄일 수 있음이 드러났다. 물질적 풍요와 과학기술의 무한 성장이라는 에너지로 달리는 20세기 문명은, 천년왕국의 행복으로 쾌주하는 희망의 열차가 아니라 인간과 지구의 종말로 치닫는 〈폭주기관차〉라는 혐의가 점점 짙어갔다.

계몽이라는 인간 능력에 대한 무한한 신뢰는 결과적으로 행복한 천년왕국을 건설하지도 못하고, 그 대신 왕국을 지을 땅을 심각하게 황폐화시키고 말았다. 그리고 지금 이 순간에도 이 황폐화는 기하급수적으로 심화, 확대되고 있다. 이제 계몽이 추진했던 천년왕국의 건설을 백지상태에서 재검토하지 않으면 안 되게 되었다. 그로 인한 황폐의 심화, 확대가 인간과 자연의 공멸로 몰아가고 있다는 사실이 평범한 일상 속에서도 실감되기 시작한 것이다.

바로 이 지점에서 녹색은 환경에 대한 이념이 아니라 피할 수 없는 시대의 이념이 된다. 오늘날 우리가 처한 문명적 위기를 심각하게 인식한다면, 그 인식의 연장선상에 녹색이념이 없을 수 없다. 물론 현재의 녹색이념 또는 문학적 본질로서의 녹색은 마치 18세기 공상적 유토피아론처럼 현실적 대안으로서의 조건을 갖추고 있지 못하다. 그러나 현재 우리 문명의 파괴성과 야만성과 폭주성과 탐욕성과 낭비성에 대한 근원적 반성과 비판을 마련할 수 있는 지렛대는 녹색이념뿐일 것 같다. 예상컨대, 앞으로 정치, 경제, 문화, 철학 등 모든 분야에서 녹색지향성은 매우 높아질 것이고, 그럼으로 해서 녹색이념의 내포의미와 현실적용성은 급격하게 확대될 것이다. 이 시대적 요청 앞에서, 그 본질이 녹색인 문학은 새로운 시대의 이념을 구현하고 전파하는 선구적 역할을 할 수 있을 것이고, 또 해야만 하는 것이다.

이제 문학은 그 자신의 본질적 색깔인 녹색을 더욱 가시적으로 강조함으로써, 새로운 녹색문명의 건설에 기여해야 할 것이다. 이를 위해 우리 문학은 우선 두 가지 지향성을 동시에 지녀야 할 것 같다. 하나는 모든 좋은 문학이 왜 녹색적으로 중요한가 하는 점을 널리 알리고 설득시키는 일이다. 김소월이나 박목월, 박용래, 윤동주 등등의 시뿐만이 아니라 이태준의 단편소설 같은 문학들도 모두 훌륭한 녹색문학임을 널리 인식시켜야 한다. 그리고 또 하나는 적극적으로 환경문제를 문학의 주제로 삼는 일이다. 설사 녹색주의자가 아니라 하더라도 우리가 처한 삶의 문제를 사려깊게 통찰하고 있는 작가라면 자연스럽게 그의 문학적 주제는 녹색을 띨 수밖에 없을 것이다.

2

혼란의 언어들

인접혼란의 언어 I

90년대에 들어와 무엇인가 큰 변화가 있는 것처럼 보인다. 90년 대의 시들은 그 이전의 시들과는 다른 지평 위에 서 있는 것 같다. 90년대의 시라고 하면, 결과적으로는 90년대 등단하여 시단에 새바 람을 불러일으키는 시인들의 시가 대종을 이루겠지만, 그러나 등단 시기 자체가 기준이 되는 것은 아니다. 90년대 시의 성격은 그 이전 의 시들과 변별되는 지점에서 논의될 수 있으며, 따라서 90년대 등 단한 모든 시인이 90년대적 성격을 보여주는 것은 아니다. 그러나 90년대 등단하여 활발한 시작업을 하고 있는 시인들의 시에는 나름 대로 새로운 변화가 있는 것 같다. 그것이 무엇일까라는 문제가 중 요하다. 아직은 분명하지 않지만, 그리고 충분한 형상을 보이고 있 지도 않지만, 그리고 어떤 시인들의 시들을 90년대적이라고 해야 할 지 잘 알 수 없지만, 변화의 징후들은 외면하기 힘들다. 비단 시뿐 만이 아니다. 소설이 그러하고 문학이 그러하고 예술, 문화, 사회 전반이 그러하다. 다소 무책임하게 말한다면, 포스트모던한 세계로 의 지각변동이 일어나고 있으며, 시 또한 그러한 세기말적 전환의 양상을 반영하고 있는 것처럼 짐작된다. 그러나, 적어도 나로서 는, 이 변화의 양상을 구체적으로 밝혀볼 준비가 되어 있지 않다. 이러한 글을 쓰기 위해서는 좀더 기다려보는 것이 좋을 것 같다. 그래서 이 글은 그러한 기다림의 과정 중에서 그 기다림이 수동적이지 않고 적극적인 모색이 되어야 할 것이라는 생각에서 씌어진다. 그러니까 다소 막연하게 짐작을 해보는 글이며 중간 메모라는 성격을 띤다.

얼마 전에 레오 까라 감독의 「퐁네프의 연인들」이란 영화가 개봉되었다. 시인 이세룡 씨의 초청으로 많은 문인들이 시사회에서 그 영화를 보았다. 좋은 영화라고 칭찬하는 문인들도 적지 않았지만, 나로서는 당혹스럽고 불쾌한 영화였다. 그것은 현실도 아니고 환상도 아닌, 아무것도 아닌 영화였다. 그리고 아무 의미도 갖지 않는, 몇 장면의 아름다운 영상만을 가진 영화였다. 거기서 남녀 주인공의 삶과 사랑은 도저히 개연성이 없는 것이며, 플롯이 아예 없다. 상업광고적 수준에서 그 영화는 현대인이 상실한 아름다운 꿈과 사랑 이야기라고 말해지고, 이 선입견은 저널리즘에서 그대로 수용된다. 그러나 그것은 사기다. 그곳에는 꿈도 없고, 사랑도 없으며, 소외된 현대인의 삶에 대한 통찰도 없다. 있는 것은 자극적인 이미지뿐이다. 그것은 환각과 같다. 나는 이 영화가 〈인접혼란 contiguity disorder〉의 실어증 증상을 보여준다고 생각한다.

구조주의 언어학자 로만 야콥슨에 의하면, 모든 언어적 메시지는 두 개의 과정에 의해 완성된다. 즉 (1) 개개의 언어요소는 하나의 언어 목록으로부터 선택되어 그 목록 내의 다른 언어요소와 치환될 수 있다. 가령 〈나는 학교에 간다〉라는 문장에서 학교 대신 〈집〉, 〈극장〉, 〈산〉 등등이 선택될 수 있으며, 이러한 요소들은 선택관계 속에 있다; (2) 그 개개 언어요소들은 일정한 순서로 결합되어 파롤을 형성한다. 일정한 순서로 결합되어 있는 언어요소들은 결합관계 속에 있다. 야콥슨은 실어증의 어린이들이 이 둘 중 어느 하나라도 구사할 수 있는 능력을 상실하고 있음을 발견하였다. 각 언어요소를 정연한 순서로 결합시키지 못하는 〈인접혼란〉을 보여주거나 아니면

한 요소를 다른 요소로 치환시키지 못하는 〈유사혼란 similarity disorder〉을 보여준다는 것이다. 야콥슨에 의하면, 정상적인 언어행위도 선택관계나 결합관계 중 어느 한쪽으로 치우치는 경향이 있으며, 문학의 스타일도 그러하다고 한다.

이러한 생각에 입각해 보면, 「퐁네프의 연인들」이란 영화는 결합관계에서는 장애를 보여주고 선택관계에만 주로 의존한 영화라고 할 수 있다. 즉 〈인접혼란〉을 보여주는데, 그 혼란이 너무 심하여 언어적 메시지가 거의 파괴되어 버린 경우로 보인다. 〈인접혼란〉의 경우, 전체와 부분의 상관성을 이해하지 못한다. 어떤 부분이 전체 속에서 어떤 의미를 갖고 기능을 하게 되는가라는 점은 완전히 무시되어 버린다. 유사한 부분들의 반복적 나열만을 보여줄 수 있을 따름이다. 그 부분들은 서로 연결되어 전체를 이루지 못하고, 그냥 독립적으로 나열되어 있을 뿐이다. 「퐁네프의 연인들」은 충격적이고 자극적이고 아름다운 장면의 단속적(斷續的) 나열에 불과하며, 그 개별적 장면의 무의미한 영상미를 위하여 의미체계가 참혹하게 망가져버린 영화이다. 그것은 리복 신발의 TV 광고와 크게 다를 바 없는 것 같다.

「퐁네프의 연인들」이란 영화가 극단적으로 보여주는 〈인접혼란〉의 양상은, 오늘날 문화예술 전반에서 점증적으로 나타나고 있는 것처럼 보인다. 문학에 있어서도 그러하고 또 범위를 더욱 좁혀 시에 있어서도 그러하다. 그런데 이곳 저곳에서 막연히 떠도는 그러한 징후를 누구의 어떤 시를 통해 찾아볼 것인가? 이 어려움을 피하기 위하여 《현대시학》 4월호에 김혜순 씨가 뽑아놓은 〈이달의 작품〉 4편을 빌어오기로 하자. 채호기의 「죽음 같은 기억이」, 함민복의 「엑셀런트 시네마 티브이」, 김중식의 「이것은 단지 나의 말이고 저것은 그저 너의 말일 뿐」, 노태맹의 「유리는 불탄다」가 그 4편이다.

이 중에서도 함민복의 시는 빼고(그럴 만한 이유가 좀 있지만, 그것에 대한 설명은 생략하자) 나머지 3편만 대상으로 하겠는데, 먼저, 채호기의 「죽음 같은 기억이」를 보자.

잠 속에는 길도 집도 꿈도 없었다. 캄캄한 죽음 속에 시체처럼 누워 있었다. 깨고 나면 온몸에 잠이 응고된 피고름처럼 눌어붙어 있었다. 기억이 아물지 않고, 발목을 휘감고 발끝에 채여, 아픈 발가락 사이로 드물게 길이 보였다.

깨고 나면 죽음에 흠씬 젖은 몸을 흩어지는 공기에 내어 말렸다. 말리는 동안 꿈이 또 등덜미를 낚아채고 속삭였다.
복숭아꽃 향기 속으로 정지된 듯 날아가는 봄날의 현기증나는 꽃
꽃잎같은 나비떼!

전반부 두 연만 인용했다. 채호기는 근래 「몽염」 연작시를 발표하고 있는데, 이 시도 그 중의 한 편이다. 「몽염」이란 제목처럼 그 시들의 언어는 가위눌린 자의 소리 또는 잠꼬대처럼 그 의미가 불투명하다. 섬뜩하고 기괴한 느낌을 주거나 환몽적인 고통의 이미지들이 불연속적으로 교차되면서 나열되어 있다. 그 이미지들은 인상적이다. 그러나 그것이 현실의 의미공간 안에서 어떤 좌표를 지니는지는 짐작하기 어렵다. 시인은 잠과 깨어 있음의 경계에서, 또는 꿈과 의식의 경계에서 서성이고 있다. 거기서 포착된 이미지들은, 존재론적 또는 현실적 고통의 은유적 표현일 것이다. 그러나 그 표현은 의미체계로 구성되지 아니한다. 왜 그러한 몽염에 시달리는지, 그 몽염의 의미는 무엇인지, 그 몽염에 대해 시인의 삶은 어떻게 반응하고 있는지 짐작할 수 없다. 강렬한 이미지의 부유(浮遊)를 언어로 고정시키고 있을 뿐이다.
다음은 김중식의 「이것은 단지 나의 말이고 저것은 그저 너의 말일 뿐」이란 시를 보자.

율무는 게릴라다

한창 세포가 증식될 땐 발로 차도 넘어지지 않는다

걷어찬 발을 오히려 아프게 한 뒤

빌딩 지하로 숨는다

나는 빌딩 지하다방에서 비디오를 보다가

배가 고프므로, 율무를 한 잔 더 시키며

율무는 빠르티잔이라는 생각을 한다

율무는 세력이 커져도 교만하지 않는다

즉 사랑이다

여자 주인공이 게슈타포 중간 책임자의 뒤통수에 권총을 들이댄다

(……)

체포된 남자주인공은 게쉬타포 중간 책임자에게 가래침을 뱉고

혀를 깨문다

화면 가득 피 피 피

나는 홍콩 무술영화를 보며 불란서 무협영화를 한 편 만든 셈이다

한 편의 영화를 더 만들기 위해

율무차를 마시다 말고 커피를 또 시켰다

아마도 남미의 민족해방운동을 다루게 될 것 같은데

내 시선은 자꾸 초점이 흐려지고

　이 시에서 언어는 고통스럽게 구겨져 있다. 한 행 한 행에 주의를 기울이면 이 시는 〈유사혼란〉을 일으키고 있는 것처럼 보인다. 남자주인공의 이름이 들어갈 자리에 율무를 넣어서 문장을 만들고 있다거나 영화를 보는 것과 만드는 것을 혼동하고 있는 것이다. 율무차와 커피가 혼동을 일으키기도 하고, 홍콩 무술영화와 불란서 무협영화를 뒤섞기도 한다. 그러나 시 전체를 보면, 〈인접혼란〉의 성격이 보다 강하다. 지하다방에서 율무차와 커피를 마시며 비디오를 보고, 보이는 화면이나 떠오르는 상념들을 아무렇게나 나열한

것처럼 보인다. 여기서 짐작될 수 있는 것은 〈지하다방에 죽치고 앉아 비디오나 계속 보고 있는, 어떤 암담한 삶〉의 모습이다. 그러나 시인은 그러한 삶에 대한 윤리적 혹은 가치판단적 고뇌의 태도를 보여주지 않는다. 주체의 의식은 거의 소멸되어 있고, 존재하는 것은 황당하지만 현실보다 더 진지한 영화 화면과, 율무가 홍콩 무술영화의 주인공 이름과 흡사하다는 개그적 발상 또는 다른 줄거리를 생각하는 엉뚱함 등이다. 이것들은 하나의 의미질서로 연결되지 않고 아무렇게나 흩어져 있는 것처럼 보인다. 왜 이러한 연상들이 나타나는지, 왜 이러한 연상들이 문제가 되는지에 대해서는 전혀 관심을 두지 않는다. 혹은 독자들이 짐작할 길이 없다.

다음은 노태맹의 「유리는 불탄다」를 보자

모든 집들은 허구였네 기억은 만들어지고
(……)
어차피 유리는 허구이므로
가지가지 고통 다 겪을 수 있다는 듯 남자들은 대담해졌고
은행나무 아래 수수깡처럼 가벼운 아이의 목이 뚝
꺾였네 두려운 누군가가 칼을 들어 다시 한번 거북의 등을
내려 찍었지만 모든 길들은 허구이므로
길이 끝나는 곳에서 붉은 새들 딱딱한 입 오래 다물지 못했네
───이제 유리는 불타네
들판에선 사나운 꽃들이 마른 별들을 씹어먹고
꺽꺽 트림을 해대며 거북은 마른 별들의 자리를 향해
불타는 유리의 은유 빠져나가네

이 시 역시 개개의 이미지들은 강렬하고 섬뜩하고 고통스럽다. 그러나 그 이미지들이 질서정연하게 모여 하나의 의미체계를 형성하고 있는 것 같지는 않다. 그 이미지들이 무엇에 관한 진술인가도

짐작이 안 된다. 그냥 절망적인 이미지들이 나열되어 있을 뿐이다. 〈유리〉란 무엇인가? 그것에 대한 정보도 전혀 주지 않는다. 문맥을 따져 읽기는 불가능하고, 다만 허구, 죽음, 굶주림, 불태워짐, 내 팽개치고 비틈, 칼 등등의 어휘들이 어떤 분위기를 전달해 줄 따름이다.

이상 세 편의 시에서 〈인접혼란〉의 징후를 나름대로 관찰한다. 그것들은 강렬하고 인상적이며 고통스런 이미지들을 보여주고 있는데, 그 이미지들은 하나의 의미체계로 질서화되어 있지 않고 제각기 따로 논다. 그것들은 시니피앙만 있고 시니피에는 없는 것처럼 보인다. 현실과의 연관성(물론 깊이 따지면 그 나름대로의 연관성의 비밀스런 통로가 있을 것이다. 그러나 시 안에서 그 통로에 대한 정보는 전혀 주어지지 않는다)이나 의미가 없는 이미지들만 낯선 풍경 속에서 떠돈다. 90년대 시에서는 이러한 양상이 다소 상이한 형태로 흔히 관찰되는 것 같다. 개개의 이미지들은 현실과 관련하여 의미를 가진다 하더라도 그것의 전체 의미공간에서의 위치는 아예 고려되지 않는 경우가 많다. 이 통사체계의 와해는, 문장의 차원에서, 시 한 편의 의미체계의 차원에서, 사회와 현실에 대한 인식의 차원에서 두루 나타나는 것 같다. 옛시인들은 나뭇잎 하나를 보고도 전 우주의 질서를 유추하였으며, 어느 선배시인은 야전병원에서 거즈를 접으면서도 그 행위의 개인적, 사회적 의미를 고뇌하였다. 그러나 90년대 시들은 그러한 문맥을 갖지 않는 것 같다.

이러한 관찰이 타당성이 있다면, 그것이 뜻하는 사회문화적 의미는 무엇일까? 얼핏 짐작하건대, 세계관이나 가치체계가 완전히 해체된 이후의 파편화된 인식 또는 이제 세계는 너무나 복잡하여 더 이상 일관된 세계관을 지닐 수 없다거나 아니면 나의 세계와 너의 세계가 하나의 토대 위에서 존재하는 것이 아니라는 인식을 반영하고 있는지도 모른다. 그렇다면 그것은, 인식의 현실적 토대나 가치의 근원적 기준을 상실한 세대의 자기 표현일까? 그러한 표현이 예술이 될 수 있으며, 또 타인과의 커뮤니케이션이 가능한 것일까? 우리는 이러한 시를 왜 쓰며, 왜 읽는 것일까? 혹시 이러한 구식 질문들을 완전히 전복시켜 버리는 전혀 새로운 세계가 그것들 속에 있을지도 모른다. 그러나 혼란스럽다. 더 기다리며 예의주시해 보자.

인접혼란의 언어 2[1]

1-1 새로운 징후들

최근 우리 문화와 예술 전반에서 나는 예외적인 것들의 주류화
(主流化) 경향을 목격한다. 그것들이 보여주는 새로운 성격들은 기
존의 미학적 기준에서 볼 때 당혹스런 것이다. 그러나 미학적 기준
이나 예술의 형식들은 초시간적인 것이 아니라 사회의 변화에 대응
하며 스스로 바뀌는 일종의 관습이라 할 수 있다. 우세종으로써 존
재하는 모든 것들은 나름대로의 존재이유를 가진다. 그것은 〈이유
있는 존재〉이며, 우리의 의식이나 이데올로기보다 앞서가는 무시할
수 없는 현실의 일부이다. 그러나 〈존재하는 모든 것이 아름답다〉는

---

[1] 필자는 1991년 《오늘의 시》 후반기호에서 「인접혼란의 언어」라는 제목으로, 우
리 시단에 확산되고 있다고 생각되는 한 징후를 조심스럽게 지적해 본 바가 있
다. 그것은 문제제기적이고, 시론적이며, 중간 메모적 성격의 짧은 진단이었는
데, 지금까지 그에 대한 나의 생각은 별로 발전된 것도 없고 또 달라진 것도 없
다. 다만 나의 그러한 진단에 대한 스스로의 신뢰가 좀더 강화되었다고 할 수는
있겠다. 아울러, 그 글을 쓸 당시에 이미 국내에 소개되고 있었지만 미처 접하
지 못했던 프레드릭 제임슨의 유명한 논문 「포스트모더니즘─후기자본주의 문화
논리」(1984)에 나의 진단과 유사한 통찰이 보다 포괄적이고 체계적으로 제시되
어 있는 것을 알게 되었다. 제임슨은 후기자본주의 문화의 한 성격을 〈의미사슬
의 와해〉로 지적하고 있는데, 그것은 내가 말한 〈인접혼란의 실어증을 보여주는

식으로 방관적으로 찬양만 해야 하는 것은 아니다. 신에 의해서 창조된 초시간적 존재물들, 가령 하늘이나 돌이나 풀이나 풀벌레 또는 본능 등은 모두 아름답다고 할 수 있다. 그러나 인간이 만든 것들은, 그것이 필연적 현상이라 할지라도 아름다운 것과 추한 것, 긍정적인 것과 부정적인 것, 유쾌한 것과 불쾌한 것 등으로 구분될 수 있다. 따라서 우리는 새롭게 존재하는 것들에 대해서 한편으로는 우리의 인식을 개방해 둘 필요가 있으며, 다른 한편으로는 그 의미와 가치를 따져 그것에 긍정적인 영향을 끼칠 수 있도록 노력해야 한다. 이를 위해 선행되어야 할 일은 물론 새롭게 존재하는 것들의 구체적 양상을 파악하는 일이다.

우리 문화예술에 나타나는 새로운 징후나 현상들은 이미 여러 가지로 개념화되어 있다. 아쉬운 것은 그것의 구체적 내포가 치밀하게 분석되지 않은 채, 인상적이고 추상적인 수준의 지적에 머무르고 있다는 점이다. 이 글은 최근의 문화 예술 일반에서 관찰되는 새로

___

언어〉와 유사성이 많은 것으로 판단된다. 이러한 유사성의 확인은 한편으로 반가웠지만, 한편으로는 김빠지는 것이었다. 그러나 제임슨의 분석논리가 나와 똑같은 것은 아니다. 그의 분석논리는 라깡의 정신분열이론에 의존함으로써 보다 병리적이고 좁은 성격만을 대상으로 한다. 이에 반해 나는 야콥슨의 언어이론에 의존함으로써 좀더 폭넓은 대상을 포괄할 수 있으며, 그 병리적 측면에 대해서도 보다 유연한 입장을 취할 수 있다고 생각한다. 아울러 우리의 문화공간 안에서 그러한 성격을 구체적으로 확인하고 그 의미를 진지하게 탐구하는 작업은, 구체적 내포가 결여된 채 적용되고 있는 제임슨 이론의 온당한 수용에 있어서도 필수적인 전제일 것이므로 여전히 그 중요성은 훼손되지 않는다. 오히려 이론이 허깨비처럼 설쳐대는 공간에서 더욱 시급한 과제일지도 모른다. 본고는 이러한 과제에 대한 응답이다. 그러나 나 자신의 탐구가 별로 진전된 바 없어 제대로 된 응답은 또다시 미뤄두고, 본고는 지난번 글을 좀더 보완하여 분석대상을 시에서 영화, 연극, 장편소설, 시, 단편소설 등으로 확대하는 정도에 머무른다. 특히 제임슨의 분석논리에 대한 나름대로의 비판과 〈인접혼란의 언어〉에 대한 존재이유의 분석 그리고 그것이 궁극적으로 병적인 것인가 하는 문제와 그에 대한 비판의 논리는 무엇인가 하는 문제 등등은 본고에서 다루어지지 않는다. 본고는 다만 현상의 분석에만 머물고자 한다. 그러나 그 분석의 어조 속에 〈인접혼란의 언어〉에 대한 나의 막연한 입장이 은연중에 드러날 것인데, 나로서는 구태여 감추고 싶지도 않다.

운 성격 중에서 〈인접혼란의 언어〉라는 것에 주목하고 그것의 구체적 양상을 몇 가지 주목할 만한 텍스트를 분석하여 확인해 보고자 한다.

1-2 「메르꼴레디」의 실어증

본고에서 주목하는 우리 문화예술의 새로운 징후란 것이 어떤 것 인지 쉽게 파악하기 위해서 먼저 텔레비전 광고 「메르꼴레디」를 잠 시 살펴보자. 그것은 〈인접혼란의 언어〉의 극단적인 모습, 다시 말 해 인접혼란으로 인한 실어증의 모습을 보여준다. 강명구는 최근 포 스트모던 광고의 표현양식을 7가지 범주로 설정하고 〈서술구조의 해 체〉라는 범주로 「메르꼴레디」 광고를 분석한 바 있다.[2]

포스트모던 광고의 중요한 특징 중의 하나는 이미지가 파편화되어 병 렬적으로 나타나고 있다는 점이다. 의미 없는 듯한 기호가 무질서하게 사용되어서 하나의 의미공간을 구성하는데 생산자 자체도 막연하게 기호 의 의미를 감지할 뿐 각각의 기호들이 무엇을 말하는지 명확히 설명하지 못할 정도이다. 메르꼴레디, 끄레아또레 광고는 분리된 두 상품이 하나 의 광고 안에 들어와 있는데, 표 6-8처럼 14개의 커트로 구성되어 있 다. (표 생략——인용자) 이상의 14개 샷은 각각 파편화된 이미지(비언 어적 기호)를 구성하고 있는데 언어적 기호로는 각각의 상품명인 「메르 꼴레디」와 「끄레아또레」라는 말밖에는 없다. 이 광고에서 각각의 컷이 무엇을 의미하는지 알 수 없을 만큼 전체적인 줄거리가 연결되지 않는 다. 왜 여자모델은 남자 얼굴의 데생에 X표를 긋는 것일까. 손바닥으로 얼굴을 가리는 이유는 무엇이며, 왜 여자모델이 다시 신문지 벽에 서 있 는 것일까.

---

2) 강명구, 「포스트모던 광고의 상품미학 비판」, 『소비대중문화와 포스트모더니 즘』, 민음사, 1993. 197-200쪽.

소비자가 이 같은 의문을 차분히 던질 수 없을 만큼 컷의 전환이 빠르게 이어져서 애매한 이미지만 감지된다.

이러한 텔레비전 광고는 서사의 형식을 취하되, 전혀 서사가 아니다. 각각의 컷은 겉보기에 어떤 플롯으로 연결되어 있는 것처럼 보이지만 사실은 아무 의미도 갖고 있지 않다. 각각의 컷은 서로 연결되지도 않고, 서로를 필요로 하는 것처럼 보이지도 않으며, 고립된 기표 혹은 이미지로 무의미하게 존재할 뿐이다. 그것은 시청자들에게 아무 의미도 없는 어떤 이미지만 남긴다. 이것은 인접혼란으로 인한 실어증의 문장에 비유될 만하다. 각각의 부분들이 전체와 유기적으로 상관되지 못하고 전체를 관통하는 질서가 부재하며 각 부분들의 파편적 독자성이 강조되어 있는 이러한 성격의 문화나 예술을 나는 〈인접혼란의 언어〉라고 지칭하고자 한다.

「메르꼴레디」 광고는 극단적인 인접혼란의 예로서, 의미를 찾을 수 없는 실어증의 문화양식이다. 이러한 광고가 사회적으로 어떤 영향을 끼치는 것인가는 알 수 없지만, 광고란 의미의 전달에서보다 오히려 이미지의 전달에서 더 큰 효과를 얻을 수도 있고 또 시청자들도 그로부터 의미를 얻고자 하는 관습적 기대를 갖지 않으므로 이러한 광고양식이 의미를 전달하지 못한다고 해서 크게 문제될 것은 없다. 「메르꼴레디」 광고처럼 극단적인 인접혼란은 아니라 하더라도, 최근 주목되는 예술작품 속에서 그러한 경향은 점차 확산되어 가는 듯하다. 예술은 그 커뮤니케이션 방식과 목적에 있어서 광고와 다르다. 인접성의 장애는 달리 말해서 우리 모두가 공유하고 있는 〈문법규칙〉의 상실을 뜻한다. 문법규칙의 상실은 정상적인 커뮤니케이션에 심각한 위협이 된다. 인접혼란을 심하게 보여주는 서사는 의미를 전달하지 않거나 아니면 의미의 전달에 실패한다. 의미의 전달이 제1목적이 아닌 서사는 이미 서사가 아니거나 서사의 본질 자체에 대한 중대한 도전이라고 할 수 있다. 이러한 도전이 최근의 서사예술 일반에 두루 확산되고 있는 것 같다. 주목할 만한 예술 작품들 속에서, 서사의 붕괴로 인한 실어증까지는 아직 아니라 하더라도 서사의 약화는 분명한 흐름으로 감지된다.

2-1 은유와 환유

로만 야콥슨에 의하면, 말을 한다는 것은 어떤 언어적 단위들의 선택 selection과, 이들 단위들의 더욱 복잡한 언어적 단위들로의 결합 combination을 의미한다. 즉 화자는 낱말을 선택하여, 그가 사용하는 언어의 통사체계에 적합하게 낱말들을 결합시켜 문장을 만든다.[3] 결합관계는 문맥을 형성하며, 이 문맥을 이루는 구성요소들은 〈인접성〉의 지위를 가진다. 그리고 선택관계에 있는 요소들은 정도의 차이가 있는 〈유사성〉에 의해 서로 연관된다. 가령 〈나는 밥을 먹는다〉라는 발화에서 주어와 목적어와 동사는 서로 인접성을 지니며, 그것들의 적절한 결합으로 문맥적 의미는 형성된다. 그리고 〈밥〉 대신 과일이나 빵 또는 과자 등을 선택할 수도 있는데, 이때 그것들은 서로 유사성을 지닌다.

언어기호를 해석하는 데도 동일한 과정이 작용하므로, 두 가지 준거가 요구된다. 하나는 코드에 대한 준거이고 다른 하나는 문맥에 대한 준거이다. 하나의 유의미한 단위는 동일한 코드에 속하는 보다 명시적인 다른 기호들과 교체될 수 있으며, 바로 이러한 교체 덕택에 이 단위의 일반적인 의미작용이 드러난다. 반면 그 문맥적 의미는 그 연쇄체 안에 있는 다른 기호들과의 관련성에 의해 결정되는 것이다. 이 두 가지 준거 중에서 어느 하나라도 훼손되면 언어 장애 혹은 실어증 증세를 나타내게 된다. 선택관계, 즉 코드에 대한 준거

---

3) 로만 야콥슨, 『일반언어학강의』, 권재일 역, 민음사, 1989. 47-52쪽(이하, 인접혼란에 대한 논의는 위의 책 제1부 제2장을 요약한 것이다).

를 상실하면 유사성의 장애를 일으키게 되고, 결합관계 즉 문맥에 대한 준거를 상실하면 인접성의 장애를 일으키게 된다.

유사성의 장애로 인한 실어증 환자는 동의어나 같은 뜻을 지닌 다른 표현을 구사하지 못하고 아울러 같은 뜻의 외국어를 구사할 수도 없다. 또는 여러 가지 색깔의 다양한 물건을 제시하고 〈이 ( )는 빨간색이다〉의 ( )속에 들어갈 말을 찾으라고 하면 찾지 못한다. 그는 과일들의 이름을 대거나 주방용품들의 이름을 대게 될 것이다. 이에 비하여 인접성의 장애로 인한 실어증 환자는 복잡한 구문을 사용하지 못하거나 낱말의 순서를 뒤섞어버린다. 이들의 발화는 어린이가 구사하는 말처럼 한두 개의 낱말로 된 비문법적 문장과 흡사하다. 인접성의 장애는 〈문법상실증〉이라고도 하는데, 여기서는 낱말을 보다 상위단위로 조직하는 통사규칙이 상실되며, 문장은 단지 〈낱말의 더미〉가 되는 것이다.

한편 선택과 결합은 은유와 환유에 대응한다. 즉 선택관계에 의한 대치는 은유적 성격을 띠며, 결합관계에 의한 대치는 환유적 성격을 띤다. 달리 말해 은유적 표현이란 유사성에 의존해서 가능한 것이고, 환유적 표현이란 인접성에 의존하여 가능한 것이다.

은유적인가 환유적인가 하는 문제는 언어사용에 있어서뿐만 아니라 표현예술이나 상징행동 전반에 있어서도 적용될 수 있는데, 은유적 성격이 강한가 아니면 환유적 성격이 강한가에 따라 그 스타일이 달라진다. 가령 서정적인 작품은 은유적 성격이 강하며, 서사적인 작품은 환유적 성격이 강하다고 할 수 있다. 이것을 달리 말하면, 서정시와 같은 것은 유사성을 중시하고, 서사시 같은 것은 인접성을 중시한다. 더 나아가 낭만주의는 은유와 연관이 깊고, 사실주의는 환유와 연관이 깊다. 최근 예술들이 인접성의 장애를 널리 보여준다면, 그것은 달리 말해 환유적 성격이 약화되고 은유적 성격이 강해지는 것이라고 할 수도 있다. 작품의 의미를 서사구조에 의존하여 전달하려는 것이 아니라 단편적인 이미지에 담아 전달하려고 하는 경향의 확산을 우리는 환유적 성격의 약화와 은유적 성격의 강화라고 이해해 볼 수도 있는 것이다.

2-2 서사의 조건

인접혼란의 언어 혹은 환유적 성격의 약화는 문장 층위에서만 적용될 수 있는 논리가 아니다. 그것은 더 작은 층위인 낱말의 형태소와 음소의 문맥에서도 적용될 수 있고, 더 큰 층위인 서사구조의 문맥에서도 적용될 수 있다. 우리가 예술작품에서 인접혼란의 언어를 문제삼는다는 것은 곧 서사구조의 문맥에 대한 무시를 문제삼는 것이다. 인접혼란의 언어가 의미사슬의 와해나 서사의 붕괴와 유사하게 이해되는 것은 이 때문이다. 따라서 우리는 서사의 붕괴가 무엇인지 판단하기 위해서 먼저 무엇이 서사를 성립시키는 조건인가를 잠시 살펴볼 필요가 있다.

야콥슨의 이론에 따르면, 인접성의 장애는 시에서보다 서사에서보다 심각하게 제기되는 것이 당연하다. 소설뿐만 아니라 무용, 영화, 회화, 연극 등도 서사적 내용을 지니고 있으며, 심지어 시에서도 서사적 내용이 들어 있는 경우가 허다하다. 일반적으로 서사는 이야기와 담화, 두 부분으로 나누어진다. 이야기 histoire는 사건이나 인물 등 그 재료가 되는 것을 지칭하며, 담화 discours는 그 이야기가 전달되는 수단이나 방식을 지칭한다.[4]

서사는 담화에 의해 결정된다. 재료가 되는 이야기가 어떤 식으로 선택되고 배열되고 전달되는가에 따라서 서사의 의미가 발생하는

---

4) 이야기와 담화는 고전적인 소설이론에서 스토리와 플롯에 대응한다. 이야기와 담화는 스토리와 플롯보다 유연성이 있는 개념인데, 이것을 러시아 형식주의에서는 파블라 fabula와 수제 sjuzet로 나누고, 끌로드 브레몽 Claude Bremond은 이야기 recit와 담론 raconte으로 나눈다. 약간의 차이는 있지만 비슷한 구분이다.

것이다. 다시 말해 하나의 이야기 속의 사건들은 그것의 담화, 즉 묘사의 방식에 의해 플롯으로 전환된다. 그 묘사의 순서나 방식은 자연적인 사건에 종속될 필요가 없다. 시간적 순서가 바뀔 수도 있고 어떤 사건의 부분은 생략될 수도 있다. 그리하여 개개의 배열은 상이한 플롯을 낳으며, 하나의 이야기로부터 수없이 많은 플롯들이 만들어질 수 있다.

그러나 사건의 배열을 아무렇게나 해도 모두 의미 있는 서사, 즉 플롯이 만들어지는 것은 아니다. 의미 있는 서사가 되기 위해서 요구되는 여러 가지 조건이 있다. 우선 서사라는 것은 그 자체가 하나의 의미구조이다. 구조라는 것은 그 자체로서 전체성을 지니고 있음을 의미한다. 서사 속의 사건들은 서로 연관되어 있거나 서로를 필요로 한다. 각 부분들이 전체성 속에서 나름대로의 기능성을 지니지 못한다면 그것은 이미 구조가 아니거나 불완전한 구조이다.

그리고 각 부분들의 선택과 배열에는 일관성coherence이 있어야 한다. 때로는 인과적 필연성이 있어야 한다고 주장되기도 하지만, 모든 사건의 배열이 인과적일 필요는 없다. 고전적인 소설이론에서 우연성contingency은 특히 기피해야 할 것으로 강조되었지만 그것 자체가 서사를 파괴하거나 거부하는 것은 아니다. 근간화소의 경우는 그 우연적 연결이 특히 조심스러워야 하겠지만, 자유화소의 경우에는 우연성이 보다 많이 허용될 수 있다. 보다 중요하고 근본적인 것은 일관성의 유지라 할 수 있다. 한 편의 서사에서 일관성의 몇몇 원칙들은 반드시 지켜져야 하며, 그것들은 인물이나 사건의 정체가 고정되고 지속적이라는 점을 확보해 준다. 일관성과 함께, 그렇게 묘사된 사건들은 핍진성이 있어야 한다. 이때 핍진성이란 사실과의 일치만을 뜻하는 것은 아니다. 사실과의 일치는 오히려 작은 부분일 수 있다. 보다 주목해야 할 사실은, 핍진성이란 서사적 관습에 의해 결정되는 것이라는 점이다. 〈사실이다〉라는 말과 〈사실적이다〉라는 말은 전혀 다른 말이다. 사실적이란 것은 우리가 관습적으로 지니고 있는 상식의 이데올로기에 의해서 판단되는 것이다. 그리고 서사는 세부 사건들이 연관의 논리뿐만 아니라 위계의 논리도 지니도록 해야 한다. 이야기의 구성에 필수적인 화소(話素)를 근간화소라 하고, 그렇지 않은 화소를 자유화소라고 한다. 근간화소가 생략되면 플롯이 훼손되고 서사가 망가진다. 물론 자유화소가 너무 과장되어 근간화소보다 중요하게 취급되어도 플롯이 훼손된다. 그리고 자유화소가 적절하게 선택되고 배열되지 않으면 그 서사는 내용이 빈약해진다. 간단히 살펴본바, 이러한 것들이 서사를 서사답게 만드는 조건들이다.[5]

이와 같은 조건들이 제대로 충족되지 않을 때, 서사는 성립되기 어렵다. 즉 하나의 의미구조가 되지 못하는 것이다. 앞에서 우리는 문맥이 닿지 않는 문장은 인접성의 장애를 보여주는 것이라고 말했다. 문장의 차원에서 서사의 차원으로 옮겨도 이것은 변치 않는다. 서사란 문장보다 크고 복잡한 담화라 할 수 있으며, 서사의 문맥이 파괴된 경우 역시 인접혼란의 언어로 볼 수 있는 것이다.

3-1 영화 「서편제」

한국 영화사상 유례 없는 성공을 거둔 임권택 감독의 「서편제」역시 필자가 보기에는 서사가 크게 약화된 작품이다. 서사의 약화는 최근 영화의 일반적 현상인 듯하다. 외국영화의 경우도 마찬가지이다. 레오 까라 감독의 「퐁네프의 연인들」은 단편적인 영상이미지를 위해서 서사구조를 크게 훼손한 영화이다.[6] 그 영화는 가난한 연인

---

5) 서사에 대한 논의는 Seymour Chatman, *Story and Discourse : Narrative Structure in Fiction and Film*(Cornell U.P., 1978)의 1장과 2장을 참조하였다.
6) 이 점에 대해서는 졸고, 「인접혼란의 언어」, 《오늘의 시》, 1992년 하반기호에서 간략하게 언급한 바 있다. 앞의 논문 참조.

들의 아름다운 사랑이야기라는 서사구조를 표방하고 있지만, 그것은 영상이미지를 늘어놓기 위한 전시테이블과 흡사하다. 남자주인공이 입으로 불뿜는 광대라는 점, 지하철역의 벽에 붙여놓은 포스터와 그것이 불붙는 장면의 비사실성, 바닷가에서 실루엣으로 뛰어다니는 장면, 카페에 앉아 있는 인물들의 지루한 클로즈 업, 강안(江岸)으로부터 쏟아지는 물줄기 속에서 모터 보트를 타고 달리는 장면, 혁명기념일의 에어쇼 장면 등등은 자극적이고 인상적이지만 서사구조 속에서 그 장면은 군더더기와 같은 것이다. 「퐁네프의 연인들」이란 영화는 관객을 계속 긴장시키는 힘을 지니고 있지만, 그 힘은 서사구조에서 나오는 것이 아니라 자극적인 이미지의 **빠른 연결**을 통해서라고 생각된다. 보다 결정적인 서사의 파괴는 마지막에 발생한다. 두 연인이 퐁네프의 다리에서 다시 만나 포옹했을 때 이 영화는 끝이 나야 한다. 서두와 전개부분에서 관객들에게 제시했던 문제들이 해결되고 감정의 흐름이 일단락되었으면 서사는 끝이어야 한다. 그렇지 않으면 그것은 〈밑도끝도없는 이야기〉인 것이다. 그런데 「퐁네프의 연인들」에서는 마지막에 전혀 쓸데없이 강물에 뛰어들어 수중 장면이 펼쳐지도록 한다.

이런 경우는 제인 캠피온 감독의 「피아노」에서도 발생한다. 「피아노」는 「퐁네프의 연인들」과는 달리 서사구조가 치밀한 영화다. 사건이 섬세하게 연결되어 있고, 감정의 흐름도 아주 잘 계산되어 있으며, 각 장면마다 치밀한 복선과 상징을 통하여 의미를 강화시키고 등장인물의 내면과 영상이 일치하도록 하였다. 감독은 일관성을 갖고 관객들에게 기대를 주고 또 그 기대를 풀어준다. 「피아노」는 근래 보기 드물게 치밀한 의미구조를 가지고 있는 영화이다. 그러나 마지막 부분에서 엉뚱한 장면이 첨가되어 이 의미구조를 망가뜨린다. 처음부터 이 영화가 관객들에게 약속했던 기대와 감정은, 남녀 주인공이 배를 타고 떠남으로서 해결된다. 거기서 의미구조는 완결되는 것이다. 그런데 감독은 다시 여주인공을 바닷물에 빠뜨려서 건져내고 또 후일담까지 들려준다. 왜 그랬을까? 마치 제갈공명이 죽은 삼국지 후반처럼 맥빠진 그 장면을 왜 필요로 했을까? 아마도 물에 빠진 모습의 수중 장면을 살리고 싶었을 것이다. 달리 말해 의미구조보다 영상이 소중했던 것이다. 레오 까라처럼 적극적으로 서사를 무시하건 아니면 제인 캠피온처럼 서사를 존중했건 간에 서사보다 영상을 우선하는 경향이 점점 확산되는 것으로 보인다. 물론 영화니까 영상이 무엇보다 중요할 것이다. 그러나 그 영상에의 중시가 서사구조와의 연관성 속에서 중시되느냐 아니면 상관없이 중시되느냐 하는 점이 문제다. 최근 영화들은 서사구조와의 연관성을 무시하고 독자적이고 파편적인 영상미학을 마구 사용하는 듯이 보인다.

「서편제」는 우리의 전통정서인 한(恨)을 떠돌이 소리꾼의 일평생을 통하여 잘 표현한 작품으로 흔히 이야기된다. 판소리 예술을 위해 평생을 바친 떠돌이 소리꾼의 기구한 삶을 비교적 자연시간과 인과순서에 입각하여 전개시키고 있다는 점에서 이 영화는 강한 서사성을 지니고 있는 것처럼 보인다. 이 영화는 관객들에게 일단 두 가지 기대를 주는데, 하나는 동호가 그의 이복누이를 찾을 것인가, 이복누이는 어떤 모습으로 나머지 삶을 살아가는가에 대한 의문이고 다른 하나는 떠돌이 소리꾼 유봉이의 삶이 어떻게 전개되고 마감되는가에 대한 의문이다. 영화는 비교적 이러한 관객의 의문에 충실하게 답하는 식으로 만들어져 있다.

그러나 「서편제」의 의미와 힘을 이러한 서사구조에서 나오는 것이라고 생각하는 것은 잘못이다. 「서편제」의 플롯 혹은 그 의미 자체는 별로 칭찬할 만한 것이 못 된다. 떠돌이 소리꾼의 기구한 삶이란 표면적 스토리는 상투적인 것이며, 그것을 통해 드러내고자 했던 한의 정서 역시 제대로 형상화되었다고 보기 힘들다. 「서편제」에서 가장 강렬한 에피소드는 아버지가 딸의 눈을 멀게 만드는 이야기이다. 소리꾼 유봉은 자신이 못다 이룬 판소리를 딸에게 의탁하여 이루기 위해 딸이 한을 쌓도록 그녀의 눈을 멀게 만든다. 이것은, 예술을 위해 무엇이든 희생할 수 있다는 예술가의 집념으로 이해되기도 한다. 그러나 이러한 이해 태도는 지극히 무책임하고 감상적인 것이다. 「서편제」가 소리꾼 유봉의 기구한 삶과 예술적 집념을 보여주는 영화라면, 우리는 그가 처한 상황 속에서의 그의 행동과 욕망이 어떤 의미를 지니는 것인가를 잘 생각해 보아야 한다. 그리고 그 의미가 삶이나 예술 또는 전통정서인 한에 대해서 말해주는 바가 있어야 한다.

유봉이 한 많은 소리꾼이라면, 그 한은 어디에서 온 것일까? 스승으로부터의 파문(破門), 사랑하는 여인과의 사별(死別), 세상으로부터의 천대와 괄세 등을 염두에 둘 수 있다. 그러나 이것들보다 더 큰 한은 소리꾼으로서의 꿈을 이루지 못한 것으로 보인다. 유봉은 파문(破門)과 사별(死別)과 가난 등 기구한 삶을 거치면서 한을 쌓았고, 또 소리꾼으로서의 남다른 재질이 있었으면서도 왜 큰 소리꾼이 되지 못하였는가? 그의 한과 집념은 오로지 소리에 있는 듯이 보이는데, 그렇다면 다른 고난들은 그의 삶에 어떤 의미를 지니는가? 그는 왜 스스로 큰 소리꾼이 되길 포기하고, 일찌감치 딸에게 자신의 소리에 대한 집념을 투사시키는가? 이런 질문들이 서사구조 안에서 충분히 해명되지 않는다. 이런 질문들이 해명되지 않음으로 해서, 이 영화의 플롯은 서사를 이끌어가는 힘을 생산하지 못한다. 다시 말해 의미적 연관성이 긴밀하지 못한 에피소드들이 적당히 연결되어 있을 뿐이다.

그러한 에피소드들 중에서 가장 강렬한 인상을 남기는 것은, 앞서 말한 대로, 딸의 눈을 멀게 만드는 에피소드이다. 딸을 더 훌륭한 소리꾼으로 만들기 위해서라는 것이 이 충격적 행위에 대한 표면적인 설명이다. 그러나 이것은 매우 심각한 윤리적 문제를 내포한다. 또 개연성이나 핍진성이 결여된 행위이다. 이런 행위가 모티프로 채용될 경우, 그 서사구조는 그 충격에 대한 적절한 해명의 장치를 마련해야만 한다. 가령 유봉이 마귀의 꾐에 빠져 일시적인 착란

상태에서 그런 행위를 했다거나 아니면 그 행위에 대한 죄책감과 번민으로 삶의 다른 국면이 전개되거나 해야 비로소 서사로서 성립될 수 있다. 예술을 위해서 딸의 눈을 멀게 했다는 말로서는 우리가 지니고 있는 상식의 이데올로기를 충족시켜 주지 못한다. 거칠게 말해, 말도 안 되는 이야기다. 말도 안 되는 이야기를 말이 되게 만들어야지 비로소 서사가 성립되는 것이다. 예술을 위해서 딸의 눈을 멀게 만드는 것도 말이 안 되지만, 그런 식으로 딸의 눈을 멀게 만들어서 딸의 한을 쌓게 만든다는 것도 말이 안 된다. 한이라는 것은 피하고자 하지만 운명적으로 피할 수 없는 고난에 의해 쌓이는 것이지, 그것이 좋아서 일부러 얻어지는 것도 아니고 얻는다 해도 그것은 미친 짓이다. 만약 한이 그렇게 해서 쌓이는 것이라면, 우리의 전통정서인 한에 대한 엄청난 왜곡일 것이다.

한편 딸의 눈을 멀게 만드는 이유를 달리 생각해 볼 수도 있다. 유봉이 딸의 소리공부에 집착하는 것은 그 자체가 목적이 아니라 딸을 자기 곁에 있도록 하기 위한 핑계로 생각해 보는 것이다. 그는 늙어감에 따라 딸마저 떠날지 모른다는 우려를 해서 딸을 장님으로 만들어버렸다. 이런 짐작은, 유봉과 딸과의 근친상간(딸의 눈이 먼 뒤, 유봉이 그의 딸과 관계를 가졌다는 것은 이 영화에서 매우 조심스럽게 암시된다)을 염두에 둔다면 좀더 개연성이 높아진다. 늙은 떠돌이가 자신의 처지를 의탁하기 위하여 양딸의 눈을 멀게 만들고 자신의 사람으로 만들어버렸다는 이야기 역시 충격적이지만 그래도 예술과 한을 빙자하는 것보다 이해하기 쉽다. 그러나 이런 식으로 이해될려면 전체 서사구조가 그러한 이해를 뒷받침해 주어야 한다. 처음부터 유봉의 성격이 그렇게 이기적으로 설정되어야 하고, 그러한 유봉의 행위가 주제의 형성에 직접 관여해야 한다.[7] 그러나 「서

---

7) 각 부분의 해석은 전체 의미구조 속에서 용인되는 것이어야 한다. 〈한 편의 시작품을 형식적으로 분석하는 것은 모든 부분들을 통해서 하나의 개연성을 드러내는 것이다. 더 자세히 말하자면, 처음에는 모든 것이 가능하며, 중간에서는 사

편제」의 서사구조는 이러한 해석을 허용하지 아니한다. 마지막 부분에서 동호가 그의 누이를 찾아 심청가를 부르면서 밤새 회포를 푸는데, 다음날 아무 말 없이 헤어진다는 것도 따져보면 말이 안 된다. 이처럼 서사구조를 통해 「서편제」를 이해할 때, 그것은 인접혼란을 보여주는, 환유적 성격이 크게 약화된 작품이다.

이상과 같이 「서편제」의 서사구조는 매우 허약하다. 그것은 떠돌이 소리꾼의 기구한 삶을 의미 있게 보여주는 데도 실패했으며, 한이라는 민족정서의 서사적 표상에도 실패했다고 말할 수 있다. 그렇다면 「서편제」는 완전히 실패한 영화인가? 최고의 관객동원이라는 통계적 사실이나 나의 감상체험에 의존해서 생각해 볼 때, 실패한 영화라고 하기는 어렵다. 그것은 매력적인 면모를 가지고 있는, 볼 만한 영화였다. 나는 「서편제」가 〈국악 뮤직비디오〉로서 성공했다고 생각한다. 「서편제」는 판소리라는 훌륭한 민족음악예술을 영상으로 표현해 내는 데 성공하였다. 즉 「서편제」의 감동은 소리와 영상이 어우러진 몇 개의 인상깊은 장면에서 비롯되는 것으로 보인다. 서사구조는 다만 이러한 장면을 들여놓기 위한 형식적 공간에 불과하다. 가령 〈진도아리랑〉을 부르는 장면이나, 〈사철가〉를 부르는 장면은 사실 서사구조와는 상관이 별로 없는 장면인데, 역설적으로 서사구조의 측면에서 군더더기와 같은 그러한 장면으로 해서 이 영화의 매력은 살아난다. 「서편제」는 우리의 가슴을 저리게 만드는 한 맺힌 삶의 이야기가 아니라 소리와 영상이 아름답게 만난 〈국악 뮤직비디오〉라고 해야 할 것이다.

물들이 개연성을 띠게 되고, 끝에 가서는 모든 것이 필연적으로 되는 것이다.〉 Paul Goodman, *The structure of Literature*(Chicago, 1954), p.14. 채트먼의 위의 책에서 재인용.

3-2 연극「바보각시」

「바보각시」는 이윤택이 대본을 쓰고 연출을 맡은 작품으로, 1993년에 부산, 후꾸오까, 동경, 서울에서 4차례 공연된 바 있다.[8]「바보각시」는 제1경 : 아름다운 사람을 기다리며, 제2경 : 전망이 없는 시대의 탈놀음, 제3경 : 누구도 새로운 희망을 받아들이지 않는다 로구성되어 있다. 전체 상황을 대강 요약하면 다음과 같다.

「바보각시」는 〈살보시 설화〉를 모티브로 차용하고 있다. 〈살보시 설화〉는 어디서 흘러왔는지 알 수 없는 한 여인이 마을의 머슴, 병신, 문둥이, 홀애비 등 소외받는 사내들에게 자신의 살을 나누어주다 추방되었는데 알고보니 그 여인은 현실에 재림한 부처였다는 이야기이다. 연극의 공간적 배경은 신도림역이다. 신도림역은 그 일대에 〈서울의 도시빈민 밀집지역으로 주위로 구로공단을 끼고 서울과 주변 위성도시를 중계하는 교통의 중계지로서 지금 여기 신도림은 유난히 종말론이 성행하고 온갖 야바위꾼들이 들끓는 서울의 오지〉[9]이다. 무대의 후면벽에 그려진 알림표에 의하면, 열악한 삶을 상징하는 구로공단과 화려한 삶의 환상인 서울이 수평으로 연결되어 있고, 수직적으로는 하늘아래 첫동네와 세계의 종말인 〈세기말〉이 연결되어 있다. 여기서 살보시 여인의 패러디인 바보각시가 포장마차를 한다. 이 포장마차 주위에는 무기력한 소시민인 취객을 비롯하여 타락한 관리인 파출소장, 실직청년, 우국청년, 창녀, 앵벌이, 종말론 교주 등이 모여들어 아수라장을 벌인다. 이들은 한눈에 그 인물의 속성을 짐작할 수 있도록 표현주의적으로 과장된 의상과 분장들을 걸치고 있다. 취객은 계속 세상은 지옥이라고 외쳐대고, 실직 청

---

8) 필자는 1993년 10월 산울림 소극장 초청공연을 관람한 적이 있다. 그 관람체험과 이윤택 희곡 연출노트 『웃다, 북치다, 울다』(평민사, 1993)에 실린 대본, 작가수첩, 연출노트, 연극평 등에 의존한다.
9) 이윤택, 위의 책, 274-275쪽.

년은 전 세계 챔피온 홍수환에 대한 이야기를 무의미하게 뇌까린다. 우국청년은 마치 습관처럼 화염병을 휘두르며 상투적 구호를 외치지만 아무도 쳐다보지 않는다. 초록색 수술복을 입고 정신병자처럼 지껄이며 나타난 종말론 교주는 결국 사기꾼에 지나지 않고, 역시 사기꾼과 다를 바 없는 파출소장은 돈 몇 푼 받고 그를 묵인한다.

이러한 인물들은 처음부터 끝까지 미친 듯이 과장된 음성과 몸짓으로 날뛴다. 이들이 펼쳐내는 무의미, 절망, 거짓, 위선, 상실, 소외, 혼돈, 폭력, 광기의 퍼포먼스는 무대를 마치 용광로와 같은 것으로 만든다. 이러한 상황 속에서 우국청년은 자살을 하고, 바보각시는 탈을 쓴 남자들에 의해 난폭하게 윤간당한다. 바보각시는 타락한 영혼들에게 스스로 살을 베풀기도 하지만, 그녀가 새생명을 잉태하자 모든 남자들은 그녀를 기피한다. 그녀는 포장마차에 목을 매 자살하고, 남자들은 그녀의 시체를 암매장해버린다. 각시가 묻힌 곳에서 아기 울음소리가 들려오고, 장님은 돌미륵을 발굴한다. 마지막 장면에서는 흰 돛을 드리운 포장마차 위에 각시와 미륵불이 타고 가는데, 사람들은 그제서야 탈을 벗어 각시에게 바친다.

이러한 내용의 연극 「바보각시」는 힘이 넘치고 인상적인 작품이다. 그런데 그 인상의 내포는 바보각시의 고귀한 사랑이 아니라 세속 인물들의 미쳐날뜀이다. 이 작품이 3경으로 구성되어 있다고 앞서 말했다. 각각의 소제목으로 보건대, 1경에서는 희망을 말하고 2경에서는 현실의 혼탁함을 말하며 3경에서는 절망을 말하는 듯이 보인다. 다시 말해 작가는 바보각시의 사랑을 통하여 우리시대의 희망과 절망을 동시에 보여주려 한 것 같다. 작가 이윤택은 「작가수첩」에서 〈결국, 현실적 모티브와 신화적 모티브로 엮어지는 이 이중구조적 구성은 사랑이 개인과 개인의 소유와 집착의 단계에서 해방되어, 사랑의 의미가 어떻게 사회적 혹은 민족적 신화성의 단계로 적용될 수 있는가에 대한 습작이었다〉[10]고 말한다. 이러한 의도가 전달되기 위해서는 서사구조에 작품을 끌고나가는 힘이 있어야 할 것이다. 「바보각시」에서 서사는 바보각시의 윤간과 임신과 자살과 부활로 연결되는 선이다. 그런데 「바보각시」에서 이러한 서사구조는 별로 힘을 발휘하지 못하는 듯하다. 바보각시의 사랑이 어떤 서사적 관련성 속에서 세상의 타락에 대응하고 또 세상을 변화시키는 힘이 되는지 충분히 보여주지 않고 있는 것처럼 보인다. 작가는 희망-타락-절망(다시 희망)이라는 3단 혹은 4단의 구성을 표방하고 있지만, 이 구성이 작품의 동력이 되는 것은 아니다. 이 연극에 대하여 한 평자는 〈바보각시와 단골손님들의 관계가 극 안에서 필요충분하게 확립되지 않은 것이다. 그 결과 작가가 그리고자 했던 그녀의 희생적인 사랑의 베풂이 제 의미를 확보하지 못했다〉[11]고 지적했다. 수긍할 수 있는 지적이라 생각한다. 이 작품에서 관객들을 사로잡는 것은 바보각시의 사랑의 베풂이 아니라 세속 인물들의 난잡하고 미친 듯한 행태들이다. 다시 말해 이 작품의 힘은 서사구조 속에서 나오는 것이라기보다는 세속 인물들의 강렬한 행동에서 나온다. 세속 인물의 현란한 행태들은 우리시대의 타락상을 인상적으로 보여주며, 그것은 이 작품을 감동적인 연극으로 만든다. 「바보각시」는 우리 시대의 타락하고 전망 없는 삶의 이러저러한 모습을 단속적(斷續的)인 이미지로 보여주는 작품이라고 할 수 있다. 그것은 서사적 성격보다 콜라주나 모자이크적 성격이 강한 것으로 보인다. 우리는 연극 「바보각시」에서도 인접혼란 또는 환유성의 약화를 목격한다.

3-3 장편소설 『영원한 제국』

이인화의 두번째 장편소설 『영원한 제국』은 여러 모로 화제가 되

---

10) 위의 책, 270쪽.
11) 위의 책, 319쪽.

었던 작품이다. 첫번째 장편소설 『내가 누구인지 말할 수 있는 자는 누구인가』가 던져주었던 여러 가지 우려를 불식하고 그의 작가적 능력을 확인받을 수 있는 작품이었고, 대단한 베스트셀러가 된 작품이었으며, 역사학계 일각에 논란의 여지를 던져주었던 역사소설이었다.

『영원한 제국』은 1800년, 즉 정조 24년 1월 19일 하루에 일어난 일을 그리고 있는데, 당시 집권세력인 노론 벽파와 이를 견제하고 왕권을 확립하려는 정조 사이의 암투를 남인의 입장에서 재구성하여 보여준다. 작가는 추리소설의 여러 기법을 응용하여 소설적 재미를 한층 높였으며, 당시 역사에 대해 치밀하게 연구하여 해박한 역사적 지식을 풍부하게 펼치고 있다. 뿐만 아니라 당시 당파 간의 권력투쟁을 뒷받침하고 있는 철학적 배경에 대해서도 높은 수준의 이해를 보여주며, 옛 문물과 고전문헌에 대해서도 예사롭지 않은 지식을 동원하고 있다. 소설의 중심 모티브는 선대왕마마의 금등지사이다. 이 금등지사를 공개하여 노론 벽파를 제거하고 왕권을 강화하려는 정조의 계획과 그것을 사전에 방지하여 오히려 정조를 폐위하고 자신들의 권력을 강화하려는 노론 벽파의 대결이 흥미롭다. 아울러 『시경』 빈풍 편에 나오는 「올빼미」라는 시로써 정조의 금등지사를 엮어내는 솜씨는 치밀하고 섬세하다. 이 작품은 우리 역사소설의 또다른 면모를 개척한 것으로 평가될 수 있으며, 또한 베스트셀러 소설의 수준을 한층 높여준 것으로 평가될 수 있다.

영조대왕의 금등지사를 중심으로 노론과 정조 사이에 교묘한 싸움이 벌어지고 그런 가운데 여러 사람이 죽임을 당한다. 이러한 스토리는 독자들에게 금등지사가 과연 무엇인지, 그것을 누가 얻을 것인지, 정조와 노론의 대결은 어떻게 결말이 날 것인지에 대한 궁금증을 갖게 함으로써 소설의 재미를 증폭시킨다. 이렇게 보면 『영원한 제국』은 매우 치밀하고 단단한 서사구조를 지니고 있는 것으로 짐작될 수 있다. 작가 후기에서도 한 마디 언급되어 있듯이 『영원한 제국』은 움베르토 에코의 소설 『장미의 이름』에서 그 추리적 구성을 상당부분 빌어쓰고 있는데, 그 모방이 성공적이어서 모방이라는 약점을 스스로 극복하고 있다. 추리소설의 재미란 원래 치밀하고 단단한 서사구조에서 비롯되는 것이므로 『영원한 제국』은 인접혼란의 언어와는 전혀 상관없는 것으로 이해될 만한 것이다.

그러나 필자가 보기에는 『영원한 제국』 역시 환유적 성격보다는 은유적 성격이 강한 작품이다. 겉보기와는 달리 이 작품의 서사구조는 의외로 약하게 보인다. 우선 선대왕마마의 금등지사가 중심 모티브이고 그것을 중심으로 암투가 벌어지는 상황이라면, 금등지사가 명실공히 사건의 열쇠이어야 한다. 과연 금등지사가 사건의 핵이 될 수 있는 것인가 의문이 생긴다. 사건이 벌어지기 7년 전 당시 재상이었던 채제공이 선대왕마마의 금등지사를 언급하면서 노론 벽파의 천토를 주장했다는 사실은, 금등지사의 존재가 이미 알려졌다는 것을 뜻하며 또한 정조가 노론 벽파를 제거하는 데 있어 그것이 절대적 조건이 아님을 뜻한다. 그렇다면 금등지사가 사건의 핵이 되어 있는 소설의 구성은 애당초 무리가 있는 것이다. 그리고 금등지사에 관한 이야기는, 소설의 앞부분에서는 대단한 비밀로 다루어지다가 소설의 뒷부분에 가면 누구나 아는 비밀이 되어 있다. 가령 현승헌은 전혀 모르고 이인몽마저 희미하게 아는 금등지사의 비밀을, 백면서생인 유치명과 그의 아내는 〈작년 채제공 대감께서 돌아가시자 이를 보관할 책임이 채이숙에게 돌아간 것〉까지 얼추 짐작하고 있다.

또 정조는 매우 강력한 지도력을 행사하는 강인한 인물로 묘사되고 있다. 그의 목적이 노론 벽파를 제거하고 왕권을 강화하는 데 있다면 굳이 금등지사가 아니더라도 기회와 구실이 있었던 것 같다. 장용영을 통해 친위무력을 강화하고 수원성을 완성하는 등 여러 가지로 철저한 준비를 해왔던 정조가 굳이 금등지사를 필요로 했던 이유가 불분명하다. 서인성의 반역과 시해미수 사건만으로 반대파의 제거는 충분한 구실을 얻을 수 있었을 것이다. 모함만으로도 엄청난 사화가 있었던 시대였는데, 그런 엄청난 사건이 왜 구실이 될 수 없 겠는가? 만약 선대왕이 국금(國禁)으로까지 막은 사도세자의 복권을 위해서 금등지사가 꼭 필요하였다고 한다면, 그것은 7년 전에 이미 가능했던 일이다. 또 사림과 세간의 여론이 이미 사도세자의 억울함 을 동정하는 쪽으로 기울어 있는 상황에서 굳이 금등지사가 필요했 는지도 의문이다. 아울러 금등지사가 그렇게 중요한 것이라면 그것 을 채이숙이 지니고 있음을 정조가 알고 있었는데 왜 미리 그것을 확보해 두지 않았는가? 정조는 왜 금등지사부터 찾지 않고 『시경천 견록』이라는 위서를 만들어 정적(政敵)들을 유인하고자 했는가? 그 리고 금등지사가 〈지난 35년 동안 봉인된 흔적〉이 있다고 했는데, 정조는 그 내용을 어떻게 알았는가? 이러한 사소한 의문들은 곳곳에 서 제기될 수 있다.

금등지사의 소설적 역할에 대한 이러한 의문들과 함께 또 하나 서사구조를 약화시키는 점은 사건 당일 밤에 모든 주요 인물들이 명 덕동 연명헌에 모인다는 것이다. 제일 이해가 되지 않는 것은 정조 가 그곳에 간다는 점이다. 그곳에 가야 금등지사를 얻을 수 있기 때 문이라면, 아예 군사를 많이 풀어 상황을 장악해 버렸어야 했다. 소 수의 병력을 대동하고 시골집에 숨어 있을 이유는 없어보인다. 그리 고 노론의 영수들은 왜 그곳에 굳이 가 있어야 했는가? 또 이인몽의 처 윤상아는 금등지사를 그날 밤 명덕동에 왜 보내는가? 지금까지 숨겨온 것이라면 다른 곳에 또 숨길 수도 있지 않은가? 채이숙이 일 부러 다른 곳에 숨겨온 금등지사를 상황이 보다 급박해진 때에 다시 채이숙의 집으로 보내는 것은 이상하지 않은가?

이러한 의문 이외에도 『영원한 제국』의 서사구조는 여러 가지 모 호함을 지니고 있다. 가령 구재겸이라는 하찮은 인물이 이인몽과 하 는 대화를 보면 모든 상황을 다 알고 있다. 그런가 하면 유치명이 이인몽을 통해 금등지사를 정조께 전달하려 하는 것도 상식에 어긋 난다. 연명헌에서 노론과 남인들이 벌이는 논쟁도 그런 상황에서 그런 논쟁이 있을 법하지 않다.

이런 식으로 따져보면, 겉보기에 매우 치밀하고 단단해 보이던 『영원한 제국』의 서사구조는 의외로 허술하다는 사실이 드러난다. 다시 말해 여러 사건들과 등장인물들의 선택, 행위 등은 서사구조 속에서 일관성과 핍진성을 지니고 진행되는 것이 아니다. 서사구조 자체는 대강의 얼개만 제공하고 있을 뿐이다. 따라서 『영원한 제국』이란 장편소설을 처음부터 끝까지 몰고가는 힘은 서사구조에서 나오는 것이 아니다. 오히려 그 힘은 모티브들의 정치한 조립과 정보들로부터 나오는 것으로 판단된다. 하나하나의 모티브들은 상당한 정도의 정보내용과 조작기술로 만들어진 것들이다. 그 대표적인 예가 금등지사 모티브이지만, 그 외에도 석탄가스를 이용한 살인, 정조의 활쏘기, 검시, 현승헌의 의술, 45수의 9변, 황극지도의 탕평사상, 물화(物畵)와 심화(心畵)에 관한 논쟁, 문체반정 등등 잘 짜여진 모티브들이 곳곳에서 빛을 발한다. 이것들에 매료되다 보면 허술한 서사구조에는 정신팔 겨를이 없다. 『영원한 제국』은 서사가 충실한 소설이 아니며, 인물의 성격 창조가 충실한 소설도 아니다. 주요 등장인물들은 일관성 있게 창조된 것도 아니고 그들의 갈등이나 성격이 심금을 울리는 것도 아니다. 그 인물들은 살아 생동하고 있다고 보기 힘들다. 서사나 인물보다는 모티브나 자유화소들의 독립된 매력이 모여 좋은 독서체험을 제공해 주는 소설이다. 그러므로 『영원한 제국』 역시 인접혼란으로 인한 환유적 성격의 약화를 보여주는 대신 독립된 대목들의 제각각의 매력이 많은 은유적 성격의 작품이다.

3-4 시집 『사자 도망간다 사자 잡아라』

장경린의 두번째 시집 『사자 도망간다 사자 잡아라』는 근래 필자가 읽은 시집 중에서 가장 생동감 있고, 개성적인 시집이다. 우선 제목부터 무언가 오는 게 있다. 도대체 도망가는 사자(獅子)를 잡겠다는 것은 무슨 뜻일까? 우리 삶의 공간에서 도망갈 만한 사자가 어디 있기나 한가? 정글의 왕자 사자는 이제 동물원이나 아니면 책, 영화 등에서나 있을 것인데 어디에 사자가 도망간다고 사자 잡으라고 난리인가? 아무데도 없는, 허황된 꿈 속의 사자를 잡으려고 허둥대는 모습, 자기 분수도 모르고 덤비는 모습, 그리하여 사자(獅子)를 잡으려는 것이 곧 스스로 사자(死者)가 되는 일이라는 암시 등이 우리의 일상적 삶과 겹쳐지면서 그것은 묘한 화두(話頭)가 된다.

표지와 속표지를 넘기면 짤막한 〈自序〉가 나오는데, 엉뚱하다.

불량배들이 어두운 공터에서 휘파람을 불고 있다. 저 노래가 해바라기의 〈사랑으로〉이지 아마. 감정 처리가 제법이다. 사람들에게 신세만 지며 살아왔다는 생각이 스멀스멀 인다. 서둘러 마음의 셔터를 누른다. 아는 얼굴이다.

여섯 문장으로 된 이 글에서, 뒤의 세 문장은 쉽게 이해된다. 그러나 첫 세 문장은 상식의 이데올로기를 넘어선다. 시인이 〈자서〉에서 왜 그런 말을 하는지 잘 이해되지 않는다. 문맥이 파괴된 듯이 보인다. 굳이 짐작을 해보자면, 시인이 현재 삶에서 보고 듣고 느끼는 것의 은유적 진술이라고 생각될 수 있다. 시인이 만나는 삶의 공간, 즉 이 시집에서 시인이 드러내고자 한 삶의 공간은 그와 같은 것이다. 시인에게 세상은 불량배들이 휘파람을 불고 있는 어두운 공터와 같은 것이며, 시인의 귀에 들리는 것은 모두 대중가요 같은 것인데, 이것들이 외면하기 어려운 매력을 지니고 있다는 것을 암시하고 있다. 시인은 어둡고 불량하고 천박한 삶의 공간에서 그것들의 매력에 마음을 빼앗기면서 살고 있다고 말하고 있는 듯하다. 그러나 이런 식으로 짐작하는 데 있어 필요한 정보는 너무나 모자란다. 즉 인접성의 장애를 보여주는 것이다. 이러한 인접혼란의 언어들은 시집 『사자 도망간다 사자 잡아라』 전반에서 보다 적극적으로 구사되면서 하나의 개성이 되고 있는 것처럼 보인다.

> 나를 스쳐 지나가는 사람들
> 나를 스쳐 지나가는 단골 약국의 친근한 약병들
> 검은 열차들
> 작은 집과 다리와 먼 山
> 나를 스쳐 지나가는 젊은 풍속과 늙은 불안감들
> 욕망들 詩와 담배 연기로 지워버린
> 가랑비 웅덩이에 고인 빗물
>
> 그게 언제였더라
> 갈매기들이 해안 초소에서 튀어나오던 저녁
> 해물탕 꽃게 다리를 빨아먹던 저녁
> 작은 하늘에서 큰 눈이 쏟아지던 날
> 자신의 일기에 밑줄을 그으며
> 낯설고 기뻐서 술병을 따던 저녁

「그게 언제였더라」라는 시의 전문이다. 1연은 현재시제로 되어 있고, 2연은 과거시제로 되어 있다. 그 현재와 과거 사이에 〈그게 언제였더라〉라는 말이 다리를 놓아주고 있다. 이런 경우 보통은 현재의 괴로움과 과거의 아름다움이 대비되게 마련이다. 그러나 이 시에서 현재와 과거가 그렇게 단순하게 대비되지 않는다. 굳이 대비하라면, 과거에는 〈낯설고 기뻐서 술병을 따던 저녁〉이 있었는데 현재에는 〈가랑비 웅덩이에 고인 빗물〉과 같은 삶이 있을 뿐이다. 이 점을 조금 강화시켜 주는 것이 동사들이다. 1연, 즉 현재에 씌어지는 동사는 스쳐 지나가거나 지워지거나 고이는 것이다. 즉 어떤 상실감, 덧없음, 정체감을 암시한다. 2연, 즉 과거에 씌어지는 동사는 튀어나오거나 빨아먹거나, 쏟아지거나 따거나 하는 것들인데, 이것들은 보다 활달하고 능동적이다. 이렇게 본다면「그게 언제였더라」라는 시는, 현재의 지치고 허약해진 삶 속에서 과거의 활달했던 삶을 그리워하는 내용을 담고 있다고 볼 수 있다.

이 시는 거의 전적으로 은유적 성격을 가진다. 구성요소들의 상관관계, 즉 문맥에서 뜻이 만들어지는 측면은 매우 미약하다. 있다면 1연과 2연의 동사의 성격 차이에서 만들어지는 뜻뿐이다. 그 이외에는 모두 독립적이며 또한 은유적으로 반복되어 있다. 마치 인접 장애로 인한 실어증 환자처럼 문맥을 만들 생각은 하지 않고 그냥 단편적 개념들만 반복한다. 시인은 〈몸이 허약하여 괴롭다〉라고 말하지 않고 그 대신 〈단골약국의 친근한 약병들〉이라고 말한다. 그런가 하면 〈그날 저녁 너와 함께 즐겁게 식사했다〉고 말하는 대신 그냥 〈해물탕 꽃게 다리를 빨아먹던 저녁〉이라고 말한다. 다른 시를 한 편 더 보자.

식당의 라면 상자 뒤를(역사적인 나날들) 뻔질나게 오가면서도
상자에(역사에) 큼직하게 써있는 〈農心라면〉
을 못 읽는 약삭빠르지만 무식한 고양이들처럼

〈고기는 냉장고 안에 있습니다〉
안내문이 걸려 있는
정육점의 텅 빈 진열장처럼

커피가 담긴 보온병을 쟁반에 얹어
보자기로 감싸들고
껌을(자본주의를) 질겅질겅 씹으며 걸어가는
다방 여급(한국사)처럼

「전골과 찌개 8」이란 작품이다. 각 연의 끝에 생략되어 있는 말이 무엇인가는 괄호 안의 말에 의존하여 쉽게 짐작할 수 있다. 그 것은 〈우리는 살아가고 있습니다〉이다. 우리의 삶 또는 우리의 역사라는 것이 그처럼 무식하고 허망하고 천박하다는 것을 말하고 있는 듯하다. 여기서 각 연은 은유적 의미를 지니며, 세 개의 은유적 의미는 서사적으로 연결되어 있는 것이 아니라 중첩되어 있다. 다시 말해 1연과 2연과 3연 사이의 관계 역시 환유적이 아니라 은유적이다. 시인은 우리의 삶이 마치 전골이나 찌개처럼 뒤죽박죽의 잡탕과 같다고 생각하고 「전골과 찌개」 연작시를 쓰고 있지만, 그러한 삶을 인식하는 방식 역시 전골이나 찌개의 속성을 닮았다. 찌개는 여러 가지가 동시에 섞여 있는 것으로 그 자체가 은유적이다. 찌개에 돼지고기를 넣으면 돼지고기 찌개가 되고, 된장을 넣으면 된장 찌개가 된다. 선택관계에 의존한 상상력인 것이다. 『사자 도망간다 사자 잡아라』는 인접성을 외면하고 유사성에 의존하여 우리의 현재 삶을 드러내고자 한, 은유적 성격이 매우 강한 시집이다.

3-5 단편소설 「處容斷章」

김소진의 소설 「처용단장」은 두 개의 이야기가 중첩되어 있는 작품이다. 잘 알려진 처용의 이야기를 새롭게 해석한 액자 속의 이야기와 화자, 아내, 친구의 삼각관계 이야기가 서로 맞물려 작품의 의미내용을 이룬다. 간단히 줄거리를 요약해 보자.

나는 고시 2차를 합격해 놓은 고시생이며, 아내는 식품영양학과를 나와 술회사의 주류연구소에 근무한다. 아내는 종종 브렌딩하는 날이라고 전화를 하고 늦게 들어온다. 나와 아내 사이는 서먹하다.

나는 아내가 늦게 오는 날, 〈탈〉이라는 술집에서 술을 마신다. 거기서 권희조라는 대학동창을 만나는데, 그는 국문과 대학원에 재학중이며 고전문학을 공부한다. 권희조는 그가 구상하고 있는 처용을 모티브로 한 희곡을 이야기해 준다. 희곡 속에서 처용은 민중예술가로 새롭게 해석된다. 처용은 권력을 비판하지만 나중에 권력의 힘을 빌리게 되고 아내도 권력에게 빼앗긴다. 처용은 모든 것을 잃는다. 나는 아내의 정부가 바로 희조임을 알게 되고, 희조 역시 이를 눈치채고 당황한다. 처용의 이야기가 끝나고 희조는 타지방으로 취직해서 떠나는데, 나는 희조를 용서하고 나아가 아내를 용서한다.

이러한 이야기가 단편소설로 꾸려질 경우, 전통적인 단편미학은 두 이야기의 상동성을 요구한다. 각각의 이야기가 서로 치밀하게 대응될수록, 그 대응이 은밀하고 섬세할수록 그 소설은 효과적인 것이 된다. 다시 말해 액자 속의 이야기는 액자 밖의 갈등과 번뇌에 은유적인 해답이 되어야 한다. 「처용단장」에서 액자 속의 이야기, 즉 처용의 이야기는 두 가지 의미소를 지닌다. 하나는 기존의 처용설화에 있는 것으로, 아내와 아내의 정부를 용서하는 의미소이다. 다른 하나는 처용이 민중예술운동을 하다가 좌절하게 된다는 의미소이다. 이 두 가지 의미소는 액자 밖의 이야기에 해답 또는 거울의 기능을 해야 하는데, 전자는 그럴 듯하지만 후자는 좀 문제가 있다. 왜냐하면 현재 나란 인물은, 운동권에서 고시생으로 바뀐 삶에 그렇게 고뇌하고 있는 듯이 보이지 않기 때문이다. 액자 안의 이야기에서는 민중예술가의 변신이라는 주제가 더 강한 데 비해서, 액자 밖의 이야기에서는 아내의 부정이라는 주제가 더 강한 것처럼 보인다. 이것은 액자 안의 이야기와 액자 밖의 이야기가 그렇게 섬세하게 대응하지 못하고 있음을 뜻한다. 이것은 소설의 문맥, 즉 인접성에 약간의 장애가 있음을 말해준다.

어쨌든 「처용단장」에서 주인공의 갈등은 운동권에서 고시생으로 바뀐 자신의 삶과 아내의 부정으로 인한 것이다. 이 갈등은 하나일 수도 있고 둘일 수도 있는데, 단편소설에서는 하나인 것이 보다 바람직하다. 그러나 「처용단장」에서는 한 가지 갈등의 두 측면이라고 말하기 힘들다. 단편소설은 이러한 갈등의 선이 중심에 있고, 이 주변에 여러 에피소드들이 붙게 되는데, 이때 에피소드들은 철저하게 갈등의 중심선에 종속되는 것이어야 한다. 그래야 단일한 주제와 단일한 효과를 성공적으로 확보할 수 있기 때문이다. 그런데 「처용단장」에서는 이러한 갈등의 중심에 종속되지 아니하는 에피소드들이 장황하게 곳곳에서 열거되어 있다. 우선 소설의 첫번째 에피소드인 지하철 역에서의 사건은 발단치고는 너무 엉뚱하다. 이 에피소드를 통해서 주요인물인 희조를 등장시키고 또 아내의 부정을 암시하고 또 내가 운동권에 대한 어떤 압박심리를 지니고 있음을 독자는 알 수 있다. 그러나 이러한 소설적 기능에 비해서 그 이야기는 너무 강렬하고 장황하여 독자의 기대를 다른 쪽으로 분산시킨다. 특히 지하철에서 만난 거죽눈의 넋두리와 행동은 소설의 문맥과 전혀 따로 논다. 아내가 술취해서 하는 삐조새 이야기도 소설 문맥적으로 중요한 정보를 제공하는 듯한 인상을 주지만 실제로는 겉도는 이야기이다. 그리고 희조의 부모 이야기도 마찬가지이다. 희조는 이 소설에서 그렇게 중요한 인물이 아니다. 그는 주인공 나의 갈등을 비추는 거울과 같은 역할을 할 뿐이므로 그의 이력과 가계 그리고 성장과정이 그렇게 중요한 의미를 갖지 않는다. 그가 어떤 인물인가는 몇 줄의 묘사로 충분할 수도 있다. 그러나 작가는 권희조의 삶을 그 근원에서부터 캐낸다. 쇠살주이면서 노름꾼이었던 아버지, 화냥끼가 많아 몸 팔아 노름돈을 대주기도 했던 어머니, 노름판에서 아버지의 속임수를 도와주다가 아버지의 손가락이 잘린 이야기 등은 재미있는 에피소드이지만 그것이 이 소설의 주제에 연결되는 것 같지는 않다. 그러한 희조의 이야기는 전혀 다른 성격으로, 또다른 한 편의 소설이 되어도 될 것 같다. 즉 소설의 문맥과는 상관없이 따로 노는 이야기이다. 희조의 대학생활도 그 소설적 기능에 비해서는 너무나 장황하다. 그리고 이외에도 대개의 에피소드들이 그 소설적 기능에 걸 맞지 않게 장황하다. 회조와 내가 탈이라는 술집에서 나누는 이야기 도 장황할 뿐만 아니라 소설 문맥상 존재이유가 없는 이야기도 많이 있다. 액자 속의 처용이야기도 너무 길다는 느낌을 준다.

그리하여 「처용단장」을 읽다 보면 갈등의 중심선은 잘 보이지 않고, 산만한 이야기들의 집합처럼 생각된다. 주인공인 나의 갈등이 어떻게 구체화되고 그것이 어떤 기복과 변증법을 거쳐 해결이 되는 지에 대해서는 별로 주의가 집중되지 않는다. 독자들은 이러저러한 에피소드들을 읽는 재미를 느낄 뿐이다. 다시 말해 「처용단장」역시 서사구조가 크게 약화된 작품이라고 할 수 있다. 기존의 단편소설 미학에서 볼 때, 이러한 「처용단장」의 장황함과 산만함 그리고 불필 요한 부분의 많은 삽입은 치명적인 흠이다. 그러나 최근의 소설들은 기존 단편미학이 왜 기준이 되어야 하느냐고 비웃듯이 이러한 경향 을 강하게 드러낸다. 이 작품이 보여주는 인접혼란의 언어는 최근의 단편소설에서 수시로 목도할 수 있는 경향이다. 작가들에게 인접성 은 더 이상 관심이 없어보이고 유사성만 사랑을 받는 듯이 보인다.

4 은유의 천국

최근 평자들로부터 주목받은 바 있는 영화, 연극, 장편소설, 시집, 단편소설을 텍스트로 삼아 거기서 공통적으로 발견되는 인접혼란의 양상을 살펴보았다. 물론 의도적으로 선택된 텍스트이긴 하지만, 인접성의 경시와 유사성의 강화, 즉 환유적 성격의 약화와 은유적 성격의 강화는 주도적 추세로 생각된다. 예술작품의 생산자나 소비자 모두가 인접성의 장애를 겪고 있는 듯이 보인다. 다시 말해 인접성에 대한 감각이 크게 무뎌진 것처럼 보이는 것이다. 그 대신 유사성에 대한 감각은 아주 민감하고 풍부하게 형성된 것처럼 보인다. 문맥, 구조, 전체성에 대한 인식력이 약해졌고, 단편적이면서 동시에 복합적인 현상들에 대한 인식력이 강해졌다고 생각될 수도 있다. 하나의 상품이 공장에서 어떤 과정을 거치며 유통과정에서 어떤 과정을 거치는가에 대해서는 관심이 없고, 그 상품이 백화점 진열장에 어떤 다른 상품과 함께 진열되어 있는가에만 관심이 있는 것과 비유될 수 있을는지 모른다. 또는 한 방송국에서 어떤 프로들을 제공하는가에는 전혀 관심을 두지 않고 그 대신 지금 어떤 방송국에서 어떤 프로를 제공하고 있는가에만 관심을 두는 것과 비유될 수 있을는지 모른다. 또는 하나의 사회적 현상이 사회나 삶 전체 속에서 어떠한 의미를 지니는가에 대해서는 관심이 없고 지금 당장 그것이 나의 삶에 어떤 영향을 끼치는 것인지만을 생각하는 경향과 비교될 수 있을지 모른다. 또는 형식과 질서의 위선에 대한 정직한 대응방식일지도 모른다. 또는 복합적이고 다층적이며 이성적 질서를 벗어난 현대사회에서 파편화된 인간들의 인식을 반영하는 것일지도 모른다. 분명한 것은 이제 이 세상이 바야흐로 환유의 지옥이며 은유의 천국이 되어가는 것 같다는 사실이다. 나는 이 글을 컴퓨터로 쓰고 있는데, 하나의 프로그램을 작동시키는 컴퓨터의 시스템에 대해서는 관심도 없고 알지도 못하고 알 필요도 없다. 그것보다 다양한 프로그램을 가지고 있고 그것들을 선택해서 사용할 줄 아는 것이 더 중요하다. 컴퓨터는 나에게 환유적 절차를 요구하지 않는다. 나는 은유적 절차에 의해서 이미 설치되어 있는 프로그램을 선택하면 된다. 더 이상 사람들은 환유적 인식을 가지려 하지 않고, 예술작품들도 환유적 스타일을 추구하지 않는다. 은유적 성격의 예술작품들은 백화점 진열장의 풍요와 같은 매력을 지니고 우리를 매혹한다. 우리의 문화와 예술은 은유의 천국을 지향하고 있다. 그러나 은유의 천국은 곧 환유의 지옥이다. 그렇다면 은유의 천국으로 변해가는 우리의 삶과 문화는 과연 천국일까 아니면 지옥일까? 그것이 문제다.

소중(小衆)에서 대중(大衆)으로의 길

1

I-I 10여 년 전, 한 작가의 패기에 찬 일갈(一喝)이 다시 메아리쳐온다. 그는 〈나는 대중(大衆)작가다. 그러면 너희들은 소중(小衆)작가이냐?〉라고 외치며 독자 없는 작가들을 비웃었다. 최근 우리 소설이 안고 있는 심각한 문제 중의 하나가 바로 이것이다. 즉 최근의 소설들은 거의가 소중 또는 무중(無衆) 소설이 아닌가 하는 의구심을 떨칠 수가 없다. 문예지들에 발표되는, 소위 순수소설이란 것들을 읽으면서 필자는 내내 소설 읽기의 괴로움에 시달렸다. 그것들은 독자들의 독서의욕을 오히려 감퇴시키는 것 같았다.

독자가 없는 소설도 존재할 가치가 있을까? 있을는지 모른다. 아주 깊이 있는 내용을 담지하고 있어서 일반 독자들의 이해가 거의 불가능한 소설들이 소설사의 높은 위치에 자리하고 있음을 종종 볼 수 있다. 그것들이 일반 독자들에게 직접 감동을 주고 영향을 끼치기는 어렵지만, 전문적인 독자들을 매개로 하여 실제로는 일반 독자들에게도 많은 영향을 끼쳤다고 할 수 있다. 재미가 얕아도 의미가 깊다면 우리는 그 소설을 좋은 소설이라고 말할 수 있다. 그리고 이왕이면 의미도 있고 재미도 있으면 더 좋을 것은 말할 나위도 없다.

그러면 오늘날의 소설들이 얕은 재미 대신 깊은 의미를 주고 있는가? 아니다. 감히 말하건대, 오늘날의 우리 소설들은 재미도 없고 의미도 없고 따라서 독자도 없다. 불행하고 안타까운 일이다. 요즈음 〈고갈의 문학〉, 〈소설의 위기〉 등이 심심치 않게 운위된다. 그것은 문화적 상황의 변이에 따라 소설문학의 입지 약화를 지적하는 말이다. 즉, 후기산업사회에서 레저산업의 번창, 대중매체의 확산, 영상매체의 위력적 범람, 기록물과 같은 기타 장르의 득세 등등에 밀려서 소설의 설 자리가 점점 좁아진다는 것이다. 이러한 외적 조건의 악화는 사실 심각하다. 그러나 소설의 적(敵)은 외부에만 있는 것이 아니라 내부에도 있다. 모든 쇠망은 외부의 침입과 내부의 균열이 맞물린 결과일 것이다. 소설에 있어서 내부의 적이란 대중적 친화력의 상실이란 점이며, 또한 대중적 친화력의 상실을 심각하게 생각하고 있지 않다는 점이다. 적지않은 작가들과 비평가들은 소설의 대중적 친화력을 무시하거나 아니면 아예 경멸해 마지 않는다. 물론 이러한 태도에도 약간의 근거는 있다. 오늘날 대중적 친화력이 강한 소위 베스트셀러 소설들은 대개가 부정적인 모습을 보여준다. 그것들은 〈엇비슷한 규격화, 상투형에 대한 권태 없는 의존, 몇몇 공식의 상습적인 응용, 삶의 진실로부터의 터무니없는 유리, 삶에 있어서의 비정(非情)을 벌충하려는 듯한 기세의 감상주의, 해묵은 것에 대한 병적인 집착을 보여주는 보수주의〉 등에로의 강한 편향성을 보여준다. 그리하여 그것들은 〈안이한 거짓 화해, 위장된 도덕주의, 내면성의 결여〉라는 지적(유종호, 「거짓 화해의 세계」, 『사회역사적 상상력』, 민음사, 1987, 31-47쪽)과 함께, 대중의 정서를 파괴하고 현실도피적 성향을 키우며 소외를 조장한다는 비난을 면하기 어렵다. 그래서 대중적 친화력이 강한 모든 작품들은 일단 좋지 못한 눈길을 받게 된다.

그러나 기존의 대중적 소설들 대부분이 그러하다고 해서, 대중적 친화력 자체가 무시되어도 되는 것일까? 이 문제에 대해서도 반대중주의자들은 나름대로의 논리가 있다. 가령 오르테가 이 가세트는 대중들의 예술 향수 능력을 부정하면서 반대중성이야말로 현대 예술의 생명이라고 주장한다. 예술의 수준을 대중의 취향에 맞도록 끌어내릴 수는 없다는 것이 그의 생각이다. 이러한 생각은 〈예술의 민주화〉라는 당위적 명제 앞에서 수세로 몰릴 수밖에 없다. 예술이라는 것이 특수계층을 위한 것이 아니라 인류의 보편적 이상에 기여하는 것이라면, 대중적 친화력을 심각하게 고려해야 할 것이다. 대중의 속물적 취향에 대한 야합이 문제이지 대중적 친화력 자체가 거부될 이유는 없다. 소위 고급예술은 대중의 속물적 취향을 수정하고 보다 바람직한 문화적 공간을 만들기 위해서도 대중적 친화력의 획득에 힘써야 할 것이다. 특히 소설에서 대중적 친화력의 요구는 더욱 절실하다. 그것은 소설의 생명에 관한 문제라고 생각된다.

I-2 소설은 원래부터 대중적인 장르라고 할 수 있다. 옛날부터 소설의 독자는 일부 귀족계층이라기보다는 광범위한 평민들이었다. 멀리 갈 것 없이 우리 문학사만 돌이켜보아도 충분하다. 『춘향전』이나 『홍길동전』의 독자가 그러하고 춘원의 『무정』에 매료되었던 독자들이 그러하다. 애국계몽기 때, 국민들의 의식을 깨우치기 위해서 소설을 수단으로 삼았던 사실은 소설의 대중적 성격을 증명하는 셈이다. 문학 중에서도 특히 소설은 다소 무지한 대중들을 교화시키는 효과적인 수단으로 종종 이용되었는데, 프로문학이나 농촌계몽소설 등도 그러한 사례이다. 그리고 우리가 기억하는 많은 명작들, 가령 홍명희의 『임꺽정』, 박경리의 『토지』, 황석영의 『장길산』, 김주영의 『객지』, 조세희의 『난장이가 쏘아올린 작은 공』, 이문열의 『젊은 날의 초상』, 한수산의 『부초』 등등은 모두 대중성을 지닌 작품들이었다. 소설의 원형은 흥미 있는 이야기라고 할 수 있다. 근대적 개념의 소설에 이르러 그 성격은 다소 약해졌지만 그래도 소설은 오락적 요소를 다소 지니고 있다. 재미라는 그릇에 교훈을 담아 전달한

다는 소박한 생각, 즉 문학 당의정설은 여전히 부분적으로 유효하다. 대중적 친화력은 소설의 본질적 성격이라고 할 수 있을 것이다. 그러므로 애초부터 순수소설과 대중소설의 구분은 무의미하다. 좋은 소설과 좋지 못한 소설의 구분이 있을 뿐이며, 소설에 있어서의 대중성은 미덕이자 요건이라 할 수 있다.

더구나 오늘날의 사회문화적 상황은 고급예술과 대중예술의 경계를 해체하고 있다. 고급예술과 대중예술의 구분은 향수자의 계층적 구분을 전제로 한다. 그런데 오늘날 문화의 계층적 기반은 상실되었다. 다시 말해 사회 계층과 문화적 스타일의 상관성은 붕괴되었다. 그리고 사회적 지위나 지식 정도에 따른 심미적 취향과 예술 감상능력의 차이도 없어졌다. 대학교수나 의사가 주현미의 노래를 좋아할 수도 있고, 노동자들이 베토벤을 좋아할 수도 있다. 특수계층만이 향수하는 예술이란 더 이상 존재하지 않는다. 뿐만 아니라 현대의 모든 예술은 상품화되어 있다. 그것은 일반 소비재와 마찬가지로 대중들의 구매를 호소한다. 다시 말해 현대 예술의 존재는 대중들의 구매력에 의존하기 때문에, 대중들로부터 외면당하는 예술은 존재를 위협받는다. 이런 점들을 고려할 때, 오늘날의 모든 예술은 다 대중 예술이라고 할 수 있다(현대사회의 문화적 조건에 대한 논의는 다니엘 벨, 『자본주의의 문화적 모순』, 김진욱 옮김, 문학세계사, 1990. 제1부 참조). 이제 대중적 친화력의 문제는 예술의 민주화를 위해 필요한 것이라기보다는 예술의 생존을 위해 필요한 것이 되었다. 이제 예술은 고독한 고성(古城)의 망루로부터 속세로 내려와 스스로 세일즈맨이 되어 대중 속으로 침투해 들어가야만 살아남을 수 있다.

1-3 그렇다면 소설은 어떻게 대중성을 확보할 것인가? 아놀드 하우저는 예술의 민주화를 위하여 변화해야 할 것은 예술 자체가 아니라 대중의 취향이라고 말한다. 그는 〈우리의 과제는 다수 대중의 현재 시야에 맞게 예술을 제약할 것이 아니라 대중의 시야를 될 수

있는 한 넓히는 일이다. 참된 예술 이해의 길은 교육을 통한 길이다. 소수에 의한 항구적 예술 독점을 방지하는 방법은 폭력적인 예술의 단순화가 아니라 예술적 판단 능력을 기르고 훈련하는 데 있다〉라고 결론짓는다(아놀드 하우저, 『문학과 예술의 사회사』, 백낙청 염무웅 역, 근대편, 260쪽). 대중들의 속된 취향과 저급한 심미능력을 개선하는 것이 좋은 예술의 대중화 방안이라는 생각은 전적으로 타당하다. 소설에 국한시켜서 생각해 본다면, 대중의 소설 감상 능력을 키우는 것이 소설의 대중화 방안이라는 말이 된다. 그러나 재미 없는 소설을 대중이 스스로 즐겨 찾을 때까지 기다리고만 있으면 문제는 해결될 것인가? 그리고 오늘날 대중들이 오락과 레러 영화 등등의 수많은 대중적 즐거움을 버려두고 스스로 찾아오기를 기다릴 만큼 당당한 의미와 가치를 지니고 있는 소설이 몇 편이나 있을 것인가? 뿐만 아니라 현재 문예지에 실리고 있는 몇몇 소설들이 인기 드라마 「야망의 세월」보다 월등 우월한 예술작품이라고 자신할 수 있는가? 우리는 대중들의 문학적 감수성이 보다 고상하고 세련되기를 희망하지만 동시에 소설 스스로 노력하여 대중 속으로 들어가야 할 필요를 느낀다.

우리 문학사에서 대중화문제는 이미 60여 년 전에 심각하게 제기된 적이 있다. 팔봉 김기진은 〈우리들의 예술운동에 있어서 무엇보다 긴요한 문제는 우리들의 예술을 여하히 하면 노동 대중 속에서 성장시킬 수 있는가 하는 문제이다〉라고 지적하고 〈대중이 읽는 것은 통속소설이므로 프롤레타리아 작가도 보통인의 견문과 지식 범위 내에서 소재를 가지고 통속소설을 짓되 보통인의 사상과 감정에 영합하지 않고 마르크스주의적 사상과 프롤레타리아 의식을 이 통속소설이라는 용기 속에 담아야 한다〉고 주장한다(『팔봉전집』 제I권, 문학과지성사, 160-162쪽). 그는 당시의 통속소설의 요소를 보통인의 견문과 지식의 범위, 보통인의 감정, 보통인의 사상, 보통인의 문장에 대한 취미 등으로 자세히 분석하고, 그 요소들을 적극적으로 수용하는 방안을 마련하였다. 예를 들면 〈부귀 공명 연애와 여기서 생기는 갈등〉의 소재를 적극 활용한다거나 문장이 평이하면서도 화려해야 한다는 것 등이 그것이다. 팔봉의 이러한 견해는 물론 당시 프롤레타리아 운동의 발전과정과 〈극도로 곤란한 객관 정세〉 속에서 임시적으로 취해진 한 방편에 불과하지만, 그래도 통속소설의 요소를 적극 받아들이고자 한 그의 생각은 흥미롭다. 지금 우리는 팔봉과는 다른 목적과 차원에서 소설의 대중화 문제를 거론하고 있지만, 대중을 매료하는 통속소설의 요소를 분석하고 그것을 어떻게 수용하여 소설의 대중화를 이룰 것인가를 고민한 그의 태도는 시사하는 바 크다.

소설의 대중화문제를 거론함에 있어서, 팔봉의 이러한 태도는 통속소설을 무조건 혐오하는 태도보다 한결 유연한 것으로 생각된다. 가령 권영민은 「대중문화의 확대와 소설의 통속화 문제」라는 글에서, 소설은 본질적으로 대중적이기 때문에 소설에 있어서의 대중성은 긍정적으로 인식되어야 한다고 주장한다. 그러면서 그는 대중성과 통속성을 엄격히 구분하여 통속적 변질을 단호히 비난한다. 인물과 상황의 예외성, 언어의 감각화와 비속화, 소재의 신기성 등이 그가 지적하는 통속성의 내포이다. 그는 이러한 분석을 통하여 〈결국 소설은 한 인간의 살아가는 이야기를 놓고 그 삶의 문제성을 보편화, 일상화, 전체화하는 가운데에서 본격적인 대중적 의미를 획득한다. 반대로 특수화, 예외화, 개별화의 과정에 빠져들면 통속성에 치우칠 위험을 갖게 된다〉고 결론짓는다(권영민, 「대중문화의 확대와 소설의 통속화 문제」, 『한국민족문학론연구』, 민음사, 1988, 504-513쪽). 그러나 이러한 생각은 논리적으로는 타당할지 모르나, 현실성이 약하다고 생각된다. 오늘날 소설의 대중화를 기대하면서 통속성을 완전히 부정하고 또 대중성과 통속성을 대립되는 의미로 설정할 수 있을는지 의문이다. 대중성과 통속성을 구분하고 싶은 것이 우리의 바램이지만, 실제적으로 그 둘은 복잡하게 얽혀 있다고 생각된다. 통속화의 영역을 전혀 밟지 않고 대중화의 길을 갈 수 있다면 좋겠지만 그것은 쉬운 일이 아니다. 현실적으로 대중화로 가는 길은 통속화의 길목을 지나치지 않을 수 없을 것이다. 우리는 피할 수 없는 길을 외면할 것이 아니라 그 길을 밟되 지혜롭게 밟는 방법을 생각해 보아야 할 것이다.

한편, 최근에는 민중문학 진영에서 문학의 대중화를 문제삼고 있다. 이들은 자본주의적, 상업적, 서구적 문화를 거부하고 기층민중들의 심성과 정서와 체험에 어울리는 문화를 생산하여 기층민중들이 주체적으로 즐길 수 있도록 하자는 의도를 내세운다. 그러나 이런 의도 아래서 생산된 작품들이 대중성의 획득에 성공한 것 같지는 않다. 가령 전통적 민중정서에 입각하여 제작하였다는 민요시나 굿시, 이야기시 또는 일부 소설들이 과연 그 의도대로 대중들의 호응을 얻은 것 같지는 않다. 이들은 대중의 성격을 너무 주관적이고 이상적으로 파악하고 거기에 입각하여 논리를 세웠다는 비판을 면하기 어렵다. 이들에 비하여 팔봉은 적어도 대중들의 성격을 냉정하게 파악하였던 것 같다. 우리가 소설의 대중화 문제를 거론할려면 통속성을 무조건 외면하거나 대중의 성격을 자의적으로 생각해서는 안 되고, 오늘날 변화된 사회문화적 상황과 대중의 성격을 신중하게 생각해 보아야 할 것 같다.

I-4 통속소설의 수법을 차용하고자 한 팔봉의 대중문학론은 당시의 상황을 극복하기 위한 임시방편이었고 작전상 후퇴였다. 즉 그 단순한 처방은 문예운동의 전략이었지 바람직한 문학의 미래에 대한 탐구는 아니었다. 그러나 우리는 문학의 미래를 위하여 대중성을 문제삼고 있다. 문학의 대중화에 관한 팔봉의 유연한 태도와 현실감각은 우리에게 시사하는 바 적지 않지만, 통속소설의 용기를 잠시 빌려쓰는 것이 진정한 문학의 대중화가 아님은 말할 나위도 없다. 우리가 주목하고 싶은 것은, 상투적 통속소설이 아니면서도 널리

대중의 관심을 끌고 있는 작품들이다. 외국작품을 예로 들어본다면, 가령 밀란 쿤데라의 『참을 수 없는 존재의 가벼움』이나 무라카미 하루키의 『노르웨이의 숲』 같은 것들이다. 이런 소설들이 독자를 매료시키는 힘은 무엇일까? 다시 말해 오늘날의 독서대중들은 이런 소설들의 어떤 면에 심취하는 것일까? 이러한 물음은 위의 두 작품이 왜 좋은 소설인가 또는 어떤 가치가 있는가 하는 물음과는 다소 성격이 다르다. 그것은 대중적 친화성의 조건에 대한 물음이다. 그것은 근본적인 물음이 아닐지라도, 독자들로 외면받는 소중소설들이 심각하게 생각해 보아야 할 물음이라고 생각된다. 그리하여 그 대중적 친화성의 조건 속에 약간의 통속성이 만일 있다면 그것까지도 창조적으로 수용할 수 있는 유연한 자세가 필요하다고 본다.

2

2-1 이 문제와 관련하여, 근래 나온 우리 소설 중에서도 주목할 만한 작품이 두 편 있다. 이은성의 『소설 동의보감』과 김윤희의 『잃어버린 너』이다. 필자는 이 두 작품에 대해서 좋지 못한 선입견을 지니고 있었다. 전자에 대해서는 『소설 손자병법』이나 『소설 영웅문』과 비슷한 류의 작품이고 그와 비슷한 이유로 대중적 인기를 얻고 있다고 생각하였다. 그리고 후자에 대해서는, 그것이 〈장편체험소설〉이란 관형어를 달고 있었고(감성소설, 청춘소설 등과 같이 그것은 여성지적 통속성의 느낌을 준다), 필자도 전문 문인이 아니며 애절한 사랑에 대한 실화라기에 읽으나마나 뻔할 것이라고 생각했다. 그런데 이 두 작품에 대하여 여러 사람들의 질문을 받고 나서 나의 생각은 달라졌다. 『소설 동의보감』에 대해서는, 비교적 문학적 안목이 있고 또 지적 수준이 높다고 생각되는 사람들로부터 〈정말 책을 손에서 뗄 수가 없을 만큼 재미있었다. 이 소설은 문단에서 어떤

평가를 받고 있나?)하는 질문을 받았다. 또 『잃어버린 너』에 대해서는, 한 여류소설가로부터 〈친구의 소개로 『잃어버린 너』라는 소설을 읽어보았다. 손수건으로 눈물을 흠뻑 적시며 정신없이 읽었는데, 감동적이었다. 그러나 감동적이긴 했지만 그런 소설도 좋은 소설이라 할 수 있는지 어떤지 잘 모르겠다. 이 작품을 어떻게 생각해야 하나?)라는 질문을 받았다. 문학분야의 베스트셀러는 대개 사춘기적 사랑주의나 영원주의에 의해 만들어진다. 즉 문학과 인생에 대하여 다소 감상적인 생각을 지니고 있는 젊은 독자층이 베스트셀러의 독자층이라고 할 수 있다. 그런데 위의 두 작품은 이러한 독자층의 한계를 넘어서고 있음이 우선 주목된다. 『소설 동의보감』의 경우 온 집안 식구가 두루 돌려 읽었다고 했고, 『잃어버린 너』의 경우 중년의 어머니와 고등학교 다니는 딸이 함께 울면서 읽었다고 했다. 젊은 독자와 나이든 독자 그리고 지식층의 독자와 일반 독자를 두루 만족시키고 있다면 그것은 주목할 만한 가치가 있을 것 같았다. 더구나 요즘과 같이 소설 읽기의 괴로움에 시달리고 있는 상황에서, 광범위한 대중적 친화력을 발휘하고 있는 작품이라면 일단 진지하게 검토해 보는 것이 비평의 책무이기도 할 것이다.

2-2 이은성의 『소설 동의보감』은 조선시대의 명의(名醫) 허준의 생애를 소재로 한 미완의 소설이다. 1975년 방영되었던 텔레비젼 드라마 「집념」의 대본이 이 소설의 모태이며, 「집념」은 시청자의 인기를 등에 업고 영화화되기도 하였다. 그후, 이 드라마의 소설화는 〈근 10년 가까운 되새김질 끝에 1984년 11월 11일부터 《일요건강》에 『소설 동의보감』으로 연재를 시작하면서——드디어 물꼬를 트기 시작하였다(이진섭의 발문).

이처럼 오랫동안의 집념에 의해 창작된 이 소설은 과연 필자에게도 소설 읽기의 재미를 느끼게 해주었다. 그러나 훌륭한 소설로 보기에는 너무나 많은 결점이 있는 것 같다. 우선 사건의 전개가 자연스럽지 못하다. 우연적이고 작위적인 인상을 주는 대목들이 적지 않다. 가령 허준이 다회를 만나게 되는 계기도 그러하고 또 허준이 중풍환자를 고쳤다고 해서 널리 명성을 얻게 되는데, 의료경험도 부족한 그가 그만한 일로 전국적으로 유명해진 일도 그러하며 또 김병준의 치료를 둘러싼 양예수와의 대결도 억지스럽다. 그리고 버들골의 환자들을 치료하느라 내의원 취재시험을 못보게 되는 이야기도 개연성에 무리가 많다. 이런 예들은 무수하다. 그런데 이와 같은 사건전개의 무리함은 두 가지 면에서 약간 보상받는다. 하나는 긴장감의 고조이다. 작가는 독자들의 긴장감을 고조시키기 위하여 무리하게 상황을 설정하고 또 진행시킨다. 양예수와의 정면대결이나 취재시험차 상경 도중에 벌어지는 일들은 극적 긴장감으로 가득 차 있다. 독자들은 과연 허준이 김병준의 병을 사흘 안에 치유할 수 있을 것인지, 또 허준이 내의원 취재의 일정에 늦지 않게 도착할 수 있을 것인지 안타까워한다. 작가는 우여곡절을 자꾸만 만들어내어 그러한 독자들의 안타까움을 더욱 북돋운다. 이것은 흥미본위 소설의 상투적 수법이다. 작가 이은성은 이 수법을 비교적 능란하게 사용하여, 거기에 따르는 사건전개의 무리함을 은폐시키고 있는 것으로 보인다. 다른 하나는 흥미유발이다. 작가는 수집한 자료들 중에서 독자들의 흥미를 유발할 만한 것을 소설 속에 포함시키기 위하여 억지로 상황을 설정한다. 가령 허준이 스승으로부터 파문을 당하고 낙망하여 집을 떠나는데 도중에서 산삼을 발견한다. 그리고 기뻐하며 집으로 돌아오다가 다른 약초꾼들에게 탈취를 당한다. 이 에피소드는 그 자체로서 사실성이 없으며, 또한 소설구성에 있어서 무리한 삽입이다. 그러나 독자들은 산삼에 대한 호기심으로 인하여 흥미를 느끼게 된다. 그리하여 상황설정의 억지스러움 자체는 다소 감추어지게 된다.

이 작품의 또다른 결점은 시대적, 사회적 원근법을 지니고 있지 못하다는 점이다. 이 작품은 허준이라는 인물을 내세워 표면상으로는 민족정신과 민중정신을 내세운다. 신분차별의 억울함이 수시로 호소되고, 당대의 구조적 모순도 지적되며, 민족정신도 강조된다. 그러나 그것들은 대개 좁고 단순하고 상투적인 시각 속에서 이루어진다. 모든 사회적 문제가 한 개인의 기구한 일생에 작용하는 배경일 뿐, 개인적인 문제로 축소되어 버리거나 독자들의 심정적 동의에 호소하는 규격화된 문제제기에 그친다. 일견 보기에 여러 가지 사회적 세력들이 다양하게 얽혀 있는 복잡한 상황 같지만, 그 복잡함은 세상 이해의 복잡함이라기보다는 사건 얽힘의 복잡함에 머물고 있다고 보인다. 사건을 전개시키는 힘 역시 상황의 갈등에서 나오는 것이 아니라 개인의 기구한 운명과 집념에서 나오고 있다. 그리하여 우리가 이 작품에서 보는 것은 한 예외적 개인의 삶이지, 시대의 문제에 연루되어 있거나 혹은 삶 자체를 근원적으로 문제삼는 보편적 삶은 아닌 듯하다.

또 한 가지 더 지적해 본다면, 그것은 성격의 비사실성이다. 흥미로운 많은 등장인물들이 나오는데, 그들은 대개 선과 악이라는 이분법으로 유형화되어 있다. 한편에 유의태와 허준, 다희, 미사, 손씨가 있다면 그 반대편에 양예수, 도지, 임오근, 오씨 등이 있다. 보기에 따라서는 이민세와 안광익이란 인물이 개성적 성격으로 보일 수도 있다. 그러나 그 성격은 작가에 의해서 일방적으로 부여받을 뿐, 그들의 말과 행동 속에 자연스럽게 배어 있지는 못한 것 같다. 그리고 그 개성이란 것도 낭만적 과장으로 포장된 것이라는 혐의가 짙다. 허준을 비롯하여 유의태, 이민세, 안광익, 미사 등의 인물들은 너무 미화되어 있어서 사실성이 약하다. 특히 주인공 허준의 경우, 성격의 일관성에 문제가 있는 것이 아닌가 한다. 어떤 때에는 매우 사려깊고 끈질긴 모습을 보여주다가, 또 어떤 때는 매우 신경질적이고 경박한 모습을 보여준다. 그리고 허준의 집념이 무엇을 향한 것인지 초점이 분명치 않다. 훌륭한 의술 그 자체인지, 박애정신의 실현인지, 신분의 극복인지, 인간적인 성취욕 그 자체인지 감이 잘 잡히지 않는다. 예를 들어 전반부의 진행으로 보아 허준이 내의원 의원을 마다하고 민중들에 대한 봉사에 생애를 바치게 될 것 같은데, 후반부에 허준은 내의원에서 벼슬을 한다. 그리고 삼적사에서 문둥이를 일 년 간 보살펴달라는 이민세의 부탁을 거절하는 것과 다른 곳에서의 허준의 희생적 봉사행위는 일관성이 결여된 것 같다. 허준이란 인물의 경우, 작가의 허구화와 실제 허준의 행적 사이에서 오는 괴리를 잘 조정하지 못했기 때문에 그런 경향이 보다 심해졌다고 짐작된다.

2-3 위에서 지적한 세 가지 결점 이외에도 『소설 동의보감』을 좋은 소설이라고 말하기 어려운 여러 가지 흠이 있다. 억지스러운 감정의 분출과 호소, 사건진행에 있어서 완급의 불균형, 구성상 불필요한 부분의 개입 등등이 그것이다. 그러나 『소설 동의보감』은 이와 같은 결점에도 불구하고 나름대로 미덕을 갖춘 작품이다. 그것은 앞서 말한, 다양한 독자층을 두루 만족시키는 소설적 재미이다. 우리는 이 소설적 재미를 통속적이라고 매도해 버릴 수는 없다. 허준에 대한 미사의 흠모 등 다분히 통속적 요소가 있긴 하지만, 이 소설의 수준은 일반적인 통속소설을 훨씬 넘어선다.

우리가 주목하는 이 소설의 미덕인 소설적 재미는 어디서 오는 것일까? 그것은 앞의 분석에서 이미 암시되어 있다. 우여곡절이 많고, 기구하고, 극적인 사건전개가 그 하나이고, 낭만적 과장으로 포장된 인물들의 성격이 다른 하나이다. 작가 이은성은 소위 드라마 작가였기 때문에 극적인 긴장을 고조시키고 또 흥미를 유발시키는 방법을 잘 알고 있었던 것 같다. 유의태와 양예수가 구침지회로 대결하는 대목을 예로 들어 살펴보면, 아홉 개의 바늘을 차례차례 닭의 몸 속으로 찔러넣는 과정의 묘사는 독자들의 긴장감을 불러일으키기에 충분할 만큼 잘 계산되어 있다. 작가는 상당히 속도감 있게 사건을 진행시키다가도 일단, 서스펜스의 소재가 있으면 그 갈등의 해소를 계속적으로 지연시키면서 독자를 유인한다. 상황설정 자체가 좀 무리있다 하더라도 작가의 능란한 솜씨는 독자로 하여금 객관적 거리를 상실하고 그 대결의 긴장 속으로 빠져들게 한다. 그리고 낭만적 과장으로 포장된 인물들, 특히 유의태, 이민세, 안광익 등등은 그 자체로서 상당한 흥미거리가 된다. 물론 무리하고 결점이 많은 성격창조이지만, 이런 특수한 인간형을 다양하게 구상해 낸 작가의 소설적 상상력은 존중해 주어야 할 것이다.

그런데 『소설 동의보감』의 소설적 재미를 보장하는 이런 두 가지 요소보다 더 중요하고 근본적이라 생각되는 요소가 있다. 그것은 이 작품의 소재가 되고 있는 동양 의학에 대한 해박한 지식과 옛 의술세계의 비담(秘談)들에 대한 풍부한 자료수집이다. 이 작품 속에 전통적인 의술과 약초 그리고 그에 얽힌 설화 및 야담들뿐만 아니라 역사적 지식까지 얼마나 많은 것들이 들어 있는지는 일일이 설명할 필요가 없다. 그것은 책을 펼치면 어디에든 있다. 그 지식들이 세세한 면까지 정확한 것인가는 알 수 없지만, 일단 풍성하게 펼쳐져 있는 옛 의술의 세계에 대한 지식은 독자를 압도하기에 충분하다. 아마도 10년이 훨씬 넘는 집필기간 중 거의 대부분은 자료수집에 충당되었으리라 짐작된다. 『소설 동의보감』의 생명은 바로 이와 같은 풍부한 자료수집에 있다고 생각된다. 소재 자체에 대한 남다른 체험의 풍부함(이 경우에는 옛 의술세계에 대한 지식이 간접적인 체험이 되는 셈이다)이 없으면 좋은 소설을 쓸 수가 없다. 그것이 좋은 소설의 충분조건은 아닐지라도 필요조건인 것만은 분명하다. 소설의 실감과 흥미는 일단 그 조건에 근거하기 때문이다. 더구나 전통적인 의술세계에 대한 대중들의 호기심은 매우 높은 편이다. 현재 우리 사회에서는 동양적 비의(秘義)의 세계에 대한 일반인들의 관심이 고조되어 있다. 선(禪)의 세계나 풍수지리설에 대한 책들이 크게 인기를 끌고 있음이 그를 증명한다. 『소설 동의보감』의 지식 역시 대중들의 그러한 관심에 부응하는 것이라 할 수 있다. 대중들의 관심을 끌 수 있는 소재를 택하여 그에 대한 풍부한 자료수집을 했다는 것, 이것이야말로 『소설 동의보감』이 일정한 소설적 수준을 유지하면서도 광범위한 대중성을 획득한 가장 중요한 이유일 것이다.

2-4 『잃어버린 너』는 실화라고 한다. 이 작품이 지은이 김윤희의 실제 삶을 기록한 것이라 하지만, 한 편의 소설로서 수용하는 데 전혀 무리가 없다. 이 글은 소설로서의 요건을 충분히 갖추고 있고, 그러므로 실제 이야기가 어느 정도 변형되었는가 하는 따위는 전혀 문제가 되지 않는다. 우리가 한 편의 글을 실화로서 읽는다면 그 실제성이 문제가 된다. 그러나 우리가 한 편의 글을 소설로서 읽는다면 그 개연성이 가장 중요한 문제이다. 『잃어버린 너』는 개연성이 있는, 독립된 의미공간을 갖추고 있다. 따라서 당연히 소설적 분석의 대상이 될 수 있다고 본다.

이 작품은 아주 단순한 사랑이야기이다. 그러면서 아주 비범한 사랑이야기이다. 반신불수가 되어버린 약혼자를 평생 뒷바라지하며 사랑한다는 것이 그 내용이다. 주위 사람들의 반대에도 불구하고, 또 주위 사람들에게 비밀로 하면서 반신불구가 된 남자를 사랑하는 여자의 삶, 그 기구함과 애절함이 소설적 감동의 주조를 이룬다. 이 작품의 시야는 매우 좁다. 여기에는 한 여자의 개인적인 삶만이 조명 아래 있고, 다른 모든 것들은 어두움 속에 잠겨 있어 소설에 드러나지 않는다. 즉 모든 문제와 갈등은 언제나 개인적 사랑의 차원에서 머물러 있고, 삶의 질곡은 좁은 의미의 운명에만 관련되어 있다. 무대 위에서는 여주인공의 비사회적 성격과 백치적 순수성이 운명과 싸우고 있을 따름이다. 그리하여 이 소설은 세상살이의 이러저러한 지형이나 사회적 현실의 가파름 또는 사랑과 인생의 본질에 대한 통찰을 드러내는 바가 없다. 어떻게 보면 이 소설은 지극히 예외적이고 또 이기적인 사랑의 기록인지 모른다. 여주인공이 광적으로 한 남자를 사랑한다는 이야기만 있을 뿐 다른 이야기는 아무것도 없다. 소설의 진행은 마치 마각에 쌓인 듯 좁은 시야에 갑갑하게 갇혀 있다. 문학이란 것이 보편적인 삶의 문제를 다루고 사회와 인생에 대한 인식의 지평을 넓혀주는 것이라면, 이 소설은 어떤 의의를 지닐 수 있을 것인지 의심하지 않을 수 없다.

그러나 달리 생각하면, 기구한 운명과 싸우면서 예외적인 행복을 찾아가는 한 여인의 집요한 삶은, 인생·행복·사랑·운명 등에 대한 근원적 물음을 제기한다고 볼 수도 있다. 여주인공은 세상사람들과는 다른 차원에서 행복과 사랑을 추구하였다. 그녀는 상식을 벗어난 삶을 살았지만 행복할 수 있었고, 그녀의 그 행복감은 그럴 수도 있겠다는 느낌을 준다. 그 예외적인 인생은 세상사람들의 상식적인 행복관과 사랑관을 되비추는 거울의 역할을 한다. 그래서 우리는 이 소설에서 사랑과 행복의 본질에 대한 반성적 인식이라는 의의를 찾을 수 있을는지 모른다.

그렇지만 그 반성적 인식이라는 것도, 다른 모든 상황은 어둠 속에 버려두고 개인적 삶만을 조명하여서는 깊이 있게 추구될 수 없는 것이다. 가령 한 사람이 속세에 염증을 느껴 사람이 살지 않는 깊은 산속에 들어가 갖은 고생을 하였지만 결국 행복했다는 이야기만으로는 행복의 의미탐구가 깊이 있게 이루어질 수 없음과 마찬가지다. 사람과 사람 사이에서, 사람과 사회 사이에서, 그 복잡하고 미묘한 관계 속에서 탐구되고 반성되는 행복의 의미라야 소설적 가치가 있을 것이다. 이런 점에서 『잃어버린 너』는 근본적인 한계를 지닌 소설이라고 말할 수밖에 없다.

2-5 다시 한번, 역접 접속사를 써야만 하겠다. 그러나, 이런 한계에도 불구하고 이 작품은 감동적이다. 이 소설의 대중적 친화력은 흥미진진함에서 오는 것이 아니라 소박한 감동의 힘으로부터 온다.

운명의 기구한 힘과 그것을 버텨내는 한 여인의 사랑에의 집념이라는 이야기 자체가 우선 감동적이다. 또 그것은 극적이기도 하다.

행복한 두 남녀의 만남, 순수한 사랑, 남자의 교통사고와 죽음, 다시 반신불수가 되어 나타난 남자, 남자집의 갑작스런 몰락, 원치 않던 결혼의 터무니없는 실패, 그리고 죽음이라는 영원한 이별 등등 극적인 요소가 충만한 스토리이다. 그리고 전문 문인이 아니라 하지만, 이러한 스토리를 풀어내는 지은이의 서술능력도 수준급이다. 물론 실화이어서 그러하겠지만 사건의 무리한 진행도 없고 억지스러운 상황설정도 없다. 모든 상황의 전개가 뜻밖이지만 언제나 개연성을 확보하고 있다. 문장도 차분하게 안정되어 있고, 추상적 감정의 묘사도 뛰어나며, 때로는 극적인 반전을 위하여 냉정하게 시치미를 뗄 줄도 안다. 곳곳에 삽입된 시들의 적절함은 지은이의 문학적 감각을 확인시켜 주기도 한다. 그리고 무엇보다도 그 문체에서 내면적 고통을 오래 인고(忍苦)한 자의 겸손하고 깊고 쓸쓸한 마음결이 느껴진다. 극적인 요소가 충만하고 감동적인 스토리를 호소력 있는 문체로 서술한 것이라면 그것으로 좋은 소설의 조건을 일단 갖춘 셈이다.

그런데 이 소설이 어설프고 통속적인 이야기로 전락하지 않고서 감동과 실감 그리고 대중적 친화력을 유지하게 된 보다 중요한 요소가 있다. 그것은 디테일의 풍부함과 적절함이다. 가령 터무니없는 결혼생활과 시집식구들에 대한 묘사를 생각해 볼 수 있다. 한 장면을 예로 들어보자.

마지못해 방을 나간 아이는 두서너 번 오갈 시간이 됐는데도 들어오지 않았다. 찻잔을 들고 나가자 지연인 그의 방문 앞에서 문을 열지 못하고 눈물만 훌쩍거렸다. 내가 너무 어려운 부탁을 한 것 같아 갑자기 미안한 생각이 들었다.

문을 열고 들어서며 그 사람에게 말했다.

『차 드세요.』

그 사람은 TV와 0.5미터도 안 되는 거리에 바싹 달라붙어서 심각한 표정을 짓고 있었다. TV에서는 곱상하게 생긴 여자가 가까운 사이인 듯한 남자 앞에서 훌쩍거리며 무어라고 말을 하고 있었다. 남자의 표정은 아주 곤혹스러운 듯하면서도 여자의 눈물을 즐기고 있는 것처럼 보였다. 남자의 야비스러움보다도 여자의 울음이 역겹게 느껴졌다.

『차 식어요』

『——』

(자기가 연출이라도 했나?)

『커피 식는다니까요?』

조금 큰 소리로 말하였다. 화면 속의 남자가 여자에게 뭐라고 말을 하자 울고 있던 여자는 갑자기 화난 얼굴로 고개를 들었다.

『시끄러워——. 거기다 놓고 나가!』

그의 말과 동시에 화면이 바뀌면서 광고가 시작되었다.

『에잇——. 마지막에 뭐라고 그러는지 못 들었잖아.』

남자 주인공의 대사를 놓친 것이 그렇게도 속이 상한지 얼굴을 찌푸렸다. 웃음이 나왔다.

『그게 그렇게도 재미있어요?』

『재미있으니까 보는 거 아냐, 왜』

얼른 방을 나와 버렸다.

이 간단한 장면 속에는 결혼생활의 분위기, 그리고 인물들의 성격이 명료하게 제시되어 있다. 자기 딸조차도 사랑하지 않는, 시시한 연속극에 심취하는 남자의 이상인격과 천박함, 그런 분위기 속에서 눈치살이를 하는 지연의 자폐적 성격, 화자의 불편한 심사와 남편에 대한 경멸감 등등 상황과 인물에 대한 많은 정보가 자연스럽게 내포되어 있다. 연속극의 내용조차도 화자의 심리를 섬세하게 반영한다. 몇 마디 되지 않는 대사도 아주 적절하다. 이러한 장면은 일견 평범해 보이지만, 매우 세련된 소설공간이라고 말할 수 있다. 『잃어버린 너』에 나오는 거의 모든 장면과 감정의 묘사는 그 디테일의 풍부함과 적절함에 있어서 부족함이 없다. 얼핏 보면 묘사의 밀도가 떨어지는 것처럼 보이지만, 상황적, 심리적 정황을 드러내는 데 있어야 할 것은 있을 곳에 다 있다. 그리하여 높은 수준의 실감을 얻고 있다. 무엇이 이것을 가능케 하였을까? 아마도 체험의 풍부함이 그것을 가능케 하였을 것이다. 이 작품 속의 사건과 감정들은 지은이가 삶을 다 바쳐 뼈저리게 체험한 것들이다. 지은이가 너무도 절실하게 체험한 것들이므로, 뿐만 아니라 두고두고 반추한 기억들이므로, 어떤 상상의 공간보다 실감나는 묘사가 가능하였을 것이다. 더구나 그 많은 일들을 가까운 사람들에게조차 숨기고 살다 보니 자연히 내면적 깊이를 얻으면서 정리될 수 있었을 것이다. 이 소설이 근본적인 한계를 지닌 채로 읽을 만한 것이 되는 까닭은 바로 이것이 아닐까 한다. 『잃어버린 너』의 소설적 수준과 감동 그리고 대중적 친화력을 가능케 한 가장 중요한 요소는 역시 절실하고 풍부한 체험이라고 말할 수 있다.

3

이상에서 분석해 본 대로, 『소설 동의보감』과 『잃어버린 너』는 결함이 많은 작품이다. 그러나 나름대로의 미덕도 지니고 있어, 가벼이 무시해 버릴 작품은 아니다. 그것들은 일정한 수준을 유지하면서도 광범위한 대중적 친화력을 지니고 있다는 점에서 비평적 관심의 대상이 될 만하다. 특히 요즘 소설계의 상황과 연관하여 상대적으로 생각해 본다면, 의미도 재미도 없어 전혀 읽히지도 않는 순수소설들보다 오히려 주목할 만한 가치가 있다 해야 할 것이다. 그리고 그런 소중소설들이 대중적 친화력을 얻기 위해서 이러한 작품들로부터 배워야 할 점도 있는 것 같다. 처음부터 우리의 주요 관심사는 바로 이 점이었다. 그것은 무엇인가?

우선 독자들의 흥미를 끌 수 있는 스토리와 극적 긴장을 유지시키는 구성력이다. 물론 독자들의 속된 취향에 영합하여서는 안 되겠지만, 작가의 소설적 의도가 훼손되지 않는 한에서 작가는 스토리와 구성력에 대해서 많은 배려를 해야 할 것이다. 이것은 달리 말하면 독자에 대한 배려이다. 소비자의 요구와 취향을 전혀 무시하는 상품은 널리 인기를 얻을 수 없음은 당연하다. 오늘날 작가들은 소설의 품질뿐만 아니라 그 상품성에 대해서도 고려를 하여야 한다. 그런데 이 점은 일종의 기교일 뿐, 근본적인 중요성을 갖는 것은 아니다. 『소설 동의보감』과 『잃어버린 너』에서 우리가 취해야 할 보다 중요한 점이 있다. 그것은 소재에 대한 남다른 체험의 밀도와 양이다.

『소설 동의보감』의 경우 동양 의술과 그 주변에 대한 해박한 지식이 그 작품의 생명이었고, 『잃어버린 너』의 경우 삶을 송두리째 바친 절실한 사랑체험이 그 생명이었다. 결국 작품의 소재에 대해서 작가가 얼마나 많이 그리고 세세하고 알고 있느냐(체험하였느냐)가 문제가 된다. 『소설 동의보감』의 작가는 10년 이상을 자료수집하며 그 세계에 대한 간접체험을 넓혔으며, 『잃어버린 너』의 지은이는 자신의 삶을 전부 바쳐서 그 체험을 하였다. 소설가에게 있어 체험이란 그 대부분이 자료수집이나 상상을 통한 간접체험이 되겠지만, 문제는 얼마만한 에너지가 투여된 체험이냐 하는 것이다. 독서든 여행이든, 상상과 추리든 직접체험이든 간에, 작가는 자기가 쓰고자 하는 소설의 세계에 대하여 남다른 체험의 풍부함을 지녀야 한다. 가령 관념소설을 쓰고자 한다면 그 관념의 세계에 대한 오랜 사색의 체험이 필요하다는 말이다. 이 넓은 의미의 체험의 풍부함이, 예사롭지 않은 소설적 의미를 낳고 독자를 유인하고 긴장시키며 소설적 실감을 만들어내는 조건이다. 빈약한 체험의 양을 가지고 재치를 부려 만든 작품에 독자들이 끌려가지는 않는다. 의외로 단순한 이 사실을 오늘날의 우리 작가들은 무시하고 있는 듯하다.

현재 우리 소설이 소중소설에서 긍정적 의미의 대중소설로 나아가야 함은 절대적 과제이다. 이 과제를 탐구함에 있어 『소설 동의보감』과 『잃어버린 너』는 소박하고 단순한, 그러나 중요한 두 가지 사실을 확인시켜 준다. 그 하나는 스토리 자체의 흥미와 극적 구성력에 대한 배려가 필요하다는 점이며, 그보다 중요한 다른 하나는 소재에 대한 남다른 체험의 풍부함이 있어야 된다는 점이다. 이때 체험이란 상상의 체험까지도 포함하는 넓은 의미의 체험이다. 이 체험의 풍부함은 좋은 소설을 위한 조건이면서 동시에 폭넓은 독자를 얻기 위한 조건이기도 하다. 물론 이것은 소설의 대중화문제에 관한 것으로서는 너무 원칙적이고 또 고상한 지적이다. 그리고 대중적 친화력을 지니고 있기는 하지만, 『소설 동의보감』이나 『잃어버린 너』가 그 대중성을 현대 독서대중들의 특징적 성격에 의존한 것이 아니다. 따라서 현대 대중사회의 문화적 성격과 연관된 시사점을 주지는 못하고 있는 것 같다. 오늘날 소설의 대중화문제를 다룸에 있어서 이점이 간과될 수는 없다. 현재의 우리 문학, 특히 소설은 대중성에로의 적극적 자기 개방이 있어야 할 것이다.

버림받고 지쳐빠진 왕(王)

1

　20세기를 몇 년 앞둔 오늘날, 세계는 급격한 변화의 모습을 보여
주는 것 같다. 동구 사회주의의 몰락이나 세계정세의 재편 또는 과
학기술 혁명이나 정보산업의 발달 등과 같은 거시적 관점에서의 변
화는 물론이고, 보통사람들의 사소한 일상생활 속에서도 알게 모르
게 커다란 변화가 진행되고 있는 것 같다. 그리고 이러한 세계의 변
화에 대응하여 우리가 지녔던 인식의 패러다임도 변화의 와중에 있
는 것이 아닌가 한다. 〈모던〉 대신에 〈포스트모던〉이란 개념이 설득
력을 얻고 있는 것은 당연하다. 우리는 〈신의 손이 인간 운명의 한
페이지를 넘기는〉, 그리하여 전혀 다른 세계로의 진입을 예감케 하
는 세기말의 징후를 외면하기 어렵다. 인류 역사에 있어서 백 년이
라는 시간단위에 의미를 둔다는 것은 부자연스런 생각이겠지만, 그
러나 19세기 말에 체험하였던 〈거대한 단절〉과 새로운 세계로의 전
환을 백 년이 지난 오늘날 다시 체험하고 있는 듯하다. 우리는 〈패
러다임의 총체적 전환기〉에 서 있음을 느낀다. 20세기에서 21세기에
로의 이전이 근원적이고 엄청난 변화를 수반하는 것이라면, 그 총
체적 전환에 대한 인식을 적극적으로 탐구하는 것은 필수적인 일이

다. 그것은 우리의 존재조건에 대한 새로운 인식일 뿐만 아니라, 우리의 존재 가능성에 대한 새로운 탐구이기 때문이다. 설사 미래사회가 인간의 의지와 노력과는 무관하게 전개되며 또 그것이 비극적인 것이라 하더라도, 그 전개의 양상과 성격을 제대로 인식한다는 것은 매우 중요한 일이다.

관심의 범위를 좁혀 문학의 경우만을 생각해 보더라도 사정은 다르지 않다. 우리 문학은 80년대 이후 급격한 해체현상을 보여주었다. 기존의 정통적 문학의 가치들이 공공연히 무시되거나 거부되었다. 적지않은 80년대 문학들은, 정통적 문학양식의 파괴가 역시 문학일 수 있음을 보여주었다. 그러니까 기존의 문학적 패러다임 또는 미학적 패러다임이 심각한 훼손을 입었다고 말할 수 있다. 그러나 그것을 대신할 수 있는 새로운 문학적 패러다임이나 미학적 패러다임은 아직 성립되어 있지 않다. 아마도 새로운 패러다임의 성립은 꽤 많은 시간을 필요로 할 것이다. 지금은 옛 패러다임과 새 패러다임의 전환기인 셈이다. 이렇게 생각하면, 최근 논란이 되고 있는 〈문학의 침체〉 또는 〈문학의 위기〉가 어느 정도 이해될 수 있다. 전환기의 문학은 성숙되고 세련된 미학적 바탕을 지니지 못하므로 거의 언제나 거칠고 어설프다. 그리고 삶과 세계에 대한 깊은 통찰을 보여주지도 않는다. 우리 문학사에서 19세기 말과 20세기 초에 나타났던 소위 신체시와 신소설을 그 예로 생각해 볼 수 있다. 신체시와 신소설은 매우 유치하고 조잡한 문학이었다. 그것은 우리 고전문학과 현대문학의 중간에 위치한, 전환기의 문학이었기에 그럴 수밖에 없었을 것이다. 오늘날 우리 문학의 상대적 침체현상도 그처럼 전환기와 상관해서 이해될 수 있다.

그리고 우리는 신체시와 신소설에서, 과거의 무엇이 무시되고 새로운 무엇이 추구되는가를 찾아볼 수 있다. 그곳에는 새로운 세기의 문학뿐만 아니라 사회적 성격의 징후가 암시되어 있는 것이다. 마찬가지로, 현재 우리 문학의 혼란스러움이 전환기적 상황에서 비롯된 것이라면, 그 혼란스러움 속에 내포되어 있는 새로운 징후를 읽어내고 그것을 우리의 인식에 등기시키는 것이 중요하다. 그 작업은, 현재 우리의 삶과 문화가 어디로 어떻게 흘러가고 있는가를 이해하기 위한 귀납적 모색의 일부분이기 때문이다. 이런 생각에서 필자는 근래 독특한 모습으로 독자들의 관심을 끌고 있는 네 편의 소설을 주목한다. 장정일의 『아담이 눈 뜰 때』, 하일지의 『경마장 가는 길』, 이인화의 『내가 누구라고 말할 수 있는 자는 누구인가』, 박일문의 『살아남은 자의 슬픔』이 그것이다. 이 네 편의 소설은, 형식이나 정서 또는 내용에 있어서 정통적인 소설문법을 대체로 무시하고 있는 것처럼 보인다. 어떻게 이해해야 좋을지 당혹스럽긴 하지만, 새롭고 외면하기 어려운 작품이라는 것이 일반독자들의 대체적인 독서 소감인 것 같다. 그리고 문단에서도 긍정적 평가와 부정적 평가가 교차하고 있으며, 때로는 포스트모더니즘 논쟁으로 또 때로는 표절과 혼성모방 논쟁으로 관심거리가 되었다.

그러나 이 소설들이 전환기의 문학임을 염두에 둔다면, 섣부른 긍정이나 부정의 태도는 별로 생산적이지 못하다. 그리고 〈포스트모더니즘이냐 아니냐〉라든가 〈표절이냐 혼성모방이냐〉 하는 물음 역시 생산적인 것이 아니다. 포스트모더니즘이란 개념 자체의 불확정성 때문에 어떤 작품을 포스트모더니즘으로 보느냐 마느냐 하는 것은 다분히 자의적이다. 그리고 어떤 작품이 포스트모더니즘이냐 아니냐 하는 문제는 전혀 중요하지 않다. 포스트모더니즘이란 딱지가 가치를 보증하는 것은 절대 아니다. 중요한 것은 언제나 작품의 진실성과 감동이다. 그리고 표절문제도 그러하다. 아무리 세련된 혼성모방이라도 그 결과가 새로운 의미의 탄생에 이르지 못하고 기교에 그친다면 그것은 세상을 혼잡하게 만드는 쓰레기에 불과하다. 그러나 표절이라 하더라도 그 결과가 새로운 감동과 진실의 영역을 확보한다면 그것은 바람직한 창조라 할 수 있다. 우리는 드보르작이 민속음악의 멜로디를 차용하여 그의 교향곡을 작곡한 데 대하여 문제삼지 않고, 피카소가 아프리카 공예품들로부터 아이디어를 얻어 그림을 그린 데 대해서 문제삼지 않는다. 표절문제는 표절된 것과 표절한 것 사이의 유사성만으로 논의되어서는 안 된다. 문제는 그 결과가 어떤 진실과 감동과 실감을 보여주는가에 있다. 따라서 우리는 이러한 소설들이 우선 〈현재 우리의 변화하는 삶에 충실하며 실감나는 것인가〉라는 물음에 솔직한 반응을 보여야 하며, 아울러 그 소설들이 보여주고 있는 새로운 면들의 성격과 의미를 따져봐야 할 것이다.

필자는 위에 언급한 네 편의 소설을 읽으면서, 각기 상이한 외양에도 불구하고 몇 가지 유사성을 공유하고 있음을 느꼈으며, 그것은 우리 문학과 사회의 새로운 징후일지도 모른다고 생각했다. 그중에서 특히 필자의 관심을 끈 것은 주인공들의 개인주의적 성격이다. 그런데 네 작품 모두 주인공과 작가와의 거리가 매우 가깝게 느껴진다. 이 점 때문에도 적지 않은 설왕설래가 있었던 것으로 알고 있다. 작중사건이 실제로 있었던 일인가, 주인공이 바로 작가 자신이 아닌가 하는 의문은 관심거리가 될 수도 있다. 그러나 그것은 대개의 경우 여성지적 흥미거리에 불과하다. 우리는 작품을 통하여 작가의 삶을 이해할 수가 있지만, 그럴 경우 매우 세련되고 조심스러운 작가론의 방법을 통해서이다. 일반적인 독서의 경우, 실제모델이 있건 없건 상관없이 소설이란 허구라는 사실을 명심할 필요가 있다. 따라서 이 글에서도, 주인공의 성격이 부정적이라는 지적이 작가의 성격이 부정적일 수 있다는 지적으로 유추되어서는 절대 안 된다.

2

먼저 박일문의 소설 『살아남은 자의 슬픔』에 등장하는 〈나〉의 삶과 성격에 대해 생각해 보자(이에 대해서는 『살아남은 자의 슬픔』에 대한 필자의 해설 「현실 없는 젊음의 치열한 현실」에서 언급한 바 있다. 따라서 이 부분은 그 글과 중복된다). 〈나〉는 홀어머니 밑에서 성장했다. 출가사문이었던 아버지는 처음부터 부재(不在)했다. 그리고 그 어머니는 〈나〉의 20대가 시작되는, 80년대 초입에 자살했다. 그러니까 〈나〉의 젊음은 가정의 완전한 해체 위에 놓여져 있다. 이러한 〈나〉의 입지(立地)가 시사하는 바는 흥미롭다.

80년대 초반 우리사회는 부권(父權)으로 상징되는 기성질서에의 격렬한 거부와 해체를 보여준다. 80년대 초반 젊은 세대들이 지녔던 의식의 핵은 〈부권에의 도전의식〉이라고 할 수 있다. 그리고 80년대 후반에는 부권이 거세된 무질서한 공간 속에서의 〈편모슬하(偏母膝下) 의식〉을 보여준다. 그것은, 세계의 질서를 뜻하는 신화를 가르쳐줄 아버지, 또는 성인 입문식을 집행해 줄 사제로서의 아버지가 부재하기 때문에 어머니의 품안에서 내내 어린아이로 남아 있는 세대의 의식이다. 그런데 이제 어머니마저 자살해 버리고 없다. 〈나〉에게는 가정 자체가 존재하지 않는다. 가정 혹은 가족이란 사회적 질서의 가장 기초적인 토대이다. 그것은 사회적 질서와 금기의 밑바탕이라고 할 수 있다. 그러므로 그것의 부재는 모든 사회적 질서와 금기로부터의 완전한 일탈이라고 할 수 있다. 『살아남은 자의 슬픔』에서 〈나〉는 어머니의 죽음에 대하여 슬퍼하지 않는다. 그는 어머니의 부재가 자신에게 완전한 자유를 주었다고 생각한다. 즉 그는 모든 사회적 관계나 책임으로부터 면제된 상태를 자유라고 생각한다. 여기서 우리는 사회적 관계 또는 타인과의 관계로부터의 완전한 일탈을 자유라고 여기는 극히 개인주의적인 의식을 읽을 수 있다.

〈나〉의 캐치프레이즈가 〈우리는 모든 가능성에 도전한다〉일 수 있는 것은 이러한 개인주의적 자유의식과 상관된다. 그것은 불굴의 진취적 기상을 지녔기 때문이라기보다는 모든 사회적 금기와 관계로부터 벗어나 있기 때문에 가능해지는 것이다. 〈나〉가 체험한 수많은 일들, 음악과 영화와 섹스와 이념과 출가와 그외 사소한 일상적 탐닉들은 젊음의 보편적 방황이라기보다는 모든 사회적 금기와 관계가 소멸된 개인주의적 자유의식의 발로라고 이해될 수 있다. 선택과 행위의 준거가 되는 것은 자신의 판단과 욕망일 뿐, 외적인 질서나 가치가 아니다. 〈나〉는 대학이라는 사회제도에 대해서 전혀 의미를 두지 않으며, 취직과 출세라는 개념 자체를 부정한다. 그는 결혼이라는 제도에 대해서도 강한 거부의 태도를 취한다. 널리 알려진대로 사회적 금기의 기초는 성이다. 성의 통제로부터 사회적 관계와 질서는 출발된다. 그리고 기성질서의 해체는 언제나 성윤리의 붕괴를 수반한다. 『살아남은 자의 슬픔』에서는 기존의 성윤리가 더 이상 존재하지 않는다. 라라와 디디의 성적 방탕은 죄의식을 수반하지 않는다. 이들에게 있어 섹스는 사랑이라는 조건을 수반하지도 않으며, 종족보존의 수단이나 가정형성의 의미도 아니다. 다만 개인적 욕망의 표현일 뿐이다. 〈나〉와 라라, 〈나〉와 디디와의 관계를 좀더 생각해 보자. 이들은 서로의 개인주의적 자유를 존중해 줄 때 그 관계가 지속될 수 있었다. 서로에게 책임감을 느끼지 않아도 좋을 때에 한해서 그들의 만남은 순조롭다. 그러나 아기를 가지고 결혼을 염두에 두고 한쪽이 다른 쪽의 삶과 겹치고자 했을 때, 이들의 만남은 파국에 이른다. 내가 나일 수 있는 것은 너(타인, 사회)가 있기 때문이 아니라 너는 너이고 나는 나라는 것이다.

그리고 〈나〉는 운동권에 투신하고 또 불교에 귀의하고 또 인간의 삶에 복무하는 글을 쓰고자 한다. 이러한 행동과 선택은 개인주의적인 자유의식과는 모순되는 것처럼 보인다. 그러나 이 역시 동일한 의식구조의 소산일 것이다. 운동에의 투신은 현실모순의 실존적 탐사 위에서 얻어진 결론이 아니다. 그것은, 개인주의적 자유의식과 위배되기에 선험적으로 혐오와 부정의 대상이 되는 현실에 대한 반대 명제로서 취해진 것으로 보인다. 그리고 출가 역시 개인적 삶의 전복이 아니라 연장으로 보인다. 그는 출가 뒤에도 여전히 동일한 삶의 궤도를 유지하며 불법(佛法)이 그의 존재를 구속하지 않기 때문이다. 〈나〉에게 있어서 글읽기와 글쓰기라는 것도 유사한 성격을 보여준다. 그는 많은 독서를 하는데, 그 방식은 저자의 약력과 목차에 주된 관심을 가지며, 본문 내용은 호기심 가는 곳만 골라 읽는다. 즉 한 권의 책이 지니는 의미질서나 문맥에 대해서 책임감 있는 수용태도를 취하지 않는다. 책 자체는 무시되고 책에 대한 자신의 욕망만 강조된다. 그리고 글쓰기에 있어서는 기존의 방식에 대하여 전혀 구애받지 않는다. 그는 기존의 소설문법을 무시하고 마음 내키는 대로 소설을 쓴다. 결론적으로 소설쓰기를 결심하였을 때, 〈나〉는 다음과 같이 독백한다.

  ——이젠 모든 것이 홀가분하다. 나는 나를 구속했던 모든 것으로부터 자유로워진 것이다. 학교도 그만 두었다. 라라의 기억으로부터도 해방되었다. 디디와도 어떤 식으로든 이별인 것이다. ——이제 나를 구속할 수 있는 것은 오로지 이 현실의 악과 모순밖에 없는 것이다.

일상적으로 나를 구속하고 있는 모든 것으로부터의 해방이 글쓰기의 조건인 것처럼 이야기된다. 그러나 진정한 현실은 일상과 동떨어져 존재하는 것이 아닐 것이다. 문학의 특성과 진실은 일상적 현실과 정치사회적 현실 사이의 틈새를 갖지 않는 데서 비롯된다고 할 수 있다. 일상적 현실로부터의 무책임한 자유를 강조하는 데서 다시한번 개인주의적 의식의 한 단면을 짐작할 수 있다.

  이처럼 『살아남은 자의 슬픔』의 주인공인 〈나〉의 성격은 개인주의적이다. 이때 개인주의라 함은, 세속적 이해관계에 있어서 자기 위주라는 의미와는 좀 다르다. 그것은 사회적 질서나 관계를 무시하고 모든 선택과 행위의 정당성을 자신의 개인적 욕망과 개인적 판단에 의존한다는 의미에서의 개인주의라고 할 수 있다. 이러한 성격은 라라 혹은 디디와의 관계에서 보듯이, 자신이 필요한 부분만 타인과 서로 나누면 되지 삶 전체를 이해하고 책임지는 관계는 부정되는 데에서 드러난다. 또 변혁운동이 삶 전체와의 상관성 속에서 추구되기보다는 개인적 반항의 한 형태로 나타나는 것에서도 드러나고, 〈나〉가 출가하여 중이 되었으면서도 자신에게 필요한 불교의 한 부분만을 취하고 불교 전체에 대해서는 무관심해 버리는 태도에서도 드러나며, 독서나 소설 쓰기 태도에서도 드러난다.

3

이인화의 소설 『내가 누구인지 말할 수 있는 자는 누구인가』의 중심인물인 은우는 의과대학을 중퇴하고 작가의 길을 걷고 있는 젊은이다. 그에게 가족이란 대학교수인 아버지가 한 분 있을 뿐이다. 그런데 그는 아버지와 함께 살지 않고 따로 독신자 아파트를 얻어 혼자 산다. 아버지와의 불화라든가 하는 특별한 이유가 있는 것이 아니다. 그냥 아버지는 아버지이고 나는 나라는 식으로 따로 산다. 그가 때로 경제적 궁핍을 말하는 것으로 봐서, 비록 일 주일에 한 번쯤 파출부 아줌마가 만들어놓은 밑반찬을 가지러 가긴 하지만, 그것은 자립(自立)의 의미가 있는 것으로 보인다. 그러나 한 도시에 살면서 두 식구뿐인 아버지와 아들이 각기 다른 아파트에 산다는 것은 자연스러운 일이 아니다. 여기에는 가정이라는 사회적 질서의 구속에 대한 거부의식이 자리잡고 있는지도 모른다. 자립이라는 것은 어떤 면에서 아무런 구속도 받지 않고 자기 멋대로 살겠다는 의미이기도 하다.

은우는 현재 장편소설 쓰기에 쫓기고 있다. 그는 단편을 몇 편 발표한 적이 있는 신진작가인데, 한 문학계간지로부터 장편 전재 의뢰를 받아 거기에 심혈을 쏟고 있는 중이다. 그런데 소설은 잘 써지지 않고 그의 소설 쓰기를 방해하는 일만 자꾸 생긴다. 그는 매우 조급해하고 초조해한다. 그의 정서는 불안정하다. 그는 무엇인가 사회적으로 인정받는 일을 해야 하고 또 그것을 위해 자신의 시간과 에너지를 최대한 효율적으로 사용해야 한다는 강박관념과 조급함에 시달리고 있다. 그는 〈일 년 만에 한 줄도 쓰지 못한 채 하루를 보낸 것이다〉라고 말하기도 하고 〈오늘 저녁도 벌써 7시간이나 낭비한 것이다〉라고 안달하기도 한다. 그런가 하면 〈손가락을 있는 대로 펴 컴퓨터 자판을 부서져라 두들〉기며 정신 없이 일할 때 황홀경을 느낀다. 자신의 일을 방해하는 자신의 나태와 타인의 방해를 그는 용납하지 못한다. 어느 날 오후에 외출을 하고 돌아오니 내일 집으로 와달라는 아버지의 전화메모가 있다. 이에 대한 은우의 반응은 다음과 같다.

이렇게 꼭 바쁠 때 일이 겹친다. 그래. 전화가 웬수다. 어제 동식이의 전화, 김재현 주간의 전화, 아버지의 전화, 모두가 내 시간을 차압하겠다고 벼르는 저 악마같은 전화들. 도대체 전화를 옆에 두고 무슨 소설을 쓰겠단 말인가.

이러한 반응은 은우의 바쁜 심정을 염두에 두면 이해가 가기도 하지만, 그래도 홀로 계시는 아버지의 전화라면 무슨 일일까 걱정부터 하는 것이 자연스럽다. 은우의 이러한 조급함은 자신의 시간과 공간에 대한 철저한 이기적 집착을 드러내는 것으로 보인다.
　은우는 윤희라는 전문의 과정에 있는 학우를 사랑한다. 그녀와 결혼할 예정이다. 그런데 윤희는 은우가 의사공부를 포기하고 소설에 매달리는 것을 탐탁하게 생각하지 아니하고, 은우는 소설 쓰기 때문에 결혼을 당장 추진할 여유가 없다. 은우는 윤희가 자기에게 자아의 갑옷과 같아 그것이 없으면 자아가 허물어져 버린다고 말한다. 그러나 동시에 갑옷처럼 자아에게 꼭 맞게 자아를 위해서만 존재하기를 원한다. 윤희의 고민과 어려운 사정에 연민을 느끼긴 하지만 근본적으로 자신의 삶을 조금도 양보하지 않는 이기적 태도를 드러낸다. 은우는 〈연인이란 나를 보지 않고 나를 사랑해 주는 사람이다. ──내가 실패를 하더라도, 아무리 비열한 짓을 하더라도 상관하지 않고 나를 사랑해주는 사람이다. ——내가 나 자신을 사랑하는 만큼 나를 사랑해 주는 사람이다〉라고 말한다. 이것은 소박하고 낭만적인 생각이지만 동시에 자기중심적인 생각이기도 하다. 또 윤회의 임신소식을 듣고 한편으로 당장 결혼준비를 해야 한다고 생각하고 다른 한편으로는 〈도대체 왜 하필 작가로서 입신하는 가장 중요한 이 시기에 처자를 걱정하고 직장을 걱정하면서 시간을 낭비해야 한다는 거지. 이건 생활의 밑바닥 없는 수렁으로 들어가는 첫 발자국인지도 모른다. 이렇게 첫발을 디디면 나는 어쩌면 영영——아, 어차피 예술과 인생의 두 가지 행복을 동시에 누릴 수 없다면 인생을 포기함이 온당하지 않은가 절대로 아이를 낳아서 끝까지 책임을 져야 한다는 이 막무가내의 외침은 도대체 무엇인가〉라고 상반된 갈등을 일으킨다. 은우의 이러한 태도 밑에 깔려 있는 의식은 일상적 현실의 구속에 대한 거부라고 할 수 있다. 그의 삶은 시시한 일상적 현실의 구속에 매여서는 안 되는 보다 중요한 것이라는 의식이 잠재되어 있는 것이다. 이러한 의식은 자기 삶을 사회적 관계 속에서 생각하지 아니하고 개인적 욕망 속에서만 생각할 때 나오는 의식일 것이다. 한편, 윤회와 이별하고 난 후, 물론 정상적인 정신상태가 아니라 할지라도, 은우의 정임에 대한 생각과 행위는 작가의 말대로 〈해독이 필요한 난해한 소설의 일부〉이다. 그리고 은우의 행위와 〈내가 알 수 있는 것은 정임이 그녀 자신에게 누구이냐가 아니라 그녀가 나에게 제공하는 것이 무엇이냐이며 그녀가 나를 위해 누구이냐인 것이다〉라는 생각처럼 지극히 자기중심적이다.

은우는 독백한다. 〈그렇다. 내가 작품을 쓰지 않고 달리 무엇을 할 수 있는가. 나는 건실한 시민적 직업과 안온한 시민적 혼인이 이루는 유한한 세계를 작품을 통해 넘어서려 했다. 나는 작품을 통해 진정한 나를 찾아가려는 것이다.〉 그는 세속적 가치를 무시하고 예술이라는 다소 신비한 세계로 들어가려 하는 것처럼 보인다. 그러나 그는 끊임없이 세속적 가치질서와 평판에 연연한다. 성규가 전문의를 땄다는 소식에 초조해하고, 자신의 작가적 역량에 대한 세속적 평가에 대해서 매우 민감한 반응을 보인다. 은우는 좋은 예술가가 되려 한다기보다는 젊은 나이에 남보다 좋은 사회적 평판을 받는 예술가가 되려 하는지도 모른다. 그의 예술에 대한 열정, 그리고 사회적 평판에 대한 초조함 등등의 이면에도 개인주의적 자기 존중의 사고가 깔려 있는지 모른다.

『내가 누구인지 말할 수 있는 자는 누구인가』라는 소설은, 은우라는 인물을 중심으로 이해할 때, 개인적 자유을 억압하는 사회적 관계를 벗어나 개인적 욕망에 충실하고자 하는 한 젊은이의 자아 찾기와 그 실패 과정의 기록이라고 할 수 있을 것이다. 그러나 은우라는 인물은 좀 자세히 살펴보면 자신의 이기적 자유를 위해 사회적 관계를 거부하면서 동시에 그 관계 속에서 사회적 인정을 얻으려는 모순된 지향을 드러낸다. 그런 점에서 은우의 파멸은 세계가 강요한 것이라기보다는 스스로 찾아간 것인지도 모른다. 물론 이 소설을 다른 등장인물들에도 관심을 두고 보면 좀 다른 차원에서 이야기 될 수 있을 것이다. 그러나 이 글에서의 관심은 주인공의 개인주의적 성격이다.

4

장정일의 소설 『아담이 눈 뜰 때』의 주인공은 좀더 어리다. 주인공인 〈나〉는 재수생이다. 재수생활 1년 동안 체험한 일들을 이야기하고 있는데, 그것들은 대체로 성체험이다. 우리 사회의 통념적 성윤리에서 벗어난 여러 유형의 성체험이 서술되어 있다는 점에서 이소설은 보다 과격한 일탈을 보여주는 것처럼 보이기도 한다. 그러나 주인공인 〈나〉의 의식을 잘 살펴보면 그렇게 과격한 것은 아니다. 그는 사회적 윤리에 따르지는 않지만 스스로는 나름대로의 윤리에 충실하고자 하는 것 같다.

〈나〉에게는 지하도 상가에서 청소부를 하는 어머니와 서울에서 대학 다니는 형이 있다. 〈나〉의 표현을 빌면, 형은 완벽한 이기주의자요 완벽한 나르시스트이다. 형은 자신의 뜻과 능력을 충분히 받아줄 수 없을 것 같은 이 나라를 욕하며 떠난다. 가족이나 나라를 위해 자신을 조금이라도 희생할 생각은 전혀 없는 인물이다. 〈나〉가 재수생이 되었을 때, 형은 미국으로 떠났고 더 이상 가족의 일원이 아니었다. 어머니의 간곡한 뜻에 따라 서울대학교 영문과에 지원하여 떨어졌고, 지방대학 장학생으로 갈 수도 있었지만 재수를 하게 되었다. 형이 유학길에 오르고 난 며칠 후, 〈나〉는 재수학원을 때려치운다. 이때부터 어머니의 기대와는 상관없는 생활을 하는 것이다. 그는 시립도서관에 가서 입시와는 상관없는 책을 읽기도 하고 거리를 쏘다니기도 하고 디스코테크에 가기도 한다. 고등학교 때까지 어머니의 품은 〈나〉의 세계였다. 그러한 〈나〉가 어머니의 뜻을 저버리고 어머니가 모르는 일상을 시작하였다는 사실은, 기존의 사회적 질서와 가치를 전면 부정하고 백지상태에서 스스로 세계와 부딪혀 자기 나름의 질서와 가치와 세계관을 찾아 나섰다는 것을 의미한다. 그러니까 〈나〉 역시 모든 사회적 질서와 관계로부터 벗어난 자유의 상태에 있는 것이다.

윤리적 백지상태에서 〈나〉는 세계를 만난다. 그 만남은 세 명의 여자와 한 명의 호모와의 성체험이라는 징검다리로 이루어진다. 이때, 섹스는 병들고 파편화된 욕망들의 이기적 거래에 불과하다. 즉 〈나〉가 만나는 세계는 〈이기적 욕망들의 질주〉로 가득찬 곳이다. 대학생 시인이 되겠다는 은선이의 허영과 그 허영을 부추기는 대학문단의 억압적 분위기, 무서운 대입경쟁과 거기서 뒤처진 현재의 자학적 욕망, 어린 학생을 자기 욕망의 제물로 이용하려는 여화가와 오디오점 주인의 맹목적 이기주의, 그외 단편적인 에피소드들에서 보여주는 것들은 대개 〈이기적 욕망들의 무한정한 질주〉라 할 수 있다. 심지어는 후보단일화를 실패한 대통령선거라는 시대배경까지도 질주하는 이기적 욕망의 한 단면인 것이다. 이렇게 본다면, 『아담이 눈 뜰 때』라는 소설은 주인공의 성격이 이기적이고 개인적이라기보다는 이 소설에서 묘사된 우리 사회현실이 이기적이고 개인적이라고 할 수 있다. 이기적이고 개인적인 욕망들만이 미쳐 날뛰는 곳이 바로 아담이 눈 떠서 만난 세상이라고 할 수 있는 것이다.

그러나 〈나〉의 성격 역시 어느 정도 이기적이고 개인적이라 할 수 있다. 우선 그는 턴테이블과 뭉크화집과 타자기를 제일 갖고 싶어하였는데, 결국은 다 갖게 되었다. 턴테이블은 호모 남자의 욕망의 대상이 되어준 대가로 얻었고, 뭉크화집은 여화가의 욕망의 대상이 되어준 대가로, 그리고 타자기는 어머니의 욕망을 일시적이나마 충족시켜 준 대가로 얻었다. 이 욕망 자체도 극히 개인적이고 자아중심적인 것이지만(세속적 가치와는 무관하다는 의미에서), 그 욕망 충족의 거래방식도 지극히 이기적이다. 이기적인 거래의 한쪽을 담당하는 사람 역시 이기적이지 않을 수 없을 것이다. 그리고 은선이나 현재와의 관계 역시 철저하게 너는 너이고 나는 나라는 개인주의적 성격을 보여준다. 다른 사람들과의 관계나 세계와의 관계에 있어서도 비슷하다. 그는 모든 관계에 있어서 자신의 공간을 강하게 유지하며 그 공간의 훼손을 용납하지 않는다(단 한번, 다시 어머니의 뜻에 따라 재수학원에 나가 공부하는 것이 예외일 수 있다. 그러나 그 것도 자신이 세운 오기의 완성이란 측면에서는 자기 공간의 보전이다). 그는 자기 공간을 보전하면서 세계를 물끄러미 쳐다보기만 한다고 할 수 있다. 그는 타인의 공간에 자신의 공간을 훼손하며 참여하지 않는다.

한편, 이 소설에서 가장 인상적인 것은 탬버린 치는 남자의 모티프이다. 이 모티프는 시인 장정일의 솜씨가 소설에서 발휘된 경우라 생각된다. 〈나〉가 어머니로부터 등록금을 받아 등록을 포기하고 창녀를 만나고 타자기를 사는 행위는, 또 한 사람의 탬버린 치는 남자가 되기를 거부하는 것이라는 점에서 이해가 된다. 그러나 이러한 선택 속에도 개인주의적 성격이 들어 있다. 세계의 질서나 어머니의 뜻을 무겁게 생각하고 거기에 자신의 삶을 어느 정도 양보하여 맞추려는 심각한 갈등과 노력이 보이지 않는 것이다.

5

하일지의 『경마장 가는 길』은 90년대에 들어와 가장 화제가 되었던 소설이라 할 수 있다. 이 소설의 극사실주의가 낳는 상징적 의미는 주목할 만한 것이다. 한 지식인의 좌절을 통하여 드러나는 우리 사회의 추한 진실은 차라리 외면하고 싶을 만큼 적나라하다.

주인공 R은 오 년 반 동안의 프랑스 유학을 마치고 귀국한다. 그러나 우리 사회현실은 여러 차원에서 그의 존재를 받아주지 않는다. 가난한 집안, 이혼해 주지 않는 아내, 조용히 작업할 수 있는 공간의 부재, J의 거부와 배반, 대화의 단절, 비논리적이고 비이성적인 사회적 분위기, 인간을 억압하는 도시환경, 취직의 어려움, 조잡한 문화수준 및 퇴폐적이고 폭력적인 사회분위기, 개인성을 무시하는 인간관계, 저질과 가짜가 판을 치는 지식사회, 쓸데없이 개인의 시간과 에너지를 소모시키는 일상생활 등등이 그가 귀국 후 체험하는 우리 사회의 현실이다. 『경마장 가는 길』은 한 지식인의 좌절을 통하여 이와 같은 우리 사회현실을 드러낸 소설이라고 할 수 있다. 그러므로 이 소설을 R과 J 사이의 피곤한 연애이야기에 초점을 맞추면 그 의미가 충분히 드러나지 않는다. 그 동안 이 작품에 대한 적지않은 논의들이 R과 J 사이의 피곤한 연애이야기에 너무 치우쳤던 것 같은데, 이는 아쉬운 일이다. 그러나 이 글 역시 『경마장 가는 길』의 의미를 살피는 것이 아니라 주인공의 성격에만 관심을 둔다.

R은 합리적이고 이성적이고 논리적이며 또 윤리적 책임감이 있는

사람으로 보인다. 우리 사회의 여러 가지 불합리한 면들에 대한 R의 비판은 상당히 논리적이고 합리성이 있다. 가령 주위 사람들이 박사학위를 대단하게 생각하는 것에 대해서 R은 다음과 같이 반박한다.

박사가 되었다는 것은 그 분야의 전문적 연구를 인정받아 하나의 전문인이 된 것에 불과하며 그것은 근본적으로 전기 기술자가 전기 기술자 자격증을 받아 전기 기술자가 되었다는 것이나 크게 다름이 없는 일로 결코 인격적으로나 사회신분에 있어서의 고매함이나 우월함을 나타내는 것이 아니라고 할 수 있는데——한국에서는 공연히 박사라는 것을 우러러보거나 흠모하는 경향이 있는데 이러한 풍조는 사농공상이라는 직업에 대한 좋지 못한 오랜 가치관에 기인한다고 볼 수도 있는데——이러한 풍조는 오늘날까지도 남아 있어서 사람들은 걸핏하면 〈공부한다〉라는 말을 내세우기도 하는데 그것은 〈공부하지 않는 사람〉에 대한 위협이며, 〈공부〉라는 것이 한국에 있어서는 개인적인 취미나 일 또는 삶의 일부가 아니라 대사회적인 자기과시나 엄포처럼 들릴 때가 있다——

이처럼 R은 합리적인 지식인의 모습을 보여준다. 그리고 부모님에 대한 걱정이나 아내에 제시하는 이혼조건 등을 고려할 때 윤리적인 책임감을 지니고 있는 인물이라 할 수 있다. 또 아내나 J 그리고 그 밖의 사람들과의 대화를 보면 그가 얼마나 논리적인 사고의 소유자인가도 알 수 있다.

그런데 보다 주의깊게 들여다보면, R의 논리성이라는 것이 때때로 형식논리에 치우치고 있음을 발견할 수 있다. 특히 아내나 J를 설득하기 위한 논리 같은 것이 대개 그러한데, 상대방의 심리상태나 상황적 요인을 고려하지 않는 극단적 형식논리는 아내나 J의 비논리성과 마찬가지로 대화의 단절을 야기시키는 요인인 것 같다. 논리적이지 못한 사람에게 극단적인 형식논리를 강요하는 것은 일종의 폭력일 수도 있으며, 아울러 자신의 정당성을 강화하는 자기합리화의 수단일 수도 있다. 여기서 우리는 R의 논리성이 지닌 한계의 일단을 본다.

R이 지닌 강한 합리성과 논리성은 독자들에게 R의 결점을 은폐시킬 뿐만 아니라 R 스스로에게 자신의 결점을 은폐시키는 측면이 있다. 이 소설의 전체적 어조 속에서 R이란 인물은 언제나 옳고 정당한데 피해만 당하는 긍정적 인물로 그려진다. R이 지닌 강한 합리성과 논리성이 그것을 강화한다. 그러나 R은 때로 자기 모순적이며 때로 비윤리적이고 무책임한 인물인 것 같다. 주위 사람들이 프랑스 박사학위를 대단하게 생각하는 데 대하여 비판적 거리를 유지하고 있는 R 자신도 때때로 프랑스에서의 삶과 박사라는 것에 대해서 우월의식을 드러낸다. R 자신이 지니고 있던 서구에 대한 열등의식(이것은 프랑스 거리에서 거울에 비친 자신의 모습에 열등감을 느꼈다는 이야기에서 잘 드러난다)을 R은 종종 주위의 사람들에게 투사한다. 그리고 J에게 다른 남자가 생겼음을 알고 J로 하여금 처음에는 그 남자에게 자신과의 동거사실을 말하지 말라고 했다가 나중에는 다시 말하라고 하는데, 그의 주장은 어느 쪽이든 논리정연하다. 또 아내가 순순히 이혼해 주지 않는 것에 대해서는 이해하지 못하면서도 자신이 J를 포기하지 않는 것에 대해서는 당연하다고 생각한다. 프랑스에서 아무리 도와주었다고 하더라도, 그것이 귀국 후 R에 대한 J의 무조건적인 추종을 위한 투자는 아니었을 것이다. 합리적으로 생각해 본다면, R은 J의 거부를 담담하게 받아들여야 했을 것이다(물론 R의 사정이 그토록 절박하지 않았더라면 R의 태도도 달랐을 것이다. 그런 사정을 고려한다 하더라도 R의 태도는 온당한 것이라 하기 어렵다).

R의 치사한 행위들, 가령 폭력과 돈 요구 그리고 J 부모와의 면담 등등은 R의 절망적인 심경에서 비롯된 것이라 보인다. 그러나 그 행위들은, 아버지 방으로 달려가 아내의 과거를 고해 바치는 행위

등과 함께, 이해받을 수 없는 것이다. 합리성과 논리성에 의해 가려졌던 R의 인격적 결함이라고 하지 않을 수 없다.

어느 날 J는 R에게 〈선생님은 제가 본 세상의 어떤 사람보다도 객관적이고 논리정연하고 그리고 정당해요〉라고 말한다. 이에 대하여 R은 〈흥, 그래서 나는 늘 사람들에게 배반당해야 하는 거겠지〉라고 답한다. 이 대화에서 우리는 R의 자기중심적 사고방식을 엿볼 수 있다. 그의 논리 안에서 그 자신은 언제나 합리화되어 있다. 자신에게는 전혀 문제가 없는데, 세상이 문제를 일으켜 그를 괴롭힌다고 생각한다. 하나의 논리가 진정한 현실적 의미를 지니려면, 현실의 문맥을 세심하게 고려하여 그것을 바탕으로 해야 한다. 그런데 R의 논리는 현실의 문맥을 토대로 형성된 것이 아닐 것이다. 오 년 반 전 그가 프랑스로 갔을 때, 이미 그는 현실의 문맥으로부터 도피한 것이라 볼 수 있다. 귀국 후 마치 외계에서 온 사람과 같은 그의 어리둥절함은, 그가 우리 사회의 현실적 문맥을 완전히 놓치고 있음을 의미하는 것일 수 있다. 이 경우 공부를 통해 훈련된 그의 논리성이란 자기중심적인 것일 가능성이 많다. 자신의 이기적 욕망과 주관적 판단에 논리적 합리성을 부여한 것이 바로 그의 객관성이고 논리성일 수 있다는 말이다. 이렇게 볼 때, R의 논리성과 합리성이란 R의 이기적 개인주의 또는 자기중심주의의 외피에 불과할 수도 있다.

실지로 R의 성격은 상당히 이기적이고 자기 위주인 것 같다. 가족에 대해서 책임감을 느끼기도 하지만, 실제 그의 행동과 선택은 대개 가족의 사정을 무시하는 쪽으로 기울어진다. J에 대한 요구와 집착 역시 그러한 면이 많다. 그리고 자신과 같이 전문적 지식을 지닌 사람에게 작업할 여건을 마련해 주지 않는 사회는 잘못된 것이라고 푸념하는데, 이는 합리적인 말 같지만 지극히 자기중심적인 사고라고 할 수 있다. 혼자 사는 세상이 아닌 한, 주변 상황을 인정하고 그 속에서 가능한 여건의 개선을 위해 양보와 인내 그리고 타협이 필요할 것이다. 그리고 마지막에 J에 대한 집착과 요구를 포기하는데 그것 역시 J의 삶을 포용해 주는 것이라기보다는 완전히 절망할 수는 없다는 자기중심적 결정이다. 왜냐면 R은 J와 그 가족에게 여전히 불안감을 남겨주기 때문이다.

이처럼 R이란 인물은 사회적 질서나 관계 또는 현실적 문맥으로부터 비교적 일탈된 모습을 보여준다. 그의 사고나 행위의 준거가 되는 것은 개인적 욕망과 자기중심적 논리이다. 따라서 R의 패배에는 그 자신의 탓도 적지 않을 것이다.

6

이상 네 편의 소설에 등장하는 주인공들의 성격을 살펴보았다. 각 인물들이 일치된 성격을 보여주는 것은 아니지만 어느 정도의 유사성을 지니고 있는바, 그 유사성을 약간 무리하게 규격화한다면 다음과 같다. 그들은 우선 기존의 사회적 질서나 인간관계 또는 통념적 가치들로부터 자유롭다. 이것은 가정 혹은 가족으로부터의 이탈이라는 상황과 상관된다. 그 상황은 자기 자신의 삶이 집단의 일부로서, 그리고 타인과의 관계 속에서 고려될 필요가 없음을 의미한다. 그래서 이들은 어떤 윤리나 사회질서, 가치관의 구속도 받지 않고 혼자만을 생각하는 개인주의적 자유를 지닌다. 이들에게 시민정신이나 사회에 대한 책임감은 아무런 의미도 지니지 못한다. 그리하여 이들은 스스로의 삶에 대하여 스스로 입법자가 된다. 입법할 때 사회적 문맥이나 관계는 별로 고려되지 않고 개인적 욕망과 주관적 판단만이 강조된다. 사회적 문맥이 고려된다고 하더라도 그것은 자기중심적인 사고의 테두리 안에서이다.

그리고 이들의 개인주의적 성격은, 자신의 삶이 타인이나 사회에 의해 간섭받고 방해받는 것을 견뎌내지 못한다. 이들은 아무런 간섭도 받지 않고 자신의 삶을 영위하고 또 개인적 욕망을 추구할 수 있는 자신만의 공간에 대한 집착력이 매우 강하다. 이들에게는 자신의 삶과 자신의 생각만이 의미 있고 유효하다. 이들은 스스로 입법자 겸 집행자인 왕과 같다. 그러나 스스로 왕인 이들에게는 다스릴 나라가 없다. 이들은 현실 속에서 자신의 영지(領地)를 확보하고자 현실과 치열하게 부딪친다. 이 부딪침의 결과는 당연히 패배이다. 왜냐하면 이들이 인정해 주지 않은 현실이 이들을 인정할 리는 없기 때문이다. 그래서 이 나라 없는 왕들은 버림받고 지쳐빠진 모습들을 보여준다.

이와 같이 버림받고 지쳐빠진 왕들의 모습, 즉 주인공들의 성격은 최근 변화하는 우리 사회의 한 측면을 시사해 주는 것일 수도 있다. 기존의 사회적 질서나 가치가 완전히 해체되어 버린 후, 가치관의 무한정한 다원주의 혹은 상대적 허무주의의 징후를 보여준다. 그리고 매우 거대하고 복잡하게 조직된 사회 속에서 전체에 대한 감각을 상실해 가고 있다. 이러한 상황은 극단적 이기주의를 조장한다. 사람들은 아무런 의식 없이 개인적 욕망만을 추구하든지 아니면 스스로 입법자요 집행자인 왕이 되어 자기중심으로 움직이지 않는 세계를 원망하고 좌절한다. 이기적 욕망과 개인주의가 점차 확산되고 그에 따라 점점 개인과 세계의 관계가 혼란스러워져 가는 오늘날의 현상을 이상 네 편의 소설에서 짐작해 볼 수 있을 것 같다.

기본기와 선근(善根)
—— 우리 시의 나아갈 길

1

〈상징계를 전복시키다 보니까 아버지의 이름으로 대표되는, 그 동안 시적인 것이라고 규정되어 온 시적 관습들을 타도하게 되고, 그러다 보니 자연 의식보다는 무의식의 기호계적 충동이 전경화되고, 이성보다는 육체가, 잘 정련된 구문보다는 통사 파괴가(왜냐하면 통사야말로 이성의 지지자이기 때문이지요), 생명의 숭고한 자긍심의 노래보다는 죽음 충동을 닮은 지독한 혼란의 언어가, 단일 에고보다는 찢어진 주체의 이질혼성성이 방류되게 된 것 같습니다. 이런 이질혼성성 heterogeneity과 비이성이 우리 시에서 내세워져서 탐구하게 되었고, 그 전위가 저는 그토록 이성을 모독하면서 육체, 그것도 육체의 더러운 부분에 지독히 애착을 보이던 김영승에게서 압도적으로 시작되었다고 보는데 김영승은 철학과 출신이고 철학이 있었는데, 90년대 초의 시인들 중 일부는 뿌리는 안 보여주고 그런 포즈로서의 이질혼성성과 비이성만을 클로즈업시켜 거칠게 드러내니까 요설, 장광설, 세속적 에로티시즘의 도색적 삽입, 괜히 야하게 보이려고 해보는 듯한 쌍말들이 눈에 띄게 나타납니다. 육체와 무의식, 비이성, 이질혼성성들이 중요하게 내세워지고 그 기호표현으로 통사

파괴, 시니피앙들의 표류에 집착해 따라가기, 통사에 따르는 얌전한 문장들을 가로지르려는 위반——이런 것들이 범람하게 된 듯합니다. 그래서 저는 새세대들의 욕망을 그런 방향으로 이해하지만, 그것이 시를 읽는 우리 마음의 성감대를 울리지 못하고 지나갈 때 포즈의 과소비가 되는 것이 아닌가 그렇게 생각합니다〉라고 김승희는 90년대 시의 새로운 징후들을 발생론적으로 이해할 수 있지만 그것이 진정성을 얻지 못하고 포즈의 과소비가 되어 있다고 비판한다. 그리고 진정성과 깊이의 부족을 〈폴라로이드 감수성〉이라고 명명한다. 〈진정성과 깊이가 부족하다는 것은 어느 이론으로도 옹호할 수 없는 얄팍한 표피성이라고 생각되는데 시인만 그런가 하면 우리 시대 모든 분야에서 거장이 사라지고 큰 동물이 약소해지는 추세지요. 평준화 시대, 보통사람들의 시대 아닙니까. 저는 80년대 말에 월평을 쓰면서 80년대 후반에 활약했던 신세대들의 감성적 특징을 '폴라로이드 감수성'이라고 쓴 적이 있었는데요. 우리가 왜 폴라로이드 카메라로 즉석사진을 빼보면 현장에서 즉시 나오니까 현실감이 넘치고 속도감이 신선하고 순간을 반영해 준다는 의미에서 현실반응력이 뛰어나니까 처음엔 굉장히 좋아하다가 곰곰이 그 사진을 보면 음영이 없으니까 깊이와 부피가 없고 인생의 표정이 없고 표피만 있고 그래서 오히려 현실감을 못 느끼고 그러잖아요. 저는 그것을 폴라로이드 카메라엔 휴대용 작은 암실이 있어서 일반 카메라와 같은 암실작업이 생략되기 때문이라고 보았어요.〉 여기서 김승희가 강조하고 있는 것은 의식에 촬영된 현실을 인화하고 현상하는 암실작업을 할 수 있는 내면공간이다. 즉 90년대 시에서 문제가 되는 것은 그 혼란스런 새로운 징후들이 아니라 그것들이 내면의 심연을 통과하지 않아 표피적이고 진정성이 없다는 점이다. 90년대 시들이 표피적이고 진정성이 없다는 점은 이윤택도 지적하고 있는 바다. 그러나 이윤택은 그 원인을 조금 다른 곳에서 찾고 있다.

2

〈어떠한 이데올로기가 한 시대를 휩쓸고 지나가고 아무리 경천동지할 신제품들이 무제한 방출된다 하더라도 석기시대 돌도끼를 들고 다니던 원초적 삶의 건강한 모습은 지금 이곳의 수챗구멍 속에도 흐르고 있다. 그렇다면 이 일상 속을 흐르는 정서를 걷어올리는 광부는 존재하고 있을 것이다. 시에 있어서의 일상성은 신변잡기성 요설은 아니다. 일상의 껍질을 싸고 있는 갇힌 체제의 틀을 부수면서 언어의 해방——정서의 해방에 이르는 구체적 삶 의식이다. 이런 광기와 권태와 환멸과 해방에의 의지는 다분히 포스트모던하다. 우리의 90년대적 현실과 삶의식이 포스트모던하다는 것을 인정하지 않으려는 식자층은 덜떨어진 민족 개량주의자거나 아직 유교적 엄숙성의 발상에서 벗어나지 못한 국수적 명분론자이기 일쑤다.——그런데 90년대의 제 양상이 포스트모던한 세기말로 가고 있는 것만은 분명한데 정작 포스트모더니스트 시인 예술가는 별로 눈에 띄지 않는다〉라고 이윤택은 해체와 혼돈의 징후를 옹호한다. 그는 소위 신서정과 정신주의라는 것에 대해서는 부정적 견해를 가지고 있다. 〈어떤 형식의 문학을 하건 인문주의적이고 정신주의적이며 서정성을 중요시하지 않는 문학가가 있겠는가. 이런 문제제기는 가치 있는 문학이 아니라는 식의 일방적 비판의 도구는 될지언정 생산적인 대안은 되지 못한다는 것이다. 특히 이런 비판이 80년대의 문학에 집중되면서 결국 누구를 위한 대안이 되고 있는가를 조심스럽게 살펴보아야 할 것이다. 현실추수적이고 보수적인 문학들의 재등장과 복권을 위한 방편에 90년대의 인문주의 정신이 이용된다면, 이는 문제제기의 본질과 어긋나는 일일 것이다. 그러나 이런 보수회귀와 현실추수적인 문학의 득세현상이 두드러지고 있음을 본다〉에서 보듯이, 이윤택의 선택은 신서정이나 정신주의라기보다는 해체와 혼돈이다. 그러나 그에게 90년대 시의 해체와 혼돈은 진정한 것이 못 된다. 〈80년대 문학

현상 아래서 성장했거나 80년대적 문학 상황에서 외면당했던 시인들일수록 80년대와 다른 90년대적 문학의 새로운 징후를 자가생산하기 위하여 대안들을 내놓고 있다. 나는 이런 새것 콤플렉스의 증후군으로 대두되고 있는 것이 도시시, 일상시, 문명비판시, 포스트모더니즘시, 키치시 등속이라고 생각한다. 일단 이 점에서 나의 비판은 상당히 혹독한 편이다. 왜냐하면 이런 문학적 징후는 이미 80년대적 문학 현상에서 두드러졌던 부분일뿐더러 이성복, 박남철, 최승자, 황지우, 장정일, 김영승, 박상우, 유하 등 80년대를 통하여 해체적 징후로 표면화되었기 때문이다. 이런 80년대적 현상의 일부를 떼어내어 장르로 만드는 것까지는 이해할 수 있다손 치더라도, 이상 열거했던 80년대의 전위들에 버금가는 90년대적 시가 생산되지 못하고 있는 상황에서 독립국 연방처럼 새로운 깃발만 든다고 90년대의 새로운 시적 전망은 못 되는 것이다. 더구나 80년대의 해체적 징후는 시인들의 지독한 현실 혐오, 거부, 자기모멸 등의 현실해체 방법, 해체의 극단까지 시적 상상력을 내몰았던 치열성의 소유자들이다. 현실 방기적이고 사적 요설로 까발겨지는 도시시, 문명비판시, 일상시, 포스트모더니즘시, 키치시는 90년대의 일시적 유행은 될 수 있을지언정 시적 진정성에 도달하기는 힘들 것이다. 이런 점에서 90년대의 시적 징후로 대두되고 있는 다양한 양상들은 현실에 대한 구조적 이해가 부족하고 삶의 체제에 대한 문학적 자리놓임을 제대로 짚어내지 못함으로써 보수회귀 내지 비현실적 문학성향으로 떨어질 위험성이 농후하다고 판단된다〉에서 보듯이, 이윤택의 주장은, 구체적이고 일상적인 현실의 핵심에 치열하게 파고들지 못하기 때문에 90년대 시가 설득력이 없다는 것이다.

3

김승희와 이윤택의 글에서 보듯이, 시에 있어서 혼돈과 해체는 그 시대적 당위성과 필연성이 인정된다. 우리 시대의 삶이 감각이나 느낌 혹은 일상의 구체적 질감에 있어서 이전 시대와 판이하게 혼란스럽고 복합적이라면, 삶의 구체적 정서에 뿌리를 두고 있는 문학이 달라지는 것은 거의 필연이다. 문제는 90년대 시의 혼돈과 해체에는 진정성이 느껴지지 않는다는 것이다. 그 이유를 김승희는 내면성의 빈곤에서 찾았고, 이윤택은 현실관통력의 결핍에서 찾았다. 그런데 내면성의 빈곤이나 현실관통력의 결핍은 모든 시대의 모든 시시한 문학에 대한 비판이 될 수 있다. 달리 말해 내면성이 풍부하거나 강한 현실관통력이 있는 문학이라면 어떤 문학이건 좋은 문학의 반열에 올려놓고 존중해 줄 수 있는 것이다. 이 점을 우리는 이렇게 말해볼 수도 있다: 내면성이 빈곤하고 현실관통력이 결핍되어 있기 때문에 나쁜 문학이 아니라, 좋은 문학을 생산해 낼 역량이 부족하기 때문에 거기에는 내면성이나 현실관통력이 있을 수가 없다. 이것은 가치의 선택문제라기보다는 시인의 역량문제에 귀결될 수 있다. 여기서 양선규의 「入門」이라는 소설을 주목해야 하는 이유가 생긴다.

〈文劍道에서 가장 중요한 것이 바로 基本技입니다.──기본기 중에서 가장 기본적인 것은 인내심입니다. 구체적으로 말한다면, 제도에 대한 인내심입니다. 제도는 언제 어디서나 속박의 의미를 지닙니다. 속박을 최대한 경험하십시요. 제도의 속박을 무시하거나 간과하거나 회피하면 속박의 진정한 의미를 깨닫지 못합니다. 그것을 깨닫지 못한 채, 후일, 자신이 만약 하나의 제도가 되었을 때, 그 차원으로는 스스로 그 속박을 풀 수가 없는 것입니다. 과거의 여러 문검객들이 모두 그 마지막 자리에서 주저앉았던 것을 우리는 많이 보아왔습니다. 그것은 道에 이르지 못한 실패자들의 전형적인 모습입니다. ──인내심을 갖고 제도를 수용한 사람은 세속적인 성공도 쟁취하여야 합니다. 만약 인내심을 충분히 발휘했는데도 세속적인 성공을 쟁취하는 데 실패했다면, 그런 사람은 文劍道에 입문할 자격이 없는 사람입니다. 그들은 말(생각)과는 달리 인내심이 부족했거나, 아니면 자질 자체가 떨어지는 사람들입니다. 文劍道는 실패자들의 도피처가 아닙니다. ──흔히들 세속적인 차원에서의 실패가 오히려 文劍道에서의 성공에 이르는 지름길인 것처럼 호도하는 경향이 있습니다. 한이 맺혀야 한다느니, 소외감을 느껴야 한다느니, 배가 고파야 한다느니 하는 말들이 있습니다. 그 말들이 틀린 것은 아닙니다. 그러나, 그것들과 자신감이 병존할 때 道에 이르는 길이 보이는 것입니다. ──보다 실제적인 기본기로는 겨눔과 運身, 그리고 擊空이 있습니다. 겨눔은 文劍을 조준하는 것을 말합니다. 文劍이 노리는 대상은 언제나 자신의 급소를 감추기 위하여 시시각각 변화합니다. 그 변화의 속도를 놓치지 않고 급소를 조준해야 합니다. 文劍은 초심자들에게는 항상 무겁게 느껴집니다. 함부로 휘둘러서는 안 됩니다. 그 무거움이 제거될 때까지 조준을 계속하여야 합니다. 조준되지 않은 文劍으로 대상을 찌르고 들어가면 결국 亂刀가 되고 마는 것입니다. 亂刀는 道를 떠나 존재하는 것입니다. 흔히 초심자들에게는 이미 다른 이가 조준하여 놓은 것을 그대로 盜用하고픈 욕망이 강하게 생기는 법입니다. 도용은 금물입니다. 서툰 조준이라도 자기 자신의 것이 축적될 때, 언젠가 일격필살의 급소가 눈에 보이게 되는 것입니다. 결국 그러한 일격필살의 조준들이 모이고 모여서 文劍道가 되는 것입니다. 그리고, 문화의 창달이 이루어지는 것입니다. ──擊空은 혼자서 허공을 찌르는 것을 말합니다. 運身과 함께, 본격적으로 文劍을 사용할 때를 대비해 부단히 단련하여야 하는 기본기입니다. 文劍이 자유자재로 움직일 수 있도록 부단히 노력해야 합니다. 격공이 충분히 수련되지 않은 초심 文劍客들은 곧 제 힘에 겨워 文劍을 던지고 맙니다. 간혹 미련이 남아 文劍을 옆에 차고 다니는 자들도 있습니다만, 그들에게는 文劍이 장식이나 허영 이상의 것이 아닙니다. 그들은 세상의 누구보다도 가장 비참한 패배자라는 것을 명심해야 할 것입니다. 격공을 할 때는 천천히, 정확하게, 목에 힘을 빼고, 선배들의 경험에 따라, 반복적으로 수련해야 합니다. 조급한 마음에 節度를 무시한 채, 과격한 독창을 추구하면 후일의 큰 독창을 이루지 못합니다〉라고「入門」에는 적혀 있다. 기존의 도(道)를 부정하고 해체하는 데도 도(道)가 있고, 또 있어야 한다면, 그 해체를 위해서도 입문서(入門書)부터 읽어두어야 할 것이다.

4

그런데 기량의 연마도 중요하지만, 그 이전에 선근(善根) 또는 법기(法器)를 갖추어야 할 것으로 보인다. 시인 혹은 예술가에게 있어서 선근이나 법기란 〈자연과의 교감능력〉이라고 말할 수 있을는지 모르겠다. 자연은 무한히 풍부하고 무한히 섬세한 감각을 지니고 있으며, 무한히 높은 신성(神性)과 무한히 두려운 마성(魔性)을 지니고 있으며, 무한히 많은 아름다움을 지니고 있다. 이것들과 교감할 수 있는 마음 또는 감성의 바탕이 시인에게 필요한 선근일 것이다. 가령 우리는 다음과 같이 말할 수 있는 인디언 추장을 시인이라고 불러도 좋을 것이다.

〈우리가 사는 이 땅의 모든 구석들은 우리들에게 신성하다. 빛나는 솔잎들, 바닷가의 모래펄, 어두운 수풀 속의 안개, 맑게 노래하는 온갖 벌레들, 이 모든 것은 우리들의 기억과 경험 속에 성스럽다. ──당신들은 이 땅에 사는 짐승들을 당신들의 형제로 여겨야 한다. 그 짐승들이 없다면 사람들은 무엇이냐? 그들이 땅에서 사라져 버린다면 사람들은 영혼의 엄청난 고독으로 죽어갈 것이다. 짐승들에게 일어나는 일들은 사람들에게도 일어난다. 당신들이 앞으로 깨닫게 될 일을 우리들이 알고 있는 것이 하나 있다. 당신들의 신과 우리들의 신은 같다. 당신네들 백인들은 땅을 갖고 싶어하는 것처럼 신도 갖고 싶어할 것이다. 그렇게는 안 된다. 그 신은 사람들 모두의 신이다. 그 신의 사랑과 동정은 당신들에게나 우리들에게나 똑같다. 이 땅은 그 신에게 귀중하다. 이 땅을 더럽히는 것은 그 신성을 모독하는 것이다. 당신네들도 언젠가는 멸망할 것이다. 다른 종족들보다 더 빨리 사라질는지도 모른다. 당신들이 잠자리를 더럽히는 일을 계속한다면 당신들은 어느 날 밤 당신들 자신의 오물더미 속에서 숨이 막혀 죽을 것이다. 들소들이 죽고 야생마들이 길들여지고 숲이 사람들의 냄새로 가득 차면 어디서 성스러운 수풀과 독수리들을 찾을 수 있겠는가. 당신들의 도시에서는 봄바람에 흔들리는 나뭇잎들 소리도 날아다니는 벌레들 소리도 듣지 못한다. 당신들의 도시의 훤소는 내 귀를 아프게 한다. 사람들이 아름다운 쑥국새들의 노랫소리나 연못가의 밤 개구리들 울음소리를 듣지 못한다면 삶에 무엇이 남겠는가? 우리들은 낮의 비로 씻겨지고 솔향내 나는 부드러운 바람을 좋아한다. 공기는 우리들에게 중요하다. 짐승과 나무와 사람이 그것으로 숨을 쉰다. ── 우리들은 바라는 대로 짧은 삶을 살고 땅 위에서 우리들의 마지막 그림자가 사라지고 오직 벌판 위를 흘러가는 구름의 그림자만 남더라도 이 바닷가들과 숲들과 땅은 변함없이 우리들의 혼백을 간직할 것이다.〉

아마 「늙은 말잠자리의 고독」과 같은 최승호의 시도 자연과의 깊고 섬세한 교감에서 나온 것으로 보인다.

〈이슬 희어지는, 白露도 지난 늦가을 연못을, 철지난 말잠자리가 날아다닌다. 텅 빈 연못을 혼자서, 혹시 살아남은 말잠자리가 있나 하고, 지나온 길도 다시 가보며, 회백색 갈대꽃들이 시드는 연못 가장자리로, 날아다니는 늙은 말잠자리의 고독은, 아마 당신이 말잠자리가 되어 날아다녀봐야 알 수 있으리.〉

5

　자연과는 멀리 떨어진 삶을 사는 90년대에 시의 나아갈 길을 생각해 보면서, 왜 자연과의 교감이 새삼 강조되는가? 자연은 옛부터 인간존재의 본원적 조건이요 심미적 감각의 근원이라고 여겨졌다. 그러나 포스트모던 시대에 있어서 자연의 권위는 상실되고 있다. 앞서 인용한 인디언 추장의 말이나 최승호의 시가 내면성의 깊이를 보여주고 있지만 우리 시대의 현실에 대한 치열한 응전력을 지니고 있는 것은 아니다. 그것은 포스트모던 시대에는 어울리지 않는 철지난 문학인지도 모른다. 그러나, 역설적으로, 자연을 상실한 포스트모던 시대이기 때문에 시인의 자연과의 교감능력은 새롭게 강조되어야 한다. 그것은 오늘날 삶의 질감을 제대로 드러내주는 바탕이 되기 때문이다.

　우리가 혼돈과 해체를 90년대의 시적 전략으로 선택하였다면, 그 이유는 90년대적 현실을 포착하고 드러내기 위함이다. 이때 현실의 드러냄은 어떤 관점 위에서의 드러냄이다. 바로 이 관점과 관련하여 시인의 자연교감능력은 새롭게 강조된다. 후기산업사회 혹은 포스트모던 사회는 삶의 근원적 변화를 체험케 하였다. 이 변화가 과연 무엇이며, 그것이 바람직한가 그렇지 못한가를 알기 위해서는 자연과의 교감이 살아 있어야만 한다. 이것의 바탕 위에서 인식된 현실이야말로 제대로 된 현실인식일 수 있다. 가령 우리 시대의 가장 큰 재앙인 환경문제에 대해 생각해 보자. 오늘날 환경문제를 도외시한 인간의 행복추구는 전혀 무의미하다. 환경문제는 모든 인간 노력의 배후에서 그것을 조종한다. 인간의 이기적 욕망에 근거한 현대문명이 세계를 어떻게 파괴하는가에 대해 루첸버그는 말한다. 〈어느 불교철학자의 유명한 말이 있다. 그는 서구적 사고방식에 조우했을 때 이렇게 외쳤다. '성행위가 죄악으로 간주되고, 500년 묵은 나무를 파괴하는 것은 죄악이 아닌 문화를 나는 결코 이해할 수 없을 것이다.' 우리들에게는 전체 삼림을 벌채하는 것이 죄악이 아니다. 브라질의 기술관료들은 수십만 킬로미터에 이르는 숲을 베어버리고 세계에서 가장 복잡하고 환상적이며 신비로운 생태계의 하나를 파괴하고 있다. 유럽의 숲은 수십 종의 상이한 나무들을 갖고 있을 것이다. 그런데 아마존 숲은 식물학자에게 알려져 있는 2천 5백종 이상의 상이한 나무들을 갖고 있는데, 분류되지 않은 것들이 1만종 이상에 이를 것으로 짐작되고 있다. 아마존에 가축을 키우러 가는 부자들이나 기술관료들에게 그 숲은 절대적으로 가치가 없다. 그것은 파괴해 버려야 할 방해물일 뿐이다. 우리가 다른 생물체들을 존중하지 않고 이 믿을 수 없는 세계에서 유일하게 중요한 생물체라고 생각한다는 것이야말로 아마도 원죄이며, 가장 악독한 죄악일 것이다. 우리는 세계를 하나의 환상적인 교향악으로 보지 않는다. 우리는 오직 우리 자신만을 본다. 나머지는 모두 일종의 자원이며, 우리가 이용할 수 있는 그 무엇이거나 이용할 수 없을 때는 던져버리는 그 무엇에 불과하다.〉

6

루첸버그가 지적하고 있는 상황 속에서, 겉으로든 속으로든 자연과 교감하는 문학은 새로운 중요성을 지니게 된다. 〈이제야 현대인은 심성적 요구나 유기적 환경의 필요가 인간성의 근본조건임을 깨닫기 시작하고 있다. 이러한 것들은 사람이 범할 수 없는 인간성의 한계에 속하는 것이다. 이와 같은 이유로 하여, 자연과 사랑에 대한 문학의 영원한 관심은 오늘의 상황에 중요한 의미를 가질 수 있는 것이다. 그러나 오늘날 인간성의 한계를 범하는 행위를 저지르는 것도 인간이라는 것을 우리는 기억해야 한다. 우리가 밖에 있는 유기적 자연과 안에 있는 심성의 자연으로부터 소외되어 있다면, 그것은 데카르트의 철학적 탐구의 목표였던, 인간으로 하여금 '자연의 주인이요 소유자가 되게 할 수 있다'는 욕구의 결과 때문이라고 할 수도 있는 것이다. 이 요구는 자연의 소유주가 되겠다는 일념에 인간의 모든 것을 예속화시켰다. 산업사회의 상황은 이러한 욕구의 한계를 새로이 인식할 것을 촉구한다.──문학은 그 전체적 메시지를 종합해 보면, 사람이 정신이며, 육체이며, 사회적 존재이며, 자연 속의 존재임을 우리에게 일깨워준다. 이러한 여러 면은 무한한 것이 아니라 어떤 한계를 가지고 있으며, 이 한계를 인정하는 한도에서만 삶의 균형이 가능함을 문학적 예지는 이야기해 준다.──소비사회에 있어서의 욕망의 무한한 자극이 가져오는 인간성과 자연환경의 황폐화는 우리에게 다시 한번 삶의 한계의 예지를 생각케 하는 것이다. 가장 높은 형태의 문학이 늘 상기시켜 주는 것은 이러한 것이다〉라고 김우창은 말한다.

이러한 통찰과 아울러 생각할 수 있는 점은, 자연을 떠나 인간이 참된 삶을 누릴 수 없다는 점이며, 따라서 자연의 바탕 위에서만 후기산업사회의 황폐한 세상을 참되게 성찰할 수 있다는 점이다. 우리 시들도 최근 들어와 문명비판과 환경오염에 대하여 많은 관심을 두고 있다. 그것은 당연하다. 시가 세상의 재앙을 먼저 알리고 또 인간의 행복을 근원적으로 추구한다면, 문명과 환경에 대하여 침묵할 수가 없다. 시인은 구체적 느낌과 감각 그리고 체험을 통해 비인간적 문명과 환경오염을 고발한다. 이때 비판의 기준이 되는 것은 외적으로 주어진 관념이 아니라 내면 속에 형성된 자연과의 교감능력일 것이다. 아마 최승호가 그 동안 보여준 문명비판시들이 그런 대로 실감이 나고 읽을 만했던 이유는, 최승호가 위에 인용한「늙은 말잠자리의 고독」에서 드러난 자연과의 섬세한 교감능력을 지니고 있기 때문일 것이다. 자연과 깊은 교감을 나누어보지 못한 마음은 오늘날의 문명이 왜 비인간적인지 또는 환경오염이 얼마나 심각한 것인지 전혀 이해할 수 없을 것이다. 이해한다 하더라도 그것은 표피적인 것일 뿐, 삶의 진정한 성찰에 이르지 못한다.

7

포스트모던 사회는 심미적 감각에 있어서도 혁명적 변화를 체험케 한다. 〈오늘날은 인위적으로 고안되는 감각의 시대이다. 오관으로, 감각으로 들어오는 것이 사람을 오늘의 현실에 붙들어놓는 강력한 끈이라면, 그러한 감각적 자극은 자연보다는 사회적, 인위적인 것들에서 더 많이, 더 강하게 올 수 있다. 매일매일 새로운 맛, 새로운 소리, 새로운 형상, 새로운 자극이 우리의 삶을 빈틈없이 채워준다. 새로운 생각까지도 주로 자극제로서의 의미를 갖는다. 그리하여 끊임없이 새로운 자극제로서의 생각이 시장에 범람한다. 그러나 그것은 여러 가지 모순을 포함하고 있다. 그것은 그 강도에 있어서 대체로 자연의 감각보다 강하게 마련이다. 그것이 그 매력이라면 매력이다. 그러나 그것은 다른 한편으로 그러한 까닭에 배타적으로 다른 감각, 다른 필요와 가능성을 배제하여 치우침과 과장을 결과하게 하기가 쉽다. 그것은 여러 감각의 조화되고 균형된 존재를 불가능하게 한다. 인위적으로 항진된 감각은 우리를 세계의 여러 있음으로부터 절단하여 그것 하나에만 몰두하게 한다. ──인위적인 가공물의 특징은 오늘의 상품 또 상품화된 자극물에서 가장 두드러지게 드러난다. 오늘의 상품은 기계에서 나온다. 기계는 어떤 한정된 목적을 위한 조직체이다. 인위적 가공물은 전문화되고 한정된 자극만을 제공한다. 시뮬레이션의 발달은 거의 현실에 가까운 환영을 창조해낼 수 있다. 그러나 그렇게 창조된 의사현실과 참현실과의 차이는 후자의 무한성에 있다. 아무리 작은 것일지라도 현실에 존재하는 사물은 인간의 단순화를 넘어가는 무한한 복합성의 존재이다〉라고 김우창은 말한다. 또한 현대사회의 감각의 인위성은 욕망의 인위성으로 연결된다. 오늘날 우리의 삶이 감각의 자연성으로부터 멀어져 있듯이, 욕망 또한 자연스런 것이 아니고 〈밖에서 조종되는 수동적 객체〉가 된다. 〈이러한 욕망의 존재방식은 우리의 예술 감각에 미묘한 영향을 미친다. 한마디로 그렇게 규정해 버릴 수 없기는 하지만, 산업사회에 있어서의 욕망의 특수한 형태──추상화되고 수동화되고 단편화된 형태는, 한편으로 예술 감각의 고양 또는 항진을 가져오면서, 다른 한편으로는 그것 또한 추상화되고 수동화되고 단편화된 것이 되게 할, 한마디로 퇴폐적 성격을 가지게 할 위험을 증대시킨다.〉

이러한 상황 아래서, 자연을 중시하는 것은 단순히 과거의 삶에 대한 향수에 그치는 것이 아니다. 〈자연에 대한 미적 감각은 적어도, 그 일부에 있어서, 쾌적한 생활환경, 생존의 조건에 대한 감각이다. 그러나 이 감각은 더 일반적으로 확대될 수 있는 교훈적 의미를 갖는다. 그것은 일반적으로 삶의 유기적 조화에 대한 감각의 계발에 기여하는 것으로 생각된다〉고 김우창은 말한다. 우리는 자연과의 섬세한 교감능력을 바탕으로 해서만이 현재 우리의 삶이 어떻게 잘못되어 가고 있는가를 진정으로 감지할 수 있다. 자연의 아름다움으로부터 멀리 떨어져나가고 있는 포스트모던 사회에서의 예술은, 개인화, 파편화, 이상 감각의 비대, 해체와 소외 등등의 성격을 보여줄 수밖에 없을는지 모른다. 그러나 그것이 포스트모던 시대의 비정상적 상황에 대한 무자각적 추수라면, 그 예술은 참된 삶에로의 길을 열어주지 못한다. 90년대 시의 해체와 혼돈의 징후들이 우리 삶에 의미있는 것이 되기 위해서는, 그것들이 자연과의 교감이라는 반성적 거울에 비춰본 것이라야 할 것이다. 이때 자연과의 교감능력이란, 의식되는 것이라기보다는 거의 체화(體化)되어 있는 것일 것이다.

8

소위 90년대 시들은 혼란스럽고 우려할 만한 징후를 보여준다. 어쨌든 그것은 우리 시대 삶의 반영이라는 점에서 무시할 수는 없다. 그러한 성격과 지향은 정직하고 필연적인 것인지 모른다. 그러나 그것이 진정성을 결여하고 있다는 점에서 우려의 소리는 높다. 그 이유를 김승희는 〈내면성의 빈곤〉에서 찾고, 이윤택은 〈현실과 맞부딪치는 힘의 결핍〉에서 찾는다. 이에 대하여 동의하면서, 나는 약간 다른 차원에서 그 이유를 생각해 보았다. 진정한 해체는 기존의 질서와 문법과 권위를 넘어서는 것이지 아예 무시하는 것이 아니다. 질서와 문법과 권위의 문을 지나지 않고서 제멋대로 이루어지는 해체는 해체가 아니다. 그것은 유치한 투정이다. 그래서 「입문」을 인용해 보았다. 비슷한 논리로, 포스트모던한 현실의 시적 수용도 자연의 폐기처분에 의해서 이루어지는 것이 아니다. 자연과 섬세한 교감을 나눌 줄 아는 마음의 현(絃)에 의해서만 저 화려하고 거대한 현실의 사악한 이면(裏面)을 드러나게 할 수 있다. 90년대 시가 자연과의 교감을 노래해야 한다는 것은 전혀 아니다. 90년대 시는 자연으로부터 멀리 떨어져나가고 있는 우리 현실의 불구성과 퇴폐성을 혼돈과 해체의 방법으로 드러내되, 자연과의 교감능력을 바탕에 지니고 있어야 한다는 것이다. 이것이 충분조건은 아니지만 필요조건인 것만은 분명하다. 그러나 현재 무시되고 있다고 보인다.

* 이 글은 〈글보고 글쓰기〉의 방식으로 씌어졌다. 모든 글이 〈글보고 글쓰기〉이겠지만, 이 글은 특히 글보기를 강조하였다. 나에게 글을 보여준 여러 필자들에게 감사드린다. 그 글의 출처는 다음과 같다.

1 김승희, 「좌담 : 92년 우리 시를 말한다」, 《현대시》, 1992. 12.
2 이윤택, 「전망부재 시대의 시」, 《오늘의 시》 8호, 1992.

3 양선규, 「入門」, 《세계의 문학》 66호, 1992.

4 서정인, 『달궁』, 민음사, 1991.에서 재인용
  최승호, 「늙은 말잠자리의 고독」, 《작가세계》 15호, 1992.

5 루첸버그, 「가이아 경제학」, 《녹색평론》 2호, 1992.

6 김우창, 「과학기술시대의 문학」, 『심미적 이성의 탐구』, 솔, 1992.

7 김우창, 「정치, 아름다움, 시」, 《세계의 문학》 66호, 1992.
  「예술과 삶」, 『심미적 이성의 탐구』, 솔, 1992.

현대시와 세속성

세속성을 성스러움의 상대개념으로 생각한다면 세속성은 동서고금의 거의 모든 분야의 본질이 된다. 문학은 거의 언제나 속되고 불완전한 인간들의 이야기였지, 완벽하고 성스러운 신의 이야기가 아니었다. 그러나 속되고 불완전한 인간들의 이야기라 하더라도 문학은 때때로 숭고함과 탈속적 고고함을 추구하였고, 그러한 문학들이 존중되었다. 희랍시대에 롱지누스가 주장한 숭고함이 그러하였고, 중국의 공자가 말한 사무사(思無邪)가 또한 그러하였다. 고려시대의 이인로와 이규보는 대립적인 문학관을 지녔다. 이규보는 문학을 현실적 가치의 추구로 생각했고, 이인로는 탈속적 가치의 추구로 생각했다. 그렇지만 어느 경우라도 속됨을 넘어서는 고상함과 아름다움이 문학의 조검임을 부정하지 않았다.

근대 이후, 문학은 세속성에 대하여 점차 관용적인 태도를 취해 왔다. 평범한 사람들의 속된 일상생활이 문학의 소재가 되면서 문학은 적극적으로 세속성을 수용하였다. 산문문학이 특히 그러하였지만, 운문문학에서도 세속성은 증대되어 왔다고 말할 수 있다. 그러나 그럼에도 불구하고 문학은 고상한 그 무엇이라는 생각이 널리 퍼져 있다. 문학은 세속성을 적극 수용하더라도 결국 그 속에서 고상한 가치와 아름다움을 추구하거나 또는 여전히 현실에서 한 걸음 비

켜서서 고고한 미학을 추구하기 때문이다. 가령 김달진 선생은 「체념」이라는 시에서,

내 너 그림자 앞에 서노니 먼 사람아
우리는 진정 비수(悲愁)에 사는 운명
다채로운 행복을 삼가오

견디기가 큰 괴로움이면
멀리 깊은 산 구름 속에 들어가

몰래 피었다 떨어진 꽃잎을 주워
싸늘한 입술을 맞추어 보자.

라고 노래했다. 여기서 대상이 되는 것은 한 여인에 대한 사랑의 감정, 즉 세속적인 감정이다. 시인은 그 세속적인 감정을 부정하거나 도외시하지 않는다. 그렇지만 그 감정에 대한 시인의 태도는 절제되어 있고 또한 속된 집착을 넘어서려고 하고 있다. 즉 세속을 긍정하면서도 세속에 함몰되지 않는 정신의 아름다움을 보여준다. 우리는 이러한 아름다움을 두고 속되지 않은 고상함이라고 할 수도 있다. 우리가 관습적으로 문학에서 기대하는 것도 이러한 누추한 세속을 넘어서는 정신과 아름다움이라고 할 수 있을 것이다.

그러나 누추한 세속을 넘어서는 정신과 아름다움에 대한 우리의 관습적 기대를 배반하는 문학작품이 종종 있어왔다. 한국 현대시의 경우 그러한 경향은 70년대 이후에 특히 심하게 나타나서 최근의 시에서는 거의 보편적인 현상인 것처럼 보인다. 70년대에 오규원은 「용산에서」라는 시에서 다음과 같이 말했다.

시에는 무슨 근사한 얘기가 있다고 믿는
낡은 사람들이
아직도 살고 있다. 시에는
아무 것도 없다.
조금도 근사하지 않은
우리의 생(生)밖에.

이 말은, 시가 좀 고상해야 한다는 우리의 관습적 기대를 정면으로 부정한다. 시에는 근사한 그 무엇이 전혀 없다고 단정한다. 그러나 시나 삶이나 모두 근사하지 않다는 생각은 사실 어느 정도 고상한 생각이다. 그 생각 속에는 진부한 일상적 사고로부터 벗어나려는 자존심이 엿보인다. 그러므로 이 시는, 고상하지는 않을지 몰라도 적어도 저속하거나 비속하지는 않다. 즉 속됨과 일정한 거리를 유지하고 있는 것이다.

시에는 근사한 얘기가 없다는 오규원의 생각은 실제로 적지 않은 70년대의 시들 속에서 확인된다. 거칠고 속된 내용과 언어들이 시 속에 과감히 들어서기 시작했고, 그것이 그리 이상하지 않게 생각되었다. 그러나 70년대 시의 세속성은 그래도 일상적 한계를 넘어서지는 않았다. 다시 말해 일상적 공간에서조차 꺼려지는 저속함이나 비속함을 다루지는 않았다. 다만 시시하고 누추한 현실과 삶이 조야한 언어로 묘사되는 정도였다고 할 수 있다.

비속함이 보다 과감히 시 속에 수용된 것은 80년대에 들어와서였다. 이성복, 최승자, 황지우, 박남철 등의 80년대 시인들은 일상의 껍질과 관습의 한계를 깨뜨리고 비속한 소재와 언어로 시를 쓰기 시작했다. 이성복은 〈아버지, 씹새끼, 너는 입이 열 개라도 말 못해〉라고 외쳤으며, 최승자는 〈개같은 가을이 쳐들어 온다〉고 썼다. 박남철은 시 속에서 독자들을 향해 〈야 이 좆만한 놈들아, 느네들 정말 그 따위로들밖에 정신 못차리겠어, 응〉이라고 야유한다. 그런가 하면 황지우는 치졸한 화장실 낙서를 그대로 시에 옮겨 쓰기도 한다. 욕설과 낙서까지도 시 속에 수용될 수 있다는 것을 80년대 시들은 보여준 것이다. 80년대 일부 시들은 세속적이라기보다는 비속하고 저속한 것이었다. 그러나 80년대 시의 비속성은 언어사용의 비속성, 즉 표현의 비속성이라고 할 수 있다. 80년대 시인들은 비속한 표현들을 많이 사용하였지만, 그것은 특이한 시적 전략이었지 비속함 자체를 드러내고자 한 것은 아니었다. 그들은 비속한 표현들로 기성의 모순과 거짓을 해체하려는 전략을 지니고 있었다. 그러니까 그들의 시가 드러내려 한 것은 비속성 그 자체는 아니다. 그들은 사회와 삶에 대해서 나름대로의 강한 도덕적 충동을 지니고 있었다. 그들은 그 도덕적 충동 때문에 비속한 언어로 세상을 야유했던 것이다.

90년대에 들어와 시의 비속성은 새로운 차원에서 문제시된다. 90년대의 젊은 시인들은 비속하고 저속한 세속적 삶에 대해 거리를 보여주지 않는다. 그들은 비속하고 저속한 세속적 삶 속에서 그 삶을 저속하고 비속한 언어로 노래한다. 시인의 삶과 언어는 그 비속한 삶 속에 묻혀 있다. 그리하여 90년대의 시들은 뜻과 표현, 소재와 언어가 모두 비속한 모습을 보여주는 경우가 많다.

아, 시바알 샐러리맨만 쉬고 싶은 게 아니라구

내 고통의 무쏘도 쉬어야겠다구 여자로서 당당히 홀로 서기엔 참 더러운 땅이라구

이혼녀와 노처녀는 다 스트레스 받는 땅 승진도 대우도 버거운 땅
어떻게 연애나 하려는 놈들 손만 버들가지처럼 건들거리지 그것도 한창때의 애기지

같이 살 놈 아니면 연애는 소모전이라구 남자는 유곽에 가서 몸이라

도 풀 수 있지

　우리는 그림자처럼 달라붙는 정욕을 터뜨릴 방법이 없지 이를 악물고
참아야 하는 피로감이나 음악을 그물침대로 삼고 누워 젖가슴이나 쓸어
내리는 수음이나 과식이나 수다로 풀며 소나무처럼 까칠해지는 얼굴이나
　　좌우지간 여자직장 사표내자구 시발

　이것은 신현림의 「너희는 시발을 아느냐」라는 시의 전반부이다.
이 시에서 시인이 말하고자 하는 바는 여성이 차별받는 사회에 대한
불만이다. 그런데 그 불만의 태도나 어조 그리고 불만의 이유 모두
가 상스럽다. 시인은 상스러운 태도와 어조를 당당하게 드러낸다.
그것은 위악도 아니고 과장도 아니다. 다만 약간 감정이 격해진 상
태에서의 진솔한 자기 표현으로서의 상스러움이다. 이러한 자기방기
적이고 상스러운 독백이 시적이 아니라는 생각은 여기서 개입할 여
지가 없다. 누추하고 속된 세상에서 속된 욕망에 시달리며 사는 화
자는 당당하게 자신의 욕망과 불만을 토로하면서 그것을 점잖음으로
또는 자기절제로 포장하지 않으려 한다. 삶이 이미 고상하지 않거늘
시가 어찌 고상할 것이냐 하는 항변이 그 어조 속에 내포되어 있는
지도 모른다.

　비디오테이프가 투입구에 반쯤
　걸려 있는 것을 보면서 나는
　남근도 저런 꼴로 질에 물린 채
　멈춰버린다면?
　하고 생각했다.

　길들여진 사랑과
　매혹하는 관능
　사이,

일상과 도피는 〈꼬옥〉 맞물려 있어야 한다
그러므로 반쯤 걸려 있는 것은 외설스럽다
누가 보면 욕한다
삶이여.

갑자기 진지해진다.

박청호의 「지옥에서 보낸 한철 3」이란 시다. 화자는 결과적으로
진지하게 삶의 의미에 대해서 생각하고 있는 셈이다. 그러나 그처럼
중요한 생각의 빌미가 되는 것은 남근이 질에 반쯤 들어가 있는 이
미지이다. 남자와 여자의 성기가 반쯤 결합되어 있는가 아니면 완전
히 결합되어 있는가라는 외설적 이미지가 자기 삶의 비유로서 선택
된다. 별을 보고 또는 강물을 보고 인생을 생각하던 옛 시인들이 이
시를 읽는다면 크게 당황하게 될 것이다. 그러나 박청호는 자기 삶
의 진지한 의미가 비속하고 상스러운 이미지에 연결되는 것을 전혀
개의치 않는다. 삶의 의미나 세상 자체가 이미 그런 비속한 이미지
와 다를 바 없다고 생각하는 것 같다. 그러나 이러한 비속한 상상력
으로 삶의 의미에 진지하게 다가갈 수 있을까?

네 몸에는 너의 내부로 들어가는 문이 두 개 있다. 그 중의 하나가
너의 입술이다. (나머지 하나는 굳이 얘기하지 않아도 다 아는 문이다.)
두 문의 역할과 중요성은 무척 비슷하면서도 다르다.

비슷한 점: 이곳으로부터 욕망을 충전받아 사랑의 육감이 움직이는
콘센트
(……)
다른 점: 입술은 콘센트와 플러그 역할을 다하지만, 그것은 콘센트
역할만 한다.

입술은 재담가지만 그것은 벙어리다

입술을 눈에서 가까운 곳에 훤히 드러나 있고, 그것은 은밀히 숨겨져 있다.

입술은 말을 생산하고, 그것은 다른 육체를 생산한다.

입술은 탄식하고, 그것은 출혈한다.

채호기의 「너의 입술」이라는 시의 부분이다. 시인은 입술과 여자 성기를 비교하여 그 비슷한 점과 다른 점을 말한다. 여기서 시인의 상상력은 단순하고 속되다. 그것은 외설적 재담에 그치고 있다(재담이라고 했지만, 사실 별다른 통찰이 없으므로 시시한 재담에 그친다). 외설적 재담이 다른 의미의 알레고리가 되어 있지도 않다. 그냥 외설적 재담 그 자체가 시가 되고 있다.

오픈 카를 타고
토요일 밤의 홍대 앞
피카소 거리에 나가고 싶어
와우,
똥꼬치마 입은 계집애들
레게바에 데리고 가
보드카나 데낄라로 몸을 덥히면
이미 반은 침대에 쓰러뜨린 거나 같지
이야후,
2인승 오픈 카에 태우고
시속 200킬로미터로 달리는 강변도로
슬쩍 허벅지 근처를 만져주면
흐흠 흠,
우리 어디 쉬었다 가자, 응?
계집애들은 고양이 울음 소리를 내며

먼저 손을 잡아끌지
오픈 카를 타면 여자애들이 왜 치마 들썩이며
부풀어오르는지 난 알지
바람 때문이야

하재봉의 「오픈 카를 타고」의 전반부이다. 여기에는 우리 사회의 어떤 저속한 풍경이 직설적으로 그려져 있다. 화자의 태도는 속된 욕망에 맹목적으로 충실할 뿐이다. 반성적인 자기 인식은 전혀 개입되어 있지 않다. 뿐만 아니라 이 시의 후반부에는 서태지의 노래가 사도 한 줄 인용되어 있다. 시가 싸구려 대중문화보다 나아야 한다는 생각 또는 시가 삶의 긍정적 가치를 위해서 존재해야 한다는 생각은 이 작품 속에서 찾아볼 수 없다.

앞서 살펴본 몇 편의 90년대 시에서 보듯이, 최근의 시들은 심한 비속화 현상을 보인다. 그것은 다만 언어와 표현의 비속화에 그치지 않고 시적 상상력이나 심상의 비속화까지 보여준다. 이러한 비속화 경향은 그 나름대로 우리 삶의 비속화를 되비추는 거울과 같은 역할을 한다고 볼 수도 있겠지만, 그러나 우려되는 현상이다. 우리가 문학 특히 시를 소중하게 여기는 가장 큰 이유는 그것이 세상의 황폐와 거짓에 맞서는 맑은 정신을 지녔기 때문이다. 특별히 몇몇 예외적 상황을 제외한다면, 맑은 정신과 비속성은 결합될 수 없다. 시의 지나친 비속화는 시의 본질적 가치와 사회적 가치를 아울러 스스로 훼손하는 일이다. 지나친 비속함 속에는 시의 길이 없다.

3

●

현실의 언어들

패배의 미학과 어조의 미학
── 홍성원의 『투명한 얼굴들』

1

　홍성원은 대표적인 6·25 소설 「南과 北」의 작가, 문제작 「暴君」과 「武士와 樂士」의 작가 그리고 솜씨 좋은 이야기꾼으로 기억된다. 중·단편의 경우, 1978년 『흔들리는 땅』을 출간한 이후로 그는 일 년에 한두 편을 꾸준히 발표하여 왔다. 과작인 셈이지만, 그것들은 그의 문학적 중량을 든든히 유지하는 내실을 보여주었다. 우리가 창작집 『투명한 얼굴들』에서 보는 것은, 지난 16년 동안의 작가 홍성원의 문학적 결산이며 그 성숙이다.

　오생근은 홍성원의 작품세계를 일러 〈긴장과 대결의 미학〉이라고 이름붙인 바 있다. 호랑이와 늙은 사냥꾼의 흥미로운 대결을 그린 「폭군」에서 전형적으로 드러나고 있는 이 〈긴장과 대결의 미학〉은 홍성원 문학의 중요한 특징이다. 사실 홍성원이 그 동안 천착해 온 주제는 〈싸움의 방법과 논리〉라고 말할 수 있다. 어떤 식의 대결이 가장 정정당당하고 또 가치 있는 싸움인가를 작가는 오래 탐구하였다. 그러나 『투명한 얼굴들』에서는 싸움의 주제가 별로 보이지 않는다. 팽팽한 대결을 보여주는 작품은 「안개사원」한 편뿐인 것 같다. 「안개사원」에서는 미군특공대 대장과 코브라라고 하는 전설적인 인물과의 대결을 보여준다. 그 작품에서 작가는 싸움의 방식, 태도를 문제삼고 있다.

이러한 「안개사원」을 제외하면, 『투명한 얼굴들』에 실린 작품들은 거의가 싸움이 끝난 후의 이야기라고 할 만한 것들이다. 이점은 주인공들의 성격에서 확연히 드러난다. 「산」의 주인공은 정년을 채우지 못하고 퇴직한 교장선생님이고, 「해를 기다리는 갈매기」의 주인공은 파산한 기업체의 회장이고, 「陋巷의 덧」의 주인공은 해임된 교수이다. 그런가 하면 「일부와 전부」의 주인공은 한때 운동권에 있다가 이제는 곤핍한 생활인으로 시골에서 살아가는 사람이고 「짠맛으로 남은 사람들」의 중심인물도 역시 전직 도지사와 한때 운동권이었던 젊은이다. 이들은 한결같이 대결의 현장에서 밀려난 사람들이다. 결과만 놓고 볼 때 이들은 분명히 사회의 경쟁에서 도태된, 패배자들이다. 이제 그들은 긴장이 감도는 대결의 세계에서 떨려나 한적한 곳에 마치 유배당한 듯 살고 있다. 대결의 현장에서 멀리 떨어진 산속이거나 바닷가거나 고향마을에서 어슬렁거린다. 긴장감 도는 대결이 끝나고 승부가 가려진 후의 상황을 작가는 주시하고 있는 것이다. 다시 말해 작가는 이제 싸움의 모습을 그려보여 주는 것이 아니라 싸움이 끝난 후의 패배자의 후일담을 들려준다. 흔히 하는 말로, 〈인생은 실패 속에 있다〉라고 한다면, 이와 같은 패배자의 후일담은 팽팽한 긴장이 감도는 싸움이야기보다 더 깊은 인생을 말해 줄 수 있을 것이다. 어쨌든, 홍성원은 이제 〈긴장과 대결의 미학〉을 추구하지 않는다. 그대신 그는 〈패배와 연민의 미학〉을 보여준다.

2

작가 홍성원은 왜 싸움의 주제를 일단락짓고 패배자의 뒷모습을 주시하는가? 그리고 또 패배자의 후일담을 통해서 작가가 우리에게 말하고자 하는 바는 무엇인가?

작가가 추구했던 〈긴장과 대결의 미학〉이란 곧 〈좀더 진지하게, 좀더 열심히, 정정당당히 싸우기 위해서도 반드시 지켜져야 할 룰〉의 탐구와 통한다. 룰을 지키면서 하는 정정당당한 대결은 그 자체로서 소중한 미덕이요 아름다움이다. 이 미덕과 아름다움은 현실적 승리를 넘어서는, 보다 우월한 가치를 지니는 것이다. 그래서 멋진 싸움꾼은 상대가 보다 강하고 굳세기를 희망한다. 상대가 강하고 굳셀수록 승리의 가능성은 적어지지만, 그 정당한 대결이 승리보다 소중한 것이기에 강한 상대가 필요한 것이다. 「폭군」에서 늙은 사냥꾼의 심정도 이와 같다.

그는 자기와 자기의 상대가 정정당당히 싸울 것을 알고 있다. 노인은 가급적 자기의 상대가 강하고 굳세기를 희망한다. 쫓고 쫓기는 입장을 떠나서 양자가 최선을 다하기를 희망한다. 특히 그는 상대가 강할 때 두 가지 엇갈린 감정을 경험한다. 하나는 상대에게 맹렬히 불붙는 걷잡을 수 없는 강한 투지고 또 하나의 감정은 상대가 놀랄 만큼 끈질길 때 저절로 우러나는 적에 대한 경탄이다. 결국 노인은 자기 상대에게 투지와 경탄이라는 이중의 상반되는 감정을 품은 셈이다. 그러나 그 두 개의 감정은 실은 한 곳에 바탕을 두고 있다. 애정이라는 거대한 바탕 위에 노인은 두 개의 감정을 형제처럼 키우고 있는 것이다.

노인이 바라는 것은 단순한 승리가 아니다. 승리를 위해서 최선을 다하긴 하지만, 노인이 참으로 바라는 것은 한판의 멋진 승부이다. 상대가 강해야 한다는 것도 그래야 멋진 승부가 될 수 있기 때문이다. 이렇게 될 때, 승부는 승리를 위한 것이라기보다는 그 자체가 삶의 한 양식이 된다. 멋진 승부는 곧 멋진 인생이 되는 것이다.

그러나 멋진 승부에 큰 가치를 두는 것은 현실원리를 넘어서는 낭만적인 태도이다. 냉혹하고 부조리한 현실은 대결의 자세나 방법이나 과정을 문제삼지 않는다. 현실은 오로지 대결의 결과만을 인정할 뿐이다. 그래서 현실원리에 충실한 자들은 승리를 위해서는 권모술수와 야비한 책략을 마다하지 않는다. 현실 속에서 승부의 멋진 과정을 중시하는 낭만주의적 삶의 양식은 그러므로 거의 언제나 패배하게 된다. 「폭군」에서 멋진 승부를 벌였던 호랑이와 노인은 모두 죽는다. 노인은 멋진 승부는 얻었지만, 승리는 얻지 못한 셈이다. 승리의 영광은 오히려 천박한 젊은 사냥꾼에게 돌아간 셈이다. 그리고 「武士와 樂士」에서도 김기범의 대결방식은 그 패배가 예정된 것이다. 한마디로 말해, 현실은 정정당당히 싸운 사람에게 패배를 안겨주는 것이다. 뿐만 아니라 멋진 승부라는 것은 한쪽의 페어플레이만으로 이루어지는 것이 아니다. 쌍방이 모두 정정당당하게 싸우는 강한 상대일 때만 멋진 승부가 이루어질 수 있다. 이때 패배는 문제되지 않을 수 있다. 그 패배는 비장한 아름다움을 띠기도 한다. 그러나 현실은 멋진 승부의 조건마저 제공하지 않는 경우가 대부분이다. 현실은 정당하게 승부하려는 자를 아예 수용하지 않는다. 파렴치한 싸움판에 끼지 않으려는 자는 현실 밖으로 밀려나야 한다.

작가가 대결의 미학을 추구하는 대신 패배자의 뒷모습을 주시하기 시작했다는 것은, 정당하고 멋지게 싸운 자가 패배하는 현실원리를 문제삼기 시작했다는 것을 의미할 수도 있고 또 멋진 승부나 대결의 기본적인 규칙마저 무시당하는 현실을 문제삼기 시작했다는 것을 의미할 수도 있다. 전자의 경우, 「폭군」에서처럼 멋진 승부는 가능하되 결과는 현실적 패배로 나타난다. 이때의 패배는 어느 정도 비장미와 삶의 의미를 지니는 것일 수 있다. 후자의 경우, 「산」에서처럼 싸움을 피해서 현실을 떠나 외딴 곳으로 피할 수밖에 없다. 「산」의 중심인물인 화자는 정년을 앞두고 퇴직을 한 교장선생님인데, 퇴직 후 산 속에 들어와 산장을 경영한다. 그것은, 치사한 싸움에는 더이상 휩쓸리지 않겠다는 고고한 선택이지만, 세속의 눈으로 볼 때는 패배라고 할 수밖에 없다. 홍성원의 최근작들이 보여주는 것은 후자의 경우이다. 『투명한 얼굴들』에 실린 최근의 작품들은 치사한 현실의 싸움판으로부터 한 걸음 물러선 자가 자신의 패배를 어떻게 수용하는가에 관심을 둔다. 그리고 이러한 관심을 통하여, 선한 사람을 소외시키고 패배시키는 현실의 여러 조건들을 간접적으로 드러내기도 한다.

3

이야기 차원에서 이루어지는 『투명한 얼굴들』의 일차적인 독서는, 패배를 수용하는 주인공의 태도와 거기서 간접적으로 드러나는 부조리한 현실을 읽어내는 일이다.

먼저 「공손한 폭력」이란 작품부터 살펴보자. 이 작품에서 중심인물은 앳된 청년이다. 그러나 청년은 이미 패배자이다. 그는 중학교를 졸업하고 서울로 올라가서 여러 가지 일을 했지만, 손가락을 두 개 잃고 다시 고향에 돌아왔다. 잃어버린 두 개의 손가락 중에서 하나는 작업중에 잃었지만 다른 하나는 보상금을 위해 스스로 잘랐다. 그리고 그는 악덕기업주와 투쟁을 했지만 얻은 것은 아무것도 없다. 이러한 그의 패배의 전력은 대화 속에서 간접적으로 드러난다. 또 하나의 패배는 서울서 요양하러 내려온 여자를 사랑하였지만 그 여자는 다른 남자를 택하였다는 사실이다. 이러한 패배에 대한 청년의 반응은 폭력을 통한 복수이다. 그는 자기를 사랑해 주지 않는 여자에게 폭행을 가하고, 또 노동자들의 임금을 착취하고 외딴 낚시터에 피신해 온 파렴치한 사장을 죽게 만든다. 청년은 도시생활을 통해서 이미 삐뚤어진 성격을 갖게 된 인물이다. 그는 매부의 죽음을 두고 그 보상금을 흥정하기도 하는 인물이다. 개를 발로 차 죽이고도 미안한 기색 없이 돈으로만 해결하려는 사장이란 인물의 속성을 이미 청년 자신도 지니고 있는 것이다. 이 작품에서 작가는, 패배를

수용하는 태도 즉 삶의 자세를 문제삼는 것이 아니다. 그는 어린 청
년의 패배와 삐뚤어진 성격과 행동을 통해서 선하고 어린 사람마저
망가뜨리는 현실의 파울 플레이를 문제삼고 있다. 그러니까 이 작품
은 〈패배의 미학〉을 보여주는 다른 작품들과 비교해 보면 좀 예외적
이다. 〈패배의 미학〉이 본격적으로 드러나는 작품들은 우선 그 주인
공이 세상살이를 할 만큼 한 중년인물이다.

「해를 기다리는 갈매기」를 보자. 중년의 남자가 남해안 어촌으로
홀로 바다낚시를 왔다. 그는 어려서 서울로 올라와 〈예의바른 잔인
성과 다정스런 무관심〉을 몸에 익히고 영악하게 노력하여 많은 돈도
벌고 출세도 하였다. 그러나 그의 성공이 의외의 것이듯 그의 파산
도 갑작스럽게 찾아왔다. 그는 놀라운 승리자가 되었다가 또 하루
아침에 패배자가 된 것이다. 그가 어촌에 내려온 이유는 자신의 패
배를 어떻게 수용할 것인가를 결정하기 위해서다. 현재 그에게 성공
과 패배는 모두 허무한 것이 되었다. 어쨌거나 자신의 인생이 시시
하게 끝날 것이라는 것을 깨닫고 있다. 그에게 남은 것은 〈패자의
자존심〉 즉 〈우아하게 패배하는 것〉뿐이었다. 어촌에서 그는 한 여
자를 만나고 또 한 여자의 방문을 받는다. 서울서 내려온 여자는 그
의 옛 애인인데, 그에게 과거로 돌아갈 수 있는 도움을 주고자 한
다. 그는 그 여자를 돌려보낸다. 이것은 그가 그의 과거로 돌아갈
의욕이 없음을 뜻한다. 그녀를 수용한다는 것은 과거의 횡재에 비겁
하게 미련을 두고 매달리는 일로서, 〈패자의 자존심〉이 허락하지 않
는 것이다. 그리고 음식점에서 만난 여자는 그에게 〈복원이 불가능
한 삶에 대한 포기〉를 뜻한다. 그런데 그 여자는 그 포기를 허락하
지 않는 어떤 힘에 의해서 죽음을 맞이한다. 〈인생에 대한 전반적인
싫증〉은 죽음과 맞닿아 있는 것이다. 이러한 두 여자를 통하여 그의
갈등과 그 해결은 암시된다. 과거 성공의 찌꺼기에 매달려서도 안
되지만 또한 삶을 포기해서도 안 된다는 것이 그 내용이다. 이러한
그의 결론은 높은 곳에 앉아 〈해를 기다리는 갈매기〉에 의해서 암시

된다. 이 소설의 서두는 해가 지면서 시작되고, 결말은 동틀 무렵으로 끝이 난다. 즉 패배의 절망감으로 시작되었다가, 패자의 자존심으로 우아하게 패배를 인정한 뒤 깨끗하게 새로 시작하게 된다는 것이다. 덧없는 성공이었고, 이해할 수 없는 파산이었지만, 그런 인생의 불투명성 속에서도 멋진 인생의 승부를 포기해서는 안 된다는 것을 말해주는 작품이라 할 수 있다.

「陋巷의 덧」의 중심인물은 한 선생이라는 시인인데, 그는 해직교수이기도 하다. 그리고 박 의원이라는 은퇴한 실력자가 등장한다. 한 선생과 박 의원은 고향친구이고 그곳 출신으로 가장 성공한 두 사람이다. 그러나 그 동안 두 사람은 각기 다른 길을 살아왔기에 만남이 없었다. 한 선생은 은퇴하고 고향에서 농장을 경영하고 있는 박 의원을 찾아간다. 해직된 후 경제적 어려움이 가중되어 박 의원에게 도움을 청하려는 숨은 의도를 지니고 있었다. 박 의원은 박 의원대로 한 선생에게 부탁할 일이 있어 한 선생을 반가이 맞는다. 박 의원은 문화재로 지정된 땅을 싼 값으로 사서 공장부지로 이용하기 위해 그 땅의 문화재지정을 해제하는 데 한 선생의 도움을 받고자 하는 것이다. 이러한 박 의원의 심중을 간파한 한 선생은 박 의원에게 〈우린 둘다 제 생각만 했어. 방향 착오두 이만저만이 아닐세〉라고 말하고 고향을 다시 떠난다. 한 선생은 고향을 방문한 의도가 무산되었으나 기분이 유쾌하였다. 이 작품에는 패배를 수용하는 두 가지 태도가 대립된다. 하나는 박 의원의 태도인데, 그는 권력에서 밀려난 후 많이 부드러워지고 또 나름대로의 깨달음도 얻는다. 박 의원의 깨달음은 사육신에 대한 해석에서 알 수 있듯이, 너무 훌륭하고 잘난 사람이 되려 하지 말고 적당히 자신의 한계와 세상의 이치를 살펴 거기에 순응하는 것이 바람직한 삶의 태도라는 것이다. 즉 박 의원은 사육신의 이야기로부터 지조와 용기의 가치를 읽어내는 것이 아니라 보통사람이 너무 지조와 용기를 지키려고 하면 결과가 좋지 않다는 것을 읽어낸다. 한 선생이 박 의원을 찾아가게 된 것은 경제적 어려움 즉 〈陋巷의 덫〉때문이다. 그것은 미약하지만, 그래도 지조를 굽히고 세상의 속된 흐름에 의지하는 것이라 할 수 있다. 그러나 박 의원의 속셈을 거부함으로 해서 한 선생은 다시 한번 〈패자의 자존심〉을 추스린다. 그는 누항의 덫에 걸려 넘어지지 않고 현실의 패배를 의젓하게 감내한다. 그래서 그는 유쾌할 수 있었던 것이다.

「일부와 전부」, 「짠맛으로 남은 사람들」에는 한때 운동권이었지만 그것 때문에 현재 고향에서 곤핍한 생활을 하는 젊은이와 전직 도지사였던 사람이 등장한다. 여기서도 이들이 현재의 현실적 패배를 어떻게 수용할 것인가 하는 문제가 탐구된다. 이들은 패배가 가져다준 여러 어려움 속에서 살아가지만, 이들의 패배는 절망으로 이어지지 않고 참된 가치의 깨달음으로 이어진다. 그것은 어려운 삶을 성숙한 자세로 포용하는 것이며, 패배에 굴하지 아니하고 의젓한 패자의 자존심을 지키는 것이다.

4

한편, 「歸路」, 「雪夜」, 「잠찾는 소년」 등의 작품들은, 앞서 언급한 〈패배의 미학〉을 변주시킨 것으로 이해될 수 있다.

「歸路」의 주인공은 스물셋에 미국으로 건너가 삼십사 년 만에 고국을 방문한 재미교포이다. 그는 수많은 젊은이를 터무니없이 죽음으로 몰고간 전쟁에 회의를 품고 고국을 등진 채 미국에서 평생을 홀로 살아온 사람이다. 고국땅을 현실이라고 볼 때, 그는 현실로부터 도피해 버린 패배자라고 할 수 있다. 미국에서 그는 훌륭한 학자로 성공한 셈이지만, 자신의 삶에서 의의를 찾지 못한다. 그는 패자의 열등감과 고통으로부터 벗어나지 못하고 살았던 것이다. 다시 말해 그는 자신의 인생을 망가뜨린 고국의 현실을 철저하게 거부하고 살았던 것이다.

삼십사 년 만에 한국에 온 그의 마음에 변화의 요인으로 작용하는 모티프는 대략 세 가지이다. 하나는 1950년 늦가을 그가 도망쳤던 그의 부대(그의 부대는 광적인 지휘관의 명령으로 단독 북진하여 전멸당했다)에 대한 새로운 이야기이다. 전사(戰史)에는 남지 않았지만 그 부대장은 나라를 위해 스스로 희생과 악역(惡役)을 떠맡았던 인물이라는 이야기를 듣게 된다. 두번째는 우물(于勿)스님의 행적에 대한 것인데, 훌륭한 스님이면서도 나쁜 소문들만 무성하게 피워놓고 잠적하여 아무도 그 진실을 알 수 없다. 세번째는 고향마을의 운해사(雲海寺) 근처에 있는 토굴 속의 병신부처에 대한 이야기다. 그 병신부처는 옛날 거렁뱅이 장님 석공이 고통 속에서 목숨을 바쳐 만든 것으로 모습이 괴이하고 추하지만 영험이 있다는 것이다.

이러한 세 가지 이야기 중에서 첫번째 이야기는 그의 굳게 닫힌 마음을 뒤흔들어 놓는다. 만약 그 부대장의 행동이 숭고한 희생이었다면 고국에 대한 그의 거부감은 그 근거가 흔들리게 되는 것이다. 그리고 두번째 우물스님의 이야기는 그의 이러한 마음의 흔들림에 형이상학적 의미를 부여한다. 즉 세상의 일이란 잘 알 수 없는 것이어서 선이 악의 얼굴로 존재할 수도 있다는 점을 강조한다. 알 수 없는 사실을 밝히는 것보다 우리가 참된 태도로 그 속에서 진실을 찾아내야 한다는 점을 강조하기도 한다. 이것은 세번째 병신부처 이야기에서 다시 한번 강조된다. 앞을 못 보는 장님이 만든 부처이기에 그 모습은 부처의 실제모습과는 다르게 이그러졌다. 그러나 혼신의 정성을 다하여 만든 부처이기에 그 부처는 영험이 있는 것이다. 이와 마찬가지로 고통스러웠던 과거의 사실에 대해 우리는 장님이나 다름없다. 아무도 우물스님의 진정한 행적을 모르듯이, 그 부대의 사실도 알 수 없게 되었다. 헛된 풍문만으로 우물스님을 욕할 수 없듯이, 지난 전쟁의 상처도 함부로 어떻다고 단언할 수 없는 것이다. 우리가 할 수 있는 일은 장님이 병신부처를 만들듯이, 혼신을 다하여 스스로 진실을 만들어내는 것이다. 주인공은 미국으로 돌아가는 비행기에서 이러한 결론에 도달한 것처럼 보인다. 그렇다면 그는 이제 자신의 패배를 미워하지만은 않고 성숙된 태도로 포용하게 될 것이다. 다시 말해 패배가 인생의 무의미, 굴욕, 비참만을 뜻하다가 이제는 오히려 인생의 깊은 의미를 일깨워주는 것이 될 것이다. 「歸路」는 그러니까 우리에게 엄청난 패배의 고통만을 강요했던 우리의 지난 역사에 대한 용서와 포용을 말하는 작품이라 할 수 있다.

「雪夜」에는 특별히 중심되는 인물이 없다. 다만 화자인 장씨가 기능상 중심이 된다. 그리고 아무도 화려하고 기억할 만한 과거를 지니고 있지 않다는 점에서 이들은 패배자로 불릴 만한 인물도 아니다. 장씨는 시골서 농사를 짓다가 딸이 가출하자 그 딸을 찾으러 서울왔다가 고물장수가 된 사람이다. 정군과 최씨도 어려운 처지에 있고, 민군은 경찰에 수배당하고 있는 대학생이다. 이들의 서울에서의 삶은 가파르다. 마치 겨울날씨처럼 이들의 삶은 춥고 고달프다. 그러나 이들은 춥고 고달픈 삶을 긍정적으로 포용하고 서로 사랑하며 산다. 그래서 그들의 삶은 겨울 눈오는 밤처럼 포근하다. 이 작품은 춥고 고달프고 소외된 삶일지언정 겸허한 마음으로 포용하고 이웃을 아끼는 삶의 태도를 따뜻한 어조로 그리고 있다. 좀 모자라는 구두닦이 소년을 내세워 인간에 대한 지극한 사랑을 그리고 있는 「잠찾는 소년」이란 작품에서 작가가 강조하는 것도 이와 유사한 사랑의 태도이다. 그러한 삶의 태도는 패배자가 패배한 자신의 삶을 긍정적으로 포용하는 태도와 상통하는 것이라 할 수 있다. 그런 점에서 「雪夜」를 〈패배의 미학〉의 한 변주라고 할 수 있을 것이다.

한편, 「남도기행」이란 작품은 앞서 언급한 작품들의 주제를 종합해서 보여주면서 또 그 주제에 깊이를 더해주는 작품으로 주목된다. 「남도기행」에서 낚시꾼 화자는 두 사람에 대해 이야기한다. 한 사람은 낚시배의 선두인 김씨이고 또 한 사람은 그가 관심을 갖고 그 행적을 찾아다니는 이순신 장군이다. 선두 김씨의 이야기를 통해서 화자는 우리 사회의 여러 가지 폭력성과 황폐성을 비판한다. 김씨의 이야기는 단순한 진실의 힘을 갖고 있다. 외진 어촌의 낚시배 선두로서 배운 것이 없고 보잘것없는 김씨가 우리 사회문제의 핵심을 시원하게 꿰뚫고 있다는 것은, 작가가 김씨의 삶에 경의를 표하고 있다는 것을 뜻한다. 이것은 곧 「설야」나 「잠찾는 소년」에서 보여준 작가의 태도와 동일한 것이다. 그리고 이순신 장군의 이야기를 통해서는 〈패배의 미학〉을 한층 깊이 천착한다. 이순신 장군은 나라를 위해 싸우고서도 역적으로 몰렸다. 그는 현실에서 패배한 것이다. 그는 백의종군하여 나라를 구함으로써 그 패배의 자존심을 훌륭하게 펼쳐보여 주었다. 이순신 장군은 〈패배의 미학〉의 한 전형을 보여주는 인물인 것이다. 그런데 이순신이란 인물은 여기서 한 걸음 더 깊이 들어간다. 그는 마지막 전장에서 삶을 방기해 버린다. 그는 나라와 백성을 위해 전쟁을 치렀지만 그 자신은 삶의 의욕을 상실한 인물이다. 작가가 이순신이란 인물에 큰 관심을 두는 것은, 그가 〈패배의 미학〉의 한 전형을 보여주는 인물이면서 동시에 그 〈패배의 미학〉으로 설명되기 어려운 행동을 보여준 인물이기 때문이다. 이순신은 패배의 삶을 포용하고 더 큰 긍정으로 합리화한 인물이 아니다. 이순신은 어떤 절망감에서 마지막 순간 스스로 자신의 삶을 방기해 버렸다. 그의 절망감은 패배의 자존심으로도 견딜 수 없는 현실의 황폐함에서 비롯된 것이다.

삶을 방기할 만큼 순신의 정신을 피폐하게 만든 것은 대체 무엇일까? 사람들은 가끔 사람으로 살아갈 수 있는 최소한의 기본 틀조차 허용하지 않는 시대적 상황에 부닥칠 때가 있다. 광주에서 자행된 군부의 만행이 그렇고, 납득할 수 없는 이유로 순신을 죽이려 한 선조의 포악이 그렇고 비오는 날 상수도용 강물에 묵혀둔 공장 독극물을 몰래 쏟아버리는 사나운 이기주의가 그렇다. 서울 낚시꾼이 순신의 죽음에서 보는 것은, 집단이 개인에게 행사하는 폭압에 대해 개인이 대응할 수 있는 방법은 죽음을 통한 그 시대로부터의 탈출일 수밖에 없다는 우울한 사실이다.

여기서 순신의 죽음은 〈패배의 미학〉을 단순한 용서와 긍정의 미덕으로부터 시대의 문제와 갈등을 일으키는 역동적인 미학으로 심화시킨다. 〈패배의 미학〉이 일반적으로 안고 있는 약점은 그것이 정태적인 인도주의에 머무를 가능성이 많다는 것이다. 이 위험성을 넘어서서 「남도기행」은 현실의 황폐함과 끊임없이 갈등을 일으키는 〈패배의 미학〉을 암시한다. 그것은 죽음이라는 극단적 행위를 매개로 이야기되는 것이기 때문에 바람직한 결론에 이르지는 못한다. 작가는 「남도기행」에서, 현실의 황폐함과 역동적으로 갈등하는 〈패배의 미학〉의 새지평을 열어가고 있는 것이다.

5

이상과 같이, 『투명한 얼굴들』에 실린 작품들의 주인공들은 멋진 대결에서 삶의 참된 가치를 구하는 것이 아니라, 패배한 삶 속에서 참된 가치를 구한다. 그것들은 〈대결의 미학〉이 아니라 〈패배의 미학〉이라 할 만한 것이다. 〈패배의 미학〉으로 작가 홍성원이 추구하는 가치가 어떤 것인지는 앞서 살펴본 바와 같다. 〈대결의 미학〉을 추구하던 작가가 이제 〈패배의 미학〉을 추구한다는 것은, 삶을 바라보는 작가의 시선이 보다 자상하고 깊어졌다는 점에서 약화나 퇴보가 아니라 성숙이라고 해야 할 것이다.

그런데, 작품내용의 변모는 그 서술방식의 변모를 수반하게 된다. 솜씨 좋은 작가의 작품이라면 그 변모가 내용과 형식의 두 차원에서 동시에 이루어지게 마련이다. 홍성원은 그가 추구하는 새로운 주제에 맞추어 그의 서술방식도 적절하게 바꾼 모습을 보여준다. 우리는 지금까지 이야기 차원에서 『투명한 얼굴들』에 실린 작품들의 의미를 탐구해 보았는데, 이제 담화의 차원에서 그것들의 의미를 탐구해 볼 필요가 있다.

솜씨 좋은 이야기꾼인 홍성원이 16년 동안 고작 10여 편의 이야기를 했다면, 그것은 이야기를 아낀 것이다. 그는 이야기판의 중심으로부터 한 걸음 물러선 듯했으며, 또 이야기하는 방식도 바꾼 듯하다. 사실 이제 홍성원은 옛날처럼 입담 좋게 이야기를 하지 않는다. 소설과 같은 서사물은 이야기와 담화 또는 스토리와 플롯의 차원으로 나누어질 수 있다. 이야기나 스토리는 서사의 내용면을 가리키는 것으로 소위 줄거리로 요약될 수 있는 사건과 행동과 인물 등을 가리킨다. 그리고 담화 또는 플롯이란 이야기나 스토리가 진술되는 표현 형식면을 가리킨다. 그러니까 똑같은 이야기라도 진술되는 사람이나 자리에 따라 그 의미와 느낌이 달라지는데, 이 경우 달라지는 부분이 담화나 플롯이라고 불리는 것이다.

이야기꾼이 하는 이야기는 스토리 그 자체만으로도 흥미로운 것이어야 제격이다. 크고 흥미로운 사건이 발생하고 우여곡절이 많은 이야기라야 좋은 것이다. 홍성원은 그러한 이야기를 잘 지어내는 작가였던 것이다. 그러나 『투명한 얼굴들』에 실린 작품들은, 이야기로서의 매력으로 볼 때, 그 이전의 작품들에 미치지 못한다. 그것들은, 사건이나 행동이 풍성하고 우여곡절이 많은 이야기들이 아니다. 물론 다 그런 것은 아니지만, 근래 홍성원의 작품들은 사건의 폭이 좁아졌고, 보다 차분해진 것처럼 보인다. 이야기 자체의 흥미로움보다는 담화의 차원에 보다 의존을 많이 하는 것 같다. 이러한 서술방식의 변모는, 앞서 살펴본 서술내용의 변모와 잘 어울리는 것이라 할 수 있다. 〈대결의 미학〉은 세계의 여러 가지 힘이 극단적으로 충돌하는 과정을 다루게 되므로 이야기 자체의 흥미가 소설의 중심이 될 것이다. 그러나 〈패배의 미학〉은 패배를 수용하는 마음의 과정을 다루게 되므로 그것을 전달해 주는 목소리가 어떠한 것인가가 매우 중요하게 된다. 그렇다면 어조를 중시한 『투명한 얼굴들』의 서술방식은 유효적절한 것이라 아니할 수 없다.

그래서 『투명한 얼굴들』에 실린 작품들을 읽을 때, 우리는 작중 인물의 행동과 성격에 주의를 기울이면서도 또 한편으로 자꾸만 그 이야기를 진술하고 있는, 보이지 않는 서술자 또는 내포작가의 모습을 떠올리게 된다. 다시 말해 우리는 서술자의 태도라고 정의될 수 있는, 작품의 어조로부터 많은 소설적 의미와 매력을 얻게 되는 것이다. 담담하게 이야기를 펼쳐가는 서술자의 어조 속에는 예사롭지 않은 인생의 경륜과 기품 그리고 따뜻한 연민의 마음이 잘 용해되어 있다. 감히 말하건대, 『투명한 얼굴들』을 읽는 가장 큰 매력은 바로 이 부분일 것이다. 이제 홍성원은 그의 소설적 메시지를 전달하는데 있어서 이야기보다 담화의 차원을 더욱 소중하게 여기는 것 같고, 이것은 홍성원 소설의 성숙의 한 차원이라고 할 만한 것으로 보인다.

6

창작집 『투명한 얼굴들』에 실려 있는 작품 중에서 가장 인상적인 작품은 「산」이다. 「산」은 특히 그 서술자의 어조가 깊고 의젓하여, 주제의 깊이를 더해주고 기품 있는 작품이 되게 하는 것으로 보인다. 「산」은, 발표 당시 그렇게 주목받지 못한 작품이지만, 필자의 생각으로는 근래 우리 소설계에서 찾기 힘든 수작이 아닌가 한다. 서술자의 어조에 큰 비중을 두는 홍성원의 서술 방식의 변모와 그 성공을 확인하는 데에도 「산」은 모범적인 사례가 될 것이다.

「산」의 중심 인물이랄 수 있는 화자는 교장 선생이었는데, 몇 해 전 이사장과 싸우고는 정년을 10년이나 남기고 사직을 했다. 그 전에 아내와는 사별했고 하나 있는 딸은 출가했다. 그는 퇴직 후, 산에 들어와 산장을 운영하며 혼자 산다. 물론 산을 좋아해서 산에 들어와 살지만 그의 산생활은 번잡한 세속으로부터의 도피라는 성격이 짙고, 그런 점에서 그는 패배자라 할 수 있다. 그의 산생활은 외롭고 고달프다. 폭설이 내린 작년 겨울 그는 인적 없는 산장에서 죽을 뻔하기도 하였고, 또 아직 태어나지 않은 손자 생각도 한다. 그러나 그는 세속 생활의 황폐함으로부터 물러서서 산의 순수함 속에 살기 위해 그 외로움과 고달픔을 기꺼이 감내한다. 이러한 선택은 패자의 자존심을 지키는 방법의 하나일 것이다. 그 선택은 소승적(小乘的)인 것이지만, 보통 사람들로서는 존경할 만한 어려운 선택이다.

그런데 세상은 그의 겸허한 선택을 허락해 주지 않는다. 세상의 황폐와 어지러움과 견딜 수 없는 일들은 세속을 넘쳐흘러 산 속에까지 범람한다. 어떤 학생은 숙박비 몇 푼 때문에 돌로 그의 머리를 치기도 했고, 사육곰을 야생곰이라 사기치는 일도 생기고, 자연 보호 구실로 영세 상인을 몰아낸 자리에 관광 호텔이 들어서고, 파탄된 가정에서 도망친 소녀가 자살을 시도하고, 모범 학생이던 제재소 사장은 불쌍한 소녀와 상스런 관계를 맺는 일들이 계속 벌어진다. 뿐만 아니라 천진하게 평생을 사신 일비 스님이 타살당한 사건이 일어나기도 한다. 그리고 하나뿐인 딸이 마침내 결혼 생활에 실패하고 그를 찾아와 그의 마음에 또 하나의 그늘을 드리운다. 산은 원래 조용하고 무심한 곳이었으나 사람들은 그곳마저 지옥으로 만드는 것이다.

이상하게도 이곳 안개에는 씁쓰레한 산채즙 냄새가 풍겨온다. 밤새 숲을 지나오면서 산의 정기를 헹구어낸 때문일 것이다.

절 뒤의 가파른 매봉 위로 해가 막 솟고 있다. 안개는 매봉 허리쯤에 한쪽이 이지러진 고리 모양으로 걸려 있다. (……)

갓 솟은 햇빛을 받아 매봉의 현무암 이마가 흰 얼룩으로 번쩍인다.

지난 보름날 두번째 눈이 내린 후로는 매봉의 검은 몸뚱이에 흰 얼룩이 박혔다.

산과 자연은 원래 이처럼 정갈하고 고고하게 존재한다. 화자는 세상의 번잡함을 피하여 이런 곳에서 살고자 외로움과 고달픔을 무릅쓰고 산속에 들어왔다. 그러나 세상은 그가 그런 곳에 살도록 허락하지 않는다. 사람들은 이런 산마저 소란스럽고 황폐하게 만들어 버린 것이다.

산중이라고 별수는 없다. 연말만 되면 으레 들려오는 성탄 축하의 캐럴송이다. 아랫동네 여관촌들은 등산철도 아니건만 요즘 더욱 손님들로 붐비고 있다. 연말 휴가를 즐기려는 도회지의 이런 저런 단체 손님들이 관광버스를 대절하여 하루에도 십여 팀씩 들고나기 때문이다. 하긴 살롱 같은 술집은 물론 밴드까지 갖춘 디스코 클럽도 여럿이라. 밤샘하여 질펀히 놀기에는 이런 한갓진 산중의 관광지가 최적의 장소인지 모른다. 동네가 온통 한동아리의 유흥 업소라 손님이 아무리 시끄럽게 떠들어도 탓할 사람이 없는 것이다.

그러니까 산중 마을에도 도시와 다름없이 온갖 시끄러움과 야만스러움이 가득하다. 마을의 이러한 풍경은, 앞서 언급한 여러 가지 폭력과 거짓에 대한 은유가 되기도 한다. 이처럼 세상의 번뇌를 피해 산으로 왔지만, 산에도 그것이 가득 차 있다는 것을 「산」은 말하고 있다. 탈속의 공간인 산을 무대로 삼아 세속의 죄악을 말하고 있는 이 작품에서 우리는 두 가지를 생각할 수 있다. 하나는 세상의 황폐가 넘치고 넘쳐서 산 속에까지 범람하고 있다는 점이다. 이는 순수한 소녀가 타락하고, 해맑은 얼굴의 청년이 살인자가 될 수밖에 없는 상황과 닮은 꼴이다. 다른 하나는 순수하고 깨끗한 공간과 세상의 황폐가 대비됨으로 해서 그 황폐의 심각성을 자연스럽게 강조하는 효과를 갖는다. 즉 일종의 보색 효과를 갖게 되는 것이다.

한편, 서술자는 산 속까지 밀려온 그 세상의 거짓과 폭력과 황폐를 담담하게 쳐다본다. 그것들은 그에게 있어 견딜 수 없는 일들이다. 그러나 그는 이미 견딜 수 없는 일들을 많이 겪어본 사람이다. 그래서 세상의 황폐를 과장하거나 논평하지도 않고 또 개입하여 바로잡으려는 행동을 보여주지도 않는다. 깊은 연민과 절망감을 감추고 그는 산처럼 묵묵하게 있을 따름이다. 그는 세상에 대한 절망감으로 세상을 외면하고 사는 사람이다.

살아난 후에도 죽을 생각만 하던 그녀를, 그는 여러 날 걸려 죽지 않게 만들었다. 이사장과 멱살잡이 후 그가 고등학교의 교장직을 사임한 이래, 자기 이외의 사람에게 정성을 쏟기는 이 소녀가 처음이었다.

그는 세상일에 관여치 아니하고 산속에서 바위나 나무처럼 여생을 보내기로 한 것이다. 그의 이러한 태도는 서술의 어조에 깊이를 준다. 우선 그는 여생을 산에서 보내기로 했으면서도 산의 미덕을 요란하게 늘어놓지 않는다. 이 작품에서 산에 대한 예찬은 거의 찾아볼 수가 없다.. 그러나 서술자의 어조 속에서, 전체 분위기 속에서 우리는 그 산의 넉넉한 됨됨이를 느낄 수 있다. 산의 미덕에 대해 아무런 언급을 하지 않으면서도 서술자의 어조만으로 산의 미덕을 전달해 주는 작품이라 할 수 있다. 그리고 어느 경우에나 과장법을 사용하지 않는 어조는 무겁고 신실한 인상을 준다. 산에 대한 묘사에서도 그러했지만, 산 속에서 부딪치는 많은 일들에 대해 서술자의 어조는 비정하리만치 담담하고, 자기의 생각과 감정을 억제한다. 이 작품의 여러 에피소드 중에서 가장 충격적인 것은 일비 스님의 죽음과 임신한 소녀의 이야기이다. 그러나 그 충격적인 사건을 이야기할 때도 서술자의 어조는 조금도 흥분되지 않는다. 충격의 울림은 내면으로 파장을 일으킬 뿐 겉으로 드러나지 않는다. 사건을 바라보는 시선도 섣부른 선악의 구분으로 들뜨지 아니한다. 그는 한 인간의 죄악을 주시하고 분노하는 것이 아니라, 인간을 그렇게 몰아가는 세상에 대해 절망한다. 순진무구한 노스님을 죽인 범인이 해맑은 얼굴의, 상냥하고 공손한 신학도 청년이라는 사실에 대한 그의 반응은 다음과 같다.

이해할 수 없는 일이 세상에는 가끔 있다. 그러나 목사 되기가 소원인 신학 대학생이 아흔 살이 넘은 노스님을 무슨 이유로 죽였는지는 모를 일이다.
「살해 동기가 무어랍니까?」
「말다툼을 했답니다. 자기 말루는 그 스님과 종교 토론을 했다구 합니다만」
「말다툼으로 사람을 죽여요?」
「광신도예요. 예수님을 욕하길래 자신두 모르게 스님을 돌루 쳤다는군요」
비로소 그의 머릿속에는 사건의 얼개가 어렴풋이 드러나기 시작한다. 거칠 것 없는 노스님의 말이, 나이 어린 순진한 신학도를 본의 아니게 격분케 했을 것이다. 왜 세상은 이렇게 어려운가?

서술자는 우선 살해범이 상냥하고 공손한 성격의 인물임에 주시한다. 즉 서술자는 살인이라는 범죄 자체보다도 그 청년과 같은 인물이 살인을 저지르게 되는 세상의 황폐를 문제삼고 있는 것이다. 그리고 그 충격적 사실에 대한 서술자의 반응이란 〈왜 세상은 이렇게 어려운가?〉라는 한마디뿐이다. 그 태도는 세상의 악을 개탄하는 도덕주의자의 태도가 아니다. 그것은 아무리 양보하고 긍정하고 포용해도 다함없는 세상의 황폐의 범람에 대한 절망감의 표현이다. 서술자의 이러한 태도는 임신한 소녀와의 만남에서도 마찬가지이다. 그는 누구보다 소녀를 아끼지만 그가 소녀의 비극을 통해서 말해주고 있는 것은 사장의 파렴치한 행위에 대한 비난에 그치지 않는다.

그는 제재소 사장의 잘못뿐만 아니라 소녀의 나쁜 면모에 대해서도 주시한다. 그리고 누구를 탓하지도 않는다. 「산」에는 많은 죄악들이 나열되고 있지만 서술자는 그 누구도 비난하지 않는다. 「산」에서 서술자는 어떤 인물의 패륜과 거짓을 문제삼는 것이 아니라 모든 세상 사람들이 벗어날 수 없는 황폐의 범람에 대해 절망적인 눈길을 보내고 있는 것이다.

「산」의 마지막 부분을 통해서, 그러한 세상을 대하는 서술자의 태도를 다시 한번 확인해 보자. 서술자는 이번 겨울을 서울 딸네집에서 보낼 생각이었다. 일비 스님의 일, 소녀의 일 등등 여러 가지 가슴 아픈 일을 치르면서 그는 지나치게 외로웠는지도 모른다. 그러나 딸의 소식은 다시 한번 그의 마음에 못을 박는다.

「아빠」
스푼으로 찻잔을 휘저으며 딸이 문득 그를 부른다. 내리깐 딸의 눈가에 푸른 그늘이 물들어 있다.
「왜?」
「나 여기 산장에서 아빠랑 함께 살면 안 돼요?」
찻잔에서 오르는 뜨거운 김으로 그는 무심코 눈살을 찌푸린다. 생각보다 뜨거운 차에 그는 살짝 입술을 덴다.
「싸웠니, 또?」
「아뇨, 저, 아무래도 장서방이랑 헤어져야 될까봐요」
이런 소리를 듣지 않게 된 ●아내가 다행이라고 그는 생각한다. 그러나 그는 생각보다 마음이 아주 평온하다. 마치 오래 전에 예상했던 일을 뒤늦게 딸의 입을 통해서 확인하는 기분이다.
「알 수 없는 노릇이구나. 꼭 그렇게 해야겠니?」
「네, 어쩔 수 없었어요. 최선을 다했지만 이제는 더 견딜 수가 없어요」
사노라면 견딜 수 없는 일은 이 세상에 얼마든지 있다. 정년을 십 년이나 남긴 그가 교장직을 버린 것도 견딜 수 없는 일 때문이었다.

「나는 잘 모르겠다. 급하지 않은 일이니 좀더 생각해 보자꾸나」

갑자기 산이 보고 싶어서 그는 서둘러 의자에서 일어선다.

아마 내일 다비가 올려지면 일비 스님은 바람이 되어 온 산을 떠돌 것이다.

간결한 문체 속에 섬세한 감정의 흐름이 잘 느껴지는 장면이다. 서술자는 이미 딸의 눈에서 푸른 그늘을 본다. 그러나 뜨거운 차의 김에 눈살을 찌푸리고 또 입술을 덴다. 이 사소한 흔들림은, 그의 내면에 큰 충격이 있었음을 짐작케 하고 또 그가 좀처럼 감정을 드러내지 않는, 자제력이 매우 강한 인물임을 짐작케 한다. 그런데 이 때의 자제력이란 강한 자의 의지라기보다는 오랜 인고에 의해 저절로 형성된 태도일 것이다. 그리고 마음이 평온하다는 것도, 쉽게 그 충격을 흡수할 수 있는 마음의 넉넉함이 아니라 모든 기대를 포기한 자의 체념 비슷한 것으로 느껴진다. 그는 딸을 만나 아내 생각도 하면서 세상이 허락하지 않는 따뜻함을 잠시 기대했던 것인데, 역시 그게 잘못이라는 깨달음 비슷한 것이다. 다시 말해 미련을 놓아버린 자의 평온함일 것이다. 그리고, 견딜 수 없는 일은 이 세상에 얼마든지 있다는 독백은 또 세상은 아무래도 이해할 수 없는 것이므로 견디지 못할 일이란 아무것도 없다는 말로 들리기도 한다.

이 장면에서 서술자의 태도는 다소 체념적이라 할 수 있다. 그러나 그 체념은 새삼스런 절망이 아니라 이미 내면화하고 있던 체념의 또 한번의 확인이다. 이러한 서술자의 태도에 생의 에너지가 충만해 있다고 말할 수는 없다. 그러나 우리는 그 태도에서 수많은 것을 포기하고서라도, 그리고 끊임없는 패배 속에서라도 자기 자신을 지키고 세상의 황폐에 더 이상 휩쓸리지 않으려는 자의 오랜 노력을 읽을 수 있다. 뿐만 아니라 패자의 자존심을 지키기 위해 세상을 외면하고 살면서도 외로움을 어쩌지 못하고 괴로워하는 마음, 또 세상의 여러 가슴 아픈 일들에 대해 말할 수 없는 연민의 마음을 동시에 읽을 수 있다. 여기에는 강함과 약함, 초탈과 갈등, 고고함과 소박함이 있고, 또 어떤 지극함이 있다. 이러한 어조는 인생의 고뇌에 대한 경건함을 느끼게 해준다. 이것이야말로 「산」이 주는 문학적 감동이며, 우리가 좋은 문학에서 기대할 수 있는 것이 아니겠는가. 우리는 「산」이란 한 편의 소설로 그 어조의 문학적 향기를 살펴보았지만, 그것은 창작집 『투명한 얼굴들』 전체에서 맛볼 수 있는 것이다. 홍성원이 『투명한 얼굴들』에서 추구한 〈패배의 미학〉은 이러한 〈어조의 미학〉에 의해서 비로소 완성된다고 말할 수 있다.

그때 거기 있었던 아픔과 아름다움에 대하여
—— 박완서의 『그 산이 정말 거기 있었을까』

박완서의 『그 산이 정말 거기 있었을까』는 3부작으로 구상된 자전소설 중 2부에 해당하는 작품이다. 제1부 『그 많던 싱아는 누가 다 먹었을까』는 1992년 가을에 출간되어 그 동안 많은 독자들에게 감동을 주었으며, 그 후속편으로 『그 산이 정말 거기 있었을까』를 출간하게 되었다. 제1부는 작가의 어린 시절과 학창 시절의 일들을 그리고 있으며, 제2부는 6·25전쟁 동안 작가가 스무 살의 처녀로 겪었던 체험을 회상하고 있다. 짐작건대, 제3부는 결혼 후부터 작가가 되기까지의 이야기가 나오지 않을까 한다. 이렇게 되면, 박완서의 3부작 자전소설은 우리 문학사에서 가장 치밀하고 풍성하게 기록된 한 개인의 삶의 역사를 보여주는 작품이 될 것이며, 또한 가장 진실되게 씌어진 20세기 한국의 생활 풍속사적 의의를 지니는 작품이 될 것이다.

제1부와 제2부는 각각 독립된 구성과 의의를 지닌다. 그러므로 3부작 중의 한 권으로 의식하지 않고, 그냥 제2부 『그 산이 정말 거기 있었을까』만 읽어도 아무런 무리가 없다. 그러나 사정이 허락한다면, 제1부 『그 많던 싱아는 누가 다 먹었을까』를 먼저 읽어두는 편이 훨씬 바람직하다. 왜냐하면 제2부에 등장하는 인물들의 과거와 사건들의 뿌리가 제1부에 기록되어 있기 때문이다. 어떤 인물이나

사건이 거쳐온 과거의 시간들을 잘 아는 것은 매우 소중하다. 우리에게 역사가 중요하고, 회상의 기록들이 중요하고, 박완서의 3부작 자전소설이 중요한 것도 다 같은 이치이다. 따라서 이 글도 『그 산이 정말 거기 있었을까』를 이야기하기 이전에 먼저 『그 많던 싱아는 누가 다 먹었을까』에 대해 간단히 언급해 두는 것이 좋을 듯하다.

『그 많던 싱아는 누가 다 먹었을까』는 박완서가 태어난 고향에서의 어린 시절에서부터 박완서가 대학에 입학하고 6·25를 체험하게 되는 스무 살 때까지의 이야기이다. 즉 스무 살까지의 박완서의 삶이 고스란히 기록되어 있다. 이 기간은 연도로 보면 1931년에서부터 1950년까지로써, 식민지지배와 태평양전쟁 그리고 해방과 전쟁으로 이어지는 그야말로 수난과 격동과 파탄의 세월이었다. 박완서는 개성에서 10Km쯤 떨어진 박적골이라는 시골마을의 양반집에서 태어나 대가족 속에서 어린 시절을 보냈다. 그리고 여덟 살이 되었을 때, 어머니를 따라 서울에 와서 가난한 셋방살이를 하며 학교를 다녔다. 그러니까 농촌의 삶과 도회지의 삶을 두루 경험하였으며, 전통적인 삶과 근대적인 삶을 두루 경험했다고 할 수 있다. 또 어렵게 살긴 했지만, 당시의 사회상황에 비추어 그때까지는 그리 험한 삶을 살지 않았다고 할 수 있다. 이러한 성장환경은 박완서로 하여금 당시의 삶을 보다 보편적이고 포괄적으로 이야기해 줄 수 있도록 했다고 짐작된다. 박완서는 『그 많던 싱아는 누가 다 먹었을까』를 탈고한 후, 그 서문에서 〈뼛속의 진까지 다 빼주다시피 힘들게 쓴 데 대해서는 아쉬운 것 투성이지만 40년대에서 50년대로 들어서기까지의 사회상, 풍속, 인심 등은 이미 자료로서 정형화된 것보다 자상하고 진실된 인간적 증언을 하고자 내 나름으로는 최선을 다했다는 걸 덧붙이고 싶다〉라고 적고 있다. 이러한 작가의 바램은 충분히 달성되었다고 판단된다. 즉 『그 많던 싱아는 누가 다 먹었을까』 속에는 당시의 삶과 사회가 역사적 자료로서 이미 정형화된 것들보다 훨

썬 풍성하고 소중하고 자상하고 진실된 인간적 증언을 보여준다. 특히, 일반적으로 이런 어려운 시대의 개인적 기록들은 자신의 고통을 과시하고 또 투정하는 듯한 느낌을 주는 경우가 많은 데 반하여, 『그 많던 싱아는 누가 다 먹었을까』에는 그런 느낌이 전혀 없다. 어려운 시대와 어려운 삶을 이야기하되, 당당하고 머뭇거림 없이 이야기하며 또한 아름답게 이야기한다. 다시 말해 작가는 어려웠던 삶의 공간을 아름다운 이야기의 공간으로 바꾸어놓았다.

『그 많던 싱아는 누가 다 먹었을까』 중에서도 박적골에서 살았던 이야기는 너무나 아름답다. 필자는 우리 소설문학 속에서 이렇게 아름다운 유년의 공간을 만나본 적이 없다. 고향이라는 말로 상상될 수 있는 최선의 공간이 거기에 있다. 물론 작가 박완서가 아름다운 유년 시절을 보냈기 때문에 그렇게 될 수 있었을 것이다. 그러나 작가가 보낸 유년 시절이란 그야말로 가공되지 않은 원료에 지나지 않는다. 그것이 아름다운 보다 중요한 이유는, 작가의 남다른 심미적 가치와 감수성에 포착된 것이기 때문이다. 작가의 회상 속에서 박적골의 삶과 자연과 또 그 속의 관계는 아름답게 재생된다. 여기에는 박완서의 정감 있고 생동감 넘치는 문체도 한 몫을 했을 것이다. 그런데, 박적골 이야기의 소중함은 그것이 잃어버린 우리의 풍습을 섬세하게 기록했다거나 또는 아름다운 공간이라는 점에 그치지 않는다. 그것은 우리 삶을 참으로 행복하게 만드는 가치와 아름다움의 원형이 무엇인가라는 점을 알려준다. 실제로는 박적골의 삶의 공간 속에도 많은 비인간적 요소들이나 모순과 고통이 있었을 것이다. 그러나 박완서의 회상 속에서 박적골의 삶은 우리가 언제 어디서든지 지향해야 할 가치와 아름다움의 뿌리를 보여주는 것이다. 박완서는 소설 속에서 그 가치와 아름다움을 〈그 많던 싱아〉로 상징화한다. 박완서의 삶은 서울에서 학교를 다니기 시작함으로써 그 가치와 아름다움을 훼손당하기 시작한다. 세상을 체험하고 배운다는 것은, 한편으로는 이상적 고향의 가치와 아름다움을 상실해 간다는 것을 뜻한다. 박완서가 여덟 살이 되어 서울에서 학교에 다니기 시작하여 세상의 추함과 가파름과 고약함들을 하나씩 부딪치면서 성장해 간다는 것은 곧 박적골의 아름답고 안온한 삶의 충족으로부터 멀어지는 과정이라고 할 수 있다. 그러나 인간의 성장이란 유년적 공간의 일방적 상실에 그치는 것이 아니다. 인간은 성장하면서 유년적 공간과 배반되는 세상의 물결 속으로 들어간다. 그 세상의 물결 속에서 그냥 휩쓸려 가는 것이 아니라 그 물결에 어쩔 수 없이 휩쓸리면서도 나름대로의 자기 공간을 주체적으로 형성해 나간다. 이때 주체적 형성의 뒷힘이 되는 것이 또한 유년적 공간의 가치와 아름다움이다. 세상의 물결 속에서 고향의 아름다움과 가치를 추상적으로 변형시키고 내면화시키게 되는 것이다. 즉 〈그 많던 싱아〉는 단순하고 구체적인 풀에서 추상적이고 내면적인 가치로 변하는 것이다. 박완서가 세상의 모순과 추함과 타락 속에서 분노하고 거부하고 슬퍼하는 것은 곧 내면화된 〈싱아〉를 소중히 생각하고 그것을 지키기 위한 노력이라고 볼 수 있다. 박완서가 소설을 쓰는 이유도 〈그 많던 싱아〉로 상징되는 가치와 아름다움이 삶에 있어 무엇보다 소중하기 때문에 그것을 지키려고 노력하는 행위일 것이다. 박완서가 『그 많던 싱아는 누가 다 먹었을까』에서 보여주는 것은 고향의 가치와 아름다움을 훼손하는 세상 속에서 그 가치와 아름다움을 최소한이라도 지키기 위한 노력들이 어떤 고통을 수반하며 또 그 고통 속에서 어떤 삶의 의미가 생성되는가 하는 것이다. 따라서 우리는 『그 많던 싱아는 누가 다 먹었을까』를 성장소설로 볼 수 있다.

제2부 『그 산이 정말 거기 있었을까』는 1951년 1·4 후퇴 때부터 시작하여 1953년 결혼을 할 때까지의 이야기이다. 제1부와 제2부는 왜 1·4후퇴 때를 기점으로 나누어지며, 또 제1부와 제2부는 그 의미가 어떻게 다른가? 아주 간단히 이야기하자면, 제1부는 박완서가 어릴 때부터 대학 들어갈 때까지 즉 스무 살이 될 때까지이므로 미

성년으로서의 성장과정을 그린 것이고, 제2부는 스무 살부터 결혼 때까지의 성년의 삶을 그린 것이다. 그런데 여기에는 좀더 설명이 필요할 것 같다. 우선 박완서의 가족상황을 생각해 보자. 박완서의 삶에서 아버지는 존재하지 않는다. 그녀의 가족관계 안에서 남자의 존재는 할아버지와 오빠이다. 그런데 할아버지는 선비나 양반으로서의 권위가 상당히 약화된, 이름만 남은 양반에 가깝다. 그리고 오빠는 아직 성장하지 않았다. 여기서 흥미로운 유추가 가능하다. 할아버지는 과거 조선시대의 질서를 상징한다. 현재의 질서를 상징하는 아버지는 식민지 상황이므로 존재하지 않는다. 그리고 오빠로 상징되는 미래의 질서는 아직 희망과 가능성으로서만 존재한다. 이러한 가족 상황은 일제시대의 우리 민족적 상황으로 비유될 수 있다. 미성년의 박완서는 미미하게 남아 있는 과거의 질서 속에서 보호받다가 할아버지가 돌아가신 후에는 새로운 가능성인 오빠의 질서 속에서 보호받으면서 성장한다(이때 오빠의 보호는 상당부분 오빠를 절대적으로 신뢰하는 엄마의 보호로 대신된다). 이처럼 부권으로 상징되는 삶의 질서가 지극히 약한 시대 속에서 박완서는 성장한다. 비록 그 현실적 힘이 매우 약하기는 하지만 유년 시절에는 할아버지가 아버지를 대신해 주었고, 사춘기 이후에는 오빠가 아버지를 대신해 주어 그 그늘 아래서 피보호자로 지낼 수 있었다. 중학교 이후 오빠의 모든 언행은 박완서의 가치기준이 되었다. 그러나 1·4 후퇴를 전후로 사정은 달라진다. 오빠가 인민군에 끌려갔다가 도망쳐 온 후, 오빠는 자아를 상실하고 거의 폐인이 되어버린 것이다. 『그 산이 정말 거기 있었을까』는, 박완서에게 완벽한 하늘이었던 오빠의 상실로부터 시작된다.

우리 오빠 입에서 어떻게 저런 소리가 나올 수 있을까 차라리 귀를 막고 싶은 심정이었다. 어쩌면 배신감이었을지도 모른다. 오빠는 나에게 천성의 생각하는 갈대였다. 그런 그가 지금 살찐 돼지가 되려고 열심히 자신과 식구들을 훈련시키고 있었다. 말이 많아지면서 표정도 과묵하던 때의 준수한 모습은 간 데 없이, 소심하고 비루해지고 있었다. 오빠가 넘어온 이데올로기의 전선은 나로서는 처음부터 상상을 초월한 것이긴 했지만 이런 오빠를 보고 있으면 그 선의 잔인하고 음흉한 파괴력에 몸서리가 쳐지곤 했다. 오빠같은 한낱 나약한 이상주의자가 함부로 넘나들 수 있는 선이 아니었다. 어떻게 사람이 저렇게 변할 수가 있을까. 오빠가 얼굴을 잃고 돌아왔다고 해도 지금의 오빠보다는 유사성을 발견하기가 쉬울 것 같았다.

이제 오빠는 없어졌다. 오빠의 상실은 시대적으로 보면, 민족적 가치 질서의 상실을 상징적으로 의미한다. 일제시대에는 그래도 할아버지로 상징되는 구시대의 질서가 희미하게 남아 있었고 또 그에 대신할 새시대의 질서의 싹이 믿음직한 오빠로 상징되고 있었다. 그러나 이념의 대립과 잔혹하기 이를 데 없는 민족상잔의 전쟁은 그러한 새시대의 질서의 싹을 짓밟아 버린 것이다. 그리고 박완서에게 있어서 오빠의 상실은 보호받고 의지할 수 있는 세계의 상실을 의미한다고 할 수 있다. 이때 박완서는 더이상 미성년자로 남아 있을 수가 없다. 이제 그녀 자신이 법이 되고 질서가 되어 세상의 힘과 직접 부딪쳐야 할 뿐만 아니라 또한 보호자가 되어 엄마와 오빠를 보호해야 할 입장이 되어버린 것이다. 박완서는 스무 살이란 나이 때문에 저절로 성년이 된 것이 아니라, 상황의 변화 때문에 어쩔 수 없이 성년이 된 것이다.

그리하여 『그 산이 정말 거기 있었을까』에는 박완서가 하나의 독립된 개체가 되어 혼자 힘으로 세상과 부딪치고 또 가족을 보호하는 역할을 하면서 겪은 일들을 기록하고 있다. 공교롭게도 그 기간은 6·25전쟁 기간과 거의 일치한다. 박완서는 가장 혹독한 시련의 세월 동안, 혼자서 모든 시련을 감당해야 했던 것이다. 오빠가 폐인이 되다시피한 이후, 박완서는 혼자서 세상과 부딪칠 뿐만 아니라 혼자서 생각하고 판단하고 괴로워하고 또 가족의 생존에 대해 책임을 진다. 그리고 자신과 자신의 가족을 극한 수난 속으로 몰아간 전쟁이라는 괴물이 도대체 무엇인가에 대해 고뇌한다. 그러므로 『그 산이 정말 거기 있었을까』는 『그 많던 싱아는 누가 다 먹었을까』와는 달리 성장소설로 볼 수 없다. 그것은 정신적 파탄의 공간 속에서 참혹한 전쟁이라는 야만의 시간을 견디면서 한 인간이 어떻게 고귀한 생명을 유지하고 또 인간적 존엄을 최소한이라도 지키려고 몸부림쳤는가에 대한 눈물겨운 증언이다. 필자는 『그 산이 정말 거기 있었을까』를 읽으면서, 레마르크의 『사랑할 때와 죽을 때』를 떠올렸다. 『사랑할 때와 죽을 때』는, 야만적인 전쟁이 인간적 위엄과 인간적 가치를 어떻게 무자비하게 파괴하는가 그리고 그 속에서도 끝내 인간적 위엄과 인간적 가치를 저버리지 않는 한 젊은 영혼이 어떻게 고통당하고 끝내는 파멸되는가를 감동적으로 그린 소설이다. 『그 산이 정말 거기 있었을까』 역시 단순한 전쟁체험의 기록에 머무르지 않는다. 이 작품에서도 인간적 위엄과 인간적 가치를 끝내 포기할 수 없는 스무 살 처녀의 젊은 영혼이 좌절과 야만의 소용돌이 속에서 홀로 몸부림친다. 야만의 세월을 기록한 글들은 많다. 그러나 어떤 영혼의 문체가 그 세월을 기록했는가에 따라서 그것들은 큰 차이가 난다. 야만의 세월을 고발했기 때문에 훌륭한 글이 되는 것이 아니라, 야만의 세월 속에서도 인간적 가치를 버릴 수 없어 더욱 큰 고통을 당했던 영혼이 그 야만의 세월을 기록할 때 훌륭한 글이 되는 것이다. 우리가 『그 산이 정말 거기 있었을까』에서 가장 먼저 눈여겨보아야 할 점이 바로 이것이다.

끝나기 전에 미리 외면하고 싶은 유치한 무용이었다. 구역질이 날 것 같았다. 은유나 상징이 전혀 없이 의도만이 하도 뻔뻔스럽게 노출돼 있어 마치 공산주의가 벌거벗고 서 있는 걸 바라보는 기분이었다. 벌거벗은 자가 부끄러워하지 않을 때에는 구경꾼이라도 시선을 돌려야 어쩌겠는가. 무용순서를 끝으로 우리는 다시 밖으로 나와 줄봉사 노릇을 하며 집으로 돌아왔다. 올케한테 미안했지만 말로 나타내진 않았다. 뭐라고 말할 수 없이 비참했다. 거의 자정을 바라보는 시간이었고 온몸이 남루처럼 지쳐 있었으나 잠이 올 것 같지는 않았다. 나는 이불 속에서 외롭게 절망과 분노로 치를 떨었다. 이 놈의 나라가 정녕 무서웠다. 그들이 치가 떨리게 무서운 건 강력한 독재 때문도 막강한 인민군대 때문도 아니었다. 어떻게 그렇게 완벽하고 천연덕스럽게 시치미를 뗄 수가 있느냐 말이다, 인간은 먹어야 산다는 만고의 진리에 대해. 시민들이 당면한 굶주림의 공포 앞에 양식 대신 예술을 들이대며 즐기기를 강요하는 그들이 어찌 무섭지 않으랴. 차라리 독을 들이댔던들 그보다는 덜 무서울 것 같았다. 그건 적어도 인간임을 인정한 연후의 최악의 대접이었으니까. 살의도 인간끼리의 소통이다. 이건 소통이 불가능한 세상이었다. 어쩌자고 우리 식구는 이런 끔찍한 세상에 꼼짝 못하고 묶여 있는 신세가 되고 말았을까.

이 대목은 박완서가 인공치하의 서울에서 기아와 불안과 초조 속에서 겨우 연명하고 있을 때의 이야기이다. 어쩔 수 없이 인민위원회 일을 좀 도와주게 되는데, 어느 날 방소예술단이 위문공연을 하니 모두들 가서 봐야 한다는 강압에 못 이겨 박완서는 올케를 데리고 그곳에 간다. 전기가 들어오지도 않고 들어온대도 켤 수 없는 캄캄한 밤거리를 서로의 뒤꽁무니를 잡고 한 줄이 되어 공연장으로 가는데, 만약 일행을 잃어버리면 어둠 속에서 어떻게 될지 모르는 상황이다. 어떤 지하실에서 카바이트 불빛을 희미하게 밝히고 공연은 시작된다. 그러나 그 공연내용은 너무나 치졸하다. 이 공연을 보고 온 날 밤의 분노와 좌절을 박완서는 위에 인용한 바와 같이 기록하고 있다. 여기서 박완서를 절망과 분노에 떨게 한 것은 두 가지이다. 하나는 너무나 치졸한 노래와 춤이 위대한 예술의 탈을 쓰고 있

고 자신의 영혼은 그것에 거짓으로나마 감동해야만 하는 상황의 야
만성이다. 다른 하나는 굶어죽고 있는 사람들을 끌어내어 사이비 예
술을 강요하는 상황의 야만성이다. 이러한 야만적 상황은 기아와 살
육의 상황보다 더욱 인간을 비참하게 만든다. 그것은 선의 이름으로
인간의 자존심과 부끄러움을 참혹하게 농락하기 때문이다. 이 외에
도 『그 산이 정말 거기 있었을까』를 읽다보면, 박완서의 절망과 고
통과 분노가 직설적으로 표현된 대목이 많다. 그만큼 어렵고 절박한
시절이었음을 말하는 것이겠지만, 박완서가 참으로 괴로워한 것은
인간적 가치의 훼손과 전도였던 것 같다. 임진강 쪽으로 피난갔다가
다시 서울로 돌아와 어느 집 담벼락에 너무나 멀쩡하게 핀 하얀 목
련꽃의 아름다움을 보고 〈미쳤어!〉라는 독백을 하게 되는 심리도 이
와 관련된다. 그것은 야만의 시대를 체험하는 마음의 방식이다. 이
마음의 방식 때문에 비길 데 없는 참혹한 고통의 기록이 아름다운
글이 되고 또 더욱 읽을 만한 글이 되는 것이다.

이제 『그 산이 정말 거기 있었을까』라는 소설이 지닌, 과거 기록
으로서의 소중함에 대해 이야기해야 할 것 같다. 『그 산이 정말 거
기 있었을까』는 무엇보다 6·25전쟁에 대한 놀라운 기록이라고 말할
수 있다. 6·25전쟁과 같은 거대한 대상의 기록은 기록자의 시점에
따라 여러 가지 모습을 띨 수 있다. 스무 살의 박완서는 그 중심에
서 6·25를 체험했다. 이러한 기록자의 위치는 그 기록의 의의를 한
층 높여준다. 3년에 걸친 전쟁기간 동안 박완서가 서울과 그 주변에
서 보고 듣고 체험한 일들은 보통사람들이 접할 수 있었던 시대적
면적보다 훨씬 넓고 또 그 접촉강도와 민감성에 있어서도 훨씬 강했
던 것으로 보인다. 그러니까 박완서의 체험 자체가 6·25전쟁의 기
록자로서의 유리한 조건인 셈이다. 그러나 이것보다 더욱 중요한 것
은 기억의 치밀함과 솔직함이 아닐까 한다. 『그 산이 정말 거기 있
었을까』에서 박완서는, 전쟁기간중 서울의 풍경이 어떠했는지, 그

속에서 사람들은 무얼 먹고 무슨 짓을 하고 무슨 일을 당하면서 살았는가를 세세하게 증언한다. 심지어는 어떤 심정으로 하루하루를 견디었는가까지도 증언한다. 그러므로 이 글은 소설이기 이전에 기록이다. 필자는 많은 이야기와 책 특히 소설을 통해서 6·25의 모습을 나름대로 알고 있다. 어떤 6·25 소재의 소설보다도 『그 산이 정말 거기 있었을까』가 더 진실한 기록이라고 생각한다. 물론 필자는 6·25 미체험세대이기 때문에 그 진실성을 가늠할 체험적 기준을 갖고 있지 못하다. 그러나 필자는 이 작품에서 뿜어져 나오는 강한 진실의 힘에 굴복하지 않을 수 없다. 『그 산이 정말 거기 있었을까』에는 직접 체험하지 않고, 들은 이야기로 또는 짐작이나 상상으로는 쓸 수 없는 세세한 풍경과 장소와 인물과 사건과 감정들이 가득하다. 정확하고 세세한 기록들은 그 자체로 진실의 힘을 갖는다. 그것의 기록적 가치나 의의를 따지는 것은 그 다음의 문제다. 가령 수복 직후의 서울 돈암동 시장과 회현동 미군 피 엑스 앞 거리 풍경을 묘사한 대목만 하더라도 그러하다. 돈암동 시장에서 난전을 벌이고 있는 사람들이나 회현동에서 설치던 양아치와 얌생이들에 대한 묘사는 너무나 생생하여 마치 기록영화를 보는 듯하다. 이러한 단순한 과거 풍경의 재생은 그 자체로서 사료적 가치가 크지 않을지도 모른다. 그러나 이것의 의의는 크다. 이러한 소소한 풍경들의 진실성은 크고 중요한 역사적 이해를 바르게 원격조정하는 숨은 힘으로 작용한다. 이런 구체성을 무시한 삶과 시대에 대한 이해는 대개 잘못된 것일 수가 많다.

『그 산이 정말 거기 있었을까』가 지닌 체험적 진실의 힘을 짐작할 수 있는 흥미로운 대목으로 또 하나 예로 들고 싶은 곳이 있다. 그것은 박완서와 올케가 인민군의 강요에 의해 북으로 거짓 피난가서 체험한 일이다. 이들은 북으로 향하는 국도를 벗어나 파주 쪽으로 갔다. 파주군 탄현면이라는 산골마을에 묵게 되는데, 거기서 만난 주인 마님은 매우 인상적인 인물이다. 무자비한 전쟁의 발톱도 차마 그 기세를 꺾지 못하는 의젓한 인간이 이렇게 있다는 것은, 물론 피난민에게도 큰 위안이었겠지만, 오늘날의 우리들의 삶에 있어서도 위안을 준다. 스무 살의 박완서는 참혹한 전쟁의 와중에서 야수 같은 인간과 걸레처럼 망가진 인간들을 체험했다. 그러나 때때로 끝까지 인간적 기품을 잃지 않는 인간들을 만나 도움을 받곤 하는데, 그 인물들은 이 작품을 아름답게 하는 중요한 요소일 것이다. 어쨌든, 그네들은 주인 마님의 고마운 도움을 받고 또 그녀의 충고대로 다시 교하라는 마을로 피신한다. 그런데 교하라는 마을은 두 줄기 큰 강이 만나는 곳으로 넓고 비옥한 고장이었다. 더구나 그곳은 참으로 이상하리만큼 전쟁의 냄새가 나지 않고 살림의 냄새가 남아 있는 포근한 곳이었다. 피난민들이 많이 있었지만, 인심까지도 후한 그런 곳이어서 박완서와 그의 올케는 아주 편하게 있다가 거기서 거짓말같이 바뀐 세상을 맞이한다. 만약 『그 산이 정말 거기 있었을까』가 완벽한 허구라면, 이런 포근한 마을이 그 당시 남아 있었다는 것이 개연성이 없는 이야기가 될 정도이다. 그런데 이 교하면을 필자가 흥미롭게 여기는 것은, 바로 이곳이 풍수학자 최창조가 통일수도의 자리로 가장 적당한 곳이라고 지목했던 곳이기 때문이다. 언젠가 최창조가 통일수도의 자리로 교하면을 지목했을 때, 여러 가지 지세나 입지조건으로 보아 그럴 듯한 정도라고 막연히 생각했다. 그러나 박완서의 교하면 피난체험을 읽고 나니, 교하면이라는 곳이 정말 신비한 기운을 간직한 땅일지도 모른다는 느낌이 든다. 이런 점을 생각할 때, 박완서가 겪은 체험적 진실의 힘은 유능한 풍수학자보다 먼저 교하면의 가치를 먼저 발견했다고 말할 수 있을 것이다. 이렇듯 체험적 진실의 힘은 무서운 것이고, 그 무서운 힘을 『그 산이 정말 거기 있었을까』는 숨기고 있는 것이다.

우리 문학은 많은 6·25 소재의 소설들을 가지고 있다. 그것들을 50년대에 씌어진 작품들과 70년대 이후에 씌어진 작품들로 나누어 볼 수 있다. 50년대에 씌어진 작품으로는 염상섭, 송병수, 황순원, 김동리, 선우휘 등의 작품들이 주목되는데 특히 염상섭의 『취우』가 인상적이다. 『취우』는 3개월 간의 인공치하의 서울생활을 상당히 사실적으로 그리고 있다. 그러나 『취우』를 비롯한 50년대 6·25소설들은 사실성은 있으나 객관적 거리를 둔 시점의 설정에는 어느 정도 취약점을 드러내 보인다. 그리고 70년대 이후의 6·25소설들은 6·25를 전체적으로 조망하는 시점의 설정에는 충실하나 그 시점에 얽매여 작위적인 공간설정이 많은 듯하다. 박완서의 기존 소설들까지도 이 약점으로부터 자유롭지 못하다고 말할 수 있다. 그러나 『그 산이 정말 거기 있었을까』는 50년대 6·25소설과 70년대 이후 6·25소설의 장점을 동시에 갖고 있다. 이 작품은 사실적 구체성을 충분히 확보하고 있을 뿐만 아니라 동시에 6·25를 객관적 거리를 둔 시점에서 기록하고 있다. 『그 산이 정말 거기 있었을까』가 6·25체험의 탁월한 기록이라고 해서, 기존의 6·25전쟁에 대한 이해를 뒤집거나 새롭게 해주는 것은 아니다. 그 기록의 내용은, 우리가 막연하게 짐작하고 있던 것들이다. 그러나 그 기록은 우리의 과거를 구체적이고 생생하게 재생시켜 줌으로써 보다 진지하고 큰 시야로 우리의 현재 모습을 재인식하게 해준다. 그것은 분단이라는 역사적 인식과 이념이라는 정치적 인식 그리고 풍요롭지만 불만스러운 일상이라는 사회적 개인적 인식을 두루 되돌아보게 만드는 것이다.

『그 산이 정말 거기 있었을까』는, 스무 살의 처녀가 6·25전쟁의 중심에서 보고 듣고 느끼고 체험한 것을 진실되게 기록한 글이다. 박완서는 40여 년 동안 기억 속에서 곰씹고 있던 그 과거를 탁월한 기억력과 용기 있는 솔직함으로 기록하였다. 거기에는 기아와 야만의 나날들, 피난민 보따리에서부터 포화에 불탄 자리에 환하게 핀 목련꽃, 현저동 골목의 충충한 우물, 그리고 상처받은 내면의 그림자까지 섬세하게 재생되어 있다. 또한 거기에는 그 모든 야만과 좌절과 고통을 인간된 도리로써 바라보는 마음의 방식이 작용하고 있다. 너무나 사실적이고 너무나 인간적인 이 소설은, 그리하여 박완서 문학의 근원이 무엇인지를 보여주며, 수많은 6·25소설 가운데서 단연 돋보이는 것이 된다. 〈그 산〉은 그 동안 없어져 버렸다. 그러나 박완서는 기억의 힘으로 〈그 산〉을 되살려 내었다. 이제 우리는 〈그 산〉의 언덕에 상처받고 지치고 초조한 마음들을 기댈 수 있게 되었다. 거기에 기대고 있노라면, 〈그 많던 싱아〉도 어쩌면 다시 찾을 수 있을지도 모르겠다. 마지막 제3부가 어떤 모습을 보여줄지 자못 기대된다.

순수의 원심력과 현실의 구심력
—— 오탁번론

1

오탁번의 문학은 낭만과 절망, 그리고 순수와 현실이 교차되어 있다. 거기에는 기성질서에 얽매이지 않는 자유분방함과 유년의 치기만만함 그리고 과거와 고향에 대한 집착이 있으며, 아울러 무엇보다 세계에 대한 선험적 기준이 작용하고 있다. 이 기준은 순수(純粹)이다. 오탁번의 문학에서 이 순수가치는 절대적으로 신봉되고, 그것은 세계의 척도로 사용한다. 이때 순수는 왜곡되기 이전의 순수이다. 즉 본래의 개념을 상실하고 참여의 반대 의미로 경직되거나 또는 여고생의 낙엽 밟는 소리와 사이비 문인들의 구름 잡는 소리로 전락하기 이전의 건강한 순수이다. 그런데 오탁번의 문학에서 이러한 낭만과 순수는 비현실적인 공간에 따로 떨어져 있는 것이 아니라 현실과의 상관성 속에서 추구된다. 달리 말해 순수와 낭만은 오염된 현실과 대위법적으로 전개되면서, 그 현실의 오염도를 드러내는 비판기능을 갖는다. 아울러 당연한 귀결이지만, 현실세계에서의 낭만과 순수의 추구는 절망을 잉태한다. 그의 낭만은 세계에 대한 무한한 낙관으로 나아가지 못하고 절망의 그림자를 길게 이끈다. 그리고 그의 순수 역시 부정적 현실 속에서 좌절과 훼손을 겪는다. 〈純銀이

빛나는 아침〉혹은 〈행인들의 純粹는 눈 내리는 숲 속으로 빨려가고 숲의 純粹는 행인에게로 오는 移轉의 순간〉은 현실 속에서 좀처럼 체험되지 않는다. 그러나 그의 문학은 낭만과 순수를 포기하지 않는다. 그것이 출발이요 바탕이기 때문이다. 그러므로 오탁번 문학에 대한 이해의 입구도 낭만에서 찾아야 할 것 같다.

2

낭만주의가 무엇인가에 대해서는 말이 많다. 말이 많은 만큼 그것은 오묘하고 매력적이고 지혜를 많이 담고 있는 개념이다. 많은 말 중에서도 다음과 같은 말은 인상적이다.

낭만주의는 에덴 동산에서 탄생하였다. 그리고 그곳의 뱀이 최초의 낭만주의자였다.

여기서 우리는 낭만주의의 두 가지 주요한 성격을 추출해 낼 수 있다. 첫째, 그것은 낙원에서 추방당한 자의 낙원에 대한 그리움이다. 태초에 또는 먼 과거에 또는 인류의 유년기에 낙원이 있었다. 인간은 그 낙원으로부터 추방당하여 속되고 고통스런 인간세계에 살게 되었다. 그래서 낭만주의자들은 언제나 과거를 그리워하고 유년의 세계를 동경한다. 과거, 고향, 먼 곳이 낭만주의자의 세 가지 지향이 되는 까닭이 이로써 이해될 수 있다. 둘째, 낭만주의는 기성의 질서나 권위로부터의 일탈이다. 뱀은 에덴 동산의 질서를 무시하도록 인간을 유혹하였다. 금단의 열매를 따먹는다는 것은 질서로부터의 일탈이며, 이것은 나아가 인간의 자유의지와 무한한 가능성에 대한 신뢰를 의미한다. 고전주의가 인간을 불완전하고 유한한 존재로 보고 절제와 질서를 강조하는 반면, 낭만주의는 인간을 무한한 능력의 소유자로 보고 모든 기성 질서를 넘어서는 개체의 자유실현을 강조한다. 인간이 본연의 자연성을 훼손 없이 자유로이 발현할 수 있을 때 최고의 가치가 실현된다는 것이 낭만주의의 생각이다. 에덴동산의 뱀이 최초의 낭만주의자일 수 있음은 이 때문이다.

오탁번의 특이한 소설 「새와 십자가」는, 이와 유사하게 그러나 개성적인 변주를 거쳐, 에덴 동산의 상상력에 근거한 낭만적 세계관의 탐구를 보여준다. 이 작품은 환상적인 유년의 세계를 그리고 있다. 그것의 외관은 유년의 시골마을이지만, 그 내포는 에덴 동산과 연관된 무수한 상징으로 엮어진 낭만적 세계의 원형이다. 그곳에는 원초적 자연성이 훼손되지 않은 채로 있다. 삶이나 죽음 또는 성(性)이 아직 인간 세계의 의미로 규정되어 있지 않고 있어서, 모든 것들이 본성의 자연스런 분출이나 자연적 질서에의 합일로 그려진다. 즉 죽음도 슬픔이 아니며, 성도 금기가 아니다. 선과 악도 아직 이원화되어 있지 않아 선악의 개념 자체가 없다. 이러한 원초적 자연성의 공간 안에 한 소년이 있다. 그 소년은 새를 찾는다. 한때 찾을 뻔했지만 뱀의 훼방으로 그가 찾는 새는 자취를 감춘다. 새를 찾으면서 그 소년은 세계의 이모저모를 체험하고 또 육체적으로 성장한다. 그런데 이 원형적 세계를 훼손하는 외적인 힘이 있다. 그것은 전쟁이다. 전쟁은 아이들의 놀이터를 빼앗고, 굶주림을 주고, 죽음과 성의 상실을 가져다준다. 전쟁은 마을 밖에서 마을에 영향을 미친다. 그것은 마을의 원초적 건강성과 자족성을 심각하게 훼손한다. 그 시골마을이 원초적 순수성의 공간이라면, 전쟁은 그 순수성을 훼손하는 문명사회의 부정성을 상징한다. 한편, 이 마을에는 예배당이 있고, 그 예배당을 지키는 신부가 한 사람 있다. 그러나 예배당과 신부는 기독교적 세계를 상징하는 것이 아니다. 그것은 훼손되지 아니한 자연의 질서를 상징한다. 그 신부가 전쟁에 의하여 죽는다. 즉 마을의 순수성이 파괴된다. 그 신부는 죽으면서 자신의 십자가를 소년에게 준다. 십자가는 보통 기독교의 상징이지만 이 작품에서 그것은 순수의 상징이다. 그래서 그것은 소년이 찾아 헤매던 새가 될 수 있다. 소년은 성장하면서, 또 전쟁을 거치면서 원초적 순수공간을 상실하지만, 가슴에 십자가를 품음으로써 순수를 내면화하여 간직한다.

여기서 우리는 바로 그 소년이 작가 오탁번의 질료요 원형이라고 짐작해 볼 수 있다. 작가 오탁번은 그 소년의 시골마을, 즉 원초적 자연성과 자족성을 지니고 있는 낭만적 세계를 유년의 기억 속에 노스텔지어로 간직하고 있다. 그리고 지금은 그곳을 상실하고 훼손된 현실 세계 속에서 살고 있는데, 그는 유년의 고향에 대한 기억과 순수의 새를 가슴에 품고 있기 때문에 훼손된 현실세계는 너무나 불완전하여 절망적이 된다. 그래서 그의 문학은 순수에의 낭만적 긍정을 보여주기도 하며, 순수를 척도와 무기로 삼아 불완전한 현실을 부정하고 일탈하며 아울러 그것과 싸우는 모습을 보여주기도 한다.

3

「새와 십자가」의 시골마을에서 무형의 덩어리로 존재하던 순수의 모습은, 그의 다른 작품들에서 생명, 사랑, 젊음, 성의 건강성에 대한 무한한 긍정으로 분화되어 나타난다. 가령 「불씨」 같은 작품을 거론할 수 있다. 이 작품은 인간성과 생명성이 싸늘하게 식어가는 추운 현실 속에서, 아직 어느 곳엔 따뜻한 사랑의 불씨가 살아 있어 인간성과 생명의 불꽃을 환하게 피운다는 아름다운 이야기이다. 「나」는 혼탁한 도심의 싸구려 아파트에 살고 있는데, 아내가 두 번이나 유산한 끝에 겨우 다시 임신하여 몸조리를 위해 친정에 가 있고, 홀로 궁색하게 겨울을 지내고 있다. 옆집 아주머니는 아무 스스럼없이 〈나〉의 아파트로 건너와서 연탄불을 봐주고 또 다음날은 집 청소까지 해준다. 그녀는 6·25 때 남편을 잃고, 유복자인 아들에 의지해서 살아왔지만 그 아들마저 작년에 불의의 사고로 잃었다. 그럼에도 불구하고 그녀는 온갖 더러움이 가득한 현실에 홀로 살면서도 〈하나의 겸손한 생을 유지해 나가는 데 만족하〉며, 〈무엇을 주장하지도 않고 다만 혼자서 있을 뿐, 옆 호실의 문을 따고 들어가서 청소를 해줄 수 있는〉 사람이다. 그래서 〈나〉는 아내가 없는 아파트에 그녀와 함께 있을 때 때때로 엉큼한 욕망이 일기도 하지만 그녀의 사랑과 정성은 너무나 무후한 것이라 감히 범접하지 못하고 오히려 그녀에게 고개 숙여지는 것이다. 그녀의 순수한 이웃사랑과 헌신은, 꺼져버린 연탄불을 살려서 아파트를 따뜻하게 만들어주는 것인데, 이것은 나아가 현실에 찌들린 나의 마음을 따뜻하게 불지펴주는 것이며 더 나아가서는 생명의 탄생을 가능케 해주는 것이 된다. 즉 이 작품은, 〈연탄불 피워주기〉라는 모티브로써 아름다운 사랑의 불씨가 궁극적으로 건강한 생명을 탄생케 함을 말하고 있는 셈이다. 현실세계의 삭막함과 추위 속에서 얼어죽지 않고 생명을 유지하게 하는 사랑의 불씨가 정말 따뜻하게 그려져 있다.

「불씨」가 사랑과 생명의 찬가라면, 「아이 엠 어 보이」는 젊음의 찬가라 할 수 있다. 비금이라는 소년은 무허가 이발소에서 세발(洗髮)해 주는 아이이다. 그는 훌륭한 사람이 되고자 하는 꿈을 지닌, 착한 소년이다. 어느 날 교통사고를 당해서 보름 동안 입원해 있다가 돈 오천 원을 받고 다시 이발소로 돌아온다. 그는 그 돈 오천 원으로 영어학원에도 다니고, 같은 이발소에서 일하는 순자에게 장갑도 사준다. 그는 그것만으로 충분히 행복하다. 그러나 주위 어른들은 다르다. 교통사고를 낸 운전수는 고아소년이라 해서 대강 치료만 하고 보내버렸고, 이 약점을 눈치챈 이웃 뚱뚱보 아저씨는 그 일을 빌미삼아 운전수와 의사를 협박하여 자기도 한몫 이득을 볼려고 비금이를 충동질한다. 그러나 비금이는 그런 데 개의치 않는다. 그는 더 이상의 보상금도 필요없다. 그는 열심히 일하고, 순자와 따뜻한 마음을 나누고, 신문에서 한자를 익히고, 영어학원 다니며 영어를 배울 수 있는 생활에 만족한다. 그는 뚱뚱보 아저씨의 유혹을 뿌리치며, 새벽에 배운 영어를 입 안에서 중얼거려 본다, 아이 엠 어 보이 I am a boy라고. 소설의 마지막 부분에서 비금이가 외우는 이 구절은 울림이 크다. 그것은 나는 순수한 소년이요 무한한 가능성을 지닌 소년이니까 그런 어른 세계의 추잡한 욕심 같은 데에는 전혀 관심이 없다고 웅변으로 외치는 것과 같다. 「불씨」와 마찬가지로 읽는 이의 마음을 따뜻하게 해주는, 소박하지만 아름다운 작품이다.

오탁번의 작품세계에서 순수에의 낭만적 긍정을 거론하면서 「種牛」를 제외시킬 수는 없다. 〈나〉는 고향에 다니러 와서 어릴 적 친구 영식이를 만난다. 그의 집은 옛부터 종우를 키워서 살림을 꾸려 갔는데, 지금도 영식이는 종우를 키우고 있다. 종우는 옛날만큼 대접을 못 받고 있지만 그래도 도시생활에 찌들리고 왜소해진 〈나〉에게 그것은 건강성과 생명성의 화신으로 보인다. 〈나〉는 도시에 나가 그런대로 자리 잡았지만 그 대신 자신도 모르는 사이에 삶의 건강성을 상실하였다. 옛 친구를 오랜만에 만나, 친구의 투박한 손에 주눅이 들고 또 그를 자연스럽게 대하지도 못하는 데서 그 점이 잘 드러난다. 그러나 영식이의 종우를 보면서 〈나〉는 잃어버린 건강성을 다시 떠올린다. 그리고 마침내는 술에 취해서 스스로 종우가 되어 친구의 마누라를 덮친다. 이 작품에서 성은 쾌락이나 윤리의 테두리 바깥에 있는 것으로서, 원초적 생명력과 건강성을 의미한다. 이 원초적 생명력과 건강성이 얼마나 아름다운 것이며, 또한 얼마나 인간다운 삶에 있어서 소중한 것인가를 「種牛」라는 작품은 보여준다.

이러한 작품에서 찬미되고 있는 사랑, 생명, 젊음, 성의 건강성 등은 모두 동일한 내포의 상이한 외피라고 할 수 있을 것이다. 그것은 아직도 훼손되지 않은, 세계와 인간의 원초적인 조건으로서 「새와 십자가」 속에 형상화된 바 있던 것이다. 그러나 이러한 작품에서도 역시 드러나듯이 그 낭만적이고 원초적인 조건들은 우리의 현실 속에서 거의 충족되지 못하고 있다. 그래서 작가 오탁번은 순수에의 낭만적 긍정을 보여주는 이러한 작품보다는 그 진정한 가치의 훼손과 상실을 괴로워하는 작품을 더 많이 보여준다.

4

오탁번은 순수 가치의 소중함을 절실하게 느끼고 또 강조하지만, 동시에 그것이 얼마나 허약하고 비현실적인 것인가를 잘 알고 있다. 가령 「砂金」이라는 작품을 보자. 이 작품은 아직 태초의 신비가 다 사라지지 않은 마법의 세계가 실재하는, 동화적 상상력을 보여준다. 또는, 마법이 살아 있는 유년의 세계로부터 성체험을 거쳐 메마른 어른의 현실세계로 나아가는 것이 곧 성인이 되는 것이라는 인류학적 상상력을 보여준다. 뱀이 많은 외딴 곳에 도깨비집이 있고, 그 집에 사금을 캐는 내외와 그의 딸 갑순이가 살고 있다. 아이들에게 그곳은 공포와 금기의 영역이다. 열 살된 소년인 〈나〉는 사금에 이끌려 그 집에 가서 갑순이와 금을 만들고(성체험을 하고) 사금을 한 주머니 얻어 집에 돌아와서는 앓아 눕는다. 다음날 그 폐가가 무너져 갑순이가 죽고, 갑순이 부모는 그 집을 불태우고 마을을 떠난다. 그후 갑순이가 준 사금은 사금이 아니라 모래였던 것이 확인된다. 여기서 금기의 영역인 도깨비집은 성의 세계라 할 수 있다. 뱀과 구렁이가 그러한 상징성을 더욱 보충해 준다. 어린 소년이 그곳에서 황홀하게 아름다운 금을 보고 또 얻는다는 것은, 성장에 따른 성적 생명력의 획득으로 이해될 수 있다. 그리고 그의 앓아누움은 유년에서 성년으로의 통과시련일 것이다. 이 체험과 시련 이후 소년에게 도깨비집은 없어지고, 그토록 황홀하게 아름다웠던 사금은 모래가 된다. 즉 어른의 현실세계에서는 유년의 순수가치가 아무 쓸모도 없는 허무한 것이 되는 것이다. 이 작품은 무엇보다 성장체험의 신비한 무의식적 과정을 암시하고 있지만, 여기에는 순수가치의 비현실성에 대한 통찰도 주요한 의미가 되고 있다. 즉 유년의 세계가 지니고 있는 낭만적 순수 가치가 현실세계에서는 아무런 존중도 받지 못한다는 사실을 작가는 분명히 보여준다.

「國道의 끝」이란 작품도 그 의미가 다소 상징적이다. 이것은 몇 명의 소년들이 열차 속에서 제복 입은 자들에 의해 캄캄한 화물칸에 갇혔다가 어느 조그만 역에서 탈출하였으나 국도의 끝까지 몇 달 동안 계속 쫓긴다는 이야기이다. 어느 시골마을의 공터에 움막을 짓고 피신을 하나 그곳에서마저 마을사람들로부터 미친 개 취급을 받고 쫓겨난다. 이러한 내용은 우선 정치적 상황에 대한 알레고리로 이해될 수 있을 것이다. 그러나 다른 한편으로는 현실세계에 의한 순수가치의 추방이라는 의미로 이해될 수 있다. 소년들은 순수가치를 보전하고 있는 자들이다. 그들은 현실세계에서 용납되지 않는다. 그래서 국도의 끝, 즉 현실의 끝까지 쫓겨가고 그곳에서도 미친 개 취급을 받는다. 즉 소년들의 순수가치는 현실에서 보전될 수가 없는 것이다. 오탁번의 「처형의 땅」 역시 이와 유사한 의미로도 이해될 수 있을 것이다.

그런데 「흙덩이와 금불상」이란 작품은, 순수가치와 현실의 대립에 있어서 약간 다른 작가의 태도를 보여준다. 「砂金」이나 「國道의 끝」이란 작품에서 작가는 순수가치의 비현실성을 안타깝게 보여줄 뿐, 현실가치를 인정하지는 않는다. 그러나 「흙덩이와 금불상」에서는 현실가치가 어느 정도 인정된다. 작품의 줄거리는 간단하다. 대학을 졸업한 지 2년이 지난 〈나〉는 사회에 잘 적응하지 못한다. 그리고 대학교 때부터 사귀던 혜미와의 관계도 미지근하게 진전이 안된다. 두 사람은 어느 가을날 충동적으로 여행을 떠나 어느 산사에 간다. 그곳에는 귀중한 금불상이 있는데, 혜미는 그것을 깨뜨려 그것이 흙덩이임을 보여준다. 이 일로 자극을 받아 〈나〉는 혜미와 결혼을 약속할 수 있고, 나아가 사회에 적응할 자신을 갖게 된다.

「이제 자기도 속물이 된 거예요. 비로소 속물이 됐어요. 나이 먹어서까지 속물이 되지 못하고 방황하는 남자는 가장 보기 싫은 거예요. 여자는 자기가 사랑하는 남자가 어느 시기에 가면 속물이 돼주길 바래요. 여자보다 조금 빨리 속물이 돼서 적당히 비웃어 줄 수 있게 되기를」

혜미의 말 중간중간으로 계곡의 물소리가 들리고 잠 못 이루는 산새의 날개짓 소리도 들려왔다.

혜미의 논리는 엉뚱하게 비약하고 있었지만 나에게는 반론을 펼 준비가 돼있지 않았다. 곰곰이 생각해보니 혜미의 엉뚱한 논리가 진실인 듯했다. 중동지사에 나가려고 영어와 아랍어를 배우며 날뛰는 무리들도, 여자를 사귀면 쉽게 결판을 내어 결혼을 하고 친구들을 초대하여 띵가띵가 노래를 부르다가 곧 아이를 낳는 무리들도 모두 속물이었다. 또한 그들은 모두 영웅이었다. 그러나 한 대열에 끼이게 된다는 것은 아주 신나는 일이었다.

금불상이 알고 보니 흙덩이라는 사실을 알고 난 후 이러한 자신감을 갖게 되었다면, 금불상과 흙덩이가 의미하는 바는 쉽게 짐작될 수 있다. 금불상이란 그가 유년의 세계에서부터 지니고 있던 순수가치이다. 〈나〉는 그것을 범접할 수 없는 절대적인 것으로 생각하고 있었기 때문에 혜미의 육체에 가까이 가지도 못하였고 또 사회에의 적응도 서툴렀다. 그러나 그것이 흙덩이에 불과할 수도 있음을 깨달은 순간, 〈나〉는 그 순수가치를 포기하고 현실가치를 거리낌없이 추구할 수 있게 되는 것이다(사실 이 작품은 다르게 해석될 여지도 충분하다. 금불상을 사회의 거짓 질서나 가치로 생각하면 이 작품은 여전히 순수가치의 옹호로 이해될 수 있다. 그런가 하면 금불상이 보는 사람에 따라 금불상도 되고 흙덩이도 된다는 점에 강조점을 두면 이 작품은 진정한 가치는 대상에 있는 것이 아니라 주체의 마음속에 있음을 말하고 있다고 볼 수도 있다).

이처럼 「흙덩이와 금불상」은 현실가치를 긍정하고 현실세계에 편입되는 일면을 보여준다. 이것은 낭만적 존재에서 사회적 존재로의 사회화 과정이라고 말해질 수도 있다. 그러나 오탁번의 낭만적 순수가치에 대한 집착은 집요하다. 어쩔 수 없이 사회화 과정에 편입되어 가긴 하지만 그는 혼탁한 어른세계의 현실가치에 대해 체질적으로 완강한 거부감을 갖는다. 그는 「새와 십자가」에 나오는 소년이 새를 집요하게 찾아 헤매는 것처럼 순수를 포기하지 아니한다. 그러면서 그 낭만적 순수가치가 현실세계에서는 흙덩이라는 사실도 잘 알고 있다. 여기서 그의 일차적 절망은 잉태된다.

5

낭만적 순수가치가 훼손당할 수밖에 없는 현실세계에서의 절망을 오탁번은 어떤 식으로 드러내는가? 그것은 일탈과 치기로 드러난다. 즉 오탁번의 절망은 그의 작품 속에서 주인공의 일탈행동과 치기어린 독백으로 표현된다. 앞서 언급한 「種午」에서는 친구의 아내와 충동적인 관계를 맺고, 「흙덩이와 금불상」에서는 단체여행 도중에서 아무런 말도 않고 빠져나와 버린다. 그런가 하면 「失踪」 같은 작품에서는 탈영병을 찾으러 나간 서 중위가 오히려 실종되어 버리며, 「人形의 교실」에서는 아이들이 선생님의 물건을 도둑질하고, 「언어의 묘지」에서 기달이와 묘숙이는 최교수의 소중한 서류를 휴지통에 버린다. 「細雨」라는 작품을 통해서 이러한 일탈행동을 좀 구체적으로 살펴보자. 김 대위에게 숙모님은 특별한 존재다. 6·25 때 숙모님의 희생으로 가족이 온전히 살아남을 수 있었기 때문이다. 그 숙모님이 별세했다는 연락을 받는다. 김 대위에게 숙모님은 너무나 소중한 가치이고 그래서 그 슬픔은 너무나 크다. 그는 장례식에 달려가 떠나는 숙모님을 뵙고 마지막 인사라도 드려야 한다. 그것은 절대적 당위이다. 그러나 모든 현실상황은 김대위의 마음과 어긋나는 방향으로 전개된다. 사소한 무관심으로 전보를 며칠 후에나 받고, 주위사람들은 자신의 심각한 심정을 이해 못하고, 고향으로 내려갈 차비도 없고, 원주에서는 고향마을로 들어가는 차편을 구하지 못한다. 어느 것 하나 크게 문제삼을 만한 비극적 상황은 아니지만 그 사소한 일들이 모여서 김 대위의 숙모님에 대한 마음을 무참히 짓밟는다. 「細雨」라는 제목은 이를 뜻한다. 즉 비 같지도 않은 사소한 가랑비에 온몸이 흠씬 젖는 것처럼, 사소한 좌절과 배반과 어긋남들이 쌓여서 존재의 순수성을 절망에 흠씬 젖게 만든다. 겨우 트럭을 얻어타고 고향마을로 가게 되지만, 트럭은 김대위와 정미라는 여자를 뒤에 태운 채 멈춰달라는 소리도 못 듣고 고향마을을 지나쳐 버리고 김 대위는 자포자기한 채 옆에 같이 탄 여자의 젖가슴에 손을 집어넣는다. 숙모님의 별세 소식을 듣고 고향에 가는 사람이 고향을 지나친 채 여자의 젖가슴을 훔친다는 일탈행동은 어떻게 이해될 수 있을까?

그 냄새를 맡는 순간, 이 여자와 정사를 한번쯤 가져도 좋다는 생각이 들었다. 비도 안개도 아닌 것들이 온종일 시야를 가로막고 몸과 마음을 맥풀리게 흠씬 젖도록 만드는 날은 감정도 희뿌유스럼하게 이도저도 아닌 상태가 되는가 보았다. 걷잡을 새 없이 숙모님에 대한 슬픔이 부풀어 오르다가는 뚝 그치고, 침을 흘리고 헤헤거리고 싶은 바보 시늉에 유혹을 당하기도 하는 것이었다. 이것은 이상한 일이었다. 전보를 당일에 받고 일찌감치 하향을 했더라면, 나는 차칸에서 눈을 꼭 감고 슬픔을 참다가 숙모님의 유해 앞에 가서 엎드려 대성통곡을 해댈 수 있었을 것이다. 그러나 뒤늦게 소식을 알고 허겁지겁 서울을 떠나 눅눅하게 젖어드는 습기에 눌린 상태로 창래 형네 집에 도착하면 도저히 나 자신의 배반감을 이겨낼 수 없을 것 같았다. 이미 땅 속에 묻혔을 숙모님에 대하여 나는 돌이킬 수 없는 불효를 저지른 셈이었다.

돌이킬 수 없는 불효를 저지르도록 만든 것은 김 대위의 순수한 마음을 무시해 버리고 제멋대로 굴러가는 현실상황 탓이다. 이 절망적 상황의 끝에서 김 대위는 엉뚱한 충동, 즉 〈침을 흘리고 헤헤거리고 싶은 바보 시늉〉 또는 여자와의 정사에 대한 유혹을 느낀다. 그러니까 이 일탈행동은 그 절망적 현실상황에 대한 반항의 형식이라고 이해될 수 있다. 순수가치를 짓밟고 제멋대로 굴러가는 현실상황에 대한 반항으로써 그 현실의 질서를 무시하고 제멋대로 일탈행동을 해버리는 것이다.

이와 아울러 치기는 오탁번의 소설이 보여주는 상상력과 문체의 한 특징이라고 할 수 있는데, 이것의 의미도 유사한 것 같다. 오탁번의 소설문체와 상상력은 재치 있고, 발랄하며, 천진난만한 치기를 보여준다. 그리고 이것은 유년의 시점으로 씌어진 소설이 많다는 사실과 연관될 것이며, 우선 오탁번이 지니고 있는 순수성의 발현이라고 할 수 있다.

목숨이 지겨울 정도로, 전쟁이 온갖 망치를 동원하여 사람을 때리고 있을 때였다. 하지만 전쟁의 심술궂은 망치도 나를 건드리지는 않았다. 그놈은 사람의 양심이고 정서고 간에 사정없이 때려 부수다가도, 내 앞에 나타나면 슬슬 비켜서서 누룽지나 깨엿이 되곤 하는 것이었다.
——「호랑이와 은장도」

나보다 네 살 위인 누나는 제가 뭐 다 큰 처녀라고 밤마다 아무 군말 없이 뒷개울에 가기를 좋아했다. 나는 그럴 때마다 잠잘 때면 다리를 내 배 위에 턱 올려 놓은 채 방귀도 뽕뽕 뀌어대는 누나의 잠자는 얼굴을 떠올렸다. 누나가 미웠다.
——「달맞이꽃」

이러한 구절들에서 보듯이 천진난만한 장난기가 오탁번 소설문체의 한 특징이 된다. 그것은 이 작가에게 유년의 순수성이 체질화되어 있음을 의미한다고 할 수 있다. 그런데 이 천진난만한 장난기의 문체는 때때로 그 이상의 의미를 갖는다. 순수성이 심하게 훼손당하여 절망적인 심정이 될 때, 그 문체는 좀더 엉뚱한 치기를 띠기도 한다.

예술연구회 회원인 너희들이나 나는 모두 종지 속의 물이다. 그 보이지 않는 미미한 H2와 O다.
아내의 자궁 속에 제왕이 떡 버티고 있어서인지, 아니면 수술받을 생각을 하자 지레 기가 죽었는지 입장하자마자 퇴장해야 했다.
잠을 자면서는 개꿈도 꾸지 않았다.
──「겨울의 꿈은 날 줄 모른다」

염통구이와 우랑을 질겅질겅 씹어 삼키던 만형의 얼굴도 떠올랐다. 탐욕스럽게 불알과 자지를 먹어대는 아내의 얼굴이 떠올랐다.
──「뼈」

까닭모를 화가 부글부글 끓어올랐다. 돌멩이를 집어서 개울로 휙 던졌다. 풍덩 소리 대신 땍대굴 하는 기분 나쁜 소리가 들려왔다.
──「아버지와 치악산」

간단히 골라본 이러한 대목들은 모두 심각하고 절망적인 심정의 표현들이다. 그러나 그 의미의 심각성에도 불구하고 그 문체에는 악의없는 장난기가 느껴진다. 심각함이나 절망감을 치기어린 문체로 중화시키고 있다는 느낌이 들기도 한다. 즉 절망적인 상황의 형상화에서도 그의 상상력과 문체에는 장난기가 배어 있다. 일탈과 치기는 순수가치를 훼손한 현실세계에 대한 반항의 한 형식으로 보인다.

6

지금까지 우리는 오탁번의 문학세계를 제법 깊숙이 탐사해 들어왔다. 그의 문학은 낭만적 순수가치를 추구하며, 그 바탕 위에서 그것을 훼손하는 현실세계의 절망에 반항하되 그 반항은 일탈과 치기의 형식을 통한 것이었다. 그러나 이것만으로는 절반밖에 탐사하지 않은 것이라 생각된다. 오탁번의 문학세계의 전모는, 이러한 구도 위에 고향과 어머니의 의미가 첨가되어야만 비로소 온전하게 드러날 수 있을 것 같다.

앞서 우리는 오탁번의 문학이 낭만적 순수가치의 세계에서 출발한다고 말한 바 있다. 즉, 순수가치가 문학적 앵글과 가치판단의 척도를 제공하고 있는 것이다. 따라서 그 가치가 훼손되고 있는 현실 속에서는 절망이 잉태되는 것이다. 그렇다면, 작가의 분신이라고 볼 수 있는 작중 인물들이 왜 철저한 국외자 또는 아웃사이더로서 좀더 적극적으로 현실을 부정하지 못하고 거의 언제나 절망의 현실과 균형을 이루려고 갈등하는 이중의 고뇌를 보여주는 것일까? 이 의문은 아마도 오탁번 개인사에 있어서 고향과 어머니의 의미가 해답을 줄 수 있을 것 같다. 작가의 자전(自傳)인 「내 文學의 숨결」은 오탁번의 문학을 이해하는 데 좋은 도움이 된다.

치악산을 매일매일 바라보며 살았지만 그 당시에는 기아와 절망의 산으로만 보였다. ——몇 번씩이나 편지를 주고 받으면서 소년 시절의 꿈을 키워나갔지만, 뭔가 큰 인물이 되기를 기대하는 어머니의 뜻이 언제나 가장 귀중했으므로, 예쁜 여학생을 보고도 휘파람 한번 불지 못하면서 자랐다. 원주 고등학교에 진학하면서부터는 나는 드디어 빗나가기 시작하여 공부보다는 헛된 몽상 속에서 살며 엉뚱하게도 망명을 꿈꾸고 지하정부의 요원을 꿈꾸는 등 참으로 한심한 나날을 보냈다. 무엇보다도 나를 죄어 왔던 것은 현실의 빈궁, 그것이었다. ——

236

그때의 나의 소년 시절이 결코 기아와 질시로만 채워진 것이 아니라, 민들레꽃처럼, 바람에 날리는 민들레 씨앗처럼 어디 끝간 데 없는 끈질긴 애정이 그 밑바닥에 있었다고 생각한다. 그것이 무엇일까. 제 운명이 어떻게 굴러가는지도 모르면서 중학생이 될 때까지 야뇨증이 심했던 나에게 그러한 빈궁이 어찌하여 끈질긴 애정의 근원이 되고 있을까? 어머니, 나의 어머니다. 백운초등학교 터를 잡을 때 어느 유명한 지관이 말하기를 장차 이 학교에서 공부한 사람 중에 큰 인물이 나온다라고 했다는 이야기를 어릴 때 나에게 수없이 들려주신 어머니, 그 분이 바로 이 모든 불가사의한 애정의 밑바탕이라는 생각이 든다. 어머니가 돌아가신 지 십 년이 되지만 나는 지금도 어머니의 품속에 있는 백운면 평동리의 탁번이에 지나지 않는다.

오탁번의 시와 소설에 있어서 유년 시절과 고향 이야기는 빈번하게 반복된다. 그것들은 허구에로의 굴절각도가 비교적 적어 작가의 유년체험을 짐작케 한다. 그 유년체험은 대개 두 가지 측면을 갖는다. 하나는 낭만적 세계의 아름다움과 포근함이고, 다른 하나는 전쟁과 빈궁으로 인한 고통과 낭만세계의 훼손이다. 「달맞이꽃」, 「부엉이 울음소리」, 「호랑이와 은장도」, 「하느님의 시야」 등등의 작품에서 이러한 점들을 확인할 수 있다. 그런데 유년체험 중에서도 작가의 의식에 가장 강력한 영향을 끼친 것은 어머니의 사랑이다. 응석받이 막내였던 작가를 무한한 사랑으로 감싸 고통의 세계로부터 보호해주신 어머니는 이후 삶의 받침대가 된다. 위에 인용한 자전적 고백에서 보듯이, 작가에게 어머니는 고향과 삶에 대한 불가사의한 애정의 밑바탕이 되고 있다. 심지어는 어머니가 돌아가신 후에도 작가의 마음속엔 여전히 어머니가 살아 계시고, 그 어머니가 삶을 지탱해주는 받침이 된다. 어머니의 죽음 직후에 씌어진 「不棺」이란 시는 그러한 어머니의 의미가 잘 표현되어 있다.

이승은 한줌 재로 변하여
이름모를 풀꽃들의 뿌리로 돌아가고
향불 사르는 연기도 멀리멀리
못 떠나고
관을 덮은 명정의 흰 글자 사이로
숨는다.
무심한 산새들도 수직으로 날아올라
무너미재는 물소리가 요란한데
어머니 어머니
하관의 밧줄이 흙에 닿는 순간에도
어머니의 모음을 부르는 나는
놋요강이다 밤중에 어머니가 대어주던
지린내나는 요강이다 툇마루 끝에 묻힌
오줌통이다 오줌통에 비치던
잿빛 처마 끝이다
이엉에서 떨어지던 눈도 못 뜬
벌레다
밭두럭에서 물똥을 누면
어머니가 뒤 닦아주던 콩잎이다 눈물이다
저승은 한줌 재로 변하여
이름모를 뿌리들의 풀꽃으로 돌아오고

이 시는 어머니의 죽음이 어머니에 대한 회상의 과정을 통과하면
서 다시 어머니의 부활 및 영생이 되는 것을 이야기하고 있다. 1행
과 2행에서 어머니는 이승을 떠나 저승으로 간다. 다음 3행부터 11
행까지는 어머니를 여읜 슬픔이 묘사된다. 그 슬픔은 화자의 것뿐만
이 아니라 온 세상의 것이다. 즉 화자에게 어머니는 자신의 삶을 지
탱해 주는 세계 전부였기에 삼라만상이 어머니의 죽음을 슬퍼하게

되는 것이다. 그 다음 12행부터 19행까지는 어머니에 대한 화자의 회상이다. 그 회상은 주로 유년 시절의 어머니 사랑에 대한 것인데, 그 의미가 상징적이다. 그는 어머니와 관련하여 우선 놋요강과 오줌통과 콩잎을 회상한다. 이것들은 모두 둥근 포용성의 이미지를 가지는 것으로, 어머니의 자궁을 상징한다고 말할 수 있다. 자신은 눈도 못 뜬 벌레요, 똥과 오줌도 못 가리는 불완전한 존재인데, 그러므로 어머니의 자궁이라는 보호망 안에서만이 생존이 가능한 존재이다. 즉 화자는 어머니의 품을 떠나서는 생존할 수 없는 존재이다. 이러한 어머니와 화자의 관계에서 짐작할 수 있는바, 화자가 살아 있는 한 화자는 어머니 품속에 있으므로 어머니 또한 살아 계신 것이 된다. 여기서 어머니의 죽음은 어머니의 부활로 역전된다. 비록 어머니는 돌아가셨지만 화자는 여전히 어머니의 품안에 있으므로 화자의 마음속에 어머니는 영원히 살아 계시는 셈이 되는 것이다. 그리하여 마지막에서 〈저승은 한줌 재로 변하여 이름 모를 뿌리들의 풀꽃으로 돌아 오고〉라는 어머니의 부활이 가능해지는 것이다.

이처럼 「不棺」이란 시는 어머니라는 존재가 〈불가사의한 애정의 밑바탕〉이며, 〈돌아가신 지 십 년이 지난 후에도 나는 어머니의 품안에 있다〉는 진술의 의미를 보충설명해 준다. 이와 같은 의미의 어머니는 그의 현실적 삶을 지탱해 주는 받침대가 된다. 앞에서 언급하였듯이 오탁번은, 낭만적 순수가 훼손된 고통스런 현실세계에 대하여 망명을 꿈꾸고 지하정부의 요원을 꿈꾼다. 현실세계에서 일탈하고자 하는 충동이 강하다. 그러나 어머니는 그로 하여금 그 절망적 일탈의 충동을 견제하는 힘이 된다. 그러니까 오탁번의 의식 속에서 기본적으로 두 개의 힘이 작용한다고 말할 수 있다. 하나는 낭만적 순수가치에 대한 절대적 신뢰이다. 그것은 그에게 있어 세계 이해의 척도가 된다. 이런 척도에서 볼 때 현실세계는 절망적이고 따라서 그는 극단적인 배반과 일탈의 충동을 받는다. 낭만적 순수가치는, 그러니까, 현실로부터 일탈하고자 하는 원심력인 셈이다. 다른 하나는 어머니의 사랑이다. 그것은 그의 존재를 온전히 지켜주는 밑받침이다. 그가 배반과 일탈의 충동에 휩싸일 때마다 그를 지켜주고 그 충동을 억제시켜 주는 힘인 것이다. 따라서 어머니의 사랑은 삶의 중심을 잡아주는 구심력인 셈이다. 바로 이 원심력과 구심력이 오탁번의 문학세계를 형성하는 동력으로 생각된다.

7

순수가치의 추구라는 원심력과 어머니의 사랑이라는 구심력은 상반된 힘이다. 여기서 오탁번 문학에서 빈번히 나타나는 죄의식과 자학과 부끄러움과 갈등의 모습을 이해해 볼 수 있다.

1) 어머니 저는 요즘 죄짓고 있어요.
밥도 많이 안 먹고 술만 마시며
가랑잎처럼 발밑에 뒹굴며 울고 있어요
(……)
어머니 요즘 저는 죄짓고 있어요
고향에도 형님 댁에도 자주 안가고
둘국화 한 송이 꺾어들고 울고 있어요
잘못했어요 어머니 다시는 안 그럴게요

2) 사랑을 사랑이라고 말할 수 있을 때는 행복하였다. 호주머니에 까마귀를 넣고 다니며 우울과 저주를 형언할 수 있는 곳은 찬란하였다. 그러나 보라, 오늘 개비듬처럼 냄새나는 욕정을 담배연기로 날리며 사랑과 우울의 마지막 비유도 버린 나의 배반을

3) 鳥竹軒池에 세칸 반 낚시대 드리우고

떡밥 뭉쳐 바늘에 꿰고
똥지렁이 토막쳐서 성찬 차린다
얼굴도 모르는 잉어를 기다린다
입질도 못 받는 나의 생애는
역사도 관광도 똥도 못 된 채
烏竹잎에 듣는 빗방울처럼
울고 있다 울고 있다
텃세가 센 저수지에서
특수 떡밥처럼 특수하게 풀리고
바늘에 꿰어 죽어가는 지렁이
더럽게 나는 죽어가고 있다

  1)은 「어머니」라는 시의 일부이다. 시인이 어머니 앞에서 고백하
는 죄의 내용은, 술만 먹고 가랑잎처럼 우는 일이라든지 또는 들국
화 한 송이 꺾어들고 우는 일이다. 즉 어머니 앞에서 그 동안 철없
이 순수가치의 추구와 그 좌절로 인한 일탈행위가 죄가 되는 것이
다. 시인의 삶이 원심력에 좀더 많이 기울어졌을 때, 시인은 이러한
죄의식을 느끼게 되는 것이다. 2)는 「마지막 비유」라는 시의 일부인
데, 여기서는 자학의 태도가 엿보인다. 시인은 사랑을 사랑이라 말
할 수 있고, 호주머니에 까마귀를 넣고 다니며 우울과 저주를 형언
할 수 있었던 과거에 긍정적 가치를 둔다. 그러나 현재는 그러한 순
수가치의 낭만적 추구를 상실하고 현실적 욕망에 갇혀 있는 삶을 산
다. 그래서 시인은 그런 현재의 삶에 대하여 자학과 자조를 드러내
는 것이다. 이 경우는 앞의 경우와는 반대로, 시인의 삶이 구심력에
더 많이 기울어졌을 때 갖게 되는 부끄러움을 보여주고 있다. 1)과
2)에서 보듯이, 원심력과 구심력이라는 상반된 두 개의 힘 사이에서
시인은 이러지도 못하고 저러지도 못하는 모습을 보여준다. 이런 상
황에서는 어느 쪽으로 기울어지더라도 죄의식과 부끄러움은 생기게

마련이다. 그래서 시인은 어중간하게 중간지대를 배회하다가 결국 아무것도 아닌 삶이 되어버렸다는, 또다른 죄의식에 휩싸이기도 한다. 3)에서의 자기 비하가 바로 그런 것이라 생각된다. 3)은「烏竹軒池」의 후반부인데, 신사임당과 율곡의 고향인 오죽헌에 가서 그곳 연못에서 낚시를 하며 느낀 심정을 토로하고 있다. 그 심정은 간단히 말해서, 자신의 삶이 신사임당이나 율곡처럼 의미 있는 것이 못 된다는 자기비하적 인식이다. 시인은 신사임당이나 율곡의 생애가 의미 있는 것이어서 역사가 되고 관광이 되었다고 말한다. 이에 비하여 자신의 삶은 역사도 관광도 똥도 못 되었다고 말한다. 좀 자의적으로 해석해 본다면, 역사는 순수가치라 할 수 있겠고 관광은 현실가치라 할 수 있겠다. 그렇다면, 시인의 삶은 순수가치의 추구에도 실패하였고 현실가치의 추구에도 실패한 셈이 된다. 즉 시인은 원심력과 구심력의 상반된 힘 속에서 이러지도 저러지도 못하고 괴로워하는 것이다. 아마 이것이 오탁번이 자주 말하는 〈내 문학의 죄와 벌〉의 내용일 것이다.

이러한 갈등과 죄의식은 소설작품에서도 쉽게 찾아볼 수 있다. 예를 들면「絶筆」이나「깊은 산 깊은 나무」 같은 작품이 그러하다. 이 두 작품은 거의 유사한 착상으로 씌어졌는데, 문중의식이라는 현실가치와 진솔한 삶이라는 순수가치의 갈등을 보여준다. 작중화자는 사회적으로 비교적 성공하여, 적어도 겉으로는 현실가치를 획득하고 있으며 문중에서 그것을 인정받고 있다. 그러나 그는 껍데기뿐인 문중의식에 회의를 느끼고, 이 회의는 순수가치를 상실한 자신에 대한 죄의식으로 이어진다.「絶筆」에서 화자가 절필을 결심하는 것과「깊은 산 깊은 나무」에서 화자가 수련회장을 빠져나와 지리산 속에 홀로 들어가는 것은 자신이 추구해 온 현실가치의 비순수성에 대한 자책이라 이해될 수 있다. 뿐만 아니라 어머니의 바램에 따라 현실적으로 어느 정도 성공하고, 그래서 문중에서도 자랑스런 인물이 되었지만, 그것이 어머니의 뜻을 진정으로 실현한 것이 아님에 대해서도 가책을 느낀다. 고향과 어머니는 작가의 삶의 구심력으로 작용하지만, 그것의 원래 의미는 순수가치와 구별되는 것이 아니기 때문이다. 가령 「저녁연기」를 보면, 고향 혹은 어머니의 참되고 순수한 의미가 조상무덤이나 비석에 대한 형식적 존중으로 왜곡되는 상황의 절망감이 묘사된다. 그러나 이때도 어머니는 낭만적 순수가치와는 달리 삶의 원심력으로 작용하지는 않는다. 어머니의 순수의미가 호도되는 상황에서마저도 어머니의 존재는 작가에게 구심력으로 작용한다. 작가는 충동적 일탈이나 극단적 배반을 하지 못하고 현실의 테두리 안에서 절망하고 괴로워하는 것이다. 오탁번의 작품에서 낭만적 일탈의 충동이 많이 나오면서도 그것이 병적 낭만주의로 흐르지 않고 끊임없이 현실의 건강성을 위한 몸부림과 갈등으로 유지되는 것은 이러한 원심력과 구심력의 상호작용 때문이라 할 수 있을 것이다.

8

하나의 삶 속에 상반되는 두 개의 힘이 작용할 경우, 그 삶의 고통과 절망은 필연적이다. 오탁번의 문학세계에는 낭만적 순수가치의 추구라는 선험적 지향이 있으며, 이것은 순수가치가 추구될 수 없는 현실세계에서 일탈과 배반을 충동하는 원심력으로 작용한다. 그리고 동시에 어머니의 사랑과 기대라는 절대적 테두리가 있으며, 이것은 일탈과 배반의 충동을 억제하고 현실세계 속에서 의미 있는 삶을 이루어야 한다는 구심력으로 작용한다. 그러므로 오탁번의 문학 속에는 갈등과 죄의식과 부끄러움과 절망이 뒤엉켜 있다. 특히 현실세계 속의 의미 있는 삶이란 것이 본질적으로는 어머니의 뜻처럼 순수한 것일 수 없는 상황인 만큼 그 절망감은 보다 중첩된 모습을 띠게 된다. 철저하게 국외자가 되어 현실세계에 배반의 비수를 꽂을 수도 없고 그렇다고 현실세계와 타협하여 순수가치를 매장해 버릴 수도 없는 것이다. 이러한 점들은 오탁번의 문학에서 부정적으로 작용하기도 하고 긍정적으로 작용하기도 한다. 예를 들면, 그의 소설 속의 주인공들은 대개가 수동적이거나 소극적인 인물들이다. 부정적 현실에 대하여 푸념과 좌절의 언행만을 보여줄 뿐 적극적으로 현실과 대결하는 비극적 자세를 보여주지 않는다. 그런가 하면 그의 시들에서 빈번히 토로되는 자책과 절망과 눈물은 다소 막연한 경우가 많다. 그러나 이런 점들은, 원심력과 구심력이라는 상반된 힘이 작용하는 그의 의식공간을 고려하면 충분히 이해될 수 있는 것들이다. 이런 부정적 면보다 좀더 주목해야 할 점은 그것의 긍정적인 면이다.

일반적으로 낭만적 순수가치의 추구는 비현실적 공간을 형성하게 된다. 낭만적 순수가치는 문학의 고향과 같은 것이어서 매우 중요하긴 하지만, 그것이 의미 있는 것이 되기 위해서는 현실의 결핍상이나 불완전성을 드러내는 거울 또는 척도의 기능을 유지해야만 한다. 그렇지 않을 경우, 그것은 현실과 동떨어진 환상이 되거나 현실을 무시하는 퇴폐가 되기 쉽다. 낭만적 순수가치는 불완전한 현실과 끊임없이 부딪침으로 해서 그 건강성을 유지할 수 있다. 이런 점에서 원심력과 구심력이라는 두 개의 상반된 힘은 오탁번의 문학을 건강하게 만들고 있는 것 같다. 그의 문학은 순수가치의 추구라는 원심력으로 인하여 언제나 현실의 외부로 뛰쳐나가는 한편, 동시에 고향 또는 어머니라는 구심력으로 인하여 언제나 현실의 내부로 들어온다. 그리하여 현실의 언저리를 배회하며 순수낭만과 현실적 절망 사이의 변증법적 균형을 유지한다. 이 때문에 오탁번 문학의 죄와 눈물과 절망은 건강한 것일 수 있는 것으로 보인다. 가령 「겨울의 꿈은 날 줄 모른다」 같은 작품은, 순수낭만과 현실적 절망 사이의 변증법적 균형이 어떻게 유지되면서 건강성을 확보하고 있는가를 잘 보여준다. 이 작품에서 현실적 절망은 최루탄 가스가 자욱한 대학 캠퍼스, 김소월 같은 시인이 형편없이 매도당하는 강의실, 패배의식에 젖어 있는 교수들의 분위기, 암담한 정치상황 등등으로 열거된다. 그리고 이런 현실상황은 아내의 임신중절로 상징적 의미를 부여받는데, 그것은 생명이 파괴되는 죽음의 상황인 것이다. 이러한 현실적 절망 사이사이에 순수낭만이 대위법적으로 열거되는데, 그것은 학생들의 순박한 생각, 아내와의 연애 시절, 꾸밈없이 웃고 즐기고 어울리는 학생수련회 모습, 첫눈을 머리에 이고 있는 산과 그 산의 이름이 그냥 큰 산이라고 말하는 시골소년 등등이다. 이 두 가지는 작품 속에서 서로 삼투되어 이리저리 엉켜 있으면서 주인공의 의식을 형성한다. 전반적으로 죽음의 현실상황이 훨씬 주도적이고 지배적이지만, 이 절망과 낭만의 대위법은 마지막에 가서 건강한 균형을 획득하게 된다. 즉 최루탄 때문에 벌레들이 다 죽게 되었지만 혹시 살아 있을지 모르는 익충의 알이나 유충을 보호하기 위하여 인부들이 고생스럽게 벌레 잠복소 섶을 만드는 희망의 장면으로 작품이 마무리되는 것이다. 현실의 절망과 순수낭만 그 어느 쪽으로도 손쉽게 기울어지지 않고 그 사이에서 고통스럽게 갈등하며 그 변증법적 균형을 유지하는 것 —— 아마 이것이 오탁번 문학의 가장 중요한 가치요 의미일 것이다.

6. 70년대 장삼이사들의 삶
── 서정인의 단편소설들

1

서정인의 소설, 특히 초기의 단편소설들을 이해하는 데 있어서 「江」이란 작품은 그 출발점으로서 적절하다. 「江」은 그의 세련된 단편소설들 중에서도 각별히 인상적이다. 「江」은 우리 단편소설사에서 기억에 남을 만한 수작이며, 서정인의 소설세계를 함축하고 있는 작품이다.

「江」의 배경은, 60년대 어느 날 겨울, 군하리라는 조그만 시골마을이다. 세 사람이 있다. 한 사람은 김이고 또 한 사람은 박이고 나머지 한 사람은 이씨다. 박씨는 하숙집 주인이고 김씨와 이씨는 하숙생인데, 세 사람은 군하리 결혼식에 함께 가는 길이다. 세 사람의 성격은 직업, 옷차림, 입대경험, 검은 안경에 대한 상념, 그리고 약간의 대화를 통해 교묘하게 암시된다. 검은 외투를 입고 있으며, 좀 과묵한 김씨는 늙은 대학생이다. 그의 용산에서의 입대경험은 구차하고 초라하다. 그는 검은 안경을 보면, 운명의 장난으로 장님이 되고 우연히 장님 안마사로서 옛애인을 만난다는 엉뚱한 비관적 상상을 한다. 그는 한때 촉망받고 또 꿈을 지닌 젊은이였으나 이제는 그 꿈이 허황하다는 것을 알고 삶 자체에 실망한 태도를 지니고 있다.

박씨는 고깔모자를 쓴 전직 국민학교 교사이며, 병역 기피자이다. 그래서 그는 검은 안경만 보면 형사가 생각난다. 그리고 하숙집 주인이기도 한데, 소심하고 열등감이 많은 사람이다. 가령 이씨가 그의 아내에게 장난을 걸어왔을 때, 그녀가 화를 내지 않은 데 대해서 실망하기도 하는 그런 속 좁고 겁많은 인물이다. 밤색 잠바를 입은 이씨는 세무서 직원인데, 퇴근 후 당구도 치러 다니고 또 춤도 추러 다닌다. 그는 검은 안경을 보면, 그것을 쓰고 폼잡고 싶어하기도 하는 겉멋쟁이요, 건달 같은 사람이다. 김씨, 박씨, 이씨는 그들의 성만큼이나 우리 주변에서 흔히 볼 수 있는, 평범하고 초라한 인물들이다. 시시한 변두리 동네에서 익명으로 만날 수 있는 그저 그런 장삼이사(張三李四)들인 것이다.

그러나 김씨와 나머지 두 사람은 조금 차이가 난다. 박씨와 이씨는 현재 그들이 처한 삶이 턱없이 초라한 것이라는 자각이 별로 없다. 박씨와 이씨는 현재와 전혀 다른 삶에 대한 꿈을 가져본 적이 별로 없이, 어릴 때부터 현실적 삶의 그 너머에 대해서 꿈꾸어 보지 않았던 인물이라 할 수 있다. 그러나 김씨는 현재적 삶과는 다른 차원의 삶에 대해 꿈꾸고 그 꿈의 실현가능성을 신뢰했던 적이 있는 인물이다. 그런데 그 꿈은 좌절되고, 이제는 허무와 냉소로 세상을 바라보는 인물이다. 〈아름다운 꿈의 상실과 초라한 현실의 확인〉이 그가 깨달은 삶의 진실이다. 가령 김씨의 입대경험을 예로 들어보자. 그는 진눈깨비가 내리는 날 용산에서 입대했다. 그가 막연히 꿈꾸었던 입대풍경이란, 악대가 음악을 연주하고 사람들이 태극기를 흔들어주며 저만치 단아한 여자가 슬픔을 머금고 서 있는, 마치 영화 속의 한 풍경 같은 것이다. 그러나 현실은 그와 반대다.

어디나 역 근처에는 흔히 있는 매춘부들 중의 하나가 헝클어진 머리를 하고 역전 광장에 있는 더러운 공중변소에서 나와 게처럼 엉금엉금 걸어서 판자집들 사이로 사라져갔다. 역청사 저쪽에서 누런 석탄 연기가

뭉클뭉클 솟아오르는 허공으로 기적소리가 길게 울려퍼질 때마다 그는
〈아, 이제는 서울을 떠나는구나〉라고 탄식하면서 조금 전에 병든 창부가
사라졌던 판자집 쪽을 돌아보곤 했었다.

　　　　　　　　　　　　　——「江」, 『벌판』, 나남, 1984, 66쪽

이러한 〈아름다운 꿈의 상실과 초라한 현실의 확인〉은, 김씨가
지금까지 살아온 과정의 요약이기도 하다. 김씨는 이것을 여관집 꼬
마에게서 다시 한번 확인한다. 김씨에게 방을 비워주는 소년은, 국
민학교 반장이며 일등을 하는 〈시골천재〉이다. 그는 이모집에서 학교
를 다닌다. 김씨는 이 소년에게서 자신의 과거를 발견하고, 그 〈시골
천재〉를 냉소적으로 바라본다.

　　너는 아마도 너희 학교의 천재일 테지. 중학교에 가서 수재가 되고, 고
등학교에 가선 우등생이 된다. 대학에 가선 보통이다가 차츰 열등생이
되어서 세상에 나온다. ——천재라고 하는 화려한 단어가 결국 촌놈들의
무식한 소견에서 나온 허사였음이 드러나는 것을 보는 것은 결코 즐거운
일이 못 된다. 그들은 천재가 가난과 끈질긴 싸움을 하다가 어느 날 문
득 열등생이 되어버린다는 사실을 몰랐다.

　　　　　　　　　　　　　　　　　——앞의 책, 76쪽

이것은 김씨 자신이 지나온 길이기도 하다. 그 역시 한때는 주변
사람들의 촉망을 한몸에 받는 천재였으나, 이제는 박씨나 이씨와
다를 바 없는 초라한 삶을 벗어나지 못하고 있다.
　「江」은, 김씨의 삶을 통하여 우리 삶이란 것이 〈아름다운 꿈의 상
실과 초라한 현실의 확인〉이라는 점을 쓸쓸하게 들려준다. 열심히
노력하면 꿈을 성취할 수 있다는 생각은 낭만적인 것이다. 뿐만 아
니라 아름다운 꿈에서 비참한 현실로의 과정 속에는 특별히 기억할
만한 우여곡절이나 비극적 사건이 있는 것도 아니다. 그런 것들이

있다면, 그 꿈의 좌절 속에는 그대로 비장미라도 있을 것이다. 평범한 사람들의 평범한 삶 속에는 그런 기막힌 사연이나 비장미조차 없이, 세월에 빛을 바래 누구의 눈에도 띄지 않은 채 시들어버리는 그런 아득함이 있다. 「江」은 이 아득함을 그리고 있는 작품이다.

그런데 「江」이란 제목은 어디에서 연유한 것일까? 작품의 어디에도 강이란 말은 나오지 않는다. 「江」이란 제목은 다소 감상적이고 시적으로 붙여진 이름인 것 같다. 서정인의 소설 「江」을 읽으면, 박재삼의 시 「울음이 타는 강」이 떠오른다. 「울음이 타는 강」을 읽어보면, 왜 이 소설의 제목이 강이 되어야 하는지 보다 잘 이해된다.

> 마음도 한자리 못 앉아 있는 마음일 때,
> 친구의 서러운 사랑 이야기를
> 가을 햇볕으로나 동무삼아 따라가면,
> 어느새 등성이에 이르러 눈물나고나.
>
> 제삿날 큰집에 모이는 불빛도 불빛이지만,
> 해질녘 울음이 타는 가을江을 보겠네.
>
> 저것 봐, 저것 봐,
> 너보다도 나보다도
> 그 기쁜 첫사랑 산골 물소리가 사라지고
> 그 다음 사랑 끝에 생긴 울음까지 녹아나고
> 이제는 미칠 일 하나로 바다에 다 와 가는
> 소리 죽은 가을江을 처음 보겠네.

1연에서 화자의 태도는 감상적이다. 그것은 아름다움과 슬픔에 대한 여린 감성이며 설레임이다. 그러나 2연에서 화자는 자신의 감상적 태도가 잘못되었음을 깨닫는다. 등성이에 올라 해질녘의 붉게 물든 가을강의 아름다움을 바라보고, 자신이 빠져 있는 아름다움이 진정한 것이 아님을 깨닫는 것이다. 울음이 타는 가을강이야말로 가장 놀라운 아름다움이라는 것이다. 그것은 제삿날 큰집에 모이는 그 놀라운 아름다움보다 더욱 놀랍다(전기가 들어오지 않던 시절, 제삿날 큰집에 모이는 불빛들은 황홀한 체험이었을 것이다). 화자는 왜 울음이 타는 가을강에서 가장 지극한 아름다움을 느끼게 되었는가? 그 설명은 3연에서 이루어진다.

깊은 산골 조그만 시냇물이 흘러흘러 큰 강물이 되는 과정을 생각해 보자. 한 방울의 맑은 물은, 처음 깊은 산골에서 흥겹고 즐겁게 온 계곡을 울리면서 신나게 흐른다. 그러다가 조금 큰 물줄기가 되어가면서 그 흐름은 점차 느려지고 조용해지고 힘이 빠진다. 이윽고 강물이 되었을 때는 그 물방울의 존재가 아주 작아지고 아무 소리도 낼 수가 없다. 이러한 과정은 삶의 과정에 비유될 수 있다. 시골 국민학교의 천재가 조그만 지방도시의 중학교에서는 수재가 되고 고등학교에서는 우등생이 되었다가 대학생이 되어서는 열등생이 되어간다. 처음의 힘차고 밝은 꿈은 소멸되어 가는 것이다. 세월은 젊음과 꿈의 아름다움을 퇴색시키고 쓸쓸함과 허무만 남긴다. 시냇물의 흐름이 그러하고, 인생의 흐름이 그러하다. 그러나 자기 혼자 잘나서 떠들던 산골 시냇물의 아름다움이 진정한 아름다움은 아니다. 화자는 울음이 타는 가을강에서 참되고 완벽한 아름다움을 발견한다. 모든 설레임과 상실과 슬픔을 다 지낸 후, 이제는 거의 아무런 꿈과 기대가 남아 있지 않은, 〈바다에 다 와 가는 가을강〉이야말로 놀라운 아름다움을 보여준다. 노을에 붉게 물든 가을강의 황홀함은, 그 모든 상실과 슬픔을 포용하고 담담하게 죽음과 소멸로 나아가기 때문이다. 「울음이 타는 강」이 우리에게 말해주는 것은, 이러한 상실과 슬픔과 아픔의 세월을 지나온 성숙한 아름다움이다.

서정인의 소설 「江」이 우리에게 말해주는 바도 여기서 그리 멀지 않다. 삶의 과정이란 아름다운 꿈들이 상실되고 초라한 현실만이 확인되는 과정인 것이다. 늙은 대학생 김씨가 여태껏 살아오면서 확인한 것은 곧 발랄했던 산골 시냇물이 마침내 큰 강물에 합류되어 가면서 확인하게 되는 자기 존재의 초라함과 꿈의 허구성이었다. 그 〈되찾을 길 없는 것들의 상실〉이 그러나 꼭 비관적이고 슬픈 것만은 아니다. 그 상실 속에서 참으로 깊은 인생의 아름다움에 있음을 은연중에 암시해 주기도 하는 것이다. 소설의 마지막, 작부가 대학생에게 갖는 터무니없는 환상과 결혼에 대한 아름다운 환상은 분명 환상에 불과하지만 그것은 그것 나름대로 아름다운 것이다. 그 어리석고 작은 아름다움은 그것 나름대로 삶의 한 구성요소가 되고 삶의 무늬가 되는 것이라는 생각이 「江」의 끝부분에 담겨 있다. 울음이 타는 가을강의 황홀한 아름다움이란 그 꿈의 무늬가 모이고 또 그만큼의 상실의 아픔이 모여 만들어지는 것이다.

2

「江」은 현실의 초라함과 구차함을 냉정하게 보여주고자 했다. 「江」에서 작가 서정인은 아름다운 꿈의 거울에 비추어서 현실의 초라함을 이야기했다. 그러나 서정인은 「江」 이후, 꿈의 거울을 사용하지 않는다. 뿐만 아니라 고전적인 단편미학이라는 형식적 도구도 사용하지 않는다. 「江」 이후, 서정인의 소설들은 꿈의 거울도 거치지 않고, 단편의 형식적 미학도 거치지 않고 그냥 초라한 현실의 날것을 보여준다. 다만 그 초라한 현실은, 「江」의 연장선에 있으면서 그 불모와 허무가 보다 증폭된 현실이라 할 수 있다.

「江」보다 10년쯤 뒤에 발표된 작품으로 「뒷개」라는 단편소설이 있다. 조그만 바닷가 도시의 시내버스역 앞 정류소에 추레한 사나이가 서 있다. 뒷개로 가는 버스를 타려다가 부둣가로 걸어가 주막에 들어간다. 주모는 돈 3천 원을 주면서 다시는 나타나지 말라고 말한다. 그는 그 돈으로 청자 열 갑을 사고, 또 그 가게에서 어떤 남자와 만난다. 그 남자는 그에게 술을 권하고, 돈이 필요하면 줄 테니 저녁때 만나자고 한다. 그리고 집으로 가서 아버지를 만난다. 동생이 숨겨놓은 돈 50만 원을 훔쳐 나온다. 낮에 만난 그 남자의 집으로 가서, 그 남자를 협박하여 다시 50만 원을 빼앗고 동생을 건드리지 말라고 다짐을 받아둔다. 역에서 다시 여동생을 만나고, 여동생에게 훔친 돈과 뺏은 돈을 모두 주고 떠난다. 이처럼 밑도끝도없는 이야기가 「뒷개」라는 작품의 줄거리이다. 사내가 왜 가장 구실도 못하고 아들 구실도 못하는지 구체적으로 설명되어 있지 않다. 왜 동생의 돈을 다 훔치는지 또 윤태라는 그 남자는 왜 그에게 50만원을 순순히 빼앗기는지 또 그 돈을 왜 여동생에게 모두 주는지 분명하게 설명되어 있지 않다. 플롯이 없다고도 말할 수 있다. 그리고 이러한 이야기가 무엇을 말하고자 하는지도 분명하지 않다. 도대체 「뒷개」라는 작품은 독자에게 무엇을 전달하려 한 것일까?

　「뒷개」라는 작품은 마치 장편소설의 한 부분을 그대로 떼어서 한 편의 단편소설로 만든 것 같은 느낌을 준다. 서정인의 많은 단편소설들이 이러한 느낌을 준다. 「江」 같은 초기작품에서 서정인은 고전적이고 관습적인 단편소설의 형식미를 강조했다. 그러나 서정인은 곧 관습적인 형식의 틀로부터 벗어났다. 「江」이 처음과 중간과 끝이 있는 이야기라면, 「뒷개」는 밑도끝도없는 이야기라 할 수 있다. 그러나 「江」과 「뒷개」는 그리 다르지 않다. 「江」에서 처음과 끝의 형식성만을 제거한다면, 그것은 곧 「뒷개」와 흡사한 작품이 될 수도 있다. 「江」은 삶의 한 단면을 보여준다. 단면은 전체를 암시해 준다. 그러나 단면은 대상의 자연스런 일부가 아니다. 단면을 보여주기 위해서는 형식이 필요할 것이다. 단면이란 의도적으로 조작된 한 면이기 때문에, 그것의 의미는 형식을 필요로 한다. 그러나 「뒷개」에 오면, 서정인은 삶의 한 장면을 보여준다. 굳이 단면과 같이 부

자연스런 풍경이 아니라 그냥 아무 장면이라도 전체 삶을 암시하는 데 불편이 없다고 생각한 듯하다. 서정인은, 적어도 표면적으로는, 가공하지 않는 현실의 날것을 그대로 조금 떼어서 보여주고자 하는 것 같다. 단편의 형식도 필요 없고, 또 그 현실을 꿈의 거울에 비추어 보여줄 필요도 없다. 서정인이 그리고자 하는 것이, 철저하게 익명성의 삶이라면 그의 이러한 태도와 생각이 이해가 되기도 한다. 우리 주변에 아무렇게나 널려 있는 익명성의 삶이란, 어떤 장면이라도 한 시대나 한 인생의 전반을 함축할 수 있다.

「뒷개」가 마치 장편소설의 한 부분을 그대로 떼어서 한 편의 단편소설을 만든 것 같은 느낌이 정당한 것이라고 가정한다면, 그 장편소설은 달리 어떤 책에 있는 것이 아니라 바로 우리네 삶이 곧 한 편의 장편소설이라고 해야 할 것이다. 즉 우리네 삶의 한 부분을 그대로 떼내어 언어적 재현을 해주는 것이 서정인의 단편소설인 것처럼 보인다. 말할 것도 없이, 우리네 삶은 우리가 잘 알고 있는 것이다. 적어도 표면적으로는 그러하다. 왜냐하면 우리가 직접 살고 있는 것이기 때문이다. 서정인은 우리가 익히 잘 알고 있는 삶의 풍경을 묘사한다. 그 풍경은 우리가 잘 알고 있는 것이기 때문에 앞 뒤 설명이 따로 필요 없다. 가령 오랜만에 고향 친지집에 가서 당숙모에게 뒷골에 사는 아저씨집 이야기를 듣는다고 하자. 그럴 때 그 이야기에 앞 뒤 전후의 자세한 설명은 필요 없다. 그러한 환경과 그러한 인물의 성격이 만들 수 있는 이야기의 가능성은 거의 정해져 있고, 그래서 우리는 한두 마디만 들으면 대강 사정을 짐작할 수 있는 것이다. 「蛇谷」에 이런 장면이 나온다.

「털어나 봐라. 대강 짐작은 간다마는」
「대강 짐작이 되나? 아직 다 잊어먹지는 않았구나? 전부 짐작해버리면 재미가 없고, 전혀 짐작을 못하면 얘기가 안 되고, 대강 짐작을 해야 나머지 조금 때문에 이야기할 맛이 나는 법이다」

「사람 사는 곳이 다 마찬가지지, 어디라고 별난 이야기 있을라드냐? 누가 죽었냐?」

「맞다. 김응덕이가 구멍탄가스 사고로 죽었다.」

—「蛇谷」, 『벌판』, 나남, 1984, 353쪽

오랜만에 한 친구를 만나 다른 친구들의 소식을 듣고자 한다. 그런데 그 소식들이란 대강 짐작이 가는 것이다. 오랫동안 만나지 못했던 친구의 소식이라 할지라도 척하면 삼척이고 픽하면 감 떨어지는 소리이다. 왜냐하면 익히 알고 있는 곤궁하고 열악한 환경 속에서의 인간의 변전가능성이란 그 한계가 뻔한 것이기 때문이다. 이럴 때 앞 뒤 없는 한마디의 소식이 전체 소식의 제유가 된다. 그래서 소식을 말해주는 사람은 거두절미하고 설명 필요 없이 한두 마디만 말하면 된다. 요점이 따로 없다. 어떤 조각이든지 전체의 요점이 될 수 있다. 단지 어느 한 자락을 잘라 말해주기만 하면 된다. 〈대강 짐작을 해야 나머지 조금 때문에 이야기할 맛이 나는 법〉이란 이러한 바탕에서 나오는 소리다. 사실이나 결과의 전달은 대강 알고 있기 때문에 매우 수월하다. 그래서 이야기는 사실이나 결과의 전달뿐만 아니라 그 정서나 논평, 마음씀까지도 전달할 수 있는 여유를 갖게 된다. 이것이 이야기할 맛이 될 것이다.

서정인의 소설도 이와 유사하다고 할 수 있다. 그것은 마치 고향 친구가 이러저러한, 대강 짐작할 만한 고향의 소식을 이야기해 주듯이 그렇게 씌어진 것이다. 서정인의 소설은 우리가 익히 알 만한 이야기의 변죽만을 적당히 울려준다. 그리고 그 뻔한 현실의 모습을 말함에 있어, 꿈의 거울을 빌리지 않는다. 꿈을 의식하지 않는다는 것은 작가가 철저하게 리얼리스트라는 사실과 연결된다. 「뒷개」에서 보듯이, 작가는 독자들이 이미 중심인물이나 그 주변의 상황, 인물들에 대해서 잘 알고 있는 듯이 가정하고 이야기한다. 실제로 그 작품에서 그려진 삶과 인물들은 이미 우리가 알 만한 사람들이다. 서정인의 소설은 너무나 평범한 우리 이웃들, 친척들, 길거리들을 언어로 다시 보여준다. 「江」에서 그냥 김씨, 박씨, 이씨로 불렸던 인물들의 익명성이 더욱 강화되고, 삶의 평범한 일상성도 더욱 강화된 것이다.

3

우리는 서정인을 리얼리스트라고 말할 수 있다. 그의 소설이 날 것의 현실을 그대로 재현한 것이라는 점에서 분명히 그러하다. 그의 소설이 우리에게 전달하고자 하는 것은 〈지금―이곳〉의 삶의 모습이다. 그 삶의 모습은 익숙한 것이면서 동시에 차가운 진실을 보여주는 것이다. 리얼리스트로서의 서정인의 시선은 냉정하다. 그의 시선은, 조작자의 의지가 전혀 개입되지 않은 카메라의 렌즈와 흡사하다. 최소한 겉으로는 그러한 느낌을 준다. 그러한 시선으로 포착되는 현실, 즉 서정인 소설 속의 〈지금―이곳〉은 보다 좁게 구획지어진 공간이다. 그것은 그의 소설들이 발표될 무렵, 그러니까 그가 왕성하게 단편들을 발표할 무렵인 70년대의 이야기이며, 또 전라도의 어느 궁벽진 소도시나 시골마을이다. 서정인의 소설들은 그곳의 풍경을 그려내고, 그곳의 평범한 삶을 그려내고, 그곳의 독특한 정서까지 그려낸다.

서정인이 리얼리스트로서 관찰하고 또 그려내는 풍경이 어떤 것인가를 잘 보여주는 작품으로 「우리 동네」라는 작품을 들 수 있다. 이 작품은 줄거리가 없다. 〈나〉라는 인물이 마을을 빈둥거리며 사람들과 지나치면서 마을풍경을 이야기해 주고 또 마을 사람들에 대해 이야기해 준다. 그리고 술 마시고 집에 돌아와 집안풍경까지 보여주는 그런 밑도끝도없는 이야기이다. 한 시골마을의 풍속화라고 할 만한 작품이다. 소설의 앞 부분에서는 마을의 공동수도, 가게, 술집, 이발소, 문화주택 등등의 풍경이 소상하게 묘사된다. 그리고 소설의 나머지 부분은 동네 사람들에 대한 묘사이다. 이 경우, 묘사는 정확하되 친절하지는 않다. 그 인물들이 바로 우리 이웃에 있는, 너무나 평범하고 흔한 사람들이기 때문에 친절하게 설명하지 않아도 정곡을 찌르는 한두 마디로써 능히 그 모습을 떠올릴 수 있다. 그들은 개성을 지닌 인물들이 아니고, 시대적 의미를 지닌 인물이다. 마치 영이와 철수가 국민학생을 대표하는 인물인 것과 흡사하다. 그중 한 사람에 대한 묘사를 구경하자.

이번에는 등뒤에서 누가 불쑥 나타났다. 여자였다. 그녀는 나와 뭐라고 몇 마디 지껄이고는, 나를 앞질러서 재빨리 동네 쪽으로 사라져갔다. 그녀의 걸음이 빨랐던 것이 아니라 나의 걸음이 느렸던 모양이었다. 여자에게는 개성이 없었다. 여자는 단순히 큰애기거나, 뉘집 댁이거나, 아무개 이모거나, 무슨 집 할머니였다. 그녀는 광필이 어머님이 분명했다. 아니, 종규 어머니였다.

——「우리 동네」, 『벌판』, 나남, 1984, 124쪽

여기서 특징적인 것은 인물묘사의 비규정적 성격이다. 작가는 대상 인물에 대해서 거의 아무것도 규정하지 않는다. 막연히 동네 아주머니라는 점만을 규정하고 있을 뿐, 그 외의 세부와 특성에 대해서는 아무것도 말하지 않는다. 무슨 말을 어떻게 했는가도 규정해두지 않고, 그 생김새, 이력, 성격, 옷차림, 가족관계, 직업 등등에 대해서 작가는 아무것도 말해주지 않는다. 그러나, 아무것도 규정되어 있지 않아도 독자들은 그녀가 어떤 인물인가 충분히 알 수 있다. 〈지금-이곳〉의 삶을 살아가는 독자들은 이미 그러한 인물을 알고 있기 때문이다. 평범한 사람들은 평범한 삶을 살고, 그 삶의 우여곡절과 신산함은 대개 비슷비슷하다. 그러므로 어떤 사람을 그 누구라 해도 상관이 없다. 서정인이 관찰하고 묘사하는 것은 특별한

개인의 얼굴과 삶이 아니라 그 시대의 누구라도 되는 그런 평균적 인물의 얼굴과 삶이다. 「우리 동네」라는 작품은 이러한 인물들에 대한 스케치들을 묶어놓은 글이다. 달리 특별하게 소설적으로 규정되어야 할 필요가 없는 인물들과 그들의 삶을 작가는 주목한다. 그 평범성과 익명성은 다음과 같이 묘사되기도 한다.

> 누가 다가왔다. 그가 내 곁을 지날 때 그와 나는 몇 마디 말을 주고받았지만, 그것이 무슨 말이었는지 나는 알 수가 없었다. 그가 뭐라고 하긴 분명히 했는데, 그게 무슨 말이었는지, 그리고 내가 분명히 대답은 했는지, 전혀 알 길이 없었다. 그러나 그를 딱 보았을 때, 나는 대번에 그가 누구라는 것을 알아차렸다. 공부를 제일 많이 한 놈, 대나무집 짐 샌네 셋째놈, 이 동네 생기고 처음 난 대학생. 대학졸업자. 전사한 형님의 연금 통장을 아버지와 싸워가지고 뺏어낸 놈. 나의 국민학교 후배. 생업이 없이 서울이나 오르락내리락 하는 놈. 큰애기들을 데리고 향원사로, 돌고개로, 서운포로, 제빗골로, 초산으로 철따라 놀러 다니는 놈. 장가도 여태 안 간 놈. 술은 못하고 담배만 하루에 한 갑씩 피우는 놈. 아리랑이 떨어지면 애비 풍년초를 훔쳐서 주간잡지 조각으로 말아 피우는 놈. 주간 잡지는 꼭꼭 사 보는 놈. 알아차렸을 정도가 아니라, 그가 지금까지 나에게 십 년, 이십 년, 삼십 년에 걸쳐서 주어온 인상들의 전부가 한꺼번에 불쑥 떠오르는 듯했다.
>
> ──앞의 책, 123쪽

그와 내가 나눈 대화가 무슨 말인지 알 수가 없었다는 것은, 그 대화의 상투적 일상성을 뜻한다. 늘 건성으로 인사치레 셈으로 지나치는 대화이므로 그것은 기억에 남지도 않는 것이고, 또 이 자리에서 기억해 밝힌다 해도 아무 의미가 없는 것이다. 그를 만나 머리에 떠오르는 인상은, 꼭 그에 관한 인상으로 한정되는 것은 아닐 것이다. 그렇다기보다는 화자의 주변에 늘 있어왔던 시시한 시골 젊은이들에 관한 종합적 인상일 것이다. 그라는 인물은 단수이면서 복수이다. 왜냐하면 시골 어디서나 볼 수 있는 비슷비슷한 인물이므로 누구의 기억을 가져다 붙여도 특별히 달라질 게 없기 때문이다. 서정인이 그리고자 하는 삶 또는 현실의 성격이 여기서도 분명히 드러난다. 서정인은 평범한 다수의 보편적 삶을 우리들에게 낯설게 보여주는 것이다.

4

서정인 소설의 공간과 인물이 변두리의 평범한 삶을 보여주는 것이라면, 즉 70년대 한반도의 시골동네 어디라도 상관없는 그저 막연한 〈우리 동네〉의 삶을 보여주는 것이라면, 서정인 소설의 시간 역시 특별한 때가 아니고 그냥 평범한 나날 중의 하나이다. 이 점과 관련하여 「어느 날」이라는 작품의 제목과 내용은 흥미로운 성격을 보여준다.

「어느 날」의 중심인물은 김해동이라는 월급쟁이이다. 그는 전세금 80만 원 때문에 걱정을 하고 있다. 부장이 그를 불러 모범사원으로 추천하겠다고 한다. 그러나 그것이 결정되기까지 어떤 곡절이 있어야 할지 모른다. 점심나절 그는 총무과에 가서 서류가 왔는지 확인한다. 그 서류는 급한 것인데 총무과 직원의 무관심으로 벌써 며칠이 지체되었다. 그는 그 서류를 가지고 동회로 달려가 주민등록초본을 발급받고자 하나, 동회 직원의 치사한 관료주의 때문에 일이 안 된다. 그러다가 이춘호라는 이웃 사람 덕에 일이 처리된다. 이춘호라는 이웃사람이 소위 급행료라는 것을 주고 자기 일을 처리하면서 덤으로 김해동의 서류까지 처리해 온 것이다. 저녁때 그는 이춘호와 술을 한 잔 한다. 이춘호는 세상 사람 모두가 도둑이라고 주장한다. 모두가 도둑인 세상에서는 스스로도 도둑이 되어야 그렇지

않으면 세상살이가 안 된다고 말한다. 이춘호에게는 아우가 둘 있는
데, 둘째는 정신이상자가 되었고 셋째는 서독 광부생활을 거쳐 미
국에 가 있다. 김해동은 집으로 돌아와 이웃집 정신이상자의 울부짖
음을 듣고 그 울음이 자기 것인 것처럼 느낀다. 이 소설 역시 앞과
뒤가 잘려버린 듯한 인상을 준다(다만 김해동이 귀가해서 절망감을
느끼며 하루를 마감한다는 결말이 끝의 느낌을 주기는 한다. 그러므로
서정인의 다른 작품들에 비해서 뒤가 없다는 느낌은 약한 작품일 것이
다). 김해동이라는 평범한 월급쟁이가 관료적이고 비인간적인 사회
조직 속에서 겪는 하루 일과를 보여준다. 「우리 동네」의 주제가
「江」의 연장선상에 있는 것이라면, 「어느 날」의 주제는 「後送」의 연
장선상에 있는 것처럼 보인다. 즉 비인간적 사회 속에서 한 개인의
소외와 부적응을 보여준다. 이춘호가 세상 사람들 모두 도둑놈이라
고 말하면서, 〈만일 이 각종 도둑질에 비협조적인 놈이 있다면, 그
놈은 숨이 콱콱 막힐 겁니다〉라고 했을 때, 김해동은 거대한 톱니바
퀴를 상상한다.

해동은 그때, 거대한 톱니바퀴를 보았다. 가령, 시계 뱃속에 들어 있
는 톱니바퀴들 중에서 제일 작은 부분의 직경이 사람 키만한 그런 톱니
바퀴들을. 그것들은 질서정연하게 동작을 전달하고 있었다. 그것들 하나
하나는 그 동작의 원인이자 결과였다. 그것들 하나하나는 전체에 완전히
종속되어 있었고, 동시에 그 전체에게 결정적인 영향을 주었다. 가장 작
은 톱니바퀴의 움직이는 방향을 바꾸는 일은 전체의 파괴 없이는 불가능
했고, 전체의 파괴는 가장 작은 부분의 파괴로 가능했다.
　　　　　　　　　——「어느 날」, 『벌판』, 나남, 1984, 141쪽

이러한 김해동의 생각은 그대로 이 작품의 주제가 될 수 있다.
김해동의 〈어느 날〉 체험이 보여주는 대로, 사회조직은 비상식적이
고 비인간적인 매커니즘에 의해 일사분란하게 움직이는 거대한 톱

니바퀴와 같은 것이다. 바른 정신을 가지고는 도무지 이해되지 않는 일들의 연속이지만, 그 일들은 그 나름대로의 정치한 메커니즘에 의해서 잘 움직인다. 다만 문제가 되는 것은 그 메커니즘에 자연스럽게 순응하지 못하는, 잘못된 톱니바퀴인 것이다. 그 잘못된 톱니바퀴들은 그 조직 속에서 살아남지 못하고, 마치 이춘호의 동생들처럼 다른 사회로 도피해 가거나 정신병자가 되어버릴 수밖에 없을 것이다. 이것이 서정인이 「어느 날」에서 말하고자 하는 바이다.

그런데, 여기서도 강조되는 것은 이러한 일들의 일상성이다. 제목에서 암시되는바, 평범한 사람들의 평범한 일상 속에서 아무때나 경험되는 일인 것이다. 소설에서 묘사된 김해동의 하루는, 특별히 기억될 만한 날이 아니라 보통 사람들의 평범한 나날임이 은연중에 강조되어 있다.

이와 같이 리얼리스트로서의 서정인의 특징은, 문제적 상황이나 문제적 인물을 취하지 않고 아주 평범하고 일상적인 상황과 인물들의 모습을 날것으로 드러낸다는 데 있다. 그래서 서정인의 소설은 때로 인과성이 약하게 보이기도 한다. 그러나 인과성이 약하고 우연성이 강한 면을 때때로 보여준다고 해서, 그의 소설이 개연성이 없는 것은 아니다. 개연성이 적거나 없다면, 그 작품은 리얼리스트의 작품이라 할 수 없다. 개연성은, 인과성과 깊은 연관을 갖지만, 그것이 의존하는 바탕은 사뭇 다르다. 인과성은 작품 전체의 인과적 논리에 의존한다. 그러나 개연성은 작품 바깥의 현실적 삶의 관습적 인식에 의존하는 것이다. 예를 들어, 덴마크 사람들이 점심시간에 자연스럽게 개고기를 먹고 있다면 그것은 개연성이 약하지만, 서울 사람들이 그러하다면 그것은 개연성이 있다고 할 수 있다. 서정인의 작품은 작품 자체로서의 자족적 완결성이 약하고, 그것이 그리고 있는 실제 현실에 대한 독자들의 인식에 크게 의존한다. 그래서 인과성이 약한 면이 있다 하더라도 그것은 실제 현실에 비추어 볼 때 개연성이 있을 수 있게 된다. 달리 말하자면, 서정인 소설의 리얼리즘은 수용자의 현실감각에 크게 의존하는 리얼리즘이다. 그것은 현실을 그려서 보여주는 측면보다는 수용자의 현실인식을 비춰 보여주는 거울과 같은 성격이 강한 리얼리즘인 것이다. 이 점은 그의 소설이 〈우리 동네〉의 〈어느 날〉이라는 막연한 시공간 속의 평범한 장삼이사들을 취급하고 있다는 사실과도 깊이 관련될 것이다.

5

서정인 소설의 리얼리즘이 독자들의 현실인식을 되비춰 보여주는 거울이어서, 독자들은 거기에서 자신의 삶을 낯설게 볼 수 있다. 그렇지만 그 거울이란 것은 모든 현실을 시시콜콜 다 보여줄 수는 없고, 선택적으로 보여줄 수밖에 없다. 취사선택과 강조점이 있을 수밖에 없는 것이다. 서정인이 강조해서 되비춰주는 삶의 모습, 그리하여 독자들이 다시 한번 낯설게 인식하게 되는 자신들의 삶의 모습은 어떤 것인가?

진실은 아름다운 것이다라는 명제도 설득력이 있지만, 진실은 차갑고 추한 것이다라는 명제도 호소력이 있다. 특히 리얼리즘과 관련해서 생각할 때, 진실은 아름다운 것이기보다 추한 것이다. 우리 인간들의 삶을 감정적, 인식적 여과 없이 그대로 들여다볼 때, 그것은 마치 달 착륙선이 보여준 달의 표면처럼 스산하고 황량하고 추하다. 보름날 동산에 떠오른 아름다운 달에 비해서 먼지사막과 분화구가 있는 달의 사진은 훨씬 리얼리스틱한 것이라고 말할 수 있다. 서정인은 「江」에서, 우리의 삶이란 것이 동산에 떠오른 아름다운 달과 같은 것이 아니라 우주선이 촬영한 불모의 황무지와 같은 것임을 깨닫고 확인해 가는 서글픈 과정이라고 말해주었다. 필자는 그것을 〈아름다운 꿈의 상실과 초라한 현실의 확인〉이라고 표현했다. 「江」 이후, 서정인의 소설들은 더 이상 상실된 아름다운 꿈에 대해서 이야기하지 않는다. 오로지 초라한 현실만을 냉랭하게 그리고 있을 뿐이다. 더 이상 작가는 현실과 삶이 왜 아름답지 않은가라고 안타깝게 되묻지 않는다. 이미 현실과 삶의 불모성은 확인된 것이다. 그의 소설은 확인된 사실의 재확인에 불과하다. 그러니까 그의 소설들은 현실에 대한 탐구라기보다는 현실의 불모성에 대한 다양한 증거수집이라는 의미를 갖는다. 이것은 보다 지적이고 사실적인 태도이면서 동시에 냉소적인 태도와 연결된다.

그런데 서정인이 관찰하고 기록한 현실은, 앞서 말한 대로 비교적 좁은 공간과 시간의 테두리를 가진 것이다. 그것은 60년대 후반과 70년대의 시골의 현실이다. 따라서 서정인의 소설은, 삶 일반의 불모성을 말하는 것이라기보다는 6, 70년대의 지방적 현실의 불모성을 문제삼고 있다고 말해야 할 것이다. 서정인의 소설에서 두드러지는 면모는 가족과 고향의 피폐화이다. 이것은 앞서 언급한 적이 있는 「뒷개」에서도 그러했고, 「나들이」, 「귤」, 「벌판」, 「춘분」, 「사촌들」 등의 작품에서도 그러하다. 특히 「뒷개」와 「나들이」, 「귤」, 「벌판」은 남자 주인공이 잠시 고향에 들러 겪는 일들을 보여주고 있다. 이 작품들은 하나의 주제에 대한 네 편의 변주들이라고 할 수 있다. 고향을 찾아간 젊은 남자는 고향에서 살 수 없는 인물이다. 고향집을 지키는 아버지 또는 아저씨는 거의 폐인이 되어 그림자처럼 존재한다. 고향에서의 삶을 더욱 피폐하고 한 맺히게 만드는 데는 경제력이 좀 있는 동네 젊은 남자들이 비인간적 처세와 주요한 연관이 있다. 고향에 남은 갖은 고생을 감내하며 가족으로서의 끈을 가까스로 유지하고 있는 것은 여동생들이다. 젊은 남자가 고향을 찾아와 확인하는 것은 한 맺힘이며, 그것은 엉뚱한 폭력으로 나타난다. 이러한 것들이 두루 공통되는 모티프들이다. 「귤」을 대상으로 해서 좀더 자세히 살펴보자.

인우는 5년 만에 고향에 처와 함께 왔다. 어머니의 죽음을 한 달전에 알았으나 소상이 되어서야 고향을 찾게 되었다. 그는 먼저 박

영감 아저씨 댁에 간다. 박 영감은 고리대금업자였으나, 이제는 피폐한 늙은이가 되었고, 그의 집안도 모래알처럼 부스러졌다. 인우는 5년 전 장리벼 열 섬을 박 영감에게 빌렸다. 이제 그 일부를 갚고자 했지만, 박 영감은 이미 그의 누이가 갚았다고 말한다. 그는 박영감 집을 나와 과일가게에서 귤을 두 개 산다. 그리고 박 영감의 둘째아들이요 그의 동생뻘인 동석이를 만나 술 한 잔 하고 또 한판 싸움을 벌인다. 그러고는 누이의 집을 찾아간다. 자형은 절름발이 이발사이고 그의 집은 이발소 안집이다. 조카딸들은 서울로 직공살이, 시내로 식모살이를 떠나고, 누이의 얼굴은 형편없이 망가져 있다. 누이의 말에 의하면, 박 영감에게 빌린 쌀은 재촉에 못 이겨 누이가 집을 팔아 원금만 간신히 갚았다고 한다. 어머니도 그 일로 홧병이 들었던 것이다. 이상이 「귤」의 내용이다. 역시 밑도끝도없는 듯한 이야기이지만, 대강 짐작이 가는 일이라 모를 일이 없다. 이 작품의 강렬한 인상은 우선 그 두 집안의 피폐함에서 온다. 고리대금업 하던 박 영감 집도 피폐할 대로 피폐하였고, 인우의 집은 그보다 더하다. 여기서 문제가 되는 것은 비단 경제적 피폐뿐만이 아니다. 그것은 인간성의 피폐와 표리를 이룬다. 박 영감과의 대화, 동석과의 대화 속에서 인간성들이 현실의 가파름과 부조리 속에서 얼마나 철저하게 망가져 버렸는가 충분히 짐작할 수 있다. 인간성이 피폐화된 곳에 가족이 성립되기 어렵다. 박 영감 집에 가족이 아무도 없고 박 영감만이 그림자처럼 어둠 속에 앉아 있는 모습은 상징적이다. 그것은 과거의 질서와 영화의 소멸을 뜻한다. 인우는 연탄 배달부를 하면서 살려고 노력한다. 그 타향에서의 삶 역시 가파르고 신산스러워 어머니 죽음을 알고도 한 달 동안 고향을 못 찾았다. 그러나 인우의 타향에서의 고생은, 고향의 피폐에 비하면 오히려 문제가 안 된다. 인우의 어머니가 죽었다는 것은, 고향이 죽었다는 사실과 같은 의미가 된다. 인우가 박 영감의 장리벼를 원금이나마 갚는다는 것은, 곧 어머니와 고향에 대한 그의 최소한의 인간적 도리를 하는 일과 같다. 그러나 고향에는 장리벼도 고향도 어머니도 없어졌고, 황무지가 되어 있다. 장리벼를 오래전에 누이가 갚았다는 박영감의 말을 듣고 길거리에 나와 과일가게를 지나는 순간, 과일가게를 부수고 싶다는 공격충동은 고향상실에 대한 울분의 표현이다. 여기서 제목이기도 한 귤의 의미를 생각해 볼 수도 있다. 우리는 〈반중 조홍감이 고와도 보이나다. 유자 아니라도 품음직하다마는 품어가 반길 이 없으니 그를 슬워하노라〉라는 시조를 기억한다. 이것은, 중국 삼국시절 육적(陸績)이 친구가 준 귤을 품속에 품어 어머니를 갖다 드리려 했다는 고사를 염두에 두고 박인로가 지은 시조이다. 여기서 귤은 다하지 못한 효도의 가슴 아픔을 뜻한다. 소설 속에서 인우가 손가락으로 굴리고 있는 귤의 의미도 같다. 고향과 어머니와 가족에 대해 최소한의 인간적 도리를 하고자 하나, 이제 세월은 자기를 망가뜨렸을 뿐만 아니라 고향 전체를 피폐화시켜 버린 것이다. 인우와 동석이 서로 불운을 풀 길 없어 술집에서 싸우고 있는 장면에서 작가의 시대에 대한 원망을 읽을 수 있다.

이러한 비극적 풍경의 내적 구도는 우리들의 주변에서 익숙한 것이고, 그런 만큼 그것은 상투적이요 멜로적인 성격이 농후하다. 그러나 서정인의 지적이고 냉소적인 어조 속에서 그 비극적 풍경은 생소하고 충격적인 풍경이 된다. 작가 서정인은 고향의 피폐화와 인우의 울분의 사회적 원인이 무엇인지 묻지 않는다. 다만 그 피폐와 울분의 정서만을 차갑게 보여줄 따름이다. 그러나 그의 작품을 통하여 우리가 생각해야 하는 것은 6, 70년대의 사회변화이다. 익히 아는 바와 같이 60년대부터 우리 사회는 산업화의 소용돌이 속에 진입한다. 그 속에서 농촌과 조그만 지방도시들의 전통적인 삶은 비참하게 해체된다. 조그만 시골마을의 삶이 어떻게 해체되고 또 황폐화되어 가고 있는가를 서정인의 소설처럼 구체적 정서로 보여주는 문학적 예는 흔치 않다. 그럼에도 불구하고 서정인의 소설이 지닌 사회적 의미는 지금까지 충분히 주목되지 못한 측면이 농후하다. 여기에는 나름대로의 이유가 있다. 그의 소설들은, 때때로 삶이 지닌 본질적인 부조리성에 주목한다. 가령 「나들이」에서 출발할 때나 돌아올 때 계속적으로 제 시간에 맞춰 기차를 타지 못한다. 그것은 시대의 문제라기보다는 삶 자체의 문제라고 생각된다. 그러나 기차시간을 계속 놓치는 모티프에서도 사회적 의미를 추출해 낼 수 있을 것이고, 섬세한 독자라면 마땅히 그러해야 할 것이다. 어쨌든 서정인은 그의 소설에서 사회적 의미를 표면적으로 강요하지는 않는다. 이것은 장점이 될 수도 있지만 단점이 될 수도 있다. 가령, 「귤」에서 우리는 사회적 의미의 노출을 발견할 수 없다. 독자의 현실인식 속에서만 그 작품은 사회적 의미망 속으로 편입될 수 있다. 그리고 그 작품은 6,70년대의 보편적 삶의 질감 혹은 사회적 변화를 구체적 정서로 보여주지만, 그것은 아무래도 정물화와 같은 것이어서 사회적 역학관계의 맥락탐구는 잘 보이지 않는다. 「귤」에서 고향의 피폐화와 인간성의 피폐화를 인상적으로 보여주었지만, 그 피폐화가 어떤 사회적 역학관계 속에서 진행되는 것인가를 보여주지는 않는다. 바로 이 점 때문에, 서정인 소설은 매우 중요한 한 시대의 기록화이면서도 그 사회적 의미가 충분히 검토되지 아니한 것으로 짐작된다.

앞에서 우리는 서정인의 단편들이 마치 장편소설의 한 부분을 잘라낸 것처럼 보인다고 지적했다. 그래서 서정인의 단편들은 그 자체로 의미의 자율성을 갖는다기보다는, 독자들의 현실이해에 그 의미를 크게 의존하고 있다고도 말했다. 이러한 성격은, 서정인 소설의 사회적 의미에도 연결시켜 볼 수 있다. 서정인은 자신의 작품에서 사회적 의미를 들여다보지 않는다. 그 사회적 의미의 천착도 독자의 몫으로 넘겨버리고 있다. 달리 말해, 서정인은 우리의 삶이 이러한 사회적 맥락과 역학 속에서 이렇게 피폐화되었다라고 소설에서 보여주지 않는다. 그 대신 서정인은 우리의 삶이 당신도 알다시피 이처럼 피폐해져 있으니, 이 피폐의 모습을 새롭게 인식하고 나아가 스스로 왜 그렇게 사회가 황폐해졌는가에 대한 사회적 분석을 해보라고 강요한다. 이처럼 서정인의 소설은 독자들에게 많은 몫을 요구하는 그런 작품이다. 그리고 그런 요구를 당당하게 할 만큼 서정인의 소설은 6, 70년대의 황폐화된 지방적 삶의 모습을 인상적으로 그려내고 있다. 서정인의 단편들 속에는 유례가 드문 비극적 변화 속에 있었던 한 시대의 삶의 주요한 측면이 성공적으로 기록되어 있다. 우리 소설사에서 리얼리스트로서 작가의 소임을 서정인만큼 개성적으로 완수한 경우도 잘 없을 것이다.

은어는 없다

—— 윤대녕론

1

평론가 우찬제는, 윤대녕의 소설에 대하여 〈90년대 소설의 새로운 표정의 하나를 창안해 내는 데 성공을 거두었다〉고 말한다. 동의한다. 그의 소설은 특이한 주제·미학·정서·문체로 90년대 소설의 중요한 표정을 보여준다. 그 표정은, 일반 독자보다는 문학 전문 독자들에게, 기성 문인보다는 젊은 신인이나 문학 지망생들에게 강한 인상을 주는 것 같다. 평론가 이광호의 말에 의하면, 그의 소설은 문학 지망생들에게 거의 신화에 가깝다고 한다. 최근 문학비평 지망생들의 투고작들 중에서 윤대녕의 소설을 대상으로 한 평론이 압도적으로 많다는 사실은 이를 거듭 확인시켜 준다. 윤대녕의 소설은, 마치 60년대 김승옥의 소설이 그러했듯이, 90년대의 새로운 감수성으로 새로운 세대의 문학을 예고하면서 동년배의 작가들을 긴장시킨다. 그래서 90년대적 삶 또는 90년대적 문학을 이야기할 때, 윤대녕의 소설은 생략하기 어려운 참조사항이 된다. 그러나 이것은 그 중요성에 대한 판단일 뿐, 그의 소설에 대한 전폭적인 신뢰를 뜻하는 것은 아니다.

    윤대녕 소설이 90년대적이라 함은, 우선 그 미학과 정서의 성격에 의거한다. 주요 등장인물들은 거의가 20대 후반이나 30대 초반이다. 이들의 생활은 90년대적 문화공간 안에서 이루어진다. 재즈, 카페, 캔맥주, 독신자 아파트, 영화, 자동응답기, 컴퓨터, 지하철, 승용차, 24시간 편의점 등등이 그들의 삶의 공간이다. 이러한 문화공간은, 윤대녕 이외의 다른 90년대 소설가들 심지어 몇몇 90년대 시인들의 작품에서도 만날 수 있다. 그리고 등장인물들의 직업과 라이프스타일도 이러한 문화공간과 관련된다. 그들의 직업은, 광고회사 직원, 출판사나 저작권 에이전시 직원, 자동차회사 디자이너, 여성의류 판매기획담당자, 상업사진작가, 시인 등등이다. 이들은 독신자 아파트 같은 곳에서 혼자 살면서 새로운 문화공간을 부유하고 쓸쓸한 자유를 누린다. 이러한 라이프스타일은 90년대 삶의 새로운 유형을 이룬다. 그것은 우리 시대 젊은이들이 자연스레 동화되어 가는 삶의 공간이면서 동시에 그들의 욕망의 모습이기도 하다. 소설이란 것이 사회의 반영이며 또한 욕망의 형식이라고 볼 때, 90년대 소설이 이러한 문화공간과 라이프스타일에 주목하는 것은 당연하다. 그러나 대부분의 90년대 문학 속에서 이러한 문화공간과 라이프스타일은, 마치 신혼가구들처럼 산뜻하기만 할 뿐 규격화되어 있고 또 삶의 냄새가 배어 있지 못하다. 다시 말해 그것들은 아직 구체적 일상에 편입되지 못하고 낯선 거리의 풍경을 외국영화 포스터처럼 보여줄 따름이다. 그런 작품들에는, 새로운 문화공간을 나열하는 것만으로 자신들의 문화적 개성을 확보하려 했다는 혐의가 있다. 그런데 윤대녕의 소설은 좀 다르다. 그의 소설 속에서는, 90년대의 새로운 문화적 요소들이 어떤 식으로든 무시할 수 없는 삶의 일부를 이루는 것처럼 보인다. 윤대녕의 소설은 그러한 문화공간을 자연스런 배경으로 물러나게 함으로써 오히려 그것이 90년대적 의미를 갖게 한다.

    90년대 젊은이들은 이전과는 전혀 다른 일상적 문화공간에서 사회화 과정을 겪는다. 이들의 정서와 욕망은 강한 앨랑을 지니고 있지만 아직은 어떤 삶의 형식에 이르지는 못했다고 볼 수 있다. 무라카미 하루키의 소설이나 왕가위의 영화 속에서 정서적 친밀성은 강하게 느낄 수 있지만, 그러한 것들은 현실적 삶의 형식이 되기에는 너무 거리가 멀다. 또한 대부분의 90년대 신세대 문학도 새로운 정서를 보여주긴 하나 그것을 하나의 삶의 형식으로 만들지는 못한 것 같다. 이에 반해 윤대녕 소설은, 낯설게 그러나 빠르게 확산되는 90년대적 문화공간 속의 삶에 하나의 형식을 부여했다고 말할 수 있다. 윤대녕의 소설은 짙은 허무를 보여주지만, 그 허무까지도 포함해서 90년대적 삶의 실존을 소설적 언어로 재현하는 데 어느 정도 성공했다. 이것은 윤대녕의 소설 속에서, 그런 욕망과 정서의 문화가 제유의 옷을 벗고 일상적 삶이 됨을 뜻한다. 윤대녕의 소설에 특히 젊은 세대의 호응이 큰 이유도 여기에 있을 것이다. 물론 윤대녕 소설 속에서 제시된 삶의 형식이 90년대적 삶을 대표하는 것이라고 말하기는 어렵다. 그러나 그것은, 부분적이고 다소 편향된 것이긴 하지만, 우리의 문학 속에서 처음으로 만나는 90년대적 삶의 한 형식이다. 그리고 그 형식은 당연히 포스트모던한 요소를 내포한다. 이질적인 것들의 공존, 비의적인 것에 대한 집착, 단편적 이미지들의 불연속적 나열, 혼돈 속에서의 새로운 질서 찾기, 신화적 공간에 대한 관심, 컬트적이고 세기말적인 분위기 등등이 두루 발견된다. 90년대 소설은 윤대녕의 소설에 이르러 그들만의 독자적인 영역을 확보했다고 말할 수 있다.

2

윤대녕의 소설이 90년대적 삶의 정서와 욕망에 하나에 형식을 부여할 수 있었던 것은 물론 작가의 뛰어난 능력 때문이다. 윤대녕의 작가적 능력을 말하기 위해 우리는 그의 미학적 감수성과 문체 그리고 소설조형능력과 이질적인 것들의 결합능력을 주목할 필요가 있다.

윤대녕의 소설은 전통적 의미에서 구성이 허약한 것처럼 보인다. 그의 소설은 평면적이다. 서사적 추동력이 약하고 에피소드들이 평면적으로 나열되어 있다고 할 수 있다. 이것은 그의 소설이 추리소설과 흡사한 겉모습을 지니고 있다는 사실과 모순되는 것처럼 보인다. 윤대녕은, 소설의 모두에서 하나의 의문을 제기하고 그것을 독자와 함께 풀어가는 방식으로 소설 쓰기를 즐긴다. 『옛날 영화를 보러 갔다』, 『추억의 아주 먼 곳』, 「은어낚시통신」, 「남쪽 계단을 보라」 등등이 특히 그러한 방식으로 씌어진 작품이다. 그런데 윤대녕은 그러한 의문을 풀어가는 데 있어서 서사에 별로 의존하지 않는다. 그의 소설의 목적은 그러한 의문을 해소하는 데 있지 않고, 그러한 의문 속에서 삶의 한 측면을 제시하는 데 있다. 그래서 그의 소설을 이끌어 가는 힘은, 서사성이 아니라 분위기, 에피소드, 이미지, 문체 등이다. 윤대녕은 서사적 상상력으로 소설을 쓴다기보다는 시적 상상력으로 소설을 쓰는 작가이다. 달리 말하면, 어떤 사건이 주된 모티프가 되는 경우보다 어떤 사물이 주된 모티프가 되는 경우가 흔하다. 예를 들면, 「말발굽 소리를 듣다」에서는 말이 중심 모티프가 되고, 「소는 여관으로 들어온다, 가끔」에서는 소가 중심 모티프가 되며, 「국화 옆에서」에서는 국화가 중심 모티프가 된다. 윤대녕은 이러한 중심 모티프에 의미와 이미지의 살을 붙이는 데 능란한 솜씨를 보여준다. 그는 중심 모티프에 관한 많은 자료를 확보하여 이야기를 풍성하게 만들고 또 그것의 이미지를 주제에 걸맞게 발전시켜 나감으로써 통일된 소설적 분위기를 형성해 간다. 이것이 바로 윤대녕이 소설을 조형하는 방식이며 또한 능력이다. 이 능력 때문에, 윤대녕의 소설은 평면적이면서도 화려한 색감과 팽팽한 긴장감을 유지한다.

그런데 이러한 소설조형능력의 결과는 문체를 통해서 독자에게 전달된다. 윤대녕 소설을 읽는다는 것은 곧 윤대녕 소설의 문체를 즐기는 것이라고 말할 수 있다. 윤대녕의 문체가 주는 인상을 말하기 위해서 먼저 언급해 두어야 할 점이 있다. 다른 작가의 90년대 소설들에서도 그러하지만, 윤대녕의 소설 속에는 많은 예술작품들이 때로는 배경으로 때로는 은유의 근거로 등장하면서 전경화된다. 「은어낚시통신」에서는 커티스의 「호피인디언」이란 사진 작품이 나오고, 『추억의 아주 먼 곳』에서는 비제의 오페라 「진주잡이」에 나오는 「귓전에 남은 님의 노래」가 나온다. 그런가 하면 「가족사진첩」에서는 헨릭 세링이 연주한 베토벤의 바이올린 협주곡이 나오고, 「사막의 거리, 바다의 거리」에서는 스트롭스가 연주하고 부른 「오텀」이란 곡이 나온다. 또 「January 9, 1993, 미아리통신」에서는 장 자크 베닉스의 영화 「베티블루 $37°2$」가 나온다. 이런 것들이 작품 속에서 전경화를 이루고 있다는 사실은, 작가들의 상상력이 신이 만든 자연에서보다 인간이 만든 것 즉 인공물에 더 많이 의존하고 있음을 뜻한다. 이것은 인공세상에서 살아온 신세대 작가들의 공통된 특성이기도 하다. 이런 것들이 윤대녕 소설의 문맥 속에서 존재하는 모습을 보면, 물론 초라한 하숙방에 붙은 외국 여배우의 사진처럼 다소 이질적이긴 하지만, 그러나 어색하거나 유치하지 않다. 그 작품에 대한 작가의 주체적 느낌이 소설적 사유 속에 무리 없이 녹아 있는 것처럼 생각된다. 그리고 다양한 문화장르에 대한 작가의 섬세한 감수능력과 이해를 짐작케 해준다. 똑같은 작품이 언급되더라도 어떤 감각으로 제시되었는가에 따라 그것의 효과는 크게 달라진다. 좋은 미학적 감수성이 바탕이 된 사유나 글은 안팎으로 질서감과 안정감을 주고 또 풍요로운 느낌도 준다. 마치 옛 문사들의 글에서 한시 구절이나 고사(古事)의 적절한 배치가 그 글의 미학적 효과를 돋우는 것과 같다.

사실, 소설 속에 언급되는 모든 세목들은, 그것이 얼굴 표정, 가구, 거리의 가로수, 예술작품, 여자의 액세서리 등등 어떤 것이든

간에, 모두 작가의 감수성에 의해 선택되고 제시된다. 독서는 어떤 점에서 그러한 작가의 선택 결과를 맛보는 것이라고 할 수도 있다. 선택된 모든 세목들은 작가와의 교감 속에 존재한다. 그래서 그것을 통해 작가의 감각적 특성이 드러나게 마련이다. 윤대녕의 소설 속에 언급되는 모든 세목들은 작가의 미학적 감성을 투명하게 드러낸다. 건널목 신호등이나 발전소 굴뚝 또는 새우나 돌고래나 산갈치, 국화 등등에 대한 언급에서 느낄 수 있는 청명한 감정의 색조는 그의 소설 어디에서나 풍성하다. 그리고 결국 이것들이 윤대녕의 문체미학을 이루는 바탕이 된다.

감각적이고 미학적인 문체의 구사라는 점에서 윤대녕을 앞지를 소설가는 별로 없다. 김승옥이나 최인호의 화려한 문체도 글무늬의 섬세함에 있어서는 윤대녕에 미치지 못한다. 그는 타고난 시인처럼 비유법을 구사한다.

나는 유리관 속의 방부처리된 곤충처럼 영원히 거기 고정된 채로 남아 있을 것이다.

———『추억의 아주 먼 곳』

책들은, 아무 조바심도 없이 제 이름표를 燈처럼 들고 누가 불러주기만을 기다리는 童子僧과도 같았다.

———「지나가는 자의 초상」

봄은 새로 산 물감들을 열어놓은 것처럼 화사한 빛으로 사방에서 튀어오르고 있었다.

———「새무덤」

그때 나는 돌처럼 숨을 죽인 채 내 눈 앞에서 가만가만 움직이고 있는 그녀의 얼굴을 국어책처럼 들여다보고 있었다.

——「은어」

대충 골라본 몇 개의 문장으로 윤대녕의 문체를 다 짐작할 수는
없다. 그리고 문체란 단순히 언어조합기술에 그치는 것이 아니다.
좋은 문체는 언어의 결뿐만 아니라 삶의 결에 대해서도 섬세한 감각
을 필요로 하며, 아울러 폭넓은 문화적 훈련을 필요로 한다. 『지나
가는 자의 초상』에 보면, 〈삶이란 아무리 낮게 엎드려 있어도 때로
조사관처럼 어떤 응답을 요구해 오게 마련이다」〉라는 구절이 나온
다. 이 한 문장만으로도 「지나가는 자의 초상」에 대한 독서는 보상
받을 수 있을 것 같다. 그것은 마치 깊은 산 속의 종소리처럼 긴 여
운을 남기는 의미의 울림을 지녔기 때문이다. 윤대녕 소설의 독서는
많은 부분이 그 문체를 즐기는 독서이다.

한편, 윤대녕이 구사하는 문체의 일차적인 느낌은 아주 도시적인
것이다. 그것은 90년대의 영상광고미학처럼 현란하고 감각적이다.
「국화 옆에서」 속의 두 구절을 예로 들어본다.

(1) 몇 차례 호된 삐걱거림을 경험한 뒤, 그녀는 엽서에다, 천만 번
을 변해도 나는 나, 이유같은 건 생각지 않는다. 내 이름은——이라는
어느 옷 광고의 카피를 적어보내는 것으로 내게 아웃을 선언했다.

(2) 그녀는, 마치 철길에 나와 있던 사슴이 멀리서 달려오는 기차의
헤드라이트 불빛이 무엇인지 모르고 우두커니 서 있듯이, 다가오는 나를
쳐다보고 있었다. 필 루즈, 샴푸, 귀 냄새, 소주에 탄 푸른 물감——따
위가 아니었던들 그날 나는 그녀를 만나지 못했을 것이다. 이렇듯 때로
는 재가 된 기억 속에서 쥐눈만한 불씨가 마른 검불과 엉켜 마음의 솥을
데우는 경우가 있음을 보게 된다.

(1)에서 보듯이, 엽서에 광고 카피를 적어 보내는 것으로 이별의 편지를 대신하는 것은 기발하다. 그것 자체가 영상광고처럼 경박하지만 산뜻하다. 그것은 〈자신이 가진 백 명 중 한 명 꼴에 해당하는 아름다움을 소모하지 못해 늘 전전긍긍하는 여자〉이며 〈액자에 끼워 놓고 봐야 안성맞춤인 그런 여자〉의 이별 형식으로서는 썩 적절한 것이다. 윤대녕은 영상세대의 정서를 언어로 번역해 낼 줄 아는 작가이다. 이 점은 (2)에서도 확인된다. 철길의 사슴이란 이미지는, 90년대의 문화적 맥락 속에서 자연 속의 이미지가 아니고 영상 속의 이미지다. 따라서 그것은 도시적인 이미지이며 영상세대의 이미지이다. 귀 냄새나 소주에 탄 푸른 물감이 주는 에로틱하고 허무한 느낌도 마찬가지다. 그런데 (2)의 마지막 구절에서는 다른 종류의 이미지가 제시된다. 여기서 그의 감각과 상상력은 갑자기 과거로 돌아간다. 재, 쥐눈, 불씨, 검불, 솥 등의 이미지는 현대적이지도 않고 도시적이지도 않다. 그것은 과거적 삶의 이미지이다. 작가는 전혀 이질적인 두 개의 이미지를 무심하게 겹쳐놓고 있다. 윤대녕의 문체가 도시적이라고 했지만, 그는 과거적 이미지나 고전적 문체를 자주 그리고 능숙하게 구사한다. 예를 들면 다음과 같은 것들이다.

파란이 닥쳐 적막하던 집안에 아연 팽팽한 긴장감이 감돌았다. 처마에 괴어 있던 달빛이 마당으로 흩어져 내리고 봉곳이 내다뵈는 하늘로 별들이 다투어 기웃거렸다. 만물이 相生을 시작하고 있는 혼효한 밤이었다.
——「말발굽 소리를 듣다」

내가 청라로 길을 놓던 날 아침 결국 어머니는 철대문 앞에서 쓰러지고 말았다.
——「불귀」

이러한 문체는, 그 자체만 보면, 조선시대를 배경으로 한 소설에서나 나올 법한 것이다. 그만큼 고전적인 느낌의 문체다. 이런 문체를 거침 없이 구사한다는 것은, 윤대녕이 고전적인 문장수업을 받은 작가라는 사실을 짐작케 한다. 이 점은 그가 묘한 문맥에서 묘한 효과를 내며 사용하는 뜻밖의 한자어휘들에서도 확인된다. 빙의(憑依)의 상태, 불고이거(不告而去)의 인생, 와석종신(臥席終身)한 조부, 구족(具足)한 표정, 세우청강(細雨淸江), 포설(飽屑)——등과 같은 어휘들에서 그의 고전적 문장 감각을 엿볼 수 있다. 아마도 이러한 고전적 문장 감각이 윤대녕의 도시적 문체에 선명함과 안정감을 줄 수 있었을 것이다. 고전적인 문장 구사 능력이 90년대의 도시적 감수성과 잘 결합되어 있는 예가 윤대녕의 문체라고 할 수 있다.

3

윤대녕의 소설에서 현대적인 것과 고전적인 것의 묘한 공존은 비단 문체의 특성에 그치는 것이 아니다. 이질적인 것들의 공존은 윤대녕 소설 전반에 걸쳐 매우 중요한 특징이 된다. 이 특징을 살피는 데 있어서 좋은 예가 될 수 있는 작품은 「말발굽 소리를 듣다」이다. 「말발굽 소리를 듣다」는 여러 가지 면에서 아주 특이한 작품이다. 이것은 말과 관련이 있는 한 가문의 이야기이다. 조부가 아버지에게 남긴 말은 이 작품을 이해하는 데 중요한 대목이다.

본시 우리 집안은 역마살이 껴 있다는 게야. 말의 업을 지고 재가(在家)에 다시 난 사람들이란 게야. 이 애비만 하더라도 평생을 두고 달려야 할 팔자라는 거였지. 그렇게 달리다 보면 앞서 가고 있는 또 한 마리의 말이 보이리란 말씀이었어. 그때까진 편자를 갈아 박으며 달려야 한다는 게야.

이 작품에는 조부, 백부, 아버지, 나로 이어지는 삼대가 등장한다. 약 30년 전 조부와 함께 살 때, 시골집에 갑자기 말이 한 마리 찾아든다. 거의 세상과 생활을 등지고 살던 백부는 그 말을 타고 어딘가를 달려오고 난 후 정상적인 생활을 되찾는다. 그리고 아버지는 말 대신 트럭을 사서 열심히 몰고 다니며 장사를 하다가 마침내 교통사고가 난 후 그 역마살에서 벗어난다. 그리고 어느 날 나 또한 말발굽 소리를 듣고 가정과 일상을 버리고 어디론가 떠난다. 그러니까 말의 업을 지고 재가에 다시 난 사람들처럼 평생을 두고 달려야 할 팔자인 사람들의 모습을 보여주는 것이다. 이러한 운명적인 주제는 김동리의 소설 「역마」를 떠올리게 만든다. 그러나 두 작품의 주제가 유사한 인상을 주긴 하지만, 「말발굽 소리를 듣다」의 주제는 「역마」의 그것처럼 명료하지 않다. 즉, 단순히 어디론가 평생 떠돌아야 할 팔자만을 말하고 있는 것 같지는 않다. 백부나 아버지의 경우에서 보듯이, 어느 정도 말을 타고 달리면 그 역마살이 해소된다는 점에서 일차적으로 그 차이를 생각해 볼 수 있다. 위 인용문에 의하면, 앞서가고 있는 또 한 마리의 말이 보일 때까지 달려야 한다. 그런데 아버지가 평생 운명의 길을 좇아 달리며 잡으려 했던 그 앞서가고 있다던 말은 바로 아버지 자신이었다는 말이 나온다. 그렇다면, 말을 달린다는 것은 곧 자신의 정체성을 찾는 일을 뜻한다고 단순하게 생각할 수 있다. 자신의 생활을 찾지 못하고 있던 백부는 말을 달려서 개벽을 했고 그런 후에 안정된 생활로 돌아왔다. 아버지 역시 교통사고를 당하고 난 후 오히려 〈더 없이 잠잠하고 평화로웠으며 아주 숙조하고 지극히 맑은 미소까지 떠〉오른 얼굴이었다. 이런 점들을 염두에 둘 때, 「말발굽 소리를 듣다」는 자기 정체성의 결핍에 유난히 시달리며 자신의 참 모습을 찾는 일에 강한 집착을 보여주는 사람들에 관한 이야기라고 할 수 있다. 잃어버린 자아 혹은 또다른 자아에 대한 집요한 추적이 작가 윤대녕의 주된 주제라고 볼 때, 「말발굽 소리를 듣다」 역시 그러한 주제의 변주라고 말할 수 있다.

그러나 그러한 주제의 문제는 조금 뒤로 미뤄두자. 여기서 주목하고자 하는 것은 이질적인 것의 공존이라는 특성에 관해서다. 「말발굽 소리를 듣다」에는 옛날과 현재가 능청스럽게 공존하고 있다. 조부는 상투머리에 갓을 쓰고 서책을 뒤적이는 일로 소일하는 선비다. 그는 문중 서고에서 17세기의 중국책 『마경』을 찾아 읽는 그런 사람이다. 몇백 년 전의 사람처럼 보이나, 작품 속에서는 화자인 나와 동시대의 인물이다. 그런가 하면 고향에서 머슴처럼 일하거나 도회로 나와 장사를 하던 아버지와 〈조석으로 부엌에 쪼그리고 앉아 콩나물 시루에 물을 주며 은밀한 시선으로 광목수건을 들춰보는〉 어머니의 모습은 역시 현재 삶의 정서와는 아득한 느낌을 준다. 현재 삶의 정서란 소설의 첫머리에서 보듯이 찻집 나이스데이에서 갈아주는 모카 타입이나 블루 마운틴이라는 원두커피만을 마셔야만 하고, 소파에 앉아 텔레비전을 보고 침대생활을 하는 그런 것이다. 이러한 전혀 이질적인 삶의 문화 혹은 정서가 나라는 인물의 삶 속에 공존하고 있다. 「말발굽 소리를 듣다」는 전혀 다른 시대의 삶이 공존하고 있는 일생의 모습을 잘 보여주는 작품이다.

이질적인 것들의 공존은 한 작품 안에서만 관찰되는 것이 아니다. 그것은 윤대녕의 소설 공간 속에서 두루 관찰되며, 이것은 작가 윤대녕의 의식과 정서 속에 많은 이질적인 것들이 혼합되어 있음을 뜻하기도 한다. 가령 「은어낚시통신」이나 「사막의 거리, 바다의 거리」 같은 작품에서 엿볼 수 있는 작가의 미학과 의식은 「가족사진첩」이나 「새무덤」에서 엿볼 수 있는 그것과 사뭇 다르다. 전자의 작품에서 작가는 도시적 삶 속에서 존재의 근거를 상실한 짙은 허무와 절망에 탐닉한다. 그런데 후자의 작품에서 작가는 고전적인 의식으로 삶의 안정된 뿌리를 찾는 노력을 보여준다. 「국화 옆에서」를 보면 〈다산과 서양 고전음악 사이에서 그는 영원한 미아로 살고 있었다. 아주 견고한 침묵 속에서 말이다. 그를 보면 막 켜낸 송판의 무늬를 보고 있는 것만 같았다. 그는 두터운 수피 속에서 조용히 곁을 일구며 살고 있는 것이다)라는 구절이 나온다. 윤대녕의 소설을 읽으면서 떠오르는 작가의 모습이 바로 이와 같은 것이 아닌가 한다.

윤대녕의 소설이 도시적인 정서를 보여준다고 말했지만, 엄밀히 말해서 그것은 도시적이라기보다는 잡종적hybrid이다. 그런 점에서 윤대녕의 소설은 포스트모던한 면모를 보여준다. 그의 소설 속에는 빨간 스포츠카와 나그네를 태운 소가 공존하며, 프리섹스와 고전적 결혼관이 공존하며, 독신주의와 가족주의가 공존하며, 롤랑 바르트와 17세기 책 『마경』이 공존한다. 그런가 하면 록 카페와 시골 주막이 공존하고, 푸르트뱅글러와 라이 루트의 기타가 공존한다. 현대와 고대, 동양과 서양, 고급문화와 대중문화, 전설과 첨단과학 등등이 공존한다. 서로 다른 시대나 공간에서나 존재할 수 있었던 사물과 정서와 의식들이 하나의 삶 속에 엉켜 있는 것이다. 한마디로 말해 윤대녕 소설의 인물들은 잡종적 문화공간에서 살고 있는 인물들이다. 이질적인 요소들이 혼합되어 있는 삶의 공간을 자연스럽게 재현하고 있다는 점에서 윤대녕의 소설은 포스트모던하고 또 분명히 90년대적이다. 그리고 잡종적 문화공간 속의 인물들이 겪은 주된 갈등이 정체성의 문제라는 것도 아주 적절한 것이다.

4

이제 비로소 윤대녕 소설의 중심 문제에 들어갈 때가 되었다. 즉 전혀 이질적인 것들이 공존하는 삶의 공간에서 윤대녕 소설 속의 인물들은 무엇을 생각하고 어떤 행동을 보여주는가에 대해서 생각해 보아야 한다. 우찬제의 지적대로, 윤대녕의 소설들은 대개 유사한 패턴을 반복하고 있다. 1인칭 화자인 남자주인공이 있다. 그는 30대 초반이며, 대개 혼자 살고 사회성이 부족하고 또 생활로부터 어느 정도 소외된 모습을 보여준다. 그에게 우연히 어떤 여자가 나타난다. 그 여자는 20대이며, 말수가 적고 식물과 같은 분위기를 지니고 있다. 그리고 이 세계와는 다른 쪽 세계의 자신의 참모습이 있다는 환상에 시달린다. 그 여자는 남자와 관계를 맺고 어느 날 문득 사라져버린다. 남자는 그 여자를 찾아다닌다. 윤대녕의 소설들은 대개 이러한 패턴을 반복하고 있다. 이런 패턴 가운데서도 특히 문제적인 것은 잃어버린 자기 자신의 근원을 찾아 헤매는 여자의 성격이다. 『추억의 아주 먼 곳』의 권은화, 「지나가는 초상」의 김은애, 「국화 옆에서」의 자경, 『옛날 영화를 보러갔다』의 최선주, 「소는 여관으로 들어온다, 가끔」의 금영, 「카메라 옵스큐라」의 진, 「은어낚시 통신」의 김청미 등등은 모두 동일한 성격을 보여준다. 이러한 여자들은, 작가의 표현을 빌리면 근원결락강박(根源缺落強迫) 또는 이방강박(異邦強迫)에 심하게 시달리며 자신의 존재증명을 찾아 헤매는 자들이다. 이들은 왜 심각한 자기 정체성의 결핍에 시달리고 있으며, 작가는 왜 이러한 인물들을 집요하게 탐구하는가? 다음과 같은 구절에서 일차적인 이해의 실마리를 찾을 수 있다.

많은 사람들이 자기 동일성을 잃고 허둥대며 살고 있지 않은가요? 일치가 안 되는 자아 때문에 말예요. 일테면 어제와 오늘의 자아가 각기 다른 거예요. 불연속적이란 얘기죠. 그런 불연속성에 자꾸 빠지다 보면 점점 더 혼란스럽겠죠. 그러다가는 자아 분열 상태가 오고 그쯤 되면 누구나 떠날 생각을 한번쯤 해볼 거예요. 혼자 멀리 가게 되면 자기와 자기 주변이 투명하게 보이기도 하고 핀트가 안 맞았던 부분이 어쩌다 들어맞기도 하잖아요.

이것은 『추억의 아주 먼 곳』에 나오는 한 구절이다. 화자가 〈여행사에 있으면서 느끼는 것은 웬 사람들이 그렇게 매일매일 떠나려고 찾아올까 하는 거예요〉라는 의문을 제기하자 권은화는 그렇게 대답했다. 이 말에 근거하면, 윤대녕 소설에 나오는 인물들은 일상적 자아의 불연속성이 극단화되어 극심한 정체성의 상실에 허덕이는 인물로 이해된다. 정체성의 문제, 자아의 불일치 문제는 오래전부터 중요한 현대문학의 주체이다. 특히 복잡하고 다원적인 오늘날의 사회에서 이 문제는 더욱 심각하게 제기될 수밖에 없다. 자아의 불일치 문제는 오늘날, 정도의 차이는 있겠지만, 누구나 일상적으로 체험하는 문제이다. 그렇다면 윤대녕의 소설에서 자아의 불일치 문제는 어떤 식으로 탐구되고 있는가? 이 의문에 대해서 윤대녕 소설이 제시하는 답안은 실망스럽다.

윤대녕의 소설은 자아가 분열된 일상의 모습을 구체적으로 보여주지 않는다. 그리고 무슨 이유로 자아가 분열되어 있는가에 대해서도 별로 말이 없다. 그의 소설이 보여주는 것은 자아를 잃어버린 자가 유령처럼 떠도는 모습을 반복해서 보여줄 따름이다.

정말 나는 지금까지 내가 있어야 할 장소가 아닌, 아주 낯선 곳에서 존재하고 있었다는 생각이 차츰 들기 시작했다.
——「은어낚시통신」

전 요즘 환각에 시달리고 있어요. 제 안에 낯선 존재가 들어와 있다는 생각이 든단 말이죠. 어떤 그림자 같은 존재요. 제 의식이 전달되지 않는 그림자. 쉽게 말하면 몸과 마음에 역겨운 변화가 찾아온 거예요. 무서워요. 그 불길한 그림자의 정체를 모르겠는 거예요.
——『옛날 영화를 보러 갔다』

그래, 때로 먼지 낀 거울 속을 들여다보면 거기 낯익은 얼굴 하나가 낮달처럼 조용히 떠 있음을 보게 된다. 이제는 갈 수 없는 기억 저편에 혹은 추억 저편에. 그래 우리는 누구나 그 묵은 풍경으로부터 추억으로부터 왔다. 그리고 간혹 그 안에서 들려오는 아득한 부름의 소리를 듣게 된다. 그러면 우리는 아주 심각한 얼굴로, 갸우뚱갸우뚱, 그 먼 귓속말에 귀를 기울이게 된다. 왜냐하면 아주 귀에 익은 사무친 소리이기 때문이다.

——『추억의 아주 먼 곳』

그래, 저 아가씨의 말을 듣고 있으면 어딘가 모르게 합성된 음성이란 느낌이 들어. 말하자면 다른 두 개의 현악기가 같은 곡을 연주하면서 내는 소리 같은 거——내지는 하나의 악기가 제 음을 내지 않고 다른 음을 내고 있는 것 같은 거——.

——「국화 옆에서」

대개 이런 식이다. 마치 가부키 배우가 〈나는 내 얼굴 표정을 찾아야 돼요〉라고 슬프게 중얼대면서 몸을 던졌다가는 슬그머니 사라져버리는 식으로 그의 소설은 전개된다. 이것은 환자가 아프다는 사실만 강조할 뿐 그 환부나 병인(病因)을 짐작할 수 있는 구체적인 증상을 제시하지 않는 것과 같다. 물론 약간의 암시를 줄 때도 있다. 간접적이긴 하지만 『추억의 아주 먼 곳』이나 「지나가는 자의 초상」 같은 작품에서 분열된 자아의 모습이 짐작될 수 있다. 『추억의 아주 먼 곳』에서 권은화와 권문화는 한 인물의 두 자아라고 생각될 수 있고, 「지나가는 자의 초상」에서 김은애와 서하숙을 또 그렇게 생각할 수 있다. 남자주인공은 각기 서로 다른 성격의 두 여자를 만나지만, 그것은 이질적인 두 자아를 가진 한 여자를 만난 남자의 체험을 그런 식으로 표현했다고 볼 수 있다. 권은화이면서 권문화인 여자 그리고 김은애이면서 동시에 서하숙인 여자를 상상해 보면, 우리는 일상 속에서의 자아의 분열이 어떤 것인가를 조금 짐작할 수 있다. 그러나 이 정도로는 부족하다. 우리가 일상 속에서 경험하는 사소한 자아 불일치가 낯설고 분명하게 추체험될 수 있는 공간이 소설 속에 마련되어야 한다. 그리하여 우리가 일상적으로 경험하는 자아 불일치 문제의 근원과 그 치유책이 무엇인지에 대해 접근할 수 있는 통로나 디딤돌을 소설 속에 마련해 두어야 한다. 그렇지 않다면 자아 불일치 문제라는 중요한 주제는 그 중요성을 잃어버리고 만다.

한편, 작가는 자아 불일치의 근원으로 일상의 진부성이나 존재억 압성을 암시하기도 한다.

더 이상은 억눌러둘 수 없는 욕망 같은 게 나도 모르게 천천히 되살 아난다는 거지. 이를테면 무사한 일상을 담보받기 위해 오랫동안 감춰두 고 덮어뒀던 그런 거 말이야. ── 요즘 나는 자주 이런 꿈에 시달려. 잠 결에 누가 뚜벅뚜벅 다가와 나를 툭툭 치며 잠을 깨우는거야. 나를 어디 로 데려갈 것처럼 말이지. 하지만 눈을 뜨는 게 두려워. 그렇게 깨고 나 면 내가 여기가 아닌 전혀 다른 곳에 가 있을 것 같아서 말이지.

──「말발굽 소리를 듣다」

이것은 남자 주인공이 아내에게 하는 말이다. 그는 이러한 느낌 에 사로잡혀 마침내 가족을 버려두고 〈모든 것이 포함된 하나의 장 소〉를 찾아 어디론가 떠난다. 제도화된 일상의 존재억압성 역시 현 대사회의 중요한 문제이며, 이 문제는 자아상실과 긴밀한 연관성이 있다. 그러나 일상의 어떤 면이 나의 존재를 어떤 식으로 억압하는 가에 대한 구체적 탐구가 본문을 이루어야만 그러한 결론이 가능하 게 된다. 이 작품에는 일상에 대한 탐구가 전혀 없이 그냥 현실을 떠나 어디론가 가야만 될 운명이라고 말할 따름이다. 다른 작품에서 도 현실은 사막의 이미지 같은 것으로 막연하게 규정될 뿐이다. 윤 대녕의 소설에서 현실은 탐구되는 것이 아니라 무시되고 회피되는 것이다. 윤대녕 소설 속의 인물들은 한결같이 〈삶의 사실에 관계된 것 들에 그닥 집착하며 살아가는 타입의 인간이 아니다〉. 그들은 〈사실 이란 또 하나의 환영〉이라고 생각하면서, 현실이 아닌 다른 세계, 현 실로부터 아주 멀리 떨어져 있는 세계를 지향한다. 현실에 대한 무시는 현실로부터의 도피를 당연시하게 한다. 뿐만 아니라 멀리 떨어진 다른 곳에 진짜 세계가 있다는 확신으로 발전한다. 윤대녕 소설은 현실적 삶에 대하여 짙은 허무와 절망을 내뱉으며, 아주 먼 다른 세계에 대한 동경을 부추긴다.

나는 현실의 나를 보고 있다. 나, 그러나 내가 정말 나인가? 누가 과연 나를 나라고 불러줄 것인가. 기껏해야 이렇게 말하겠지. 넌 그냥 보이는 대로의 너일 뿐이야. 물론 그렇다. 그러나 나는 내가 아닐 수도 있다. 나는 껍데기인 나에 속해 있을 뿐이다. 나에 관한 어떤 秘意도 神聖도 간직하지 못한 채.

결론. 모든 존재의 비의와 신성은 과거로부터 온다. 그러니까 한시바삐 과거를 복원해야 한다. 매일매일 모래 위에 시간의 집을 지을 수는 없는 노릇이다.

영원회귀. 그래, 이를테면 나는 영원회귀의 순간을 기다리고 있다. 그 자리로 돌아가서는 처음부터 다시 시작한다.
——『옛날 영화를 보러 갔다』

아주 먼 다른 세계는, 윤대녕의 소설에서 다양한 은유의 옷을 걸치고 곳곳에서 매력적인 모습을 뽐낸다. 그것은 강물을 거슬러 회귀하는 수만의 은어떼, 안개 속에 붉게 타오르고 있는 휘황한 불꽃나무, 연초록의 바닷물 속에서 흰 무처럼 떠서 유영하고 있는 하얀 돌고래떼, 안개가 뿌옇게 일어서고 있는 강에서 푸우 푸우 머리를 흔들며 걸어나오는 흰 물소들, 북구의 밤에 이동하는 겨울 나그네들의 모습이 마치 눈덮인 들판의 반딧불이처럼 보이는 핀란드, 남도 남천, 유년의 추억 등등으로 제시된다. 이러한 세계는 윤대녕적 유토피아라고 할 수 있는데, 이것은 〈신성과 비의〉라는 이름으로 또는 〈존재의 시원으로의 회귀〉라는 이름으로 또는 〈성소〉라는 이름으로 윤대녕 소설의 명패가 되고 있다. 그러나 윤대녕 소설에서 가장 위험하고 불만스런 면이 바로 이것이다.

유토피아는 말 그대로 현실이 아닌 곳이다. 달리 말하면, 현실과 정반대인 현실의 거울 이미지이다. 그러므로 유토피아가 의미를 지 닐려면 먼저 현실에 대한 탐구가 있어야 한다. 윤대녕의 소설은 현 실을 환영이요 사막이라고 간단히 처리해 버리기 때문에 유토피아 역시 헛된 이미지로서만 제시될 수 있을 뿐이다. 그것을 신화적 상 상력이라고 말하기도 하지만, 현실의 자장으로부터 벗어나 버린 신 화적 상상력은 허황된 꿈에 불과하다. 윤대녕의 소설은, 현실에 대 한 허무와 절망의 강한 에너지가 너무 쉽고 단순하게 〈신성과 비의 의 성소〉에 갇혀버린다. 현실에 대한 허무와 절망의 에너지는 강하 지만, 왜 현실이 허무하고 절망적인가에 대해서는 별로 탐구되지 않는다. 그리고 신성과 비의의 이미지는 인상적이지만, 그것이 존 재를 어떤 식으로 구원해 주는가에 대해서는 말하지 않는다. 유토피 아에 대한 꿈 그리고 신화적 상상력은 문학에서 소중한 요소이지 만, 그것은 현실의 고통과 허무에 대한 절망적인 투쟁의 결과로서 얻어지는 것이며, 또한 현실의 절망을 이겨내기 위한 위안과 희망 으로서 추구되는 것이다. 현실로부터의 손쉬운 도피처나 투기로서 제시되는 화려한 이미지의 유토피아는 현혹의 혐의를 벗을 수 없다.

그리고 윤대녕의 소설 속에는 보이지도 않고 알 수도 없는 어떤 힘이나 존재에 대한 언급이 자주 나온다. 작중인물들은 의지에 의해 서 움직이는 것이 아니라 그러한 비밀스런 힘이나 존재에 의해서 수 동적으로 움직인다. 때로는 그러한 힘이나 존재조건에 운명이나 팔 자라는 이름이 붙기도 한다. 「불귀」나 「January 9, 1993 미아리통 신」 같은 작품에서는 미신적인 요소가 중요하게 작용하기도 한다. 여기서 알 수 없는 힘에 대한 믿음이나 미신적인 요소들은 과거적인 성격이라기보다는 포스트모던한 성격을 띤다. 모든 이성적 질서가 붕괴된 세상에서 기존의 사유방식으로는 이해할 수 없는 어떤 힘의 가능성을 믿는 것이 포스트모더니즘의 한 특성이기 때문이다. 그것은 또, 이성적 사유로 파악될 수 없는 거대문명조직의 음울한 위력 속에서 무기력한 개인의 삶과도 관련된다. 그러나 그것이 포스트모던한 성격이라고 해서 무조건 정당화되는 것은 아니다. 유토피아와 마찬가지로, 알 수 없는 힘이란 것도 현실의 이성적 질서를 무시하고 쉽게 얻어진 것은 의미를 갖지 못한다. 현실의 이성적 질서로는 도저히 설명되지 않지만 체험적 직관적 진실임이 분명할 때 그 알 수 없는 힘이란 것은 의미를 갖는다.

현실에 대한 탐구나 응전이 결여된 허무와 절망의 포즈는 창조의 힘으로 전이될 수 없다. 더구나 그것이 현실을 가볍게 무시하고 아주 먼 다른 세상을 구할 때, 거기에는 미신적이고 사교적(邪敎的)인 공간이 생성되기 쉽다. 윤대녕의 작품 가운데서 가장 인지도가 높은 「은어낚시통신」이 이러한 위험성을 특히 많이 드러내고 있다는 사실은 주목된다. 이 작품의 내용은 단순하다. 혼자 사는 남자가 어느 날 어떤 지하 모임으로부터 초대장을 받고, 과거의 여자를 떠올리고, 그 비밀모임에 가서 그 여자를 만난다. 비밀모임의 성격은 다음과 같이 설명된다.

저마다 이유야 다르겠지만 아까도 말했듯 그들은 모두가 삶으로부터 거부된 사람들이었어요. 그들은 자주 만나 공통의 것을 찾으며 좀더 은밀한 방식으로 모임을 키워나갔죠. 그후 건축가, 수련의, 언더그라운드에서 활동하는 가수, 시인들이 더 들어왔고 집단의 동일성을 확보하자는 뜻에서 육십사년 칠월생들만으로 모임을 제한했어요. 물론 그들은 겉으로는 아무 이상이 없는 사람들처럼 살아요. 하지만 역시 삶에 제대로 뿌리박지 못하는 사람들이죠. 어떻게 보면 두 겹의 삶을 살고 있는 사람들이죠. 현실적인 삶을 더 이상 용납할 수 없으니까, 그렇게는 살아지지 않으니까, 말하자면 지하에다 다른 삶의 부락을 하나 더 세운 거예요.

그 비밀모임은 삶에 제대로 뿌리박지 못한 사람들, 그중에서도 육십사년 칠월생들의 지하모임이다. 그러니까 어떻게 보면 거대한 현실에 대한 필사적인 저항의 한 방식이라고 이해될 수도 있다. 그러나 이러한 모임의 존재를 보여주는 것만으로는 의미가 없다. 삶에 제대로 뿌리박지 못하는 사람들의 모습이 구체적으로 제시되어야 하고, 그 이유가 되는 거대한 현실이 예리하게 해부되어야 한다. 작가는 나와 김청미의 만남을 통해서 삶에 제대로 뿌리박지 못하는 것이 어떤 것인가를 제시하려 한다. 나와 김청미의 만남은 건조하고 삭막하다. 김청미는 나에게 〈사막에서 사는 사람〉, 〈상처에 중독된 사람〉이라고 말하는데, 이 말은 자신에게도 해당되는 것 같다. 이들은 현실에 절망하고 있음이 분명하다. 그런데 문제는 왜 상처에 중독되었는가 그리고 왜 현실이 사막인가는 전혀 설명되지 않는다. 절망의 원인은 없고 절망의 포즈만 있다. 그 포즈는 〈알코올과 약물중독의 늪에서 헤어나지 못한 채 1958년 마흔네 살의 나이로 자신이 늘 읊조리던 슬픈 노래처럼 죽어간 빌리 홀리데이〉와 근친성을 갖는다. 물론 그 포즈를 통해서, 이들이 어떤 과정을 통해 삶에 좌절하게 되었는지는 막연히 짐작할 수 있다. 또 이 작품의 주요 모티프가 되는 커티스의 「호피인디언」이란 사진에서 약간의 암시를 받을 수도 있다. 작가는 〈폐허가 된 건물의 계단 위에서 호피인디언들이 외계동물 같은 복장을 하고 서서 황혼녘의 들판을 내려다보고 있는 뒷모습을 찍은 것이다〉라고 그 작품을 설명한다. 아마도 작가는 이 사진을 통하여 작중인물들이 현실에 동화되지 못하고 마치 호피인디언처럼 쓸쓸하게 존재의 근거를 상실한 사람들임을 말하려고 하는 것 같다. 그러나 그런 포즈나 이미지만으로 세상을 등진 비밀모임의 당위성이나 의미가 확보되지는 않는다. 작중인물들을 절망하게 만든 현실의 사악한 구조와 힘이 노출되어야만 한다. 그렇지 않으면 그런 모임이 왜 그렇게 삼엄한 보안 속에 비밀로 존재해야 하는지도 알 수 없다. 그들은 마치 간첩이 접선하듯이 그렇게 접선하고 또 아지트에 숨어든다. 그리고 이들의 고통과 은어의 회귀 사이에 논리적 연결성이 별로 없어보인다. 비밀장소에서 나는 〈내가 있어야 할 장소가 아닌, 아주 낯선 곳에서 존재하고 있었다는 생각이 차츰 들기 시작했다. 이를테면 삶의 사막에서, 존재의 외곽에서〉라고 생각한다. 그리고 김청미는 〈더 거슬러와야 해요. 원래 당신이 있던 장소까지 와야만 해요〉라고 말한다. 원래 있던 장소가 어떤 곳인지 분명치 않다. 다만 현실에서의 절망감을 〈내가 있어야 할 장소가 아닌, 아주 낯선 곳에서 존재〉하고 있음이라고 말할 뿐이다. 이 말은 절망감의 질감에 대한 정보는 주지만 절망감의 내포와 원인에 대한 정보는 주지 못한다. 그러므로 이들의 고통과 은어의 회귀 사이의 연결성이 막연할 수밖에 없다. 어색한 점은 또 있다. 그것은 비밀모임의 분위기이다. 그들의 헌법도 그렇고, 마약에 취해 몽롱하게 흩어져 있는 회원들도 그렇고, 빨간 스포츠카나 초록색 술병 등도 그렇다. 퇴폐적이고 몽환적이고 세기말적인데, 이런 분위기에서 원래 있던 곳으로의 회귀를 꿈꾸고 신생을 꿈꾼다는 것은 어울리지 않는다.

종합해서 말하면, 「은어낚시통신」은 현실에 대한 탐구나 응전이 결여된 막연한 절망의 존재가 비밀스런 공간에 자신을 투기하는 세기말적인 분위기의 소설이다. 작가는 은어의 회귀라는 은유를 통하여 원래 있던 장소로 돌아가는 꿈 또는 몸부림의 진실성을 말하려 하지만 설득력이 없다. 그리고 이 작품은 여러 가지 은유와 이미지들의 무늬로 컬트적 동일성을 강조한다. 그래서 이 작품의 분위기는 컬트적이고 사교적(邪敎的)이다. 막연한 허무로 절망을 부추긴 후 비의의 언어와 이미지로 유혹하는 것은 문학의 길이 결코 아니다.

5

윤대녕은 동년배 작가들 중에서 가장 뛰어난 역량을 지닌 작가다. 다시 말하건대, 그의 미학적 감수성과 문체, 소설조형능력, 시대정서의 포착능력 등은 단연 돋보인다. 그는 포스트모더니즘을 전혀 염두에 두지 않은 듯하면서도 그의 소설 속에서 포스트모더니즘을 자연스레 펼치고 있다. 포스트모던 요소를 갖고 있다는 사실은 전혀 중요하지 않으나, 우리 시대의 포스트모던한 성격의 한 측면을 그의 소설들이 잘 반영하고 있다는 점에서 중요하다. 그러나 윤대녕의 소설은 포스트모던하지 않은 작품들에서 더 높은 소설적 완성도와 안정감을 보여준다.

윤대녕의 작품 중에서 특히 종합적인 작가적 역량을 잘 보여주는 안정도 높은 작품으로 「가족사진첩」, 「그를 만나는 깊은 봄날 저녁」, 「배암에 물린 자국」 등을 지적할 수 있을 것 같다. 「가족사진첩」에서 작가는 고전적인 태도로 가족과 결혼의 의미를 탐구하고 있다. 작가는 겸허하고 따뜻한 시선으로 삶을 바라보며, 불완전한 삶속에서 부드러운 긍정을 찾아낸다. 거기에는 전혀 90년대 작가답지 않은 고전적 안정감이 있다. 「그를 만나는 깊은 봄날 저녁」은 우리 사회의 황폐함과 인간관계의 허위성을 잘 형상화하고 있다. 실직자와 회사원이 만나 함께 보내는 하룻저녁의 행적은 우리 현실의 한 단면을 잘 보여준다. 어떤 면에서 김승옥의 「서울, 1964년 겨울」을 떠올리게 하는 이 작품은 거대한 도시 속에서의 개인의 소외와 절망을 정확하게 포착하고 있다. 이 작품을 통해서 우리는 작가의 현실 투시능력을 신뢰할 수 있다. 「배암에 물린 자국」은 윤대녕의 작품들 가운데서 여러모로 특이한 작품이다. 이 작품은 배암에 물린 주인공이 그 배암에 대한 복수심 때문에 고통을 겪는다는 이야기다. 이것은 일차적으로 깊은 사랑의 상처에 대한 알레고리로 이해된다. 즉, 주인공은 사랑의 배신으로 상처받고 그 사랑에 대한 집착과 증오에 시달린다. 그 집착과 증오는 자신을 괴롭힐 뿐만 아니라 다른 사람을 다치게까지 한다. 사랑의 상처를 극복해 가는 길고 고통스런 마음의 행로를 절묘한 알레고리로 묘사한 작품이라고 할 수 있다. 그런데 이 작품의 알레고리는 자체의 의미생산력이 풍부하다는 점에서 더욱 돋보인다. 그것은 끊임없이 상처받고 배신당하고 사는 삶 속에서 우리의 마음이 점점 자신도 모르게 독기를 품어가고 있음을 경고하는 사회비판적 의미로 이해될 수도 있다. 황폐한 삶 속에서 나날이 거칠어지고 악독해지는 우리들의 심성을 생각해 본다면, 이 작품은 우리 시대의 삶에 대한 매우 중요한 발언이라고 말할 수 있다.

그런데, 「가족사진첩」과 「그를 만나는 깊은 봄날 저녁」이란 작품은, 좋은 작품이긴 하지만, 윤대녕적인 작품이라고 할 수 없다. 그것들은 이전의 우리 소설공간에서도 찾아볼 수 있는 성격의 작품들이다. 윤대녕만의 유니크한 소설공간은 역시 「은어낚시통신」이나 『추억의 아주 먼 곳』 계열의 작품들이다. 그러나 이러한 계열의 작품들은, 앞서 살펴본 대로, 많은 장점과 함께 심각한 문제점도 보여준다. 작가 윤대녕의 과제, 나아가서 우리 소설문학의 과제는, 그러한 장점을 충분히 살리면서 현재의 문제점을 잘 극복하여 참으로 우리가 바라는 90년대적 소설공간을 창출해 내는 데 있다. 이러한 과제를 해결하는 데 있어서 윤대녕만큼 좋은 조건을 갖춘 작가는 없을 것이다. 그는 이미 문제해결에 필요한 여러 가지 복합적인 능력으로 무장하고 있으며 누구보다 유리한 고지를 선점하고 있다. 이제 작가 윤대녕이 할 일은 은어낚시통신문을 받고 비밀의 장소를 방문하는 것이 아니다. 그대신 비밀의 장소에 있던 회원들을 한 사람씩 자신의 방으로 초대하여 그들의 깊은 이야기를 듣고 그 절망적 삶의 밑바닥을 투명하게 관찰하여 그들에게 현실로 복귀할 길을 제시하는 일이다. 앞의 논의를 요약해서 다시 한번 그 까닭을 설명하면 다음과 같다.

윤대녕은 뛰어난 미학적 감수성과 문체를 가지고 있다. 그보다 더 소중한 장점은 삶과 소설에 대해서 신뢰할 만한 고전적인 감각을 지니고 있으면서 동시에 전혀 새로운 90년대적 삶과 문화에 대해서도 예리한 감각을 지니고 있다는 사실이다. 첫 창작집의 「작가의 말」에서 밝히고 있듯이, 그의 문학적 감수성은 부친을 비롯한 선대들의 영향 속에서 형성된 것이다. 이 점은 그가 구사하는 문체에서 뿐만 아니라 「가족사진첩」이나 「새무덤」과 같은 작품의 주제에서도 드러난다. 그는 문학과 삶에 대한 전통적인 감각으로부터 단절되어 있는 것이 아니라 오히려 그것을 잘 습득하고 있는 작가다. 이와 동시에 그는 90년대의 새로운 삶에 대해서도 깊은 직관적 이해를 지니고 있다. 그의 소설은 90년대적 삶의 포스트모던한 요소를 자연스럽게 반영하고 있으며, 또한 90년대적 정서의 문체를 인상적으로 펼친다. 더욱이 그의 직관은 주제의 선정에 있어서도 90년대의 성감대를 제대로 짚어낸다. 그가 새로운 각도에서 탐구하고 있는 정체성의 상실이라는 주제는, 이질적인 가치와 문화가 혼재하는 오늘날의 삶의 공간에서 매우 중요한 의미를 지닌다고 생각된다. 우리 시대의 일상적 삶이 안고 있는 가장 심각한 문제 중의 하나는 이질적인 문화와 가치 속에서 자아가 분열되고 있다는 점이다. 이런 상황에서 정체성의 재구축이라는 문제는 세기말의 혼란을 벗어나는 방향성의 확립이라는 원대한 과제의 기초가 된다고 할 수 있다. 윤대녕은 이 점을 직관적으로 파악하고 있는 것처럼 보인다. 그러나, 현재 윤대녕이 정체성 상실 문제를 다루는 방식은 불만스러울 뿐만 아니라 위험스럽기까지 하다. 그는 현실을 해부하여 정체성 상실의 실상과 근원을 보여주려 하지 않는다. 그대신 그는 현란한 비유적 언어로 상실된 자아의 이미지들만 반복생산하고 있다. 뿐만 아니라 존재의 시원, 성소, 신성과 비의, 영원회귀 등의 알 수 없는 공간으로 정체성이 결핍된 영혼들을 현혹한다. 그의 비유적 언어와 이미지들이 정서적 호소력이 강하고 매력적인 만큼 그 컬트적이고 사교적(邪敎的)인 공간의 위험성은 더 크다. 윤대녕이 지닌 삶과 문학에 대한 고전적 감각은 이 위험성을 넘어서는 데 좋은 발판이 될 수 있을 것이다.

절망과 허무의 포즈가 짙을수록 현실은 더 많이 해부되어야 한다. 그리고 성소의 이미지가 매력적일수록 현실의 고통에 머무는 시간은 길어야 한다. 너무 쉽게 성소나 시원을 찾아 현실을 떠나버리면 안 되며, 말도 안 되는 지하모임을 만들어서도 안 된다. 그것은 은어가 회귀하는 방식도 아니고 또 은어가 회귀할 장소도 아니다. 아니, 우리의 황폐한 90년대적 삶 속에 은어는 아예 없다.

세 편의 소설 읽기
—— 심상대 · 이문열 · 최명희

1 심상대의 「양풍전(梁風傳)」

「양풍전(梁風傳)」은 심상대의 첫 창작집 『묵호를 아는가』에 실려 있는 작품이다. 『묵호를 아는가』는 신인작가의 첫 창작집이지만 최근 우리 문단의 흔치 않은 수확이라고 할 만하다. 우리는 그 창작집에서 〈잘 만들어진 소설〉들을 만날 수 있으며, 〈훌륭하게 세공된 언어구조물〉을 만날 수 있다. 그리고 다양한 주제의식과 다양한 소설 방법론도 만날 수 있다. 그러므로 『묵호는 아는가』는 주목되어야 할 창작집이지만 아직은 적절한 주목을 받지 못하고 있는 듯하다. 그 중에서도 특히 「양풍전」은 여러 가지 점에서 흥미로운 작품이다.

「양풍전」은 어린 아들이 어머니로부터 옛날 이야기를 듣는 형식을 취하고 있다. 어머니는 아들에게 〈양풍전〉이라는 옛날 이야기를 해준다. 그런데 그 이야기는 어머니가 어렴풋하게나마 알고 있는 유일한 옛날 이야기이다. 아들이 옛날 이야기를 요구할 때마다 들려준 이야기라서 이미 아들도 〈양풍전〉이라는 옛날 이야기를 알고 있다. 그러면서도 아들은 옛날 이야기를 듣고 싶어하고 어머니는 또 그 이야기를 해준다. 〈양풍전〉 이야기가 끝나도 다시 아들이 다른 이야기를 해달라고 하는데, 어머니는 달리 아는 이야기가 없어 자신이 살아온 이야기, 즉 집안의 내력을 이야기해 준다. 이 집안의 내력 이야기가 이 소설의 내용이라고 할 수 있다. 어머니의 외할머니에서부터 어머니, 아버지 그리고 형제들의 이야기가 펼쳐진다. 그러니까 아들은 증조 외할머니 대에서부터 어머니 대에 이르기까지의 집안 내력을 듣는다.

한 집안의 내력을 그린 소설이라 할 수 있는 「양풍전」에서 가장 특기할 점은, 그 화법이다. 작가는 어머니의 화법을 그대로 살린다. 그것은 근대교육을 받지 못한 시골 할머니들의 비합리적인 말투로서, 예를 들면 다음과 같다.

우리 어머이 외할머니가 자식이 하나도 윲대. 윲대. 그 영악하다는, 그, 우리 외숙모가 하두 하두 우리 외삼춘한테다 뭘 꾀박질하고 이래니, 거긴 장이 닷새마다 한번씩, 장이 어대가 서나 하면, 장이 북평장 본대. 거기 사람이. 북평장.

그렇지 북평장 보지.

아이구 오늘에도 애비가 술 취해 와서 사람을 몽칭기 들고, 그때는, 그때 뭐 베개고 뭐 퇴침이고 없고, 그래 낭거 이래 케가지고 그, 그거 몽칭기. 하도 베가지고 그기 고만에 새커매. 우리들 이런대 뭐 부스럼이나 독진 같은 게 나면 그 몽칭기, 나 어렴풋이, 몽칭기 불에다 그래면 거기서 송진이 바글바글해요. 여기 머리때도 배겠고. 그, 그, 그래서 그거 가지고 요기다 딱 지지면 즉방으로 나아. 그 몽칭기에 그거. 그, 그래서 그, 그래서 저, 저, 저, 저, 우리 외할머이는, 내 외할머이는 친정어머이를 자식 몬난 거 집에 와 있으니 만날 그, 그 때문에 몽칭기를 들이떤지니, 우리 외헐머이는 어티개 부모를 죽지 않는 걸 강제로 잡느냐, 고만 중간에서 내가 보기 싫으니 내가 먼저 죽는다 하고, 아들이 오늘도 장인데 술먹고 또 와 그래면 어떡하리 하고 새끼를 가지고 어댈 나갔대요.

아니 아들이 있는데 왜 아들을 못 낳아? 그 먼 소리야? 아들이 장에 갔다며? 장에 가 술 먹고 온다며?

거래.

그런데 왜 아들을 못 낳아?

에이 참, 그러니 우리 외할머이에 친정어머이인기구만. 느이 외할머이가 외할머이가 외할머이라 하드라고.

이 화법은 논리성이나 합리성을 갖고 있지 않다. 외삼촌 이야기와 외할머니 이야기가 섞여 있는가 하면, 또다른 몽칭기(목침) 이야기가 그 이야기를 차단하기도 한다. 통사구조도 불명확한 경우가 많다. 이 화법은 합리적이고 논리적인 사유의 공간에서 판단할 때는 〈말이 안 되는 소리〉이다. 그러나 이 화법은 놀라운 사실성을 지니고 있다. 그것은 실제 우리 할머니들이 구사했던 화법이며, 논리성과 합리성의 결여에도 불구하고 의사소통에 아무런 문제가 없는 화법이다. 뿐만 아니라 그 화법은 어떤 삶의 정서까지도 전달한다. 즉, 이 소설이 문제삼고 있는 삶을 재현해 내는 데 탁월한 효과를 발휘한다. 우리는 이 소설의 내용에 상관없이 그 화법만 접해도 하나의 구체적 세계로 들어갈 수 있다. 그 세계는 우리 어머니와 할머니 세대들이 겪어온 신산스런 삶이다.

이제 이러한 화법으로 어머니가 아들에게 들려주는 이야기의 내용에 주목해 보자. 앞서 말한 대로 내용은, 한 집안의 내력이다. 그것은 증조 외할머니에서부터 어머니에 이르기까지의 가족사인데, 이 가족사는 일제시대와 6·25로 이어지는 우리 현대사의 한 모델이 된다. 너무나 가난하고 너무나 어처구니없는 일들을 겪고, 너무나 고생한 이야기들이 두서없이 펼쳐지는데, 어떻게 보면 황당하기까지 한 이 이야기들은, 그러나 너무나 사실적이다. 그것은 한 집안의 이야기라기보다 지난 시절 우리 모두의 이야기라고 인정하지 않을 수 없는 보편성과 사실성을 지니고 있다. 일제시대와 6·25로 이어지는 현대사의 굴곡을 한 가족사를 통해 그리는 것은 이전의 소설들이 흔히 이용했던 방법이다. 「양풍전」도 가족사를 통해 한 시대를 말하고 있다는 점에서는 다를 바 없다. 그러나 「양풍전」은 전혀 다른 형태로 그 목적을 달성한다. 「양풍전」은 합리적이고 논리적인 사유로 현실을 재구성하지 않는다. 오히려 비합리적인 현실공간을 그대로 옮겨놓는다. 거기에는 삶의 미세한 결이나 정서까지도 훼손되지 않고 그대로 살아 있다. 그리하여 합리적이고 논리적인 사유로 현실을 재구성한 소설들에서보다도 더 많은 삶의 진실을 만나게 해준다. 전통적 삶의 붕괴, 가난, 좌우익의 대립 등등 개념화된 역사의 모습들이 이 「양풍전」에서는 날것으로 살아 있다. 물론 이것을 가능케 한 것은 앞서 말한 화법이다. 여기서 우리는 합리적이고 논리적인 인식을 능가하는 비합리적 문학적 인식의 위력을 발견할 수 있다. 문학 특유의 강점은 비합리적 현실공간의 진실성을 인식할 수 있다는 점이다. 「양풍전」은 이 강점을 특이한 방식으로 살리고 있는 작품이다. 결론적으로 말해서 「양풍전」에서 구사된 화법은, 현실과 완벽한 등가를 이루는 언어구조물을 만들기 위한 초현실적 전략이다. 그것은 지난 시대의 삶을 의외의 간단한 통로로 재현해 내는, 새로운 차원의 리얼리즘이다. 마치 마르케스의 황당한 이야기 『백년 동안의 고독』이 결국은 놀라운 리얼리즘이듯이 「양풍전」도 그러하다.

한편 「양풍전」을 다른 방식으로 읽을 수도 있다. 이 소설은 작가의 소설론이 되기도 하다. 어머니의 옛이야기를 거의 그대로 옮겨놓고 소설이라고 발표하는 행위 자체에서 우리는 작가의 소설에 대한 생각을 유추할 수 있다. 첫째, 소설이란 결국 옛이야기와 그 본질이 다를 바 없다는 생각이다. 우리가 어렸을 적에 할머니로부터 들은 재미있는 옛날 이야기나 현대소설이나 그 본질은 같다. 그러므로 소설을 대단하게 생각하거나 심각하게 생각할 필요가 없으며, 무엇보다도 재미가 있어야 한다. 둘째, 소설이란 사람들이 살아온 이야기, 그리고 대개는 다 알고 있는 이야기를 들려주는 것이라는 생각이다. 「양풍전」에서 보듯이, 어머니가 살아온 이야기를 통해서 아들은 자신의 과거를 알고 세상을 익히게 된다. 그런가 하면 그 이야기는 이미 여러 번 들어서 대개 알고 있는 이야기인데 다시 반복해서 듣고 있다. 소설도 마찬가지다. 사람들이 살아온 이야기를 간접 체험하는 것이며, 그 대부분은 이미 우리가 알고 있는 이야기다. 전혀 모르는 세계의 이야기는 의사소통이 불가능하고 이해가 불가능하다. 소설은 우리가 알고 있지만 불투명하게 인식되었던 삶의 어떤 모습을 분명하게 해준다. 셋째, 소설이란 말(언어)로 이루어지는 것이라는 생각이다. 말은 다만 현실을 비춰주는 거울과 같이 부차적인 것이 아니다. 말은, 현실과 등가인 또 하나의 현실을 존재케 할 수 있는 구체적인 세계이다. 작가 심상대는 그의 다른 소설들에서도 집요한 언어의식을 보여주는데, 그것은 이러한 생각의 실천이라고 볼 수 있다.

그리고 이러한 「양풍전」으로부터 유추할 수 있는 작가 심상대의 소설론은, 현재 우리 소설문단의 반성적 성찰이기도 하다. 현재 우리 소설문단은 너무 엄숙주의에 빠져 있다. 소설은 매우 심각한 내용을 지녀야 하고 또 정치적인 의미로 무장되어야 하며, 사회현실에 대한 직설적 구호를 내세워야 한다고 은연중에 요구되고 있다. 그러면서 소설이 언어예술이라는 점을 경시하고 있다. 「양풍전」은 이런 실정에 대한 반성의 장을 마련해 준다.

이상과 같이 여러 가지 점에서 「양풍전」은 주목할 만한 소설이다.

2 이문열의 「시인」

「시인」은 작가 이문열이 오랜만에 내놓은 또 한 편의 야심작이다. 이문열의 소설적 탐구는 무소불능 변화무쌍이지만, 대충 볼 때 그 중 두 가지 지향이 두드러진다고 말할 수 있다. 하나는 존재와 예술에 대한 탐구이고 다른 하나는 이념을 포함한 현실적 지형에 대한 탐구이다. 『사람의 아들』, 「금시조」 등이 전자에 속하는 것이라면, 『영웅시대』, 『변경』 등은 후자에 속한다. 그리고 흔히 이문열의 소설들이 낭만적이고 유미적이라고들 말하기도 하지만 별로 수긍이 가지 않는 지적이다. 물론 그의 소설 속에 낭만적이고 유미적인 면이 있긴 하나, 그보다는 현실의 지형에 대한 관심이 훨씬 두텁다. 이문열은 그 누구 못지 않게 우리의 현실에 대하여 예민한 촉각을 지니고 있다. 그렇지만 그의 소설이 사실주의라고 말하는 사람은 드물다. 여기에는 그만한 까닭이 있을 것이다. 이문열의 소설은 현실을 다루되 날것의 현실을 그대로 진열하지 않는다. 거의 언제나 관념화의 과정을 거친다. 즉 관념화의 과정을 거쳐 얻어진 현실의 원형적 밑그림을 다른 어떤 이야기를 빌려 표현한다. 그러니까 이문열의 소설적 사유는 중층적이다. 먼저 현실을 냉정히 투시하여 그 원형적 밑그림을 얻고 그 다음 그 밑그림을 완벽하게 표현해 줄 수 있는 이야기를 꾸며낸다. 『황제를 위하여』, 「우리들의 일그러진 영웅」, 「필론의 돼지」, 「들소」 등등 거의 대부분의 작품이 그러하다. 따라서 그의 소설들은 알레고리적 성격이 강하다. 이러한 까닭으로 이문열의 소설은 현실에 깊은 관심을 두지만 사실주의적이라고 말하기는 좀 곤란하다.

이번에 발표된 「시인」이란 소설은 이문열의 이러한 소설적 특성을 종합적으로 보여주는 것 같다. 흔히 김삿갓이라고 불리는 김병연의 일생을 빌려 이야기되는 이 작품은, 예술에 대한 탐구와 시대 혹은 이념에 대한 탐구를 동시에 수행한다. 그리고 그 소설적 방법은 관념화된 원형적 밑그림을 김삿갓의 생애에 빗대어 표현하는 것이다. 「시인」은 이문열만이 쓸 수 있는, 가장 이문열다운 소설 중의 하나다. 이 말은 다른 한편으로는, 이문열의 작가적 역량과 직결되는 지적이기도 하다. 「시인」에서 다시 한번 확인할 수 있는 이문열의 작가적 역량 서너 가지를 살피는 형식으로 「시인」이란 작품에 들어서자.

우선 관념적인 문제를 이야기로 꾸려 소설로 변용시키는 작가의 탁월한 능력을 언급해야 할 것 같다. 「시인」은 작가가 나레이터가 되어 김삿갓의 생애를 엮어낸 작품이지만, 여기에는 삼중의 의미가 중첩되어 있다. 첫째는 순수하게 시인 김삿갓의 시세계와 생애에 대한 해석이라는 의미이다. 왜 김삿갓이 떠돌이로 불우한 삶을 살았는가 또는 왜 김삿갓이 그러한 파격적인 시들을 썼는가에 대한 탐구로서 이 소설은 이해될 수 있다. 마치 서머셋 모옴이 고갱을 모델로 『달과 육 펜스』를 썼듯이 이문열은 김삿갓을 모델로 「시인」이란 작품을 썼다고 볼 수 있으며, 이런 기대에서 볼 때 「시인」은 한 불우한 시인의 생애를 훌륭하게 재구성하고 있는 작품이다. 둘째는 문학의 본질에 대한 탐구라는 의미이다. 작가는 이 작품 속에서 〈문학이란 무엇인가〉라는 물음을 던지고 있기도 하다. 문학의 실제적 효용은 무엇인가? 문학은 흔히 〈도(道)〉로 집약되어 일컬어지는바, 올곧은 정신의 구현인가 아니면 흔히 〈예(藝)〉로 집약되어 일컬어지는바, 개인적 재능과 자유의 발현인가? 문학은 어떤 일정한 계층이나 이념에 봉사하는 것인가 아니면 모든 시대와 인간에게 보편적인 것인가? 등등의 문제들이 자연스럽게 제기되고 또 그 문제들에 대한 해답을 찾는 치열한 사유과정을 보여준다. 물론 작가는 명확한 해답을 제시하지 않는다. 〈문학이란 무엇인가〉라는 본질적이고 영원한 물음들은 해답이 있을 수 없다. 다만 여러 지향들에 대한 변증법적인 사유과정이 있을 뿐인데, 그 변증법적 사유과정이 얼마나 치밀한가가 중요할 따름이다. 「시인」은 한 편의 문학으로서도 예사롭지 않은 글이요, 독서의 보람을 주는 글이라 할 수 있다. 셋째는 시대와 이념 또는 이문열 자신의 삶과 문학에 대한 진술로서의 의미인데, 이 세번째 의미가 「시인」의 가장 중요한 의미일 것이다. 아마도 작가와 자신의 삶이 중첩되어 있다. 소설 속의 김삿갓은 언제나 작가 이문열의 그림자를 이끌고 있는데, 김삿갓이 시대의 경계 저편을 거닐 때는 홀로 김삿갓이다가도 현실의 양지로 나오면 거기에는 언제나 작가 이문열의 그림자를 드리우고 있다. 가령 다음과 같은 김삿갓에 대한 서술은 바로 작가 자신의 고백으로 읽힌다.

그러나 한 쉬 잊혀지지 않을 시인이 오직 신분상승의 의지 속에서만 태어나고 자랐다고 하는 것은 지나친 단정일 뿐만 아니라, 그가 남긴 다양한 시를 턱없이 좁은 해석의 울타리 안에 가두어 놓을 염려마저 있다. 그가 시인의 길을 가게 된 데는 피로 전해진 예술가적 기질이 한 몫 했을 수도 있을 것이고, 하늘이 주어보낸 특출난 재능도 적지않이 거들었을 법하다.

그의 유년을 상처 깊게 할퀴고 간 일문의 처참한 몰락과 그 때문에 받은 여러 자극들도 그가 내부에서 길러내게 된 시인과 무관하지는 않을 것이다. 아직 형체도 제대로 갖추지 못한 그의 의식에 너무 세차게 와닿아, 일부는 그 밑바닥에 본능처럼 잠재하고 일부는 허무감으로 변해 그의 감성에 어두운 그림자를 드리우게 된 그 죽음의 공포와 망명도주의 체험, 어떤 곳에서도 뿌리내리지 못하고 여기저기 떠돌아야 했던 유년기의 삶, 그러면서 사이사이 묵은 상처처럼 그를 괴롭히던 옛 번성의 단편적인 기억들. 한 마리 막다른 골목으로 몰린 짐승처럼 과장된 피해의식에 쫓겨다니던 어머니, 줄곧 생존 그 자체를 위협받으며 살아온 듯 느껴지게 하던 열악한 삶의 조건들, 죄의 사회적 유전인자화(遺傳因子化)로 나중에는 원죄의식까지 품게 한 연좌(連坐)의 그늘. 단순한 순응을 넘어 고정관념에 가까워진 일반의 체제유지 감정과 하급기관의 타성으로 끊임없이 상기되던 체제의 복수심, 그리하여 나중에는 잠재적 폭력으로만 여겨지던 국가와 법. 철들어서는 거의 부재(不在)나 다름없었던 부성(父性), 잦은 이주와 제도 밖에서의 배움에서 비롯된 또래들로부터의 고립감, 그리고 그 모든 것이 어울려서 빚어낸 여러 가지 박탈의 체험——이러한 것들은 비록 한 시인을 길러내기 위해 반드시 필요한 장치는 아니었다 할지라도 한 감수성 예민한 영혼을 시인의 길로 이끄는 자극으로서는 적지않은 역할을 했을 것이다. 아니 어쩌면 그 이상, 진작부터 그 모든 기억들은 토해지지 않고는 못 배길 말로 그의 내부에서 자라면서 자신들을 가장 미학적으로 변용시키고 조직해 줄 시(詩)란 양식을 기다리고 있었는지도 모른다.

이 인용 구절에서는 작가의 그림자가 너무 짙어 오히려 김삿갓이 잘 안 보인다. 위에서 열거되고 있는 것들은, 이문열의 다른 작품들에서 반복되어 나타나는 그의 자전적 삽화들이다. 그는 자신의 자전적 삽화에 삿갓을 씌웠다. 김삿갓의 삿갓을 벗겨보면 그 아래에는 이문열의 얼굴이 나온다. 작가는 김삿갓의 삶에서 자신과 유사한 삶의 모습을 읽고 그것을 빌려 자신의 삶과 문학을 말하고자 한 것이다. 즉 「시인」이란 소설은 이문열이 쓴 〈이문열론〉이라고 좀 비약해서 생각될 수도 있다. 이 소설에서 작가는 자신의 삶을 배경으로 하여 자신의 문학이 왜 그러한 성향을 가지게 되었는가를 해명해 준다. 일부 작품에서 보이는 대중적 취향, 권력에 대한 집요한 관심, 질서에 대한 일탈과 미학에의 탐닉, 인간과 사회에 대한 냉소적인 태도, 존재의 본질과 역사에 대한 허무적 의식 등등이 그의 작품의 한 성격이 된 까닭이 암시적으로 설명되어 있다. 그러나 무엇보다 중요한 해명은 그 자신이 체제이념의 희생자이면서도 반체제이념으로 무장된 문학을 추구하지 않고 오히려 그의 문학이 이념과 역사에 대한 회의를 보여주는 데 대한 것이다. 이 문제는 이문열을 가장 오래 괴롭힌 문제였다고 짐작되며 이 소설의 핵심이 되는 문제인 것 같다. 결국 작가는 이 문제를 객관화시켜 말하기 위해서 김삿갓의 삿갓을 빌려와야 했던지도 모른다.

이처럼 「시인」은 세 가지 의미를 하나의 줄기로 아우르고 있다. 자신의 삶과 문학을 해명하기 위하여 김삿갓을 빌려온 작가의 소설적 상상력은 탁월하다. 그러나 더욱 돋보이는 것은 김삿갓의 삶과 문학을 단순한 알레고리로 내버려두지 않았다는 점이다. 김삿갓의 문학에 대한 이야기를 객관적으로 살려두면서도 작가는 자신의 이야기를 할 만큼 다하고 있다는 점이 무엇보다 이문열다운 점이다. 김삿갓 이야기와 작가 자신의 이야기는 하나이면서 동시에 두 개다. 두 이야기에 주(主)와 종(從), 내부와 외부, 의도와 수단의 경계가 없다. 이렇게 만들 수 있는 것이 이문열의 솜씨다.

한편, 소설은 의존화소(依存話素)와 자유화소(自由話素)로 나누어 분석될 수 있다. 의존화소는 소설의 기본골격을 이루고, 자유화소는 그 골격에 덧붙여진 살과 같은 것이다. 물론 의존화소가 소설의 근간을 이루고는 있지만, 그 소설에 개성과 품격과 의미를 부여하는 것은 자유화소이다. 작가가 어떤 자유화소를 어떻게 구사하느냐에 따라 그 소설의 면모는 결정된다. 우리가 위에서 살펴본 것은 「시인」이란 작품의 의존화소적 측면이었다고 할 수 있다. 그러나 이문열의 소설을 제대로 이해하기 위해서는 그 세부적 삽화들에 주목해야 한다. 즉 자유화소를 통해 드러나는 면모를 주목해야 한다. 좋은 소설이 대개 그러하듯이 「시인」 역시 자유화소들이 매력적인 독서공간을 이룬다. 「시인」의 자유화소들이 주는 매력은 대략 세 가지로 구분해 볼 수 있다. 하나는 삶의 이러저러한 세부에 대한 통찰이다. 등장인물의 행동과 생각 그리고 사건의 진행에 있어서 그 통찰은 실감을 제공한다. 김병연의 성장과정을 서술하는 화소들과 김병연의 사상적 변화를 서술하는 화소들은 대개 적절하다. 여기서 그 성장과정과 사상적 변화에 대한 실감과 설득력이 나온다. 거짓말을 〈그럴 듯하게〉 만들어야 하는 것이 소설가의 첫번째 임무라면, 삶의 이러저러한 세부에 대한 통찰은 매우 중요하다. 그 다음으로 지적될 수 있는 매력은, 그 문학론의 깊이이다. 「시인」에는 작가나 등장인물의 입을 통해서 많은 문학이야기가 나온다. 김병연과 금강산 취옹과의 논쟁이나 김병연 시에 대한 작가의 해석이 이 소설의 중요한 부분을 이룬다. 이것들은 소설의 골격과는 직접적 상관이 적은 자유화소들인데, 이 화소들이 독서의 즐거움을 준다. 여기에는 작가 이문열의 문학본질에 대한 통찰과 풍부한 문학적 지식이 담겨 있다.

의도나 골격이 아무리 좋다고 하더라도 자유화소 속의 통찰과 지식이 유치하거나 빈약하면 그 소설은 곧 실패작임은 말할 것도 없다. 이문열 소설은 탁월한 통찰력과 풍부한 지식으로 꾸며진 자유화소에서 득의의 면모를 발휘한다. 특히 그의 문학적 지식 중에서 한문학적 소양은 남다른 바 있다. 이 점은 이미 『황제를 위하여』와 「금시조」에서 널리 인정받고 있다. 「시인」에서 구사된 그의 한문학적 소양도 그에 못지않다. 그는 한문학의 세계에 숨겨져 있는 추상과 관념 그리고 독특한 미학을 현대소설의 공간 안에서 재창조하는 데 성공한 작가라고 할 수 있고, 「시인」이란 작품은 또 하나의 좋은 사례가 된다.

이상과 같이 「시인」은 여러 가지 점에서 이문열만이 쓸 수 있고, 이문열 소설의 특성을 골고루 지니며, 이문열 개인의 삶과 문학이 깊게 투영된 작품이다. 그리고 그 작품은 치밀한 구성과 충실한 디테일을 겸비한 잘 만들어진 소설이다. 그러나 우리는 한 가지 질문을 아직 남기고 있다. 「시인」의 가장 중요한 의미가 이문열 자신의 문학에 대한 해명이라고 한다면, 개인적 차원에서는 당연히 가치가 있는 작업이다. 하지만 그 작업은 우리 시대의 문학과 삶에 있어서도 가치가 있어야 한다. 그렇다면 그 사회적 가치는 어떤 것인가라는 질문이 그것이다. 앞서도 지적한 바이지만, 작가가 이 작품을 통해 궁극적으로 의도한 것은 반체제적 이념과 문학과의 관련성이라 보인다. 이문열의 문학적 동기는 체제의 폭력에서 비롯된 바 크다. 그러나 그의 문학은 반체제적 이념으로 무장한 것이 아니라 오히려 이념의 폭력성과 허무성에 대한 회의를 바탕으로 하고 있다. 이 문제는 이문열이 부딪친 문제이기 이전에 우리 현대문학사에서 끊임없이 반복 제기되는 문제이다. 체제의 이념이 부당하고 폭력적일 때, 문학은 그것을 외면할 수 없다. 이것은, 터무니없는 파행으로 점철된 우리 현대사 속에서 지금까지 당위가 되어왔다. 이런 당위는 우리 현대문학을 반체제의 이념으로 무장하도록 강요하였다.

그러나 이 강요에 휘둘릴 때, 문학은 지나치게 훼손되었다. 이런 악순환으로부터 우리 현대문학사는 전혀 자유롭지 못하였다. 이런 사정을 고려할 때, 이문열의 「시인」에서 제기한 문제는 우리 시대의 삶과 문학에 있어서 매우 중요한 것이 아닐 수 없다. 그렇다면 작가가 「시인」에서 확실한 결론을 내려주고 있으며, 그 결론은 정말 타당성이 높은가라는 질문을 또 할 수 있다. 이 질문은 매우 어려운 것이므로 이 자리에서 본격적으로 다루기에는 적절치 않다. 다만 한 가지 말할 수 있는 것은, 이 문제에 대해 작가가 이 작품에서 보여주는 고뇌와 사유의 과정은 흔치 않은 진정성과 깊이를 보여준다는 점이다. 그리하여 작가는 이 문제에 대한, 무시할 수 없는 하나의 입장을 당당하게 완성시켰다고 볼 수 있다. 이것은 우리 문단으로서는 소중한 수확일 것이다.

마지막으로, 사족(蛇足)을 붙이자. 필자로서는 「시인」이 매우 훌륭한 작품이라고 생각하지만, 완전히 만족하지는 못한다. 이 작품은 「금시조」 같은 작품보다 크고 중요한 문제를 다루고 있다고 할 수 있지만, 그 완성도는 「금시조」보다 약간 미흡하다고 생각된다. 예를 들면, 초반의 서술형태와 후반의 서술형태가 좀 다르다. 초반은 속도가 느리고 사건전개는 장면에 많이 의존한다. 그런데 후반은 속도가 빠르고 보다 파노라마적이다. 그리고 김삿갓의 시세계의 변화과정에 약간 무리가 있는 듯하며, 한 세계에서 다음 세계로 넘어가는 소설적 장치가 그렇게 매끄럽지 못하다. 취옹이란 황당한 인물의 설정 등이 그러한 느낌을 준다. 또 할아버지에 대한 인식의 변화도 〈보여주기〉가 아니라 〈설명하기〉로 간단히 처리되고 있다. 특히 할아버지를 긍정했다가 다시 부정하게 되는 과정의 치밀성이 허약한 듯하다. 더 욕심을 낸다면 시론(詩論)에 관한 논의도 더 천착되었으면 좋겠다. 필자의 이런 욕심은, 작가가 이문열이고 작품이 「시인」이니까 내어보는 것이다. 「시인」은 두고두고 인구에 회자될 작품임에 틀림없다고 생각한다.

3 최명희의 『혼불』

최명희의 『혼불』은 아직 집필중인 작품이다. 제1부 〈흔들리는 바람〉은 1981년 《동아일보》 창간 60주년 기념 2천만 원 고료 장편소설 모집에 당선되어 출간된 적이 있으나, 이번에 제1부와 제2부 〈平土祭〉를 묶어 전4권으로 다시 출간하였다. 작가 최명희는 오랜 세월 동안 『혼불』 한 작품에만 몰두하고 있는데, 그 집요한 노력과 열정은 놀랍다. 작가 스스로 〈웬일인지 나는 원고를 쓸 때면, 손가락으로 바위를 뚫어 글씨를 새기는 것만 같은 생각이 든다〉라고 말하고 있지만, 실제 읽는 이도 그런 느낌을 가질 만큼 『혼불』은 오래 공들여 꼼꼼하게 씌어진 작품이다.

『혼불』의 시대적 배경은 주로 일제시대이며, 그 전과 후가 조금 포함된다(앞으로의 진행에 따라 해방 후도 상당히 다루어질 것으로 예상된다). 그러나 이런 식으로 말하기보다는 〈전통적인 삶의 방식이 유지되었던 마지막 시기〉라고 하는 편이 더 낫다. 왜냐하면 『혼불』은, 지금은 사라져버린 전통적인 삶의 모습을 세밀하게 그려 보여주기 때문이다. 좀더 자세히 말해서 이 작품은 근대사의 격랑 속에서 몰락해 가는 한 문중의 이야기이다. 보수적인 양반 계층, 특히 그 부녀자들이 중심인물이라는 점과 시대의 변화에 그리 민감하지 않은 시골 문중 이야기라는 점은 이 작품이 전통적인 삶의 방식을 마지막까지 지니고 있던 사람들의 이야기임을 짐작케 한다. 『혼불』은 전통적인 삶의 풍속을 치밀하게 그려 보여주는 풍속소설이라 할 수 있다.

우리 현대문학사는 한 시대의 풍속도를 훌륭하게 그린 작품들을 지니고 있다. 김남천과 홍명희 그리고 박태원의 소설들을 우선적으로 기억해 낼 수 있을 것이다. 『혼불』은 풍속도라는 점에서 볼 때, 이들 작품들에 뒤지지 않는다. 오히려 두 가지 면에서 앞선다. 하나는 『혼불』이 그려내고 있는 풍속이 이미 몇십 년 전에 사라져버린 것이라는 점이고 다른 하나는 내방(內房)풍속이라는 점이다. 『혼불』은 영영 망각 속으로 사라져버렸을 수도 있는, 지난 시절의 삶의 풍속 특히 내방풍속을 치밀하게 기록해 둔 것만으로도 가치 있는 책이다. 가령 반가(班家)의 혼수세간이 어떠했는지를 보자.

　　윗목의 주칠 삼층장만 하여도——장식이 정교하여 기둥과 쇠목, 동자목, 문골 등의 울거미를 모두 골밀이로 둥글게 파낸데다가 주칠도 투명하게 하여 귀목의 아름다운 나무 무늬를 그대로 살아나게 끼웠다. 기둥의 네 귀퉁이는 불로초 귀감잡이를 싸서 꾸몄다. 그리고 서랍에는 국화 바탕에 칠보 들소가 앙징스럽게 단추처럼 달려 있고, 장의 가장자리를 돌아가며 자잘하게 장식한 풍혈(風穴)은 박쥐 풍혈이다.
　　삼층장 옆에는 의걸이장이 놓여 있고 실궤와 사방탁자가 각각 제자리에 앉고서고 하였다. 사방 탁자의 아래 칸에는 신랑 쪽에서 혼서지와 채단을 담아 보내왔던 함이 자리잡고 있다. 함의 앞바탕과 경첩에는 음각 매화문이 새겨져 있어 등잔불빛을 받아 은은히 빛난다. 대(竹)로 상자같이 네모 반듯하게 짜서 거죽을 채색종이로 곱게 발라 옷이나 여러 가지 물건을 넣어 둘 수 있는 농, 주석 장식이 단아한 반닫이장이 나란히 맞대고 있는데, 반닫이의 윗장 알갱이에 용목(龍木)을 붙여 만든 화사한 면과 거멍쇠 장식 칠보문 제비초리경첩, 완자문 자물쇠, 열쇠받이, 불로초 장식 등은 과연 난쟁이 목수가 심혈을 기울였다 할 만했다.
　　그뿐이랴.
　　문갑 모양으로 짰으면서도 언뜻 그 외양은 일반 장농을 조그맣게 줄여놓은 듯한 화각(畵角) 버선장의 호화롭고도 아담한 자태라니. 앞면 골재는 감나무로 하고, 개판, 옆널, 뒤판은 오동판으로 된 이 버선장에는 앞문 복판에 하늘로 날개를 치며 오르려는 봉황과 붉은 구름이 무늬지어 날고, 그 사방 둘레를 돌며 매화, 난초, 국화, 목단, 불로연(不老蓮)들이 수줍은 듯 흐드러진 듯 피어 있다. 나비 모양의 문고리 바탕과 경첩, 박쥐 모양의 귀싸개 장식은 파랑, 초록, 살색의 칠보를 입고 요요히 빛나는데, 자물쇠에는 칠보상감으로 희(囍)자가 새겨져 잔잔히 웃는 것이다.

혼수세간에 대한 작가의 지식과 관찰력 그리고 묘사력은 치밀하다. 이러한 풍속 재현의 치밀성은, 음식에서부터 집안의 크고 작은 일, 농사일, 세시풍습, 아녀자의 규율 그리고 문중의 법도나 향약(鄕約)에 이르기까지 모든 면에 적용된다. 그러므로 『혼불』은 일종의 박물지(博物誌)라고 할 수도 있다.

뿐만 아니라 풍속 재현의 치밀성은 비가시적인 삶의 부분들에 대해서도 마찬가지이다. 가령 여인들의 심리라든가, 운명관 또는 인생관의 묘사도 뛰어나다. 지난날 우리 선조들의 삶이 오늘날의 우리들과 다르다 함은 물질적 환경이나 풍속의 차이에 그치는 것이 아니라 그보다는 세상과 인생에 대한 생각의 차이를 내포한다. 청암부인, 율촌댁 그리고 효원을 중심으로 한 수많은 등장인물들의 언행을 통하여 작가는 지난 시절의 삶이 어떤 세계관과 인생관으로 이루어졌는가를 잘 보여준다. 그중에서도 특히 문학적 감동을 주는 부분은, 우리 옛 여인들이 지녔던, 오래 고여 견뎌내야 하는 고통의 삶 속에서 마침내 향기처럼 스며나오는 지혜의 복원이다. 그 지혜는 격랑과 고난의 세월 속에도 끝끝내 집안을 지키고 자식을 키운 역사의 숨은 힘이며, 인고의 지혜이다. 청암부인의 말 몇 마디를 인용해 보자.

「기다리는 것도 일이니라. 일리란 꼭 눈에 띄게 움직이는 것만이 아니지. 모든 일의 근원이 생각에서 비롯되는 것인즉, 네가 중심을 가지고 때를 고요히 기다리자면 마음이 고여서 행실로 넘치게 마련 아니냐」

「사람의 마음이란 다스리면 성현 군자도 되고 어질어지지만, 자칫 고삐를 놓친다면 사나운 말 한가지라. 내 속에서 우러나온 마음이 결국은 나를 발길질하고 짓밟게 되지. 미처 피하지 못하면 그대로 밟혀 죽는 게야. 허나, 잘 다스리고 길들이고 정성껏 보살피면 천리라도 달리는 준마가 되고 일세를 풍미하는 명마도 되네」

「아들이었으면 좋았을 것을. 그러나 성급한 일이로다. 설한풍에 얼어들어온 손발은 웃목에서 녹이고 아랫목으로 드는 법」

「기골(氣骨)——이라. 그것이 바로 서럽고 고달픈 멍엘세. 저 혼자서 하늘을 이고, 땅을 받치고, 제 기골로 제 기둥을 삼아야 하니, 허리가 휘일 노릇이 아닌가. 자칫하면 부러질까 두렵고」

대략 골라본 이러한 지혜의 말씀들은 이 소설의 전편에서 수없이 반복된다. 그리고 그것들은 대개 오랜 삶의 향기가 배인 비유법으로 되어 있는 것인데, 이를 음미하는 것이 『혼불』 읽기의 주요한 매력인 것 같다.

그런데 그 지혜의 대부분은, 위에서 보듯이, 고통의 삶을 오래 견뎌내야 하는 데서 얻어지는 인고의 지혜요 개인적 생활의 지혜이다. 물론 보다 형이상학적이고 명상적이거나 또는 사회적 차원의 지혜도 없지 않다. 가령 제2부 14장에서 서술된 동계(東溪)와 남평(藍坪)의 논쟁은 형이상학적 문제를 심도 있게 다루고 있다. 형식과 실질 또는 예(藝)와 도(道)에 관한 논의가 예사롭지 않은 깊이를 얻고 있다. 그러나 보다 많은 경우, 『혼불』이 펼쳐 보여주는 지혜는 고통스런 삶을 오래 견뎌내야 하는 데서 비롯되는 지혜로서, 그것은 상황에 대한 변혁 또는 탈출의 의지보다는 수세적(守勢的) 의지에 바탕을 두고 있다. 『혼불』의 주인공이 청암부인이나 효원과 같은 강골(强骨) 의지형 인물임에도 불구하고 전체적으로 한의 정서가 주조를 이루는 것은 이 때문이다. 또한 이 소설의 공간적 배경이 외부와는 비교적 단절된 지리산 자락의 폐쇄적인 문중마을이라는 사실과도 연관된다. 그 마을은 하나의 세계를 이루고 있으며, 대부분의 등장인물들은 그 세계 속에서 벗어날 수 없다. 그곳은 닫힌 세계이며, 새로운 삶의 가능성이 거의 차단된 세계이다. 따라서 그곳의 인물들은 진취적인 자세보다는 오래 견뎌내어 주어진 고통을 극복하는 자세가 요구된다. 이 점은 『혼불』의 특성이면서 동시에 우리 전통적 삶이 지닌 정서의 주요한 부분이다. 이러한 정서가 바람직한 것인가, 또는 이러한 정서가 우리 민족의 본원적 정서라기보다는 비극적 근대사 속에서 형성되거나 강요된 것이 아닌가의 문제를 제기해 볼 수 있다. 홍명희의 『임꺽정』 같은 작품이 수세적 한의 정서가 아닌 건강한 민족 정서를 보여주었다는 점에서 높이 평가받는다면, 『혼불』은 그 반대의 면에서 지적될 수 있다. 그러나 이것은 다른 차원의 문제일 뿐만 아니라 매우 어려운 사유과정을 필요로 하는 문제이다. 이 문제를 일단 유보하고 여기서 말할 수 있는 것은, 『혼불』에서 형상된 지혜와 정서가 깊이와 실감을 얻고 있다는 점이며 아울러 그것은 우리 전통적 삶의 중요한 부분이라는 점이다. 삶의 지혜와 문학적 향기가 고통스런 삶을 오래 발효시켰을 때 나오는 것이라면, 『혼불』은 이 점에서 득이의 면모를 분명히 보여준다.

『혼불』이 지닌 또 하나의 매력은 그 아름다운 문체이다. 『혼불』의 문체는 서정적이며 전통적인 품격을 지니고 있으며 여성적이다. 이 중에서 특히 전통적인 품격은 주목을 요한다. 『혼불』의 문체는 우리 전통적인 어법을 모범적으로 구사하고 있다는 느낌을 준다. 그것은 오늘날 우리들이 일상적으로 구사하는 어법이나 소설문체와 다르면서도 매우 익숙하고 편안하며 또한 아름답다. 아마도 이러한 느낌은 어휘나 통사구조 그리고 비유법이나 사유의 성격 등과 연관이 있을 것이다. 이 연관을 다 밝혀 설명하는 일은 매우 지난한 일이겠지만, 한 가지 분명한 사실은 작가가 전통적인 언어공간에 매우 익숙해 있으며, 바로 이 점이 그의 문체에 전통적인 품격을 주고 있다는 점이다.

『혼불』에는 전통적인 언어공간이 많이 재현되어 있다. 옛 생활 풍습과 관련된 어휘들의 풍부한 구사는 물론이고, 내간체로 씌어진 옛 여인의 글, 시조나 한시를 비롯한 문학작품, 주역사상과 관련된 예언적 문장들, 민담, 일화, 옛 문집에 실려 있던 구절, 그리고 옛 사람들이 일상 속에서 구사하던 속담과 관용적 비유법 들이 무수히 등장한다. 하나의 예를 들면, 다음과 같은 내간체의 복원 솜씨는 놀랍다.

그러 하옵셔야 소천이 세상에 났던 흔적이 있삽고, 혹 세상 사람이 알리 있아올까 하오며, 그리 하압시면 아자바님네, 관후 우애하압신 성덕과 혜택을 세상 사람들이 推尊 추숭하와 일칼아 탄복하올 것이압고, 앙인 일지라도 구원 영혼이 冥冥之中 알음이 있아올진대, 비록 언어로써 감은 감덕하옴을 일칼아 사례치 못하오나, 同氣 授受의 정을 감사이 여기와 웃음을 머금을 것이압고, 죄첩이 비록 불혜불민하오나, 감사감격하옴을 肝肺에 사기압고 골수에 사못치와 마침내 백골 난망이 되압고, 옛사람의 사후 선령이 풀을 맺어 은혜갚던 일을 본받고저 하올지라.

마치 도도하게 흐르는 물처럼 자신의 심정을 펼치는 이러한 문장은, 그 문학적 의미는 차치하고서라도 그 문체만으로 우리의 소중한 문화유산이다. 이것은 유실 위기에 처한 우리 글의 옛모습이며, 우리 얼이 담겼던 그릇 중의 하나이다. 이것이 그대로 오늘날의 언어현실에 응용될 수 있는 것은 아니라 할지라도 앞으로 우리 글의 미래를 추구하는 데 언제나 뒤돌아보아야 할 것임에 분명하다. 작가 최명희는 이처럼 충실한 자료수집을 통하여 누구보다 능란하게 전통적인 언어공간을 재현한다. 아마도 전통적인 언어공간의 충실한 습득이 『혼불』의 문체에 전통적인 품격을 부여하고 있는 것이 아닐까 생각된다. 『혼불』은 아름다운 우리말이 풍성하게 보관되어 있는 보고라할 만하다.

『혼불』의 매력은, 이상에서 지적한 것 이외에도 여러 가지가 있을 수 있다. 이 지적들은 어쩌면 맛보기에 불과할지 모른다. 그만큼 『혼불』은 예사롭지 않은 소설이다. 그러나 『혼불』이 아직도 집필중인 미완의 작품이기에 앞으로의 더욱 완벽한 모습을 기대하며 몇 가지 불만을 말하고자 한다. 대부분의 풍속소설이 그러하듯 극적 구성이 약하다. 그리고 소설의 진행이 너무 느리지 않는가 하는 생각도 든다. 때때로 반복의 느낌을 주는 부분들도 적지 않다. 이 점은 독서의 집중력을 약화시킨다. 이와 관련하여 너무 긴 소설을 쓰려고 하는 작가의 욕심이 꼭 좋은 결과를 낳는 것은 아니라는 점을 지적하고 싶다. 가령 박경리의 『토지』 같은 작품도 너무 길어져서 후반부에는 그 긴장도가 급격하게 떨어졌었다. 『혼불』도 제2부가 제1부보다 긴장도와 집약도가 다소 떨어진다는 느낌이 있는데, 이 느낌은 우려감으로 이어진다. 그리고 제2부에서는 소설의 진행에 유기적인 관련성이 없어보이는 옛이야기(가령 삼국유사의 설화이야기 등)가 적지않게 나열되는데, 이것의 소설적 효과도 냉정하게 고려해야 할 것이다. 소설의 길이가 소설의 성공과 관련 있다는 생각은 옳지 않은 것 같다. 그리고 또 하나, 소설의 곳곳에서 작가 자신이 과도한 감상성을 내보인다는 점이다. 삶의 막막함과 운명의 시련 앞에서나 비련의 대목에서 작가의 어조는 너무 감상에 젖는다. 마지막으로 가장 어려운 문제이며, 이 소설의 특성이요 동시에 한계라고 할 수 있는 점──『혼불』이 다루고 있는 세계는 〈닫힌 세계〉라는 점을 지적할 수 있다. 열린 세계로 확장시키느냐 아니면 〈닫힌 세계〉 속에서 더욱더 깊이를 추구하느냐는 작가의 선택에 달려 있다. 역사에 대한 과도한 욕심으로 이 닫힌 세계를 무리하게 열려고 하면 오히려 역효과를 낳을 수도 있을 것이다. 어떤 한계 아래서 그것을 극대치로 추구하는 것도 매우 소중한 자세일 것이다. 이러한 지적들이 참고의 가치가 있을 것인지도 확신하기 어렵고, 또 이러한 지적과는 상관없이 『혼불』의 소설적 가치는 분명한 것 같다.

오래된 것들의 아름다움
—— 이태준의 『무서록』

1 옛날 목수가 지은 집

성북동에 가면 상허가 살던 집이 옛모습 그대로 남아 있다. 최근에 발표되어 주목을 받고 있는 최인훈의 소설 『화두』에 보면, 주인공이 상허가 살던 집을 방문하는 대목이 나온다.

樓가 달려서 기역자가 된 남향 집인데 이 누의 남쪽 정면에 〈聞香樓〉라 새긴 나무 현판이 걸려 있다. 이 누는 집을 향해 오른쪽 끝이고 기역자의 가로 부분이 대청과 건넌방이다. 이 대청은 마루에서 올라선 곳이 바깥마루고, 그 안쪽에 유리 낀 창살문들로 막힌 그 안쪽이었다. 겨울에 따뜻한 대청이었을 것이다. 대청마루를 막은 유리문들 위에 나무 현판이 둘 걸렸는데, 하나는 〈耆英世家〉라 새겼는데 金正喜 낙관이 보이고, 다른 하나는 〈壽硯山房〉이라 새겼다. 이 대청마루에 들어서면 오른쪽이 안방이고 왼쪽이 건넌방이다. 방은 크지 않았다. 방문마다 위에 현판이 걸렸다. 대청마루 뒷벽은 아래 반쪽이 벽이고 위쪽은 유리문이 죽 끼어 있다. 이 대청마루 왼쪽으로 좁고 짧은 복도가 돌아 들어간 끝에 뒷방문이 있다. 이 뒷방은 매우 작은 방이었다. 밖으로 향한 작은 창이 열려 있다. 대청 오른쪽이 안방인데 누 마루방과 붙어 있다. 누로 나가자면 안을 통하게 된다. ──집은 그 시절의 규모로도 결코 큰 것이라 할 수 없으나, 그가 수필에서 구식 목수들의 인품을 칭송한 끝에 〈──이들의 손에서 제작되는 우리 집은 아모리 요새 시체집이라도 얼마쯤 날림끼는 적을 것을 은근히 기뻐하며 바란다〉고 한 그 바램을 잘 이루고 있어 보인다. 작아서 아담하고 구석구석 알뜰해 보인다. 그는 〈시체집〉이라 했지만 벌써 반세기 너머 저편의 일이다. 게다가 옛날식으로 일하는 구식 목수들이 지은 집은 보이지 않는 구석까지 착실하게 지었음을 짐작할 만하다. 그런저런 사정을 모르고 보는 눈에게도 포근한 기운을 내보일 법하다. 이것이 상허선생의 집이었다.

1933년 그의 나이 서른에 상허는 이 집을 지었다. 상허의 기구하고 파란 많은 생애에 있어, 결혼해서 이 집에 가족들과 함께 살던 약 10년 간이 예외적으로 안정되었던 시기이다. 상허의 대표작들은 대개 이 집에서 씌어진 것이다. 어릴 때부터 떠돌이 생활을 했던 상허로서는 이 시기의 안정된 삶이 각별한 의미를 지녔을 것이다. 그는 한편으로 〈구인회〉를 이끌고 또 《문장》을 주도하는 등 30년대 문단의 중심으로 활약하고, 다른 한편으로는 성북동을 산보하고 화초를 기르고 옛 그림과 글씨 등의 고완품(古翫品)을 어루만지며 사색과 언어조탁에 매진하였다. 이때가 가장 행복하였고 또 작품도 많이 쓴 시기였을 것이다. 『무서록』에 실린 대부분의 수필도 이 집에서 씌어진 것이다. 그 집은 상허 문학의 산실이었으며 동시에 그 자체가 상허 문학의 한 측면이라 할 수 있을 것이다.

한국 근대문학에 있어 명문장가로 상허 이태준을 빠뜨릴 수 없다. 그의 단편소설이 지닌 높은 명성도 그의 명문장에 힘입은 바 크다. 그런데 그의 문장이 형식의 굴레를 벗고 참으로 천의무봉의 모습을 보여주는 곳이 『무서록』일 것이다. 우리는 『무서록』에서 수필 문장과 심미적 기품의 한 극점을 만날 수 있다. 그러나 상허의 유일한 수필집 『무서록』은 그의 소설보다, 그가 살던 집보다 어떤 면에서는 더욱 잊혀져 있었다.

상허의 집은 60년 전에 지은 것인데도 아직 변함없이 남아 있음에 대해서 우리는 대견스럽게 생각한다. 우리에게 과거는 그렇게 아득하게 멀어져버렸고 또 우리는 우리의 과거를 그렇게 유기(遺棄)해 버렸다. 60년 전이 아니라 6년 전의 모습이나 정서나 분위기가 그리움의 대상이 될 정도로 우리의 삶은 정신없이 변한다. 정신없이 빨리 변한다는 것은, 곧 혼란스럽고 소란스럽다는 것을 뜻한다. 혼란스럽고 소란한 삶 속에서 우리는 오래된 것들의 가치를 제대로 지닐 수가 없을 것이고 또 고요함에서 비롯되는 내면의 깊이를 유지할 수가 없을 것이다. 상허의 수필은, 오래된 가치들과 고요한 내면의 깊이 그리고 관조적 삶의 기품을 오늘의 우리에게 남겨서 보여준다. 그것들은 오늘날의 현란하고 자극적인 문화 속에서 눈에 잘 띄지 않는 것이다. 그것은 마치 상허가 살던 60년 전의 한옥(韓屋)이 성북동의 새로 지은 집들 속에 파묻혀 우리들의 눈에 잘 띄지 않는 것과 흡사하다. 그렇지만 그 한옥의 소박하고 아름다운 자태처럼, 마음을 가다듬고 자세히 보려는 자에게 상허의 수필은 요즘의 글에서는 잘 찾을 수 없는 심미적 공간을 보여준다. 뿐만 아니라 옛날 목수가 지은 그의 집처럼 날림끼가 없이 구석까지 착실하게 지어져서 포근한 기운으로 읽는 이를 감싼다.

2 벽을 그리는 마음

수필은 일정한 형식이 없는 글이다. 그래서 수필은 심각한 철학적 논의에서부터 사소한 일상적 느낌에 이르기까지 다양한 얼굴을 보여준다. 그렇지만 어떤 모습의 수필이건 간에, 수필은 그림으로 치자면 정물화에 가장 흡사한 성격이 아닌가 한다. 정물화란, 말 그대로 움직이지 않는 사물을 그린 그림이다. 그러나 산이나 집이나 나무도 움직이지 않지만, 그것들을 그린 그림은 정물화가 아니다. 정물화는 꽃이나 과일, 그릇 등과 같이 실내에 있는 것들을 대상으로 한다. 정물화의 공간이란 화가가 만들어놓은 실내 풍경이라는 점에서, 화가 자신의 내면성이 많이 투사된 공간이랄 수 있다. 그것은 대상 자체의 아름다움보다 그 대상을 바라보는 화가의 눈길이나 마음결이 더 많이 느껴지는 그런 그림이다. 그러나 정물화의 보다 중요한 성격은 고요함이 아닐까 한다. 정물화 속에는 깊은 고요함이 있다. 정물화가 화가의 눈길이나 마음결이 많이 느껴지는 그림이라는 사실도 고요함과 깊은 연관이 있을 것이다. 어떤 그림이든 그림에 소리가 있는 것은 아니지만, 정물화는 특히 고요한 그림이다. 정물화의 고요함은, 일차적으로 그 대상의 자족성(自足性)과 내향성(內向性)에서 오는 듯하다. 정물화의 공간은 외부세계와 차단되어 있으며, 움직임이 전혀 없다. 그것은 스스로 완결된 공간이며, 안으로 응축된 공간이다. 그리고 정물화의 고요함은, 그것을 그리는 인식주체의 마음의 고요함에서 오기도 한다. 움직이지 않는 대상을 외부세계와 단절시켜서 그것만을 오래 응시하는 과정은 곧 고요함의 공간이다. 수필은, 많은 경우, 마치 정물화처럼 고요함 속에서 주체와 대상이 서로를 되비추는 공간을 지니고 있다.

수필이 마치 정물화와 같이 사물에 대한 고요한 응시에서 나온 언어라면, 『무서록』의 첫머리에 실린 「壁」이란 작품은 수필을 쓰는 상허의 마음을 잘 드러내주는 글이다. 상허는 〈넓고 멀직하고 광선이 간접으로 어리는, 물 속처럼 고요한 벽면〉을 갖고 싶다고 말한다.

벽이 그립다.
멀직하고 은은한 壁面에 裝幀 낡은 옛 그림이나 한폭 걸어놓고 그 아래 고요히 앉아보고 싶다. 背光이 없는 생활일수록 壁이 그리운가보다.

벽이란 비어 있는 곳, 즉 여백이다. 그것을 갖고 싶다는 것은 곧 여백을 갖고 싶다는 것이요, 그것을 쳐다보고 싶다는 것은 곧 자신의 마음을 쳐다보고 싶다는 것이다. 면벽참선이라는 말이 있다. 선은 마음을 찾는 수행방법이라고 한다. 마음을 찾고자 하면서 벽을 바라고 앉아 있다는 것은 벽을 쳐다보는 것이 곧 마음을 쳐다보는 것이기 때문일 것이다. 아무것도 없는 벽을 쳐다보는 일이란 곧 쳐다보는 자신을 쳐다보는 일이 되는 것이다. 또 벽은 여백이므로, 고요하다. 아무 소리도 형상도 없이 쳐다보는 자 앞에 펼쳐져 있는, 텅 빈 마음의 캔버스와 같은 것이다. 고요하게 벽을 바라고 앉아 자신의 마음결을 벽에 비추어보는 태도란 바로 상허가 수필을 쓰는 태도와 같은 것이라 생각된다. 벽을 그리워하는 상허의 마음은 곧 여백과 고요의 공간을 갖고 싶어하는 마음일 것이다. 이 여백과 고요의 공간을 두고 상허는 생활과 인생이 의지할 수 있는 것이라고 했다. 왜 여백과 고요의 공간이 중요한 것일까? 상허는 옛 접시 하나를 쳐다보면서 며칠을 즐길 수 있다고 하면서 다음과 같이 말한다.

> 비인 접시요, 비인 甁이다. 담긴 것은 떡이나 물이 아니라 靜寂과 虛無다. 그것은 이미 그릇이라기보다 한 天地요 宇宙다. 남 보기에는 한낱 破器片皿에 불과하나 그 주인에게 있어서는 무궁한 山河요 莊嚴한 伽藍일 수 있다.
>
> ──「古翫品과 生活」

옛날 접시 하나를 두고 쳐다보면서 며칠을 즐길 수 있는 까닭은, 그것이 단순한 접시가 아니라 천지요 우주이기 때문이라고 말한다. 그러나 접시 그 자체가 곧바로 우주와 천지가 되는 것은 아닐 것이다. 그렇다기보다는 오히려 접시는 그것을 바라보는 자로 하여금 여백과 고요의 공간 속에서 우주와 천지에 대한 깊은 명상에 잠기도록 유도하는 매개체라고 해야 할 것이다. 즉 중요한 것은 접시 그 자체가 아니라 그 오래된 접시의 정적이 인도하는 여백과 고요의 공간일 것이다. 이 공간 속에서 세계는 그 비밀스럽고 깊은 모습을 스스로 드러내며, 사소한 사물들도 그 참모습의 노출을 허락하게 될 것이며, 나아가서 주체 스스로의 참된 내면도 투명하게 나타날 것이다. 고요함의 중요성을 다음과 같이 말한 사람도 있다.

이것은 내 자신 속으로 돌아가는 것을 말한다. 우선은 밖으로부터 떨어져서 정신을 차리고, 이 정신 차림의 주체로서 자기 속으로 돌아가는 것이다. 그런 과정에서, 어떤 소음들은 나에게 의미 있는 것으로 드러난다. 그리고는 소음 또는 의미 없는 외부적인 자극과 그 자극에 뒤흔들렸던 욕망들의 의미 없음을 깨닫게 된다. 고요함 속에서, 참으로 얼마나 많은 것이 의미가 없는 일이며, 얼마나 적은 것이 참으로 사람의 삶을 채워주는 것임을 우리는 느끼는가?

—— 김우창, 「고요함에 대하여」

번잡한 생활 속에서 여백과 고요의 공간이 사물과 세계의 바른 인식에 얼마나 중요한 것인가를 짐작하는 것은 어렵지 않다. 인류의 귀중한 깨달음이나 중요한 통찰은 대개 고요 속에서 얻어진 것이라 할 수 있다. 깊은 산 속, 외딴 수도원, 조용한 연구실 등등은 가치 있는 인식의 외적 조건이라 할 수 있다. 상허는 「고독」이라는 글에서 고독이 인생의 본질이라고 말하면서, 〈山堂靜夜坐無言 寥寥寂寂本自然〉라는 한시 구절을 인용하고 있다. 고요는 고독하고 무서운 것이다. 그러나 그것이야말로 세계의 바탕이고 삶의 조건이라는 것이다. 한편, 상허는 소의 미덕을 말하여, 〈소는 어질어만 보이는 것으로 고만이 아니다. 늘 고요하다. 그 無念함이 以恬養志하는 道人, 長者의 風이 있다〉고 한다. 이념양지(以恬養志), 즉 고요함으로써 뜻을 키운다라는 말에서 알 수 있듯이, 고요함은 도인이나 장자와 같이 훌륭한 인품과 지혜를 갖춘 사람이 되기 위한 조건인 것이다.

이러한 것들로부터, 우리는 벽을 그리워하는 상허의 마음을 이해할 수 있다. 그리고 상허의 수필이 지니고 있는 섬세함과 깊음 그리고 격조의 많은 부분들이 이 고요함의 산물이라는 사실도 미루어 짐작할 수 있는 것이다.

3 오래된 것은 아름답다.

『무서록』의 제일 인상적인 면모는 옛것에 대한 상허의 가치부여이다. 상허는 여러 곳에서 옛것 혹은 오래된 것들을 찬양한다. 오래된 것들 중에서 상식적인 품목은 물론 골동품이다. 상허는 골동품이라는 야박스런 말 대신에 고완품(古翫品)이라는 말을 쓰기를 주장한다. 그 주장은 설득력이 있다. 그러나 우리 사회는 그러한 〈말의 기품〉을 배려하지 않는다. 우리는 그 동안 아름답고 기품 있는 말들을 적지않게 잊어버린 대신 상스럽거나 운치 없는 밋밋한 말들을 사용해 왔다. 이 점은 『무서록』에서 쓰인 말들을 주의깊게 보아도 확인되는 바이다. 가령 「낚시질」이라는 글을 보자. 이 글에는, 지금은 사용되지 않는 몇 개의 어휘가 나온다. 덤벙이, 당금질, 여울노리, 동댕이 등이 그것이다. 덤벙이는 요즘으로 치자면 줄낚시나 방울낚시 또는 릴낚시가 되겠다. 당금질은 대낚시가 될 것이고, 여울노리란 견지낚시를 뜻한다고 할 수 있다. 그리고 동댕이는 찌를 일컫는 말이다. 상허가 사용하던 말들이 훨씬 정감 있고, 낚시방법의 특성도 잘 드러나고, 그 울림도 아름답다. 그런데 우리는 그런 말들을 다 버리고 삭막한 말을 대신 사용하고 있다. 왜 그렇게 되었는지 안타까운 일이다. 상허는 〈만년필〉에 대해서도, 〈책〉에 대해서도, 〈바다〉에 대해서도 그 말맛의 좋고 나쁨을 섬세하게 따지고 있다. 뿐만 아니라 우리의 옛 시가에 남아 있는 옛말의 멋과 아름다움에 대한 상허의 감각과 애착도 『무서록』의 곳곳에서 만날 수 있다. 〈말의 기품〉에 대한 상허의 감각과 오래된 것을 찬양하는 상허의 취향은 아마도 같은 것이기 쉬우며, 그것은 달리 말해 상허의 문화적 감각이라고 할 수 있을 것이다.

상허는 〈그야말로 相君兩不厭하여 저와 나와 한가지로 밤깊은 줄 모르는 것이 古翫品들〉이라고 말할 정도로 고완품들에 대해 애정을 쏟으면서, 그것의 가치를 다음과 같이 말한다.

> 古人과 苦樂을 같이한 것이 어찌 내 先親의 한개 文房具뿐이리오. 나는 차츰 모든 옛사람들 물건을 존경하게 되었다. 휘트만의 노래에 〈오, 아름다운 女人이여, 늙은 女人이여!〉한 句節이 가끔 떠오르거니와 찻종 하나, 술병 하나라도 그 모서리가 트고, 금 간데마다 배이고 번진 옛사람들의 생활의 때[垢]는 늙은 女人의 주름살보다는 오히려 黃昏과 같은 아름다운 색조가 떠오르는 것이다. (……) 시대가 오래다해서만 귀하고 기교와 정력이 들었다해서만 玩賞할 것은 못된다. 옛물건의 옛물건다운 것은 그 옛사람들과 함께 생활한 자취를 지녔음에 그 德潤이 있는 것이다.
>
> ——「古翫」

상허가 옛것을 아끼는 까닭은 그것에 옛사람들의 생활의 자취가 남아 있기 때문이다. 다시 말해 고완품이 희귀하다거나 그 자체로 대단한 아름다움을 지닌 것이어서가 아니라 다만 오랜 시간을 지내왔다는 것 때문에 고완품은 귀중한 것이다. 상허는 옛것을 아끼는 마음이 비현실적인 회고취미라거나 아니면 부자들의 소일거리라는 비판에 대해서 예민하게 신경을 쓴다. 스스로 〈각방면으로 早老하는 東洋人에게 있어서는 청년과 고완이란 오히려 경계할 필요부터 있을런지 모른다〉라고 말하기도 한다. 그러면서도 상허는 고완의 가치를 높이 평가하고 또 고완의 세계에 심취한다.

앞에서도 말한 바 있지만, 상허가 참지 못하는 것은 날림과 상스러움 그리고 소란스러움이다. 상허는 고요를 원했으며, 날림끼 없는 집을 원했으며, 또 기품 있는 생활을 원했다. 대개 오랜 시간을 견디어온 것이 아니면, 이러한 조건을 충족시키기 어렵다. 시간과 품이 많이 걸린 것이거나 아니면 시간의 때가 많이 끼어 있는 것이어야지 그러한 아우라를 지닐 수 있다. 상허가 오래된 것을 좋아하는 가장 큰 이유도 그 〈古齡美〉에 대한 존중이다. 상허는 휘트먼의 말을 빌려 〈늙은 女人의 아름다움〉도 말했지만, 나무나 돌에 대해서도 〈古齡美〉를 존중한다.

　나무는 클수록 좋다. 그리고 늙을수록 좋다. (……) 다만 한 그루의 나무라도 큰 나무 밑에서 살고 싶다. 입맛을 다시며 낮은 果木사이에 주춤거림보다는 비인 마음 비인 기쁨으로 오직 淸風이 들고날 뿐인 휘엉청한 옛나무 아래를 거닐음이 얼마나 더 고상한 表情이랴!

—— 「樹木」

　그것은 돌의 그 묵직하고 편안하고 恒久한 성품을 憧憬한 때문이리라. 생각하면 돌은 東洋人의 놀라운 발견이다. 돌을 그리고 돌을 바라보고 이름까지 즐겨 돌로 부른 동양예술가들의 心境은, 刹那的인 육체에 붙들린 서양인의 그것에 비겨 얼마나 差異있는 尊敬할 것이리오!

—— 「돌」

　깨어진 접시 같은 고완품도 오랜 세월이 흐르면 〈德潤〉을 갖는다. 오랜 세월은 나무로 하여금 풍성함과 〈偉觀〉을 갖게 한다. 그리고 돌은 그 오랜 시간을 견디는 성품으로 해서 존경을 받는다. 상허는 또 「早熟」이란 글에서도, 〈그러나 인생의 가을, 칠십 팔십의 老境에 들어보지 못하고는 정말 즐거움 정말 슬픔은 모를 것 같지 않은가!〉라고 청춘보다는 노경(老境)에 더 큰 가치를 둔다. 뿐만 아니라 소위 고전이란 것에 대해서도 그 고령미를 강조한다. 가령 「정읍사」라는 작품이 그 자체로서 대단한 것이고 현대인이 감히 표현할 수 없는 내용을 지닌 것이기 때문에 훌륭한 것은 아니라고 한다. 「정읍사」의 〈달아 높이곰 돋아사 멀리곰 비최이시라〉라는 구절이 물론 절묘하지만, 그것이 소중한 이유는 무엇보다 오랜 시간의 때를 입었다는 점에 있다는 것이다.

한마디에 百濟가 풍기고, 여러 世世代代 情恨人들의 심경이 전해오고, 아득한 태고가 깃듦에서 우리의 입술은 이 노래를 불러 香氣로울 수 있도다. 高齡者의 앞에 謙遜은 禮儀라. 磁器 하나에도, 歌謠 하나에도 옛것 일진댄 우리는 먼 앞에서부터 옷깃을 여며야 하리로다.

고전작품의 가치까지도 고령(高齡)에서 찾는다는 것은 좀 지나치다는 느낌이 든다. 그러나 오래된 것의 가치가 어디에 있으며, 그것이 왜 중요한 것인가를 새삼 일깨워준다. 새로운 것과 신선한 것을 존중하는 태도는 미래지향적이요 진취적인 반면, 오래되고 늙은 것을 존중하는 태도는 과거지향적이요 퇴영적이라는 비판이 있을 수 있다. 앞서 잠시 언급하였지만, 이런 비판에 대해서 상허는 충분히 경계하고 있다. 그는 오래된 것들에 심취하다 보면 퇴영적이 될 수 있음을 인정한다. 그러나 그가 오래된 것들 속에서 구하는 것은 단순히 옛것이 아니라 오랜 세월의 인고로서만 형성될 수 있는 미덕이다. 참된 문화적 깊이는 이 미덕을 떠나서는 생각될 수 없을 것이다. 그래서 상허가 오래된 것들의 기품과 아름다움과 그 가치를 이야기할 때, 우리는 거기에서 문화의 깊이와 취향의 기품을 느낀다. 오래된 것들의 참된 소중함을 강조하는 상허의 글들은, 새것 콤플렉스에 빠져 그 천박함을 잘 모르는 오늘날의 우리에게 좋은 가르침을 준다.

4 산에게나 소회(所懷)를 천명(闡明)하는 심경

『무서록』을 관류하는 정서, 또는 『무서록』의 지배적인 인상은 동방의 아취(雅趣)와 연관된 것이다. 동방의 풍류와 정취를 맛보는 것이 『무서록』을 읽는, 또 하나의 큰 기쁨이 된다. 동방의 풍류와 정취라는 것은 우리가 대개 짐작하는 것이면서도 또 그 외연이 지극히 모호하고, 더구나 점차 사라지는 것이라 그것을 분명히 말하고 즐기기가 힘든 것이다. 그러나 상허가 『무서록』에서 보여주는 동방정취는 겉멋에 흐르고 마는 것이 아니라 핵심과 본질에 가까이 있는 것이라는 느낌을 전해준다. 상허 자신이 동양적 미학의 정수를 제대로 체화하고 있었던 사람이라고 할 수도 있을 것이다. 상허는 「東方情趣」에서 동양적 미학의 본질을 다음과 같이 말한다.

> 동양의 教養으로 고도의 것이면 고도의 것일수록 禪의 경지를 품지 않은 것이 드물 것이다. (……) 동양의 교양인들은 詩, 書, 畵를 一元의 것으로 여겼다. 한사람의 技術로서 이 세가지를 다 가졌을 뿐 아니라 정신으로 怪石을 詩, 書, 畵에 다 信奉하였다. (……) 돌이란 情物이 아니다. 情物인 사람이 어찌해 情物이 아닌 것과 사귀고 굳이 情을 통하려 하였는가? 거기에 東方情趣의 眞髓가 숨었을 것이다. (……) 常樂獨處 常樂一心, 이 淸淨爲宗하는 禪趣味에서일 것이다.

상허의 판단에 의하면, 세속적인 것은 동양적 아취가 아니다. 동양적 미학은 생활이나 욕망, 관계 등으로부터 등을 돌리고, 홀로 고요히 명상하는 가운데서 찾아진다. 그래서 그것은 청정함을 으뜸으로 치며, 선의 경지를 지향한다. 다시 말해 탈속적이고 선적인 것이 동방정취의 바탕이다. 모든 동방의 예술은 〈自然 중에서도 無口不動하는 山에게나 所懷를 闡明하는 心境〉에서 나온다는 것이다.

동양의 미학에 관한 이와 같은 상허의 지적은 그 나름대로 음미

할 만한 것이지만, 동양미학의 본질을 정언적으로 진술하는 이런 글보다 글 자체에서 동방의 정취가 우러나오는(또는 그 글 자체가 동방의 정취가 되는) 그런 글들이 보다 인상에 남는다. 대표적인 것으로 「筆墨」, 「蘭」, 「梅花」, 「妓生과 詩文」, 「墨竹과 新婦」 등을 열거할 수 있는데, 이런 글들은 그 내용과 어조와 분위기 모두가 동방의 아취를 듬뿍 담고 있는 글이라 할 수 있다. 가령 「筆墨」이라는 글에는 동양선비들이 먹과 붓을 사랑하는 마음이 아름답게 그려져 있다.

> (먹은) 가장 韻致있고 가장 정성스러운 文房友였다. 종이 위에 그 먹같이 향기로운 것이 무엇인가, 먹처럼 참되고 潤澤한 것이 무엇인가, 종이가 항구히 살 수 있는, 그의 피가 되는 먹 (……) 그때 그런 筆工들이 網巾을 단정히 하고 토수를 걷고 괴나리보따리를 끌러 놓고 송진과 애교와 밀내를 피워가며 매어주고 간 붓을 단 한자루라도 (……) 촉 긴 붓과 향기로운 먹만 있으면 어디서든 淨土일 수 있다.

아마 선비들이 가장 가까이 둔 것이 붓과 먹이었을 것이다. 그것에서 운치를 찾고 또 그것을 사랑하는 마음은 앞서 언급한 선취미와도 통하는 것으로 보인다. 그런데 중요한 점은 이러한 운치와 사랑의 마음이 글의 행간 속에 무르녹아 있어, 그것이 뜻으로 느껴진다기보다 정서로 느껴진다는 사실이다. 필묵을 소재로 하되 그것을 설명한다기보다는 그냥 먹냄새가 우러나오는 그런 글이다. 「梅花」라는 글을 예로 들어보아도 마찬가지다. 물론 상허는 겨울 추위를 견뎌서 아름답게 꽃을 피우는 매화의 고절(苦節)을 설득력 있게 설명하기도 한다. 그러나 매화를 사랑하는 마음은 다음과 같은 서술에서 은유로 드러난다.

> 앞산 눈이 여러날째 한빛이라 마루에서 산 가까운 것이 답답할 때도 있으나 요즘 같아선 우리 마당을 위해 두른 한벌 屛風이다. 어스름 松林

과 훤칠한 雜木숲이 모인덴 모이고 섬긴덴 섬기어서 그 疏密의 조화는
완연 水墨體의 筆法으로 산그늘이 바야흐로 짙어갈 즈음 어성어성 꼴짜
기를 찾아드는 맛은, 나귀는 못 탔을망정 孟浩然의 探梅情趣가 없지 않
은 바이리라.

눈덮인 산을 바라보고, 그 산그늘 아래로 찾아드는 맛을 즐기는
마음은 고요하고 깊다. 여기에도 〈산에나 所懷를 闡明하는 心境〉이
스며 있다. 그것은 매화를 기리는 마음과 통하는 것일 듯싶다. 매화
의 미덕을 미주알고주알 강조하지 않아도, 산그늘 아래로 찾아드는
맛을 통해 그것을 드러내준다. 그러니까 상허의 수필들은 〈산에나
所懷를 闡明하는 心境〉을 그림으로써 동방의 정취가 어떤 것인가를
알려준다. 그 동방의 정취는 설명되기 이전에 느껴지고 전달되는 것
이다.

5 문자로 흐르는 곤곤(滾滾)한 인간 장강(長江)

상허의 단편소설들은 한국 현대문학의 백미로 꼽는다. 『무서록』
에는 상허의 소설론 혹은 문학론이라 불릴 만한 글이 여러 편 실려
있다. 상허가 소설과 문학에 대해서 평소 어떤 생각을 지녔는지를
살펴보는 데 『무서록』은 좋은 참고가 된다. 그리고 오늘날의 작가들
이나 문단에게 도움이 될 만한 지적도 적지 않다. 가령 다음과 같은
발언은 상허의 당대보다 요즘 더 절실한 말이 아닐 수 없다.

아마 朝鮮文壇 전체로도 이대로 3年이면 3年을 나가는 것보다는 지금
의 작품만 가지고라도 3년동안 推敲를 해놓는다면 그냥 나간 3년보다 훨
씬 水準높은 文壇이 될 것이다.

—「命題其他」

이 말은 단순히 글쓰기에 있어서 퇴고의 중요성만을 강조하는 것이 아니다. 이 말 속에는 삶과 문화 전반에서 〈날림〉을 참지 못하는 상허의 마음이 들어 있다. 상허는 작품의 미학적 완성도를 매우 중요시했다. 완벽성에 대한 그의 집착은 그의 집짓기에서도 드러난 바 있지만, 상허는 매사에 장인적인 정성과 공력을 강조하였다. 그의 단편소설들이 높이 평가받는 가장 중요한 이유도, 그것들이 지닌 미학적 완결성 때문이다. 그는 같은 글에서, 〈작가가 예상한 사건을 원만히 행동해 주는 인물, 그를 만나기 위해서는 복안을 오래 끄는 시간 여유가 제일이라 생각한다〉고 말하며, 또 〈잡기장이 책상에 하나, 가방이나 포케트에 하나, 서너 개 된다. 전차에서나 길에서나 소설의 한 단어, 한 구절, 한 사건의 일부분이 될 만한 것이면 모두 적어둔다〉고 말한다. 항상 소설감이 될 것을 찾기에 열중이고 또 오랫동안 정성스레 다듬어 한 편의 소설을 만드는 상허의 창작태도를 드러내는 말이다. 이러한 상허의 눈으로 볼 때, 당시 문단은 너무나 함부로 글을 쓰고 발표했던 것으로 보인다. 수많은 불완전품보다 단한 편의 완전품이 낫다는 상허의 생각과 태도는 〈옛날 목수가 지은 집〉을 좋아하고 또 오래된 것을 좋아하며 고요히 벽을 바라보기를 좋아하는 마음과도 통하는 것이다.

고전적 절제와 아취를 숭상하는 상허의 성격과, 흔히 도청도설(道聽塗說)이요 가담항어(街談巷語)라 불리는 너절한 이야기인 소설 일반의 성격이 잘 맞지 않을 수도 있다. 실제로 상허는 소설이 너절한 세상 이야기라는 데 불쾌를 느끼고, 자기는 담백하고 아취 있는 소설을 쓰고자 했다. 상허의 단편소설들은 너절한 세상 이야기이기보다는 세련되고 기품 있는 스타일을 보여주기를 원했다. 그러나 상허는 자신의 이러한 소설관을 반성한다. 세련되고 기품 있는 스타일로 소설의 아취를 추구하고자 한 자신의 노력을 일러 〈창백한 젊은 산문가의 신경쇠약〉이라고 진단한다. 그리고 소설의 참된 모습을 다음과 같이 말한다.

現世의 諸 現象에 寸暇의 放心이 없는 가장 정력적인 執着의 기록, 文字로 흐르는 滾滾한 人間 長江이 곧 散文, 곧 소설의 正體요 偉容일 것이다
——「소설」

결국 상허는, 소설이란 가담항어(街談巷語)라는 평범한 정의를 수용한다. 너절한 현실과 일정한 거리를 두고 기품 있는 언어 스타일을 만들어내는 것은 소설의 본질이 아니다. 소설은 바로 거리의 언어, 거리의 모습을 그대로 드러내는 것에서 그 위대함이 있음을 깨달은 것이다. 이 글은 1941년 3월에 발표된 것이다. 상허가 그 이후에 아취 있는 스타일을 가벼이 여기고 너절한 삶의 이야기를 곤곤하게 펼친 것 같지는 않다. 해방 후에 남긴 몇 편의 글에서도 특별히 그런 점이 보이지 않는다고 해야 할 것이다. 그러나 이것으로 해서 상허의 소설관과 그의 소설창작이 괴리를 보여준다고 말할 수는 없다. 그보다는 자기 소설의 반대편에 있는 소설의 한 특성을 잘 이해하고 있었음을 보여주며, 또다른 한편으로는 그의 소설을 현실의 맥락에서도 읽어주어야 한다는 당위를 주장하는 것으로 생각된다.

이외에도 소설과 문학에 관한 재미있는 진술들이 많다. 평론가들에게 창작경험을 요구하기도 하고, 작가는 모름지기 자신의 내면적 요구에 의해서 써야 한다고 하기도 하고, 눈치가 소설가의 으뜸가는 자질이라고 하기도 한다. 비교적 짧은 진술들이지만 그것들은 소설과 문학에 대한 남다른 혜안을 확인하기에 충분한 것으로 보인다.

6 이젠 뱃속은 아무걸루든지 채웁니다만——

『무서록』의 끝에는 두 편의 흥미로운 기행문이 실려 있다. 「海村日誌」와 「滿洲紀行」이 그것인데, 「海村日誌」는 동해안에서 보낸 1936년 7월의 일지 형식으로 된 글이다. 상허는 그해 여름을 동해의 송전

(松田)이라는 어촌에서 가족과 함께 보냈다. 지금은 송전 해수욕장으로 붐비는 곳이 되었지만, 60년 전 상허가 갔을 때는 정말 한적하고 아름다운 곳이었음을 알 수 있다. 상허는 해안가의 소나무들 하나하나가 훌륭한 정자라고 했고 또 쨍쨍 소리가 날 것 같은 모랫길은 〈신랑신부나 걸었으면 싶은 그런 길〉이라고 묘사한다. 그러나 이 글에서 보다 흥미로운 것은, 60년 전의 바닷가 풍경이 아니라 당시의 생활상이다. 보통학교의 조회모습, 체조하는 모습, 아이들 노는 모습들이 인상적으로 그려져 있다. 고기잡이 배가 들어와 아낙들이 물물교환으로 해산물을 사는 모습들도 그려져 있고, 암탉을 잡지 못하여 안절부절하는 순박한 할머니의 모습, 혼자 체조를 하다 농부를 만나 멋쩍게 웃으니 그냥 침만 뱉고 가버리는 투박한 농부의 모습도 마음을 따뜻하게 해주는 풍경이다. 또 당시의 물가를 알 수 있는 대목도 있다.

펄펄 뛰는 가재미가 한두름(20수)에 큰 거라야 40전, 새로 딴 홍합이 한두름에 8, 9전, 꽁치라는 생선은 저려두고 구어 먹어도 좋은데 한두름에 15전, 그리고 비싸다는 것이 해삼과 전복인데 모두 움질거리는 산 것으로 해삼은 한두름에 15전, 전복은 한두름에 25전부터다.

『무서록』의 책값이 2원인 것을 감안한다면, 정말 해산물 값이 싼 것이 아닐 수 없다. 책 한 권을 주면 전복을 네 두름, 즉 80마리쯤을 살 수 있다는 말이니, 당시의 어민들이 얼마나 가난하게 살았는지 짐작할 만하다. 1938년에 채만식이 쓴 수필을 보면, 찻값이 15전, 전찻삯이 10전, 신문소설 원고료는 한 회에 20원이고, 잡지는 4백자 원고지 한 장에 5원이라는 기록이 나온다(「조선문단의 황금시대」). 그 원고료라는 것도 형편없는 것이었다면, 당시 어촌에 돈이 얼마나 귀한 것이었겠는가 알 수 있다. 그 가난 속에 아름다운 해변이 있고, 아름다운 시골 마음씨가 있었던 것이다.

「滿洲紀行」은 만주의 조선족 이민부락을 취재한 내용이다. 광막한 만주벌판의 풍광, 야간침대열차의 분위기, 봉천(奉天)과 신경(新京)의 이모저모가 단편적으로 그려져 있다. 각국 여자가 다 있는 술집, 러시아인 급사와 야경꾼의 이야기도 있다. 그중에서 봉천에 있는 〈同善堂〉이라는 빈민구제소의 모습이 또한 흥미롭다. 그렇게 가난하고 척박한 삶 속에서도 그러한 인도주의가 제도화되어 있었다는 사실이 의외로 생각된다. 그러나 이 글의 핵심은 무엇보다, 고향을 등지고 만주땅으로 온 조선족들의 참혹한 삶이다. 상허는 봉천역에서 술집여자로 팔려가는 조선 처녀들을 만나기도 하고, 〈홋이불 보따리와 바가지쪽을 달고〉 거지처럼 갈아탈 기차를 기다리는 조선 이민가족을 만나기도 한다. 상허는 감정을 배제하고 간단히 묘사하고 있지만, 그 묘사의 밑바닥에는 설움과 울분이 느껴진다. 상허는 이제 막 개척을 시작하는 그런 이민촌의 생활을 취재하고 싶었으나, 교통이 너무나 불편하고 또 그런 곳에 들어갈려면 따로 허가를 받아야 하기 때문에 〈장쟈워후〉라는 곳을 방문한다. 〈장쟈워후〉는 만보산(萬寶山) 사건이 발생했던 곳이나, 오래되어 비교적 정착이 이루어진 이민촌이다. 그곳으로 가는 길, 동행했던 조선 동포들, 그리고 그곳에서의 삶이 그려져 있다. 상허의 간결한 묘사 속에서도 그 삭막함과 고난이 절절하게 느껴진다. 나무 하나, 산이나 돌 하나도 없고 개울도 없는 막막한 들판에 수수깡으로 움막을 지어놓고 사람들은 살고 있다. 한 부락민의 말대로 〈인전, 뱃속은 아무걸루든지 채웁니다만——〉, 그들의 삶은 삶이라 하기 어렵다. 만주 이민부락 중에서 가장 자리잡은 곳이 그러한즉 다른 유랑이민, 집단이민들의 삶이란 미루어 짐작할 수 있다. 아마도 이 기행문은 좋은 사료(史料)이기도 할 것이다.

상허가 살았던 식민지 시대의 삶은 오늘날의 우리가 상상하기도 어렵다. 단순히 배를 채우기 위해서 무엇이든 해야 했고, 고향을 떠나야 했고, 굴욕을 참아야 했고 목숨까지 걸어야 했던 시대였다. 그런데 『무서록』을 다 읽고 나니, 쟝자워후의 한 동포가 했던 말, 〈인전, 뱃속은 아무걸루든지 채웁니다만——〉이란 한 구절이 새로운 의미를 띠고 나의 머리에 맴돈다. 『무서록』에는, 우리가 상실한 것이나 우리가 버린 것들이 많이 나온다. 오늘날 우리는, 옛날 목수들이 구석구석 알뜰하게 지은 집 대신에 집장사들의 날림집에서 산다. 또 우리는 오래된 것들을 경쟁이나 하듯이 버리고 없앴다. 우리 주변에는 천박한 열기와 소란스러움이 가득하다. 벽을 그리는 마음의 여백과 고요는 어디에서고 찾을 길이 없다. 깨어진 옛 접시에서 우주를 읽고, 또 산그림자 속을 호젓이 찾아들던 동방의 아취는 더더욱 옛이야기가 되어버렸다. 우리는 그 조용하고 아름답던 송전마을을 공해와 상업성과 인파에 찌든 유흥지로 만들어 버렸다. 그 바닷가의 싱싱하던 가재미와 전복도 잃어버렸다. 그런 와중에 암탉을 잡지 못해 쩔쩔매던 그 시골 할머니의 순박함은 어디로 가버렸는지 모른다. 고완품 값이 오르고 그것으로 거실을 장식할 줄은 알지만, 상허가 했던 것처럼 그것을 사랑하는 방식과 마음은 잃어버렸다. 『무서록』 속에서 상허가 아름답게 기록해 두었던 가치와 아름다움들을 우리는 이제 갖지 못하고 있는 것이다. 그때에 비해서 우리는 물질적으로 매우 풍족한 생활을 한다. 그러나 막막한 만주벌판의 수수깡집에서 일만 하고 배는 채우지만 정든 고향과 삶다운 삶을 상실했던 동포들처럼, 물론 그 상실과는 다른 차원의 상실이지만, 오늘날 우리들도 삭막한 정신적, 문화적 공간 속에서 뱃속이나 채우고 사는 것이 아닌가 하는 반성을 하게 하는 책이 『무서록』이다. 『무서록』에서 상허가 아름답게 그려냈던 그 미학과 정취와 기품들을 다 잃어버리고도 물질적 풍요만 누리면 사람 사는 것인가? 〈인전 뱃속은 아무걸루든지 채웁니다만——〉이란 말은 오늘날 우리가 다시 되뇌어야 할 말인 것 같다.

4

그리움의 언어들

겨레의 말, 겨레의 마음
—— 서정주의 『미당 시전집』

1

내가 지금껏 읽어본 시집 중에서, 내 마음에 쏙 드는 시가 가장 많아 때때로 틈나면 지금도 펼쳐보고, 앞으로도 계속 읽고 싶은 것은 미당 선생의 『미당 시전집』이다. 아마도 김달진 선생이 편집하고 번역하고 해설한 『당시전서』 다음으로 좋은 시를 많이 수록하고 있는 시집이 『미당 시전집』가 아닌가 한다. 그러나 『당시전서』에는 당나라 때의 유수한 시인들의 시를 모은 것이므로, 개인 시집과 비교할 수는 없다.

「공후인」, 「구지가」, 향가 등에서부터 오늘날에 이르기까지 우리의 시문학사는 꽤 풍성한 시세계를 펼쳐왔다. 우리 시문학사를 통틀어 가장 탁월한 시인 한 사람을 꼽으라고 한다면 누구를 말할 수 있을까? 신라의 월명사, 고려 때 「청산별곡」이나 「가시리」를 지은 이름 없는 시인들, 조선시대 때 황진이, 윤선도, 정철 그리고 근대 이후로 김소월, 한용운, 정지용 등등이 거론될 수 있을 것이다. 그것은 각자의 심미적 취향이나 문학적 기준에 따라 다소 다르게 판단될 것이다. 그러나 나로서는 서정주를 별 주저없이 맨 윗자리에 앉히고 싶다. 나는 서정주의 시가 빠진 우리 시문학사를 생각하고 싶지도 않다. 그것은 너무나 허전할 것이기 때문이다.

　내가 서정주의 시를 아주 높게 평가하는 까닭 중에서 두 가지만 말하자면 다음과 같다. 첫째, 그는 좋은 시를 많이 남긴 시인이다. 한 편 한 편의 시를 따져보자면 서정주의 시보다 웃길의 시를 남긴 시인이 있을 수도 있다. 그러나 서정주처럼 좋은 시를 많이 쓴 시인은 없을 것이다. 우리가 한 시인을 기억하는 것은 몇 편의 좋은 시 때문이다. 좋은 시 한두 편으로 훌륭한 시인이 된 경우도 많고, 그렇지 않다 하더라도 한두 권의 좋은 시집으로 훌륭한 시인이 된 경우가 거의 전부이다. 이러한 사정은, 대충 짐작해서, 세계적으로 유명한 시인들의 경우에도 적용될 것이다. 가령 영국의 계관시인인 워즈워드가 남긴 시 중에서 아직도 사람들에게 기억되고 사랑받는 시는 몇 편이나 될 것인가. 또 이상화나 이육사는 몇 편의 좋은 시를 남겼는가. 서정주는 그의 첫시집 『花蛇集』 한 권만으로도 대단한 시인이라 하지 않을 수 없다. 『花蛇集』이 우리 근대 시문학사에서 가장 돋보이는 시집 중의 한 권임은 분명하다. 1941년 그의 첫시집 『花蛇集』이 나왔을 때, 두 살 아래인 윤동주는 문학청년이었다. 윤동주는 서정주의 『花蛇集』에 매료되어 공책에 베껴서 간직했다. 윤동주는 『하늘과 바람과 별과 시』라는 한 권의 시집으로 우리 시문학사의 별이 되었다. 서정주 역시 『花蛇集』 한 권만으로도 우리 시문학사의 별이 될 수 있다고 생각한다. 그런데 서정주는 첫시집에 버금가는 『귀촉도』라는 또다른 시세계를 열었고, 이어서 60여 년 동안 『서정주시선』, 『신라초』, 『동천』, 『질마재신화』, 『떠돌이의 시』, 『서으로 가는 달처럼……』, 『산』 등과 같은 다양한 시세계를 열정적으로 펼쳤다. 이러한 각각의 시집들 모두 우리 시문학사의 별이 되기에 부족함이 없으니, 서정주에 대해서 여러 별들이 모여 하나의 별이 된 밝은 성운(星雲)과 같다는 느낌을 아니 가질 수가 없는 것이다. 『미당 시전집』에는 이 모든 세계가 다 들어 있어, 시를 사랑하는 자의 오랜 공궤를 받아 마땅한 책이라 할 수 있다.

내가 서정주의 시를 각별하게 생각하는 또 하나의 주요한 까닭
은, 그가 우리말을 가장 능수능란하고 아름답게 구사하는 시인이며
또 그의 시에는 우리 겨레의 마음이 가장 잘 표현되어 있다고 생각
되기 때문이다. 나는 서정주의 시를 읽으면서, 우리말의 가장 아름
다운 꼴을 만나고 또 우리 겨레가 지닌 독특한 심성의 내면을 들여
다본다.

2

유종호는 서정주에 대하여 〈아무 말이나 붙들고 놀리면 그대로
시가 되는 경지에 이른 미당은 정히 部族方言의 요술사다〉라고 말했
고, 김우창은 〈미당 언어처럼 시적인 언어도 드문 것이지만 그는 시
적 언어를 찾아서 별스러운 시적 세계로 비약해 가지 않는다. 그의
손에서는 우리 일상생활의 무엇이든지 그대로 시가 되어버린다〉라
고 말했다. 사실 서정주가 쓴 산문조차도 마치 시처럼 읽힌다. 그의
언어에는 귀신이 붙어 있는 듯하다. 『花蛇集』 때부터 그의 시는 이
미 귀신들린 언어였다.

서녁에서 부러오는 바람속에는
오갈피 상나무와
개가죽 방구와
나의 여자의 열두발 상무상무

노루야 암노루야 홰냥노루야
늬발톱에 상채기가
퉁수ㅅ소리와

이것은 「西風賦」의 전반부이다. 이러한 언어들은 읽은 이로 하여 금 뜻을 찾아들어가게 하지 않는다. 그 이전에 언어의 황홀한 율동에 넋을 잃도록 만든다. 그곳에는 향기가 있고, 소리가 있고, 움직임이 있다. 이것을 설명할 수는 없다. 내가 아직 고등학교 다닐 때, 「行進曲」이란 시가 좋아서 외우고 다닌 적이 있다. 왠지 모르지만 〈목아지여/ 목아지여/ 목아지여/ 목아지여〉라고 네 번 반복한 그 구절이 그냥 귀신처럼 나에게 달라붙었다. 대학 들어가 그 구절의 비밀을 풀어보려고 이런저런 논리를 끌어다 붙여 해석해 보았지만, 내가 지닌 느낌과는 거리가 먼 것이었다. 아마도 〈목숨이여〉라고 했든지 아니면 그 구절을 세 번만 반복했더라면 나는 그 시를 별로 좋아하지 않았을 것이라는 생각이 든다. 「파소단장」이란 시에 나오는 〈門 열어라 꽃아〉라는 구절이나, 「麥夏」란 시에 나오는 〈날카론 왜낫 시렁우에 걸어노코/ 오매는 몰래 어듸로 갔나〉와 같은 구절도 학생 시절의 내 무의식의 심연에 알 수 없는 파장을 던져준 구절이었다. 이런 경험은 서정주의 시를 읽다보면 수시로 하게 되는데, 가령

　　순이야. 영이야. 또 도라간 남아.

라는 「密語」의 첫 구절 같은 것은 참으로 나를 난처하게 만들었다. 왜냐하면 단순히 평범한 아이 이름 셋을 불러본 구절에 불과한데도 그것이 절묘한 감정의 공간을 만들어내기 때문이다. 순이, 영이, 남이 등의 이름은 마치 아득한 기억 속에서 나에게 지울 수 없는 흔적을 남긴 이름들처럼 되살아온다. 그래서 나는 〈순이야. 진이야. 또 돌아간 희야〉 또는 순서를 바꾸어서 〈영이야. 남이야. 또 돌아간 순아〉라고 읊조려보기도 했지만, 도저히 원래 구절과 같은 맛을 느낄 수가 없었다. 서정주가 우리말을 구사하면, 그 속에는 우리 속에 숨겨져 있던 아련한 정서가 돌연 귀신처럼 떠돈다. 「무슨 꽃으로 문지르는 가슴이기에 나는 이리도 살고 싶은가」에 나오는,

섭섭이와 서운니와 푸접이와 순네라하는 네名의少女의뒤를 따러서, 午後의山그리메가 밟히우는 보리밭새이 언덕길우에 나는 서서 있었다. 붉고 푸르고, 흰, 傳說속의 네개의바다와같이 네 少女는 네빛갈의 저리고리를 입고 있었다.

역시 마찬가지 느낌으로 다가온다.

그러나 서정주 시의 언어가 초의미적 공간을 관통하는 매력만을 지닌 것은 아니다. 깊은 산이 노래하는 것을 듣고 그것을 〈시집 와서 스무 날쯤 되는 新婦가 처음으로 목청이 열려서 혼자 나즉히 불러보는 노래와도 흡사하였다〉라고 「山下日誌抄」에서 묘사한다. 어떤 서사적 상황을 빌려오거나 상상하여 그 속의 특정 장면에 비유하여 대상을 묘사하는 이러한 방식은, 우리의 전통적인 문체 속에서 흔히 쓰이는 방식이다. 가령 『춘향전』에서 이도령의 명을 받고 춘향이 집으로 건너가는 방자의 모습을 〈西王母 요지연에 편지 전하던 靑鳥같이 이리저리 건너가서〉라고 묘사하는 대목이 나온다. 꾀꼬리가 애절하게 떨어져 있던 연인의 편지를 전해준 옛날 이야기를 빌어와 방자의 모습을 비유적으로 묘사하고 있는 것이다. 서정주는 이와 같은 방식의 비유법을 매우 능란하게 구사한다. 〈思索하고 고민하는 이마로써 길을 내 걸어가는 늦가을날 雁旅의 기러깃 길을 아시는가〉라는 「十月有題」와 같은 구절이나, 진영이 아재의 쟁기질 솜씨를 두고 〈예쁜 계집애 배 먹어가듯〉 하다고 한 「진영이 아재 畵像」이나, 〈님이 자며 벗어놓은 純金의 반지/ 그 가느다란 반지는/ 이미 내 하늘을 둘러 끼우고〉라는 「님은 주무시고」와 같은 구절이 대개 그러한 방식이다.

그런데 추상적 정서나 감정을 드러내기 위해서 구체적 상황을 빌려오는 방식은 서정주 시의 중요한 발상법이기도 하다. 널리 알려진 「국화 옆에서」나 「귀촉도」, 또는 「木花」와 같은 시들은 그 시적 대상이 지닌 특이한 정서를 구체적인 서사적 상황을 상상하여 표현해 내고 있으며, 그 방식은 매우 성공적이다. 「동천」이란 시 또한 그러하다.

> 내 마음 속 우리님의 고은 눈썹을
> 즈문밤의 꿈으로 맑게 씻어서
> 하늘에다 옮기어 심어 놨더니
> 동지 섣달 나르는 매서운 새가
> 그걸 알고 시늉하며 비끼어 가네

이 시에서 〈고은 눈썹〉이란 사랑 또는 사랑하는 사람을 지칭하는 은유이다. 시인이 말하고자 하는 것은 그 사랑의 지극한 소중함이다. 소중함이라는 추상적인 가치를 말하기 위하여 시인은 그것을 겨울 하늘의 초생달로 비유한다. 그리고 시인의 마음을 맑게 씻어 하늘에다 옮기어 놓으니 매서운 새마저 비끼어 간다는 상황을 설정하여 그것의 소중함을 표현한다. 나는 아직 우리 문학 속에서 이렇듯 지극한 소중함이 달리 표현된 예를 알지 못한다. 서정주의 시세계 속에서는 삼라만상이 모두 영혼을 지니고 있는 것처럼 이야기된다. 뿐만 아니라 서정주는 일상 속에 버려진 시시한 우리말 한마디 한마디에도 영혼을 불어넣고 있다. 서정주 시의 언어는 생물이다. 그것은 마치 〈石油먹은 듯, 石油먹은 듯〉 숨가쁘게 우리의 정서 속으로 안겨온다.

3

서정주 시를 읽는 맛의 버금이 그 귀신들린 언어와 수작하는 재미라면, 그 으뜸가는 맛은 그 속에 표현된 겨레의 아름다운 마음을 만나는 감동이다. 서정주의 시에서 만날 수 있는 겨레의 마음이 어떤 것인지 한마디로 말할 수는 없다. 그것은 한과 슬픔과 그리움이면서 또 욕망이고 번뇌이고 해탈이고 초월이고 달관이다. 아니 그 무엇도 아니다. 그 마음은 〈따서 먹으면 자는 듯이 죽는다는 붉은 꽃밭 사이〉에 있기도 하고, 〈장돌방이 팔만이와 복동이의 사는 골목〉에 있기도 하고, 〈초록이 지쳐 단풍 드는 데〉에 있기도 하고 또 〈蓮꽃 만나고 가는 바람〉 속에 있기도 하다. 그 마음의 한 편린만 여기서 이야기해 보자.

> 江물이 풀리다니
> 江물은 무엇하러 또 풀리는가
> 우리들의 무슨 서름 무슨 기쁨때문에
> 江물은 또 풀리는가
>
> 기럭이같이
> 서리묻은 섯달의 기럭이같이
> 하늘의 어름짱 가슴으로 깨치며
> 내 한평생을 울고 가려했더니

「풀리는 漢江가에서」 1연과 2연이다. 시인은 세상살이가 너무나 팍팍하고 서러워 모진 마음으로 살고자 했었다. 마치 하늘의 어름짱을 가슴으로 깨치며 날아가는 추운 겨울 하늘의 기러기처럼 그렇게 세상을 살아가겠다고 마음먹었다. 그러나 이러한 맺힌 마음은 끝끝내 끝끝내 모질지 못하여 마치 한강물 풀리듯이 풀려버리고 만다. 자신도 이해할 수 없게스리 슬슬슬 풀려버리는 마음의 옹이, 그러고는 다시 〈오늘 제일 기쁜 것은 古木나무에 푸르므레 봄빛이 드는 거〉라고 말하는 마음이 이 시 속에는 있다. 어렵고 가파른 세상살이 속에서도 부드러움을 잃지 않는 우리의 마음결이 이렇게 표현되어 있는 것이다.

소태같이 쓴 가문 날들을
역구 풀 밑 대어 오던
내 사랑의 보 또랑물
인제는 제대로 흘러라 내버려두고

으시시히 깔리는 머언 산 그리매
홑이불처럼 말아서 덮고
엣비슥히 비기어 누어
나도 인제는 잠이나 들까.

　이것은 「저무는 황혼」의 후반부인데, 또다른 겨레 마음을 보여주
는 것 같다. 시인은 세상 시름에 오래 시달렸고, 번뇌와 욕망에 오
래 안달하였으나 이제 그것들 그냥 버려두고 초라한 잠을 청한다.
여기서 내가 특히 주목하는 것은 〈엣비슥히 비기어 누어〉라는 구절
이다. 시인은 가파른 세상을 잊고자 할 때도 그냥 잠드는 것이 아니
라 〈엣비슥히 비기어 누어〉 잠든다. 이것은 세상에 대한 시인의 자
존심이기도 하다. 「동천」에서도 유사한 구절이 나왔지만, 이 구절
속에 나타난 마음은 겨레의 마음 중에서도 특히 서정주가 자기 것으
로 잘 간직하고 있는 마음으로 생각된다. 서정주 선생이 미소짓고
있는 사진을 보면 거의 언제나 얼굴이 엣비슥히 기울어져 있는 것처
럼 보인다. 서정주의 얼굴 표정뿐만이 아니라 그의 독특한 붓글씨도
엣비슥히 기울어졌다. 아마도 그의 마음도 세상의 속된 마음에 엣비
슥히 비끼어 가는 마음이 아닐까 한다. 엣비슥히 비끼어 가는 마음
이란 참으로 묘한 우리네 심성인 듯하다. 그 마음은 세상의 소태 같
은 가문 날들에 정면으로 대응하는 태도도 아니고 그렇다고 외면하
고 도피하는 태도도 아니다. 그 세상의 속된 가치를 추수하는 것도
아니고 또 아예 부정하는 것도 아니고 그 중간쯤 되는 마음, 억지
로 무얼 좀 해볼려고 하고 싶지만 해봐도 아무것도 안 된다는 것

역시 미리 아는 마음, 대상의 초라함과 고귀함을 동시에 껴안는 마음, 네가 부럽긴 해도 너처럼은 안 살겠다는 자존의 마음, 고요한 하늘이 궁금해 그냥 한번 꽃 피워 보는 난초 같은 마음——이런 마음들이 모두 〈옛비슥히 비끼어 가는 마음〉일 것이다.

　김소월의 시 「산유화」에 나오는 〈저만치 혼자서 피어 있네〉라는 구절을 두고 고명한 평자들의 여러 가지 해석들이 있다. 그 구절에서, 김동리는 〈청산과의 거리〉를 읽었고, 김춘수는 〈즉자적 자아와와 대자적 자아의 거리〉를 읽었고, 김종길은 〈우주적 연민〉을 읽었다. 그런데 기가 막히게도 서정주는 이 구절을 두고 〈고고한 수세(守勢)의 난처한 아름다움〉이라고 말했다. 이 절묘한 구절은 내가 「산유화」를 이해하고 또 한국의 아름다움을 이해하는 데 참으로 좋은 등불이 되었다. 우리 겨레의 마음은 공세적이라기보다 수세적이다. 그런데 그것은 고고한 자태를 지닌 수세이다. 난폭한 세상의 공세속에서 그것의 아름다움은 난처한 것일 수밖에 없다. 그러나 난처함으로 해서 더욱 애절하고 깊은 아름다움이 아니겠는가! 세상의 험한 꼴을 다 겪으면서도 쪽진 머리의 정갈함을 지니고 사셨던 우리 조선의 어머니들의 모습이 바로 〈孤高한 守勢의 難處한 아름다움〉일 것이다. 나는 〈옛비슥히 비끼어 있는 마음〉과 〈孤高한 守勢의 難處한 아름다움〉이 서로 통하는 것이라 생각한다. 그러나 〈옛비슥히 비끼어 있는 마음〉 속에는 세상에 대한 절묘한 역공(逆功)의 자세가 들어 있는 것 같은데, 이 점이 다르다고 할 수 있다.

　　울고
　　웃고
　　수구리고
　　새파라니 얼어서
　　運命들이 모두다 안끼어 드는 소리——

큰놈에겐 큰눈물 자죽, 작은놈에겐 작은 웃음 흔적,
큰이얘기 작은이얘기들이 오부록이 도란거리며 안끼어 오는 소리 ——

괜찮타, ——
괜찮타, ——
괜찮타, ——
괜찮타, ——

「내리는 눈발 속에서」의 이러한 구절에서는 또 비극적 운명이나
삶의 고통을 너그러이 포용하는 마음을 만날 수 있다. 삶의 고통이
아무리 눈발처럼 휘몰아쳐도 그래도 삶이란 살 만한 것이고, 우리
는 그럭저럭 절망하지 않고 또 영 못 쓰게 망가지지도 않고 그럭저
럭 살게 된다는 애틋한 긍정의 마음이다. 이것은 마치 우리가 헤어
날 수 없는 절망에 빠졌을 때, 산전수전 다 겪은 집안 어른이 우리
의 어깨를 치며 찢어진 마음을 다독거려 주는 어조와 흡사하다.「無
等을 보며」에서도 이러한 마음을 만날 수 있다.

가난이야 한낱 襤褸에 지내지 않는다
저 눈부신 햇빛속에 갈매빛의 등성이를 드러내고 서있는
여름 山같은
우리들의 타고난 살결 타고난 마음씨까지야 다 가릴 수 있으랴

(……)

어느 가시덤풀 쑥굴형에 뇌일지라도
우리는 늘 玉돌같이 호젓이 무쳤다고 생각할일이요
靑苔라도 자욱이 끼일일인것이다.

보통 가난은 사람의 외모를 초라하게 만들 뿐 아니라 마음까지도 황폐하게 만든다고 말한다. 그러나 시인은 아무리 궁핍한 상황 속에서도 인간의 존엄이나 인간적 가치를 끝내 지키는 우리의 마음을 이와 같이 노래했다. 삶이 아무리 가난하고 비천한 지경에 처한다 하더라도 부드럽고 의젓한 마음까지는 훼손할 수 없고 또 훼손되어서도 안 된다는 말이다. 시인은 마치 무등산과 같이 점잖은 마음이 우리들의 마음이요 또한 우리들이 가져야 할 마음이라고 말한다.

『미당 시전집』을 읽노라면 이런 마음 외에도, 우리 겨레의 또다른 마음씨들이 아름답게 표현되어 있다. 그 마음씨들은 단순히 유심주의, 달관주의, 정적주의 등이 아니라, 삶의 원초적 생명력과 활물적인 역동성을 아울러 보여주고 있기도 한다. 『미당 시전집』은 우리 겨레의 소중한 마음들이, 요즘은 점점 잊어가고 있는 그 마음들이 참으로 많이 들어 있는 시집이다.

4

서정주의 시세계는 놀라운 폭과 깊이를 가지고 있다. 그 속에는 겨레의 아름다운 말들이 신들려 살아 움직이고, 겨레의 둥글고 부드럽고 어질고 지혜로운 마음씨가 가득하다. 그는 철저히 겨레의 시인이다. 우리 겨레만이 그의 언어와 표현된 마음씨를 제대로 이해할 수 있다. 외국 사람들이 도저히 이해할 수 없을 듯하다는 점에서도 그는 훌륭한 시인이다. 한 후배시인이 말하건대, 서정주를 정부(政府)라고 했다. 나는 우리 현대문학사에서 서정주의 존재를 신화라고 말하고 싶다. 서정주는 신화(神話)다. 우리 언어와 우리 마음의 신화를 알고자 한다면 서정주의 시를 읽어야만 한다. 『미당 시전집』은 언제나 손닿는 데 두고 수시로 독서의 즐거움을 얻을 수 있는 책이다. 그리고 두고두고 아껴 읽고 싶은 책이다. 우리 문학사에서 읽고 읽고 또 읽고 싶은 책이 몇 권이나 되는지 모르겠으나, 나는 그 속에 『미당 시전집』을 꼭 포함시키고 싶다.

뮤즈가 노래한 시(詩) 이전의 시(詩)

—— 천상병론

나는 천상병 시인의 삶에 대해서 간단한 이력과 몇 개의 일화밖에 모른다. 그래서 그런지 그의 삶 속에, 그리고 삶과 시 사이에 내가 이해할 수 없는 틈이 있다. 1970년을 전후로 해서 그의 삶과 시는 겉보기에 많이 다른 모습을 보여준다. 1971년, 그의 유고시집인 『새』가 문우들에 의해 출간되었다. 그때, 천상병은 죽은 사람으로 세상에 알려졌다. 그러나 그는 다시 나타났고, 『새』는 유고시집이 아니라 그의 첫시집이 되었다. 1949년 《문예》에 추천되었고 1993년에 이승을 떠났으니, 그의 44년에 걸친 시력은 시집 『새』의 출간 앞뒤로 정확하게 양분된다. 전반기의 천상병은 매우 지적인 사람이었다. 그는 어린 나이에 시를 발표하였을 뿐만 아니라 날카로운 평론도 많이 발표하였다. 그는 서울 상대를 나왔으며, 시장의 공보비서라는 직업을 갖기도 했다. 서정적인 시들을 발표하였지만, 그에 대한 인상은 막연하나마 이지적인 것이다. 그러나 이러한 천상병은 사라지고 새로운 천상병이 나타난다. 후반기의 천상병은 이지적인 것과는 아주 거리가 먼, 어눌하고 천진난만하고 좀 모자라는 듯한 느낌을 준다. 그의 시도 서정적인 것을 버리고, 단순소박하고 어눌하고 즉물적인 것이 되었다. 그는 1970년에 쓴 「한 가지 소원」이라는 시에서, 죽고 나면 〈나의 다소 명석한 지성과 깨끗한 영혼이 흙 속

에 묻혀 살과 같이 문드러지고 진물이 나 삭여진다고?)라고 의문을
갖는다. 그리고 다음과 같이 한 가지 소원을 말한다.

억지밖에 없는 엽전 세상에서
용케도 이때껏 살았나 싶다
별다른 불만은 없지만,

똥걸레 같은 지성은 썩어 버려도
이런 시를 쓰게 하는 내 영혼은
어떻게 좀 안 될지 모르겠다.

내가 죽은 여러 해 뒤에는
꾹 쥔 십 원을 슬쩍 주고는
서울길 밤 버스를 내 영혼은 타고 있지 않을까?

그는 다소 명석한 자신의 지성을 똥걸레 같은 것, 썩어버려도 좋
을 것으로 여긴다. 그러나 시를 쓰는 깨끗한 영혼은 썩지 않고 계속
살아 서울길 밤 버스에 실려 있기를 소원한다. 만약 1970년의 가짜
죽음을 진짜 죽음으로 여긴다면, 천상병의 이 소원은 받아들여진
것처럼 보인다. 실제로 후반기 22년 동안 천상병은 깨끗한 영혼만으
로 남아 꾹 쥔 십 원을 슬쩍 주고는 서울길 밤 버스를 타고 다녔기
때문이다. 다시 말해 그는 전혀 현실감이 없이 살았다. 그 자신의
표현을 빌리면, 〈주정뱅이 천사〉가 되어 우리들 곁에 살았고, 그리
고 시를 썼다. 또 다르게 말하면, 그는 마음만을 믿고 마음만으로
살았다.

신심(信心)이 보통인데,
나는 왜 자꾸 심신(心信)인가?

유다른 까닭은 다음에——

믿는 마음이 아니고
나는 마음을 믿는다.
마음을 굳게 믿는다.

내게는 믿는 마음밖에 없고,
천부(賤富)도 없고,
가진 것이 없는 바이다.

「신심록I」에서 시인이 말하는 바는, 한마디로 마음밖에 가진 것
이 없고 마음만 믿고 산다는 것이다. 그에 대한 몇 가지 일화와 그
가 쓴 시들로 미루어 볼 때 그는 정말 가진 것 없이 현실적 거리낌
없이 마음만으로 살았던 것 같다. 마음만이 전부인 존재의 모습은,
「한 가지 소원」에서 죽은 뒤에 남은 영혼의 모습을 떠올리게 한다.
세속적 육체적 지성적 삶은 죽고 영혼만 남은 삶을 그는 22년 동안
살았던 것 같다. 아니 1971년에 죽었는데, 영혼만 죽지 않고 22년
더 살았던 것 같다.

천상병은 「새」라는 제목으로 여러 편의 시를 썼다. 천상병의 시
적 상상은 새에 집착한다. 그의 시에서 새는 독특한 내포를 갖는다.
「새」라는 제목의 시들 가운데서 가장 주목되는 작품은 1959년에 발
표된 작품이다.

외롭게 살다 외롭게 죽을
내 영혼의 빈 터에
새날이 와, 새가 울고 꽃잎 필 때는,
내가 죽는 날

그 다음날.

산다는 것과
아름다운 것과
사랑한다는 것과의 노래가
한창인 때에
나는 도랑과 나뭇가지에 앉은
한 마리 새.

정감에 그득 찬 계절
슬픔과 기쁨의 주일,
알고 모르고 잊고 하는 사이에
새여 너는
낡은 목청을 뽑아라.

살아서
좋은 일도 있었다고
나쁜 일도 있었다고
그렇게 우는 한 마리 새.

　이 시는 유고시집 아닌 유고시집 『새』의 표제작이다. 1970년의 가
짜 죽음을 진짜 죽음으로 생각해 본다면, 이 시는 예언적이다. 시인
은 외롭게 살다 죽을 날을 생각한다. 그리고 죽은 다음날에 있을 일
을 노래한다. 그가 죽으면 새날이 오고 새가 울고 꽃이 핀다. 살아
서 고독했던 세상이 죽어서 아름다운 세상이 되었다. 삶, 아름다
움, 사랑, 기쁨, 슬픔 등이 가득한 정감의 계절이다. 이 세상에서
시인은 죽어 새가 된다. 새는 낡은 목청으로 세상의 아름다움을 노
래한다. 좋은 일도 있고 나쁜 일도 있지만, 이 세상은 아름답고 정

감에 가득 찬 곳이라고 노래한다. 이 시의 일반적 의미는, 죽음의 관점에서 보면, 괴롭고 외로운 세상이라도 아름답고 정감에 가득 찬 곳이라는 삶에 대한 겸허한 진실이라고 말할 수 있다.

그러나 나는 이 시를 천상병 자신이 자기의 미래를 예언하고 있는 시로 읽고 싶다. 이 시에서 노래한 대로, 10년 후 천상병은 하나의 죽음을 체험하고 죽음 이후에 〈도랑과 나뭇가지에 앉은 한 마리 새〉처럼 초라하고 가난한 삶을 살았지만 세상살이의 좋은 일과 나쁜 일들을 모두 감사하는 마음과 긍정하는 마음으로 아름답게 노래했다. 새에 관한 다른 여러 시들을 읽어보면, 새는 죽음을 건너온 〈뮤즈〉로 이해된다. 천상병의 시적 상상 속에서 새는 곧 영혼이며 주정뱅이 천사이며 마음이다. 그것은 세상 속의 물질적·육체적 자아를 저승에 보낸 후 이승에 남아 겸허한 삶의 찬가를 노래한다.

천상병은 1971년의 행방불명 사건을 계기로, 그 이전의 세속적, 육체적, 지성적 삶을 마감하고, 이후의 22년은 영혼만의 삶을 살았던 것처럼 생각된다. 물론 이런 생각은 억지스럽다. 스스로 생각해도 이치에 닿지 않는다. 그러나 행방불명 사건과 잘못된 유고집, 그리고 그 후에 너무나 달라진 천상병의 삶과 시, 또 예언처럼 암시적인 그의 초기시 몇 편을 염두에 두면 그런 억지스런 생각을 좀처럼 떨칠 수가 없다. 그리고 무엇보다 그렇게 생각하면, 후기시의 의아스런 모습과 신비한 감동이 그럴 듯하게 설명될 수 있을 것 같다.

전반기의 시들에서도 그런 점이 전혀 없었던 것은 아니지만, 천상병의 후반기 시들은 기성의 시적 문법으로부터 아예 자유로운 모습을 보여준다.

이 근처는 버스로 도심지까지 가려면
약 1시간이 걸리는 변두리.
수락산 아랫마을이다.

물 좋고 산 좋은 이곳,
사람도 두터운 인심이다.
그래서 살기 좋은 고장이다.

오늘은 부실 보실 비가 오는데,
날은 음산하고 봄인데도 춥다.
그래서 나는 이곳이 좋아 이곳이 좋아.

「변두리」라는 작품이다. 너무나 소박한 진술이어서 이것이 과연
시라고 할 수 있는가라는 의문을 갖게 한다. 여기에서는 어떤 시적
변용이나 수사 또는 상징적 의미도 찾을 수가 없다. 만약 이 시가
익명의 신인 응모작이라면 우리는 그가 아직 시를 모르는 사람이라
고 단정할 수 있을 것 같기도 하다. 뿐만 아니라 그 어조조차도 지
극히 어눌하고 때로는 유치하다. 〈사람도 두터운 인심이다〉라는 구
절은 시적 문법을 무시하는 것일 뿐만 아니라 언어의 문법에도 맞지
않는다. 시를 전혀 모르고 언어조차 서투른 자의 소박한 진술이라는
느낌이 든다. 천상병의 후기시들은 대개가 이처럼 시적 문법을 무시
하고 있으며, 어눌하고 유치한 어조를 지니고 있다. 아주 정치하고
세련된 시적 수사를 지닌 시들보다 단순평이하고 짧은 시가 더 깊은
의미와 더 큰 감동을 주는 경우가 종종 있다. 단순함 속에는 모든
복잡함을 넘어서는 심오함과 힘이 들어 있을 수 있음을 우리는 안
다. 천상병의 후기시에 대해서도 우리는 그런 식으로 이해할 수 있
다. 그러나 그렇게 이해하기에는 유치하다고 할 수 있을 만큼 그 정
도가 심하다. 그렇다고 그것은 시가 아니다라고 말할 수도 없다. 그
러면 우리는 천상병의 후기시가 보여주는 이러한 성격을 어떻게 이
해할 수 있을까?

앞서 나는 천상병이 주정뱅이 천사 또는 새 또는 영혼 또는 뮤즈
가 되어 지상에 머물렀다고 가정했다. 그렇다면 그의 시들은 곧 뮤

즈의 노래나 새의 노래와 다름없다. 뮤즈는 시와 음악의 신, 즉 모든 시와 음악의 원천이다. 그러나 뮤즈는 스스로 사람들의 귀에 그것을 들려줄 수 없다. 뮤즈는 시인을 통해서만이 사람들이 알아들을 수 있는 말로 시를 노래할 수 있다. 시인은 뮤즈로부터 시적 영감을 얻어 시적 변용과 시적 수사를 거쳐 사람들에게 시를 들려준다. 그렇다면 뮤즈가 직접 부른 노래는 사람들이 못 알아듣거나 아니면 사람들이 시라고 여기지 않는 모습이 될 것이다. 나는 천상병의 후기 시들을 뮤즈가 직접 노래한 것과 같다고 생각한다. 그것들은 인간의 시적 언어로 번역되기 이전의 〈시의 원료〉와 같은 것이다. 그래서 시적 문법도 무시되고 때로는 언어적 문법마저 무시되는 것이다. 그러나 그것들은 아주 순도 높은 시적 원료이기 때문에, 시의 모습으로 변용되기 이전이라도 강한 시적 에너지를 지니고 있다. 바로 이 에너지 때문에 사람들은 천상병의 유치하게 보이는 시 속에서 감동을 받을 수 있는 것이 아닐까?

천상병의 후기시들은 어조나 시적 수사만 그런 것이 아니라 그 내용 역시 유치하다고 할 정도로 천진난만하다. 얼핏 보면 유년 수준의 정신을 보여주는 것 같기도 하다. 앞서 인용한 시 「변두리」만으로 그러한 면을 충분히 확인할 수 있지만, 한 편 더 예로 들어보자.

> KBS라디오의 희망음악은,
> 아침 9시 5분에서 10시까지인데,
> 나는 매일같이 기어코 듣는다.
>
> 고전 음악의 올림픽이요 대제인
> 고전 음악 시간을 내가 듣는 것은,
> 진짜로 희망이 우러나는 까닭이다.
> 나는 바흐와 브람스를 좋아하는데,

바흐는 나왔으나 브람스가 안 나왔다.
내일은 브람스가 나올 테지요.

　라디오의 고전 음악 프로에 대한 간단한 감상을 적고 있는「희망
음악」이란 작품이다. 시인은 고전 음악이 자신에게 희망을 주기 때
문에 그 라디오 프로를 듣는다는 사실과 또 바흐와 브람스를 좋아한
다는 사실을 직설적으로 말한다. 그는 더 이상의 의미를 꾸며내지
않는다. 언어의 장식이라고는 고전 음악 시간을 〈고전 음악의 올림
픽이요 대제〉라고 한 구절뿐인데, 그것도 비유법치고는 지극히 초
라하다. 보통의 상식이라면 이러한 단순한 사실의 직설적 진술에서
어떤 의미를 찾아내기는 어렵다. 그것은 마치 〈나는 오늘 아침 일어
나서 세수하고 밥 먹었다〉처럼 거의 무의미한 진술이다. 만일 〈나는
고전 음악이 희망을 주기 때문에 매일 듣는다〉라는 사실이 어떤 의
미를 지닐려면, 그것은 고전 음악의 어떤 면이 어떠한 희망을 주는
가 그 내포를 구체적으로 전달할 수 있어야 한다. 그래서 일반 독자
들이 언어 속에서 고전 음악의 어떤 면을 만나고 또 희망을 느낄 수
있어야 한다. 그러나 천상병의 시는 그러한 시창작의 과정을 거치지
않는다. 그는 좋은 것의 내포를 구체적으로 드러내려고 애쓰지 않고
그냥 〈좋다〉라고만 말한다. 이러한 내용의 과도한 소박성 역시 천상
병이 시인 이전의 뮤즈라는 생각과 연결될 수 있다. 그는 시의 원료
를 최소한의 언어를 이용해 그대로 제시한다. 고전 음악이 희망을
주었다면, 그 과정 속에는 매우 복잡한 정신적 과정이 관계하고 있
을 것이다. 천상병은 그 복잡한 과정을 언어로 번역하지 않는다.
(뮤즈이기 때문에 번역할 줄 모른다) 그는 다만 많은 느낌과 과정을
단 한마디로 〈고전 음악은 희망을 준다〉라고 겨우 말할 따름이다.
천상병을 시인 이전의 시인 또는 뮤즈라고 가정하지 않는다면 그의
과도한 단순성은 이해하기 어렵다.
　그러므로 우리는 천상병의 후기시들을 읽을 때 보통 때와는 다른

독법을 지녀야 한다. 다시 한번 말하여, 천상병은 시인 이전의 시인이고 그의 시들은 시 이전의 〈시의 원료〉와 같은 것이다. 따라서 그것들은 과도한 단순성과 심한 어눌함을 보여준다. 그렇지만 그것들은 순수한 원료이기 때문에 강한 에너지를 지니고 있으며, 또한 뮤즈의 노래이기 때문에 삶에 대한 단도직입적 통찰을 내포하고 있다. 그의 시들이 지닌 강한 에너지는 설명될 수 없다. 그것은 우리 스스로 무구한 마음이 되어 겸허히 귀기울일 때 느낄 수 있을 따름이다. 그리고 천상병 시의 의미를 만나기 위해서는 그 에너지의 힘을 빌려 언어의 경계를 넘어서서 아득한 공간으로 찾아 들어가야 한다. 그 의미는 언어적 분석으로 접근되기가 거의 불가능하다. 물론 어느 정도는 가능하다.

예를 들어 「희망 음악」이란 시의 의미를 구태여 분석해 보면, 우선 〈매일같이 기어코 듣는다〉라는 구절이 주목된다. 그것은 간절한 매달림의 태도이다. 시인은 무엇에 그렇게 열심인가? 그것은 고전 음악 즉 희망이다. 시인은 매일같이 희망에 간절하게 매달리는 것이다. 그리고 3연에서는 오늘 방송되지 않은 브람스의 음악이 내일은 방송될 것에 대해 희망을 갖는다. 그가 희망하는 것은 비유적으로 말해 〈좋아하는 브람스 음악이 방송되는 것〉과 같은 것이다. 다시 말해 그만큼 소박하고 순수한 것이다. 이렇게 보면 「희망 음악」은, 삶이란 음악 한 곡 듣는 것과 같은 아주 작고 소박하고 순수한 바램도 잘 충족시켜 주지 않는 삭막한 것인데, 그래도 그런 작고 소박한 희망을 소중하게 생각하고 희망 속에서 긍정적으로 살고자 하는 태도를 보여주는 시라고 할 수 있다.

이런 식의 의미 해석은 천상병 시의 이해에 어느 정도 도움을 준다. 그러나 「희망 음악」은 이러한 의미 너머의 아득한 공간을 지니고 있다. 매일같이 기어코 희망 음악을 듣고 또 자기가 좋아하는 바흐 음악이 나왔다고 좋아하는 시인의 모습을 상상하고 있노라면, 위에서 분석한 의미로서는 도저히 감당할 수 없는 어떤 선(善)한 공간이 느껴지는 것이다.

천상병 후기시 한 편 한 편이 지니고 있는 깊고 선(善)한 의미 공간을 언어로 분석해 내기는 어렵다. 그러나 어설프고 막연하게나마 그 의미 공간들을 돌아다니다 보면 그것들이 모여 이룬 세계의 어렴풋한 윤곽은 생각해 볼 수 있다.

나는 천상병의 시들 가운데서 특히 「귀천」이라는 작품을 좋아한다. 「귀천」은 천상병의 마음을 짐작하는 데 가장 좋은 통로로 생각된다.

나 하늘로 돌아가리라
새벽빛 와 닿으면 스러지는
이슬 더불어 손에 손을 잡고,

나 하늘로 돌아가리라
노을빛 함께 단둘이서
기슭에서 놀다가 구름 손짓하면은,

나 하늘로 돌아가리라
아름다운 이 세상 소풍 끝내는 날,
가서, 아름다웠더라고 말하리라——

천상병은 이 시에서 다시 한번 죽음 후의 일을 말하고 있다. 그러나 1971년 이전에 씌어진 「새」에서와는 다르다. 「새」에서 그는 지상에 새로 남아 살아서 기쁜 일도 슬픈 일도 있었다고 노래하겠다고 했다. 실제로 그는 하나의 죽음을 건너 스스로 새가 되고 뮤즈가 되어 기쁜 일도 슬픈 일도 있었다고 시를 썼다. 「귀천」은 그가 스스로 새가 되고 뮤즈가 된 후의 작품이다. 이때 죽음은 지상에 남아 있던 영혼까지도 하늘로 돌아가는 것이 된다. 그는 구름이 손짓하면 이슬과 손을 잡고 하늘로 돌아가겠다고 말한다. 여기에 아쉬움이나 슬픔은 없다. 죽음이란 원래 있던 곳인 하늘로 되돌아가는 일일 뿐이다. 그는 주정뱅이 천사요 뮤즈이므로 하늘에 사는 것이 당연하다. 그런데 이 시에서 이러한 죽음의 의미보다 더욱 중요한 것은 삶의 의미이다. 그는 삶이 새벽이면 사라지는 이슬과 같은 것이라고 말한다. 잠시 반짝이다가 사라지는 것이 삶이다. 더 나아가 삶이란 아름다운 이 세상으로 소풍 나온 것과 같다. 천상병은 삶이 소풍이라고 말하고 또 소풍을 끝내고 하늘로 돌아가서는 아름다웠더라고 말하겠다고 한다. 삶이 아름다운 소풍이라는 말은 놀랍다. 이 한마디 말 속에 천상병의 모든 시가 다 들어 있다고 생각하고 싶다. 그것은 존재의 무게를 다 털어내어 버린, 이슬처럼 영롱하고 깃털처럼 가벼운 영혼의 울림이다. 가벼움의 미학이 이처럼 완벽하게 구현된 경우는 달리 찾기 어려울 것이다.

천상병은 세속적 삶의 의미에서 행복하지 못했다. 그는 여비가 없어 명절날에도 고향에 가지 못했고, 한때 결혼하고도 집이 없어 고생했을 뿐만 아니라, 수락산 산기슭에서 가난하게 살았다. 점심을 얻어 먹고 배부른 내가 배고팠던 나에게 편지를 쓸 만큼 가난했으며, 가난이 그의 직업이었다. 그러나 천상병은 물질적 결핍이나 육체적 고달픔과 같은 것들을 가벼이 여겼으며, 세속적 가치를 무시하고 살았다. 앞서 인용한 「신심록 I」에서 〈내게는 믿는 마음밖에 없고, 천부(賤富)도 없고, 가진 것이 없는 바이다〉라고 노래하고 있듯이 그에게는 믿는 마음 하나만이 지상의 실존이었다. 다람쥐를 노래한 「선경」이란 시의 2연에서 그의 마음을 다시 한번 확인할 수 있다.

옆의 아내 말을 따르면,
다람쥐는 알밤과 도토리를 잘 먹는다는데,

그건 식량으로서가 아니라 진미로서가 아닐까?

아내는 다람쥐를 보고 식량을 생각한다. 아마도 아내가 벌어 생활을 꾸려나가니까 아내는 먹고 사는 생존의 문제에 매달리는 것이 당연하였을 것이다. 그런데 돈벌이는 하지 않고 시만 쓰며 지내는 시인은 다람쥐의 동태를 보고 〈무구한 작란이요, 순진한 스포츠다〉라고만 생각한다. 아내가 식량 문제를 환기시키지만, 그는 아내를 부정하고 다람쥐가 알밤과 도토리를 진미로서 잘 먹는다고 반문한다. 마음이나 영혼만으로 된 존재, 주정뱅이 천사, 뮤즈에게는 삶이란 가파른 생존의 문제가 아니라 소풍이나 순진한 유희이기 때문이다. 그래서 그는 천진난만하게 삶과 세상의 아름다움을 노래할 수 있었다. 그는 가난의 아름다움, 괴로운 삶의 아름다움, 풀과 바위와 물의 아름다움을 노래하면서 고달픈 세상을 긍정했다. 그 긍정은 결코 역설법이 아니고 단순명료한 직설법이다. 그리고 그 긍정은 극기와 초월의 긍정이 아니고 고달픈 삶 그 자체로서의 긍정이다. 이러한 긍정은, 삶이 소풍이라고 말할 수 있는 가벼움에서 가능해지는 것이다. 삶이 소풍이라면, 우리는 잠시 즐기다 돌아가면 된다. 설사 궂은 일이 좀 있더라도 지나면 다 아름다운 추억의 일부가 되는 것이다. 가령 힘겨운 원족(遠足)이나 만원 버스에서의 고생은 소풍을 괴로운 것으로 만들지 아니한다. 삶이 소풍이 되는 순간, 모든 존재의 번뇌와 무거움은 그 중량을 상실한다. 그리고 아름다운 긍정의 세계가 열린다. 뿐만 아니라 세상의 눈이 맑게 트인다. 천상병은 그 맑은 눈으로 세상의 아름다움을 보았고, 그리고 세상살이의 깊은 의미를 통찰했다.

삶이 소풍이라는 말을 우리는 이해할 수 있다. 그것은 선사(禪師)나 도사(道士)들의 깨달음에 필적하는, 아니 오히려 그 깨달음을 넘어서는 경지일 것 같다. 그래서 우리는 그러한 삶을 이해는 할 수 있지만 그러한 삶을 실제로 살 수는 없다. 아마도 어떤 정신병자는 그렇게 살 수 있을지 모르지만 그의 태도는 삶과 무관한 태도이다. 그러나 천상병은 1971년 이후 실제로 그렇게 살았던 것으로 짐작된다. 1971년 이후 천상병의 육체적, 세속적, 지성적 삶은 마감되고 영혼만 남아 노래했다는 가정은 여기서도 설득력을 얻는다. 그는 영혼만으로, 마음만으로 존재했기 때문에 삶을 소풍이라고 말할 수 있었고 더욱이 그렇게 살 수 있었을 것이다. 우리는 천상병의 시에서, 잠시 지상에 내려와 주정뱅이 천사요 뮤즈로 머물렀던 자의 흔적을 만난다.

멀리하기에는 너무나 가까운 매혹
—— 고진하의 『프란체스코의 새들』

1

고진하의 두번째 시집 『프란체스코의 새들』을 읽으면서 나는 시인이 살고 있는 생활공간에 주목한다. 아마도 그가 살고 있는 곳은 도시문명으로부터 제법 멀리 떨어진 시골이 아닐까 한다. 그의 시속에는 도시의 일상적 공간에서는 만나지 못하는 풍경이나 생물 또는 사물이 많이 등장한다. 가령 「놀람에 살다」라는 시에서, 시인은 뒷산에서 꿩을 만난 체험을 말한다.

> 저녁 아궁이에 불지필 삭정가지
> 한아름 주워
> 내려오는 길, 나는 문득
> 놀란 꿩들이 날아오른
> 눈 덮인 산봉우리를 다시
> 올려다본다.
> 어느새 꿩들을 품어 숨긴
> 환한 산봉우리,
> 내가 살아온 剝製의 시간을

숨어서 응시하는, 염주알처럼 작지만
투명한 눈들을

——「놀람에 살다」에서

삭정가지로 불지펴야 할 아궁이가 있다면 그곳은 오늘날 예외적이고 궁벽진 생활공간이다. 집 뒷산에서 꿩을 만난다는 사실도 그러하다. 또다른 시에서 시인은 〈손바닥만한 터밭에 무씨를 넣다〉라고 말하기도 하고, 또다른 곳에서는 〈풀섶에서 나 모르게 내 등허리에 매달려 온 꼬마 사마귀 한 마리〉에 대해서 이야기하기도 하고, 〈된장독에 들끓는 구더기떼〉에 대해 이야기하기도 한다. 시인이 기거하는 일상공간은 시골이라도 한참 시골인 것처럼 보인다. 그곳에서 시인이 시를 쓸 때 의존하는 대상은 자연히 자연(自然)이 된다. 시인의 시상(詩想)은, 달리 말해 시적 상상력의 터전은 자연이다. 시인은, 「굴뚝의 정신」에서 저녁밥 짓는 연기를 매개로 하여 하늘에 닿는 순한 마음을 노래한다. 또 「푸른 콩잎」에서 콩이파리를 매개로 하여 마음속 불순한 욕망을 반성한다. 또 「느티나무」에서 느티나무는 깊은 주름 패인 둥치를 지녔지만 그 상처 때문에 오히려 아름다운 잎새를 하늘 가득 피워 날리는 것이라는 생각을 해본다. 또 「허물」에서는 하얀 모시적삼 같은 매미껍질을 보고 자신이 벗어야 할 허물을 깨닫기도 하며, 「허술한 사냥꾼」에서는 사마귀를 매개로 구도자의 자세를 깨닫기도 한다. 위에 인용한 「놀람에 살다」에서도 시인의 상상력을 자극하고 또 그 바탕이 되는 것은 자연 속에서의 삶이다. 자연은 시인에게 아름다움의 근원이며, 가르침을 주는 스승이다. 「프란체스코의 새들」이란 표제시에서도 보듯이, 새들과 같은 자연물들은 숭고한 정신이나 고매한 가치의 대리물이거나 표상이다.

시인의 상상력이 자연에 의탁하고 있다는 사실은 전혀 새삼스럽지 않다. 우리는 인간의 감수성과 심미적 판단력과 상상력이 자연에 의해 형성되어 왔음을 믿어 의심치 않는다. 태초 이래로 인간의 삶은 곧 자연 속에서의 삶이었고, 인간에게 아름다움이란 곧 자연의 아름다움이었다. 인간은 자연 속에 숨겨진 아름다움을 발견해 내고, 그것을 재현해 내고자 하였다. 예술이란 어떤 의미에서는 자연의 아름다움을 재현하는 것이라고 할 수 있는 것이다. 구도자들은 자연과의 교감을 통하여 그들의 보이지 않는 길을 찾아갔고, 예술가들은 자연과의 교감을 통하여 삶과 세계의 신비스런 아름다움에 접근하였다. 이런 점에서 자연에 바탕을 둔 시적 상상력이나, 자연과의 교감능력은 너무나 당연한 시인의 필요조건이다.

그럼에도 불구하고 새삼스럽게 내가 시인의 생활공간과 자연물에 의존한 상상력에 주목하는 것은, 최근 그러한 당연함이 흔들리고 있기 때문이다. 과거에는 그러한 상상력이란 너무나 당연한 것이었다. 그러나 인간 감수성의 바탕까지 변질시키는 최근의 세상에서는 그렇지 않다. 도시에서만 자란 오늘의 청소년이나 젊은이들이 앞서 언급한 고진하의 상상력에서 자연스러움을 느낄 수 있을까? 시인의 생활공간은 그들에게 전혀 생소한 것일 것이다. 그렇다면, 그들은 학습을 통해서 그 자연물에 대한 간접 지식을 지니고 있어 시인의 상상력을 개념적으로 이해할 수는 있어도, 정서적으로 반응하기는 어려울 것이다. 시인은 자신의 생활 공간이 보통의 세상으로부터 멀리 떨어진 곳이라고 말한다. 그곳은, 「눈폭풍의 덫에서 풀려난 뒤」라는 시를 보면, 연 사흘의 눈폭풍으로 세상과 두절되는 그런 곳이다. 실제 시인이 살고 있는 생활공간은 대도시에서 그리 멀리 떨어져 있지 않을지도 모른다. 그러나 그의 시에 나타난 생활공간은 대도시의 그것과 정서적으로 멀리 떨어져 있는 것이다. 대도시의 삶을 살면서, 꿩을 만나 시상을 얻고, 콩잎으로 구더기를 없애는 생활의 정서를 느낄 수는 없기 때문이다. 그런데 보다 심각한 세상과의 두절은 TV 안테나 줄이 끊어졌을 때 생긴다. 즉 그곳과 세상 사이를 이어주는 것은 TV이다. TV가 없다면 그곳은 좀 과장해서 〈아무도 깰 수 없는 太虛의 침묵〉뿐이다. 그래서 시인이 다시 TV 안테나 줄을 연결하자 〈그 동안 잊어버린 척 지낼 수 있었던 지구 저편의 不幸이 다시 연결된다〉. 시인의 생활공간은 TV를 통해서 세상과 연결되며, 시인은 그 세상이 불행이라고 말하지만, TV를 통한 세상의 침투를 어찌하지는 못한다. 여기서 좀 비약해 말하자면, 시인은 두 가지 이질적인 생활공간을 함께 체험하고 있으며, 문명의 도시 생활공간을 불행이라고 생각하는 것이다.

2

시인이 살고 있는 또 하나의 생활공간은 도시이다. 시골에서 그가 만나는 사물들은 그가 어지러운 마음을 반성하거나 생활의 지혜를 얻는 지표가 됨은, 앞서 간단히 언급한 시들에서도 확인된다. 그러나 도시에서 그가 만나는 사물들은 그를 미혹과 불안에 빠뜨린다. 「나무와 기계의 마음」에서 시인은 〈천지사방 눈 씻고 보아도 흙 한 줌 안 보이는 색유리와 시멘트의 도시 거대한 빌딩 반질거리는 대리석 바닥에 移植되어〉 있는 나무를 본다. 그 나무는 몇 개의 지주목에 단단히 허리를 묶인 채로, 쌩쌩 질주해 가는 날카로운 기계들의 굉음 속에서 〈검붉게 변색되어〉 가고 있다. 시인이 시골에서 만났던 나무들은 〈깊은 산 협곡에서 산짐승과 산사람의 가파른 성품을 다 독여 흐르는 물처럼 순치시키던〉 것이었지만, 도시에 이식된 나무는 〈지주목에 기대어 마지막 가쁜 숨을 헉헉 몰아쉬는 가련한〉 것이다. 이 도시의 나무에서 시인은 눈을 떼지 못한다.

그악스레 機心을 품고 살던
나는 문득 저 검붉게 변색되어 가는 나무들에서
눈길을 뗄 수 없다 색맹의 눈알을 껌벅이며 회전을 멈춘
이 도시의 해와 달처럼 그 어디, 지향처가

보이지 않는다 물과 산에 깃들인 德을 버리고
안팎으로 소용돌이치는 욕망의 물결을 따라
거대한 인간 뗏목에 동승한 내가 가 닿아야 할 곳은

도대체 어디일까 목발을 짚고 선 듯
지주목에 기대어 마지막 가쁜 숨을 헉헉 몰아쉬는 저 가련한 길벗은
차라리 은둔하라, 은둔하라, 일러주는 듯싶지만
그 누구도 벗어날 수 없는 황색의 차선에 이미 들어선
나는, 쌩쌩 검은 死神의 위세에 맞물려 돌아가는
작디작은 톱니바퀴가 되어 구르고
잠시 품어본 나무의 마음엔 목마른 톱밥만 가득 내려 쌓이고
　　　　　　　　　——「나무와 기계의 마음」에서

　시인이 도시에서 보는 것은 〈소용돌이치는 욕망의 물결〉이나 〈검
은 死神의 위세〉 같은 것들이다. 그런 것 속에서 나무는 허리가 묶
인 채로 검붉게 죽어가고 있다. 시인은 그 나무를 보고 동병상련(同
病相隣)을 느끼고, 차라리 먼 시골로 숨어들어가 은둔하고자 하는
생각을 품어보지만, 이미 그것이 불가능함을 깨닫는다. 그가 시골
생활을 한다 하더라고 우리의 삶은 〈그 누구도 벗어날 수 없는 황색
의 차선에 이미 들어〉서 있기 때문에 도시적 문명의 영향권 안에 있
게 되는 것이다. 이 점은 「눈폭풍의 덫에서 풀려난 후」에서 암시된
바와 같다.
　그런데 이 시에서 주목해야 할 점은, 이 시가 나무의 마음과 기
계의 마음을 대비시키고 있다는 사실이다. 나무의 마음이란 가파른
성품을 다독여 흐르는 물처럼 순치시키는 마음이고, 기계의 마음이
란 욕망과 죽음이 질주하는 그악스런 마음이다. 시인이 도시의 삶에
서 기계의 마음을 읽어내고, 그 마음의 부당성을 설득력 있게 드러
낼 수 있는 까닭은, 시인이 나무의 마음이 어떤 것인지 알고 있기

때문일 것이다. 나무의 마음을 알지 못하는 자는 기계의 마음이 왜 잘못된 것인지 실감하기 어렵다. 시인은 『프란체스코의 새들』이란 시집에서 이러한 나무의 마음으로 바라본 도시적 삶의 비인간성과 반생명성을 그린 시들을 여러 편 보여주고 있다. 이 시집의 1부에 실린 시들이 대개 그러하다.

여기서 우리는 한 가지를 확인할 수 있다. 그것은 도시적 삶의 비인간성이나 문명비판을 말하기 위해서는 그것을 비춰주는 거울이 필요하다는 사실이다. 다시 말해 소위 도시시, 문명비판시를 쓰기 위해서는 도시적 감수성보다는 자연적 감수성이 더욱더 중요한 바탕이 된다는 것이다. 고진하 시인의 도시적 삶의 비판이나 문명비판이 설득력을 갖는 것은, 그가 앞에서 살펴본 바와 같이 섬세한 자연 교감능력을 갖추고 있기 때문으로 보인다. 시인은 시골생활에서 꿩과 사마귀와 매미와 갈대와 비단개구리 등과 같은 자연물에서 삶의 지혜와 위안을 얻고 자신을 되돌아보는 기회를 갖는데, 바로 이러한 자연과의 교감능력이 있음으로 해서 점차 우리 삶의 바탕을 대체하는 도시문명에 대하여 시인은 타당한 비판적 안목을 보여줄 수 있다고 생각된다. 세상이 어떻게 변하고, 그에 따라 예술이 또 어떻게 변하더라도 자연은 우리 감수성의 바탕으로서, 상상력의 근원으로서, 아름다움의 원형으로서 살아 있어야만 할 것이다. 자연을 망각하고서는 예술도 있을 수 없음을 고진하의 시집은 다시 한번 확인시켜 주는 것 같다.

3

시인이 나무의 마음으로 도시적 삶의 비인간성과 반생명성을 노래한 1부의 시들 가운데서 특히 주목되는 시가 두 편 있다. 「고압의 시간」과 「껍질만으로 눈부시다, 후투티」가 그것이다. 이 두 편의 시는 다른 시들에 비하여 도시적 삶과 문명에 대한 한 걸음 앞서 나간 통찰을 보여준다는 점에서 그러하다. 이들의 변별적 성격을 보다 분명히 하기 위해서 우선 「괄태충」이라는 시를 읽어보자.

> 향수병자들의 마음엔 둥근 달 떠 올라, 달뜬 마음의 지도 위에 그려진 고향을 찾아가는데, 산업도로 초입부터 차량들이 붐빈다
>
> 언제부터 이 지경이 되었던가
> 꼬리에 꼬리를 물고 있는 무쇠 덩어리의 사슬에 손발이 꽁꽁 묶인 저 노예들의 행렬——
>
> 뇌 없는 괄태충들처럼 꿈틀, 꿈틀거리고 있다.
>
> ——「괄태충」

귀성길의 차량행렬을 보고, 그것이 사슬에 묶인 노예들의 느린 행렬과 같거나 또는 괄태충의 꿈틀거림과 유사하다는 인식은 실감나는 것이다. 괄태충이란 민달팽이를 이르는 말인데, 굳이 생소한 〈괄태충〉이라는 말을 쓴 것은, 그 모습의 끔찍스러움을 강조하기 위해서일 것이다. 달뜬 마음으로 고향을 찾아가는 사람들의 행렬이 노예나 괄태충 같다는 것은, 우리 문명의 비극성의 한 단면이다. 그러나, 이 시가 지닌 실감에도 불구하고, 이러한 인식은 다소 평범한 것이다. 시인이 보통사람들의 상식적 생각에서 그리 멀리 앞서 가지 못했다는 말이다. 이런 정도의 인식은 요즘 소위 문명비판시에서 흔히 만날 수 있는 수준이랄 수 있다. 단, 그 인식이 보다 실감나는 이미지를 얻고 있다는 점에서 이 시는 그런 대로 읽을 만한 것이 된다. 고진하 시의 문명비판은 대개 이러한 모습이다.

그러나 「고압전선」과 「껍질만으로 눈부시다, 후투티」는 보다 중요한 통찰을 보여준다. 「고압전선」에서 시인은 폐유가 흐르는 실개

천의 순간적인 아름다움을 본다.

구로역 부근,
오랜만의 내 산책길 끝에
비단뱀의 살결 같은
실개천 한 폭을 펼쳐놓는다.
꿈틀거리는 저것이
폐유가 빚어낸 무늬일망정
곱다,
정말 곱다,
키 작은 봄 풀잎들을 품고 스르르 기어가는
비단뱀 무리, 잠시동안이지만
환각은 고마운 것,
환각 속이라고 왜 삶이 없겠는가.

——「고압전선」에서

시인은 폐유가 빚어내는 오색빛 아름다움에 감탄한다. 그것은 비단뱀 무리처럼 매혹적인 것이다. 시인은 그 아름다움이 환각이라는 사실을 안다. 뿐만 아니라 폐유라는 무서운 것에서 나온 것이라는 사실도 안다. 그럼에도 불구하고 시인은 그 아름다움에 취한다. 그 아름다움에 유혹당해 그 아름다움을 긍정하고자 한다. 이러한 시인의 태도는 정직해 보이고 또 납득할 수 있는 것이다. 그러나 그 다음 순간 시인은 그 환각의 무서운 정체를 곧 깨닫는다.

그 순간,
2,500볼트에 실린 高壓의 시간이
창백한 얼굴들을 차창에 매달고
쏜살같이 흘러간다

내 앞에 가로놓인 어두운 심연을 가로질러

시인이 잠시 폐유의 아름다움에 넋놓고 있을 때, 전철이 그 앞으로 지나간다. 그것은 무시무시한 힘을 지닌 괴물이 죽은 자들을 삼킨채 달리는 것 같다. 이 모습은 폐유의 실체를 일깨워준다. 즉, 그 폐유의 아름다움이란 이처럼 질주하는 죽음의 다른 얼굴이라는 것을 시인은 충격적으로 깨닫는다. 이 시가 말하는 바는, 도시적 삶과 문명의 얼굴이 쉽게 부정할 수 없는 매혹적인 모습이라는 사실과 그럼으로 해서 더욱 위험하다는 사실이다. 도시적 삶과 문명에 대한 상투적이고 단순한 부정보다는, 이러한 매혹에의 유혹이라는 변증법적 과정을 거친 부정이 훨씬 진지하고 깊다.

「껍질만으로 눈부시다, 후투티」역시 죽음의 다른 얼굴인 매혹적 아름다움을 노래한다. 시인은 도심의 거리에서 후투티 박제(剝製)의 아름다움에 매혹된다.

> 푸른 광채. 인공의 눈알에서 저런, 저런 광채가
> 새어나오다니.
> 짚이나 솜 혹은 방부제 따위로 가득 채웠을 박제된
> 후투티, 하얀 고사목 뾰족한 가지 끝에
> 실처럼 가는 다리를 꽁꽁 묶인 채, 그러나
> 당당한 비상의 기품을 잃지 않고 서 있는, 저 자그마한 새에 끌리는
> 떨칠 수 없는 이 매혹감은 무엇인가. 잿빛 공기 속에
> 딱딱하게, 아니 부드럽게 펼쳐진
> 화려한 깃털에서 느끼는 형언할 수 없는 친밀감은.
> ──「껍질만으로 눈부시다, 후투티」에서

시인은 이미 그것이 생명 없는, 가짜 아름다움임을 알고 있다. 그러나 그럼에도 불구하고 그 아름다움은 너무 매혹적이다. 이러한

후투티 박제의 아름다움은 도시문명의 아름다움의 훌륭한 제유가 되고, 따라서 이 시는 우리 문명의 성격을 잘 포착한 성공적인 시가 된다. 우리는 도시적 삶 속에서 〈멀리하기에는 너무나 가까운 매혹〉들을 만난다. 그것은 생명이 없는, 그 뒤에 죽음을 숨기고 있는 허구의 아름다움이지만, 사로잡힐 수밖에 없는 매혹이다.

앞서 이야기한 바와 같이 시인은 자연에서 훈련된 감수성을 지니고 있어 그 아름다움의 반생명성을 잘 알고 있다. 그럼에도 불구하고 그 매혹은 너무나 강렬하여 시인을 혼란스럽게 만든다.

> 나도 이제 ──
> 박제를 즐길 수 있을 것인가. 피와 살과
> 푸들푸들 떨리는 내장을 송두리째 긁어내고 짚이나 솜
> 혹은 방부제 따위를 가득 채운, 잘 길들여진 행복에
> 더 이상 소금 뿌리지 않아도 될 것인가. 때때로
> 까마득한 마천루 위에서 상한 죽지를 퍼덕이며 날아내리는
> 풋내나는 주검들마저 완벽하게 포장하는 그의,
> 그의 徒弟로 입문하기만 하면
>
> ── 「껍질만으로 눈부시다, 후투티」에서

이러한 시인의 갈등은 박제를 무조건 부정하는 태도보다 훨씬 정직하고 또 시사하는 바가 크다. 「죽음의 사원에서 온 전송사진」과 「훨훨 불새가 되어 날아가게」라는 시는 시인이 TV 화면을 보고 쓴 것처럼 보인다. 알라신에게 기도하는 호전적 광신도들의 모습을 보고 그들의 무모함을 비판하고, 검은 원유를 뒤집어쓴 새의 모습을 보고 환경파괴의 참혹함을 비판한 시이다. TV 화면 속의 원유를 뒤집어쓴 새가 실제라면, 박제의 아름다움 역시 실제라 하지 않을 수 없다. 원유를 뒤집어쓴 새의 참혹함에 전율한다면, 박제가 된 새의 아름다움에 매혹당하지 않을 수 없을 것이다. 이것들은 모두 우리

문명의 성격을 대변해 주는 일종의 시뮬라크르라고 할 수 있다. 이러한 성격이 급속히 확장되는 세계 속에서, 그것들의 피할 수 없는 매혹 속에서 우리가 살고 있다면, 우선 그것을 직시하여 우리의 인식 속에 등기(登記)시켜 주는 것이 중요하다. 아마도 등기되지 않은 현실을 우리의 인식 속에 등기시키는 것이 시인들의 주요한 역할 중의 하나일 것이다. 그런 점에서 「고압의 시간」과 「껍질만으로 눈부시다, 후투티」는 『프란체스코의 새들』이란 시집에서 가장 눈여겨 보아야 할 작품일 것이다. 이 작품들은 우리들에게 두 가지를 말해준다. 하나는 문명의 아름다움과 매력이라는 것이 알고 보면 폐유의 순간적인 아름다운 오색무늬이거나 아니면 박제된 새의 아름다움과 같은 것으로서, 반생명적이고 비인간적이라는 지적이다. 다른 하나는 그렇다 하더라도 그 아름다움의 매혹은 〈멀리하기에는 너무나 가까운 매혹〉이라는 지적이다.

시인의 말대로 매혹을 외면하기 위해 은둔을 하기에는 〈그 누구도 이미 벗어날 수 없는 황색의 차선에 들어서〉 버린 우리의 상황이다. 그렇다면 그 매혹을 정면으로 바라보는 수밖에 달리 방법은 없을 것이다. 과연 그 매혹의 환각 속에도 삶은 있을 것인가? 시인에게 대답은 이미 부정적으로 내려져 있는 것처럼 보인다. 그러나 그 대답에 무게와 진실성과 깊이를 더하기 위해서라도 문명의 매혹은 더욱 진솔하게 탐구되어야 할 것이다.

우주적 친화의 세계
—— 오규원의 『나무 속의 자동차』

올해 가을은 유난히 길고, 단풍이 아름답다. 떡갈나무가 먼저 옷을 갈아입더니 후박나무와 벚꽃나무가 벌거숭이가 되고 플라타너스의 이파리들이 마호가니색으로 변한다. 그리고 은행나뭇잎은 개나리꽃잎 색깔이 되고 또 단풍나무는 불꽃나무가 된다. 낙엽이 뒤덮고 있는 가을 뜨락은 봄 꽃밭보다 더 아름답다. 그리고 떨어지는 꽃잎보다 떨어져 뒹구는 낙엽의 짧은 아름다움이 더욱 안쓰럽다. 〈지존파〉가 설치고 성수대교가 붕괴되는 절망의 세상에서 나무들이 계절에 순응하여 저렇듯 아름다운 모습으로 변하는 것은 경이로움이다. 나무들이 펼치는 계절의 잔치 속에서 나는 한 편의 시를 읽는다.

빨강
아니

노랑
아니

주황
아니

별 같은

아니

달 같은

아니

아니

나비 같은

가을

나뭇잎들.

——「빨강 아니 노랑」

　여러 가지 색깔과 모양으로 어우러진 가을 나뭇잎들의 모습을 재미있게 그리고 있다. 단순한 진술인 듯하지만, 여기에는 가을 나뭇잎들의 아름다움과 정서가 잘 표현되어 있다. 나뭇잎들의 모습은 대개 비슷비슷하다. 그것들은 마치 〈아니〉라는 말의 반복처럼 나뭇가지에도 매달려 있고, 길가에도 구르고 있고, 나무 밑에 엎드려 있기도 하다. 차라리 물든 나뭇잎들에게 〈아니〉라는 이름을 붙여주어도 좋을 것 같다. 그러면 우리는, 단풍나무의 아니는 붉은색이고, 은행나무의 〈아니〉는 노란색이다라고 말할 수 있지 않겠는가? 한편, 그 나뭇잎들은 제각기 다른 색깔과 모양을 하고 있는데, 그 색깔과 모양은 한마디로 규정되기 어려운 것이다. 빨강인 듯하면서 빨강도 아니고 노랑인 듯하면서 또 노랑도 아니다. 그런가 하면 별 모양인 듯하면서도 그게 아니고 달 모양인 듯하면서도 그게 아니다. 그것은 다 같고 또 제각기 다르다(또는 어떤 색, 어떤 모양이라고 해도 될 듯하다). 그러니까 이 시는, 마치 형태주의 시처럼, 그 형태 자체가 가을 나뭇잎의 모습을 반영하고 있다.

가을 나뭇잎에 대한 이러한 관찰과 인식 속에는 천진함이 들어 있다. 이 시에서 느낄 수 있는 편안한 아름다움은 천진성의 소산이다. 흔히 천진함은 사물의 핵심에 쉽게 접근한다. 나는 그것을 〈천진성의 혜안(慧眼)〉이라고 말하고 싶다. 나는 「빨강 아니 노랑」이라는 시에서 〈천진성의 혜안〉을 느낀다. 그것은 자연 혹은 신의 순수함으로 우리를 인도한다. 나는 이 가을, 낙엽의 유별난 아름다움에 마음을 적시듯이 「빨강 아니 노랑」이라는 시의 천진한 아름다움에 마음을 적신다. 지존파 사건과 성수대교 붕괴 사건에서 상처받은 나의 마음은, 요란한 사후 대책이나 근엄한 도덕주의자들의 반성에서 아무런 위안을 받지 못한다. 그대신 아름다운 가을낙엽과 오규원의 동시집 『나무 속의 자동차』로부터 적지않은 위안을 얻는다. 세상이 아직 완전히 망가지지는 않았고, 우리 주변에는 아직 아름다움이 많이 남아 있다.

오규원은 치열한 시정신과 강기의 실험정신으로 우리 시단을 지키고 있는, 우리 시대의 가장 중요한 시인 중의 한 사람이다. 그의 시는 성급한 정의감이나 졸렬한 사랑타령의 상투성, 감상성으로부터 멀리 떨어져 있다. 그리고 그의 시적 대상은 도시적이고 문명적이다. 그래서 그의 시들은, 겉보기에 어렵게 보이고 딱딱하게 메마른 느낌을 주기도 한다. 오규원 시의 속살을 제대로 들여다보지 않은 사람들은, 그가 동시를 썼다는 사실에 대해 당혹감을 느낄지도 모른다. 그러나 오규원의 시가 얼마나 사물과 현실에 대한 투시력을 지니고 있으며 또 그의 지적 냉정함 속에 얼마나 깊은 사랑이 있는지 아는 사람이면 그런 당혹감을 느끼지 않을 것이다. 늘 도시와 문명의 뒤안길에 시선을 주고 있는 듯이 보이던 시인이 자연을 들여다보는 동시를 썼다는 사실도 알고 보면 충분히 이해될 만한 것이다. 훌륭한 시인이라면 신이 만든 예술품인 자연의 아름다움에 경탄하지 않을 수 없을 것이다.

동시집 『나무 속의 자동차』에서 시인은 산과 들과 새와 나무와 계절과 밤 등등 자연을 가만히 들여다본다. 시인이 들여다본 세계는 작고, 아름답고, 조화로운 세계이며 또 당연히 경이로운 세계이다.

> 꽃 속에 있는
> 층층계를 딛고
> 꽃씨들이 잠들고 있는
> 방에 가 보면
>
> 꽃씨들의
> 쬐그만 밥그릇
> 작아서
> 작아서
> 간지러운 밥그릇

———「방」의 3, 4연

시인은 꽃을 들여다보고 있다. 잘 보기 위한 방법 중에서 가장 보편적인 방법은 작은 것을 크게 보는 방법이다. 생물학자가 현미경을 이용하여 작은 것을 크게 보듯이, 시인은 생각의 힘으로 작은 꽃을 집만큼 크게 본다. 시인은 아주 작은 사람이 되어 꽃의 집을 방문한다. 그곳에는 층층계가 있고, 꽃씨들이 잠들고 있는 방이 있다. 꽃씨들의 방은 아마도 씨방일 것이다. 씨방 속에 있는 조그만 배아(胚芽)는, 그렇다면 꽃씨들의 조그만 밥그릇인가? 이왕이면 꽃씨들이 밥 먹을 때 밥그릇 달그락거리는 소리, 또 향기로운 밥냄새까지도 상상해 보자.

사람이 매우 작아지거나 아니면 매우 커진다는 생각은, 동화적 상상력 중에서 대표적인 것이다. 그러한 크기의 변화는 기존의 세상과 사물들을 경이로움으로 바꾸어놓는다. 즉 무미건조한 일상적 세계가 갑자기 신비로운 마법의 세계로 변한다. 「방」이란 시도 우리를 신비로운 마법의 세계로 초대해 준다.

「나무 속의 자동차」라는 시도 작은 세계의 아름다움을 보여준다.

> 뿌리 끝에서 지하수를 퍼올려
> 물탱크 가득 채우고
> 줄기로 줄기로
> 마지막 잎까지
> 꼬리를 물고 달리고 있는
> 나무 속의
> 그 작고 작은
> 식수 공급차들

나무들은 뿌리에서 수분을 흡수하여 그것을 삼투압으로 나뭇가지와 잎에 보낸다. 시인은 그 과정을, 지하수를 퍼올려 그것을 각 가정으로 배달하는 식수 공급차의 운행으로 상상한다. 여기서 한 그루의 나무는 하나의 마을이 되고, 나무 줄기 속의 조그만 틈들은 식수 공급차들이 달리는 도로가 된다. 그 길과 차 그리고 마을은 얼마나 아름답고 재미있겠는가? 그런데 더욱더 앙증맞은 아름다움은 그 다음에 나온다.

> 그 작은 식수 공급차를
> 기다리며
> 가지와 잎들이 들고 있는
> 물통은 또 얼마만 할까

그 물통의 크기와 모습을 상상해 보면 저절로 마음이 흐뭇해진다. 이처럼 아주 작은 세계를 들여다보는 일은, 일상 속에서 억압당하고 있는 우리들의 천진하고 행복한 마음을 해방시켜 주는 일과 같다. 나는 이 천진한 마음이 단순히 비일상적 유희의 공간에서만 의미를 갖는 것이라고 생각하지 않는다. 그보다 훨씬 중요한 차원에서 우리들의 인간다운 삶과 연관을 맺고 또 참된 문학의 본질과 연결된다고 믿고 싶다. 그러나 그것을 널리 강조하고 증명할 만한 언어와 논리를 갖고 있지 못하여 답답하다.

> 비가 오면
> 비에 젖는
> 뜸부기의 코
> 뻐꾸기의 코
> 개구리의 코
>
> 비가 오면
> 빗방울이 맺히는
> 방아깨비의 입
> 너구리의 입
> 메추리의 입

———「방아깨비의 코」의 3,4연

이 시의 절묘한 아름다움을 어떻게 설명할 수 있을까? 그리고 그 아름다움이 매우 소중한 가치라는 것, 현재 우리의 삶을 근원적으로 반성케 하고 인간의 참된 행복에 빠뜨릴 수 없는 요소임을 어떻게 설득시킬 수 있을까? 궁색하게나마 그 아름다움을 설명해 보자면, 그것은 우선 말의 아름다움이다. 뜸부기, 방아깨비, 메추리, 너구리 등등의 이름들이 얼마나 아름다운가! 그 다음으로는 우리 주변에 버려져 있는 사소한 것들 속에 숨겨져 있는 아름다움이다. 그것은 섬세한 관찰을 통한 경이의 아름다움이기도 할 것이다. 가령 개구리의 코를 유심히 살펴본 적이 있는가? 더구나 비오는 날 빗물에 젖어 있는 개구리의 코를 쳐다본 적이 있는가? 만약 있다면, 그 순간은 틀림없이 천사의 행복을 누린 순간이었을 것이다. 마지막으로 말하고 싶은 아름다움은 우주적 친화(親和)에서 비롯되는 아름다움이다. 「방아깨비의 코」에서, 빗방울과 뜸부기와 개구리와 너구리와 방아깨비 그리고 그것을 쳐다보는(또는 상상하는) 시인은 우주적 친화의 세계를 구성한다. 그것들은 모두 사이좋게 어울려 있으면서 아름다운 세계를 만든다. 이러한 세계에서는 존재하는 모든 것들이 아름다우며, 또한 모든 개별자들은 서로에 대해서 의미 있는 존재가 되며, 내밀하고 유기적인 관련 속에 있다.

　이러한 우주적 친화는 천진성의 미학에서 가장 중요한 성격이기도 하다.

　　한참 뒤
　　나비가 앉았던 자리에
　　가보니
　　아기 젖꼭지만한
　　연분홍
　　복숭아꽃 몽우리가
　　뾰족
　　나와 있다.

　　　　　　　　　　　　　　——「이른 봄날」의 5연

　이 시의 앞부분에는 복숭아 가지에 조심스럽고 정성스럽게 앉아 있는 나비의 모습이 묘사된다. 그 나비가 앉아 있던 자리에 복숭아꽃 몽우리가 생겼다는 관찰내용을 말하고 있는 셈인데, 그 과정은 암탉이 알을 낳는 행위와 유사하다. 즉 시인의 상상력은 마치 암탉이 알을 낳듯이 나비가 복숭아꽃 몽우리을 낳았다는 생각을 펼치고 있는 것이다. 암탉이 앉았던 자리에 달걀이 생겼듯이, 나비가 앉았던 자리에 복숭아꽃 몽우리가 생겼다는 것은 자연의 경이에 대한 발견이다. 그것들은 모두가 다른 모두에게 지극히 사랑스러운, 우주적 친화의 세계를 이룬다.

마을에서는
마을의 어느 골목
작은 한 방에서는

아름다운 꿈을 엮는
한 페이지의
책을 위해서

책상 밑의 먼지도
조용히 숨을 죽이고
의자의 낡은 나사도
삐걱거리는 소리를
멈추고

서산으로 넘어가던 해도
한동안
노을 속에 서서
그 꿈의 색깔을
함께 생각하고

거울도 옷걸이도
모두
가만히

벽에 등을 기댄 채
생각에 잠기고

　　　　　——「하나의 꿈을 위해」

　이 시에서는 책 읽는 사람과 주변 사물들의 친화 관계를 말하고
있다. 조용한 방에서 책을 읽는 행위는 아름다운 꿈을 엮는 행위이
다. 그 꿈의 완성을 위해서 모든 사물들은 책 읽는 사람을 도와준
다. 먼지도 숨을 죽이고, 의자도 삐걱이는 소리를 내지 않고 서산을
넘어가던 해, 벽에 걸린 거울과 옷걸이까지 꿈꾸는 일을 도와준다.
이것은 완벽한 우주적 친화의 세계이다. 이 세계 속에서 주체와 객
체의 구분은 없다. 모든 사물은 하나의 목적을 위해 자신의 성실함
을 다한다. 또, 「5월 31일과 6월 1일 사이」라는 시에서는 봄과 여름
이 함께 의논하여 여름을 설계하고 있다. 또 「뜰」이라는 시에서는, 꽃
나무는 하루종일 꽃에게 나눠줄 꿈을 만들고 바람은 구름이 놀러 오
도록 하늘을 말끔히 닦는다. 모든 사물들이 내밀하게 협력하고 사랑
하는 세계가 곧 천국이라면, 천진성의 혜안으로 바라본 자연의 세
계야말로 천국일 것이다.

　이처럼 오규원의 동시는 천진성의 혜안으로 작은 세계의 경이로
운 아름다움을 관찰한다. 그리고 그 세계가 우주적 친화의 세계임을
발견한다. 이것은 세계의 숨은 질서를 투시하는 일이며, 세계의 이
상적 존재 방식을 상상하는 일이다. 오규원의 동시는 사물의 근원적
도리(道理)를 꿰뚫고 있다.

하늘에는
새가
잘 다니는 길이 있고

그리고
하늘에는
큰 나무의 가지들이
잘 뻗는
길이 있다

들에는
풀이
잘 자라는
길이 있고

그 길을 따라가며
풀이 무성하고
풀 뒤로 숨어서
물이
가만 가만 흐르는
길이 있다

물속에는
고기가
잘 다니는
길이
따로 있고

고기가 다니는
길을 피해
물풀이
자라는

길이 있고

물풀 사이로는
물새가
새끼를 데리고
잘 다니는
좁은
길이 있고——

——「길」

시인은 바람의 길, 풀의 길, 물의 길, 물고기들의 길, 물풀의
길, 물새의 길을 말한다. 모든 사물들은 자신들의 길을 가지고 있
다. 그 길들은 다른 존재의 길을 서로 존중하면서, 세계의 숨은 질
서를 이룬다. 그리고 그 질서 속에서 우주의 삼라만상은 친화의 관
계를 유지할 수 있다. 이 세계의 질서를 들여다보는 시인의 마음과
눈도 아름답다.

나는 오규원의 동시를 읽으면서 슬픔과 기쁨을 동시에 느낀다.
그의 동시가 보여주는 아름다움은 나의 기쁨이다. 그러나 그 아름다
움의 가치가 점점 외면당하고 있는 현실은 나의 슬픔이다. 뜸부기
코에 맺힌 빗방울이나, 물새가 새끼를 데리고 잘 다니는 좁은 길이
왜 소중한 것인지를 세상사람들에게 알려주고 싶다. 그러나 뜸부기
코에 맺힌 빗방울이 너무 작아 잘 보이지 않듯이, 나의 목소리도 너
무 작아 잘 들리지 않을 것이다.

비유법 그리고 고통 혹은 절망의 양식
—— 황지우 · 김혜순

1

비유법은 어떤 느낌이나 생각에 육체를 부여하는 방식이다. 그것은 구체적 사물과 추상적 언어 사이의 불투명한 장막을 걷어내고 스스로 내밀한 통로가 되어 사물과 언어를 하나로 결합시킨다. 비유법은 언어의 본질일 뿐만 아니라, 유한한 언어로 무한한 대상을 드러낼 수 있는 인간의 마술이다. 이 마술에 특히 능란한 자를 우리는 시인이라고 부른다. 시인은 언어 속에, 그것이 지시하는 대상의 육체성을 부여하여 언어를 살아 있게 한다. 그곳에는 대상에 대한 인식의 결이 미세하게 각인되어 있기도 해서, 우리는 비유법의 결을 통하여 인식의 내밀한 부분까지 엿볼 수 있다.

그런데 비유법은 기존 언어의 결핍에서 탄생한다. 언어가 존재의 집이라면 새로운 존재는 새로운 집이 있어야만 세계 속으로 편입된다. 즉 새로운 느낌이나 생각은 언어의 결핍성을 노출시킨다. 기존의 언어 속에는 그것을 드러낼 수 있는 언어가 없기 때문이다. 이 결핍을 극복하고 기존의 언어를 특이하게 조합하여 새로운 인식을 드러낼 수 있는 방식이 비유법이다. 그래서 비유법은 세계의 확장이기도 하다. 시인이 세계의 참되고 새로운 진실을 드러낸다고 할 때, 그것은 비유법의 언어를 통하여 가능해지는 것이다.

황지우의 시집 『게눈 속의 연꽃』과 김혜순의 시집 『우리들의 陰
畵』가 지닌 일차적인 매력은 그것들이 탁월한 비유법들의 진열장이
라는 점이다. 우리는 위의 두 시집 속에서 탁월한 비유의 흐벅진 육
체성에 매료당한다.

멀리, 민가의 미류나무 가지에 貰든
고약 같은 까치둥지

——「끔찍하게 먼길」

산은 또 저만치서 등성이를 웅크린 채
槍 꽂힌 짐승처럼 더운 김을 뿜는다

——「비 그친 새벽 산에서」

슬레이트 지붕 위의 홍시들이
똥누러 갈 때 켜 놓은
點燈 같다

——「後山經 네 편」

간단한 비유를 세 개만 골라 보았다. 신선한 비유가 만들어내는
이미지의 선명성은 놀랍다. 그 이미지들은 너무나 선명하여, 실제
보다 더 실감나는 천연색 사진 같다. 고약/까치둥지, 산/槍 꽂힌 짐
승, 홍시/변소의 點燈 들은 각각 너무나 엉뚱한 결합들이다. 즉 어
떤 문맥에서 동시에 나타날 가능성이 매우 낮은 어휘들이다. 그러나
그것들이 만나 이루어진 비유는, 대상의 구체성을 선명하게 재현한
다. 그리고 재현은 선명성으로 끝나는 것이 아니다. 그곳에는 삶에
대한 인식의 결이 새겨져 있다. 가령 〈미류나무 가지에 든 고약 같
은 까치둥지〉에서는 빈한하고 고달픈 삶이 느껴지고, 〈산은 또 저만

치서 등성이를 웅크린 채 槍 꽂힌 짐승처럼 더운 김을 뿜는다〉에서 는 패배감에 젖어 웅크리고 있는 시인의 모습이 느껴지는가 하면, 〈홍시들이 똥누러 갈 때 켜 놓은 點燈 같다〉에서는 누추한 일상의 구석에 숨겨져 있는 가난하고 순박한 따뜻함이 어려 있다. 시인은 이러한 비유법으로, 아름답고 선명한, 그러면서 유의미(有意味)한 삶의 한 장면을 인식의 선반 위에 새로이 진열한다.

　김혜순의 시에서도 세 개의 비유를 인용해 보자.

　　침을 퉤퉤 뱉아
　　만들었다는 묵
　　칼로리도 없고 맛도 없어 양념 덕에 먹는다는 묵

　　　　　　　　　　　　　　　　　　——「침묵」

　　터질 듯한 물풍선을
　　머리 위에 올려놓고
　　두 손으로 꼭지를 틀어쥔 채
　　비오는 거리를 걸어가는 것

　　　　　　　　　　　　——「시체는 슬픔 때문에 썩는다」

　　초록색 단검들이
　　땅 속에서 솟아올라와
　　그들이 햇볕을 부르고 바람을 부르고
　　비를 부른다
　　뜨겁게 썩고 있는 시신들이 피워올린 싸늘한
　　눈빛들의 초록색

　　　　　　　　　　　　　——「그 고동묘지의 풀」

　황지우의 비유가 보다 즉물적이고 회화적이라면, 김혜순의 비유는 보다 사변적이고 논리적이다. 침묵이 〈침을 퉤퉤 뱉아 만들었다는 묵〉이라는 기발한 비유는, 회화적인 면이 없는 것은 아니지만, 보다 논리적인 면이 강하다. 시인은 말장난이 포함된 그 비유로서 우리 시대의 비겁한 침묵 혹은 진실되고 인간적인 언어소통의 단절을 비판한다. 두번째 인용 구절에서는, 슬픔에 젖은 나날의 삶을 〈터질 듯한 물풍선을 머리 위에 올려놓고 두 손으로 꼭지를 틀어쥔 채 비오는 거리를 걸어가는 것〉으로 비유한다. 즉 어쩔 수 없이 슬픔에 온몸이 흠뻑 젖을 수밖에 없는데도 머리 위의 슬픔의 물풍선을 쏟지 않으려고 애를 쓰고 있는 삶의 모습이다. 시인은, 설명하기 어려운 슬픔과 삶의 관계를 이러한 비유로 명료하게 드러내는 것이다. 세번째 인용 구절에서도 유사한 사유 방식이 적용된다. 시인은 죽음의 집요한 추적에 매우 시달리고 있는데, 「그 공동묘지의 풀」이란 시의 내용도 그것이다. 여기서 초록색 단검이란 시신들이 피워올린 공동묘지의 풀이다. 시인은 이 초록색 단검에 에워싸여 피할 길 없는 산정으로 몰린다는 상상력으로, 죽음의 집요한 추적에 시달리고 있는 자신의 삶을 드러낸다. 역시 시인이 처한 상황이 명료하게 전달된다.

이처럼 황지우와 김혜순의 비유는 탁월하다. 그것들은 희미하게 가려져 있는 삶의 모습들을 명료하게 양각화(陽刻化)시켜 준다.

2

그러나 황지우와 김혜순의 시는 많이 다르다. 앞서 지적한 바이지만, 우선 그 비유법의 방식이 다르다. 황지우의 비유법이 이미지형이라면 김혜순의 비유법은 알레고리형이라고 할 수 있을는지 모른다. 이 방식의 상이함은, 고통과 절망에 대한 인식과 대응 태도의 상이함으로 확장된다. 다시 말해 황지우와 김혜순의 시들은 모두 삶의 고통과 절망에 대한 것들이나, 그에 대한 인식과 대응 태도는 홍미로운 차이점을 보여주며, 이 차이점은 비유법을 구사하는 방식의 상이함과도 관련성이 있을 것이다. 그러면 이제 그 차이점을 찾아가자. 그러려면 우선 유사성이라는 비교 공간을 마련해야 하는데, 그것은 유사한 착상으로 씌어진 시 몇 편으로 가능할 것이다.

황지우의 「길」과 김혜순의 「서성거리다」라는 시는 둘 다 삶은 길이라는 착상으로 씌어졌다. 황지우는 삶의 길을 다음과 같이 말한다.

한려수도, 內航船이 배때기로 긴 자국
지나가고 나니 길이었구나
거품 같은 길이여

———「길」

황지우에게 있어서 삶의 길은 보이지 않는다. 그의 삶은 길도 없는 곳을 굴욕스럽게 기어가는 것과 같다. 지나고 나면 그것도 길이었다 할 수 있지만 그러나 그것은 곧 무화(無化)된다. 그런데 이러한 발상의 근거가 되는 체험은 다분히 정치적이다. 그는 〈朝鮮八道, 모든 명당은 초소다〉라고 말했고 〈한려수도, 內航船이 배때기로 긴 자국〉이라고 말했다. 초소는 정치적 금역(禁域)이라 할 수 있고, 내항선이란 우리 현실의 테두리 밖으로 나갈 수 없는 배다. 여기서 짐작할 수 있는 것은, 굴욕적인 정치적 현실 속에서는 삶의 길이 없었으며 아울러 지금까지 고통스럽게 싸우며 살아는 왔지만 그 결과는 아무것도 아니라는 시인의 부정(否定)과 좌절의식이다. 그리고 여기서 또 지적할 것이 있다. 시인은 길이 없었다고 말했는데, 이것은 자신이 인정할 수 없는 길은 길이 아니라는 시인의 인식을 반영한다. 그는 추한 현실이 마련해 놓은 길을 인정하지 않는다. 이것은 달리 말해 인식의 무게 중심이 세계에 있는 것이 아니라 자신에게 있음을 뜻한다. 이에 비하여 김혜순은 다음과 같이 말한다.

나는 아직 걷고 있는데
갑자기 운동화 끈 탁! 풀리듯
길 끊어지고, 강!
산봉우리 숨찬 길 멈추고, 무한창공!
길이 녹는다
흘러 온 길이 녹고
흘러 갈 길이 녹고

—「서성거리다」

김혜순에게 있어서 삶의 길이란 〈뜨거운 방바닥 위의 엿가락 핵폭탄 터진 뒤의 철길〉처럼 엉망진창이고 뒤죽박죽이다. 그것은 순간 순간 끊어지고 막막한 강이 되거나 무한창공이 된다. 그러나 그럼에도 불구하고 시인의 〈두 발바닥 아래 눌어붙은 길〉이 있으며, 〈나는 아직 걷고〉 있다. 흘러 온 길도 녹고 흘러 갈 길도 녹아 앞뒤가 다 막막하지만, 그래도 시인의 발밑에는 길이 눌어붙어 있으며 시인은 계속 걷고 있는 것이다. 여기서 짐작할 수 있는바, 추한 현실이 마련해 놓은 길에 시인의 삶이 묶여 있다는 점이다. 시인은 그 길이 역겹고 고통스럽지만 그 길을 벗어나지는 못하고 있다. 없는 길을 찾아 헤매는 것이 아니라 길 같잖은 길을 벗어나지 못하는 것이 고통이 되고 문제가 된다. 이것은 달리 말해 인식의 무게 중심이 자신에게 있는 것이 아니라 세계에 있음을 뜻한다.

다음, 황지우의 「허수아비——옷걸이」와 김혜순의 「기다림」이란 시는 둘 다 못에 걸린 옷에서 착상을 얻고 있다. 황지우는 옷걸이에 걸린 자신의 옷을 보고, 마음이 빠져나간 자신의 허수아비 같은 모습을 연상한다.

내 마음속 애인들이 하나씩, 하나씩
나쁜 마음들에게 시집가고 없는 탓일 게다

추근덕거리는 개에게, 「저리 가」라고 한 것 외엔
종일 한마디도 않고 지나가는 날이 있다.
짚으로 싼 木人,
누군가 내 등뒤에 서 있는 것 같아
획 돌아보았더니
내 모자, 내 웃옷, 내 바지를 입은 옷걸이였다
왜 罪지은 것처럼 그리 놀랐을꼬
내 옷을 입고 있던 그 者, 어디로 갔을꼬

───「허수아비──옷걸이」

이 시의 전반부에는, 사소한 삶의 기미에 예민하게 반응하던 시
인의 과거 모습이 그려져 있고 이어서 이제는 그것에 대해 덤덤해졌
다는 진술이 나온다. 얼핏 보면 이 시는, 삶의 이러저러한 비틀림이
나 굴곡에 대하여 안달하지 아니하고 욕망과 아집으로부터도 자유
로워진 시인의 모습을 보여주는 것 같다. 이 시에 등장하는 두 개의
자아 중에서, 허수아비가 된 자아의 경우는 실제로 그러하다. 그러
나 그 자아를 지켜보는 또 하나의 자아가 있다. 문제는 지켜보는 자
아이다. 그 자아는 모든 것으로부터 덤덤해진 자신의 모습을 허수아
비라 했고, 그것을 깨달았을 때 〈罪지은 것처럼〉 놀랐다. 즉 지켜보
는 자아는 허수아비가 된 자아를 인정해서는 안 된다는 무의식적인
당위에 갇혀 있는 것이다. 시인은 아직 허수아비와 같은 삶을 살아
서는 안 되며 무엇인가 의미 있는 삶을 이뤄내야 한다는 생각을 지
니고 있다. 그는 여전히 절실히 기다리고 희망한다.
    김혜순은 이와 달리 스스로 대못에 걸린 옷이 된다.

나는 우선 집에 돌아오면
스타킹을 벗고 손발을 씻고
하루분의 화장을 지우고

대못에 가 걸린다
네가 나를 데리러 오리라는 생각
네가 날 데리고 점점점
높은 가지로 오르리라는 생각
그 생각에 걸린 채
푸줏간의 살덩이처럼
천만근 무거운 살주머니로
밤새도록 대못에 걸려

——「기다림」

　시인은 하루를 보내고 집에 오면 누가 자기를 데리러 오기를 기다린다. 여기서 주의해야 할 점은 그 기다림의 위치와 자세이다. 먼저 위치를 보면, 그가 삶을 영위하는 현실이 아니라 그 현실로부터 떠나 되돌아온 자신의 밀실에서 비로소 기다림은 가능해진다. 그러니까 그의 기다림은 현실의 바깥에 있으며, 현실로부터의 탈출이다. 그 다음, 기다림의 자세는 철저히 수동적이다. 그는 밤새도록 푸줏간의 살덩이처럼 대못에 걸려 꼼짝 못하고 누가 데리러 오기만을 기다린다. 그 자세는 어찌해 볼 수 없는 절망의 자세이다. 그러니까 김혜순의 기다림은 절망의 다른 표현이다. 황지우는 벽에 걸린 옷을 보고 허수아비를 노래하였지만 실제로는 기다림을 지니고 있고, 김혜순은 벽에 걸린 옷을 보고 기다림을 노래하였지만 실제로는 허수아비가 된 삶을 보여준다. 그 반어법은 깊고 은밀하다.

　그 다음, 황지우의 「雪景」과 김혜순의 「첫눈」은 눈덮인 산야가 마치 수의(壽衣)를 입은 시신(屍身) 같다는 착상으로 씌어진 시들이다. 황지우는 눈덮인 세상을 바라보고 정화(淨化) 또는 평화를 얻는다.

　날 새고 눈 그쳐 있다.

뒤에 두고 온 세상,
온갖 괴로움 마치고
한장의 수의에 덮여 있다
때로 죽음이 정화라는 걸
늙음도 하나의 가치라는 걸
알려 주는 눈밭
살아서 나는 긴 그림자를
그 우에 짐 부린다

——「雪景」

　　황지우에게 이 세상은 온갖 괴로움의 진창이다. 그 괴로움은 그
를 어디든 따라다닌다. 그러던 중, 어느 날 아침 눈부신 설경을 만
난다. 세상을 하얗게 덮고 있는 눈은, 괴로움의 죽음 위를 덮어놓은
수의와 같다. 그러므로 그는 죽음이 정화라는 걸 느끼고 오랜만에
마음의 평화를 얻는다. 나의 긴 그림자를 짐 부린다는 것은, 괴로움
의 멍에를 벗는다는 것이다. 물론 평화는, 설경이 오래 가지 못하듯
이, 일시적인 것이다. 이 시에서 우리가 짐작할 수 있는 또다른 측
면은, 현실성과 구체성을 중시하는 시인의 태도이다. 시인은 눈으
로 보이고 손으로 만져지는 구체적인 것만을 중시한다. 그는 「피크
닉」이란 시에서 〈몸 있을 때까지만 세상〉이라고 말하기도 한다. 일
단 눈덮여 보이지 않으므로 세상의 괴로움은 없다. 같은 이유로 죽
음 이후는 무(無)다. 현실은 죽음 직전까지뿐이다. 현실이 괴로움이
고 죽음이 정화라는 인식의 배후에는, 죽음이 현실 밖이라는 생각
이 숨어 있다. 황지우는 현실성과 구체성에 철저한 시인이다. 그가
「生」이라는 작품에서 〈잠시 물이 담긴 形體일 뿐인 肉體──피할
수 없는 것에 대해서는 着想을 바꾸면 되는 것〉이라고 말할 때는 정
신주의자인 듯도 하다. 그런 면도 있다. 그러나 그보다는 현실주의
자라고 하는 편이 옳다. 그는 쇼윈도를 들여다보면 〈씨방에 獨占黃

金을 채우고자 하는 상품이 나비떼 날아든 복사꽃처럼 이쁘다〉(「허
수아비——쇼윈도」)라고 말하면서 그것을 갖고 싶어한다. 헛된 욕망
일지라도 그것이 실재하는 욕망이기에, 그리고 무엇보다도 그 욕망
의 대상이 구체적이기에 그것은 시인에게 피할 수 없는 진실이다.
황지우의 인식은 현실성과 구체성을 조건으로 한다.
　김혜순의 「첫눈」이란 시는 다음과 같다.

　　삼베 이불 밖으로
　　놓여진 손
　　얼굴 위에 자루를 씌우고
　　이제 묶여진 손
　　젖가슴처럼 달콤하고
　　부드러운 것 위를
　　달렸던 손

　　(……)

　　메마른
　　강줄기를 부여잡은
　　헐벗은 산맥처럼
　　놓여진
　　손

　　누군가 그 산맥 위로
　　삼베 장갑을 덮고
　　손목을 묶는다

　　그리고 그 위로

흰 눈이 펑펑 쏟아진다.

———「첫눈」

눈은 마치 죽은 자의 몸을 가리고 염(殮)을 하는 것처럼 세상 위에 내린다. 이 시에서 눈은 죽음을 평온하게 덮어주는 것이 아니라 죽음의 고통에 작용하는 눈이다. 눈은 죽음의 절차에 참여한다. 그리고 죽음은 정화가 아니라 고통이다. 시인은 죽음 이전의 손을 〈부드러움의 지옥을 건설했던 손〉이라 하고, 죽음 이후의 손을 〈메마른 강줄기를 부여잡은 헐벗은 산맥처럼 놓여진 손〉이라 했다. 그러니까 고통은 죽음 이전, 죽음, 죽음 이후로 계속 연결된다. 죽음은 고통의 소멸이 아니라, 고통의 또다른 국면이다. 여기서 짐작할 수 있는 바, 김혜순의 세계 인식은 철저히 비관적이다. 그는 보이지 않는 것, 만져지지 않는 것, 알 수 없는 것들까지 구체적 현실과 마찬가지로 고통에 가득 차 있다고 생각한다. 그에게는 현실 밖도 결국 현실과 마찬가지이기 때문에 희망에 매달리지 않는다. 오히려 절망과 유희를 한다. 그리고 상상력은 구체적 현실에 집착하지 아니하고 황당한 사변적 세계를 넘나든다. 김혜순의 인식은 현실성과 구체성을 조건으로 하지 않는다.

마지막으로, 게로부터 착상을 얻은 황지우의 「게눈 속의 연꽃」과 「이 시대의 사랑법」을 비교해 보자. 황지우의 시세계에서 게는 중심 모티프가 되고 있다. 이 모티프는 그의 여러 글에서 변주되어 등장한다.

투구를 쓴 게
바다로 가네

포크레인 같은 발로

걸어온 뻘밭

들고 나고 들고 나고
죽고 낳고 죽고 낳고

———「게눈 속의 연꽃」

「게눈 속의 연꽃」은 모호한 시다. 모호한 건 모호한 대로 두고, 게의 비유법을 생각해 보자. 황지우는 우리의 삶을 바다로 나아가지 못하고 뻘밭을 기는 게로서 비유한다. 바다는 삶다운 삶이 가능한 희망이 세계로 설정된다. 우리의 삶은 그 바다로 나가지 못하고 포크레인 같은 발로 뻘밭을 기며 싸우는 투구게와 다를 바 없다는 것이다. 투구게의 육체적 기형성은 우리 삶의 기형성이고, 투구게가 뻘밭을 기는 것은 곧 우리 삶의 고통스런 양식이다. 이것이 황지우의 시가 지닌 게의 비유법이 뜻하는 바라고 할 수 있다. 그는 우리 삶이, 뻘밭을 성큼성큼 건너 바다로 가는 큰 거북이 되지 못하고 뻘밭을 기는 투구게에 불과하다는 고통스런 인식을 지니고 있다. 그런데 이 비유법 속에는, 자세히 살펴보면, 현실에 대한 시지프스적 의지가 내포되어 있다. 이 시의 앞부분에서 시인은, 게눈 속에는 연꽃이 없지만 게눈은 연꽃을 볼 수는 있다고 했다. 그리고 뒷부분에서 바다 한가운데는 바다가 없다고 했다. 이 선문답(禪問答) 같은 구절에서 짐작할 수 있는 바는, 목적론적인 희망의 설정이다. 즉 바다도 연꽃도 없는 것이겠지만, 그러나 그것은 꼭 있어야 하고 우리 삶의 진창 속 기어감도 그곳으로 향해야 한다는 것이다. 황지우는 또 다른 곳에서, 〈희망이 있는 한, 희망을 있게 한 절망이 있는 한, 내 가파른 삶이 무엇인가를 기다리게 한다〉고 했다. 희망이 정말 있다는 것이 아니라 절망이 희망을 있게 하는 것이다. 희망은 절망의 대립어나 절망의 끝을 의미하는 것이 아니고, 절망의 과정을 향도하고 제어하는, 절망의 다른 이름이다. 다시 한번 말하건대, 황지우의 절망은 희망과 기다림 속의 절망이다. 그는 진창을 기고 있을 따름이면서도 〈투구를 쓴 게 바다로 가네〉라고 말한다.

김혜순은 게가 많은 다리를 가지고 있음에 주목하여 우리 시대의 불가능한 사랑을 비꼰다.

> 우리는 다리가 너무 많아
> 각자 열 개씩 아니 그 이상
> 모래펄에서 만난 두 마리 꽃게처럼
> 다리가 너무 많아 결합 불능
> 안으면 안을수록 서로 잘려
> 목을 안으면 목에서 피가 나
> 가슴을 안으면 가슴이 찢어져
>
> ──「이 시대의 사랑법」

우선, 이 시대의 우리들은 다리가 왜 많은가? 앞서 인용된 시 「서성거리다」에서 보듯이, 김혜순의 상상체계 속에서 길이란 절대적으로 강요된 고통스럽고 엉망진창인 현실이다. 〈두 발바닥 아래 눌어붙은 길〉은 〈뜨거운 방바닥 위의 엿가락〉 또는 〈핵폭탄 터진 뒤의 철길〉과 같은 것이다. 그러므로 다리가 많아진다는 것은 그 고통스런 길에 점점 더 구속된다는 뜻이다. 즉 길과 맞붙은 존재의 면적이 많아진다는 뜻이다. 살아간다는 것은 점점 더 가증스런 현실에 얽매이는 것이 되고 따라서 그만큼 사랑은 불가능해진다. 김혜순은 이러한 사실을, 다리가 많은 게가 서로 껴안으면 그 다리 때문에 서로 상처만 입을 따름이라는 알레고리로 표현한다. 위의 시가 말하는 바는 이것이다. 그런데 이 고통스런 인식의 바탕에는 희망이나 기다림의 자리가 없다. 김혜순은 그 많은 다리로 어디를 지향해서 가지 않는다. 그냥 어쩔 수 없는 길(현실)에 눌어붙어 있을 따름이다. 그리고 사랑이라는 희망의 포즈를 취하면 오히려 더욱더 목에서 피가 나고 가슴이 찢어질 따름이다. 절망이 희망을 있게 한 황지우와는 달리 김혜순에게 절망은 절망을 낳을 뿐이다.

지금까지 우리는 유사한 착상으로 씌어진 몇 편의 시를 통하여 황지우와 김혜순의 인식차(認識差)를 살펴보았다. 둘 다 우리 삶의 고통과 절망을 절묘한 비유법으로 포착하고 있지만, 세계 인식의 근본 태도는 차이가 크다. 황지우는 현실성과 구체성을 중시하고 인식의 무게 중심이 자아에 있으며 불가능에 가까운 희망과 기다림에의 안쓰러운 집착을 보여준다. 이에 비하여 김혜순은 현실성과 구체성마저도 의심스러운 것으로 부정하고 인식의 무게 중심이 세계에 있으며 철저한 절망 속에 매몰된다. 이제 두 시인을 이해하는 갈림길은 분명해졌다. 그렇다면 지금부터는 갈림길로 진입하여 각각의 길을 좀더 들어가 보자. 먼저 황지우의 길로 들어가 보자.

3

황지우의 시집 『게눈 속의 연꽃』은 여전히 고통과 갈등과 번민의 아수라장이다. 다만 그 이전 시집과는 달리, 그 아수라에 대응하는 시인의 자세는 보다 차분해졌고 여유가 생긴 듯하다. 그의 어조는 한결 명상적이고 선(禪)적인 평정을 얻고 있는 듯하다. 이 명상과 평정은 황지우 스스로 찾아나선 것이다. 그는 세상과의 부대낌을 잠시 비껴나 외딴 시골로 들어갔고, 그 세상과 단절된 시골 생활에서 씌어진 시들이 이번 시집의 대부분을 이루고 있는 것으로 보인다. 이러한 창작 배경이 이 시집에 짙은 음영을 드리우고 있다. 그러나 그는 여전히 세상의 욕망과 희노애락(喜怒哀樂)과 애증(愛憎)에 깊이 연루되어 있다. 이 〈연루되어 있음〉이 황지우 시세계의 추진력이라고 생각된다.

아침부터 골짜기에는 눈발 퍼붓고
이제는 세상과 끊겼다는 절박한 안도감
눈발이 간간이 처마 끝 風磬을 때리고
양철 물고기가
눈을 피해
땡그랑, 땡그랑 .
방안으로 들어온다
깃들 데라곤 몸뿐이니
추운 소리여
잠시 나한테 머물다 가소
情이 많아 세상을 뚫고 나가지 못하니
내가 세상에서 할 일은
세상을 죽어라 그리워하는 것이려니
혹시 사람이 오나
빗자루를 들고 길 밖으로 나간다
———「後山經 네 편——겨울아침」

여기서 시인은 세상과 단절되었음에 안도감을 느낀다. 그는 세상
을 피해 산 속으로 들어왔고, 눈이 와서 세상과 끊겼으므로 안도감
을 느끼는 것이다. 그러나 그 안도감은 절박한 안도감이다. 즉 세상
과의 단절에 대하여 절박한 불안함을 느끼는 것이다. 스스로 선택한
단절이지만, 다른 한편으로 그는 세상을 죽어라 그리워한다. 그래
서 그는 마침내 세상으로부터 단절을 뚫고 사람이 오기를 기다린다.
이처럼 그의 피신에는 이미 세상으로의 회귀가 예정되어 있다. 〈藥
과 마음을 얻었으면, 아픈 세상으로 가서 아프자〉(「山經」)에서 보듯
이, 그의 피신은 약과 마음을 얻기 위해서이지 아픈 세상으로부터
의 도피가 아니다. 그는 세상의 욕망과 고통을 끊지 않거나 끊지 못
한다. 예정된 수순이지만, 마침내 그는 산경(山經)을 덮고 하산(下

山)한다.

　　　적설 20cm가 덮은 雲舟寺,
　　　뱃머리 하늘로 돌려놓고 얼어붙은 木船 한 척
　　　내, 오늘 너를 깨부수러
　　　오 함마 쇠뭉치를 들고 왔다
　　　해제, 해제다
　　　이제 그만 약속을 풀자
　　　내, 情이 많아 세상을 이기지 못하였으나
　　　세상이 이 지경이니
　　　봄이 이 썩은 배를 하늘로 다시 예인해 가기 전
　　　내가 지은, 그렇지만 작용하는 허구를 작파하여야겠다
　　　　　　　　　　　　　　　　　——「山經을 덮으면서」

　　스님들의 겨울 결제 풍습과 운주사(雲舟寺)라는 절의 이름을 빌어 자신의 심경을 표현하고 있다. 〈뱃머리를 하늘로 돌려놓고 얼어붙은 木船 한 척〉이란 산 속에 피신해 있는 자신의 삶을 가리킨다. 그 삶은 뱃머리를 하늘로 향한 것처럼 잘못된 곳을 지향하고 있으며, 또한 생명을 갖지 못하고 얼어붙어 있다. 시인은 자신의 그러한 삶을 스스로 지은 허구이며 약속이라고 단정하고, 그것을 단호히 부정하고자 한다. 배는 당연히 바다로 나아가야 한다. 바다는 고해(苦海) 즉 세상일 것이다. 하늘로 가서 초월의 포즈를 취해서는 안 되는 것이다. 그는 아픈 세상으로 돌아갈 것을 단호히 결심한다. 그는 뻘밭을 기는 투구게의 삶이 너무 고통스러워 산으로 들어왔지만, 이제 다시 투구게가 되어 뻘밭으로 되돌아가고자 한다.

　　황지우는 왜 뻘밭을 기는 투구게의 삶으로 되돌아가는가? 무엇이 황지우로 하여금 초월의 평정보다는 욕망과 고통의 세상을 선택하게 하는가? 물론 황지우의 이런 선택은 당연하고 옳은 것이다. 초월의 평정은 문학에 있어서 가장 위험한 함정이다. 그리고 많은 경우, 초월의 평정은 도피나 허구일 가능성이 많다. 시적인 진실과 시적인 긴장은 초월의 평정에서 얻어지는 것이 아니라 욕망과 고통의 세상에 대결함으로써 얻어진다. 그리고 황지우의 이러한 선택은 인간적일 뿐 아니라 윤리적이기도 하다. 세상이 달라져야 나 혼자만의 삶이 달라진다는 것은 의미가 없다는 점에서 그렇게 말할 수 있다. 이런 일반적인 이유 이외에도 다른 설명이 여러 가지로 있을 것이다. 그런데 필자가 제시하고자 하는 것은, 어떻게 보면 지엽적이고 별로 중요하지 않을 수도 있는 두 가지 이유이다. 그것은 황지우 시세계의 성격과 관련된다. 강력한 현실성과 자아의식이 그것이다.

앞서도 지적하였지만, 황지우는 현실성과 구체성을 매우 중시한다. 이것은 그가 구사하는 비유법의 성격이기도 하고 세계 인식의 성격이기도 하다. 그러나 무엇보다도 그가 지닌 욕망의 성격이다.

> 몸 있을 때까지만 세상이므로
> 있을 때
> 이 세상 곳곳
> 逍遙하다 가거라
> 보이는 거, 들리는 거, 만져지는 거,
> 냄새나는 거
> 어찌하여 번개오색나비는
> 퍼렇게 번개치는 날개로
> 개마고원을 날아가는지
> 어째서 아름다운 복사꽃 뒤쪽은
> 삶의 유혹인지
>
> ──「피크닉」

황지우는 몸 있을 때까지만 세상이라고 생각하는 현실주의자이

394

다. 그가 인정할 수 있는 것은 보이는 거, 들리는 거, 만져지는 거, 냄새나는 거 등 현실적이고 구체적인 것이다. 「반야심경(般若心經)」에서는 무색성향미촉법(無色聲香味觸法)이라 하여 그 모든 것을 부정하고 있지만, 황지우는 그렇지 않다. 그는 실제 감각에 의존하여 세상을 만나고, 거기에서 비롯되는 미혹(迷惑)까지 받아들인다. 그렇지만 그는 동시에 색즉시공(色卽是空)의 진리를 인정한다. 그는 시집의 뒷표지에서 〈나는 허수아비의 허수아비까지 보고 싶어한다. 쇼윈도 속의 캐피탈, 허공꽃, 유리창의 허공꽃을 보고 찾아온 호박벌, 투명한 한계에 날개를 때리며 잉잉 운다. 여기가 바로 바깥인데 왜 안 나가지냐〉고 작가의 말을 썼다. 그의 욕망은 지극히 세속적이다. 그리고 그 욕망의 헛됨을 알고 있다. 그러면서도 그는 그 욕망을 추구한다. 그러나 욕망의 대상과 욕망 사이에는 쇼윈도의 유리창과 같이 투명한 한계로 차단되어 있다. 시인은 그 투명한 한계에 부딪치며 괴로워한다. 이 어리석은 모습이야말로 우리 삶의 진실이며 그래서 우리를 감동시키는 부분이다.

한편, 세속적 욕망은 삶의 유혹인 동시에 충족되지 않으므로 절망이다. 그러나 욕망은 완전한 절망을 허락하지 않고 절망에서 희망과 기다림을 키워낸다. 왜냐하면 몸 있을 때만 세상이고 또 세상에는 구체적인 욕망의 대상이 실재하기 때문이다. 그는 보이는 것, 들리는 것, 만져지는 것, 냄새나는 것을 부정하지 못한다. 여기서 안타까운 희망과 애타는 기다림의 포즈가 나온다.

THE ROPE OF HOPE라고나 할까
닻줄에 의해 끌어올려지는
수렁 속의 전갈 文字

———「THE ROPE OF HOPE」

희망이란 그의 삶이 닻을 내리고 정박하고 있는 현실 속에서, 그

닻줄에 의해 끌어올려지는 것이다. 즉 역설적으로 현실이라는 고통의 바다에서 희망의 물고기는 낚인다. 그리고 그 희망이라는 것은 그렇게 낙관적인 것이 아니라 〈수렁 속의 전갈 文字〉와 같이 오히려 비관적이다. 그렇지만 그는 희망할 수밖에 없다. 삶의 닻줄에 의해 끌어올려지는 것이기 때문이다. 애타는 기다림의 포즈도 마찬가지다.

> 네가 오기로 한 그 자리, 내가 미리 와 있는 이곳에서
> 문을 열고 들어오는 모든 사람이
> 너였다가
> 너였다가, 너일 것이었다가
> 다시 문이 닫힌다
> 사랑하는 이여
> 오지 않는 너를 기다리며
> 마침내 나는 너에게 간다
> 아주 먼 데서 나는 너에게 가고
> 아주 오랜 세월을 다하여 너는 지금 오고 있다
>
> ──「너를 기다리는 동안」

시집 『게눈 속의 연꽃』에는 기다림의 시들이 많다. 황지우는 많은 것을 기다리고 또 오래 기다린다. 그러나 그것들은 오지 않는다. 오지 않는 것들을 애타게 기다리는 것은 삶을 녹슬게 한다. 황지우는 〈이 녹 같은 기다림을 네 삶에 물들게 하라〉고 말한다. 그러면서도 기다림에 녹스는 세월의 무상성에 대하여 괴로워한다. 낙관성을 상실한 희망, 가능성을 상실한 기다림──이것이 황지우에게 던져진 알 수 없는 화두(話頭)이다. 그래서 그는 시집의 여러 곳에서 〈어찌할꼬 어찌할꼬〉라고 중얼거린다. 그의 중얼거리며 애태우는 모습에서 삶의 진실이 감동적으로 전해져 온다.

강력한 현실성과 함께 황지우의 시세계를 조건지우는 또 하나의 성격은 강력한 자아의식이다. 황지우가 지닌 인식은 그 무게 중심이 세계에 있는 것이 아니라 자아 속에 있다고 앞서 말한 바 있다. 그의 사유 안에서 그는 언제나 세계의 중심이다. 가령 「주인공의 심장에 박힌 총알은 순간, 퍼어런 별이 되고」라는 작품을 예로 들어 생각해 보자. 이 시는 헥토르 바벤코 Hector Bebbenco 감독의 영화 「거미 여인의 키스」를 보고 감동을 받아 씌어졌다. 시인은 주인공인 몰리나의 죽음 장면을 묘사하고, 그가 총맞아 죽는 순간 시인 스스로 몰리나라는 주인공이 되어 그 부당한 죽음을 체험하는 식으로 진행된다. 그러니까 시인은 「거미 여인의 키스」라는 영화나 그 영화의 주인공인 몰리나의 삶에 대해서 이야기하는 것이 아니라 자기 삶에 대해서 이야기한다. 즉 그의 사유 속에서 그는 주인공이 되어 자기 중심으로 세계를 이해한다. 이때, 세계는 자기 고뇌의 배경이 된다. 그의 시 어디서나 그는 오만한 주인공이다.

> 부우옇게 털빠진 겨울숲,
> 백양나무, 쥐똥나무, 오리나무, 참나무 等屬
> 너희가 피신자들이었구나
> 세상을 포위하고 있는
> 나의 聖所여
> 무르팍 앞에 욕먹은 自己
> 가랑잎을 쌓고 있는, 참회하는 겨울숲
> 세상에 대한 한줌의 可望을
> 벗어버리니 이렇게 홀가분하다
> 나의 尿道에서 나간 藥水를 받는
> 겨울숲에서는 사람을 빼고는
> 의심할 게 아무것도 없다
>
> ──「겨울숲」

萬里城邊 홀로 있어

이 石壁앞에 새까맣게 타버린 내 그림자

대가리를 대고 있는 나는

아직도 焚身中이다.

———「집」

　　인용한 두 편의 시는 고행(苦行)의 모습을 보여준다. 자책과 참회
의 의미를 지닌 고행이기에 그 모습은 비장하다. 그러나 비장한 만
큼 영웅적이다. 겨울숲은 불우한 영웅을 보위하는 충직한 신하들이
되어 있고, 만리성변은 주인공의 분신을 장식하는 멋진 배경이 되
고 있다. 특히 〈나의 尿道에서 나간 藥水〉 같은 구절에서는 주인공
의식의 절정을 보여준다. 그런데 주인공이 되려면, 엑스트라가 필
요하다. 깊은 산 속에서 혼자서 주인공이 되는 것은 의미가 없다.
그는 버스 터미널에서 종말이 가까웠으니 주 예수를 믿고 구원을 받
아라고 떠들어대는 사람에 대하여 〈그렇지만 혼자서 절박해 가지고
저렇게 나와서 왈왈대면 저렇게 거지가 되지〉(「또 다른 소기」)라고
말한다. 황지우다운 탁월한 이 지적에서 짐작할 수 있듯이, 주인공
은 자기 절박함의 배경이 되어줄 수 있는 세상이 필요하다. 그래서
그는 〈뺨 때리는 눈보라 속에서 흩어진 백만대군을〉(「눈보라」) 그리
워하는지도 모른다.
　　이러한 황지우의 자아의식은 황지우로 하여금 세상을 그리워하게
하고 세상 속으로 들어가게 한다. 그는 고통의 십자가를 내리고 무
대 뒤에서 휴식하기보다는 고통의 십자가를 진 주인공이 되고 싶어
한다. 그는 〈세상에, 할 고민 없어 괴로워하는 자들아 다 이리로 오
라〉고 세상 사람을 불러 모으고 스스로 세상의 짐을 어깨에 짊어진다.
자아의식은 황지우가 산경(山經)을 덮은 이유 중의 하나이며, 그의
시세계의 주요 성격이라 할 수 있을 것이다.

4

이제 다시 갈림길로 되돌아가, 김혜순의 길로 접어들자. 김혜순의 길은 초입부터 괴기스럽다. 그곳은 혼란스럽고 끔찍하고 불안하고 절망적인 귀신들의 나라이며, 인간의 훈기나 현실적 안정감이 없는 나라이다. 그것은 철저한 절망의 풍경이다.

벽이 다가온다
앞에서 다가온다
뒤에서 다가온다
점점점 계곡이 좁아진다

드디어 오징어보다 얇게 박포되는 우리
——「벽이 다가온다」

내가 하늘을 향해
총을 겨눌 때마다
덜커덕덜커덕 철문을 내리던 저
파아란 하늘
내가 오토바이를 타고
달려갈 때마다
뒤에서 뭉청뭉청
잘려나가던 땅
——「강도처럼」

인용한 두 편의 시가 말하는 바는 존재가 가능한 공간의 상실이다. 존재는 오징어처럼 얇게 박포되거나, 존재가 움직일 공간은 순식간에 없어진다. 공간이 없는 곳에 사는 것은 이미 인간 존재가 아니다. 그것은 귀신이다. 김혜순에게 있어서 세계는 이미 인간이 인간답게 살 수 있는 곳이 못 된다. 그가 체험하는 모든 것은 비관적이다. 살아 있는 모든 것은 생명성을 상실하고 파삭파삭 부서지고 흩어지고 찌그러진다. 그 대신 생명이 없는 것들이 자라고 피어나고 움직인다. 그가 그려내고 있는 세계는, 시집의 해설에서 남진우가 지적하고 있듯이 〈묵시론적인〉 파멸의 공간이며, 〈이러한 세계에서 인간은 저마다 원자화되어 가루로 부서져 흩날리거나(「세기말적 遊泳」「태평로 2」) 녹아내리거나(「팔십 년 긴 장마」「치료」) 피가 다 빠져 나가(「기다림」), 오징어보다 얇게 박포되어(「벽이 다가온다」) 벽에 대롱대롱 매달린다(「벽이 다가온다」「기다림」「죽음아저씨와 재미있는 놀이──술래잡기」). 그리고 또 인간의 피와 살을 탐하는 식인(食人) 및 배설 모티프가 자주 등장한다. 그 세계는 괴기스런 귀신들의 세계이지 이미 인간의 세계가 아니다.

그렇다면 김혜순은 왜 그 절망을 견뎌내기 위한 희망의 포즈를 취하지 않는가? 철저한 절망뿐이라면 삶은 왜 견뎌내며 시는 왜 쓰는가? 이 의문에 대한 해명이 김혜순의 시세계가 지닌 특성을 밝혀 줄 수 있을 것이다. 우선, 김혜순은 인식의 무게 중심이 자아 속에 있는 것이 아니라 세계 속에 있기 때문이다. 이것은 앞서 지적한 바다. 그와 세계와의 관계는 일방적이다. 그는 세계에 대해 아무런 대응도 하지 못하고 일방적으로 당하기만 한다.

> 누군가 지구를 맷돌처럼 갈아
> 키질하고 있구나
> 먼지로 흩날리는 머리
> 허리끈 꽉 움켜잡고
> 오늘의 언덕을 굴러떨어지는 몸뚱어리
>
> ──「세기말적 游泳」

불을 지피다가
불붙은 장작을
초가삼간 지붕 위로 내던지며
나와라 이 도둑놈들아
옷고름을 갈가리 찢고
두 폭 치마 벗어던지며
용천 발광하고 싶다가도
문풍지가 한밤내 바르르 떨고
하이얀 식탁보가 눈처럼 짜여지고

——「레이스 짜는 여자」

시인은 지구를 맷돌처럼 갈아 키질할 수 있는 악의 절대자가 있다고 생각한다. 그 절대자의 힘은 너무나 전능하여 시인의 의지나 절망을 훨씬 초월해 있다. 그래서 시인은 허리끈 꽉 움켜잡고 오늘의 언덕을 굴러떨어지기에 급급한 나날의 삶을 살 수밖에 없다. 시인이 집을 불질러 버리고 용천발광을 하고 싶다 하더라도 그는 어쩔 수 없이 온순하게 순응적으로 식탁보를 얌전하게 짜고 있을 수밖에 없다. 자신을 포함한 세계를 움직이는 힘은 전적으로 자신 밖의 세계에 있고 자신의 삶은 거기에 휩쓸릴 따름이라는 생각에 철저하다. 이런 생각 아래서는 희망이 도움이 될 수 없다. 자신이 세계에 대하여 또는 자기 삶에 대하여 어떤 의지도 작용시킬 수 없는 상황 아래서는 희망마저도 절망을 견뎌내는 힘이 되어주지 못하는 것이다.

그리고 자아를 포함한 이 세계를 움직이는 절대적이고 악마적인 힘이 철저하게 외부에 있다는 인식은, 그의 시세계 속에서 종종 주체와 객체의 전도 현상을 빚어 낸다.

내가 달을 비춘다

낮은 곳에서 높은 곳을 향하여

──「내가 달을 비춘다」

밤이 낮을 끌고 간다
아침이 새초롬히, 소녀처럼 끌려가고
한낮이 햇살 양산을 빙그르르
다음, 저녁이 아련한 소복 치맛자락을 펄럭이며

(······)

매일매일의 밤이 끌려 가고
매일매일의 키스가 끌려 가고
매일매일의 노동이 끌려 가고
매일매일의 시신을 먹고
밤은 배부른 둥근 자석 지구처럼
둥그래 검은 배가 날마다 불러 온다

──「밤이 낮을 끌고 간다」

　달이 나를 비추는 것이 아니라 내가 달을 비춘다고 시인은 말한
다. 또 낮이 끝나고 밤이 오는 것이 아니라 밤이 낮을 끌고 간다고
말한다. 아침과 한낮과 저녁이 밤에 의해 끌려 가는 모습의 묘사는
흥미롭다. 그리고 매일매일의 밥과 키스와 노동조차 내가 하는 것이
아니라 누군가에 의해 끌려간다고 말한다. 이러한 주체와 객체의 전
도 현상은 자기 중심의 상실과 관련이 있다. 자기 중심의 상실이 극
단화될 때, 주체와 객체와의 관계에서 비롯되는 질서 전체가 무너
져 버린다. 작용하는 힘은 절대적이고 악마적인 어떤 외부적 존재로
부터 나올 뿐이고, 나머지 세계는 서로의 관계성과 질서를 상실하
게 되는 것이다. 이런 상황에서는 수동태와 능동태의 통사론적 규칙

자체가 무의미해져 버리는 것이다.

이제, 위에서 던진 두번째 물음, 왜 절망적 상황에서 삶을 견디고 시를 쓰는가에 대하여 이야기해 보자. 앞서 김혜순은 현실성과 구체성을 무시한다고 말한 바 있다. 그에게는 보이는 세상뿐만 아니라 보이지 않는 세상도 절망이다. 죽음 이전도 죽음도 죽음 이후도 절망이다. 죽음의 과정은 절망의 변주일 따름이다. 그러니 죽음이 절망의 도피나 탈출이 될 수 없다. 이런 인식과 아울러 그의 철저한 수동성은 죽음에 작용하는 힘마저도 그의 외부에 있다고 확신하므로 그는 현재 삶의 상태로 있을 수밖에 없다. 그가 할 수 있는 일은 아무것도 없다. 매일매일의 키스마저도 끌려 가는 상태에서 무엇을 할 수 있겠는가? 그렇다면 이렇게 절망적인 상황 속에 있는 김혜순에게 있어서 시쓰기란 무엇인가? 그것은 남진우의 지적처럼 〈무서운 유희〉이다. 그러나 이 유희는 남진우의 지적과는 달리 〈현실 속에서 현실을 초월〉하려는 태도는 아니라고 보인다. 그보다는 현실 초월 의지와는 상관 없는 단순한 유희로 보인다. 김혜순의 시쓰기는 우선 상상력의 유희요 언어의 유희다. 그가 얼마나 엉뚱하고 황당하면서도 재치 있는 상상력을 구사하는지, 또 그가 얼마나 언어를 재미있게 구사하는지는 앞서 인용한 시들에서 충분히 확인될 수 있을 것이다. 그런데 보다 중요하게 지적되어야 할 것은 그 상상력과 언어의 유희가 지니는 의미이다. 유희의 대상은 물론 고통과 절망이다. 고통과 절망을 말하지만, 그 고통이 마치 비현실적인 장난감처럼 느껴지는 것은 바로 이 때문이다. 상상력과 언어의 유희를 통한 고통의 사물화 내지 박제화——이것이 김혜순 시의 특징이라 할 수 있을 것이다.

줄을 쥔 아저씨
그렇게 자꾸만 줄을 돌리지 마세요
어지러워 죽을 지경이에요

줄넘기 놀이에 지쳤어요
하나 넘어 주면 또 하나 금이 내려오잖아요
매일매일 그래프 종이 밖에서
그래프 종이 속으로 못 들어가 발발 떠는 기분이에요
아저씬 밥 먹고 있을 때에도
입에서 눈에서 줄이 나온다지요?
매일매일 나보고 넘어 봐 넘어 봐 하는 것 같애요
그렇게 줄 가지고 종아리 치지 마세요
숨차 죽을 지경이에요
발바닥이 이제 다 닳았어요
종아리가 짧아졌어요
땅 속에 묻히는 것처럼 키가 작아지고
줄은 더 더 더 높아져요
아저씨가 헤아리는 숫자 소리가
밤마다 온 마루를 갉아 먹어요
빨래줄에 매달린 빨래들처럼
줄잡고 흔들리는 저 사람들 좀 쳐다봐요
저기 저 줄에서 떨어져 구겨져 밟히고
흙 묻는 사람들 좀 봐요
하늘엔 손잡이도 없는데
어떻게 자꾸자꾸 뛰라 그러세요?
장난 좀 그만하세요

——「죽음아저씨와의 재미있는 놀이──줄넘기」

　죽음의 집요한 추적을 줄넘기 놀이에 비유하는 상상력의 유희는
재미있다. 시인은 숨차게 쉬지 않고 줄을 넘지만 죽음의 줄은 쉴 새
없이 시인에게 다가온다. 이러한 상상력의 전개 과정에서 이미 죽음
은 그 심각성을 상실하고 시인과의 줄넘기 놀이에 참여하는 하나의

사물이 되어버린다. 즉 이 시를 몇 줄 읽다 보면 즉음 자체는 무대 뒤로 사라져버리고 줄넘기 유희만 진행된다. 그런데 이 진행 과정에서 또 하나 특기할 점은 언어나 사유의 자동 반복성이다. 숨차고, 발이 다 닳고, 종아리가 짧아지고, 땅 속에 묻히는 것처럼 키가 작아지고——의 진행에서 보듯이 의미의 새로운 발전이 없는 구절들이 자동적으로 계속 반복된다. 이 자동 반복성은 김혜순의 거의 모든 시에서 나타나며, 그의 시가 요설적이라는 느낌을 갖게 만든다. 자동 반복성이 의미하는 바는 분명하다. 그것은 놀이에의 무심한 집중이다. 이를 통해 놀이를 촉발한 처음의 의도나 배경은 잊혀지고 순수한 놀이의 공간만 남게 되는 것이다. 이 무심한 공간 안에서 시인은 고통과 절망과의 코드를 일시나마 끊을 수 있다. 이것이 김혜순의 시쓰기가 지닌 의미라고 할 수 있다.

5

비유법에서 출발하여 갈림길까지 걸어가 거기서부터는 황지우의 길과 김혜순의 길을 각각 나누어 시읽기의 행보를 계속해 왔다. 그러면서 황지우 시세계와 김혜순 시세계의 제법 내밀한 부분까지 들여다보았다. 황지우의 시세계는 실재보다 더 선명한 천연색 사진 같은 비유법으로 장식되어 있고 입산(入山)으로부터 하산(下山)에 이르기까지의 심경이 진경산수화(眞景山水畵)의 아름다움 속에 아픔과 번뇌로 각인되어 있었다. 그리고 그 내면에는 현실성과 구체성을 중시하고 가망 없는 희망과 기다림에 안쓰럽게 집착하며 스스로 세계의 중심이 되는 강력한 자아의식이 포진하고 있었다. 이에 비해 김혜순의 시세계에는 황당하지만 기발한 상상력과 언어의 유희로 빚어진 비유법이 기괴한 귀신 동굴의 미학을 만들어내고 있었고 그 동굴 벽에는 이 세계의 반인간적(反人間的) 모습이 절망의 색채로 그려져 있었다. 그리고 그 내면에는 현실과 비현실의 경계와 주체와 객체의 경계마저 지워버린 절망의 횡포와 그 절망의 절대적 힘에 스스로 파멸해 버린 자아의식이 쓰러져 있었다. 그 자아는 다만 절망과의 절묘한 유희에서 바늘구멍만한 숨통을 얻고 있을 따름이었다.

마지막으로 황지우의 길과 김혜순의 길을 다시 한 곳으로 모아볼 필요가 있다. 그것은, 세계의 절망에 대응하는 두 가지 양식에 대한 물음이 남았기 때문이다. 우리는 절망이 오히려 희망을 낳는 황지우의 경우와 절망은 끝끝내 절망일 따름인 김혜순의 경우 중에서 어느 경우를 선택하여야 할 것인가? 한편으로 생각하면 황지우의 경우가 삶의 당위인 것 같고, 달리 생각하면 김혜순의 경우가 우리가 처한 상황에 대한 보다 진솔한 태도인 것 같다. 그렇다고 둘 다 인정한다는 것은 무책임한 회피라는 혐의를 벗어나기 어렵다. 문학 또는 예술의 길은 어느 쪽이어야 할까? 필자로서는 아무래도 이 문제를 숙제로 남겨 둘 수밖에 없을 것 같다. 다만, 절망의 진실성을 호도하거나 회피하지 않는 범위 안에서 조심스럽게 희망과 기다림을 찾아보아야 하지 않을까 하는 쪽으로 생각이 조금 기운다. 이 글의 중간중간에서 필자가 내린 조그만 결론들을 포함해서, 모든 결론은 두렵다.

상처받은 마음의 변증법
—— 최승호 · 유하

1

요즘 즐겨 듣는 음악 가운데 하나는 슈베르트의 「겨울나그네」이다. 학생 시절 나는 슈베르트를 좋아하지 않았다. 슈베르트의 음악은 너무 착하고, 또 수동적이고 패배적인 것 같았기 때문이다. 힘도, 재기발랄함도, 종교적인 평안함도 찾을 수 없었고 다만 인생을 참으로 재미없게 살아가는 무덤덤한 선(善)의 태도만이 느껴질 따름이었다. 마리아 칼라스가 부르는 「정결한 여신」이나 파바로티가 부르는 「카루소」 같은 노래의 그 비극적이고 영웅적인 감동이나 알레드 존스가 부르는 모짜르트 대관미사 속의 「신의 아그네스」 같은 노래의 신성한 선율에 비하여 슈베르트의 노래는 너무나 시시했다. 그러나 언제부턴가 시시했던 「겨울나그네」가 시시하지 않게 들리기 시작했고, 요즘은 아주 좋아하는 노래의 하나가 되었다. 나는 오늘 아침에도 나이든 크리스타 루드비히가 부르는 「겨울나그네」를 듣는다.

「겨울나그네」는 슈베르트와 동시대 시인이었던 빌헬름 뮐러의 시에 슈베르트가 곡을 붙인 것이다. 빌헬름 뮐러의 「겨울나그네」는 사랑을 잃은 자의 처절한 심정과 방황을 노래한 초기 독일낭만주의 시이다. 그것은 실연의 슬픔을 과장된 감정으로 노래한, 평범하긴 하지만 꽤 괜찮은 시이다. 슈베르트는 그 시 속의 감정을 음악으로 완벽하게 표현해 내었다. 즐거웠던 사랑을 회상할 때면, 선율은 따라서 경쾌해지고, 처절한 눈물을 뿌릴 때면 선율은 또 너무나 슬퍼서 듣는 이로 하여금 눈물을 흘리게 만든다. 나는 「겨울나그네」만큼 가사와 곡이 완벽한 일치를 이룬 노래를 알지 못한다.

「겨울나그네」는 전 24곡인데, 실연한 자가 사랑하는 사람의 마을 주위를 떠돌며 잃어버린 사랑을 괴로워하는 심정을 노래하였다. 계절적 배경은 겨울인데, 하얗게 얼어붙은 산과 들 또는 눈과 얼음은 곧 화자의 심정을 드러내는 은유가 된다. 제7곡의 시는 다음과 같다.

> 흥에 겨워 흘러내리던 너,
> 발랄하고 거침없던 시냇물이여,
> 어찌 이리 고요해졌느냐:
> 우리가 헤어질 때 너는 나에게 인사조차 않는구나.
>
> 단단한 얼음짱으로
> 너는 너 자신을 덮어버렸다:
> 너는 차갑게 죽은듯이
> 모래 속에 길게 누웠구나.
>
> 너의 얼어붙은 살결 위에
> 나는 모난 돌로 새기노니
> 내 사랑 그대의 이름과
> 그때 그 시절을.
>
> 그녀를 처음 만난 그때,
> 내가 떠나가던 그 시절,
> 그 이름과 날짜 둘레에

부러진 반지 같은 원을 그리노라.

이 시냇가에서, 내 마음이여,
너 역시 마찬가지임을 아느냐?
얼어붙은 살결 아래
격한 감정이 소용돌이치고 있음을 아느냐?

　겨울 시냇가에서 얼어붙은 시냇물을 보며, 시인은 다시 잃어버린 사랑을 생각한다. 그 옛날의 즐거움은 마치 시냇물이 흐르지 않듯이 흐르지 않고, 다만 차가운 얼음 아래 죽은 듯이 누웠다. 그러나 얼음아래 시냇물이 흐르듯, 시인의 마음속에도 아직 사랑의 격한 감정이 소용돌이치고 있다. 얼음 밑에 흐르는 시냇물과 가슴속에 남몰래 불타는 사랑의 감정을 연결시키는 발상이 흥미로운데, 이런 상상력은 우리의 옛 한시에서도 찾아볼 수 있다.

平生離恨成身病　　기약 없는 이별 설움, 끝내 병이 났으니
酒不能療藥不治　　술로도 못 달래고 약으로도 못 고칠 병
衾裏泣如氷下水　　이불 속의 우는 눈물, 얼음 밑의 물과 같아
月夜長流人不知　　달밤이면 늘 흘러도 아는 사람이 없네.
　　　　　　　　　　──李玉峰「離恨」(김달진 역)

　사랑의 즐거움은 마치 흥에 겨워 춤추며 흐르는 시냇물과 같다면, 사랑의 이별은 그 시냇물의 결빙과 같다. 이제 시냇물은 얼어붙어 흐르지 않듯이, 사랑의 즐거운 교감도 없다. 특히 이별당한 자의 삶이란 차갑게 얼어붙은 얼음짱 같을 것이다. 그러나 그 비참한 겉모습 속에 아직도 소용돌이치는 사랑의 감정이 여전히 있다, 마치 얼음 아래 흐르는 시냇물처럼. 이별의 아픔 혹은 그리움이란 감정은 너무나 흔한 것이다. 그러나 뮐러와 이옥봉의 시가 그런 대로 호소력

을 지니는 까닭은 그 상상력의 참신성과 비유의 적절성 때문일 것이다.

　나를 통하여, 400년 전 조선의 여인 이옥봉이 170년 전 독일의 빌헬름 밀러와 만난 셈이다. 그들은 거의 비슷한 이별의 아픔을 노래했다. 그러나 이러한 이별의 아픔이 어찌 그들만의 것이겠는가? 몇백 년 동안 그네들의 시를 읽어온 모든 사람들의 것이 아니겠는가? 사랑의 감정은 모든 시대와 나라를 초월하여 모든 사람에게 가장 보편적이고 절실한 감정이라 할 수 있다. 그러나 오늘날 우리는 단순히 사랑이나 이별을 노래한 시들을 시시한 것이라고 생각하는 경향이 있다. 아마도 워낙 사랑에 관한 좋은 시들이 옛부터 많았으므로, 동질의 감정으로 그것들을 넘어서는 시적 표현을 얻기 어렵다는 사실이 그 한 가지 이유가 될 것이다. 그러나 사랑이라는 비역사적이고 비사회적이고 정태적인 주제에 대한 우리들의 경시가 더욱 큰 이유인지 모른다. 시인들 스스로도 자신이 구태의연한 사랑과 이별의 감정을 노래하는 시인이 되길 원치 않는 경향도 있다. 그러나 포스트모더니즘이 설치는 20세기 말의 서울에도 이별의 아픔을 노래한 좋은 시들이 발표된다. 그리고 사랑이란 여전히 우리 삶의 주요한 일부이며, 예술적 표현의 주된 주제이다. 근래 출간된 최승호의 시집 『회저의 밤』과 유하의 시집 『세상의 모든 저녁』을 나는 이별의 노래로 읽는다. 최승호와 유하는 자신들의 시집이 사랑의 노래로 읽히는 것을 좋아하지 않을는지 모른다. 그렇지만 나는 그것들을 사랑과 이별의 시집으로 읽을 때 가장 편안해진다. 나는 이 두 권의 시집에 실린 여러 편의 시들이, 최근 우리 시단에 나온 이별에 관한 노래 중 참으로 절실하고 격조 있는 것이라 생각한다. 그리고 사랑을 노래했다는 이유로 조금이라도 경시되는 것을 원치 않는다.

2

최승호의 시집 『회저의 밤』은 그의 다섯번째 시집이다. 시집은 4부로 되어 있다. 1부는 이별의 노래라 할 수 있고, 2-4부는 문명비판과 공(空)의 추구를 노래한 것이다. 1부 역시 마음의 다스림 또는 존재의 구극에 대한 탐구라는 점에서 나머지 부분과 밀접하게 연결되어 있고, 또 문명비판과 허무의 탐사가 최승호 시세계의 중심 화두라는 점에서 『회저의 밤』을 이별의 노래라고 읽는 것은 다소 무리가 있을 것이다. 그러나 최승호 시세계의 중심 화두에 맞추어 이런저런 논평을 한 글들이 여럿 있으므로, 나는 1부에 초점을 맞추어 그의 이별 노래 몇 편을 읽어보고자 한다.

최승호의 이별노래는 너무나 참혹하다. 너무나 참혹하여 그것을 사랑이나 이별의 노래라고 부르기가 적절치 않은 듯도 하다. 사실 최승호의 시에는 사랑열병에 걸린 마음의 선율이 그려져 있다기보다는 사상의 상실로 인한 존재의 위기감이 표현되어 있다. 시인은 실연하였을 뿐만 아니라 사랑의 대상 그 자체마저도 잃어버렸다. 시인은 사랑했던 대상을 〈재〉로 표현한다. 사랑은 욕망과 육체가 있음으로 해서 가능하다. 그러나 최승호 시에 등장하는 사랑의 대상은 모든 욕망과 육체가 다 타버리고 이제 재로서만 남았다. 시인은 재로만 남은 그 사람을 그리워한다. 시인이 이별의 고통 속에서 보내는 밤은 다음과 같다.

등잔불 가물거리고
흙벽에 나의 구부러진 그림자는 너펄거린다
재 뒤의 소식을 나에게 전해줄
재의 혀
재의 이빨
재의 목구멍이 너에게 없다는 것을

그 무소식을
전해주는 밤의 긴 흙바람소리

「밤」이란 작품이다. 밤은 사랑을 잃어버린 자에게 그리움의 농도
가 짙어지는 시간이다. 그래서 보통의 시에서는 창에 비치는 달그림
자, 바람소리, 빗소리, 풀벌레소리 등을 빌려 그리운 님의 모습을
떠올리게 된다. 그러나 최승호의 시에는 떠올릴 수 있는 님의 모습
이 아예 존재하지 아니한다. 그것은 완전히 소멸되어 버렸다. 다시
말해 그것은 〈재〉가 되었다. 그래서 그리워할 수조차 없다. 외로운
밤의 등잔불이나 흙바람소리는 전통적인 시적 심상 속에서 그리워
하는 마음의 흐느낌을 표상한다. 최승호의 시에서도 별로 다를 바
없다. 그러나 최승호의 시에서는 그리움의 대상이 아름다운 추억으
로 존재하는 것이 아니다. 최승호의 시에서는 아름다운 과거의 추억
이 현재 부재함을 괴로워하는 것이 아니라, 대상의 부재 그 자체가
고통이 된다. 님의 부재 혹은 사랑의 이별은, 사랑이라는 감정의 지
속성으로 해서 그 고통 속에 사랑의 감미로움이 배경으로 깔려 있게
된다. 일반적으로 이별의 노래는 사랑의 대상이 비록 실제적으로 소
멸하였더라도 주체의 마음속에 계속 살아 있음으로 해서 가능하게
된다. 한용운의 표현대로 〈님은 갔지만 나는 님을 보내지 아니하였〉
기에 이별의 노래가 나오는 것이다. 그러나 최승호의 시에서 님은
주체의 마음속에서도 살아 있지 아니한 듯이 보인다. 님이라는 대상
자체가 없다고 할 수 있다. 그러면 대상이 없는데 어떻게 그리움의
고통이 가능한가? 최승호의 시에서 〈너〉라고 하는 것은, 일반적 의
미에서의 사랑의 대상이라기보다는 주체 자신의 일부로 생각된다.
「말머리성운」이란 시에 보면, 〈나의 탯줄들이/ 재로 떨어져 나간 이
후에/ 내가 핥은 재의 여물통에 불멸의 보석이 있었던가〉라는 구절
이 나온다. 그러니까 재라는 것은 나의 탯줄이 타버린 흔적이다. 즉
나의 일부요, 생명선이었던 것이다. 최승호의 시에서 사랑의 대상

은 너무나 소중한 것이기에 이미 타인이 아니고 자기 존재의 중요한 부분이다. 그것을 상실했다는 것은 곧 자기 존재의 파탄을 의미하게 된다. 이제 시인은 그것의 부재가 자신에게 남은 반쪽 존재에 어떤 결과를 초래할 것인가를 불안스레 주시하고 있다. 「재 된 사람」이라는 다음 시를 보자.

어두운 밤길 걸어가는 나의 육신 앞에, 먼저 재 된 사람은 서있다. 그는 나의 미래이자 거울이다. 나는 호주머니에서 재의 탯줄을 꺼내 그에게 준다. 그리고 그를 부둥켜안는다.

먼저 재 된 사람이란, 먼저 없어져 버린 자기 존재의 일부이다. 최승호 시인의 개인사를 참조한다면, 먼저 재 된 사람이란 그의 아내를 말하는 것이겠지만, 시를 읽으면서 꼭 그렇게 생각할 필요는 없다. 시인의 개인사를 몰라도 시는 해석될 수 있고 또 그래야만 하기 때문이다. 아내이든 사랑하던 사람이든 아니면 어떤 소중한 것이든 간에 그것은 시인의 존재에 결정적인·의미를 지닌, 이미 대상이 아니라 주체의 일부가 되어버린 그 무엇이다. 그런데 그것이 재가 되어 없어져 버렸다. 이제 남은 존재는 온전할 수가 없다. 역설적으로 그는 재가 된 사람에 의해서만 존재할 수 있다. 〈그는 나의 미래이자 거울이다〉라는 말은, 재가 된 사람에 의해서 자신의 불완전한 존재가 어떤 형태로 규정될 것임을 뜻한다. 「흰 빛으로」라는 시에서는 〈이제 두번째 불에 타지 않는/ 너의 재는/ 흰빛으로// 거칠고 소란스러운 나를 비춘다〉라고 말한다. 이제 부재하는 것이 남은 존재를 규정하게 되는 것이다. 이 경우는 보통의 그리움과 반대이다. 한용운이 〈님은 갔지만, 나는 님을 보내지 아니하였습니다〉라고 했을 때, 존재의 의지는 부재를 존재로 규정하였다. 그러나 최승호 시에서는 부재의 의지가 존재를 규정하고, 존재는 고통 속에서 수동적으로 흔들리고 있을 따름이다. 시인의 존재는 먼저 재 된 사람에 의

해서 잿물이 되기도 하고, 잿물에 삶는 빨래가 되기도 하고 또 빨래를 널어놓은 흰 모래밭이 되기도 한다(「너의 재로」). 달리 말해 잿물과 같은 존재가 될 수도 있고, 잿물에 삶은 빨래처럼 고통 뒤의 순결한 존재가 될 수도 있고, 또는 흰 모래밭처럼 맑고 너른 존재가 될 수도 있다.

그러나 부재하는 것에 의해 시인의 존재가 규정된다고 해서, 시인이 고통 속에서 수동적으로 흔들리고 있다고 해서, 시인의 역할이 없는 것은 아니다. 부재하는 것은 시인에게 명시적으로 모든 것을 말해주지 않는다. 시인의 운명은 부재하는 것이 주재하지만, 그 운명의 신탁은 수수께끼여서 시인 스스로 찾아 헤메야 하고 또 그 신탁을 해석해 내야 한다. 그렇기 때문에 시인의 존재는 부재에 그토록 매달려야 하는 것이다. 부재하는 것이 지정한 운명의 신탁을 어긋나지 않게 푸는 것——이것이야말로 시인이 모든 것을 바쳐 해야 할 일이고, 그 지극한 모색의 흔적이 바로 시인이 남긴 사랑의 시이다. 가령 다음과 같은 시는 마치 신과 같은 부재 앞에 엎드려 있는 존재의 지극하고 겸허한 모습을 감동적으로 보여준다.

재를 뚫고 날아가는 無邊의 새여
네가 날아가는 곳을 말해다오
네가 걸터앉는 하늘나무의 가지들을 흔들어다오

재를 뚫고 날아가는 無言의 새여
우리에게 보이지 않고
들리지 않는 것을
너의 언어가 아니라 우리들의 언어로 노래해다오

재를 뚫고 날아가는 법열의 새여
우리가 죽어 재 될 때에

너의 길을 따라가게 해다오
네가 날개 친 곳에서
우리도 날개 치게 해다오

재를 뚫고 날아가는 자취없는 새여
너의 발자국들을 하늘에 찍고
너의 깃털들을 하늘길에 놓아다오

재를 뚫고 날아가는 모습없는 새여
우리가 눈이 없어도 너를 보고
우리가 귀 없이도 너의 소리를 들으며
우리가 육신 없이도 너를 느끼게 해다오

재를 뚫고 날아가는 無上의 새여
네가 높이 올라
더 높은 곳이 없는 곳에 이를 때에
너의 하늘길이 아름다웠음을
이 땅에도 전해다오

「모습없는 새」는 최승호가 노래하는 이별노래의 대상이다. 그것
은 너무나 소중한 것이기에 자기 존재의 일부로서, 이미 대상이 아
니다. 그것의 부재는 존재에 결정적인 위협이 된다. 나아가 그 부재
에 의해 존재가 규정되게 된다. 이제 남은 존재는 부재가 정해주는
신탁에 의해 그 운명이 정해지는바, 존재는 부재 앞에 엎드려 처절
한 인고와 지극한 정성으로 신탁의 해법을 갈구한다. 부재는 무변
(無邊)이며, 무상(無上)이요, 법열(法悅)이지만, 또한 무언(無言)이
요 무형(無形)이다. 그것은 신과 같다. 시인은 그 부재 앞에 무릎 꿇
고 간구할 뿐이다. 사랑의 상실, 즉 부재를 자기 존재의 규정자요 신

으로까지 격상시키고 그 아래 겸허하고 지극한 모습으로 엎드린 존재를 보여주는 최승호의 이별 노래는 너무나 처절해서 이미 사랑과 이별의 노래가 아닐는지 모른다. 거기에 사랑의 낭만은 없다. 자신의 절반을 잃어버린 자의 절망과 아픔 그리고 부활에의 간구(懇求)가 그려져 있을 뿐이다. 그래도 그것이 사랑과 이별의 노래라면, 그것은 새로운 충격이며 새로운 지평이다. 그 지평은 유현(幽玄)하다.

3

유하의 『세상의 모든 저녁』 역시 그의 이전 시집처럼 특유의 상상력과 재치 있는 언어로 우리 문명의 매혹을 주시하고 또 비판한다. 이번 시집 『세상의 모든 저녁』에도 유하의 그러한 특성과 메시지가 인상적으로 나타나 있다. 그러나 한편으로는 그의 이전 시집에서는 찾아볼 수 없었던, 고전적 사랑의 정서와 내면으로의 응시가 있다. 이점은 유하 시의 시사적 의미를 감소시킬 수도 있지만 유하 시의 성숙이라고 말해도 좋을 것이다. 『세상의 모든 저녁』에 실린 사랑의 노래들은 보다 고전적이고 상식적인 사랑의 상실을 노래한다. 그 상실의 아픔은 절절하지만, 그래도 그곳에 낭만적 감미로움이 절망의 배음으로 깔려 있다. 그래서 그것은 보다 이별노래다운 이별노래다. 시인이 상실한 사랑의 대상은 우리가 짐작할 수 있는 보통의 사람이고, 그 실연의 노래 속에는 육체가 있고 욕망이 있다. 시인이 빠져있는 사랑은 다음과 같은 것이다.

그대여, 내 사랑이란 그런 것이다
나가지도 더는 들어가지도 못하는 사랑
이 지독한 마음의 잉잉거림,
난 지금 그대 황홀의 캄캄한 감옥에 갇혀 운다

여기 「사랑의 지옥」마지막 연에서 보는 바와 같이, 시인의 마음은 감옥 혹은 지옥에 갇혀 있다. 사랑을 버릴 수 없기 때문에 나가지도 못하고, 사랑하는 사람이 떠났기 때문에 더는 들어갈 수도 없다. 그 속에 갇혀 시인은 울고 있다. 이 울음의 기록이 『세상의 모든 저녁』에 실린 사랑노래의 내용이다. 시인의 울음은 어떠한 마음의 결에서 나오는 것이며, 어떤 방황의 도정에서 나오는 것이며, 또 어떤 무늬로 아롱지는 것인가? 그것들이 어떤 언어의 옷을 걸치고 읽는 이의 마음속으로 물결쳐 오는가? 우리의 궁금증에 대해 유하의 시가 답해 보여주는 바는 인상적이고 감동적이다. 가령, 유하가 만들어내는 그리움의 언어는 다음과 같다.

강가에 앉아 그리움이 저물도록 그대를 기다렸네
그리움이 마침내 강물과 몸을 바꿀 때까지도
난 움직일 수 없었네

바람 한 톨, 잎새 하나에도 주술이 깃들고 어둠 속에서
빛나는 것들은 모두 그대의 얼굴을 하고 있었네

「너무 오랜 기다림」이란 시의 첫 연과 둘째 연이다. 시인은 강물을 마주하고 떠나버린 그대를 생각한다. 그리움이 강물처럼 흘러 멈추지 않아 날이 저물어도 시인은 움직이지 못한다. 그리움은 세상을 바꾸어, 바람과 잎새마저도 그리움의 주문을 외고, 그대 얼굴은 마치 어둠 속에서 반짝이는 별들처럼 내 어둠의 마음속에서 반짝이고 있다. 시간의 흐름과 사물의 변화 속에서 그리움의 물결이 시인의 마음을 어떻게 적시고 있는가 섬세하게 그려져 있다. 이 섬세한 언어의 직조를 통하여 시인의 그리움은 시 속에 이식(移植)되어서도 생명을 유지한다. 「여름 숲에서 부르는 노래」역시 그러하다.

매미가 숲의 두 뺨에 앉아 노래를 시작하면
난 어느새 시퍼런 나무즙의 강물에 잠기네

들리는가, 매미들 저 보리피리 같은 입 속으로
여름 숲 온 가슴이 빨려 들어가는 소리

푸른 날의 전율을 작은 입술에 달고
가벼운 울음으로 날아간 사람이여

이 밤, 두 뺨에 노래처럼
그대 손길의 흔적
낯익은 아픔으로 나를 길어 올릴 때,
조용한 몸의 떨림 깊은 곳으로부터
그리움의 수액 폭포처럼 솟구쳐 올라
저 별까지 적시리

 1연과 2연은 지나간 추억이다. 그때는 여름이며, 사랑이 무성할
때이고, 사랑의 즐거움이 매미울음처럼 강렬할 때이다. 그대가 속
삭일 때면, 나는 시퍼런 사랑의 강물에 익사하고 나아가 여름 숲 전
체가 그대의 속삭임 속으로 빨려 들어가 버렸었다. 그처럼 사랑의
여름은 짙었었다. 그러나 7일 간의 울음으로 끝나는 매미의 울음처
럼 그대의 여름은 쉽사리 가버리고, 이제 그 즐거움의 여름은 없다.
다만 아픈 그리움으로서만 있을 뿐이다. 이것이 마지막 연의 내용이
다. 그대를 향한 그리움은 내 두 뺨에 눈물이 흐르게 하고, 그것을
그대 손길의 흔적이라고 느낀다. 그리고 그 눈물과 그리움은 이미
낯익은 것이 되어버렸다. 그 사랑의 여름처럼 숲의 수액이 나를 적
시지만, 이제는 그리움의 수액이며, 그것은 마침내 별까지 적실 정
도로 흥건하다. 이 시에서 의미구조를 떠받치고 있는 것은 수액이라

418

할 수 있다. 그 수액은 나를 적시고 나아가 세계까지 적시는데, 사랑의 노래는 푸른 여름 숲의 수액을 자아내어 나를 적시고 그리움은 차가운 겨울을 수액이 되어 나로부터 외부로 퍼져나간다. 그러니까 사랑은 외부에서 나에게로 밀려오는 밀물이고, 그리움은 나에서 외부로 퍼져나가는 썰물과 같은 것이다. 이러한 정교한 의미구조에 힘입어 이 시는 사랑의 황홀과 그 상실의 환멸을 잘 드러내 주고 있다.

그런데 유하의 사랑노래는 잃어버린 사랑만을 응시하는 것이 아니라 그리움의 고통 속에 있는 자신의 내면을 응시함으로써 한층 깊어진다. 「당신」이라는 시에서 시인은 그리움 자체를 노래하는 것이 아니라 그리움의 내면 풍경을 노래한다.

오늘 밤 나는 비 맞는 여치처럼 고통스럽다
라고 쓰다가, 너무 엄살 같아서 지운다

하지만 고통이여, 무심한 대지에게 칭얼대는 억새풀
마침내 푸른빛을 얻어내듯, 내 엄살이 없었다면
넌 아마 날 알아보지도 못했을 것이다

열매의 엄살인 꽃봉오리와
내 삶의 엄살인 당신,

난 오늘밤, 우주의 거대한 엄살인 별빛을 보며
피마자는 왜 제 몸을 쥐어짜 기름이 되는지
호박잎은 왜 넓은 가슴인지를 생각한다

입술을 달싹여 무언가 말하려다,
이내 그만두는 밑둥만 남은 팽나무 하나

얼마나 많은 엄살의 강을 건넌 것일까

1연에서, 〈비맞는 여치처럼 고통스럽다〉라고 했다가 다시 〈너무 엄살같아 지운다〉고 말하는 것은, 고통스런 자아를 쳐다보는 자의식을 강하게 드러낸다. 일반적으로 사랑이란 자의식의 소멸이라 할 수 있다. 따라서 자의식을 갖는다는 것은 사랑의 감정을 객관화시키고 정리해 나가는 태도이다. 이제 시인은 자신의 사랑과 그리움과 고통을 형이하학에서 형이상학으로 바꾼다. 문제가 되는 것은 대상 그 자체가 아니라 자신의 욕망과 태도이다. 시인은 자신의 고통이나 그 고통의 진술이 엄살이라고 생각한다. 엄살이란 아픔이나 어려움을 거짓으로 꾸미거나 과장하는 태도를 말한다. 그것은 일반적으로 기피되거나 극복되어야 할 태도이지만, 시인은 엄살의 새로운 측면을 발견해 낸다. 시인이 볼 때, 꽃봉오리(A)는 열매(B)의 엄살이며 별빛(A)은 우주(B)의 엄살이고 당신(A)은 내 삶(B)의 엄살이다. 즉 엄살 A는 아름다운 것이며, 그것이 있음으로 해서 B라는 존재는 가치를 갖게 되거나 의미를 갖게 된다. 당신에 대한 엄살, 즉 나의 고통과 그리움을 통하여 내 삶은 아름다워지고 풍요로워진다는 역설을 시인은 말하고자 한 것이다. 많은 엄살의 강을 건너서 이제는 아무런 말도 하지 않고 묵묵히 있는 팽나무는 삶의 아름다움과 풍요로움 다 잃어버리고 이제는 밑둥만 남아 있다. 거기에는 엄살도 없고 고통 역시 없겠지만, 삶의 아름다운 육체성과 감정 또한 없는 것이다. 시인은 이런 식으로 그리움의 고통을 합리화시키는데, 그 방식은 설득력을 지니고 있다.

사랑의 상실에서 비롯되는 지옥 같은 고통이 오로지 고통인 것만은 아니다. 혹은 아니라고 시인은 자신을 합리화시킨다. 그 고통 속에는 감미로움이 있기도 하고, 또 그 고통은 시인의 마음에 새로운 문을 열어주기도 한다.

꽃의 동굴에서 새어나온 빛이
이곳에 허망한 봄 그림자 하나 찍어냈구나
질식할 것 같은 누런 봄 있으므로
난 철쭉꽃의 구멍 속에서
대명천지를 본다

마음이 열쇠가 되는 나라

저 빛 하나 보려고
난 얼마나 오래도록 더럽혀졌는가
진창에 푹 절여졌는가

「꽃의 동굴」 후반부이다. 꽃과 봄의 세상을 사랑의 세상이라고
본다면, 시인은 그 사랑 때문에 오래도록 더럽혀지고 진창에 푹 절
여졌었다. 그러나 그 꽃과 봄의 아름다움은 허망한 것이다. 그렇지
만 그 고통과 허무로부터 마음은 새로운 세계를 본다. 즉 사랑은 그
자체가 집요한 추구의 대상에서 새로운 세계를 열어주는 매개체로
바뀌는 것이다. 이러한 마음의 변증법은 「구름의 운명」이라는 시의
다음과 같은 구절에서 보다 분명히 제시된다.

산다는 것은 매순간 얼마나 황홀한 몰락인가

육체와 허공이 한 몸인 구름,
사랑이 내 푸른 빛을 흔들지 않았다면
난 껍데기에 싸인 보리 알갱이처럼
끝내 구름의 운명을 알지 못했으리라

부귀와 영화가 뜬구름과 같다는 생각은 흔한 것이다. 이 시는 그

러한 상투적 인식에 의존하면서, 그것을 교묘하게 비틀어 새로운 인식에 도달한다. 시인은 구름이라는 것이 육체의 아름다움과 허공의 허망함을 동시에 지닌 것으로 파악한다. 이것은 육체의 아름다움이 곧 허망하다는 생각과 전혀 다르다. 어느 하나를 부정하는 것이 아니라 동시에 둘 다를 긍정하는 태도, 혹은 그 둘이 곧 하나라는 생각이다. 여기서 사랑의 기쁨과 고통, 상실과 발견, 충만과 허무 등은 불이(不二)라는 새로운 인식지평이 열린다. 사랑의 상실과 고통이 시인에게 새로운 지평을 열어준 것이다.

유하의 이별노래는 이와 같은 마음의 변증법을 보여준다. 그것은 육체의 아름다운 매혹과 허망함에 동시에 집착한다. 육체의 허망함에 쉽사리 안주하는 것이 아니라, 육체의 아름다운 매혹에 집요한 애착을 보이면서 자신의 고통을 극대화시키고 있다는 점이 특히 돋보인다. 그 매혹을 표현하는 언어의 육체성 또한 아름답고 매혹적이다. 원래 변증법의 가치는 결론에 있다기보다는 그 과정의 방황과 갈등에서 나오는 것이다. 유하의 시는 육체의 매혹과 언어의 매혹으로 그 과정을 풍요롭게 만들고 있다.

4

사랑은 삶과 문학의 가장 중요하고 또 상투적인 주제이다. 문학 속의 사랑은 수많은 비유를 삼천궁녀처럼 거느리고 있는 주제의 왕이며, 동시에 그 자체가 삶에 대한 비유가 되는 변신의 왕이다. 뛰어난 사랑노래치고 세상의 삼라만상을 비유로 끌어쓰지 않는 것이 없고, 스스로 세상이치의 탁월한 비유가 되지 않는 것이 없다. 앞에서 나는 다소 엉뚱하게 슈베르트의 「겨울나그네」에 대한 이야기를 한 적이 있다. 그 고통스럽고 아름다운 실연의 노래가 사람을 끄는 이유 중의 하나는, 아마도 그것이 사랑의 상실을 노래하고 있으면서 동시에 삶의 허무와 고통에 대한 알레고리가 되기 때문일 것이다. 그렇게 절실한 사랑을 해보지 않은 사람들이 그 노래에 감동을 받는 까닭은 사랑이란 것이 보편적인 감정이기 때문이기도 하겠지만 또한 그 노래가 우리 삶의 본질적인 허무와 상실감을 노래하고 있기 때문이기도 할 것이다. 인생이란 잃어버린 봄을 그리워하며, 차가운 겨울 속에서 다시 봄이 오기를 기원하며 애태우지만, 봄은 인생 저 너머에 있는 것이라는 생각에 동감하게 되는 것이다. 즉 이와 같은 낭만적 세계관이 던져주는 인생의 해석에 자신의 고된 삶을 잠시 의탁해 보는 것이다.

최승호와 유하의 이별노래 역시 삶 자체에 대한 비유가 된다. 오히려 더 적극적으로 사랑보다 삶에 대해서 노래하고 있는지도 모른다. 그것들은 상실의 고통을 내면화하여 정신의 성숙으로 변환시키는 과정을 보여준다. 이 과정에서 사랑했던 대상은 하나의 이데아가 되고, 거기에 가까이 가고자 하나 가까이 갈 수 없는 시인의 고통은 우리 삶의 본질적 고통이 된다. 그리하여 우리는 그들의 이별노래 속에서 사랑의 모습뿐만이 아니라 삶의 모습까지를 보게 된다. 최승호와 유하의 이별노래는, 그 성격이 서로 매우 상이하지만, 근래 보기 드문 사랑과 고통을 에너지를 보여주며 아울러 깊은 마음의 변증법과 그 언어적 표현의 매혹을 보여준다.

바닷속 백단향(白檀香) 나무같이
—— 이진명의 『밤에 용서라는 말을 들었다』

마티스 작, 「테라스에 앉아 있는 자라 Zara」, 1912.

　　나는 앙리 마티스의 그림들을 좋아한다. 그의 그림들은 힘차고 대담한 표현 속에 섬세한 감정을 담고 있다. 욕망, 관능의 화려함과 고독의 정적이 절묘하게 결합된 감정의 세계라고 할 수 있을 것이다. 그런데 앙리 마티스의 작품 중에서 약간 특이한 분위기를 지니고 있는 그림이 있다. 마티스가 1912년 단지르에서 그린 회교풍의 그림 「테라스에 앉아 있는 자라 Zara」가 그것이다.

　그림 중앙에는 푸른 옷의 자라가 푸른 카페트 위에 단정하게 앉아 있다. 왼쪽 상단에는 황혼의 붉은 햇빛이 희미하게 비치고 있으며, 그 대각선 아래에 역시 붉은색의 금붕어 세 마리가 어항 속에 들어 있다. 그리고 왼쪽 아래에는 자라가 벗어놓은 신발이 가지런히 놓여 있다. 마티스의 다른 그림들과는 달리, 이 그림은 고독한 욕망이 외면으로 발산되는 것이 아니라 깊은 내면으로 응고되어 있는 것처럼 느껴진다. 자라의 앉은 모습과 무심한 표정에는 정적이 감돈다. 너무나 오랫동안 그대로 있어 이젠 시간이 멈춰버린 것 같다. 자라와 자라가 벗어놓은 신발은 푸른빛의 고독과 정적 속에 아득히 잠겨 있다. 붉은빛의 욕망은 그 고독과 정적을 헝클지 못한다. 그녀의 고독한 욕망은 오랜 인내 끝에 이제 황혼이나 금붕어 어항처럼 객관화되고 배경화되어 있다. 그러나 욕망이 초월된 것은 아니다. 그것은 아득하게 비치는 황혼이나 어항 속에 갇혀 가만히 떠 있는 금붕어처럼 푸른빛의 고독과 정적을 오히려 완성시키고 있다. 욕망을 내면 속에서 오래 묵히고 삭혀서 삶의 향기가 되어버린 공간을 나는 이 그림에서 만난다.

　이진명의 시를 읽으면, 나는 마티스의 「테라스에 앉아 있는 자라」가 생각난다. 무엇인가 비슷한 분위기가 있는 것 같다. 아마도 그것은, 이진명의 시가 욕망을 내면 속에서 오래 묵히고 삭혀서 이루어 낸 향기를 지니고 있기 때문일 것이다.

　이진명의 시적 언어는 「테라스에 앉아 있는 자라」처럼 고독과 정적의 푸른빛을 지니고 있는 것처럼 보인다. 삶의 쓸쓸함과 덧없음을 드러내고 있지만, 그 언어는 짜증스러운 넋두리가 아니다. 다만 고독과 정적의 푸른빛만 드러내고 있는 그 언어는 한없이 낮고 조용하여 조심스레 귀기울이지 않으면 들리지 않는다. 또는 아주 미묘한 향기와 같아 집중하지 않으면 그 향을 맡을 수 없다. 가령 시인은 삶의 쓸쓸함과 덧없음을 다음과 같이 혼잣말로 소근거린다.

우선 등을 켜야 한다
(……)

저녁은, 그렇게 저녁은 이제
보도블록을 천천히 걸어
셔터 내린 은행 문 앞의 알맞은 어둠 속에 갇히기도 하다가
횡단보도를 건너고
드디어는 집

집, 발을 뺀 신발이 갑자기 고즈너기 입을 오므리면
봉지 속에서 떨어져내린 군밤 한 알 굴러가다 만다

그때 저녁은 모든 것을 느끼지, 모든 것을
오 그렇고 그런 평화
자기를 뒤따라 온 貧者의 등 하나를

「저녁을 위하여」라는 시다. 생략된 전반부에는 화자가 퇴근 길에 관찰한 풍경들이 묘사되어 있다. 그 풍경은 바쁘고 복잡하고 그리고 혼란스럽다. 그러나 그 풍경으로부터 화자는 유리(遊離)되어 있다. 바쁜 사람들에게는 자신이 속한 바쁜 풍경이 관찰되지 않는다. 바쁜 풍경을 관찰하면서 걸을 수 있는 바쁘지 않은 화자는, 그림자처럼 혹은 유령처럼, 북적대는 세상과는 상관없이 퇴근 길을 걸어간다. 퇴근해도 그를 반겨줄 삶이 없는 자에게, 퇴근 길의 활기찬 북적거림은 오히려 쓸쓸함과 소외감을 가중시킬 뿐이다. 화자가 지닌 쓸쓸

하고 망연한 귀가의 모습은, 이미 집에도 기다리는 사람이 없음을 암시한다. 자신과는 상관없이 저 홀로 바쁜 귀가 길의 거리를 지나 집으로 돌아오면, 기다리는 것은 발을 뺀 자신의 신발뿐이다. 그 신발의 고독한 입은 마치 블랙홀과 같이 모든 삶의 의미를 빨아들이는 것 같다. 다른 사람들의 흉내를 내어 귀가 길에서 군밤을 사가지고 왔지만, 그것을 줄 사람은 아무도 없다. 그 쓸쓸함과 정적을 시인은 〈그렇고 그런 평화〉라고 말한다. 그 암담한 평화 속에서 화자는 〈자기를 뒤따라 온 빈자의 등 하나〉, 즉 자신의 쓸쓸한 삶을 조용히 응시한다. 이 평화, 정적, 느낌 속에서 쓸쓸함은 시읽기의 공간에 퍼진다. 아마도 〈발을 뺀 신발〉은 「테라스에 앉아 있는 자라」 그림의 신발처럼 막막하게 놓여져 있는 것이며, 〈자기를 뒤따라 온 빈자의 등 하나를〉 느끼는 화자의 표정은 자라의 표정과 흡사하지 않을까 짐작된다.

이 시 이외에도 이진명의 시에는 저녁 혹은 일몰이 자주 나온다. 이진명 시의 화자는, 마치 「테라스에 앉아 있는 자라」에서의 자라처럼, 저녁 혹은 일몰의 시간에 있는 경우가 많다. 저녁은 낮일을 하면서 잊었던 자기 자신의 모습을 되찾는 시간이다. 삶이 막막하고 쓸쓸한 사람에게 자신을 되찾는 시간은 쓸슬함을 되찾는 시간이기도 하다. 그 시간 이후에는 죽음처럼 캄캄한 밤이 기다리고 있다. 그래서 일몰은 〈한 꾸러미 經典을 메고/ 나귀처럼 산맥을 넘어가는 어머니〉로 표현되기도 하고, 〈이른 죽음을 마다 않았지만/ 오늘은 내 앞에 나타내 준 모습 더 일찍 거두시는지〉라고 안타까워하기도 한다(「겨울, 일몰시간 I」).

앞의 시에서 화자가 집에 돌아와 느끼는 〈빈자의 등 하나〉가 좀 더 구체적으로 어떠한 모습인지 여기서 생각해 볼 수 있다. 그 가난함이란 물질로부터의 가난함이라기보다 사랑이나 관계로부터의 가난함일 것이다. 시인은 「여행」이라는 시에서, 〈여행은 안 돌아오는 것이다〉라고 단정하고, 〈없었다. 그 이후론/ 책상도 의자도 걸어논

외투도/ 계단도 계단 구석에 세워둔 우산도/ 저녁 불빛을 단 차창도 여행을 가서 안 돌아오고/ 없었다. 없었다)라고 모든 것의 부재를 확인한다. 여기서 없는 것은 사물 그 자체가 아니다. 일상 속에서 그 사물들과 더불어 존재해야 하는 삶의 의미나 무늬가 없다는 말이다. 분명하지는 않지만; 시인은 사랑·가족·청춘·욕망 등등 삶의 무늬라고 할 수 있는 것들로부터 소외당한 삶의 쓸쓸함에 잠겨 있는 것 같다.

더 이상 삶의 그림을 그릴 수 없을 때
단순화시키고 시키고 시켜서
거의 백지와 다름없다 생각했을 때
오 아주 백지구나 하는 찰나에
온몸을 궁글리며 나는 탄식했다
사탕이 먹고 싶다
귀, 향, 하, 고, 싶, 다

참말 거짓말같이
몇 알의 사탕 살 돈도 없는지 오래고
안에서는 시간만이 진행하는 때
밖의 넘쳐 흐르는 햇살 한 자락 끌어
주머니 적시고 싶지도
얻어 바르고 싶지도 않고
드디어 투명하게 비춰 보이기 시작한
열 손가락의 뼈들
미친다 열 개의 집게이듯
쇠갈고리이듯

「그렇게 사탕을 먹으며」라는 시에서 시인은 삶이 단순화되어 거의 백지와 다름없다고 생각한다. 백지의 삶이란, 앞서 말한 빈자(貧者)와 마찬가지로, 아무런 삶의 무늬를 가지지 못한 삶일 것이다. 오로지 시간만 흘러갈 뿐, 세상의 모든 것으로부터 소외되어, 존재는 무의미하게 방치되어 있는 것이다. 이처럼 자신의 삶이 무화(無化)되어 있음을 새삼 느끼는 순간, 화자는 어렵게 쥐고 있던 평정(平靜)의 끈을 잠시 놓치고, 억압되어 있던 욕망의 물결에 휩쓸린다. 그 욕망은 사탕으로 매개된다.

사탕에는 색깔이 많다
단물도 단물이지만 빨간색 초록색 노란색 파랑

너 삶이라는 것
너 백지의 큰 입에
빨간색 사탕을 넣어 주련
초록색 사탕을 넣어 주련

사탕으로 매개된 세속적 욕망, 그것은 달콤하고 갖가지 색깔을 지닌 화사한 것이다. 화자는 자신의 삶이 그러한 화사한 무늬를 갖지 못하고 백지처럼 되었다는 인식에 고통스러워한다. 사탕을 먹고 싶다는 것은 그러므로 이 고통의 표현인 것이다. 아울러 사탕을 먹고 싶다는 것 자체가 삶의 절망적 백지상태의 표현이기도 하다. 삶을 삶답게 하는 무늬를 생각하면서 기껏 떠올릴 수 있는 것이 어릴 적의 달콤한 사탕 맛뿐이라는 사실은 그 백지상태의 비극성을 오히려 강조하는 셈이다. 어릴 적의 사탕 맛으로 어른의 삶에 무늬를 그려넣을 수는 없는 노릇이다.

이처럼 이진명의 시들은 모든 인간적 열망으로부터 소외당한 외로움과 쓸쓸함과 덧없음에 깊이 침윤되어 있다.

이진명의 시에서 삶에 드리워진 쓸쓸함과 덧없음의 그늘은 짙다. 그러나 그 그늘은 아늑한 느낌을 준다. 시인은 삶의 쓸쓸함과 덧없음을 용서하고 포용한다. 때때로 자신을 속이고 배반하고 소외시키는 생활에 대하여, 그리하여 백지처럼 무화(無化)되어 버린 자신의 삶에 대하여, 시인은 헝클어진 마음자락을 내보이기도 하지만, 결국은 조용히 그 삶을 껴안는다. 그 용서와 포용의 자세는 따뜻하고 겸손하고 경건하다. 시인이 상처받고 소외된 삶을 어떻게 사랑의 삶으로 전이(轉移)시키는가는 다음과 같은 시를 통하여 보다 잘 짐작할 수 있다.

나는 나무에 묶여 있었다. 숲은 검고 짐승의 울음 뜨거웠다. 마을은 불빛 한 점 내비치지 않았다. 어서 빠져나가야 한다. 몸을 뒤틀며 나무를 밀어댔지만 세상 모르고 잠들었던 새 떨어져내려 어쩔 줄 몰라 퍼드득인다. 발등에 깃털이 떨어진다. 오, 놀라워라. 보드랍고 따뜻해. 가여워라. 내가 그랬구나. 어서 다시 잠들거라. 착한 아기. 나는 나를 나무에 묶어 놓은 자가 누구인지 생각지 않으련다. 작은 새 놀란 숨소리 가라앉는 것 지키며 나도 그만 잠들고 싶구나.

「밤에 용서라는 말을 들었다」라는 시의 첫번째 연이다. 시인은 나무에 묶여 고통을 당하고 있다. 거기서 빠져나가려고 바둥거린다. 그러나 그 바둥거림은 뜻밖의 착한 짐승을 괴롭힌 셈이 된다. 그 착한 짐승에 대한 연민으로 자신의 고통스런 상황은 극복된다. 타자에 대한 연민이 자아의 고통을 넘어서는 순간, 시인에게는 새로운 세계가 열린다. 그것은 두번째 연에서 다음과 같이 표현된다.

누구였을까. 낮고도 느린 목소리. 은은한 향내에 싸여. 고용하게 사라지는 흰 옷자락. 부드러운 노래 남기는. 누구였을까. 이 한밤중에.

시인은 누군가 자기를 방문했음을 느낀다. 알 수 없는 그 방문자는 은은한 향내와 부드러운 음성을 지녔다. 그의 향내와 노래는 축복처럼 시인의 아픔과 연민을 쓰다듬어준다. 종교적 체험을 연상시키는 이러한 체험을 통하여 시인은 다음과 같은 영적인 깨달음을 얻는다.

새는 잠들었구나. 나는 방금 어디에서 놓여난 듯하다. 어디를 갔다온 것일까. 한기까지 더해 이렇게 묶여 있는데. 꿈을 꿨을까. 그 눈동자 맑은 샘물은. 샘물에 엎드려 한 모금 떠 마셨을 때, 그 이상한 전언. 용서. 아, 그럼. 내가 그 말을 선명히 기억해 내는 순간 나는 나무기둥에서 천천히 풀려지고 있었다. 새들이 잠에서 깨며 깃을 치기 시작했다. 숲은 새벽빛을 깨닫고 일어설 채비를 하고 있었다.

세번째 연이다. 시인은 알 수 없는 그 방문자가 남기고 간 메시지가 〈용서〉임을 깨닫는다. 자신을 묶고 자신에게 고통을 준 그 삶을 용서한 순간, 속박과 고통은 저절로 없어지고 어둠의 밤도 물러간다. 이제 시인은 자신을 괴롭힌 것을 용서하고 포용하는 것이 곧 그 속박을 푸는 열쇠임을 안다. 그리하여 시인은 분노와 증오와 공포와 어둠과 절망을 향하여 〈내 너에게로 가노라. 질기고도 억센 밧줄을 풀고. 발등에 깃털을 얹고 꽃을 들고〉라고 말할 수 있게 된다.

이처럼 시인은 소외된 삶, 쓸쓸하고 덧없는 삶에 대하여 큰 분노와 절망을 느끼지만 그것을 외부로 발산하지 아니하고 내면화시킨다. 불만의 현실과 피흘리며 대결하기보다는 그 분노와 절망을 자아의 내면으로 수렴하여 부드러움과 따뜻함으로 삭여낸다. 그래서 이진명의 시들은 다소 정적인 느낌을 준다. 그러나 그 부드러움과 따뜻함은 오랜 인고와 자기 소멸의 과정 속에서 숙성한 것이라 향이높다. 시인은 「산」이란 시에서 〈나는 저 아래 마을로 내려가지 않으리라──아래 마을 길 바닥이 되어 엎드리지 않으리라〉라고 말한다. 사람들은 소외·쓸쓸함·덧없음을 벗어나기 위하여 저 아래 마을로 내려가 엎드린다. 자기의 바깥에서 그것을 해소할 방법을 찾는다. 시인은 그러나 그 방법이 자신의 것이 아님을 분명히 한다. 〈주운 것 같은 모자는 더욱 쓰지 않으리라〉고 말하는 것이다. 시인은 소외와 고통을 벗어나려고 하는 것이 아니라 그것을 포용하고 사랑하고자 한다. 그래서 저 아래 마을에는 내려가지 않겠다는 시인의 자세는 오만한 독존(獨尊)이 아니다. 그것은 오히려 소외당하고 쓸쓸한 모든 것들에 대하여 사랑과 연민을 느끼는 겸손의 자세이다. 그런 연민과 겸손의 자세는 〈채 자라지 못하고 만 오소리나무와 마주 앉으리라/ 이마를 맞대며 밤바람 소리를 읽고/ 오래 누워 있는 바위의 일생을 이야기하다가/ 그 바위 위에 맨 먼저 이불 덮어 주리라〉와 같은 구절에서 감동적으로 전달된다. 특히 바위에 맨 먼저 이불을 덮어 주겠다는 마음은, 바위의 일생 같은 인고를 스스로 다스려 보지 않는 자는 얻기 어려운 것이 아닐까 한다.

바위 위에 맨 먼저 이불을 덮어 주리라는 시인의 마음은 이미 종교적이라 할 만하다. 그렇다. 이진명의 시에는 삶의 상처와 허무를 오래 응시하여 마침내 사랑으로 승화시키는 종교적 분위기가 있다. 시인은 「산」이란 시에서 저 아래 세속의 마을에는 내려가지 않겠다고 말했다. 그의 육체와 일상은 언제나 고단하고 빈한한 세속에 머물러 있지만, 그의 마음은 종교적 겸손과 온후함에 머물고자 한다. 그리하여 시인은 신의 동네에 자주 기웃거린다. 「복자수도원」을 엿보기도 하고, 「서랭이절」을 찾아가기도 하고, 「하늘나라」로 가는 길을 찾아 보기도 한다. 아마도 이 시집에서 가장 아름다운 시의 하나일 「복자수도원」을 보자.

　내 산책의 끝에는 복자수도원이 있다
　복자수도원은 길에서 조금 비켜 서 있다
　붉은 벽돌집이다

그 벽돌빛은 바랬고
창문들의 창살에 칠한 흰빛도 여위었다
한낮에도 그 창문 열리지 않고
그이들 중 한 사람도 마당에 나와 서성인 것 본 적 없다
둥그스름하게 올린 지붕 위에는 드문드문 잡풀이 자라 흔들렸고
지붕 밑으로 비둘기집이 기울었다
잠깐이라도 열린 것 본 적 없는 높다란 대문 돌기둥에는
殉教福者修道會修道院이라 새겨진 글씨 흐릿했다
그이들은 그이들끼리 모여 산다 한다
저녁 어스름 때면 모두
聖衣자락을 끌며 긴 복도를 나란히 지나간다고 한다
비스듬히 올라간 담 끄트머리에는 녹슨 외짝문이 있는데
삐긋이 열려 있기도 했다
숨죽여 들여다보면
크낙한 목련나무가 복자수도원, 그 온몸을 다 가렸다.
내 산책의 끝에는 언제나 없는 복자수도원이 있다

복자수도원은 서울 성북동에 있다. 그러나 실재하는 복자수도원
은 이 시와 별 상관이 없다. 이 시에서 복자수도원은, 복음(福音)과
복자(福者) 즉 하느님 말씀과 하느님의 선택을 받은 자가 사는, 신
의 마을이다. 아마도 그곳에는 소외와 쓸쓸함과 덧없음과 절망과 같
은 세속의 어둠이 더 이상 존재하지 않는 곳일 것이다. 그곳은 세속
에서 떨어져 있듯이, 길에서 조금 비켜 서 있다. 붉은 벽돌집이며
둥근 지붕을 가졌고, 지붕에 자란 풀은 오랜 세월을 가졌음을 말해
준다. 시인이 복자수도원에 대해서 아는 바는 그것뿐이다. 누군가 〈저
녁 어스름 때면 모두/ 聖衣자락을 끌며 긴 복도를 나란히 지나간다〉
고 일러주었지만, 시인이 본 적은 없다. 그런데도 시인의 산책은 언
제나 복자수도원으로 향한다. 그 이유는 무엇일까?

우선 이진명의 시에서 〈산책〉의 의미를 생각해 볼 필요가 있다. 이진명의 시에는 산책 도중의 명상이라는 느낌을 주는 시가 많다. 이진명의 시적 공간은 번잡한 일상 속에 있는 것이 아니라 일상의 업무가 끝나고 혼자 놓여났을 때부터 시작된다. 그때부터 시인은 자신의 삶을 되찾기 때문일 것이다. 그러니까 이진명의 시에서 〈산책〉이라는 것은 실존의 휴지(休止)가 아니라 실존의 대면(對面)일 것이다. 그 산책은 실존의 의미를 만나러 가는 길이며, 지혜로운 말씀을 들으러 나서는 길이다. 그런데 그 길떠남은 일상을 멀리 벗어나 전혀 새로운 세계를 찾아나서는 적극성을 띠지 않는다. 일상의 근처에서 그냥 서성일 따름이다. 시인은 새로운 세계에 대한 무모한 희망을 갖지 않는다. 소외된 삶, 쓸쓸하고 덧없는 삶은 이미 실존의 조건이다. 시인이 그 실존의 조건을 기정사실로 받아들이고 용서하고 포용하고 있음은 앞서 언급한 바와 같다. 이 점은 소극성과 함께 이진명 시의 성격을 규정짓는 주요한 요소이다.

　이진명의 시에서 소극성은 대지의 소리에 겸허하게 귀기울이는 자세와 흡사한 것이다. 그것은 세계를 적극적으로 탐구하는 자세가 아니고, 숨어있는 세계의 소리에 수동적으로 귀기울임으로써 참된 실존을 만나게 되는 자세이다. 하이데거는 인간의 실존이란 세계와의 대화이며 보다 바람직한 것은 세계의 소리에 가만히 귀기울이는 것이라고 말한다. 그는 주체의 적극적 의지가 개입하는 〈보기 seeing〉보다 주체가 겸허하게 열려 있는 〈듣기 hearing〉를 중요시한다. 그는 심지어 〈우리는 아무것도 해서는 안 되며 다만 조용히 귀기울이고 있어야 한다〉며 수동성을 강조한다. 이진명의 수동적이고 소극적인 자세도, 하이데거에서와 비슷하게, 은폐되어 있는 세계의 소리를 들을 수 있도록 개방된 자아의 태도로 이해할 수 있다. 이처럼 이진명의 시에서의 〈산책〉이란, 실존과 세계의 진정한 만남을 위하여 겸허하게 자아를 열어두고 세계의 소리에 조용히 귀기울이는 행위라 할 수 있다.

시인은 이러한 산책의 끝에서 언제나 복자수도원을 만난다. 그곳은 복음의 축복과 복자의 평화가 있는 곳이다. 즉 세계와 실존의 진정한 만남 혹은 존재의 진정한 실현이 이루어지는 신의 마을이다. 그런데 시인은 그 복자수도원을 끝없이 지향할 뿐, 그 복자수도원은 굳게 닫혀 있다. 시인은 그곳에 들어갈 수가 없다. 다만 그곳에서 스며 나오는 빛으로 자신의 존재를 조금 밝힐 뿐이다. 신의 마을을 지향하되 거기에 도달할 수 없음은, 「서랭이절」, 「하늘나라」, 「청소를 엿보다」 등의 작품에서도 드러난다. 「서랭이절」에서, 시인은 가장 서쪽에 있다는 서랭이절을 찾아가서 종소리와 불빛을 만나지만 결국 거기에 도달하지 못한다. 그리고 「하늘나라」에서 시인은 얼굴을 긁히고 손에 거미줄 붕대를 감으며 하늘나라를 찾아가서 그 먼 빛과 칠현금 소리를 듣지만 결국 시인의 약도로는 찾지 못한다. 마찬가지로 「청소를 엿보다」에서도 시인은 사원의 청소를 엿볼 뿐 거기에 참여하지는 못한다.

소외된 삶, 쓸쓸하고 덧없는 삶에 대한 분노와 절망을 용서와 포용으로 감싸안고 오래 인고하며 시인은 복자수도원을 찾아간다. 자아를 비워두고 겸허하게 귀기울이며, 아름다운 빛과 소리가 언뜻 언뜻 스치기도 한다. 그러나 복자수도원에 들어가지는 못한다. 그러니까 이진명 시의 온후한 용서와 포용은 세속의 초월이 아니다. 그것은 오히려 고통을 안겨준 삶에 대한 겸손한 무릎꿇음일 것이다. 시인의 삶은 인간의 마을에서 소외되고 배반당하였고, 신의 마을로부터 거부당하였다. 그러나 시인은 그 소외와 배반을 용서하고 포용하며 신의 마을을 지향한다. 신의 마을에 들어가지 못하는 시인의 진실은 어쩌면 당연한 것이다. 인간적인 고뇌와 그 고뇌를 겸허하게 껴안는 종교적 자세는 신의 마을에 있는 것이 아니라 인간의 마을에 있는 것이다. 종교는 신의 마을 안에 있지 않다. 신의 마을 바깥에서 서성이며 그곳을 지향하는 자에게 종교는 존재한다. 〈地上에 천국이 존재하면 종교는 더 이상 설 곳이 없다〉라는 말이 있듯이, 인간 영혼의 가장 숭고한 경지인 종교는, 신의 마을 바깥에 있다. 시인이 세속의 마을에서 절망과 고통을 안고 신의 마을을 찾아가지만, 그 안에 들어가지 못하고 인간적 욕망과 고통을 안은 채 겸허하게 간구하는 모습에는 종교적인 경건함과 진실됨이 있다. 여기에 이진명 시의 아름다움과 감동이 있는 것 같다.

이진명의 시는 조용하고 깊다. 거기에는 소외된 삶의 쓸쓸함과 덧없음이 짙게 깔려 있다. 때로는 소박한 인간적 욕망의 자락이 들추어지면서 고요가 잠시 흔들리기도 하나, 대개 그 쓸쓸함과 덧없음은 내면 깊숙이 억압되어 있어 매우 고요한 느낌을 준다. 마치 마티스의 그림 「테라스에 앉아 있는 자라」와 같이, 고독과 정적의 푸른 빛에 휩싸인 채로, 시인은 그 내면의 아픔을 오래 응시한다. 자신을 배신하고 저 혼자 살 만한 시간을 무화(無化)시켜 버리는 듯, 그 감추어진 인고의 시간은 기나긴 것처럼 느껴진다. 그 내면 응시의 시간은, 〈너의 긴 그림자만 밟고/ 바닷속 백단향 나무같이 잠기기만 하는 나날〉(「누설」)과 같은 것인지도 모른다. 백단향 나무는 수백 년 동안 바닷속에 잠가 두었다가 꺼내어 향이나 향료로 사용하는 나무이다. 그 백단향과 같이, 이진명의 시는 마음속 공정기간이 매우 긴 시인 것처럼 보인다. 시인의 표현을 빌리면, 〈정량보다 기다림의 이스트를 더 집어넣〉(「늙은 아버지인 밤을 위한 시」)고 만들어진 것 같다. 그리하여 이진명의 시는 백단향과 같은 향기를 지닌다. 그 향기는 슬프고, 은은하고, 아름답다. 그 향기는, 신전의 향로에서 피어올라 그 신전에 들어가지 못하고 밖에서 간절히 간구하는 인간들에게까지 다가가 평화를 주는 그런 향기와 같다. 이것은, 삶의 배반과 고통에 즉각적이고 표피적으로 반응하는 최근의 우리 시들에게서 볼 수 없는 미덕일 것이다.

철지난 낭만주의자의 우수
—— 이승욱의 『참 이상한 상형문자』

1

　몇 년 전, 『늙은 퇴폐』라는 인상적인 제목의 시집이 있었다. 〈퇴폐〉라는 말 속에 담긴 일탈과 유혹의 화려한 빛깔이 쓰러지고 꺼칠한 환멸만 남은 자의 음울한 눈동자가 느껴지는 제목이다. 그러나 나는 『늙은 퇴폐』라는 시집을 읽으면서 탈속적(脫俗的) 낭만의 건강한 욕망과 맑은 눈동자, 그리고 그것이 추한 현실 속에서 필연적으로 잉태하는 우수와 고독을 만났다. 그 시집은 퇴폐와 황폐의 세상에 동화되지 않은 순수 낭만과 열정 그리고 배반을 노래하고 있었다. 나는 〈늙은 퇴폐〉의 우울한 정서에 공감했다. 『늙은 퇴폐』는 나를 흔들어 깨우고, 내 삶의 폐허를 보게 하고, 조로(早老)의 편안함을 부수었다. 그것은 불편함이면서 위안이었고, 퇴폐이면서 도덕이었고, 황폐함이면서 아름다움이었다.
　시집 『늙은 퇴폐』 속에는 「꿈이 없는 빈 집에는」이라는 시가 있었다. 그 시는 다음과 같이 시작한다.

　꿈이 없는 빈 집에는
　비스켓 하나라도 바스락거리면

너무 외롭다. 너무 황홀한 꿈이 비스켓 속에
타기 때문. 바스락거리는 비닐껍질을 까고
가는 철사줄 같은 내 아이의 손이 발라내는 비스켓
어찌나 아득하게 소란한 그 소리를
우리의 귀는 잠결에서도 흘려버릴 수가 없다.

또, 시집 『늙은 퇴폐』 속에 실려 있는 「늙은 퇴폐」라는 시는 이렇게 시작된다.

어느 날은, 꼭 가려던 그 집.
아들 키워, 딸 키워, 몇 줄 세간 꾸리고
막힌 하수구 오물을 꺼내다, 못 갔던 그 집.
비 오고, 눈 내리는 날은
간절히 더 그리웠던 그 집.
모두가 드나들고, 바라보면
저에게만 늘 빗금이 쳐진 그 집.

집은 일상의 공간이면서 또 영혼의 거처이다. 시인은 일상의 공간에서 외로움을 느낀다. 그곳은 꿈이 없기 때문에 텅 비어 있는 집이며, 그래서 영혼의 거처가 되지 못한다. 시인의 영혼은 꿈이 없는 진부하고 상투적인 일상 속에서 억압되어 있다. 아름다움, 행복, 꿈과 같은 것들은 안일한 일상을 위태롭게 만드는 것이다. 꿈꾸지 않는 자, 영혼의 갈구가 없는 자들에게 일상의 집은 안온하다. 그들은 안일한 일상의 집에 무엇이 결핍되어 있는지 깨닫지 못한다. 그러나 시인은 꿈의 결핍을 심각하게 문제삼는다. 시인은, 마치 메피스토펠레스에게 영혼을 판 파우스트처럼, 안온한 일상을 위해 자신의 꿈을 팔았다고 생각하는지도 모른다. 꿈이 없는 빈 집은 영혼의 거처가 되지 못한다. 시인의 영혼은 꿈의 결핍으로 해서 야윌대로 야위었다. 그래서 비스켓을 바스락거리는 소리에도 크게 흔들린다. 시인의 외로움은, 비스켓 바스락거리는 소리 하나도 잠결에서까지 놓치지 못할만큼 순도가 높다.

시인은 꿈이 있는 다른 집을 간절히 그리워 한다. 그동안 꿈이 있는 그 집으로 가고자 하는 마음은 절실하였지만, 일상에 순응하느라고 가지 못했다. 일상이란 아들 키우고, 딸 키우고, 시덥잖은 세간 몇 줄 마련하고, 시궁창의 오물 꺼내는 일에 불과한 것이지만, 그것들 때문에 시인은 다른 집을 찾아가지 못했다. 일상 속에서 꿈의 집은 빗금이 쳐진 집, 또는 금기의 집이다. 꿈은 일상의 배반이기 때문이다. 그러다 보니 영혼은 야위고 외로움만 깊어졌다. 그러나 시인의 영혼은 여전히 일상의 배반을 포기하지 못한다. 일상의 집을 두고서 딴 집을 그리워한다는 것은 퇴폐일지 모른다. 그러나 그것이 퇴폐라면 꿈꾸는 일이 다 퇴폐이다. 사회인이 되고, 가장이 되고, 중년이 되어도 순수한 꿈을 포기하지 않는 시인은 스스로 자신의 꿈꾸기를 늙은 퇴폐라고 했다.

이처럼 늙은 퇴폐를 노래한 시인이 이승욱이다. 그는 일상의 천박함과 상투성에 함몰하지 않고 계속 꿈꾸고 있다. 그의 꿈은 한층 깊고 쓸쓸하고 아름다운 그림자를 끌면서 두번째 시집 『참 이상한 상형문자』에서도 계속된다. 나는 그의 시에서 근래 보기 드문, 아름다운 영혼의 진실된 고뇌를 만난다.

2

김수영은 〈모든 살아 있는 문화는 본질적으로 불온한 것이다〉고 말했다. 좋은 문화는 기존의 굳은 관습과 질서를 뒤흔든다. 손쉬운 안일과 싸구려 도덕에 의지하려는 우리의 허약한 마음을 불안하게 만든다. 그리하여 그것은 외면하고픈 진실의 껄끄러움을 대면케 한다. 이러한 문화 혹은 작품을 두고 프랑스 비평가들은 데랑제 deranger라는 말을 쓴다. 그것은 얕은 흥미와 위선적 윤리로 진부한 일상적 현실에 순응하게 만드는 대중문화, TV문화, 상업문화 등에 대립되는 개념이다. 데랑제 문화란, 안일한 도취 속에서 편안히 쉬고 있는 정신을 흔들어 깨우고 불편하게 만들어 새로운 세계를 바라보게 만드는 예술을 뜻한다.

시인 이승욱은 〈꿈이 없는 빈 집〉의 일상을 집요하게 문제삼는다. 일상은 〈여름 한철 내내 똑같은 꽃만 피워대는〉 능소화같이 지겨운 것이며, 〈한 번 그 벽보 위에 목숨을 圖圖당한 뒤 찢기 전에는 전혀 모습을 바꿀 줄 모르는 그 요염한 광고의 모델〉같이 천박하고 진부한 것이다. 시인은 〈허구한 날 똑같은 창가에 앉아서 너무 지겹게 똑같은 담배만 빨아대는 운명같은 나의 自畵像〉을 능소화나 광고 모델과 같다고 생각하고, 〈나도 내 이름 석자, 이 지겨운 商標를 갈아쓰고 싶다〉고 말한다. 이러한 판에 박힌 일상의 지겨움은 많은 사람들이 쉽게 느끼는, 평범한 것이다. 사람들은 이 일상의 지겨움을 탈출하기 위하여 스키장으로 몰리고, 고스톱을 치고, 스포츠신문을 읽고, 농구대잔치에 열광하고, 그리고 무엇보다 「모래시계」라는 TV드라마에 감동된다. 그래도 심심하면, 아무 쓸모도 없이 모래시계를 사러 다니기도 한다. TV드라마 「모래시계」가 끝나자 어떤 중년의 사내는 〈이제 또 무슨 낙으로 살지요?〉라고 심각하게 말했다. 일상의 지겨움을 잊게 해준다는 의미에서, 「모래시계」는 데랑제 문화가 아니다. 그것은 안일한 도취의 문화이다. 우리는 일상의 지겨움을 외면하기 위해서 거의 필사적으로 안일한 도취의 문화를 생산하고 또 대량소비한다.

그러나 이들과는 달리, 시인은 일상의 지겨움을 외면하지 않는다. 그는 「모래시계」 등과 같은 도취의 문화에 순응하고 의지하는 대신, 텅 빈 공사장의 황폐함과 공허함을 응시하고 또 그것을 〈꿈이 없는 빈 집〉의 불안한 일상에 비유한다.

때는 봄날
거렁뱅이 太陽이
죽은 나무 위에서
질끈
欲情을 쏟아붓는 午後
내 마음 속 宮殿같은
텅 빈 工事場 한 켠

몰골이

상할 대로 상한 꼴불견
널빤지들이
똑같은 꼴로 지겹게 포개져

잠잔다
그리고
잠잔다
그리고
잠잔다
그리고
잠잔다

＊

아하 저, 層層의
잠!

자칫하면

와르르
무너질 것 같다

(안 무너진다!)

「나른한 봄잠」이라는 작품이다. 여기서 시인은 재미있는 TV드라
마를 보는 대신, 멍청하게 공사장 널빤지들을 쳐다보고 있다. 그의
마음은 텅 빈 공사장처럼 허전하다. 마음의 궁전이 텅 빈 공사장 같
다니, 그 허전함과 썰렁함은 짐작이 된다. 왜 시인의 마음이 그러한
가? 그것은 일상의 황폐함과 진부함을 짙게 느끼고 있기 때문일 것
이다. 시인은 켜켜이 쌓인 널빤지들을 바라보며, 우리의 일상적 삶
이란 것이 마치 몰골이 상할 대로 상한 널빤지들이 포개져 잠들어
있는 모습과 같다고 생각한다. 상한 몰골들이 겹겹이 포개져 잠들어
있는 이미지는 그 자체로서 진부한 일상에 갇혀 있는 자기 삶에 대
한 자책이다. 시인은 그러한 일상의 삶이 위태로운 것이라고 느낀
다. 그 삶의 죽은 평화는 마땅히 무너져야 할 것이며, 또한 무너지
고야 말 것이다. 그러나 그것들은 무너지지 않는다. 진부한 일상은
견고하다. 그것들이 무너지지 않는 만큼 시인의 영혼은 불안하게 야
위어 간다.
　「정든 他鄕」이라는 시도 〈꿈이 없는 빈 집〉의 주제를 변주하고 있
는 작품이다. 이 시의 전반부는, 친척들이 다니러 왔다가 다 떠나자
큰 아들 녀석이 서운한 마음에 울적인다는 내용이다. 그리고 다음과
같이 이어진다.

아빠, 우리 그 집으로 가요
아빠, 우리 저 구름 너머 그 집으로 가요

말하지 않는다

구름 너머 무슨 집이 있었다고!

말 없는 紙幣의 구겨진 무늬 같은
집을 얽은 담쟁이 넝쿨 앞에서
내 눈이 붉어진다

담쟁이 아득바득 희망을 좇아간 잎들이
내 뼛 속 골골이 떠 우는
헛거물 거푸집 같다

〈구름 너머 그 집〉으로 가고자 하는 아이의 소망은 곧 시인의 내면의 소리이기도 하다. 그러나 시인의 현실은 구름 너머에 아무 집도 없다고 단호히 말한다. 그의 일상은 담쟁이덩굴 같은 현실에 얽매여 있다. 여기서 담쟁이덩굴은 두 가지 이미지로 그 내포가 규정된다. 하나는 〈지폐의 구겨진 무늬〉와 같다는 것이다. 즉 돈문제로 고달프게 시달려온 일상의 삶이라는 의미를 갖는다. 다른 하나는 〈담쟁이 아득바득 희망을 좇아간 잎들〉이라는 이미지이다. 이때, 희망은 보다 현실적이면서 그러나 현실에서 충족되지 않는 것들일 것이다. 삶은 그런 막연한 희망을 붙들고 아득바득 좇아가는, 마치 담쟁이 덩굴이 뻗어가는 모습과 흡사하다는 의미를 갖는다. 먹고 살기 위해서 마구 구겨지는 삶, 막연한 희망에 부질없이 매달리며 안달해온 삶이 바로 일상의 진실된 모습이다. 시인은 그러한 삶의 공간을 〈헛거물 거푸집〉과 같다고 자조한다. 아니, 헛거물 거푸집 같은 일상에 어쩌지 못하고 갇혀 있는 자신의 삶을 자조한다.

3

변화 없이 굳어 있는 일상의 공간이 〈꿈이 없는 빈 집〉과 같고, 〈헛거물 거푸집〉과 같은 것이라면, 그래서 시인은 끊임없이 다른 집을 꿈꾸면서 일상의 안온 뒤에 웅크려 있는 환멸을 부추긴다면, 시인이 꿈꾸는 다른 집이란 어떤 집일까?

시인은 〈다른 집〉을 간절히 꿈꾸지만, 그 집이 어떤 집인가에 대해서는 별로 이야기하지 않는다. 그 집은 막연히 〈어느 날은, 꼭 가려던 그 집〉이며, 〈저 구름 너머 그 집〉이라고만 묘사된다. 다시 말해 가고 싶지만 갈 수 없는 집이며, 현실이 아닌 곳에 있는 집이다. 자신의 이름 석자를 바꾸어서라도 다른 삶을 살고 싶어하지만, 다른 삶이 어떤 것이어야 하는지에 대해서는 별 말이 없다. 시인의 꿈은 구체적인 것이 아니다. 구차하고 진부한 현실로부터 멀리 떨어져 있는, 현실이 아닌 세계에 대한 막연한 동경이다. 이런 점에서 시인의 태도는 낭만주의적이다. 「기다림」이라는 시는 시인의 낭만적 지향이 어떤 것인가를 보여주는 작품이다.

窓가의 하늘은 파아랗다.
커피 포트에 불을 올려놓고,
기다리는 사람은 아직 오지 않는다.
赤褐色 내 구두 틈 사이에 끼인 얼룩이
선연한 추억의 무늬를 들쳐 보인다.
지난 가을 누우런 벼이삭 들길이 흘러가고
가늘은 코스모스 꽃대궁들이 화살처럼 퍼뜩거린다.
내 삶의 약속들이 자주 그랬듯,
어쩜 오늘 손님은 오지 않을런지도 모른다.
그런 悲運을 잊으려는 듯
뚜껑을 들썩이며 푹푹 포트의 물이 끓는다.

읽지 않고 팽개쳐둔, 朝刊新聞의
굵은 活字들이 이제는
그 쪽에서 나를 읽어간다.
당신은 참 이상한 象形文字예요.
당신은 참 이상한 象形文字예요.
(……)

시인은 어떤 손님을 기다린다. 손님이 어떤 사람인가에 대해서는
말하지 않고 있다. 시인은 막연한 그리움의 대상을 막연하게 기다릴
뿐이다. 심지어는 그가 오리라고 믿지도 않는다. 시인은 〈어쩜 오늘
손님은 오지 않을런지도 모른다〉라고 말하지만, 그 말 속에는 이미
덧없는 기다림이라는 의미가 짙게 배어 있다. 그럼에도 불구하고 손
님을 기다리는 시인의 마음은 마치 뚜껑을 들썩이며 푹푹 끓는 포트
의 물처럼 절실하다. 한편, 그 기다림은 과거에 대한 그리움으로 윤
색되어 있다. 과거는 〈적갈색 내 구두 틈 사이에 끼어 있는 얼룩〉으
로 남아 있다. 그것은 누추한 현실의 일부를 이루지만, 과거에 대한
추억으로 연결되면서 아름다운 것으로 바뀐다. 다시 말해 누추한 과
거이지만, 현재가 아닌 과거이기 때문에 지난 가을의 아름다운 풍
경으로 되살아난다. 시인은 과거를 미화시키고 또 그리워하는 것이
다. 마지막으로, 시인의 태도는 비현실적이다. 그는 하늘이 파랗다
는 이유로 절실한 그리움에 휩싸인다. 그리고 오지도 않을 손님을
기다리며 마음을 졸인다. 조간신문이 현실의 제유라면, 그는 조간
신문도 읽지 않는 비현실적인 인물이다. 그래서 현실의 입장에서 보
면, 그는 〈참 이상한 象形文字〉가 되는 것이다.
　이와 같이, 그리움의 대상이 막연하다는 점, 과거를 미화시키고
동경한다는 점, 전혀 비현실적이라는 점 등등은 낭만주의의 본질적
성격을 그대로 반영하는 것이다. 시인이 간절히 가고파 하는 〈그 집〉
은 막연한 낭만적 동경과 지향의 대상일 뿐 구체적인 미래가 아니

다. 그래서 이승욱은 낭만주의 시인이라고 말할 수 있다. 실제로 「사랑이 가면 그만, 세상도 가고 마네」와 같은 시에서 그의 어조와 상상력은 낭만주의자의 감상적 망토를 멋지게 휘날리기도 한다.

사랑이 가면
세상도 가고 마네

여기와 떠들던 세상도
저만치 멀리 가 나를 버려있네

나를 버린 눈들에 눈물 그렁하네
달려가 볼 부비는 눈들에 눈물 말라 있네

어제 핀 금잔화는 환한 꽃을 달고 시들었네
웃고, 또 웃음치던 눈 구겨넣고 말았네

그 눈에 뜀박질치던 여름 찾을 길 없네

  *

사랑이 가면
그만, 세상도 가고 마네

소박하고 다소 감상적인 이별 노래에 불과하지만, 그 가락이 절창이다. 시인은 사랑이 모든 것이라는 낭만적 열정을 〈사랑이 가면 그만, 세상도 가고 마네〉라고 멋을 부린다. 그 멋은 보기도 좋고 듣기도 좋다. 이별 뒤의 눈물도 낭만주의 시의 공식이다. 당신의 눈에는 눈물이 그렁거리고, 당신을 쳐다보는 나는 눈에는 눈물조차 메말랐다고 말한다. 그리고는 그 모든 아름다움이 꽃처럼 시들었으며, 그래서 당신의 눈에서는 더 이상 〈뜀박질치던 여름〉을 찾을 길 없다고 말한다. 사랑의 열정에 불타는 눈을 일러 그 속에 여름이 뜀박질치고 있다라고 하는 표현도 매우 인상적이다. 이 시에서 보는 바와 같이, 약간의 감상과 낭만이 시적 아름다움의 한 조건일지도 모른다. 이승욱의 낭만주의는 소박하고 아름답고 예스럽다.

그러나, 이승욱의 시를 낭만주의라고 말하는 데는 약간의 유보조건이 따른다. 그의 꿈이 낭만적 동경과 지향임은 분명하지만, 시인은 그 꿈의 추구를 노래한다기보다는 그 꿈이 없는 현실을 더 많이 노래한다. 그는 꿈 속의 행복과 미래를 노래하기보다는 낭만적 〈기쁨이 없는 거리〉를 더 많이 노래한다. 「기쁨이 없는 거리」라는 시에서, 시인은 자신의 시쓰기를 〈기쁨이 없는 이 거리에/ 카메라는 그렇게 기쁨의 렌즈를/ 들어올렸다/ 내렸다 한다/ 카메라는 그렇게 詩를 쓴다〉라고 설명한다. 그의 시는, 낭만적 동경과 지향이 없는 누추하고 상투적인 현실의 권태와 환멸을 주로 노래하는 것이다. 뿐만 아니라 시인은 낭만적 꿈의 비현실성을 누구보다 잘 인식하고 있다. 그는 낭만적 동경을 품고 있지만 그것의 불가능성을 충분히 깨닫고 있다.

    그 길 갔다, 그 길
    돌아왔지.

    벌겋게 몸을 달군 桃花 꽃비탈
    내 눈길 막고 하염없이 서 있었지.
    비켜라 비켜라 해도
    물러설 줄 몰랐지.
    禁忌의 門은 그렇게 화려히 칠해져
    웃음 가득 나를 嘲弄했지.

어느 날 저 칠들 때없이 凋落하고
門이 있었다는 흔적마저 찾을 수 없는 때
그 땐 난 누구와 실랑이하며 또 한 세상 보챌건가!

「봄, 아픔」이라는 시다. 〈벌겋게 몸을 달군 桃花 꽃비탈〉에서 보듯이, 봄의 아름다움은 매혹적이고 관능적이다. 그러나 그 화려한 아름다움은 금기의 대상으로서 시인을 조롱할 뿐이다. 그 매혹은 현실로 추구될 수 있는 대상이 아닌 것이다. 그러므로 봄의 매혹적인 아름다움은 곧 시인의 고통이 된다. 시인이 참으로 하고 싶은 말은 마지막 행에서 제시된다. 현실에서 취할 수 없는 아름다움이 시인을 조롱하고 시인에게 아픔을 주지만, 그 아픔과 덧없는 갈구가 삶의 동력이 된다고 말하고 있다. 이 시에서 봄의 매혹적인 아름다움을 낭만적 꿈이라고 생각해 보자. 시인은 낭만적 꿈의 비현실성 혹은 현실배반성을 누구보다 절실하게 깨닫고 있다. 그래서 그의 낭만적 동경은 아픔일 따름이다. 그렇지만 그 낭만적 동경과 아픔이 삶을 지탱케 해주는 힘이 되는 것이다.

이처럼 이승욱은 낭만주의자의 순수를 지니고 있으며, 또한 낭만적 꿈꾸기의 비현실성과 현실배반성을 잘 알고 있는 늙은 낭만주의자라고 할 수 있다. 그는 도수 높은 낭만주의의 안경을 끼고 비낭만적 현실의 답답함과 지겨움을 들여다본다. 거기에는 철지난 낭만주의자의 우수가 짙게 배어 있다.

4

이승욱은 불혹(不惑)의 시인이다. 불혹에 이르러서까지 현실 너머의 세계, 다른 집, 관능과 매혹의 환영에 낭만적 동경을 지니고 있다면 그는 철지난 낭만주의자이다. 뿐만 아니라 오늘날 우리 현실 속에서는 낭만주의 그 자체가 시속과는 어울리지 않는 것이다.

그러나 그의 낭만주의는 철이 지난 것이고 또 시속과 어울리지 않는 것임으로 해서 더욱 아름답고 또 현실적으로 의미 있는 것이 된다. 그의 낭만주의는 푸른 가을 하늘에, 화려한 봄꽃에, 눈내리는 풍경에 소년처럼 민감하게 반응한다. 그런가 하면, 길거리에 버려진 아이스크림 껍질과 거지의 밥 한 그릇과 지저분한 식당 아줌마의 후덕한 인심에서 삶의 소중한 가치들을 발견한다. 이러한 아름다움과 가치는 현실에서 소외되고 외면당하는 것들이다. 「밥 한 그릇」이란 시에서, 시인은 시장통 뒷골목에서 퍼질고 앉아 짜장면을 게걸스레 먹고 있는 꾀죄죄한 늙은이를 보고 참으로 소중하고 건강한 욕망의 가치를 발견한다. 그러나 세상은 그러한 가치가 존속할 수 없는 곳임을 시인은 충분히 깨닫고 있다. 시인은 그 늙은이의 초라한 식사가 참 모처럼 보는 만찬 같다고 말하면서, 그러나

歲月은 지나간 속담의
화살보다 더 빨라
快速의 시대가
이 뒷골목을 정리하는 날이면
저 晩餐의 즐거움도
쉬이 끝나고 말겠지

라고 그것에 대한 현실의 폭력을 예견한다. 시인에게, 현실은 그러한 아름다움과 가치의 세상이 아니라 〈꽃게들이 골갑하는〉 세상이다.

논다,

가물 가물.
소돔城의 심부름꾼 같은

아름다운 骨甲들
가물 가물 가물 가물
물이 빈 갯벌을 메꾼다

*

때로, 蜀이 안 보이게 나르는
화살 같다.

「꽃게들」이란 작품이다. 세상은 물이 빈 갯벌처럼 황량한 곳이고 그곳에는 소돔성의 마력적 아름다움만이 가득하다. 시인은 세상의 화려함을 〈아름다운 骨甲들〉이라고 비꼬고, 또 그것들이 〈논다〉라고 비아냥거린다. 그러나 세상의 화려함은 너무나 매혹적이고 위력적임을 시인은 절실하게 깨닫고 있다. 그것은 헛되고 거짓된 것이지만, 마치 〈蜀이 안 보이게 나르는 화살〉처럼 날아서 시인의 소박한 삶을 위협하고 상처를 준다. 이 시의 의미깊음은 바로 여기에 있다. 시인은 세상의 부정적 화려함을 비꼬고 부정하지만, 또 한편으로는 그 화려함에 유혹당하고 상처받는다. 이러한 양가적 감정의 진실성 속에 시인의 낭만적 순수와 우수가 관여한다.

이승욱의 두번째 시집 『참 이상한 상형문자』에서, 낭만주의자의 우수가 가장 짙게 배어 있으며 가장 슬프고 아름다운 시는 「물방개야, 물방개야」라고 할 수 있을 것 같다.

물방개야
물방개야
너는 거기서 노네

물방개야

물방개야
너는 거기서만 노네

물가에 선 나를 모른 척하네
길다란 내 그림자
네 몸을 덮어도 모른 척하네

물방개야
물방개야
너는 거기서만 노나!

물달개비에 부딪는 네 몸 때문에
나는 눈물나네
가슴 미어질듯, 네 몸의 소리
나를 묻네

물방개야
물방개야
너는 거기서만 노나!

해는 지고 나는 집으로 가려네
내일 다시
오겠다는 期約은 차마 못하겠네

어둑어득 내 몸처럼 네 몸도 흐려지고
먼 곳의 내 집 불현듯
지워지네
물방개야

물방개야
너는 거기서만 노나!

　물방개는 외딴 물가에서 혼자 맴돌고 있다. 1연과 2연에서 강하게 암시되는 것은 물방개의 고립성과 그 고립의 변함없는 지속성이다. 물방개는 마치 영혼을 박탈당한 존재처럼 외롭고 무의미한 서성거림 속에 있다. 3연에서는 물방개를 쳐다보고 있는 시인의 존재가 등장한다. 그러나 아직 시인의 존재는 풍경의 부속물일 따름이다. 즉 어떤 외부적 존재가 고립된 물방개의 풍경 속으로 들어 왔다. 그러나 물방개는 아무런 반응을 보이지 않는다. 4연에서 다시 한번 강조되듯이, 물방개는 나의 그림자가 덮쳐도 아무 아랑곳하지 않고 거기서만 놀고 있다. 5연에 이르러 비로소 시인의 감정이 직접적으로 토로된다. 시인은 물방개비의 몸이 물달개비에 부딪치는 모습을 보고 짙은 연민과 아픔을 느낀다. 다소 감상적이고 막연한 감정의 토로이지만, 〈몸〉이란 어휘가 주의를 환기시킨다. 시인은 굳이 〈네 몸 때문에〉 눈물이 난다고 말하고, 또 〈네 몸의 소리〉가 나를 묻는다라고 말한다. 여기서 두 가지 짐작이 가능하다. 하나는 물달개비에 몸이 부딪치니 그 몸이 아플 것이라는 짐작이다. 그러나 이것은 너무나 단순한 짐작이다. 그리고 물방개의 몸이 물달개비에 부딪쳐도 물달개비는 헛것과 흡사하여 물의 일렁임을 남길 뿐, 물방개의 몸에 아픔을 준다고 생각하기는 어렵다. 이보다는 몸의 절실한 욕망 때문에 물달개비에 스스로 부딪친다는 짐작이 그럴듯하다. 외롭게 고립된 공간에서 헛되이 물장구만 치고 있는 물방개는 그 허무와 고독 때문에 하릴없이 물달개비에 몸이라도 부딪쳐 보는 것이다. 영혼이 박탈되어 아무런 의식없이 고립된 공간 속에서 서성이지만, 저 존재의 깊은 내면은 무의식적인 몸의 요구로 표출되고 있는 것으로 보인다. 물달개비에 부딪는 물방개의 몸을 허무와 고립에 대한 육체의 무의식적 움직임이라고 짐작할 때, 물방개에 대한 시인의 연민과 아픔은 보다 잘 이해된다. 그리고 여기서 물방개의 허무와 고립은 바로 시인 자신의 것으로 전이된다. 6연에서 시인은 다시 한번 물방개의 계속된 움직임을 쳐다보면서 시간을 보낸다. 이렇듯 시인의 시선이 물방개의 무의미한 움직임에 오랫동안 매달려 있다는 것은, 시인의 신세가 물방개와 같다는 것을 의미한다.

7연에 오면, 시적 의미의 공간이 보다 구체화되면서 복잡해진다. 시인은 〈해는 지고 나는 집으로 가려네〉라고 말한다. 해가 진다는 것은, 오랫동안 물방개를 쳐다보고 있었음을 알려주는 동시에 어떤 변화나 결정이 있어야 하는 시점에 도달했음을 암시한다. 즉 시인은 물방개를 그만 쳐다보고 집으로 가야겠다고 마음먹는 것이다. 그러나 내일 다시 오겠다는 기약을 차마 하지 못하겠다고 말하면서, 물방개를 저기 두고 자기만 집으로 가는 것에 대한 불편한 마음을 내비친다. 시인은 물방개에 짙은 연민을 느끼지만 돌아가야 할 집을 생각한다. 8연에 이르러 날은 더욱 어두워지고 물방개는 잘 보이지 않는다. 물방개뿐만 아니라 시인 자신도 잘 안 보이게 되고, 먼 곳에 있는 돌아가야 할 집도 어둠 속에서 지워져 버린다. 어둠 속에서 사물이 흐려지는 것은 단순한 자연현상이면서 나아가 시인의 마음상태에 대한 은유가 되기도 한다. 시인은 오래 물방개를 쳐다보면서 물방개의 고립에 연민을 느꼈고, 날이 저물어가자 돌아가야 할 집을 생각하게 되었다. 그러나 집에 돌아가야 한다고 생각하지만, 시인은 스스로 이미 물방개가 되어 그 허무와 고독의 공간을 벗어나지 못하고 있다. 물방개의 신세를 벗어나야.한다는 생각과 물방개의 신세를 벗어날 수 없는 현실 가운데서 시인의 마음은 암울해지는 것이다. 그리하여 마지막 연에서 시인이 〈물방개야/ 물방개야/ 너는 거기서만 노나!〉라고 했을 때, 그것은 이제 단순한 관찰과 의문이 아니라 돌아가야 할 집으로 가지 못하고, 허무와 고립 속에 맴돌고 있는 자신의 슬픈 모습에 대한 비탄의 목소리가 된다.

그렇다면 이 시에서, 허무와 고립 속에서 맴도는 물방개에 동병

상련을 느끼는 자아는 어떤 자아일까? 그것은 〈꿈이 없는 빈 집〉에 갇혀 있는 자아, 또는 진부하고 상투적인 현실에 얽매여 하루하루 꿈 없이 살아가는 자아로 짐작된다. 그리고 여기서 〈집〉이란, 평소 시인이 〈가려고 했던 그 집, 그러나 아직 가지 못한 집〉이며 〈구름 너머 그 집〉으로서, 낭만적 동경과 지향의 대상이 되는 삶의 공간이다. 「물방개야, 물방개야」는, 낭만적 꿈으로부터 멀리 떨어진 곳에서 무의미하고 상투적으로 반복되는 일상에 갇혀 나날을 살고 있다는 시인의 외롭고 답답한 심사가 물방개의 이미지로 호소력 있게 전달되는 작품이라 할 수 있다. 그 조용하면서도 슬픈 어조는, 꿈을 잃어버린 채 무의미한 반복적 일상에 갇혀 사는 우리들의 마비된 의식을 불안하게 흔들어 깨워준다.

5

이승욱의 시에는, 우리 시대가 폐기처분한 낭만적 순수가 살아남아 있다. 시인은 낭만적 순수의 맑은 눈동자로 현실의 거짓과 황폐를 쓸쓸히 쳐다보고 또 그 속에서 소외당한 아름다움을 찾아낸다. 그의 낭만적 순수는 진부하고 상투적인 일상현실을 못 견디면서, 다른 세상을 애절하게 그리워한다. 또, 다른 세상이 일상현실 속에서 존재할 수 없음을 안타까워하기도 한다. 그의 낭만적 순수는 세상의 유혹과 감상에 정직하고 민감하게 반응하며, 쉽게 상처받는다. 그리하여 이승욱의 시에는, 순도 높은 낭만으로 담금질된 아름다움과 그리움과 결핍과 욕망과 감상 그리고 우수가 가득하다. 그것은 읽는 이의 마음에 인상적인 무늬를 새기면서 동시에 낭만적 꿈을 잃고 사는 나날의 삶을 반성적으로 돌이키게 만든다.

한편, 이승욱의 시는 매우 편안하면서도 개성적인 시적 화법을 구사하고 있을 뿐만 아니라, 남다른 비유의 명징성을 지니고 있다.

그의 시는 일상적이고 소박하고 진솔한 어휘들을 주로 사용한다. 그러면서도 그 어휘들은 일상의 때를 벗고 친근하면서도 특이한 울림을 준다. 그리고 무엇보다 리듬감이 뛰어나다. 가령 「사랑이 가면 그만, 세상도 가고 마네」 같은 시의 매력은 무엇보다 그 능숙한 운율에 있다고 생각된다. 최근의 우리 시에서 이승욱만큼 자연스럽고도 편안한 운율은 구사하는 시인도 쉽지 않을 것이다. 낭만과 운율이 시의 본질이라면, 그의 시는 낭만을 동경하고 노래를 지향한다. 우리말의 평범한 어휘들에게 풍부한 울림과 리듬을 부여하여 인상적인 운율의 공간을 만들어내고 있다는 점은 소중한 미덕일 것이다. 그리고 이승욱의 시에는 인상적이고 명징한 비유들이 마치 보석처럼 곳곳에서 반짝인다. 예를 하나 들면, 시인은 불면을 일러 〈애원해 다그쳐도 쉬이 돌아오지 않는/ 수많은 樂器를 걸망 메고/ 긴 밤을 들거럭거리는/ 내 집이 불안해 떠나버린 流浪樂士 같다〉라고 한다. 잠이 오지 않는 밤, 도대체 자신의 잠이 어디로 달아나 버렸을까 궁금해지는 밤에, 자신의 잠이 유랑악사가 되어 먼곳을 떠돌며 다니고 있다는 상상은 절실하고 적절하다. 이러한 시적 화법과 인상적인 비유는 이승욱 시의 〈철지난 낭만주의의 憂愁〉에 시적 빛남을 더해준다. 우리는 이승욱의 시에서, 오랜만에 개그맨의 소리, 투정쟁이의 고함소리, 알 수 없는 혼자만의 넋두리, 똑같은 말만 반복하는 앵무새소리가 아닌 진짜 가객의 소리를 맛볼 수 있다.

●

녹색을 위한 문학

1판 1쇄 찍음 • 1998년 5월 5일
1판 1쇄 펴냄 • 1998년 5월 12일

지은이 • 이남호
펴낸이 • 朴孟浩
펴낸곳 • (주) 민음사

출판등록 • 1966. 5. 19. (제16-490호)
서울시 강남구 신사동 506 강남출판문화센터 5층
대표전화 515-2000 • 팩시밀리 515-2007

ⓒ 이남호, 1998. Printed in Seoul, Korea

ISBN 89-374-1132-6 03810